Niendorf
Travemünde
Klütz
Wismar-Buc
Schwartau
Dassower-See
Dassow
Forst Hohe-Meile
Schlutup
Lauen
Selmsdorf
5
LÜBECK
Schönberg
Herrnburg
FÜRSTENT
RATZEBURG
(zu Mecklenburg=Str
Gr. Grönau
Crummesse
Utecht
Ratzeburger-See
Carlow
Schlagsdorf
Demern
Gr. Berkenthin
Schlagbrügge
Dechow
(Domhof)
RATZEBURG
Gadebusch
Behlendf.
Thurow
4
Mustin
Schmilau
SCHWERIN
2
Alt-Horst
MÖLLN
Sterley
Seedf.
Schaal-S.
Neu-Horst
Lassahn
B U R G -
Gudow
Elbe
Wittenburg
Dodow
Büchen
S C H W E R I N
Hagenow
8
Boizenburg
Brackede
9
Lübtheen

William Boehart

Das Judaskreuz

Gotthold Ephraim Lessing

William Boehart

Das Judaskreuz

Roman

Osburg Verlag

Frontispiz:
Scherenschnitt Gotthold Ephraim Lessing
Lessing-Museum Kamenz
Frontispiz aus: Erich Schmidt, Lessing – Geschichte seines Lebens und seiner Schriften Bd. 2, Berlin 1899, Inventarnummer LM 75 I

Erste Auflage 2018

www.osburgverlag.de

Lektorat: Anna Hilgenstöhler, Hamburg
Umschlaggestaltung: Judith Hilgenstöhler, Hamburg
Satz: Hans-Jürgen Paasch, Oeste
Druck und Bindung: CPI books GmbH, Leck
Printed in Germany
ISBN 978-3-95510-169-5

Für Claudia und Sara

... how life, from being made up of little separate incidents which one lived one by one, became curled and whole like a wave which bore one up and threw one down with it, there, with a dash on the beach.

Virginia Woolf, *To the Lighthouse* (1927)

... wie das Leben, das aus kleinen, in sich abgeschlossenen Ereignissen bestand, die man eines nach dem anderen erlebte, sich wölbte und ganz wie eine Welle wurde, die einen aufhob und dann hinunterwarf, dort, mit einem Aufprall auf den Strand.

(frei nach William Boehart)

Hauptpersonen

in der Reihenfolge ihrer Erscheinung

Friedrich Sprewitz – Advokat in Mölln; Veteran der Revolution 1848; hat eine Verabredung in Hamburg.

Mosche Nordheim – Schüler der Israelitischen Stiftungsschule von 1815, der ein Abenteuer erleben will.

Bonafides – Kirchendiener an der Michaeliskirche in Hamburg; ein Gutgläubiger.

Freiherr Klaus Albrecht von Schossin – Eine raumfüllende Gestalt; Mecklenburgischer Gutsherr und Reichstagsabgeordneter; seine Droge ist die Macht.

Wilhelm Marr – ruhelose Person; Verfasser von antisemitischen Hetzschriften.

Johann Jörg Zimmermann – Hauptpastor an der Michaeliskirche in Hamburg; ein Verfechter des wahren Glaubens; er erinnert sich an den Namen Alexander Daveson.

Doktor Ernst Henrici – Gymnasiallehrer und Radau-Antisemit aus Berlin; ein Redner mit demagogischer Ausstrahlung, der einen Brand auslöst.

Mücke – ein Möllner Bettler, der einen brisanten Gegenstand entdeckt.

Hermann Goldschmidt – Hamburger Kaufmann; konvertierter Jude mit Zweitwohnsitz in Mölln; er führt ein Doppelleben – aus guten Gründen.

Hedda Svensson – Tochter von Ole Svensson; eine junge Frau, die in Hamburg ungeahnte Wege einschlägt.

Ole Svensson – Schriftsetzer; Wortführer der SPD in Mölln. Er wird des Mordes beschuldigt.

Recha Mendelssohn – Schriftstellerin; Aktivistin während der Revolution 1848; sie raucht Zigarren und glaubt nicht an Gott.

Theodor Rohdantz – Untergerichtsadvokat in Mölln; später Staatsanwalt am Kreisgericht Ratzeburg; ein Musterbürger mit einer dunklen Seite.

Max Goldschmidt – Jurastudent; Theaterliebhaber; Sohn von Hermann Goldschmidt. Er muss eine Entscheidung treffen.

Jakob Hundt – Hamburger Kriminalinspektor und Bewohner der Gängeviertel, der mit Hilfe einer schwarzen Kladde seine Fälle löst.

Martha Goldschmidt – Ehefrau von Hermann Goldschmidt und Mutter von Max; sie hat zum Glauben gefunden.

Michl – Gastwirt des Lokals Mylius in Mölln; ein aufmerksamer Beobachter.

Die Gebrüder Gierling – Rechtsanwalt Doktor Alfons, Ingenieur Ludwig und Architekt Friedrich-Wilhelm; Spekulanten in Hamburg, denen die Korruption nicht fremd ist.

Julius Stöter – Sergeant der Kriminalpolizei in Hamburg und Untergebener von Jakob Hundt. Er liebt Zigarren, ein gepflegtes Bier, Frauen und die Eisenbahn.

Bernhard Pollini – Direktor des Stadttheaters in Hamburg; ein erfolgreicher Impresario mit einem auffälligen Bart.

Louise Tesdorpf – Tante und Vormund von Hedda Svensson; eine geschickte Zeichnerin von Straßenszenen in der Neustadt.

Rosa – Prostituierte im Ebräergang, die ein schwarzes Kleid tragen muss.

Miss Sara – Inhaberin der gleichnamigen Gastwirtschaft in der Neustadt; eine scharfsinnige Zuhörerin, die sich an Recha Mendelssohn erinnert.

Alexander Daveson – Ein Name, der ein Geheimnis birgt.

Doktor Meyer Isler – Direktor der Hamburger Stadtbibliothek; Sammler verbotener Schriften.

Diogenes – ein schwarzer Hund, den Alexander Daveson in Hamburg adoptiert. Oder ist es umgekehrt?

Doktor Anton Rée – Direktor der Israelitischen Stiftungsschule von 1815 und Veteran der Revolution 1848; er hat ein gutes Gedächtnis.

Emma Isler – Ehefrau von Doktor Meyer Isler; Mitbegründerin einer ungewöhnlichen Hamburger Hochschule.

Prolog

Schwarzenbek, Dienstag, d. 12. Mai 1848

Am Horizont erblickte eine in bunte Flicken gekleidete Person, die eine schmale Karre schob und von einem großen, schwarzen Hund begleitet wurde, eine Gestalt, die langsam die Chaussee entlang auf sie zukam.

Mit dem grauen Gehrock über die Schulter geworfen, denn es war ein schwüler Tag, hatte die Gestalt, wohl ein Mann, die ersten Häuser des kleinen Dorfes erreicht. Als der Mann sich der bunt gekleideten Person, sie könnte ein Lumpensammler gewesen sein oder ein Wahrsager, vielleicht aber auch beides zugleich, näherte, sagte diese: »Ich kenne dich, Advokat Sprewitz.«

Der Angesprochene erwiderte: »Ich meine, mich auch zu kennen, guter Mann, aber dich kenne ich nicht.«

»Ich bin ein wandernder Philosoph.«

»Aha, ein Schüler des Aristoteles. Guten Tag, lieber Herr Peripatetiker. Ich nehme an, dein Hund heißt Diogenes?«

Der Lumpensammler zeigte zum wolkenlosen Himmel, der Hund schaute seiner Geste nach. Ein Rabe flog gerade über sie hinweg. Der Mann sagte: »Der Wind kommt seit Tagen von Westen, aber nicht mehr lange. Ich fühle es, bald kommt der Ostwind.« Die beiden Männer schauten sich schweigend an, bis der Lumpensammler (oder doch ein Wahrsager?) sagte: »Es wird anders kommen, ganz anders, als du dir denkst, Advokat Sprewitz.«

Der Advokat zeigte auf ein großes Bauernhaus, hinter dem ein Kirchturm hervorlugte, und erwiderte: »Ich muss zur Wahlversammlung.«

»Ich weiß, du gehst zu den Menschen. Seitdem ich die Menschen kenne, liebe ich die Hunde.« Mit diesen Worten drehten sich der Lumpensammler und sein geliebter Hund um und verschwanden zwischen den Bauernhäusern.

1
Uriah Heep

Hamburg, Donnerstag, d. 16. Oktober 1878

In der Dämmerung leuchtete das kleine Augenpaar hell und böse auf, aber vielleicht war das Tier auch nur verängstigt. Dem Jungen war es egal, er wollte nur die Prämie. Er hatte die Ratte in eine Nische am Ende des Ganges getrieben. Der finale Kampf stand kurz bevor. Die Ratte entschied sich für Angriff. Der Junge blieb gelassen stehen und schwang seinen Knüppel zum geübten und sicheren Schlag. Die Ratte quiekte hell auf und starb; Blut tropfte aus ihrem Maul, die Augen wurden glasig. Der Junge stopfte das Tier in eine Ledertasche, verließ die schmale Gasse und bog in die Marktstraße in Richtung Großneumarkt ein. Auf dem Weg schaute er an den hohen, dicht aneinandergereihten Fachwerkhäusern hinauf und konnte einen schmalen Streifen Himmel ausmachen. Es war ein klarer, kühler Abend, und die hellen Sterne grüßten ihn aus weiter Ferne. Er dachte an die große Welt, die sich jenseits der engen Gänge und Höfe seiner Heimat erstreckte. Er kannte sie nicht, seine Füße hatten den Boden der Gängeviertel erst selten verlassen. Es gab aber Bücher, die von fernen Welten erzählten. Aus der kleinen Bücherei seiner Schule, der Israelitischen Stiftungsschule von 1815, hatte er schon viele Bücher ausgeliehen. Abenteuerromane, Seemannsgeschichten, so etwas liebte er. In ihm war längst der feste Entschluss gereift, dass er – sobald sich die Gelegenheit bot – von hier fortgehen würde.

Die Marktstraße eröffnete sich auf den Großneumarkt. Als er den Platz betrat, streifte das Licht einer Gaslaterne sein Gesicht und ließ dunkle, aufmerksame Augen, volle Lippen und markante Gesichtszüge erkennen; kein Junge mehr, noch nicht ganz ein Mann. Er trug eine Ballonmütze, die nur unvollständig die schwarzen, lockigen Haare verdeckte. In den frühen Abendstunden herrschte noch reger Verkehr auf dem Platz und in den vielen kleinen Läden. Der Junge achtete kaum auf die Betriebsamkeit, sondern setzte seinen Weg über den Platz schnell fort. Als er vor einem vorbeifahrenden Pferdeomnibus der Firma Basson anhielt, sprach ihn von hinten eine bekannte Stimme an: »Hey Mosche, hast du einen guten Fang gemacht?«

Mosche drehte sich um. »Grüß dich, Benjamin. Ich habe zehn dabei, bin auf dem Weg zur Wache.«

»Zehn von sagen wir fünfzehntausend Ratten in Hamburg, ist ja nur eine Schätzung. Das macht … mal sehen … 0,0005 Prozent. Wir machen Fortschritte!« Benjamin war Klassenbester und kannte sich besonders in Mathe gut aus.

»Mir egal«, sagte Mosche.

»Hast du deine Hausaufgaben schon erledigt? Der Rée hat uns ordentlich zu tun gegeben.« Benjamin schien froh darüber zu sein.

»Mach dir um mich keine Sorgen«, erwiderte Mosche, verabschiedete sich und setzte seinen Weg zügig fort. Er bog bald in die Schlachterstraße ein und erreichte die große Michaeliskirche. Die Turmuhr zeigte gerade 7 Uhr am Abend, als die Glocken läuteten. Durch das Kirchenportal kam gerade ein Mann, der deutlich hinkte; er zog ein steifes linkes Bein nach.

Die Strecke bis zum Schaarmarkt ließ sich im Nu zurücklegen. Als der Junge an der Ecke zum Venusberg eine kurze Pause einlegte, schaute er über den Markt Richtung Hafen. Hier fing das Gängeviertel der Hafenarbeiter an: harte Männer, die eine harte Arbeit erledigten. Ihre Söhne waren genauso hart; sie hatten sich zu Banden zusammengetan, die ihr Revier verteidigten. Großer und Kleiner Bäckergang, Lieschengang, Brauerknechtgraben, Schaarsteinweg, Schaarhof, Matthiasstraße, Druvenhof, Eichholz, Bleichergang, Neuer Weg und

Vorsetzen – die Gänge und Höfe betrat ein fremder, gar ein jüdischer Junge am besten nicht, auf gar keinen Fall alleine. Mosche hatte keine Angst, sah aber keinen Grund, unnötig zu provozieren. Über den Hausdächern glomm ein fahles Licht vom Hafenbereich, in dem es seit einem Monat elektrische Lampen gab. Trotz des Straßenlärms war die ihm bekannte Hafen-Symphonie zu hören: Die Schiffspfeifen und Sirenen heulten und brüllten, zischten und kreischten, bald dumpf und tief, bald schrill und grell. Die Hauptschlagader der Handelsmetropole pulsierte vernehmbar.

Die Polizeiwache Venusberg lag an der Ecke zum Schaarmarkt. Mosche ging die paar Stufen hinauf zum Eingang des kleinen, einfachen Gebäudes. Als er den Empfangsbereich betrat, erhob sich ein Mann hinter der Theke, dessen Polizeiuniform etwas zu klein geraten war, oder der Mann hatte seit der Uniformzuteilung an Umfang zugelegt. »Na Mosche, was bringst du diesmal?«

Der Junge öffnete die Tasche: »Zehn Viecher, Herr Wachmeister.«

»Wie oft muss ich dir noch sagen, Mosche, dass ich Konstabler bin«, brummte der Ordnungshüter und streifte mit seiner Hand demonstrativ die Pickelhaube, die vor ihm auf dem Pult lag, als ob diese Kopfbedeckung seinen Titel bestätigen würde.

»Tut mir leid, Herr Konstabler«, sagte Mosche kleinlaut und erlaubte sich dabei ein Grinsen, das dem Polizisten jedoch entging.

»Schmeiß sie mal da hinten in die Tonne. Der Abdecker kommt gleich.« Der Konstabler nahm fünfzig Pfennige aus der Kasse und notierte den Vorgang in einem schwarzen Heft. »Deine Einnahmequelle versiegt, Mosche. Ab nächster Woche gibt es keine Prämie mehr für tote Ratten. Man sagt, dass ihr Juden angefangen habt, Ratten zu züchten, um zu kassieren. Die Gesundheitsdeputation setzt diesem Frevel endlich einen Riegel vor.«

Der Junge nahm das Geld, verbeugte sich leicht und sagte, als er eilig aus der Tür ging: »Auf Wiedersehen, Herr Wachmeister.«

Mosche verließ die Wache und tauchte wieder in die Herbstfrische des Oktoberabends ein. Die Sache mit der Prämie störte ihn weiter nicht; er war sicher, dass ihm etwas anderes einfallen würde.

Er beschloss, nach Hause einen anderen Weg zu nehmen. Er lief den Venusberg hinunter bis zur Ecke Jacobstraße, wo er in Richtung Zeughausmarkt einbog. Zu seiner Linken erhob sich die große Holländer Windmühle hinter der Mühlenbrücke. Sie befand sich in der alten Wallanlage, die sich im Halbbogen von der Elbe bis zur Außenalster erstreckte und die Grenze der Neustadt bildete. Allmählich verebbte die Geschäftigkeit auf den Straßen; die Menschen machten es sich in ihren Wohnungen bequem (sofern das in den meist kleinen Verliesen hier überhaupt möglich war) oder, zumindest die Männer, flüchteten in eine der zahlreichen Gastwirtschaften. Am Zeughausmarkt angelangt, bemerkte Mosche zu seiner Verwunderung so etwas wie ein Heimatgefühl in ihm aufkeimen. Er stand vor der Englischen Kirche und blickte auf ein großes Gebäude, das bereits mehrfach erweitert worden war – die Stiftungsschule, die 1815 von der israelischen Reformgemeinde gegründet worden war. Im Großen und Ganzen ging er gerne zur Schule, seine Lieblingsfächer waren Geografie und Geschichte. »Noch zwei Jahre Schule und dann nehme ich mein Leben selbst in die Hand«, sagte er leise zu sich. Vom Zeughausmarkt aus, gegenüber dem Millerntor, nahm er den Neuen Steinweg bis zur Kreuzung mit der Elbstraße, in die er links einbog. Die Elbstraße bildete das Zentrum des jüdischen Viertels der Neustadt. Hier befand sich die über die Stadt hinaus bekannte Judenbörse. Entlang der Straße wurden täglich alle erdenklichen Waren auf Holztischen und -gestellen angeboten. Inzwischen waren die Stände und Tische weitgehend abgebaut worden. Die jüdischen Händler wie auch die Stadt selbst bereiteten sich auf den Abend vor. Von hier aus war es nur ein kurzer Weg zur Poolstraße, an der das Wohnhaus seiner Eltern stand. Mosche verspürte jedoch noch keine Lust, nach Hause zu gehen zu seinen Eltern und den drei Geschwistern, die sicherlich gerade das Abendessen vorbereiteten. Er meinte, noch eine Viertelstunde Karenzzeit zu haben. Kurz entschlossen schlenderte er die Straße hinunter und erreichte bald die Kreuzung Martenstraße. Seine Füße trugen ihn schnell zur Kreuzung mit den Kohlhöfen, wo er rechts abbog. Er ging an der Synagoge der Orthodoxen vorbei und bog in die Neustraße ab. Von dem Bäckerbreitergang erreichte er bald über den Dragonerstall den Holstenplatz. Er konnte das große im Bau befindliche Justizgebäude sehen. Ginge man weiter an der alten Wallanlage entlang, erreichte man den Botanischen Garten. Der Junge spürte, wie übersichtlich, irgendwie klein alles innerhalb der alten Wallanlage wirkte. Er kannte das Gebiet wie seine Westentasche; hier konnte er sich kein neues Abenteuer mehr vorstellen. Er erinnerte sich an ein Buch, das er jüngst gelesen hatte, *David Copperfield* von Charles Dickens. Er hatte mit dem jungen Helden mitgefiebert, hatte ihn bei seinen zahlreichen Abenteuern begleitet bis zum glücklichen Ende. Man musste sich mit den Menschen, auch mit einem wie Uriah Heep, messen lernen, dachte der junge Pennäler.

Es war nun wohl doch Zeit, nach Hause zu gehen. Er nahm den schnellen Weg zur Poolstraße und erreichte das Wohnhaus, ein dreistöckiges Fachwerkgebäude mit Hinterhaus, das sich schräg gegenüber des Tempels der Reformgemeinde befand. Über dem Laden im ersten Stock wohnte seine Familie. Sein Vater hatte das Haus vor ein paar Jahren gekauft, zusammen mit dem Hinterhof. Seit 1861 durften Juden Grundbesitz in der Stadt erwerben. Das Lederwarengeschäft im Erdgeschoss lief gut, sein Vater war ein geübter Sattler und ein umsichtiger Geschäftsmann, und seine Mutter, stets gut gelaunt, bot die Ware feil. Es gab wenige Lederwarengeschäfte in der Neustadt, und sein Vater war als geschickter Handwerker über die Grenzen der Neustadt hinaus in der ganzen Stadt bekannt. Die Familie hatte sich einen bescheidenen Wohlstand erarbeitet. Neben dem Geschäft gab es Mieteinnahmen von den Wohnungen. Sein Vater, Marcus Nordheim, gehörte zum Gemeindevorstand des Tempel-Verbandes. Mosche war das älteste von vier Kindern.

Es war nach 8 Uhr, als Mosche die Wohnung betrat. Seine Mutter hatte gerade die Familie zum Esstisch gerufen, als er eintrat. Es gab Steckrübensuppe. Der Vater sah auf und grummelte: »Siehe da, der verlorene Sohn kehrt heim.«

»Ich habe Ratten zum Venusberg gebracht, dafür habe ich fünfzig Pfennige verdient.« Seine Geschwister schauten den älteren Bruder ehrfürchtig an; Mosche genoss in der Familie so etwas wie Narrenfreiheit.

Der Vater nickte, und seine Lippen zeigten ein feines Lächeln unter seinem Schnurrbart. »Du bist spät, aber nicht zu spät. Lasst uns essen.« Die sechsköpfige Familie nahm Platz an dem einfachen Holztisch und der Vater sprach das Tischgebet: »Baruch atta adonai, elohenu melech ha-olam, sche-ha-kol nihje bidwaro.« In Gedanken sagte Mosche das ihm bekannte Gebet auf Deutsch auf: »Gepriesen seist du, Ewiger, unser Gott; du regierst die Welt: Alles entsteht durch dein Wort.«

Die Familie Nordheim bekannte sich zu der liberalen jüdischen Reformgemeinde und pflegte einen lockeren und offenen Umgang. Für die Eltern zählten vor allem eine gute Erziehung und Ausbildung der Kinder. Der Vater erzählte gerne und die Mutter konnte lebhaft über die Menschen berichten, die ihr bei Ein- und Verkäufen begegneten. Die Kinder hörten zu oder sprachen von der Schule und ihren Freunden. Heute erzählte der Vater von einem Gespräch, das er nach der letzten Sitzung des Gemeindevorstandes geführt hatte. Ein Freund, der häufig größere Geschäfte in der Stadt tätigte, hatte Gerüchte gehört, dass sich ein Konsortium gegründet habe, das einen Sanierungsplan für das Gebiet nördlich des Großneumarkts realisieren wollte. Man hätte schon Kontakte mit der Baudeputation, mit Banken und weiteren Investoren aufgenommen. Weitere Einzelheiten waren aber nicht zu erfahren. Es war nicht das erste Mal, dass solcherart Gerüchte in der Hamburger Kaufmannschaft kursierten. Selbst der Senat hatte eingesehen, dass eine Sanierung wünschenswert wäre, unternahm aber selbst keinerlei Anstrengungen; dies sollte die private Wirtschaft tun, wie damals, als vor über zehn Jahren die erste Durchbruchstraße, die Wexstraße, entstand. »Mal sehen, was diesmal kommt«, sagte der Vater mit einer wegwerfenden Handbewegung.

»Vielleicht ist einer wie Uriah Heep unter ihnen«, meinte Mosche.

Seine Mutter sah ihn fragend an: »Das musst du uns erklären. Wer ist das? Wer ist dieser Uriah Heep?«

»Er war ein geldgieriger Schieber und Bösewicht im Roman *David Copperfield*, der allerhand krumme Geschäfte machte. Zum Schluss versuchte er, die Bank von England zu betrügen. Er wurde aber entlarvt und endete im australischen Gefängnis.«

»In Hamburg kannst du viele Uriah Heeps finden«, erwiderte sein Vater und lachte.

2
Notwendige Maßnahmen

Berlin, Samstag, d. 19. Oktober 1878

Ein Mann ging mit schnellen Schritten die Jerusalemer Straße in Berlin entlang. Er war klein und untersetzt und trug einen weiten, dunklen Mantel und eine abgewetzte Ledertasche. Obwohl das Viertel um die Leipziger Straße, auf die er zuging, seit der Reichsgründung eine bauliche Verdichtung erlebt hatte, gab es noch Freiflächen, die eine Heimat für Bäume boten, vor allem für Linden. Ein Dorf auf dem Wege zur Stadt, ja zur Weltstadt, dachte der Mann. Es war Ernst Günter Kiehn, Redakteur des Berliner Tageblatts. Als er in die Leipziger Straße einbog, verschaffte ihm der Anblick des neuen Konzerthauses Genugtuung. Deutsche Kultur!

Er war auf dem Weg zum Leipziger Platz. Der Wohncharakter der Straße war trotz der vielen neuen Geschäfte nicht gänzlich verloren gegangen; in den oberen Stockwerken logierten noch viele Familien des Bürgertums, denen es hier offensichtlich behagte. In großer Zahl hatte man die Gärten hinter den Häusern erhalten, einige waren in Wirtsgärten umgewandelt worden – so auch der des Lokals Leipziger Garten, in das der Redakteur später einkehren wollte. Kiehn kannte den Straßenzug gut, sozusagen wie seine Westentasche. Die Straße gefiel ihm, er freute sich auf das neue Zeitalter, dessen Anbruch mit der Reichsgründung fühlbar geworden war. Als störend empfand er lediglich die neuen Geschäfte, die von Juden betrieben wurden. Auch

Rudolf Mosse, der Herausgeber des Berliner Tageblatts, war jüdischer Abstammung. Kiehn fand es erniedrigend und ungerecht, dass Mosse sein Chef war. »Die Juden dringen überall ein«, dachte er laut. Etwas zu laut, denn eine ältere Frau mit einem krummen Rücken, die gerade an ihm vorbeischlurfte, stimmte ihm unverhohlen zu: »Dit is' wohl wohr, wa«, krächzte sie und verschwand.

Es war ein kühler Oktobertag, doch in der Stadt pulsierte das Leben. Menschen tummelten sich auf der breiten, gepflasterten Straße und den Gehwegen. Ein Pferdeomnibus fuhr gerade die Straße hinunter; an der großen Kreuzung bei der Wilhelmstraße verkauften jungen Burschen lautstark Zeitungen, Flaneure und Geschäftsleute liefen aneinander vorbei, ältere Männer saßen auf Bänken und schauten den jungen Dienstmägden hinterher, ein Milchhändler bugsierte seinen Wagen, der von einem Hund gezogenen wurde, durch die Menge, Marktfrauen schoben kleine Karren vor sich her, Hunde tollten herum und bellten, junge Männer in ihren Offiziersuniformen stolzierten herum, offenbar bestrebt, die Blicke der jungen Frauen auf sich zu ziehen. Ordnungshüter mit Pickelhelmen schritten durch die Menge und beobachteten das rege Treiben mit Argusaugen. Die wichtigsten Einrichtungen des neuen Reiches befanden sich in unmittelbarer Nähe. Kiehn sah die Reichspost, das Kriegsministerium, das Ministerium für öffentliche Arbeit, das Reichsjustizamt, die Kaiserliche Admiralität sowie das Preußische Herrenhaus. Er steuerte das Gebäude daneben an: das Provisorium des Deutschen Reichstages. Ernst Günter Kiehn wollte eine Plenarsitzung besuchen. An diesem Tag sollte das Gesetz gegen die gemeingefährlichen Bestrebungen der Sozialdemokratie vom Reichstag verabschiedet werden. Redakteur Kiehn bahnte sich seinen Weg durch die Menge zur Zuschauertribüne. Von seinem Platz aus hatte er eine ausgezeichnete Sicht auf den Plenarsaal. Die 397 Abgeordneten saßen dicht gedrängt in Hufeisenform um das zentrale Rednerpult, rechts davon saß auf der Regierungsbank bereits Reichskanzler Fürst Otto von Bismarck. Die Tribüne war gut gefüllt, denn die Sitzung wurde mit Spannung erwartet. Es hatte heftige Kontroversen zwischen den Parteien gegeben, über die in der

Presse berichtet worden war. Kiehn öffnete seine Tasche und entnahm ihr Papier und Schreibfeder. Obwohl ihm die Ereignisse der letzten Monate noch frisch im Gedächtnis waren, überflog er seine Notizen. Die Macht der Gewohnheit.

Am 11. Mai hatte der Klempnergeselle Max Hödel ein Attentat auf Kaiser Wilhelm verübt, als dieser in einer offenen Kutsche die Straße Unter den Linden entlangfuhr; glücklicherweise verfehlte der Attentäter sein Ziel. Man ging davon aus, dass Hödel sich von den Sozialdemokraten hatte aufstacheln lassen. Unmittelbar danach legte Reichskanzler Fürst von Bismarck einen Gesetzesentwurf vor, um die Gefahren, die nach Ansicht der Regierung von der Agitation aus den Kreisen der Sozialdemokraten ausgingen, einzudämmen. Der Reichstag wies den Entwurf nach lebhafter Debatte zurück. Es bedurfte eines zweiten Attentatsversuchs auf Seine Majestät am 2. Juni – der Kaiser wurde diesmal schwer verletzt –, bevor der Reichstag sich den Ernst der Lage eingestand. Zünglein an der Waage, das waren die National-Liberalen Abgeordneten, die den ersten Entwurf abgelehnt hatten, immerhin waren sie die größte Fraktion. Beim Wahlkampf im Juli hatten sie sich aber dem Rechtsruck der Konservativen angepasst, um ihre Wiederwahl zu sichern. Das neue, verschärfte Gesetz sah das Verbot von Unterverbänden, Druckschriften und Versammlungen der Sozialdemokraten und ihr nahestehenden Organisationen, vor allem Gewerkschaften, vor. Kiehn beeindruckte es, wie Bismarck die Hysterie um die Attentate nutzte, um sein Gesetz durchzubringen, das einen kräftigen Schlag gegen die Sozialdemokratie wäre. Bisher war überhaupt nicht bewiesen, dass sie im Zusammenhang mit den Attentaten stand. Eine Nebensache, dachte er. Als Kiehn, damals ein Unteroffizier im gesamtdeutschen Heer, vor Sedan lag, wollte er sein Leben nicht dafür aufs Spiel gesetzt haben, ein vereintes Deutschland zu gründen, in dem Sozialdemokraten eine Rolle spielen sollten! Kiehn richtete seine Aufmerksamkeit wieder auf das Plenum. Das Schauspiel sollte beginnen.

Um Punkt 10:30 Uhr eröffnete Reichstagspräsident Maximilian Franz August von Forckenbeck die sechzehnte Sitzung des Deutschen Reichstages. »Wir treten in die Tagesordnung ein. Erster und einziger

Punkt ist die Fortsetzung der dritten Beratung des Gesetzentwurfes gegen die gemeingefährlichen Bestrebungen der Sozialdemokratie.« Der Redakteur notierte. Es folgten überwiegend langweilige Reden und schließlich eine Abstimmung. Die längste Rede hielt der Abgeordnete August Bebel. Babel wäre treffender, dachte der Redakteur belustigt. Das Gesetz wurde wie erwartet mit 221 Ja-Stimmen, also mit großer Mehrheit beschlossen. Zum Schluss ergriff Reichskanzler Otto von Bismarck das Wort. Kiehn notierte. Der Bundesrat habe bereits zugesichert, das Gesetz einstimmig anzunehmen, es werde unverzüglich in Kraft treten. Die Regierung werde alles unternehmen, »die Krankheit zu heilen, die unser Gemeinwesen ergriffen hat.« Zufrieden mit sich, denn sein Bericht war so gut wie fertig, machte Kiehn sich auf den Weg zu seinem bevorstehenden Treffen, in seinen Augen dem weitaus wichtigeren Termin an diesem Tag.

Im Gasthof Leipziger Garten herrschte eine heitere Betriebsamkeit. Die Spätnachmittagssonne war noch kräftig genug, so dass einige Gäste die Tische im Vorgarten besetzten. Kiehn ging an den schwatzenden und lachenden Berlinern vorbei in den Innenraum der Gaststätte. Ein Kellner begleitete ihn zu einem Raum im hinteren Teil des Hauses, wo bereits eine Gruppe von zwölf Männern auf ihn wartete. Die Versammelten begrüßten den Neuankömmling kurz mit ernster Miene. Von ausgelassener Stimmung war hier rein gar nichts zu spüren, als hätte sie es nicht durch die verschlossene Tür geschafft.

Ein dicker, großer Mann, der sich trotz seines Gewichts überraschend leicht in seinem gut geschneiderten, schwarzen Anzug bewegte, stand auf und richtete das Wort an die Versammlung. Kiehn kannte ihn bereits: Freiherr Klaus Albrecht von Schossin, Gutsherr von Gresse und Reichstagsabgeordneter aus dem Mecklenburgischen. Eine große, raumfüllende Gestalt mit weichen Gesichtszügen, einem Doppelkinn und einem bemerkenswerten Schnurrbart, dessen sorgfältig frisierte Enden spitz nach oben zeigten. Wenn er lächelte – es war kein angenehmes Lächeln – zogen die Spitzen sich weiter nach oben und verliehen seinem Gesicht ein fratzenhaftes Aussehen.

»Meine Herren, wir sind jetzt vollständig zu unserem informellen Treffen versammelt. Wie Sie wissen, haben wir absolute Vertraulichkeit vereinbart. Es geht darum, gewisse Maßnahmen in die Wege zu leiten, die notwendig sind, um die Zukunft des neuen Reiches zu sichern. Wir haben gerade ein Gesetz gegen die gefährlichen Auswüchse der Sozialdemokratie verabschiedet. Das Gesetz ist notwendig, auch wenn es nach meiner Ansicht noch schärfer hätte formuliert werden müssen. Aber das allein reicht aber nicht aus! Seine Durchlaucht Reichskanzler von Bismarck ist ein großer Staatsmann, er verkennt jedoch eine akute Gefahr für unser Reich …« Schossin machte eine rhetorische Pause und blickte in die Runde, um dann energisch fortzufahren: »Ganz richtig: die Juden. Seit der Gleichstellung durch den Norddeutschen Bund im Jahre 1869 sind Juden in alle Bereiche der Wirtschaft, Wissenschaft und der Politik eingedrungen. Nach nicht einmal zehn Jahren beherrschen sie einige wichtige Machtstellen im Reich. Widerstand gegen das Judentum beginnt sich aber zu formieren. Domprediger Adolf Stoecker hat die Gründung einer neuen Partei initiiert – die Christ-Soziale, die sich gegen den verjudeten Großkapitalismus wie gegen die verjudete Sozialdemokratie richtet. Ich denke, wir sind uns alle einig, dass diese Bewegung zu schwach und rückwärtsgewandt ist, um ein wirksames Bollwerk gegen das Judentum zu bilden.« Der Redner pausierte erneut und musterte die Versammelten, seine Bartspitzen zuckten. »Wir haben heute einen neuen Kampfgenossen. Mitglied darf ich nicht sagen, ein Verein sind wir noch nicht, und zwar den Schriftsteller und Journalist Herrn Wilhelm Marr.« Der Angesprochene deutete eine leichte Verbeugung an, wobei er seinen durchdringenden Blick weiter in die Zuschauermenge richtete und dabei keine Miene verzog. Herr von Schossin fuhr fort: »Er hat sich seit langem mit dem Judenthema befasst, vielleicht erinnern Sie sich an seinen öffentlichen Streit mit dem jüdischen Juristen Gabriel Riesser aus Hamburg über die rechtliche Gleichstellung der Hebräer vor etwa fünfzehn Jahren. Herr Marr schreibt derzeit an einem Buch. Ich habe ihn gebeten, uns heute seine Gedanken mitzuteilen, denn ich glaube, wir sind auf einem gemeinsamen Weg.«

Alle Augen richteten sich auf einen Mann fortgeschrittenen Alters mit einer noch vollkommen schwarzen Haarpracht und einem Henriquatre-Bart, der etwas behäbig von seinem Stuhl aufstand. »Meine Herren! Ich bedanke mich für die Gelegenheit, Ihnen meine Ansichten vortragen zu dürfen. Mein Buch befindet sich derzeit im Druck und wird Anfang des Jahres erscheinen. Es trägt den Titel: *Der Sieg des Judenthums über das Germanenthum – vom nichtconfessionellen Standpunkt aus betrachtet.* Wenn wir vom Juden reden, handelt es sich dabei um eine fremde Rasse, dessen müssen wir uns bewusst sein. Es geht nicht um eine Konfession, eine Gottesverehrung – wie sie sich auch immer äußern mag –, sondern um eine Rasse. Das Judentum bezeichnet keine Glaubensrichtung, sondern ein Volk. Mann oder Frau sind als Juden geboren und sie bleiben Juden, auch wenn sie zum Christentum konvertieren, oder gar Atheisten werden. Die Juden sind eine fremde Rasse von Parasiten, die erfolgreich die Ausbeutung Deutschlands betreiben.« Der Redner hielt kurz inne, seine Augen begannen zu leuchten. Er war offenbar von seiner eigenen Rede ergriffen. »Die Alliance israélite universelle hat ihre Filialen in jedem Lande, auch hier in Berlin, der Hauptstadt des Deutschen Reiches. Seit 1792 gibt es die sogenannte Gesellschaft der Freunde – man merke sich den Namen! Es ist eine jüdische Einrichtung, die unweit von dieser Stätte in der Neuen Friedrichstraße ihren Sitz hat, und von dort aus das Programm des Judentums verwirklicht. Agenten und Helfershelfer sind überall aktiv, manchmal in geheimer Tätigkeit. Sie fragen: Welches Programm? Die Association israéliste strebt nach der …«, Marr machte erneut eine theatralische Pause, »… Weltherrschaft! Sie besitzt mehr Geld als alle Kaiser und Könige, und durch die Investition für ihre Zwecke vermehrt sie diesen Reichtum. Wer beherrscht die Presse, wer die Banken, wer die Industrie in unserem Deutschen Vaterland? Die Juden! Im Reichstag reden sie mit, in allen Fraktionen. Es gibt die goldenen und roten Juden, also die reichen Kapitalisten und die Sozialdemokraten. Sie arbeiten aber Hand in Hand an der Übernahme der Weltherrschaft.«

»Herr Marr, Sie malen ein pessimistisches Bild. Gibt es ein Mittel dagegen? Wir sind nicht hier versammelt, um uns Vorträge anzuhören, sondern um eine Strategie zu entwickeln«, bemerkte ein Teilnehmer vorlaut.

»Öffentlichkeit, das ist die Antwort! Wir müssen das Programm der Juden, die angestrebte Weltherrschaft, öffentlich entlarven. Propaganda und Agitation sind notwendig. Wir müssen das deutsche Volk wachrütteln«, erwiderte Marr und gestikulierte dazu wild mit den Armen.

Freiherr von Schossin ergriff das Wort: »Wir haben bereits über die Gründung einer Vereinigung, einer Antisemiten-Liga, gesprochen. Das Buch von Herrn Marr zeigt deutlich: Wir, die Deutschen, müssen uns zur Wehr setzen. Ich denke, es ist Zeit zum Handeln.«

Nach Beendigung der Sitzung gingen Redakteur Kiehn und Reichstagsabgeordneter von Schossin gemeinsam die Leipziger Straße entlang. »Was halten Sie von Marr?«, fragte Kiehn seinen Begleiter.

»Ein ziemlich armer Schreiberling, zu schrill für meinen Geschmack. Er muss Geld verdienen und liebt daher Skandale und Krach. Sein Standpunkt ist aber richtig, und er kann uns behilflich sein. Sein Buch wird ein Erfolg sein, davon bin ich überzeugt. Die Zeit ist reif für uns, es gärt im Deutschen Reich.« An der Ecke Jerusalemer Straße trennten sich ihre Wege und die beiden Männer versicherten sich, dass sie sich bald wieder treffen würden.

Der arme Schreiberling war auch seiner Wege gegangen. Er steuerte auf den Verlag Otto Hentze in der Friedrichstraße zu, wo sein Werk erscheinen sollte. Er war mit sich zufrieden, was wahrlich selten der Fall war in seinem unsteten Leben. Er war inzwischen fast sechzig Jahre alt und hatte sich seinen Lebensunterhalt als Journalist sein Leben lang mehr schlecht als recht verdienen können – in Deutschland, in der Schweiz, sogar in Costa Rica hatte er gelebt. Er hatte sich als Politiker in Hamburg versucht und war kläglich gescheitert. 1862 veröffentlichte er einen antisemitischen Beitrag im *Courier an der Weser,* in dem er den damaligen Präsidenten der Hamburger Bürgerschaft, Gabriel Riesser, scharf attackierte. Er warf den Juden vor, die Emanzipation zu missbrauchen, um sich wirtschaftliche und politische Machtpositionen innerhalb der Hamburger Kaufmannsoligarchie zu sichern. Der Protest gegen den Artikel führte zur Aufgabe seiner politischen Ämter. Die Zeit war noch nicht reif gewesen.

Wilhelm Marr war im Kern ein Radikaler, ein Anarchist, der den Untergang zugleich fürchtete und ersehnte. Im Antisemitismus witterte er ein neues, lukratives Betätigungsfeld, das außerdem seiner persönlichen Neigung entsprach. Es sollte weitergehen: Neue Veröffentlichungen hatte er sich vorgenommen, die Gründung einer Antisemiten-Liga würde die Sache nur befördern. Als er endlich das Verlagshaus erreichte, betrachtete er die nüchterne Fassade und sagte leise: »Am Anfang ist das Wort.«

3
Das Judaskreuz

Rittergut Gresse, Sonntag, d. 26. September 1879

Feine, schwarze Stiefeletten stiegen die ausgetretenen Steintreppen hoch, die zum Eingangsbereich des im neugotischen Stil erbauten Herrenhauses des Rittergutes Gresse in Mecklenburg führten. Der Mann, der die Stiefel trug, wurde von Freiherr Klaus Albrecht von Schossin, dem Gutsherrn, an der Eingangstür empfangen. Gutsherr von Gresse war er streng genommen gar nicht, denn sein Vater, inzwischen ein seniler Greis, der die meiste Zeit auf einer Gartenbank saß und den Dienstmägden nachschaute, lebte noch. Aber er zählte nicht. Freiherr Klaus Albrecht war ein Erfolgsmann und leitete das Gut mit eiserner Hand. Sein Besitz war weitgehend schuldenfrei, was man von den meisten Gütern in Mecklenburg nicht sagen konnte. Sie gehörten den Hamburger Banken, und gehörten die nicht ohnehin fast alle den Juden?! Mit zäher Beharrlichkeit hatte er sich in der Politik durchgesetzt, seit 1874 saß er für die Deutschen Konservativen im Reichstag. Sein Ehrgeiz entsprach seinem leiblichen Umfang – er wollte mehr.

Das Gefühl der Macht war für ihn wie eine Droge.

Die beiden Herren begrüßten sich förmlich mit einem festen Händedruck. Wortlos führte von Schossin seinen Besucher durch eine Tür rechts vom Eingang in einen kleinen Salon. Zigarren wurden angezündet und ein edler Portwein eingeschenkt. Der Gutsherr brach das Schweigen: »Mein lieber Herr Gierling, ich freue mich, dass Sie heute kommen konnten. Nachher habe ich noch eine Verabredung, aber dieses Gespräch ist mir genauso wichtig, wenn nicht sogar wichtiger. Ich hoffe, Sie hatten eine angenehme Fahrt. Der Weg von Hamburg ist weit, aber dank der guten deutschen Eisenbahn kann man ihn bequem an einem Tag hin und zurück fahren.« Gierling nickte und lächelte zufrieden. Von Schossin fuhr fort: »Wir wollen über das Projekt in Hamburg sprechen. Wie ich höre, sind Sie auf einem guten Weg. Können Sie mich bitte über den aktuellen Stand informieren?«

Gerling räusperte sich: »Der Plan ist inzwischen von der Baudeputation zur Beratung angenommen worden. Wir haben schon erste Gespräche geführt. Mein Bruder, Herr Rechtsanwalt Doktor Alfons Gierling – Sie haben ihn in Berlin kennengelernt –, verfügt über ausgezeichnete Kontakte zum Senat. Es herrscht in den politischen Gremien inzwischen Konsens, dass die gegenwärtigen Zustände in der Neustadt, allgemein als Gängeviertel bekannt, unhaltbar sind.«

Von Schossin nickte, er hatte bereits einen Bericht zu diesem Thema gelesen. Auf einem kleinen Areal zwischen der Altstadt und Altona, einer Art Labyrinth aus unzähligen Gassen, lebten zehntausende von Menschen, Hafenarbeiter, Gelegenheitsarbeiter, Ganoven, Dirnen, Juden und weiteres Gesindel, zusammengepfercht in mehrstöckigen Fachwerkhäusern. Ein funktionierendes Abwassersystem gab es nicht. Es herrschten Armut, Kriminalität und Prostitution. Er hatte von einer Viehzählung gehört, die eine Vielzahl von Ziegen, Rindern, Schafen, Gänsen und natürlich Hühnern auflistete. Schweine waren hingegen verboten, da ihr Gestank Ratten anziehen konnte. Die Ratten kamen trotzdem. Die Behörden hatten dafür eine Gegenmaßnahme erlassen: Für jede gefangene Ratte wurde eine Prämie von fünf Pfennigen gezahlt. Für die Kinder im Gängeviertel ein lukratives Spielchen!

Ludwig Gierling setzte wieder an: »Unser Plan sieht eine großräumige Sanierung des Gebietes im Norden des Großneumarkts vor. Obwohl der Plan noch nicht angenommen worden ist, wollen wir anfangen, Grund und Boden zu erwerben. Wir brauchen dafür mehr Kapital. Ein gewisses Risiko ist zwar vorhanden, der Gewinn kann jedoch beträchtlich ausfallen.«

Von Schossin lächelte seinen Besucher vielsagend an, seine Bartspitzen zogen sich steil nach oben. Die Vorstellung, den Spieß einmal umzudrehen, gefiel ihm. Bisher waren es vornehmlich Hamburger Pfeffersäcke, die Mecklenburger Güter aufkauften, nun hatte er die Möglichkeit, sich endlich selbst ein Stück Hamburg unter den Nagel zu reißen. Und er war kein Tagträumer: »Lieber Herr Gierling, wenn ich Sie richtig verstehe, suchen Sie nach weiteren Investoren.« Sein Besucher nickte und nahm einen Schluck Portwein. »Nun«, sagte von Schossin, »ich könnte mir eine Beteiligung vorstellen, muss aber noch mehr Details über den Plan und das Finanzkonzept in Erfahrung bringen. Wir Mecklenburger sind zwar etwas behäbig, aber dafür solide und gründlich. Vielleicht können Sie mir einige Unterlagen überlassen, und wir unterhalten uns bald wieder. Ich könnte nach Hamburg kommen, um das Areal auch einmal in Augenschein zu nehmen.«

»Herr Reichstagsabgeordneter von Schossin, das lässt sich machen. Meine Brüder und ich würden Sie gerne in unserem Büro begrüßen. Es gibt allerdings noch eine Kleinigkeit, die Sie wissen sollten.« Gierling hielt kurz inne und schaute seinen Gesprächspartner fest an. »Es gibt einen Konkurrenten, den vermögenden Kaufmann Hermann Goldschmidt, der ähnliche Pläne hegt; allerdings möchte er Wohnraum für die Menschen schaffen, die dort bereits ansässig sind. Ich für meinen Teil halte dies für illusorisch. Unser Plan sieht eine Sanierung vor, die bessergestellte, sprich potentere Mieter ansprechen soll. Wir sehen damit die Gewinnaussichten erheblich verbessert.«

»Wie ernst ist das Problem?«

»Herr Goldschmidt ist ein wohlhabender Geschäftsmann, der über gute Beziehungen verfügt, insbesondere zur jüdischen Geschäftswelt. Er ist selbst konvertierter Jude, hieß früher Salomon Goldschmidt.«

»Jude bleibt Jude«, sagte Freiherr Klaus Albrecht von Schossin.

Im Garten des Herrenhauses betrachtete ein alter, nachlässig gekleideter Mann, der mit seinem Gehstock vor sich auf einer hölzernen Bank saß, eine Gruppe junger Dienstmägde, die gerade auf dem Weg zur Gutsscheune waren; er achtete nicht auf die Besucher, die einer nach dem anderen grußlos an ihm vorbeigingen und das Gutshaus betraten. Sie wurden von einem ältlichen Diener empfangen, der ihnen mit gebeugter Haltung Hut und Mantel abnahm, sie dann durch eine massive Flügeltür begleitete und sie in einen großen Raum führte. Nach und nach versammelten sich fünfzehn Männer um einen langen, hölzernen Tisch, der Raum wurde sonst offenbar als Speisezimmer genutzt. Er war zur Hälfte mit dunklen Wandhölzern getäfelt, an den gelben Putzflächen darüber hingen Gemälde, Jagdszenen, die erkennbar nicht von einem alten Meister stammten. Am Kopfende des Tisches, unter einem Geweih hing ein Ahnenporträt. Ein Mann mittleren Alters schaute mit strenger Miene in den Raum hinein, gekleidet im Habitus eines Gutsbesitzers des 18. Jahrhunderts. Er trug den gleichen Schnurrbart wie Klaus Albrecht von Schossin. Dieser saß am Kopfende, denn er war der Gastgeber und damit inoffizieller Vorsitzender. Berechnend musterte er seine Gäste. Am langen Tisch hatten bereits Platz genommen der Redakteur Kiehn (ein braver Diener der Sache), der Schriftsteller Wilhelm Marr (ein Phantast, aber sein Buch war – wie vorausgesehen – ein Verkaufserfolg), der Hauptpastor der großen Michaeliskirche in Hamburg, Johann Jörg Zimmermann (ein wortgewaltiger Gegner von allem, was dem Wort Christi aus seiner Sicht widersprach), Staatsanwalt Theodor Rohdantz aus Ratzeburg (ein verschlossener, ehrgeiziger und eitler Mensch und radikaler Judenhasser), der Verleger Friedhelm Mast aus Schwerin (er besaß einen Kleinverlag, der expandieren sollte) und der Geschichtsprofessor Doktor Eduard Topitz (ein Schwätzer zwar, doch es war immer vorteilhaft, einen Professor in der Runde zu haben).

Gerade, als von Schossin das Wort ergreifen wollte, ging die Tür nochmals auf. Der Berliner Gymnasiallehrer Doktor Ernst Henrici betrat den Raum mit ausladenden Schritten, grüßte die Anwesenden kurz und nahm Platz am Ende des Tisches. Von Schossin zeigte sein spitzbärtiges Lächeln: »Meine Herren! Wie Sie wissen, sind wir heute versammelt, um einen Verein, die Antisemiten-Liga, zu gründen. Erlauben Sie mir einen kurzen Rückblick. Der glorreiche Sieg über Frankreich bildete die Geburtsstunde für das Wiedererwachen des deutschen Volkes, für die Gründung des Deutschen Reiches. Unser Volk stand vor einer neuen Epoche, seine ungeheure Schaffenskraft, die so lange durch äußere Mächte gehemmt und unterdrückt gewesen war, versprach eine leuchtende Zukunft. Deutschland setzte an, seinen Platz an der Sonne zu erobern. Es gab – und gibt – jedoch einen geheimnisvollen, aber mächtigen Feind des neuen Reiches, den Feind im Inneren. Er zeigte sich 1873 bei dem großen Börsenkrach, der in unsere gegenwärtige, das deutsche Volk lähmende Wirtschaftskrise mündete. Es waren jüdische Bankiers und Finanziers, die aus Raffgier den Börsenkrach herbeiführten. Ehrbare deutsche Fabrikanten und Handwerker wurden von blutsaugenden, jüdischen Finanzkapitalisten in den Ruin getrieben. Einige Wenige haben damals die wahren Ursachen erkannt. Der Journalist Otto Glagow veröffentlichte bereits 1874 in der Zeitschrift Gartenlaube einen Artikel, in dem er den Nachweis erbrachte, dass es das verjudete Finanzkapital war, welches den Börsenkrach verursachte. Der Widerstand formierte sich langsam, aber stetig, als immer weitere Teile des deutschen Volkes die Gefahr durch die Verjudung erkannten. Wohlgemerkt, hier geht es nicht um den jüdischen Ritus, einen Glauben, sondern es geht um eine Rasse, ein orientalisches Volk.« Der Redner hielt kurz inne und musterte seine Zuhörer, die schweigend anhörten, was ihnen längst bekannt war. »Die Reden und Aktivitäten des Hofpredigers Stoecker sind bekannt. Es gibt immer mehr deutsche Männer, die ihre Stimme erheben. Unter uns ist heute Herr Studienrat Doktor Ernst Henrici, der gleich einige Worte an uns richten wird. Herr Journalist Wilhelm Marr wird über sein Buch und weitere Projekte berichten. Die Idee mit der Antisemiten-Liga kam uns bei unserem letzten Treffen in Berlin. Die Zeit ist reif dafür. Die Zeit wird kommen, in der das deutsche Volk erkennen wird, dass alles Jüdische aus der Volksgemeinschaft eliminiert werden muss. Zuerst bitte ich Herrn Professor Doktor Eduard Topitz um eine kurze Erläuterung des aktuellen, sogenannten Antisemitismusstreits in Berlin.«

Der Angesprochene sortierte einige vor ihm liegende Papiere, räusperte sich vernehmlich und begann zu dozieren, ohne seine

Zuhörer auch nur eines Blickes zu würdigen: »Der geschätzte Kollege Herr Prof. Doktor Heinrich von Treitschke veröffentlichte jüngst in der Zeitschrift *Preußische Jahrbücher* einen Artikel über Deutschlands Aussichten, in dem er die Gefahren durch die Juden nachdrücklich erläuterte. Die Bestrebungen der Gleichberechtigung quittieren die Juden mit Undank und Egoismus, nur zum Schein die Sitten und Gebräuche des deutschen Volkes angenommen. Die natürliche Reaktion des germanischen Volkes auf das fremde Element hat folgerichtig die Judenfrage in der Öffentlichkeit aufgeworfen. Über unsere Ostgrenze dringt Jahr für Jahr aus der unerschöpflichen osteuropäischen Wiege eine Schar strebsamer hosenverkaufender Jünglinge herein, deren Kinder und Kindeskinder dereinst Deutschlands Börsen und Zeitungen beherrschen sollen; die Einwanderungsrate nimmt drastisch zu. Bis in die Kreise der höchsten Bildung hinauf. Unter Männern, die jeden Gedanken kirchlicher Unduldsamkeit oder nationalen Hochmutes mit Abscheu von sich weisen würden, ertönt es heute wie aus einem Munde: Die Juden sind unser Unglück! Natürlich wurde der Artikel von der liberalen, von Juden beherrschten Presse scharf angegriffen.« Der Redner erging sich in Wiederholungen, keiner der Anwesenden hörte mehr wirklich zu. Von Schossin nickte pflichtbewusst, als Professor Topitz endlich ein Ende fand.

Der Gastgeber forderte Wilhelm Marr auf, das Wort an die Runde zu richten: »Meine Herren! Mit meinem Buch, das mittlerweile bereits einige Auflagen erfahren hat, habe ich den Sieg des Judentums über das Germanentum vorausgesagt. Es sollte wachrütteln. Wir wählen die Fremdherrschaften in die Parlamente, wir machen sie zu Gesetzgebern und Richtern, zu Diktatoren der Staatsfinanzsysteme, wir haben ihnen die Presse überantwortet. Der Sieg ist aber nicht gottgewollt. Es gilt, alle Bekenntnisse, alle Parteien, alle Verbände zu einer gemeinsamen, engen Verbindung zu bringen, die nach einem Ziele streben wird! Nach dem Ziele, das deutsche Vaterland vor der vollständigen Verjudung zu bewahren. Wir hassen nicht den Glauben der Juden, wie sie uns vorwerfen, sondern die hässlichen Besonderheiten dieser Asiaten, die nicht mit der Taufe abgelegt werden können: Ihre

Schamlosigkeit und Arroganz, ihre Unanständigkeit und Frivolität, ihr vorlautes Wesen und ihre schlechte Grundeigenschaft. Mein neues Buch *Der Weg zum Siege des Germanenthums über das Judenthum* erscheint im kommenden Jahr.«

Ohne Aufforderung stand Ernst Henrici auf und sah eindringlich in die Runde. Mit seinen leuchtenden Augen, der aufgetürmten Haarpracht, seinem wilden, ungepflegten Bart und seinen ausladenden Gesten sah der junge Lehrer wie der geborene Agitator aus. »Meine Herren! Meine Vorredner haben die Lage beschrieben, jetzt gilt es zu handeln. Einen Verein gründen, gut. Aber das ist unzureichend. Wir müssen das Volk erreichen. Ich werde demnächst in Grevesmühlen eine Kundgebung halten, zeigen auch Sie in den Dörfern und Städten unseres Reiches Präsenz. Außerdem habe ich mit weiteren Aufgeweckten aus Berlin eine Antisemitenpetition entworfen, die wir im kommenden Jahr zur allgemeinen Unterschrift im Deutschen Reich verteilen. Darin fordern wir die Entfernung von Juden aus dem Staatsdienst und dem Heer, ein Verbot der Anstellung jüdischer Lehrer an Volksschulen, nur in Ausnahmen ihre Zulassung an höheren Schulen und Hochschulen, die Wiederaufnahme der amtlichen Statistik über die jüdische Bevölkerung und die Einschränkung der Einwanderung von Juden aus Österreich-Ungarn und Russland.«

Nach weiteren Reden und Wortmeldungen rief von Schossin die Versammlung zur Gründung der Antisemiten-Liga auf, die ohne Weiteres vollzogen wurde. Zum Vorsitzenden wählten die Anwesenden auf Vorschlag des Gastgebers den Redakteur Kiehn.

Als die Versammelten sich verabschiedeten, blieben einige Herren zurück, die im kleinen Salon Platz nahmen. Neben dem Hausherrn waren es Staatsanwalt Rohdantz, Lehrer Henrici und Hauptpastor Zimmermann, die es sich um einen kleinen, runden Kaffeetisch gemütlich machten. Von Schossin sagte: »Meine Herren, ich habe mit Ihnen in Einzelgesprächen über mögliche Maßnahmen gesprochen, die über das hinaus gehen, was wir mit unserer Antisemiten-Liga vorhaben. Die Liga ist gut und notwendig, aber sie reicht nicht aus. Die

Juden verfolgen ihr Ziel im Verborgenen, wir tun es ihnen nach. Es ist Zeit, denke ich, dass wir uns gemeinsam treffen, um gewisse Ziele zu erörtern. Als Zeichen unserer Verbundenheit und Entschlossenheit habe ich einen Talisman erstellen lassen.« Schossin hielt einen kleinen, metallischen Gegenstand in die Höhe, er ähnelte einem Kreuz, dessen kurze Arme leicht nach oben gebogen waren. Es verjüngte sich zur Spitze hin, fast wie ein Dolch. »Dies soll unsere Waffe sein«, in seinen Augen blitzte Freude auf. »Unsere Waffe gegen das Judentum. Ich nenne es: das Judaskreuz.«

4
Mord am Denkmal

Mölln, Mittwoch, d. 22. Oktober 1879

»Advokat, Advokat!«, Die hohen Knabenstimmen trillerten über das Kopfsteinpflaster des Möllner Marktplatzes. Ein hagerer, hochgewachsener Mann, besonders jung wirkte er nicht, eingehüllt in einem abgenutzten Mantel, drehte sich langsam um, als er jäh von einem Schlammball ins Gesicht getroffen wurde. Der schwarze Matsch klebte an seiner hohen Stirn und tropfte über seine Nase zu Boden. Die Übeltäter rannten lachend und johlend davon. Der Angegriffene holte ein löchriges, aber sauberes Taschentuch aus seinem Rock und wischte sich den Schlamm aus dem Gesicht. Er verzog dabei keine Miene. Die Marktfrau, an dessen Stand er gerade ein paar Möhren hatte erstehen wollen, schien die Szene genossen zu haben; als er sie ansah, um seine Bestellung aufzugeben, schaute sie schnell weg.

Mit seinem mageren Einkauf nahm Advokat Friedrich Sprewitz, der frühmorgendlichen Herbstfrische zum Trotz, Platz an einem der Außentische der Gastwirtschaft Mylius, die sich zum Marktplatz hin öffnete. Es war ihm zur Gewohnheit geworden, an Markttagen einen Außentisch zu besetzen und ein braunes Bier zu trinken. Dieser Stammplatz hatte sich zum zweiten Standort seiner Kanzlei entwickelt, denn es kam zuweilen vor, dass Marktbesucher, gerade diejenigen, die über wenig finanzielle Mittel verfügten, ihn um einen Rat baten oder ihm mit dem Verfassen einer Petition oder eines anderes Schreibens an die Behörden beauftragten – gegen ein geringes Honorar selbstverständlich. Seine Kanzlei warf nicht viel ab, aber es genügte dem Advokaten. Was in der Stadt über seine Person erzählt wurde, zumeist wenig Schmeichelhaftes, kümmerte ihn nicht. Er lebte für sich, er genügte sich selbst.

Sprewitz nahm gerade einen Schluck Bier, als ein Mann, seinem Habitus nach zu urteilen ein Landmann, der wegen des Markttages in der Stadt unterwegs war, ihn ansprach: »Herr Advokat, ich habe ein Schreiben vom Gericht erhalten, das ich nicht verstehe. Man sagte mir«, er machte eine ausladende Handbewegung, die den Markplatz und die anwesenden Händler einschloss, »dass Sie sich mit solchen Dingen auskennen … was muss ich für einen Ratschlag berappen?«

»Setzen Sie sich, guter Mann«, antwortete Sprewitz trocken. »Für unser kleines Gespräch geben Sie uns einen Branntwein aus. Um mehr sagen zu können, muss ich mir das Schreiben erst einmal ansehen.« Der Bauer nickte erleichtert, ließ sich in einem der Stühle nieder und überreichte dem Advokaten ein Dokument, das durch die offenbar längere Reise in die Stadt deutlich gelitten hatte. Sprewitz bestellte zwei Gläser Branntwein und überflog das Dokument. Es war ein Schreiben des Möllner Amtsgerichts an den Kätner Carl Otto Lübcke aus Lehmrade. Nach einigen kräftigen Schlucken Branntwein sagte Sprewitz: »Es geht um eine Erbschaftssache mit der Interessentenschaft Lehmrade. Sie haben von Ihrem Onkel eine Bauernstelle geerbt. Die Rechte und Pflichten der Bauernstelle gegenüber der Interessentenschaft müssen neu geregelt werden. Es geht vor allem um den Grundbesitz. Sie wissen, Interessentenschaften sind uralte, bäuerliche Einrichtungen, die die gemeinsame Nutzung von Ackerflächen, Wiesen und Waldstücken betreffen. Früher hätten Sie das wahrscheinlich unter sich regeln können. Heute muss so etwas im Grundbuch des Amtsgerichts festgehalten werden. Ich kann in Ihrem Namen einen Schriftsatz für das Gericht aufsetzen. Ich denke, die Sache lässt sich schnell regeln.«

Der Bauer nickte: »Was kostet es?«

Sprewitz überlegte kurz: »Den Vorschuss haben Sie mit dem Branntwein geleistet. Wenn wir die Sache mit einem Schreiben regeln können, kostet das vier Mark. Hinzu kommt die Stempelsteuer seitens des Gerichts natürlich.«

»Das geht. Wann kann ich das Schreiben abholen?«

»Nächste Woche am Markttag«, erwiderte Sprewitz. Als sich der Bauer verabschiedet hatte, steckte Sprewitz das Dokument in eine abgewetzte Mappe und holte einen Stoß Papiere und eine Schreibfeder heraus. Scheinbar gedankenversunken nippte er an seinem Bier und ließ seinen Blick über den Marktplatz schweifen. Die Schreibfeder rührte er nicht an.

Von seinem Platz aus hatte er gute Sicht auf die Nikolaikirche, einen gotischen Bau, der sich auf einer Anhöhe oberhalb des Marktplatzes befand. Er kannte die Kirche, den unebenen, etwas oberhalb der Zugängergassen gelegenen Marktplatz und das gegenüberliegende Rathaus – ebenfalls ein gotischer Bau – sehr gut. Er war in Mölln aufgewachsen, sein Vater war Stadtsekretär des Möllner Rates gewesen. Die Familie hatte ihm ein Jurastudium in Rostock ermöglicht und ihm so den Weg in eine vielversprechende, erfolgreiche Zukunft geebnet. 1847 hatte er eine Kanzlei in der Schifferstadt Lauenburg gegründet, die sich als Wirtschaftsstandort gerade im Aufschwung befand. Doch dann kam das Jahr der Revolution, die sein Leben in ungeahnte Bahnen lenkte – Aufstieg und Niedergang, Glück und Trauer, Liebe und Verlust, all das innerhalb kürzester Zeit. Er zog wieder nach Mölln, erbte bald darauf das väterliche Haus in der Seestraße, das er jedoch verkaufte, da es ihm zu groß erschien, ganz für sich allein. Er behielt sich jedoch die Option vor, das obere Stockwerk als Wohnung und Kanzlei auf Lebzeiten bewohnen zu dürfen, und richtete sich schließlich dort ein. Ein Winkeladvokat in einer winkligen Wohnung. Über die Vergangenheit dachte Sprewitz selten nach. Damit hatte er abgeschlossen. An eine Zukunft dachte er wiederum auch nicht. Blieb also nur die Gegenwart. Er ergriff die Feder und setzte an, etwas zu schreiben, vielleicht, sich etwas zu *erschreiben*. Doch ließ man Vergangenheit und Zukunft außen vor, wurden die Themen rar. Sollte er einfach das beschreiben, was er vor sich sah, was ihn umgab? Die nackte, simple Gegenwart? Er schaute wieder auf das Marktgeschehen. Ein Schauspiel über einen

Markttag in Deutschland? Dieser Tag bot sich sogar an, der Platz war außerordentlich belebt. Die Bauern aus der Umgebung hatten offenbar eine gute Ernte gehabt. Die Marktfrauen verhandelten lebhaft mit den Käuferinnen – ja, es waren die Frauen, die den Markt beherrschten. Am Rande des Marktes zur Kirchenmauer hin und neben dem Spritzenhaus zeigten einige Trödler ihre Ware, Kinder liefen lärmend zwischen den Verkaufsständen hindurch. Nahe dem alten Richtplatz mit dem noch sichtbaren Pranger bot eine Bäuerin junge Ziegen feil. Die kleinen Tiere schauten unglücklich drein und meckerten laut. Einige Hunde schwänzelten vor den Ständen umher, die Schnauzen am Boden auf der Suche nach etwas Essbarem. Ja, dachte Sprewitz, man, oder Hund, konnte nie wissen, ob irgendwo ein Häppchen herumlag. Einer von vielen, ganz gewöhnlichen Markttagen, wie es sie überall im Deutschen Reich gab. Menschen, die schwatzten, lachten und ihren alltäglichen Geschäften nachgingen. Und er selbst? Er saß müßig am Rande des Geschehens, und keiner konnte mit ihm etwas anfangen, er selbst am allerwenigsten. Sprewitz legte die Schreibfeder nieder, mit einem leichten Schwung aus dem Handgelenk, ohne sie eingesetzt zu haben. Seine Bewegung hatte fast etwas Rituelles, als wäre sie Teil einer kleinen, privaten Zeremonie, die auch zu einem Harlekin gepasst hätte. Ein müdes Lächeln überflog seine fein geschwungenen Lippen. Obwohl er auf den ersten Blick eher ungepflegt aussah, konnte ein Beobachter – eine Beobachterin? – bei genauerem Hinsehen ein glattrasiertes und ebenmäßiges Gesicht erkennen. Seine dunklen Augen schauten unter buschigen Brauen hervor, auf eine Welt, die ihm fremd geworden zu sein schien; sein Haupthaar war noch voll, wenn auch mit vielen grauen Strähnen durchsetzt. Seine Kleidung war sichtlich getragen, aber auch erkennbar sauber.

Etwas drang durch den Schleier seiner Tagträumerei, und der Advokat sah sich aufmerksam um. Wie kleine Wellen, die von einem Stein ausgingen, den man in einen Teich hineinwarf, breitete sich eine Bewegung in der Menge aus. Köpfe wurden zusammengesteckt, aufgeregte Worte gewechselt. Die Nachricht, welcher Art auch immer sie sein mochte, verbreitete sich wie ein Lauffeuer, die Menschen schauten sich mit Entsetzen oder vielleicht auch nur Neugier an. Sprewitz schnappte einige Worte auf, die ihn neugierig machten: »Leiche … Denkmal … Mord.« Über den Marktplatz humpelte eine armselig aussehende Gestalt, die offenbar den Stein geworfen hatte, es war der stadtbekannte Bettler Mücke, den jeder nur unter diesem Namen kannte. Der Advokat spendierte ihm einen Branntwein, und nachdem Mücke sein Glas eilig geleert hatte, erzählte er Sprewitz, was er Ungeheuerliches in Erfahrung gebracht hatte. Am Morgen hatte man die Leiche eines Mannes am Sockel des Denkmals auf dem Bauhof gefunden. Der Tote hatte einen Dolch im Rücken, es handelte sich also offenbar um Mord. Auch den Namen hatte Mücke parat: Hermann Goldschmidt. Den Namen kannte Sprewitz, er gehörte einem wohlhabenden Hamburger, der eine Villa auf den Dämmen als Zweitwohnsitz erbaut hatte.

Sprewitz verließ die Gastwirtschaft und ging an der aufgeregten Menge vorbei die Marktstraße in Richtung Hauptstraße hinunter. An der Ecke Grubenstraße trat er in die Bäckerei Mahnke ein. Der Laden war voll, wie an Markttagen üblich, und es gab wie erwartet nur ein Gesprächsthema: Den Mord am Denkmal. Die Frauen tauschten aufgeregt tuschelnd Gerüchte aus.

»Auf dem Bauch lag er, mit einem Messer im Rücken.«

»Dolch, nicht Messer.«

»Wie sieht so ein Dolch aus?«

»Es soll kaum Blut gegeben haben …«

»Für die Ehefrau eine schlimme Geschichte.«

»Er soll für das Denkmal viel Geld gestiftet haben.«

»Ich habe mich immer gewundert, was der Hamburger hier bei uns macht.«

Eine untersetzte, vornehm gekleidete Dame mittleren Alters äußerte die Vermutung, dass die Sozialdemokraten dahintersteckten. Sie wären Gegner des neuen Denkmals, ja Gegner des neuen Deutschen Reiches, behauptete sie. Eine andere Frau erinnerte an das Attentat auf den Kaiser. Als er endlich an der Reihe war, kaufte Sprewitz ein Schwarzbrot, verließ die Bäckerei, ging die Grubenstraße hinunter und bog dort in die Seestraße ab, wo er bald ein Haus erreichte, vor dem er für einen kurzen Moment stehen blieb. Er bewohnte das obere Stockwerk, drei kleine Zimmer mit schrägen Wänden. Der Abort befand sich hinten im Garten, der sich bis zum Stadtsee erstreckte. Im Erdgeschoss hatte der Besitzer, ein Fischer, seinen Laden eingerichtet, darüber seine Wohnstuben. Sprewitz betrat das Haus, ging die hölzerne Treppe hinauf, öffnete seine Wohnungstür und setzte sich an einen massiven Holztisch. Aus seiner Mappe holte er das Dokument des Lehmrader Bauern. ›Meine Aufgabe für morgen‹, dachte er, als sein Blick auf die unbeschriebenen Blätter fiel; ›meine Aufgabe für, ja‹ – wann?

Am Abend des Markttages ging eine junge Frau, sie konnte etwa zwanzig Jahre alt sein, denselben Weg von der Grubenstraße zur Wohnung des Advokaten in der Seestraße. Sie trug unter einem anthrazitfarbenen Mantel ein grau-schwarz gestreiftes, bis fast zu den Knöcheln reichendes Kleid und ein rotes Halstuch, ihre blonden Haare hatte sie hochgesteckt und unter einer kleinen, schwarzen Kapuze versteckt, an ihren Füßen trug sie Holzpantoffeln, die rhythmisch auf dem Kopfsteinpflaster klapperten. Bald stand sie vor dem Haus und gleich darauf vor der Wohnungstür des Advokaten. Sie klopfte. Eine hohe, und doch männliche Stimme antwortete: »Introite!« Sie wusste zwar nicht, was das Wort bedeutete, fasste es dennoch als Aufforderung zum Eintritt auf. Im schummrigen Licht einer Gaslaterne, die neben einer Branntweinflasche auf dem Tisch stand, erblickte sie den Advokaten, der von einem Buch aufschaute, in das er offenbar gerade vertieft gewesen war.

Sie sagte mit brüchiger Stimme: »Guten Abend, Herr Advokat.«

Der Angesprochene schaute das Mädchen zunächst etwas verwundert an. »Ich kenne dich, du bist die Tochter des Schriftsetzers Ole Svensson. Du heißt Hedda, nicht wahr?« Er erhob sich von seinem Stuhl und ging auf sie zu. »Was ist los? Du siehst bestürzt aus.«

»Ich brauche Ihre Hilfe, Herr Advokat.«

»Setz dich, im Sitzen lässt es sich besser reden.«

»Sie haben meinen Vater verhaftet … wegen des Mordes an Hermann Goldschmidt«, brachte das Mädchen mühsam hervor. Sprewitz schenkte etwas Branntwein in ein kleines Glas, forderte sie zum Trinken auf und setzte sich ihr gegenüber an den Tisch. Stockend erzählte Hedda die ganze Geschichte. Sie war bei der Arbeit gewesen, Backwaren ausliefern für die Bäckerei Mahnke. Als sie nach Hause gekommen war, fehlte von ihrem Vater jede Spur. Auf seiner Arbeitsstelle, der Druckerei der Möllner Zeitung, sagte man ihr, ihr Vater wäre verhaftet worden. Weswegen, das wusste man nicht. Sie war zur Arrestzelle am Bauhof gelaufen und dort hatte sie ihren Vater gefunden: hinter Gittern, in einer Arrestzelle. Er habe ihr versichert, dass er mit dem Mord nichts zu tun hatte, nicht einmal etwas davon gewusst habe er, bis sie ihn auf der Arbeitsstelle abgeholt hatten. »Reinste Klassenjustiz!« waren seine letzten Worte gewesen. Sprewitz ließ das Mädchen noch einen Schluck Branntwein trinken und überlegte indes. Ole Svensson kannte er natürlich, ein Schriftsetzer und Sozialdemokrat, ja, der Wortführer der Sozialdemokraten in der Region. Er hatte ein aufbrausendes Temperament und ließ sich gerne in Streitereien verwickeln. Dass er ein Gegner des pompösen Heldendenkmals war, das zu Ehren der Gefallenen des Krieges und zur Erinnerung an den Sieg gegen den Erzfeind Frankreich in Mölln errichtet werden sollte, war allgemein bekannt. Als führender Sozialdemokrat stand Svensson ohnehin unter Beobachtung. Das Sozialistengesetz hatte die Stimmung im Land verändert, Misstrauen und Verunsicherung hatten sich breitgemacht. Sprewitz konnte sich aber nicht vorstellen, dass Svensson den Kaufmann umgebracht hatte. Was sollte er für einen Grund gehabt haben? Er schaute das Mädchen wieder an, in ihrem Blick lag etwas Bittendes, sie war sichtlich verzweifelt. Abrupt stand der Advokat auf und sagte barsch: »Ich glaube nicht, dass ich der Richtige für so eine Aufgabe bin. Du brauchst einen erfahrenen Anwalt, der sich zudem mit der neuen Strafprozessordnung auskennt. Ich kümmere mich seit Jahren nur um kleine Angelegenheiten.« Natürlich hatte sie ihn auch aus monetären Gründen aufgesucht, dachte Sprewitz mit einem Anflug von Bitterkeit. Einen ordentlichen Anwalt konnte sich ihr Vater nicht leisten.

Hedda Svensson zuckte kurz zusammen, sammelte sich dann jedoch rasch wieder und sagte, nun mit festerer Stimme: »Vater sagte mir, dass Sie auf der richtigen Seite standen, Herr Advokat. Damals, 1848 …«

»Wenn es nur so einfach zu wissen wäre, welche Seite die richtige ist«, erwiderte Sprewitz nüchtern.

Das Mädchen sah sich in der Stube um, nie zuvor hatte sie so viele Bücher und Druckschriften an einem Ort gesehen. Ihr Vater hatte zwar auch viele Pamphlete und Flugblätter in seiner Stube, ausschließlich sozialdemokratischer Inhalt, aber nicht annähernd so viele wie dieser merkwürdige Advokat. Unverhohlen tat sie ihre Verblüffung kund: »Sie haben aber viele Bücher!«

»Seitdem ich die Menschen kenne, liebe ich die Bücher«, erwiderte der Advokat. Dann fragte er spitz: »Kannst du überhaupt lesen?« Die Augen des Mädchens blitzten auf, ihre Lippen spannten sich und sie griff nach einem Pamphlet im Quart-Format, das zuoberst auf einem Bücherstapel neben dem Tisch lag. Sie funkelte den Advokaten an. Sprewitz streckte seine Hand instinktiv nach dem Heft aus, hielt jedoch inne, als er die Entschlossenheit und das Feuer in den Augen des Mädchens erblickte. Er schwieg. Sie schaute sich das Titelblatt an: *Die Frau und die Revolution – Ein Manifest von Recha Mendelssohn, Hamburg 1848*, dann schlug sie das Heft auf und begann vorzulesen, zunächst schnell, dann immer stockender:

»Die Geschichte aller Zeiten, und die heutige ganz besonders, lehrt: dass diejenigen auch vergessen werden, welche an sich selbst zu denken vergaßen! Sapere aude! Wir Frauen werden uns von unserer selbstverschuldeten Unmündigkeit befreien. Mitten in den großen Umwälzungen, in denen wir uns alle befinden, werden sich die Frauen vergessen sehen, wenn sie selbst an sich zu denken vergessen! Wohlauf denn vereinigt Euch mit mir, wir haben nichts zu verlieren als unsere Ketten. Wir wollen auch unser Recht fordern und verdienen an der großen Umwälzung, welche die ganze Menschheit, deren eine Hälfte wir sind, endlich erfahren muss. Wir wollen unseren Teil fordern: das Recht, das Menschliche in uns in freier Entwicklung aller unserer Kräfte auszubilden, und das Recht der Mündigkeit und Selbständigkeit im Staat. Wir fordern eine neue Gesellschaft, in der die Frau sozial und ökonomisch vollkommen unabhängig, keinem Schein von Herrschaft und Ausbeutung mehr unterworfen ist. Sie steht dem Manne als Freie, Gleiche gegenüber und ist Herrin ihrer Geschicke. Sie wählt für ihre Tätigkeit diejenigen Gebiete, die ihren Wünschen, Neigungen und Anlagen entsprechen und ist unter den gleichen Bedingungen wie der Mann tätig. In der Liebeswahl ist sie gleich dem Mann frei und ungehindert. Sie verbindet sich frei und schließt den Bund aus keiner anderen Rücksicht als auf ihre Neigung. Dieser Bund ist ein Privatvertrag ohne Dazwischentreten des Staates oder der Kirche. Der Mensch soll unter der Voraussetzung, dass die Befriedigung seiner Triebe keinem anderen Schaden oder Nachteil zufügt, über sich selbst befinden. Die Befriedigung des Geschlechtstriebes ist ebenso jedem Menschen persönliche Sache wie die Befriedigung jedes anderen Naturtriebes. Was wir essen, was wir trinken, wie wir schlafen und uns ankleiden, ist unsere persönliche Angelegenheit, ebenso soll der Verkehr mit der Person eines anderen Geschlechts sein. Wenn jene blöde Scheu und lächerliche Heimlichtuerei, über geschlechtliche Dinge zu sprechen, verschwindet, wird sich das Verhältnis der Geschlechter zu- und miteinander natürlich gestalten. Zwang ist der Feind der Liebe. Die Frau hat – wie der Mann – das Recht auf sexuelle Befriedigung. Es geht darum, die Verhältnisse verschwinden zu lassen, die bisher viele Frauen zu ungewollten Ehen oder zur Prostitution gezwungen haben. Die Gleichstellung der Frau bedeutet die Befreiung beider Geschlechter von den Zwängen eines widernatürlichen und unmenschlichen Systems.«

Sie schlug das Pamphlet zu und schaute Sprewitz herausfordernd an, ihr Gesicht glühte vor Aufregung. »Gut«, sagte er nicht ohne Heiterkeit in der Stimme, »du kannst den Text vorlesen. Hast du aber hingehört auf das, was der Text zu dir sagt? Erst dann fängst du an, wirklich zu lesen.«

»Ich weiß nicht so genau, Einiges kommt mir vertraut vor …« erwiderte Hedda eifrig. »Vater und seine Genossen sprechen auch von der Gleichstellung der Geschlechter und der neuen, gerechten Gesellschaft, die durch den Kampf der Partei und die Überwindung der

Klassengesellschaft kommen wird. Die Partei wird es richten, denken sie … Die Partei, das sind die Männer, nicht wahr? Dieser Text ist aber anders, er fordert die Frauenwelt zur Selbstständigkeit, zum Handeln, auf, er ist sehr offen, fast beängstigend … Er verwirrt mich …«

»Damit beginnt das Denken«, sagte der Advokat zufrieden, stand auf und nahm eine abgenutzte Tonpfeife aus einem Regal. Während er die Pfeife stopfte und anzündete, schaute er sich das Mädchen genauer an. Auffallend waren ihre großen, blau-grünen Augen und die hohen Wangenknochen. Die hellen Haare waren streng hochgesteckt, was ihre hohe Stirn betonte. Das rote Halstuch stand ihr gut. Eine intelligente junge Frau, dachte er.

Sie sagte: »Herr Advokat, zwei Fragen habe ich: Was heißt ›Sapere aude‹, und wer ist Recha Mendelssohn?«

Sprewitz zögerte kurz, bevor er antwortete: »Es ist lateinisch und heißt so viel wie ›Habe Mut, dich deines eigenen Verstandes zu bedienen.‹ Zu deiner zweiten Frage kann ich sagen: Sie war eine überaus begabte, junge Schriftstellerin.«

»War?«

»Ja, war.«

Sprewitz setzte sich wieder und sagte: »Ich muss darüber nachdenken, Hedda. Ich bin noch nicht sicher, ob ich dir wirklich helfen kann. Sag deinem Vater, ich werde ihn morgen Vormittag in der Arrestzelle aufsuchen. Wir können uns dann am Nachmittag wieder treffen. Und … eine Sache noch: Möchtest du dir das Pamphlet ausleihen?«

Sprewitz registrierte die Überraschung im Gesicht der jungen Frau. »Ja, gern, Herr Advokat.«

Er ging zu einem Stoß Bücher neben dem Tisch: »Dieses Exemplar möchte ich dir nicht geben, es hat für mich einen ideellen Wert. Ich habe aber noch eines, das nicht so abgenutzt ist.«

Nachdem er Hedda verabschiedet hatte, ging Sprewitz rauchend in seiner kleinen Stube auf und ab. Dann hielt er plötzlich inne, nahm das Pamphlet vom Schreibtisch und schlug es auf der letzten Seite auf. Er starrte auf die Zeilen, eine Widmung, die klare und entschlossene Handschrift spiegelte sich in seinen Augen:

Freiem Lieben, freiem Leben,
Hab ich ewig mich ergeben!
Für Fritz von Recha

Er sah von dem Schriftstück auf und bedachte die vielen Bücher und Druckschriften, die seine Stube bevölkerten, mit einem fast liebevollen, sehnsüchtigen Blick. ›Sie haben aber viele Bücher‹, hatte Hedda Svensson gesagt. »Die toten Gesellschafter«, murmelte er. Er nahm einen Band aus einer Reihe in Leder gebundener Bücher heraus und ging wieder zu seinem Arbeitstisch. Er genehmigte sich noch einen kräftigen Schluck Branntwein und schlug das Buch auf. Bald fand er die Passage, die er suchte:

Ich bin nicht gelehrt und habe nie die Absicht gehabt, gelehrt zu werden und möchte nicht gelehrt seyn, und wenn ich es im Traume werden könnte. Alles, wonach ich gestrebt habe, ist, im Falle der Noth ein gelehrtes Buch brauchen zu können.

So schrieb Gotthold Ephraim Lessing einst über die toten Gesellschafter – und über sich selbst. Sprewitz zündete seine Pfeife wieder an, leerte sein Glas und strich gedankenverloren über das Pamphlet. Seine Lippen formten stumm den Namen »Schwarzenbek«.

5
»Ich habe nur eine kleine Wohnung.«
Eine Rückblende

Schwarzenbek, Dienstag, d. 12. Mai 1848

Die Glocken der alten, reetgedeckten, aus der lehmigen Erde scheinbar von selbst emporgewachsenen Fachwerkkirche hatten gerade elf geschlagen, als Advokat Friedrich Sprewitz mit den letzten Ankömmlingen das Tor des benachbarten niederdeutschen Hallenhauses passierte, das zur großen, bereits überfüllten Diele führte. Das Bauernhaus des Schwarzenbeker Vogts Borchers erfreute sich eines zentralen Standortes im Dorf. Dem Bauernvogt stand das alleinige Schankrecht zu, ein einträgliches Geschäft. Dem Haus gegenüber lag das Anwesen des königlichen Amtmannes des Amtes Schwarzenbek, Kammerjunker Friedrich Seestern-Pauly. An diesem schwülen Maitag 1848 sollte eine bemerkenswerte Versammlung stattfinden, ein Novum für das kleine Herzogtum Lauenburg. Die Wahlmänner, achtundneunzig an der Zahl, umringt von neugierigen Zuschauern, sollten einen Abgeordneten aus dem Herzogtum für die Deutsche Nationalversammlung in der Frankfurter Paulskirche wählen. Die beiden Kandidaten, der Groß-Thurower Gutsbesitzer Ernst Philipp Berckemeyer, und der Hamburger Jurist Gabriel Riesser hatten bereits auf dem Podium Platz genommen, zusammen mit Amtmann Seestern-Pauly. Klein und schmal von Statur, verfügte der Amtmann über ein ausdrucksstarkes Gesicht mit einer hohen Stirn und wachsamen, skeptisch wirkenden

Augen. Am Revers seines schwarzen Gehrockes prangte der Dannebrogorden, den er 1840 erhalten hatte und der ihn als treuen Diener des dänischen Gesamtstaates auswies. Der Herr Kammerjunker musterte die Versammelten und befahl seinem Sekretär die Berechtigungsscheine der Wahlmänner – sie stammten aus dem ganzen Herzogtum – genauestens zu kontrollieren. Wenn es schon eine Wahl geben würde, sollte sie zumindest ordentlich ablaufen! Seestern-Pauly kannte zwar viele der Wahlmänner, war jedoch unsicher, wie die Wahl ausgehen würde. Gerade hatte eine hagere Gestalt unter den Wahlmännern Platz genommen. Das musste der Advokat Sprewitz aus Lauenburg sein, dachte der Amtmann. Wahrlich ein Agitator, von ihm hatte er noch vor den Märztagen in der Bergedorfer Eisenbahn-Zeitung Artikel gelesen, die aufwiegeln wollten. Jetzt schien die Zeit reif zu sein! Ja, die Macht der Verhältnisse trieb alles vor sich her. Seestern-Pauly tastete nach dem Orden an seinem Rock, nahm ihn dann unvermittelt ab und steckte ihn in die Tasche. Der Dannebrogorden erschien dem Amtmann heute nicht angebracht, aber ihn wegzuwerfen wäre nicht ratsam gewesen. Man konnte nie ganz genau wissen, wohin die Macht der Verhältnisse führen sollte.

Seestern-Pauly wurde aus seinen Gedanken gerissen, als er eine junge Frau erblickte, die offenbar mit Riesser gekommen war und sich mit diesem unterhielt. Zwei oder drei Frauen saßen weiter hinten im Publikum, wahrscheinlich, dachte der Amtmann, kamen sie aus der Stadt Lauenburg, die sich seit März besonders revolutionär gab. Sie störten ihn nicht allzu sehr, die junge Frau bei Riesser schien dem Amtmann allerdings wirklich fehl am Platz zu sein.

Seestern-Pauly wandte seinen Blick zu den Kandidaten, die links und rechts seines Pultes saßen und die er gleich der Versammlung vorstellen sollte. Sie waren noch mit ihren Redemanuskripten beschäftigt. Der vierzigjährige Berckemeyer, im besten Biedermeyer-Stil gekleidet, sah aus, nun, eben wie ein Großgrundbesitzer, kräftig gewachsen mit langen Koteletten und einer noch längeren Nase. Er gehörte der neuen Generation von Gutsbesitzern an und verfügte über politische Erfahrung im Lauenburgischen. Sein zwei Jahre älterer Gegner, der Jurist

Gabriel Riesser, ein Hamburger Jude, war bereits Mitglied des Vorparlaments in der Paulskirche gewesen. Er vertrat eine national-liberale Position und setzte sich insbesondere für die Gleichberechtigung von Juden ein. Riesser war klein und von gedrungener Statur, sein jugendlich wirkendes Gesicht bartlos, aber von einer wallenden Haarpracht gekrönt. Bekannt war, dass Vertreter aus der Stadt Lauenburg ihn, einen Juden, für die Kandidatur gewonnen hatten. »Die Dinge sind wahrlich in Bewegung geraten«, sagte der Vertreter der alten Ordnung leise zu sich.

Als der Lärm im Saal sich gelegt hatte, ergriff Seestern-Pauly eine große Glocke und klingelte die Versammlung zur Ordnung. »Wie Sie wissen, sind wir heute in diesem ehrwürdigen Saal versammelt, um einen Abgeordneten für die Deutsche Nationalversammlung in Frankfurt zu wählen.« Sprewitz schaute sich amüsiert in der hölzernen Diele um, die nach Ausdünstungen aller Art roch und unter deren Decke die verbrauchte Luft sich wie eine Wolke zu sammeln schien. Seestern-Pauly fuhr unbeirrt fort: »Die Märztage haben ein neues Kapitel für den Deutschen Bund aufgeschlagen, der Weg scheint frei für ein vereintes deutsches Vaterland. Unser Herzogtum befindet sich jedoch in einer besonders schwierigen Lage, denn unser Landesherr, der dänische König, führt Krieg gegen die Herzogtümer Schleswig und Holstein. Unser Land hat den König für ›unfrei‹ erklärt, die Landesgeschäfte werden provisorisch geführt. Wir sind ein deutsches Territorium, daran besteht kein Zweifel. Unsere Hoffnung richtet sich auf das Parlament in der Paulskirche. Es muss uns einen Weg aus dem Dilemma zeigen. Möge die Wahlversammlung heute den richtigen Vertreter unserer Interessen in Frankfurt wählen!« Seestern-Pauly legte eine Pause ein, bevor er die beiden Kandidaten vorstellte. Danach hielt Berckemeyer seine Wahlrede.

Die Wahlmänner lauschten der Rede mit ernster Miene und tuschelten zwischendurch miteinander. Sprewitz saß zusammen mit den anderen Wahlmännern der Stadt Lauenburg in der ersten Reihe, beteiligte sich aber nur verhalten an ihren Gesprächen. Ihm war ohnehin klar, wem er und die anderen aus der Schifferstadt ihre Stimmen geben würden. Seine Aufmerksamkeit richtete sich vielmehr auf die junge Frau, die weit hinter Riesser in der dunklen Ecke des Podiums saß. Sie trug ein langes, schwarzes Kleid – und keine Kopfbedeckung. Ihre dichten, schwarzen Haare fielen ihr ungebändigt über die Schultern und umrahmten ihr Gesicht. Sprewitz meinte, im Halbdunkel ernste Augen und volle Lippen erkennen zu können. Möglicherweise bildete er sich das aber nur ein. Vielleicht hatte der Lumpensammler Recht und es würde ganz anders kommen, als er sich gedacht hatte.

Für einen Moment richtete er seine Aufmerksamkeit auf den Kandidaten Berckemeyer, der seine Rede fortsetzte: »Ich wiederhole: Es kommt darauf an, die Interessen des Herzogtums Lauenburg zu vertreten. Ein Lauenburger für Lauenburg!« Er sah von seinem Manuskript auf, schaute die Wahlmänner an und räusperte sich. Das Publikum ließ ein kollektives Raunen ertönen, das als Zustimmung aufgefasst werden konnte oder auch nicht. Sprewitz schaute wieder zu der Frau, und für den Bruchteil einer Sekunde erwiderte sie seinen Blick, oder vielleicht bildete er sich auch das nur ein. Er fühlte sich unsicher und ertappt. Als er wegschaute, bemerkte er einen jungen Mann, der ihm gegenübersaß und ihn spöttisch anlächelte. Er kam Sprewitz bekannt vor.

Als Nächstes ergriff Riesser das Wort. Sprewitz sah, wie der kleine Mann energisch aufstand und begann, zu der Versammlung zu sprechen, ganz ohne Manuskript. »Meine Herren der Hohen Wahlversammlung. Die Sonne Deutschlands ist aufgegangen, und der Tag der Entscheidung über seine große Zukunft bricht an. Was unsere Jugend geträumt, was unsere Dichter gesungen, was unsere Weisen gesonnen, es steht in naher, leuchtender, lebensfrischer Aussicht vor unseren Augen. Ein freies, ein einiges, ein großes und mächtiges Deutschland. Deutschlands Einheit soll erwachsen aus der freien, begeisterten Liebe aller seiner Söhne und Töchter, aus dem bewussten, tief empfundenen Bedürfnis aller Provinzen, aus dem durch langjährige Erfahrung genährten Unwillen gegen den engen Geist der Zersplitterung, der unsere Freiheit und Größe gefährdet hat.« Sprewitz hörte zu, als Riesser seine Vorstellung eines künftigen Bundesstaates erläuterte. Ihm schien der Spagat zwischen zentraler Gewalt und den Rechten der Einzelstaaten – nach »Art der Vereinigten Staaten« – überzeugend zu gelingen. Freie Wahlen, freie Vereinigungsrechte, Abschaffung der Vorrechte der Adligen und der Kirche, Gewerbefreiheit, Bildung – Riesser streifte die Forderungen der Revolutionäre mit gekonnter Rhetorik. Zum Schluss betonte Riesser die nach Sprewitz' Auffassung wichtigste Forderung an die neue Verfassung: »Aber auch die Freiheit jedes einzelnen Bürgers will Deutschland durch die Gesamtheit ihrer Vertreter verbürgt und gesichert wissen. Darum ist es erforderlich, dass in der Verfassung die wesentlichen Menschenrechte verzeichnet werden, welche kein Einzelstaat seinen Bürgern gegenüber schmälern darf. Deutschland wird sich verpflichten, allen seinen Bürgern die persönliche Freiheit zu gewähren, die Freiheit der Äußerung durch Wort und Schrift, die Freiheit des Glaubens und der Gottesverehrung, die Freiheit der öffentlichen Versammlungen, den gleichen Anspruch auf Staatsämter für alle Befähigten, das gleiche politische Recht der Teilhabe an der Wahl der Volksvertreter, ohne Unterschied des Standes, ohne Bedingung des Zensus oder des Bekenntnisses.« Die Rede kam an, das fühlte Sprewitz, als er sich im Saal umsah.

Als Riesser seinen Platz wieder einnahm, herrschte zunächst Ruhe im Saal, wie nach einem tiefen, kollektiven Ausatmen. Seestern-Pauly ergriff wieder das Wort: »Meine Herren der Hohen Wahlversammlung, Sie haben die Kandidaten gehört, ich bitte um Wortmeldungen.«

Sprewitz wechselte Blicke mit der Delegation aus der Stadt Lauenburg, erhob sich und erbat das Rederecht. Als er sich zu den Zuschauern umdrehte, meinte er, den Blick der jungen Frau auf sich zu spüren. »Für die Abgeordneten aus der Stadt und der Vorstadt Lauenburg ist die Wahlentscheidung klar, wir unterstützen Herrn Notar Gabriel Riesser. Die Revolution hat neue Wege für Deutschlands Zukunft aufgezeigt. Wir müssen den Mut haben, für uns, unsere Kinder und Kindeskinder diese Wege, die Wege der Freiheit, zu begehen. Wir Deutschen werden uns aus unserer selbstverschuldeten Unmündigkeit befreien. Es geht um die Zukunft Deutschlands, nicht um die

Vergangenheit. Das Herzogtum Lauenburg wird in einem freien, vereinten Deutschland aufgehen.«

Einige Wahlmänner aus anderen Bezirken nickten zustimmend, als Seestern-Pauly sich nach den ihm bekannten Gutsbesitzern umsah, die in der Wahlversammlung vertreten waren. Sie schienen verunsichert zu sein. Endlich ergriff der Gutsbesitzer von Kogel, Ottokar von Witzendorff, das Wort: »Unser Land braucht einen Vertreter, der mit seiner Geschichte und seinem besonderen Status als selbständiges Herzogtum vertraut ist. Wir genießen seit Jahrhunderten gesetzmäßig erworbene Rechte und Privilegien. Es geht nicht darum, große Vorstellungen von der Zukunft zu ersinnen, so wünschenswert sie auch wären, sondern handfeste Ergebnisse für das Herzogtum Lauenburg zu erzielen.«

Es folgten noch weitere Wortmeldungen, bevor Seestern-Pauly die Debatte – sofern sie diesen Namen überhaupt verdiente – für beendet erklärte.

Es folgte die Stimmabgabe. Das Ergebnis war deutlich: Riesser erhielt vierundsechzig Stimmen, Berckemeyer vierunddreißig. Als die Versammlung sich auflöste, stand Advokat Sprewitz auf, blieb aber verunsichert neben seinem Stuhl stehen. Seine Freude über den Sieg Riessers wurde von den Gedanken an die mysteriöse junge Frau überschattet. Wer war sie? Warum war sie hier? Und was hatte sie mit Riesser zu tun? Er kannte Riesser nicht persönlich, denn es waren andere aus Lauenburg gewesen, die ihn in Hamburg aufgesucht und für die Kandidatur gewonnen hatten. Er war gerade auf dem Weg zum Podium, um mit Riesser zu reden, als ihn jemand von der Seite ansprach. Es war der Mann, der ihn während der Versammlung so merkwürdig angesehen hatte. »Guten Tag, Herr Kollege Sprewitz«, sagte dieser mit einem starren Grinsen.

»Guten Tag, Herr Kollege Rohdantz«, erwiderte Sprewitz knapp, der den Untergerichtsadvokaten als Kollegen aus Mölln wiedererkannt hatte.

»Ein Wort der Warnung, freundlich gemeint«, sagte Rohdantz. Seine Miene spiegelte jedoch keine Freundlichkeit wider. »Meide die Jüdin. Sie gehört einem Volk von Verführern an.«

»Wir haben aber gerade einen Juden zu unserem Abgeordneten in Frankfurt gewählt.«

»Wie ich bereits sagte: Ein Volk von Verführern …« Sprewitz schaute in die kalten Augen seines Gegenübers, registrierte den undurchdringlichen Blick. Dann drehte er sich abrupt um und ging zum Podium.

Der Versammlungssaal leerte sich allmählich, einige brachen auf, um im Krug einen Schluck braunes Bier oder kräftigen Branntwein zu trinken. Es wurde ausgiebig geklatscht und getratscht. Riesser ging mit einigen Bekannten die Dorfstraße hinunter zum Bahnhof, der gerade erst eingeweiht worden war; den »Stolz des Dorfes«, hatte Seestern-Pauly ihn genannt. Sie wollten von hier aus den nächsten Zug nach Hamburg nehmen. Die Lauenburger Wahlmänner, mit denen aus den Vorstädten acht an der Zahl, verabredeten eine gemeinsame Rückkehr mit einem Fuhrmann. Sprewitz war jedoch unschlüssig. Er hatte die junge Frau – also eine Jüdin, wie er vermutet hatte –, nicht mehr gesehen, sie hatte auch nicht mit Riesser gesprochen, zumindest hatte er das nicht mitbekommen. Er ging durch das große Tor und beschloss, die acht Meilen nach Lauenburg zu Fuß zu gehen, wobei er die sich anbahnende Wetteränderung scheinbar nicht bemerkte oder sie schlichtweg ignorierte. Ein Wind aus dem Osten war aufgekommen, der Himmel begann sich zu verdunkeln.

Zwischen der Kirche und dem Bauernhaus stand ein großer Grabstein, auf den Sprewitz zuging. *Etatsrat und Amtmann Friedrich-Wilhelm Compe, 1751–1827,* las er auf der Inschrift. Wohl der Vorgänger von Seestern-Pauly. Er war hier Amtmann gewesen, als die erste Revolution in Frankreich ausbrach, mehr als ein halbes Jahrhundert war seitdem vergangen. Liberté, égalité, fraternité. ›Wie weit sind wir gekommen? Was bedeutet eigentlich Freiheit,‹ fragte er sich.

Hinter ihm erklang eine Frauenstimme: »Autor Friedrich Sprewitz, nehme ich an.«

Er drehte sich um und sah die dunkelhaarige Frau, die ihn mit ernstem Blick musterte. Für eine Sekunde war er so überrascht, dass ihm die Worte fehlten. »Sie sind noch da?«, brachte er schließlich heraus.

»Ich meine … ich dachte, Sie sind mit Herrn Riesser nach Hamburg zurückgefahren …«

»Ich habe es mir anders überlegt. Kommen Sie, ich möchte mich mit Ihnen unterhalten.« Sie fanden eine hölzerne Bank auf dem Schulhof hinter der Kirche.

»Was machen Sie in Schwarzenbek? Sind Sie mit Herrn Riesser verwandt?« Sprewitz stellte die naheliegenden Fragen, zumindest aus seiner Sicht.

»Ich bin Schriftstellerin, und nein, ich bin nicht mit Herrn Riesser verwandt. Unsere Familien sind miteinander bekannt. Mein Name ist Recha Mendelssohn.«

»Der Name Mendelssohn ist nicht gerade unbekannt«, sagte Sprewitz.

Die junge Frau lächelte zum ersten Mal: »Ich bin nicht mit dem großen Moses verwandt. Mein Vater hieß aber auch Moses und siedelte nach den napoleonischen Kriegen von Jever nach Hamburg um. Mein Bruder, Joseph, ist Schriftsteller.«

Sprewitz nickte: »Ich habe seine *Pariser Briefe* gelesen. Der Name Recha kommt mir auch bekannt vor. Nathans Tochter, eigentlich Adoptivtochter, oder?« Sprewitz erinnerte sich an das Theaterstück von Lessing.

»Adoptivtochter, richtig. Mein Vater hat den Namen ausgesucht. Er war sehr liberal und offen eingestellt. Er verehrte Lessing. Ich empfinde den Namen inzwischen als Ansporn. Aber eigentlich wollte ich Sie etwas ganz anderes fragen …« Sie machte eine kurze Pause, bevor sie fortfuhr. Sprewitz schaute wie gebannt in die rätselhaften Augen der Frau. Sie waren so dunkel, wie er es noch nie gesehen hatte, ja, fast schwarz, und doch schienen sie zu leuchten, so hell wie die Sterne: »Kennen Sie Karl Marx?«, fragte sie.

Diese Gesprächswende hatte der junge Advokat ganz und gar nicht erwartet: »Nun ja, ich habe schon von ihm gehört, aber noch nichts gelesen. Warum möchten Sie das wissen?«

Die Frau nahm ein Papierbündel aus ihrer Tasche, Sprewitz konnte den Titel auf dem Umschlag lesen: *Manifest der kommunistischen Partei*. »Es ist gerade in London erschienen. Sie sollten es lesen.« Es entstand eine Pause, als sie ihm das Pamphlet reichte und ihm dabei fest in die Augen sah. Was für eine seltsame Begegnung, dachte Sprewitz, nahm das Heft aber entgegen und las noch einmal den Titel. Recha Mendelssohn fuhr fort: »Ich kenne Ihre Aufsätze in der *Eisenbahnerzeitung*, wir sollten uns darüber austauschen. Sie sprachen vorhin von der selbstverschuldeten Unmündigkeit, die wir abwerfen müssen. Schöne Worte! Jetzt aber brauchen wir Taten. Wir wollen die Verhältnisse umwerfen, in denen der Mensch ein erniedrigtes, ein geknechtetes, ein verlassenes, ein verächtliches Wesen ist. Es geht um mehr als um ein neues Verfassungswerk. Gabriel Riesser hat Recht, eine freiheitliche Verfassung ist notwendig, aber ich sage: Das reicht nicht!« Sie sprach so energisch, dass ihre langen, dunklen Haare bei jedem ihrer Worte wippten. »Die Befreiung, ja die Selbst-Befreiung, umschließt alle Völker und Konfessionen sowie beide Geschlechter, sie muss tiefer in die Gesellschaft und in das Bewusstsein der Menschen eindringen. Die Frau wird unterdrückt und ausgebeutet, das hat sie mit allen Arbeitenden gemein. Nur wird ihr eine zusätzliche Last auferlegt: Sie soll dem Manne Untertan sein! Herr und Dienstmagd, beide sind in der heutigen Gesellschaft gleichermaßen unfrei. Die neue Zeit muss die Gleichstellung von Mann und Frau bringen, muss sie beide befreien von den Ketten, die sie binden.«

Sprewitz schaute sie schweigend an; um ehrlich zu sein, hatte er bisher nicht sehr viel über die Gleichstellung der Frau nachgedacht.

»Kennen Sie die Werke von George Sand?«, fragte sie. Sprewitz schüttelte den Kopf. »Hinter dem Namen verbirgt sich eine Frau, eine mutige Schriftstellerin aus Frankreich, die zu den Besten unserer Zeit gehört. Wie ist es mit Louise Otto-Peters?« Sprewitz verneinte erneut. Recha sah ihn mit großen Augen an: »Malwida von Meysenbug? Mathilde Franziska Anneke ... Johanna Goldschmidt ... Louise Aston?« Sprewitz sagte nichts, und seine Gesprächspartnerin fuhr fort: »Ich habe Fanny Mendelssohns Geschichte selbst miterlebt, als ich ein Kind war. Was für ein Schicksal! Eine begabte Musikerin und Komponistin, die aufgrund ihres Geschlechts von der eigenen Familie, also insbesondere von ihrem Vater, daran gehindert wurde, ihre Begabung voll zu entfalten. Sie wurde in eine Rolle gezwungen, die sie von sich selbst entfremdete. Ich war damals noch jung, aber ich habe die Ungerechtigkeit tief in mir empfunden. Und ich beschloss, mein Leben selbst in die Hand zu nehmen.«

»Es tut mir leid, ich bin auf so ein Gespräch scheinbar nicht vorbereitet«, sagte Sprewitz verhalten, erkannte jedoch, dass dies eine ziemlich dümmliche Antwort gewesen war, als sie erwiderte: »Auf das Leben sollte man immer vorbereitet sein.«

Sprewitz war überwältigt. Mit so einer Frau hatte er sich noch nie unterhalten. Als Jurastudent in Rostock kannte er, wie alle Studenten, das Bordellviertel am Hafen. Verstanden hatte er sie dennoch nie, die Aufteilung der Frauen in Dirnen und Heilige. Mit welcher Berechtigung hatte die eine Hälfte der Menschheit die andere Hälfte aufgeteilt, in Rollen gezwungen und dadurch beherrscht? Standen Frauen nicht ebenso die viel besungenen Menschenrechte zu? Gebildete Frauen und Schriftstellerinnen gab es schließlich schon, wenn auch nicht gerade in Rostock, zumindest hatte er noch keine kennengelernt. »Amazonen«, sagten seine Kommilitonen verächtlich, wenn sie eine selbstbewusste oder auch nur eine lesende Frau entdeckten; was in seinen Augen mehr über sie selbst als über diese Frauen aussagte. Er behielt seine Gedanken jedoch für sich und sagte stattdessen: »Ich denke, ich verstehe, was Sie sagen wollen.« Er erinnerte sich plötzlich an ein Theaterstück, Lessings *Minna von Barnhelm*. Eine faszinierende Frau, diese Minna, selbstbewusst und entschlossen. Was hatte er damals gedacht, als er die Aufführung in Rostock gesehen hatte? Die List der Vernunft … Sprewitz fühlte sich ermuntert, nun seinerseits etwas beizutragen: »Sie kennen sicherlich Johann Herders *Gespräche über Gott*?« Recha nickte, und Sprewitz fuhr fort: »Sie wissen, im fünften Gespräch, in dem die Theano erstmals auftritt, um die beiden diskutierenden Herren wieder auf den Schauplatz der Menschheit zu verfrachten.« Hatte sie seine Bemerkung richtig verstanden? Sprewitz setzte rasch nach: »Ich meine … sie hat mich beeindruckt, ja, das hat sie!« Die Frau schaute ihn unverwandt an, ihre Lippen zeigten den Hauch eines Lächelns. Diese Lippen … von ihnen ging eine Anziehungskraft aus, die der junge Advokat aus einer Mischung von Unbehagen und Faszination zur Kenntnis nahm. Er sah sich einer Person gegenüber, die nicht nur über die Freiheit sprach, sondern sie auch lebte.

Der Wind hatte inzwischen zugenommen, ein Gewitter schien sich zusammenzubrauen. Sprewitz sagte, er müsste sich allmählich auf den langen Weg nach Hause, nach Lauenburg machen. Zu seiner vollkommenen Verblüffung erwiderte Recha ohne zu Zögern: »Ich werde Sie begleiten. Oder soll ich etwa irgendwo unter einem Baum schlafen?«

»Ich habe aber nur eine kleine Wohnung«, gab Sprewitz zu Bedenken.

»Kennen Sie die Stelle in Thomas Morus' *Utopia*, als der Gute über die Ehe schreibt? Mann und Frau sollen sich nach seiner Ansicht vor der Eheschließung unbekleidet zu sehen bekommen, um festzustellen, ob sie sich wirklich gefallen und geeignet sind, die Ehe zu schließen. Eine schöne Vorstellung, finden Sie nicht? Allerdings ohne die Ehe, denn was ist sie anderes als eine Form der gegenseitigen Versklavung? … Friedrich Sprewitz«, sie sah ihm tief in die Augen, »wir sind Genossen, wir wollen die Freiheit und die Verantwortung. Wir sollten uns duzen.« Friedrich Sprewitz nickte kaum merklich, lächelte seine Begleiterin an und ging mit ihr die Chaussee in Richtung Lauenburg hinunter.

6
Trompe d'oeil

Mölln, Donnerstag, d. 23. Oktober 1879

Um 10:12 Uhr trafen zwei Männer aus Lübeck am Bahnhof ein, die beide aus demselben Grund nach Mölln gekommen waren. Der Kieler Jurastudent Max Goldschmidt und der Hamburger Kriminalinspektor Jakob Hundt. Doch die beiden Männer kannten einander noch nicht, sie hatten noch nie ein Wort miteinander gewechselt. Der Student ging als Erster durch die Wartehalle und verließ sie zielstrebig in Richtung Stadtzentrum; er kannte den Weg offenbar recht gut. Der Bahnhof befand sich etwas außerhalb des alten Zentrums. Die Bebauung über die letzten Jahre hinweg hatte jedoch dazu geführt, dass sich die Stadt langsam auf den Bahnhof zubewegte. Der Kriminalinspektor ging etwas langsamer, fast wirkte er nachdenklich. Er inspizierte die Umgebung genauestens, wohl eine Berufskrankheit. Nach einer kurzen Pause machte auch er sich auf den Weg ins Zentrum.

Max Goldschmidt begegnete einem Mädchen, das sofort seine Aufmerksamkeit weckte. Hübsch war sie, mit ihren blonden, hochgesteckten Haaren und einem klaren, offenen Gesicht. Der junge Mann glaubte, ein Experte zu sein, was Frauen betraf. Und etwas an diesem Mädchen fiel ihm ganz besonders ins Auge: Es hielt ein Buch in der Hand. Als sie aneinander vorbeigingen, versuchte er diskret, aber vergeblich, den Titel zu entziffern. Er drehte sich sogar nach ihr um, aber das Mädchen lief einfach weiter. Vielleicht hatte sie ihn gar nicht wahrgenommen. Was machte ein junges, hübsches Ding wie sie mit einem Buch – ausgerechnet in Mölln?

Der junge Student, er war ganz in schwarz gekleidet und trug einen leichten, kleinen Koffer, ging weiter seines Weges, über den Bauhof und in die Hauptstraße. Unterhalb des höher gelegenen Marktplatzes bog er nach rechts ab in Richtung Mühlenplatz, überquerte den Mühlengraben und stand schließlich vor der Gartentür einer imposanten Villa. Er hielt inne und schaute sich das Anwesen an. Vor ihm erstreckte sich ein Vorgarten, der bis zu einer dreistöckigen Villa im Landhausstil führte. Auffallend war ein hoher Turm mit runden Fenstern; mein Leseturm, dachte der Student. Wenn er genug von der Familie hatte (und das kam recht häufig vor) zog er sich dorthin zurück. Er las gerne, insbesondere über das Theater und die Schauspielkunst. Das Theater war seine große Leidenschaft, die er leider nicht ausleben konnte, nicht ausleben durfte. Sein Vater hatte darauf bestanden, dass er Jura studierte. »Ein junger Mann in deiner Position soll etwas Ordentliches lernen.« Ihm war das Studium in Kiel ein Gräuel. Mit seinen Kommilitonen und ihren schlagenden Verbindungen konnte er nichts anfangen. Der Lehrstoff, die Vorlesungen und die Professoren langweilten ihn. Sooft es ihm möglich war, nahm er Reißaus in die Kieler Theaterwelt – als Besucher, aber manchmal auch hinter die Kulissen; davon wusste seine Familie selbstverständlich nichts.

Aber wie würde alles weitergehen? Man hatte seinen Vater ermordet, und nun wartete seine Mutter auf ihn in diesem Haus, das eigentlich einen Zweitwohnsitz darstellte, denn sein Vater unterhielt auch eine Wohnung und ein Kontor in Hamburg. In den letzten Jahren hatte seine Mutter das Möllner Haus nach und nach zu ihrem Hauptwohnsitz gemacht, wobei sein Vater, je nach seinen geschäftlichen Verpflichtungen, häufig ebenfalls in Mölln weilte. Er hat sogar angefangen, sich richtig für die Stadt zu interessieren. Warum er sich so für die Errichtung des Heldendenkmals eingesetzt hatte, würde seinem Sohn wohl ein Rätsel bleiben. Der Vater hatte im Krieg gegen Frankreich nicht gedient, früher nie viel über Politik geredet. War das vielleicht gerade der Grund? Wollte er sich als konvertierter Jude besonders national gesinnt geben? Max' Mutter war Protestantin aus einer angesehenen Hamburger Kaufmannsfamilie. Er selbst war natürlich auch getauft und konfirmiert. Vollkommen selbstverständlich – oder? An der Universität hatte er einige Male am Rande mitbekommen, wie seine Kommilitonen ihn als Juden bezeichnet hatten. Was sollte aber jetzt passieren? Mit seiner Mutter? Mit dem Geschäft seines Vaters? Mit ihm? Und Max schoss die Frage in den Kopf, die ihm mehr als alle Zukunftssorgen auf der Seele brannte und die er bis zu diesem Zeitpunkt erfolgreich verdrängt hatte: Wer hatte seinen Vater ermordet? Er schob das Gartentor auf und ging langsam den Weg bis zum Haus hinauf.

Sein ihm noch unbekannter Mitreisender, Kriminalinspektor Hundt, war inzwischen am Bauhof angekommen. Er hatte Verabredungen in der Neuen Wache, mit der örtlichen Gendarmerie, dem Staatsanwalt Rohdantz und zuletzt mit dem Untersuchungsgefangenen, Ole Svensson. Hundt war ein stämmiger, gedrungener Mann Mitte vierzig; seine Körperhaltung strahlte eine verborgene Kraft aus. Er hatte einen gepflegten Vollbart, der allmählich zu ergrauen begann, ebenso wie sein akkurater Kurzhaarschnitt. Über seinen tiefliegenden, dunklen Augen hatte er sich eine Schiffermütze in die Stirn gezogen, unter der seine auffallend großen Ohren hervorlugten. Er hatte vor fünfundzwanzig Jahren seine Laufbahn als Nachtwächter in Hamburg begonnen, und, als er weiter aufstieg, stets gute Arbeit geleistet, hier ging er mit seinen Vorgesetzten konform. Als der Hamburger Senat – wie in zahlreichen anderen deutschen Städten – 1875 ein Kriminalkommissariat einrichtete, bewarb er sich mit Erfolg um den Posten eines Inspektors. Die Kriminalpolizei war auf dem Weg, sich reichsweit als angesehene Abteilung innerhalb der Polizeiverwaltung zu etablieren. Es ging darum, Verbrechen mit neuen Erkenntnissen und Methoden aufzuklären. Mit dem Verzicht auf das Schuldbekenntnis als ausschließliche Grundlage für eine Verurteilung, mit der Hinwendung zum Frei-, Zeugen- und Indizienbeweis wurden die Voraussetzungen für eine neuartige Verbrechensaufklärung geschaffen. Hinzu kamen

Erkenntnisse aus anderen Wissenschaften wie Medizin, Biologie, Chemie und Psychologie. Spuren zu entdecken und zu verfolgen, ein Bild vom Täter, seinen Motiven und Bewegungen zu rekonstruieren und nach den tatsächlichen Tatabläufen zu suchen, diese Fähigkeiten besaß Kriminalinspektor Hundt. Seine Polizeikollegen scherzten gern darüber, dass er mit seinem Namen prädestiniert wäre, Spuren nachzugehen. Hundt lachte selten, über einen so flachen Witz ohnehin nicht.

Vor dem Gebäude der Wache stand eine Gaslaterne, die Hundt eingehend begutachtete. »Leisten die Laternen gute Dienste?«, fragte er einen jungen Mann in Arbeiterkleidung.

»Ach«, sagte dieser, »wissen Sie, wir haben ich weiß nicht wie viele, so etwa dreißig Stück, manchmal brennen sie, manchmal nicht. Ich glaube, die Hälfte ist schon kaputt. Bei Mylius schließen wir Wetten ab, welche Lampe als nächste den Geist aufgibt.«

Der Mann lachte über seinen kleinen Einfall. Hundt bedankte sich tonlos für die Information und setzte sich in Bewegung. Statt die Eingangsstufen zur Wache zu nehmen ging der Kriminalinspektor um das Gebäude herum auf einen kleinen Bauplatz zu, der sich am oberen Ende des Bauhofes befand. Gegenüber lag das zweistöckige neue Postgebäude mit der imposanten Telegrafenantenne. Wie er vermutet hatte, war der kleine Bauplatz der Tatort. Zu sehen war ein etwa 1.30 Meter hoher Sockel mit eingelassenen Bronzetafeln an den Seitenwänden, auf denen Namen zu lesen waren sowie eine Widmung: *Zu Ehren der Gefallenen des Krieges 1870/71.* Vom Denkmal an sich war bisher noch nichts zu sehen, um den Sockel herum waren flache Steine im Quadrat verlegt. Sie sollten das Fundament für einen Zaun abgeben, vermutete Hundt. Der Platz war nicht abgeriegelt, eine Tatsache, die ihn sehr ärgerte. Er holte ein Vergrößerungsglas aus seiner Tasche und suchte den Sockel ab. Mit einer kleinen Pinzette sicherte er einige Stoffreste, die sich an einer kleinen Metallnaht verfangen hatten, und verstaute sie in einer Holzschachtel. Er ging um das Denkmal herum und schaute sich die Umgebung an. Der Platz war nicht gepflastert und es gab noch Baulücken an den Rändern. Schleifspuren waren nicht zu entdecken. Der Kriminalinspektor holte eine kleine, schwarze Kladde aus seiner Jackentasche und machte sich Notizen.

Halbwegs zufrieden mit seiner ersten Untersuchung ging Hundt zur Wache zurück. Er wusste, dass das Gebäude vor etwa dreißig Jahren in Massivbauweise errichtet und zurzeit vom Eichamt und der lokalen Gendarmerie mit Arrestzellen benutzt wurde. Er ging durch den mittleren der drei Torbögen hindurch und betrat einen großen Eingangsraum. Im oberen Stockwerk befand sich das Eichamt, die Räume der Gendarmerie lagen links und rechts vom Eingang. Hundt vermutete, dass er die Arrestzellen im Keller finden würde.

Hundt betrat eines der Büros und blickte unvermittelt in zwei fragende Gesichter, die zu Männern in Polizeiuniformen gehörten. »Guten Tag, meine Herren. Ich bin Kriminalinspektor Hundt aus Hamburg, ich habe den Auftrag, den Mordfall am Denkmal zu untersuchen. Sie sind per Telegramm darüber informiert worden.«

Die beiden Männern standen sofort auf: »Guten Tag, Herr Kriminalinspektor! Zu Diensten!« sagten sie wie mit einer Stimme. Hundt musterte die zwei Gesichter, die sich offenbar Mühe gaben, dienstbeflissen auszusehen. Das eine war lang, faltig und von einer im Werden begriffenen Glatze gekrönt und gehörte dem größeren der beiden Beamten, das andere, etwas jüngere, rundlich, mit einem Vollbart und dichtem Haupthaar, was dem Gesicht das Aussehen eines behaarten Kutschenrads verlieh.

»Meine Herren«, sagte Hundt: »Wir machen uns gleich an die Arbeit, nachdem Sie mir Ihre Namen gemeldet haben.«

»Oberpolizeidiener Friedrich Storbeck«, sagte der Lange, »Polizeidiener Wilhelm Jüdecke«, der Kleinere.

Hundt nickte, verlangte die Untersuchungsakte und erbat einen Raum, in dem er ungestört arbeiten konnte. »Und«, sagte er: »Warum haben Sie den Tatort nicht abgeriegelt? Haben Sie noch nie etwas von Spurensicherung gehört?«

Die beiden Polizeidiener schauten sich unbeholfen an. »Ist das üblich?«, fragte Storbeck. »Davon wussten wir nichts.«

»Üblich ist nicht das richtige Wort, meine Herren, sondern notwendig. Ich schlage vor, dass Sie das sofort erledigen.« Storbeck warf seinem Untergebenen einen raschen Blick zu, der den Wink sofort verstand und eilig den Raum verließ. Erst als er draußen vor der Tür stand, fiel ihm ein, dass er überhaupt nicht wusste, wie man einen Tatort abriegelte.

Etwas später trat Hundt aus seinem provisorischen Arbeitsraum und fand die beiden Polizeidiener in unveränderter Position auf ihren Stühlen sitzen. Der Kriminalinspektor nahm einen dritten Stuhl, platzierte ihn vor dem Schreibtisch, schlug die Akte auf und sagte: »Meine Herren! Die Akte ist sehr dünn. Gibt es einen Fotografen in der Stadt?«

Die Angesprochenen schauten ihn verwundert an. Storbeck sagte: »Jawohl, Herr Kriminalinspektor.«

»Warum haben Sie ihn die Leiche am Tatort nicht fotografieren lassen?«

»Davon wussten wir nichts.«

Hundt schüttelte ungläubig den Kopf: »Wir haben eine Menge Arbeit zu erledigen. Die Akte beinhaltet lediglich eine Zeugenaussage über eine angebliche Auseinandersetzung zwischen dem Opfer und dem Untersuchungsgefangenen, einen Vermerk über die Entdeckung der Leiche sowie ein sozialdemokratisches Flugblatt, das am Denkmal sichergestellt wurde. Wird der Bericht eines Amtsarztes nachgereicht? Ich hoffe, dass ein Arzt die Leiche bereits untersucht hat, meine Herren, oder wussten Sie davon auch nichts? Wir müssen die Todesursache feststellen.«

»Wir haben ihn mit einem Dolch im Rücken gefunden«, erwiderte Storbeck.

»Auf dem Sockel habe ich kaum Blutspuren gefunden. Das Opfer scheint nicht viel Blut verloren zu haben, trotz der schweren Verletzung. Für mich deutet das darauf hin, dass er schon tot war, als man ihm den Dolch in den Rücken steckte. … Wie ist es mit der Kleidung des Opfers? Sind Wertgegenstände gefunden worden? Darüber schweigt die Akte.« Hundt war ein geduldiger, gründlicher Mensch; Eigenschaften, die er in Mölln auf jeden Fall benötigte. »Noch eine wichtige Sache«, setzte er wieder an. »Wo ist die angebliche Tatwaffe? Sie war nicht in der Akte.« Die beiden Polizeidiener schauten sich wieder an. Der Kriminalinspektor hatte bereits erkannt, dass er sich daran wohl würde gewöhnen müssen.

»Nun«, sagte Storbeck, »so ein Dolch passt nicht in eine Akte. Wir haben ihn hier in einer Schublade aufbewahrt.« Jüdecke stand auf, holte den Dolch aus einer Schreibtischschublade und reichte ihn Hundt.

Dieser betrachtete die Schneide und den Griff, wobei er sein Vergrößerungsglas einsetzte. »Sie führen eine sehr ordentliche Polizeidienststelle, meine Herren. Der Dolch ist blitzeblank.« Mit Ironie kam er hier offenbar auch nicht weiter, stellte Hundt resigniert fest, denn die beiden Polizeidiener starrten ihn verständnislos an. »Gut«, sagte der Kriminalinspektor nach einer kurzen Pause. »Wir werden den Besitzer ermitteln. Am Holzgriff weist der Dolch deutliche Gebrauchsspuren auf. An der Scheide ist ein kleines Zeichen eingeritzt worden. Er könnte bei der Jagd benutzt worden sein. Gibt es in Mölln oder in der Umgebung einen Laden für Jagdausrüstung? Ich denke, Sie sollten Erkundigungen einholen, ob jemand den Dolch identifizieren kann. In Jägerkreisen vielleicht?«

Hundt stand auf, legte den Dolch auf den Tisch und sagte: »Sie bestellen einen Medicus, der die Leiche umgehend untersucht. Wegen einer möglichen Legalsektion spreche ich mit der Ehefrau. Wir müssen die Wohnung des Untersuchungsgefangenen durchsuchen. Das mache ich gleich nachher, einer von Ihnen begleitet mich. Hat er Angehörige? Bestellen Sie sie für morgen Nachmittag hierher. Sie müssen auch vernommen werden, wie natürlich die Angehörigen des Opfers. Ich suche sie selbst auf. Wenn wir die Unternehmungen des Opfers am gestrigen Tage und in der Nacht rekonstruiert haben, ergeben sich weitere mögliche Zeugen. Parteigenossen, Mitglieder des Denkmal-Komitees. Der Mord fand am späten Abend des 21. Oktober oder in der Nacht zum 22. Oktober statt. Wie ich höre, brennen die Gastlaternen der Stadt nur unregelmäßig. Auch das kann von Bedeutung sein. Den Nachtwächter, der die Leiche entdeckt hat, muss ich natürlich vernehmen, wie auch den Zeugen, der die Auseinandersetzung zwischen dem Opfer und Svensson gesehen haben will. Bestellen Sie sie für heute Abend hierher.« Die beiden Polizeidiener schienen mit so vielen Anweisungen sichtlich überfordert, standen jedoch blitzartig auf und salutierten.

Ohne dass sie zuvor ein Klopfen vernommen hätten, öffnete sich die Tür zum Büro. Ein Mann Mitte fünfzig, gutbürgerlich gekleidet, betrat den Raum. »Guten Tag, Herr Staatsanwalt!« sagte Oberpolizeidiener Storbeck.

Hundt ging auf den Mann zu und sagte energisch: »Herr Staatsanwalt Rohdantz aus Ratzeburg, nehme ich an. Ich bin Kriminalinspektor Jakob Hundt aus Hamburg. Sie wurden bereits über meinen Auftrag informiert?«

»Ich erhielt von der Schleswig-Holsteinischen Regierung ein Telegramm, dass ein Hamburger Polizeibeamter kommt, um die weiteren Ermittlungen aufzunehmen. Das hat mich überrascht. Die Zuständigkeit liegt bei der Provinz Schleswig-Holstein.«

»Das preußische Innenministerium hat den Senat um Amtshilfe ersucht. In Schleswig-Holstein gibt es noch keine Kriminalinspektion, und das Opfer ist Hamburger Bürger, gar ein prominentes Mitglied der Hamburger Kaufmannschaft. Die lokalen Zeitungen werden über den Fall sicherlich bald berichten.« Die beiden Männer verschwanden im provisorischen Arbeitsraum des Kriminalinspektors.

Max Goldschmidt saß in einem Sessel im großen Salon der elterlichen Villa. Er nippte an einem Glas Portwein und dachte über das Gespräch mit seiner Mutter nach. Sie war ihm sehr gefasst erschienen, fast zu gefasst. Er konnte seine eigenen Gefühle allerdings auch nicht richtig deuten. Er hatte seinen Vater in den letzten Jahren immer seltener gesehen. Er verbrachte seine Zeit an der Universität in Kiel, sein Vater war viel geschäftlich unterwegs. Sie hatten brieflich korrespondiert, aber dies trug eher dazu bei, eine noch größere Distanz entstehen zu lassen. Er schrieb ausschließlich über sein Studium, seinen Vater interessierte nur, dass er gute Leistungen erbrachte. Obwohl er seine Mutter häufiger gesehen hatte, war ihre Beziehung in den letzten Jahren auch distanzierter geworden. Es war schwer, gemeinsame Interessen zu finden. Sie hatte sich zunehmend der Religion und der Kirche zugewandt. Dickleibige Homilarien lagen als Zeugen auf den Tischen im Salon. Vielleicht gaben sie ihr gerade in so einer Zeit einen Trost. Ihn hatte diese Zuwendung zur Religion etwas verwundert, denn sein Vater war – soweit er ihn kannte – ein durchaus weltlicher, moderner Mensch gewesen. Er war zum Protestantismus konvertiert, aber das war mehr aus praktischen, wirtschaftlichen Überlegungen gewesen. Doch was wusste er eigentlich von seinen Eltern aus früheren Zeiten, als sie sich kennenlernten und heirateten? Hatten sie sich geliebt oder war die Verbindung auch nur pragmatischer Natur gewesen? Was war in der Zwischenzeit alles passiert? Über den Mord wusste seine Mutter wenig zu sagen. Sein Vater war abends ausgegangen, um an einer Sitzung des Denkmal-Komitees teilzunehmen. Alles schien aus ihrer Sicht ganz gewöhnlich zu verlaufen und sie ging zu Bett. Da seine Eltern getrennte Schlafzimmer hatten, merkte sie erst am nächsten Morgen, dass sein Vater nicht nach Hause gekommen war. Bevor sie etwas in Erfahrung bringen konnte, kam ein Polizeidiener mit der Nachricht, dass ihr Ehemann ermordet auf dem Sockel des Ehrenmals gefunden worden war. Sie musste die Leiche identifizieren. Die Polizei hatte seitdem bereits einen Verdächtigen verhaftet, einen führenden Sozialdemokraten namens Ole Svensson. Über die Geschäfte seines Vaters hatten sie nur kurz gesprochen. Seine Mutter wollte so bald wie möglich nach Hamburg fahren, um mit den Prokuristen zu sprechen. Max wusste, dass seine Mutter selbst an der Leitung der Firma kein Interesse hatte; sie war dafür ohnehin nicht geeignet. Würde diese Aufgabe nun ihm zuteil?

Max hörte Geräusche im Eingangsbereich. Mehr aus Langeweile denn aus Neugier verließ er den Salon, um nachzusehen. Zu seiner großen Verwunderung erblickte er das Mädchen, das er am Vormittag bereits auf der Straße gesehen hatte. Es trug anstelle des Buches jetzt einen Korb mit Backwaren im Arm, den sie Frau Elfriede, der Haushälterin, überreichte, die damit nach unten in die Küche verschwand. Das Mädchen wartete, offenbar sollte sie den leeren Korb zurückbekommen. Es schaute nach unten auf den Fußboden, als Max sagte: »Fräulein, ich habe Sie heute schon einmal gesehen, als ich aus dem Bahnhof kam.«

Jetzt blickte es auf und erwiderte geradeheraus: »Das ist möglich, mein Herr, ich liefere Backwaren überall in der Stadt aus.«

»Sie trugen ein Buch, daher sind Sie mir aufgefallen. Darf ich fragen, wie das Buch heißt?«

Das Mädchen zog die Augenbrauen hoch und schaute ihn belustigt an – so schien es dem jungen Studenten zumindest. Sie zuckte mit den Schultern, zog ein Heft aus ihrer weißen Schürze und zeigte ihm den Einband: *Die Frau und die Revolution – Ein Manifest von Recha Mendelssohn, Hamburg 1848.*

Er stutzte: »Wo haben Sie so ein Buch her, Fräulein?«

»Von einem Bekannten.«

»Ein seltsamer Bekannter.«

»Mögen Sie nur das Gewöhnliche, mein Herr?« Er verstummte, die Frage hatte er sich bisher nie gestellt. Die Haushälterin kam mit dem Korb, und das Fräulein verschwand durch die Eingangstür.

Als er in den Salon zurückkehrte, erwartete ihn bereits seine Mutter, die vor dem großen Kamin auf und ab ging. »Mutter, ein Mädchen hat gerade Backwaren gebracht. Wie heißt sie?« Die Mutter blieb stehen und schaute lange schweigend aus glasigen Augen an ihm vorbei. Max folgte ihrem Blick und sah durch das Fenster den Turm der Nikolaikirche. »Mutter!« wiederholte er etwas lauter. Sie zuckte zusammen und sah ihn endlich an. »Wie heißt das Mädchen, das die Backwaren liefert?«

»Ich glaube, du meinst Fräulein Hedda.«

»Ich nehme an, sie hat auch einen Familiennamen«, sagte Max. Doch seine Mutter starrte bereits wieder aus dem Fenster.

Kriminalinspektor Jakob Hundt und Staatsanwalt Theodor Rohdantz saßen sich im kleinen Raum am Holztisch gegenüber. Rohdantz machte sich auf dem Stuhl noch größer, als er ohnehin schon war, damit er auf den wesentlich kleineren Kommissar herunterblicken konnte. Hundt ließ sich nichts anmerken und registrierte das gepflegte

Äußere des Juristen – die feine, modische Kleidung, seine manikürten Fingernägel und den sauber geschnittenen, schmalen Oberlippenbart. Er trug eine runde, in ein dünnes Metallgestell eingefasste Brille, hinter der undurchdringliche Augen lagen. Der Staatsanwalt eröffnete das Gespräch: »Herr Kriminalinspektor, sicherlich haben Sie mit der Ermittlung angefangen. Bitte, berichten Sie.«

»Die Ermittlungsakte ist nicht sehr ergiebig, die örtlichen Gendarmen haben bisher wenig unternommen. Sie hatten weder den Tatort gesichert noch eine ärztliche Untersuchung der Leiche angeordnet. Insofern stehen wir am Anfang. Ich habe den Tatort untersucht und einige Hinweise sichergestellt. Es gab kaum Blutspuren. Ich werde in den nächsten Tagen mit der Zeugenvernehmung beginnen. Danach kann ich erste Ergebnisse vorlegen. Mich würde aber interessieren, wie Sie, Herr Staatsanwalt, die Beweislage werten. Sie haben bereits über das Amtsgericht den Haftbefehl gegen einen Verdächtigen erwirkt.«

»Die Zeugenaussage und das Flugblatt berechtigten nach meiner Auffassung zur Verhängung der Untersuchungshaft, vor allem bestand akute Fluchtgefahr. Das Gericht sah das ebenso und hat die vorläufige Festnahme angeordnet. Der Untersuchungsgefangene ist schwedischer Staatsbürger, der seit Jahren in Deutschland, zunächst in Hamburg, seit etwa fünf Jahren in Mölln mit seiner minderjährigen Tochter lebt. Er war mit einer deutschen Frau verheiratet, die bereits verstorben ist. Er ist Schriftsetzer und ein führender Sozialdemokrat. Seine Einstellung zum geplanten Ehrenmal in Mölln ist bekannt. Bekannt ist auch, dass er ein aufbrausendes Temperament hat. Er ist bereits mehrfach in Raufereien verwickelt gewesen.« Hundt stand auf, ging ein paar Mal auf und ab, blieb dann vor dem Tisch stehen und schaute den Staatsanwalt von oben herab an: »Wir werden noch handfestere Beweise liefern müssen, um einen Gerichtsprozess einleiten zu können. Zuerst werde ich den Untersuchungsgefangenen vernehmen. Ich werde Ihnen in den nächsten Tagen Bericht erstatten, Herr Staatsanwalt.«

»Eine Sache noch«, sagte Rohdantz, seine Stimme hatte ihre Schärfe verloren, »der Untersuchungsgefangene hat einen Verteidiger bestellt, den Advokaten Sprewitz, dessen er sich nach der neuen Strafprozessordnung in jeder Lage des Verfahrens bedienen kann ... Ich nehme an, Sie kennen die neue Strafprozessordnung, Herr Kriminalinspektor?«

»Die Strafprozessordnung ist mir wohl bekannt«, erwiderte Hundt trocken. Er setzte sich wieder hin. »Ich werde die Untersuchung ordnungs- und pflichtgemäß durchführen.«

»Advokat Sprewitz ist ein heruntergekommenes Subjekt, das 1848 die Revolution vorantreiben wollte. Als Jurist ist er ein Versager.« Rohdantz schnaubte verächtlich.

Nachdem der Staatsanwalt sich verabschiedet hatte, ließ Hundt den Untersuchungsgefangenen zu sich rufen. Polizeidiener Jüdecke wurde zur Protokollführung bestellt, eine Aufgabe, die ihm sichtlich Mühe bereitete. Der kleine Holztisch diente nunmehr als Vernehmungstisch, um den auf der einen Seite Jakob Hundt und Wilhelm Jüdecke saßen, auf der anderen Seite Ole Svensson und Friedrich Sprewitz. Hundt war vom Erscheinungsbild des Gefangenen nicht überrascht – ein großer, vierschrötiger Schwede – laut Akte einundvierzig Jahre alt – mit dem rötlichen Gesicht eines Cholerikers, wachen blauen Augen, hellen Haaren und einem buschigen Vollbart. Er machte keineswegs einen eingeschüchterten Eindruck, im Gegenteil, er sah recht angriffslustig aus. Hundt eröffnete die Vernehmung: »Herr Ole Svensson, Sie sind des Mordes an dem Kaufmann Hermann Goldschmidt beschuldigt. Das Amtsgericht hat deswegen Haftbefehl erlassen. Was sagen Sie zu der Beschuldigung?«

»Ich habe mit der Sache nichts zu tun. Ich verstehe überhaupt nicht, weshalb man mich verhaftet hat. Das ist reinste Klassenjustiz!«

Kriminalinspektor Hundt saß vor einem Schriftstück, der Niederschrift der Vernehmung von Ole Svensson. Polizeidiener Jüdecke hatte den Beschuldigten wieder in die Arrestzelle gebracht. Advokat Sprewitz hatte sich mit der Ankündigung verabschiedet, dass er Beschwerde gegen den Haftbefehl einlegen werde. Hundt las die Niederschrift durch und fügte Seitenanmerkungen und Änderungen hinzu. Die Rechtschreibung zu korrigieren, schien ihm eine aussichtslose

Aufgabe zu sein. Die Vernehmung hatte kaum neue Gesichtspunkte ergeben. Svensson gab an, am Abend des 21. in der Gastwirtschaft Mylius gewesen zu sein. Er hatte dort mit Freunden Karten gespielt. Hundt erfuhr, dass die am Markt gelegene Gastwirtschaft der Versammlungsraum der Sozialdemokraten war, deren Zusammentreffen seit Inkrafttreten des Sozialistengesetzes verboten war. Sie hatten sich dennoch dort zusammengefunden, vermutete der Kriminalinspektor. Gegen 10 Uhr abends hatte er den Nachhauseweg angetreten, der ihn über den Mühlenplatz führte, wo er dem Mordopfer begegnet war. Sie hatten einige Worte über das Ehrenmal miteinander gewechselt, bevor Svensson seinen Heimweg fortgesetzt hatte. Morgens war er wie immer um 6 Uhr aufgestanden und zur Arbeit gegangen, wo die Polizei ihn in Empfang genommen und direkt verhaftet hatte. Auf weiteres Nachfragen gab er an, dass er Einiges in der Gastwirtschaft getrunken hatte, betrunken sei er jedoch nicht gewesen. Hundt konnte gut glauben, dass der große Schwede eine Menge vertragen konnte. Dass ein Zeuge sein Zusammentreffen mit dem Mordopfer auf dem Mühlenplatz beobachtet hatte, wusste er nicht. Dass es eine lautstarke, wütende Auseinandersetzung gewesen sein sollte, bestritt Svensson. Er sagte, er habe eine starke Stimme, die er sich keineswegs verbieten ließe. Zu dem Flugblatt, das man am Tatort sichergestellt hatte, konnte oder wollte er keine Angaben machen. Advokat Sprewitz hatte sich zurückgehalten. »Mager, sehr mager«, sagte Hundt zu sich selbst. Er hatte noch zwei Aufgaben vor sich: Die Untersuchung der Leiche mit dem Amtsarzt und die Durchsuchung von Svenssons Wohnung.

Friedrich Sprewitz verließ die Wache und ging die Hauptstraße hinunter in Richtung Marktplatz. Das Gespräch mit Ole Svensson war wie erwartet unerquicklich gewesen. Der streitbare Schwede hatte sich redundant über die Klassenjustiz ereifert, die seiner Meinung nach der eigentliche Grund für seine Verhaftung war. Sprewitz vermutete, dass Svensson Recht hatte. Das machte die Sache aber nicht einfacher, im Gegenteil. Politik verkomplizierte alles. Und dass Politik im neuen Deutschen Reich wenig mit Recht und Gesetz zu tun hatte, wusste der

Advokat bereits. Ihm schien die Beweislage ausgesprochen fraglich. Wie konnte das Gericht aufgrund von so mageren Indizien Untersuchungshaft anordnen? Fluchtgefahr bestand seiner Meinung nach kaum, selbst mit der Begründung einer ausländischen Staatsbürgerschaft. Welche Rolle spielte Staatsanwalt Rohdantz? Wollte er sich dem Ministerium als Bollwerk gegen die Sozialdemokratie empfehlen? Den Ehrgeiz des Kollegen kannte er gut. Was konnte er, der Winkeladvokat, unternehmen? Eine Beschwerde einlegen. Gut, aber mit Aussicht auf Erfolg? Kaum. Sollte er auf eigene Faust Untersuchungen der Abläufe am Abend des 21. durchführen? Das war die Arbeit des Kriminalinspektors. Schaden würde es dennoch nicht, ein paar Erkundigungen einzuholen, ein paar Gespräche zu führen. Mit Svenssons Parteigenossen konnte er anfangen.

Statt nach links in die Grubenstraße einzubiegen, die zu seiner Wohnung führte, ging Sprewitz die Marktstraße hinauf zum Marktplatz, am Rathaus vorbei und von dort aus auf den Treppen nach oben zur Nikolaikirche. Donnerstagnachmittags lauschte er immer den Orgelproben. Er öffnete das Kirchentor, betrat die Kirche und nahm Platz im vorderen Mittelschiff. Von Religion hielt der Advokat nichts. Gott war tot. Er mochte jedoch die eigentümliche Stimmung in der alten gotischen Kirche, wenn er hier alleine war und die herrliche Orgelmusik hörte. Sie brachte ihn nicht mit Gott in Berührung, sondern mit sich selbst.

Als sie ihren Lieferkorb wieder in die Bäckerei Mahnke brachte, sah Hedda Svensson den Advokaten am Laden vorbeilaufen. Sie fasste schnell den Entschluss, ihm zu folgen; mit ihm sprechen wollte sie ohnehin. Sie wunderte sich, als sie ihn in der Kirche verschwinden sah, folgte ihm aber hinein. Er saß völlig reglos da, den Kopf leicht nach vorne gebeugt. Sie fragte sich, was das alles bedeuten sollte. Wie konnte ihr Leben an einem einzigen Tag so aus den Fugen geraten? Dass man ihren Vater verhaftet hatte, machte ihr Angst. Es fühlte sich so an, als ob ein tragender Stein aus einer Mauer, ihrer Lebensmauer, gerissen worden war, und jetzt drohte alles zusammenzubrechen.

Gestern hatte sie sich dann auch mit dem seltsamen Advokaten getroffen. Und sie hatte das Buch gelesen. Und was für ein Buch das war! Sie hätte nicht gedacht, dass es so etwas als gedruckten Text gab. ›Der Verstand kennt kein Geschlecht,‹ zitierte sie im Geiste. Das Buch hatte ihr die Augen geöffnet; sie sah die Welt auf einmal ganz anders als gestern. Und nun stand sie in einer Kirche. Sicherlich nicht zum ersten Mal. Sie wurde getauft und konfirmiert, wie alle anderen auch, wie es Brauch war, wie vor allem ihre Mutter es wollte. Die Riten hatten ihr aber nichts bedeutet, eine emotionale oder geistige Bindung empfand sie nicht. Vater und seine Genossen machten sich über die Kirche und die Pfaffen lustig. Irgendwie erschienen ihr die Sprüche der Parteigenossen aber genauso leer zu sein wie die Riten der Kirche.

Langsam schob die Musik ihre Gedanken beiseite, sie verführte sie zum Zuhören. Ein hoher, starker Orgelton füllte den großen Raum, er wuchs an, wurde selber zum Raum, umhüllte das ganze irdische Hier und Jetzt. Er wuchs immer weiter, um sich dann ganz plötzlich auszuruhen und von neuen Tönen wieder aufgewirbelt zu werden, bis alles in einem hastigen Abstieg in die Tiefe stürzte. Und nun schwiegen sie, die Stille wehte wie ein Versprechen durch den großen Kirchenraum. Und jetzt wieder: mächtige Töne erhoben sich in tiefer, herrlicher Leidenschaft, schwollen tobend an, fingen hingebungsvoll zu klagen an. An wen waren diese Klagen gerichtet, fragte sich Hedda. Über ihr bewegte sich eine wunderbare Melodie in die Höhe, sie wiederholte sich, änderte sich, verbog sich, suchte spielend neue Figuren. Hier war kein Klagen, sondern Freude, Lebensfreude. Ein Zeichen der Hoffnung, dachte die junge Frau. Als sie von der Kirchenbank vor sich aufsah, sah sie den Advokaten, der sie schweigend beobachtete. Sie ging auf ihn zu. Als sie neben ihm saß, sagte er nur. »Bach.« Sie schaute ihn fragend an. »Du hast die Musik gehört, aber was sagt sie dir?«

»Sie ist schön«, sagte Hedda schlicht.

»Das ist ein bisschen wenig. Ich denke, du kannst das besser beschreiben«, erwiderte Sprewitz.

Hedda überlegte kurz: »Sie lädt zur Hoffnung und zur Lebensfreude ein … Was sagt sie Ihnen, Herr Advokat?«

Sprewitz schaute hinauf zur Orgel: »Sie sagt mir, dass der menschliche Geist zu großen Taten fähig ist. Kunst, Musik, Literatur – sie sind Töchter der Freiheit. Viele sagen, diese Musik zeuge von der Herrlichkeit Gottes, ich denke eher, sie ehrt den Menschen, seine Fähigkeit, Schönheit zu erschaffen.« Er zeigte auf ein großes Gemälde, das neben dem Kanzelaltar hing, und fragte: »Was sieht du da?«

»Die Beweinung Christi, Mutter Maria entfernt gerade einen Dorn aus dem Haupt des Gekreuzigten. Der Jünger Johannes hält die linke Hand Jesu und schaut auf das Wundmal des Nagels. Das Bild wurde uns im Konfirmationsunterricht erklärt.«

»Ja, so sollen wir das sehen, Hedda. Was du aber eigentlich siehst, ist Ölfarbe auf einer Leinwand. Dabei hat der Künstler für unsere Augen auf einer Fläche die Illusion der Tiefe und der Bewegung geschaffen. Das Bild ist eine gekonnte Lüge, eine Täuschung der Augen. Der Maler hat mit seiner Kunst das Trauern für den Betrachter erlebbar gemacht. Was wird dabei zelebriert? Die Passionsgeschichte, oder die Fähigkeit des menschlichen Geistes, so etwas zu schaffen?«

Sie saßen eine Weile schweigend nebeneinander, bis Sprewitz aufstand und sagte: »Komm mit, Hedda, ich möchte dir den Verfahrensstand gegen deinen Vater erläutern. Wir können darüber am besten in meiner Arbeitsstube sprechen.« Sie gingen aus der Kirche und nahmen den bekannten Weg zur Wohnung des Advokaten in der Seestraße. Einige Passanten starrten das Paar neugierig an und tuschelten miteinander. Tratsch und Klatsch gehörten zum gesellschaftlichen Kitt einer Kleinstadt im deutschen Kaiserreich.

»Hedda, die Sache mit deinem Vater ist eigentlich einfach, was sie aber zugleich auch kompliziert macht. Die Haftgründe sind meines Erachtens unzureichend. Offenbar wirkt da etwas … oder jemand im Hintergrund. Dein Vater sprach wiederholt von ›Klassenjustiz‹. Ich denke, jemand nutzt den momentanen Verfolgungsgeist der Behörden gegen die Sozialdemokratie aus, um etwas anderes zu verdecken. Das mit dem Flugblatt ist einfach zu offensichtlich. Staatsanwalt

Rohdantz hat umgehend den Haftbefehl erwirkt, er scheint sich seiner Sache sicher zu sein. Warum, frage ich mich nur. Den Kriminalinspektor kann ich noch nicht einschätzen. Er macht auf jeden Fall einen fähigen Eindruck. Ich werde Beschwerde gegen den Haftbefehl einlegen, bin aber ziemlich sicher, dass sie abgelehnt wird. Es gibt vielleicht einen anderen Weg.« Sprewitz sah Hedda an, als suche er in ihrem Gesicht nach einer Bestätigung. »Wir ermitteln auf eigene Faust. Wer hätte in Mölln ein Motiv, Hermann Goldschmidt zu ermorden?«

Hedda nickte ernst, sie schien gar nicht erstaunt über seinen Vorschlag zu sein. Sie sagte nur: »Wie machen wir das, Herr Advokat?«

Sprewitz zündete seine Pfeife wieder an und suchte nach seiner Branntweinflasche; es war klar, dass er keine schnelle Antwort auf die Frage parat hatte. Dafür bot die Pfeife eine willkommene Ablenkung. Nach einer Weile sagte er: »Du kommst durch deine Arbeit überall rein, gerade in die besseren Häuser, in denen die Familie Goldschmidt verkehrt. Der Mord dürfte überall in der Stadt Gesprächsthema sein. Du solltest die Ohren offenhalten, bei Gelegenheit ein paar scheinbar unverfängliche Fragen stellen. Ich werde in anderen Kreisen das Gleiche tun.«

Hedda stand auf und holte das Heft von Recha Mendelssohn aus ihrer Schürzentasche. »Vielen Dank, Herr Advokat. Ich habe es gestern gelesen, ich denke auch, richtig gelesen.«

»Das kannst nur du beurteilen, Hedda«, erwiderte Sprewitz. »Du kannst das Heft behalten. Möchtest du dir noch ein anderes Buch ausleihen?«

»Ja gern, Herr Advokat.«

»Probiere es mit diesem.« Sie schaute auf den Einband: *Deutschland – Ein Wintermärchen von Heinrich Heine.* »Du wirst sehen, auch die deutsche Sprache kann leicht und federnd daherkommen, bei Heine wie ein Stilett.«

Sie ging zur Wohnungstür, drehte sich noch einmal um und fragte leise: »Haben Sie Recha Mendelssohn gekannt, Herr Advokat?«

»Ja, das habe ich.«

»Ist sie …« Hedda sprach den Satz nicht zu Ende. Sie sah, wie sich sein Gesicht versteinerte, seine Augen verloren ihren Glanz. »Es tut mir leid«, flüsterte sie.

7
Ermittlungen

Mölln, Freitag, d. 24. Oktober 1879

Kriminalinspektor Hundt saß frühmorgens am Frühstückstisch des Hotels Stadt Hamburg, das sich an der Hauptstraße befand. Die Vernehmung der Zeugen stand bevor, zunächst rekapitulierte er jedoch mithilfe seiner schwarzen Kladde die Ergebnisse des gestrigen Abends. Er hatte die Leiche im Beisein des Amtsarztes Doktor Friedrich Wilhelm Buddenberg aus Ratzeburg, eines jungen, fähigen Vertreters seiner Profession, in Augenschein genommen. Hermann Goldschmidt war ein kleiner, schlanker Mann mit vollen Lippen und einer einprägsamen Nase und einem Schnurrbart gewesen. Von den Schuhsohlen des Opfers hatte Hundt Proben genommen, die eventuell etwas über den Tatort verraten konnten. Die Stoffreste, die er am Tatort gesichert hatte, stammten nicht von der Kleidung des Opfers. An dessen sehr gepflegter Kleidung fiel jedoch eines auf: ein großer Fleck auf der Rückseite des Gehrocks. Wie Hundt vermutet hatte, war der Dolchstich nicht die Todesursache. Am Hals waren deutliche Würgemale zu sehen. Der Arzt hatte außerdem um die Augen herum und in der Mundschleimhaut eine Vielzahl stecknadelkopfgroßer Blutungen, Petechien, so hatte er sie in der Fachsprache genannt, festgestellt, die auf einen Tod durch Erdrosseln hinwiesen. Vermutlich stand der Täter direkt hinter seinem Opfer, als er zur Tat schritt. Hatte Goldschmidt seinen Mörder gekannt? Es musste sehr schnell gegangen sein, da die verwendete Schlinge tiefe Einschnitte im Hals hinterlassen hatte. Es konnte eine feine, feste Schnur gewesen sein. Goldschmidt, der ohnehin eine zierliche Person gewesen war, hätte kaum eine Möglichkeit gehabt, sich zu wehren. Raubmord konnte auf jeden Fall ausgeschlossen werden, denn man hatte die Brieftasche sichergestellt, die unangetastet war. Alles ließ in den Augen des Kriminalinspektors auf eine große Entschlossenheit und Heimtücke des Täters schließen. Was aber hatte es mit dem Dolch auf sich? Warum die Inszenierung auf dem Denkmalsockel, deren Durchführung für den Täter ein großes Risiko darstellte; immerhin hätte ihn jemand beobachten können. Hundt ahnte, dass der Fall komplexer war, als die Verantwortlichen in Mölln zu denken schienen.

Die Vernehmung des Nachtwächters hatte kaum neue Erkenntnisse gebracht. Hundt erfuhr, dass die Stadt in vier Wachbezirke eingeteilt war, die Wächter ihren Dienst um 22 Uhr begannen und ihre Rundgänge nach einem festen Zeitplan absolvierten. Für das Gebiet vom Bauhof bis zum Bahnhof war der Wächter Heinrich Grade zuständig. Bei seiner Vernehmung gab Grade an, gegen Mitternacht am Bauhof vorbeigegangen zu sein, ohne etwas bemerkt zu haben. Als er sich zwischendurch in der kleinen Wachstube in der Wache aufhielt, hatte er keine verdächtigen Geräusche gehört. Die Stadt wäre nachts wirklich ein »ruhiges Pflaster«, betonte der Nachtwächter: »Da bellen nicht mal die Hunde.« Bei seinem morgendlichen Rundgang um 4:30 Uhr hatte er die Leiche auf dem Denkmal entdeckt und seine Vorgesetzten sofort informiert; angefasst hatte er nichts. Hundt war nicht sicher, wie weit seiner Aussage zu trauen war. Warum hatte der Wachtmeister die Leiche erst um 4:30 Uhr entdeckt? Er hätte sie eigentlich früher finden müssen, denn der Amtsarzt hatte den Todeszeitpunkt auf »kurz nach Mitternacht« festgelegt.

Nach der Befragung des Nachtwächters war Hundt zusammen mit Polizeidiener Jüdecke zu Svenssons Wohnung gegangen. Sie befand sich im ersten Stock eines kleinen Hauses an der Mühlenstraße und bestand aus einem Zimmer mit Küche sowie einer sehr kleinen Stube, die wohl die Schlafstätte der Tochter war. Die Wohnung war in einem ordentlichen Zustand, wenn auch spärlich möbliert. Die zahlreichen Druckschriften, Flugblätter und Pamphlete überraschten bei Svenssons Hintergrund niemanden. Hundt hatte insbesondere die Schränke und Truhen nach Kleidungsstücken durchsucht, hatte jedoch keinen Rock gefunden, dem der Stoffrest entsprach, den er am Denkmal sichergestellt hatte. Als er mit der Durchsuchung des Wohn- und Schlafzimmers fertig war, hatte Jüdecke ihn in die Küche gerufen. Der Polizeidiener hatte eine lose Bodendiele entdeckt, unter der ein Stapel Papiere versteckt war. Hundt hatte schon geahnt, worum es sich handelte – mehrere Exemplare des Flugblattes, das man am Tatort gefunden hatte. Es war anzunehmen, dass die Flugblätter in Umlauf gebracht werden sollten – ein deutlicher Verstoß gegen die Bestimmungen des Sozialistengesetzes. Ihrem Inhalt und ihrer Beschaffenheit nach zu urteilen waren sie frisch gedruckt worden, denn der Text richtete sich aktuell gegen das Gesetz. Hundt legte ein Exemplar vor sich auf den Frühstückstisch. Er las: »Trau! Schau! Wem? Die Wogen der Verleumdung gehen hoch! Es gibt keine Schlechtigkeit, es gibt keine Niedertracht, die man jetzt der Sozialdemokratie nicht anlöge, und warum? Wir wollen den wahren Grund dieser Sozialisten-Hetze hier aufdecken. Schon längst werden wir Sozialdemokraten glühend gehasst von den Geldprotzen, von den Regierungs- und Amtsleuten und von den Pfaffen.« Hundt nahm noch einen Schluck Kaffee und las weiter: »Nicht wegen der Attentate werden wir Sozialisten verfolgt; unsere Gegner wissen wohl, dass wir daran so unschuldig sind wie ein neugeborenes Kind. Die Attentate sind nur ein nichtsnutziger Vorwand, der wahre Grund der Sozialisten-Hetze beruht darauf, dass wir Sozialisten das arme Volk befreien wollen von dem Druck der Geldprotze, der Regierung und der Pfaffen. Das ist unser Verbrechen. Weil wir entschlossene und unbestechliche Advokaten des armen Volkes sind, versuchen die Feinde des armen Volkes uns auszurotten, damit sie mit dem Volke ungestört machen können, was sie wollen.« Starke Worte, dachte der Kriminalinspektor. Er hatte aber den Inhalt nicht zu beurteilen, sondern lediglich festzustellen, dass hier ein Gesetzesverstoß vorlag. Sie hatten das Material beschlagnahmt. Polizeidiener

Jüdecke wurde angewiesen, einen Bericht für die Staatsanwaltschaft zu verfassen. ›Für den Kollegen leider eine Strafarbeit‹, dachte Hundt und schüttelte den Kopf.

Hundt leerte die Tasse Kaffee und schaute auf seine Taschenuhr. Es war inzwischen 8:30 Uhr, Zeit, mit der Tagesarbeit zu beginnen.

Begleitet vom süßlich-herben Duft frischgebackenen Brotes kam Emma Mahnke aus der Backstube und überreichte Hedda Svensson den gefüllten Korb für die Morgenlieferungen der Bäckerei. »Ach, mein Kind, es tut mir leid mit deinem Vater. Eine schwere Zeit für dich. Er ist bestimmt unschuldig. Meine Freundinnen und ich sind uns sicher, dass der Mörder aus Hamburg kommt. So etwas gibt es in Mölln nicht!«

»Er wird bestimmt bald entlassen«, erwiderte Hedda mit gespielter Zuversicht, verließ die Bäckerei und tauchte in die Geschäftigkeit der Möllner Hauptstraße ein. Die breite Straße wurde bald enger und ging in die Bahnhofstraße über. An ihr waren nach 1860 reihenweise neue Häuser entstanden, zweigeschossige Fachwerkhäuser mit einer massiv gemauerten Vorderseite zur Straße hin und schiefergedeckten Satteldächern. Einige Häuser zeigten verspielten Fensterschmuck aus Gips; in eines dieser Häuser kehrte Hedda ein. Es war der Kolonialwarenladen von Gustav Burmester. Sie ging durch den Laden, stieg die Innentreppe hinauf zum Wohnbereich im oberen Stockwerk und klopfte.

Die Tür wurde geöffnet, und sie stand ihrer Freundin Lisa gegenüber, die als Dienstmagd bei der Familie Burmester in Anstellung war. »Komm rein. Die Herrschaften sind weg«, sagte das schlanke, dunkelhaarige Mädchen mit einer leisen, aber aufgeregten Stimme: »Ich habe Neuigkeiten.« Hedda ließ den Korb auf einem Tisch in der kleinen, wohl geordneten Küche fallen und nahm gerne die Tasse Malzkaffee entgegen, die Lisa ihr reichte. Ihre Freundin plapperte sogleich los: »Aber zuerst: Was ist das mit deinem Vater? Er war es nicht, das glaube ich fest. Oh … eine schlimme Geschichte … der arme Herr Goldschmidt und seine Familie.« Lisa wirkte immer leicht angespannt und nervös.

»Du weißt, sie haben ihn verhaftet. Er ist aber unschuldig. Ich besuche ihn nachher. Der Advokat Sprewitz kümmert sich um die Sache.«

»Sprewitz! Der ist aber nicht zurechnungsfähig!«

»Du kennst ihn nicht, Lisa. Er ist sonderbar, aber irgendwie vertrauenswürdig. Ich war bei ihm in seiner Wohnung …« Hedda legte eine Pause ein, als ihre Freundin große Augen machte. »… Ich meine in seinem Büro. Na ja, das ist genau genommen das Gleiche.« Sie lächelte. »Er hat viele Bücher.«

»Bücher, Bücher. Das viele Lesen hat wahrscheinlich sein Gehirn angesäuert.« Es entstand eine Pause: »Aber was ich sagen möchte: Wir werden heiraten!«

Hedda wusste von Lisas Verehrer, Heinz Bartels, der als Försterlehrling bei der Stadt arbeitete. Sie freute sich für die beiden und umarmte ihre Freundin überschwänglich.

Lisa berichtete, dass Heinz die Ausbildung demnächst abschließen und von der Stadt als Förster übernommen werde. Sie wollten im Frühjahr heiraten und einen eigenen Hausstand gründen. Sie freute sich, endlich auf eigenen Füßen stehen zu können und nicht mehr bei vornehmen Leuten die Betten machen zu müssen. »Du musst mir bei der Hochzeit beistehen!« Hedda nickte und küsste Lisa auf beiden Wangen. Im Stillen dachte sie, dass sie nicht heiraten wollte, zumindest jetzt noch nicht. Sie wollte etwas von der Welt sehen, etwas erleben. Sie dachte wieder an Recha Mendelssohn. Das Leben selbst in die Hand zu nehmen, darum ging es.

»Ich möchte eine gute Ehefrau und Mutter sein«, sagte ihre Freundin, als habe sie Heddas Gedanken gehört.

Nach einer kurzen Pause fragte Hedda: »Deine Herrschaften haben Herrn Goldschmidt gekannt, du hast ihn sicher auch hier zu Besuch gesehen. Was sagen sie zu dem Mord?«

»Oh«, seufzte Lisa, als sie aus ihren Tagträumereien zurückkehrte, »sie sind fassungslos, dass so etwas in unserem kleinen Mölln passieren konnte. Der Hamburger hatte viel Geld, aber besonders beliebt war er nicht, denke ich. Die Herrschaften und ihre Freunde verhielten sich stets reserviert. Na ja, er war ein Fremder, noch dazu ein Jude …

er passte irgendwie nicht hierher. Man fragt sich, was er überhaupt hier wollte. Gestern hatten wir Besuch von einem Herrn, der sagte: ›Nun ist die Hermannsquelle zumindest sicher.‹ Was kann er damit gemeint haben?«

Hedda schüttelte den Kopf und machte sich eine gedankliche Notiz. »Ich muss sehen, dass ich weiterkomme«, sagte sie, als sie die bestellten Backwaren deponierte, wobei ein Heft aus ihrer Schürze zu Boden fiel. Lisa nahm es auf und schüttelte verständnislos den Kopf. »Was liest du schon wieder, liebe Hedda? Pass auf, dass das viele Lesen nicht auch dein Gehirn ansäuert«, sagte sie mit einem Zwinkern. Hedda machte sich auf den Weg. Ihr nächstes Ziel war die Villa des Privatiers Gließmann an der Feuergräfenstraße.

Hundt saß inzwischen in der Gästestube seines Hotels und genehmigte sich noch eine Tasse Kaffee. Im Gespräch mit Bürgermeister Gustav Fels (das Möllner Stadtoberhaupt hatte ihm keinen Kaffee angeboten) hatte er erfahren, dass das Treffen des Denkmal-Komitees am 21. Oktober um 20 Uhr im Rathaus angefangen hatte. Die Tagesordnung umfasste Finanzfragen und die Eröffnungszeremonie, die im Frühjahr stattfinden sollte. Hermann Goldschmidt hatte seine früheren Zusagen bekräftigt, das noch ausstehende Defizit für die Erstellung des Denkmals zu übernehmen. Das wurde natürlich sehr positiv aufgenommen. Dem Bürgermeister war bei der Sitzung nichts Ungewöhnliches aufgefallen. Sie wurde gegen 22 Uhr beendet; der Bürgermeister hatte nicht gesehen, mit wem Goldschmidt den Sitzungssaal verließ, oder ob er alleine hinausgegangen war. Auf Nachfrage erwiderte Fels, dass Goldschmidt im Komitee gerne gesehen war. Kein Wunder, dachte der Kriminalkommissar und schüttelte den Kopf. Verständlicherweise sei die Beziehung etwas distanziert, aber höflich gewesen, insistierte Fels. »Ein Fremder und ein Jude«, hatte er gesagt. Auf Hundts Anmerkung, dass Goldschmidt zum Christentum konvertiert war, hatte Fels nicht reagiert. Hundt hatte um eine Kopie der Sitzungsniederschrift gebeten, die er beim Verlassen des Rathauses mitnahm. Er legte das Dokument neben seine Kaffeetasse. Die

Niederschrift bot keine neuen Anhaltspunkte. Als Hundt die Anwesenheitsliste las, sah er zu seiner Überraschung, dass neben anderen Notabeln der Stadt Staatsanwalt Rohdantz vermerkt war. Der Staatsanwalt war also bei der Sitzung dabei gewesen, hatte dies jedoch bei ihrem ersten Treffen mit keiner Silbe erwähnt. Hundt blätterte zu der entsprechenden Eintragung in seiner schwarzen Kladde und spürte, dass in seinen Gedanken eine Frage aufkeimte. Er stand auf und verließ das Hotel. Es war an der Zeit, die Witwe des Opfers zu besuchen.

Martha Goldschmidt war mit ihrem Sohn Max im Salon, als das Dienstmädchen Hundt anmeldete und hereinführte. Die Witwe saß in einem großen Sessel, ihr Sohn stand neben ihr und hatte eine Art schützende Haltung eingenommen. Hundt kam die Vorstellung etwas zu gewollt vor, die Contenance der beiden machte ihn misstrauisch. Der Kriminalinspektor nahm den ihm angebotenen Platz ein und holte seine schwarze Kladde hervor. Er betrachtete seine beiden Zeugen einen Augenblick lang schweigend. Der junge Mann sah wie eine jüngere Version seines Vaters aus, nur etwas fülliger und größer. Seine dunklen schwarzen Haare zeigten schon den bescheidenen Anfang einer Glatze; seine Lippen zierte ein modischer Schnurrbart. Sein Traueranzug verriet die Arbeit eines kompetenten Schneiders. Ein hübscher, junger Mann, dachte Hundt. Die Mutter brauchte keine Trauerkleidung, um traurig auszusehen. Dies schien Hundt vielmehr ihre zweite Natur zu sein. Ihr Gesicht wirkte weder alt noch jung, sondern eher alterslos in seiner vornehmen Blässe. Ihre Haare steckten in einer schwarzen Schute. Hundt wusste, dass sie Mitte fünfzig sein musste und dreißig Jahre lang mit Hermann Goldschmidt verheiratet gewesen war.

»Frau Goldschmidt, Herr Goldschmidt, Ich spreche Ihnen mein Beileid aus zu Ihrem tragischen Verlust. Seien Sie versichert, dass wir alles Erdenkliche unternehmen werden, um den Täter zu finden. Die Preußische Regierung hat um Amtshilfe aus Hamburg gebeten. Daher befasse ich mich mit dem Fall.«

Die Witwe schwieg, der Sohn sagte: »Wir begrüßen den Einsatz der Hamburger Polizei, Herr Kriminalinspektor Hundt.«

Dieser fuhr fort: »Wir sind am Anfang der Untersuchung. Wie Sie wissen, ist ein Verdächtiger in Untersuchungshaft genommen worden. Kennen Sie den Mann, Ole Svensson?«

Während der Sohn die Frage verneinte, sagte die Witwe: »Ich habe natürlich von ihm gehört, da er ein Gegner des neuen Denkmals gewesen ist, aber persönlich begegnet sind wir uns nie.«

Hundt nickte langsam. »Hat Ihr Mann Ole Svensson vielleicht einmal erwähnt?«

»Nicht, soweit ich mich erinnern kann. Er sprach selten mit mir über das Denkmal. Er war ohnehin häufig geschäftlich unterwegs.«

»Erzählen Sie mir bitte vom vorgestrigen Abend.«

Der knappe Bericht der Witwe brachte für den Kriminalinspektor keine neuen Erkenntnisse. Ihr sei nichts Ungewöhnliches aufgefallen; Feinde hatte ihr Mann in Mölln nicht; von seinen Geschäften hätte sie nie viel erfahren, wollte es offenbar auch nicht; wer ihren Mann ermordet haben könne? Sie wusste es nicht. Hundt fragte sich, wie gut die Eheleute sich überhaupt gekannt hatten. Inzwischen hatte der Sohn auf einem Stuhl neben seiner Mutter Platz genommen. Es herrschte eine kalte, distanzierte Atmosphäre; die schwarze Trauerkleidung schien das ohnehin fahle Licht der Herbstsonne gänzlich aufzusaugen. Hundt entschied sich für eine direkte Frage: »Sie waren seit dreißig Jahren mit Ihrem Mann verheiratet. Wie würden Sie ihn beschreiben, ich meine, seine Persönlichkeit? Was für ein Mensch war er?«

In ihrem Gesicht zeigte sich keinerlei Regung, als sie antwortete: »Er lebte für sich, seine Geschäfte waren ihm das Wichtigste. Sie wissen vielleicht, dass er aus relativ einfachen Verhältnissen stammte.«

Damit war ihre Rede zu Ende. Hundt setzte nach: »Er konvertierte zum Christentum. Warum?«

»Das war kurz vor unserer Heirat. Meine Eltern bestanden darauf.«

Das Gespräch drohte in Einsilbigkeit zu erstarren. Hundt wollte sich ein Bild vom Opfer machen, um daraus mögliche Anhaltspunkte für die Tat zu erschließen. Er war sich nicht sicher, ob die Witwe unter Schock stand oder ob sie eine einstudierte Rolle spielte. Sie schien gefasst und seltsam desinteressiert. Der Sohn schaute den Inspektor an und schwieg weiter. Dieser überlegte sich, eine noch intimere Frage zu stellen, etwa »Wie würden Sie Ihre Ehe beschreiben?«, entschied sich jedoch dagegen. Er hob sich die Frage für später auf und brachte das Gespräch auf die Legalsektion der Leiche. Während Martha Goldschmidt stumm nickte, fragte ihr Sohn: »Was erhoffen Sie sich davon? Wir möchten meinen Vater gern zügig nach Hamburg überführen. Ich denke, die Todesursache ist klar.«

»Nun, der Dolchstoß erfolgte post mortem. Die Todesursache war Ersticken … Ihr Mann wurde erdrosselt. Eine Legalsektion konnte möglicherweise Hinweise auf eine Betäubung ergeben, vielleicht auch den Todeszeitpunkt genauer bestimmen lassen.«

Frau Goldschmidt sagte leise: »Machen Sie das, was Sie für richtig halten.« Ihre Stimme wurde brüchig, und sie starrte an die Zimmerdecke: »Es tut mir so leid, es tut mir alles so leid.«

»Was tut Ihnen leid, Madame?«, fragte Hundt. Die Frau schaute in seine Richtung, sah ihn aber nicht an. Sie bewegte die Lippen, doch es waren keine Worte zu vernehmen. Ihr Sohn ging zu ihr, sie ließ sich widerstandslos von ihm aus dem Sessel ziehen. Max Goldschmidt nickte dem Kriminalinspektor zu. Hundt erhob sich ebenfalls, bedankte sich für das erste Gespräch und bat Goldschmidt, gegen ein Uhr mittags auf die Wache zu kommen.

Es war kurz nach zwölf Uhr, als Hedda den leeren Brotkorb in die Bäckerei zurückbrachte. Die folgenden Gespräche, die sie bei der Arbeit geführt hatte, hatten nichts Interessantes ergeben. Der Mord war natürlich das Hauptgesprächsthema; ihr wurde viel Sympathie entgegengebracht, da keiner glauben wollte, dass ihr Vater den Mord begangen hatte. Sie hatte während der Plaudereien mit dem Dienstpersonal die Hermannsquelle erwähnt, doch niemandem schien das etwas zu sagen. Hermann Goldschmidt wurde stets nur als »der Hamburger« bezeichnet, als hätte er gar keinen richtigen Namen gehabt.

Sie verließ die Bäckerei, ging die Hauptstraße hinunter zur neuen Wache und wurde nach einigen Formalitäten in den Besucherraum für die Gefangenen vorgelassen. Ihr Vater stand in der kleinen Zelle und Hedda hatte den Eindruck, als habe er den ganzen Tag nicht gesessen – wie ein Bär im Käfig kam er ihr vor. Zwischen wiederholten Beschimpfungen gegen die Behörden (die Anwesenheit eines Polizeidieners schien ihn keineswegs einzuschüchtern) erfuhr sie, dass in den nächsten Tagen ein Termin beim Haftrichter stattfindet sollte, bei dem sich entscheiden würde, ob der Haftbefehl entweder verlängert oder aufgehoben werden sollte. Sprewitz hatte einen Antrag vorbereitet. Der große Schwede lächelte seine Tochter ruhig an und sagte in einem für seine Verhältnisse fast zärtlichen Tonfall: »Hedda, ich mach' mir Sorgen um dich. Du bist ganz alleine, und das ist für ein junges Mädchen gefährlich.«

»Vater, ich passe auf mich auf. Du brauchst keine Angst zu haben.«

»Im Gefängnis zu sitzen macht mich wahnsinnig. Ich ertrage es nicht. Dieser Staat ist ein Monster, das die Menschen, vor allem die Arbeiter auffrisst!« Svensson spuckte die Worte voller Abscheu aus. »Ich weiß nicht, was aus mir wird. Wenn ich weiter in Haft bleiben muss, geh zu Tante Louise nach Hamburg. Ich habe sie als deinen Vormund benannt.«

Hedda nickte und sagte: »Herr Advokat Sprewitz wird sich weiter für dich einsetzen. Du bist unschuldig.«

»Hedda, weißt du, dass du deiner seligen Mutter sehr ähnlich siehst? Ich habe sie sehr geliebt. Wir haben uns in Hamburg kennengelernt, als ich meine Lehre zum Schriftsetzer absolvierte. Wegen ihr bin ich in Deutschland geblieben.« Ihr Vater sprach sehr selten von ihrer Mutter, die vor drei Jahren in Mölln an Schwindsucht gestorben war. Seitdem erschien es seiner Tochter, als wäre er mit der Partei verheiratet. Hedda wollte ihren Vater umarmen, durfte es jedoch nicht. Sie fasste ihn stattdessen an den Händen und nickte stumm.

Als sie, vom Polizeidiener Jüdecke begleitet, vom Besucherraum im Keller wieder nach oben geführt wurde, sah sie einen jungen Mann aus einem Nebenzimmer kommen. Sie erinnerte sich, ihn bereits am Vortag gesehen zu haben. Er wechselte noch einige Worte mit einer Person in dem Zimmer, schloss die Tür und wandte sich zum Gehen. Fast wäre er in sie hineingelaufen. »Guten Tag, mein Herr«, sagte Hedda freundlich, aber distanziert, »Wir sehen uns also schon wieder.«

Der junge Mann sah sie überrascht an, bis er endlich seine Sprache wiederfand: »Was machen Sie denn hier, so ganz ohne Brotkorb?«

»Dafür habe ich ein neues Buch«, sagte sie mit einem matten Lächeln und holte die Ausgabe von *Deutschland – Ein Wintermärchen* aus ihrer Schürze hervor.

Max Goldschmidt schüttelte verwundert den Kopf. »Meine Mutter sagte, Sie heißen Hedda. Wie ist Ihr Familienname?«

»Das haben Sie noch nicht erraten? Mein Vater ist Ole Svensson, der wegen des Mordes an Ihrem Vater verhaftet wurde. Vollkommen zu Unrecht.«, fügte sie hinzu und schaute den jungen Mann jetzt angriffslustig an. Max wirkte verunsichert. Er erwiderte ihren Blick jedoch und sah dann zu Polizeidiener Jüdecke herüber, den die Szene offenbar amüsierte. Er sagte zwar nichts, nickte aber süffisant.

Endlich brach der Polizeidiener das Schweigen: »Fräulein Hedda. Herr Kriminalinspektor Hundt möchte dich auch sprechen. Klopf dort mal. Er erwartet dich.«

Das Glas mit Branntwein auf der Holztheke schaute den Advokaten verführerisch an. Ihm gefielen die außergewöhnliche Farbe und der Geruch des Destillats; seine Finger strichen über die glatte Oberfläche des Glases. Ein Branntwein belebt den Geist, dachte er, als er das Glas gemächlich zum Mund führte. Er hatte gerade ein Gespräch mit einigen Genossen von Svensson geführt. Besonders erhellend war es nicht gewesen. Bis auf Denunzierungen gegen die Polizei und den Staat im Ganzen hatten die Männer wenig beizutragen. Sprewitz sympathisierte eigentlich mit der Sozialdemokratie, sie war immerhin Erbin der Revolution, seiner Revolution. Fragwürdig fand er jedoch die rigide Dogmatik, der sich die Partei verschrieben hatte. Den wenigen Möllner Genossen bot die Partei so etwas wie ein Zuhause, von dem aus sie die Welt verstehen und den Feind – den Kapitalismus – bekämpfen konnten. Archimedes hatte angeblich schon vor zweitausend Jahren gesagt: »Gebt mir einen festen Punkt, und ich hebe die Welt aus den Angeln.« Die Partei hatte dieses Prinzip der Physik zum Prinzip der Politik gemacht. Und wenn der griechische Mathematiker seinen

Spruch aber nun ironisch gemeint hatte, als Anspielung auf die Vermessenheit der Menschen in der Welt? Sprewitz sah in sein Glas und überlegte, warum er sich überhaupt wieder auf das Leben eingelassen hatte. ›Auf das Leben sollte man immer vorbereitet sein‹, hatte Recha bei ihrem ersten Treffen gesagt. Verdammt! Mit dem Leben kamen auch die Erinnerungen zurück. »Warum nur?«, murmelte er in das Glas, als erwarte er eine Antwort.

»Sprichst du wieder mit dir selbst, Fritz?«, fragte der Kneipenwirt Michl amüsiert, der gerade auf die andere Seite der Theke kam. Er war beinahe der einzige Mensch in der Stadt, der den Advokaten mit »Fritz« anredete. Sie waren so etwas wie Kumpel; der eine schenkte Branntwein ein, der andere trank ihn aus. Eine gute Zusammenarbeit. Michl hatte vor fünf Jahren die Gastwirtschaft am Markt eröffnet, als er aus dem benachbarten Mecklenburgischen in die Stadt gezogen war. Sie war zum Treffpunkt der Arbeiter, auch der Sozialdemokraten geworden. Der Name »Mylius« fiel auf, er wirkte in der norddeutschen Kleinstadt fremd. Michl sagte dem Advokaten einmal, dass Mylius ein Vetter von ihm aus Sachsen war, auf den die Familie große Hoffnungen gesetzt hatte, der aber auf einer etwas zu ausschweifend geratenen Studienreise viel zu jung gestorben war, dem Familienklatsch zufolge in den Armen eines hübschen Mädchens. Michl meinte, es hätte seinem Vetter gefallen, eine Kneipe nach sich benannt zu bekommen. »Eine solche Ehre hätte er zu schätzen gewusst«, hatte der Wirt gesagt. Die Geschichte gefiel Sprewitz, selbst wenn sie höchstwahrscheinlich erfunden war (oder vielleicht gerade deswegen).

»Siehst du Michl, ich weiß nicht, wie es weitergehen soll. Warum habe ich mich überhaupt auf die Sache eingelassen? Ich weiß nicht, ob ich wieder mitspielen will.«

»Du sprichst wieder in Rätseln, aber ich weiß, was du meinst. Du spielst mit, mein Lieber, ob du willst oder nicht. Weißt du, ein Gastwirt erfährt vieles«, Michl lehnte sich verschwörerisch zu ihm herüber, »Mir ist zu Ohren gekommen, dass du Ole Svensson vertrittst. Dein Gespräch mit den Genossen war nicht sehr ergiebig, stimmt's? Na ja, sie sind so daran gewöhnt, misstrauisch zu sein, dass sie gar nicht anders können. Neulich haben sie hier Karten gespielt, ist ja eine gute Tarnung. Svensson hatte Flugblätter mit, verbotenes Zeug. Es wurde über die Verteilung diskutiert.« Michl hatte seine Stimme zu einem Flüsterton gesenkt. »Ich habe sie auch gesehen. Es ging um das Sozialistengesetz. Darüber sage ich der Polizei natürlich nichts, denn den Sozis ist übel mitgespielt worden. Das Gesetz verletzt mein Gerechtigkeitsgefühl. Ein guter Wirt ist seinen Kunden gegenüber loyal! Ich sage dir das, weil ich weiß, wo du stehst.« Er hielt kurz inne, richtete sich wieder auf und sprach weiter in seiner gewöhnlichen, tiefen und durchdringenden Wirtsstimme: »Also, wie sieht's aus? Ich spendiere eine Runde.«

Der Advokat verließ die Gastwirtschaft nach der nächsten Runde und nahm den Schleichweg am Rathaus vorbei den Klinkberg Richtung Seestraße hinab. Er hielt auf halbem Weg an und schaute zur Nikolaikirche zurück. Sie erschien größer und mächtiger aus dieser Perspektive. Die Glocken läuteten gerade sechs Mal; das Geläut kam dem Advokaten wie eine Aufforderung vor. Das Leben war ein Spiel, aus dem man nicht aussteigen konnte, nur die Standpunkte änderten sich … und die Möglichkeiten. Nun ja, natürlich konnte man freiwillig aufgeben, aber was käme danach? Wen oder was verriet man dabei? Er war nicht ausgestiegen, bewegte sich nur am Rande des Spielfeldes, als Zuschauer. Ergab das einen Sinn? Ergab überhaupt irgendetwas noch Sinn? Recha! Nun dachte er schon zum zweiten Mal an diesem Tag an sie. ›Sinn entsteht nur durch Handeln. Der Mensch ist nur dort ganz Mensch, wo er spielt‹, hätte sie gesagt.

Er hatte sich gerade umgedreht, um den Weg nach Hause einzuschlagen, als eine humpelnde Gestalt auf ihn zukam. Sie funkelte ihn verschwörerisch an und zog an seinem Rock wie ein störrisches Kind. »Mücke, was hast du?« Sprewitz beugte sich zu der buckligen Gestalt hinunter. Der Bettler zeigte auf einen Platz unter einer nahestehenden Linde und ging voraus. Er schaute sich mehrfach um, bevor er zu sprechen begann. Aus der etwas wirren Erzählung entnahm Sprewitz die Information, dass Mücke in der vorletzten Nacht Schutz im Eingangsbereich des Postgebäudes am Bauhof gesucht hatte. Von dort aus hatte er zwei Personen – wohl Männer – gesehen, die spät in der Nacht von der Bergstraße auf den Platz kamen. Es schien Mücke zunächst, als könne einer der Männer nicht richtig gehen, vielleicht war er betrunken, denn der andere stützte ihn. Erst als dieser ihn auf den Sockel des neuen Denkmals sinken ließ, etwas aus seiner Tasche zog und mit einer schnellen Armbewegung auf den Liegenden einstieß, merkte Mücke, dass etwas nicht stimmte. Es war alles so schnell gegangen. »Ich hatte Angst«, sagte Mücke. »Ich ging zum Sockel, sah das Messer im Rücken des Mannes … noch mehr Angst. Mit der Polizei habe ich nichts zu tun … nie etwas zu tun. Im Mondlicht … neben dem Sockel … aufleuchten. Nimm es.« Mücke hielt etwas in der Hand, einen Talisman, oder war es ein Schmuckstück? Es sah aus wie ein Kreuz, das nach unten spitz zulief und dessen Arme leicht nach oben gebogen waren.

Sprewitz nahm es in die Hand und sagte: »Die Geschichte musst du dem Hamburger Polizeiinspektor erzählen.«

»Nein, nein. Mit der Polizei nichts zu tun, nichts.« Mückes Augen weiteten sich; er zog seinen zerfledderten Rock enger um sich und verschwand, so schnell wie er gekommen war, im Gebüsch.

Sprewitz starrte das Kreuz an. Das Spiel hatte eine Wendung genommen.

Es war schon früher Abend, als Hundt den Weg durch die Stadt in Richtung Bahnhof antrat. Er hatte noch einen Zeugen zu vernehmen. Die bisherigen Gespräche mit den Mitgliedern des Denkmal-Komitees waren wenig aufschlussreich gewesen. Keiner schien eine wirkliche Verbindung zu dem Opfer gehabt zu haben. Er erhoffte sich etwas mehr von der Vernehmung des Privatiers Gließmann, von dem behauptet wurde, dass er Goldschmidt gekannt hatte. Auf dem Weg die schlecht beleuchtete Bahnhofstraße entlang ging ihm eine scheinbar nebensächliche Bemerkung des Senators Ludwig Michelsen durch den Kopf. Dieser kannte Sprewitz aus der Revolutionszeit und verriet Hundt, dass der Advokat damals in einen Skandal mit einer Jüdin verwickelt gewesen war, der ihn letztlich ruiniert hätte. Hundt war nicht sicher, was er mit der Information anfangen sollte, denn sie schien mit seinem Fall nichts zu tun zu haben. Doch man konnte nie wissen, und so hatte er sie vorsorglich in der kleinen schwarzen Kladde notiert.

Er erreichte schon bald die Villa an der Feuergräfenstraße nahe dem Bahnübergang, wo ein Dienstbote ihn zum Hausherrn eskortierte. Dieser erhob sich aus seinem Sessel in einem vornehmen, dank eines gut funktionierenden Kamins wohlig warmen Bibliothekszimmer und bat den Kriminalinspektor, Platz zu nehmen. Der Gastgeber holte eine Flasche Scotch Whiskey hervor und schenkte zwei Gläser ein. »Schmeckt viel besser als der Portwein, der so in Mode gekommen ist.« Hundt wusste von Gließmann, dass er zwar in Mölln geboren worden war, unter den Möllnern also als ein ebensolcher galt, einen Großteil seines Berufslebens aber in Hamburg verbracht hatte, wo er im Banksektor gearbeitet und offenbar recht gut verdient hatte. Seinen Ruhesitz in Mölln hatte er erst vor kurzem erbauen lassen. Hundt nahm einen kleinen Schluck und stellte fest, dass es ein sehr guter Tropfen war. Er selbst war kein Kenner, wusste aber einen guten Scotch zu schätzen. Sein Gastgeber, den er ebenfalls als Zeugen vernehmen wollte, war ein kleiner, korpulenter Mann mit dichtem grauem Haar, einem imposanten Vollbart und einem leicht geröteten Gesicht. Er wirkte mit sich selbst und mit der Welt zufrieden. Hundt nahm seine schwarze Kladde aus der Rocktasche und stellte seine erste Frage: »Herr Gließmann, können Sie mir bitte etwas über das Opfer, Hermann Goldschmidt, erzählen? Mir wurde gesagt, dass Sie ihn am besten gekannt haben.«

»Na, gut gekannt wäre zu viel gesagt. Unsere Verbindung war rein geschäftlicher Natur. Wir haben uns nur sehr sporadisch getroffen, aber ich bin, soweit ich weiß, der einzige Möllner, der mit ihm in der Hamburger Geschäftswelt zu tun hatte. Er war nicht die Sorte Mann, der man leicht … na, sagen wir, näherkam.« Gließmann betonte dieses Wort auf eigenartige Weise. »Er lebte für sein Geschäft.«

Diesen Satz hatte er schon gehört, dachte Hundt.

»Mit einem Päckchen auf dem Rücken war er einst in Hamburg eingezogen, so wird es zumindest erzählt. Seine Laufbahn begann er damit, dass er auf den Kontoren Bleistifte anbot, später trug er Wechsel aus und war bald imstande, ein eigenes Wechselgeschäft zu gründen. Irgendwann stieg er dann in den Überseehandel ein und verdiente damit ein Vermögen. Er war ein umsichtiger Kaufmann, der aber ein Risiko nicht scheute, wenn er einen fetten Gewinn witterte.«

»Man macht sich dabei auch Feinde«, sagte Hundt.

»Sicherlich«, bestätigte Gließmann und lächelte: »Wer viel Geld verdienen will, muss einiges in Kauf nehmen. Das Geschäftsleben in Hamburg sieht nur von außen hanseatisch korrekt und ehrenhaft aus. Aber das brauche ich Ihnen ja nicht zu sagen.«

»Denken Sie an jemanden Bestimmtes?«

»Nein, so gut habe ich Herrn Goldschmidt nicht gekannt. Da müssen Sie in der Hamburger Kaufmannschaft graben. Vielleicht finden Sie eine Leiche.«

Hundt lachte nicht über diesen in seinen Augen unambitionierten und geschmacklosen Witz, sondern fragte weiter: »Mir ist bekannt, dass sich Goldschmidt seit Kurzem mit einem Sanierungsprojekt in der Hamburger Neustadt befasste. Wissen Sie etwas darüber?«

»Nein, tut mir leid. Ich bin nicht mehr auf dem Laufenden.«

Seltsam, dachte Hundt, er schien sonst gut informiert zu sein. Er fragte: »Was sagt Ihnen die Hermannsquelle in Mölln?«

»Haben Sie davon auch schon gehört, Herr Kriminalinspektor? Sehr fleißig. Sie könnte für die Stadt eine große Sache werden. ›Kurort-Mölln‹, hört sich gut an, oder?« Gließmann lächelte süffisant. »Etwas Geld wird man wohl zunächst in die Hand nehmen müssen. Denken Sie, dass die Entdeckung der Quelle etwas mit dem Mord zu tun hat? Ich kann mir das nicht vorstellen. Für Goldschmidt war sie nur ein Nebenschauplatz. Sein Geschäft war in Hamburg.«

»Warum hat er sich dann so stark für das Denkmal interessiert?«

»Das habe ich mich auch gefragt, habe aber keine Antwort parat. Goldschmidt hatte mir einmal gesagt, er wolle sein Bekenntnis zum neuen Reich deutlich machen. Reicht das als Motiv?«

»Goldschmidt war konvertierter Jude. Wissen Sie, warum er den Glauben gewechselt hat?«

»Es hieß, dass er durch die Heirat mit der Tochter einer angesehenen Hamburger Kaufmannsfamilie gesellschaftlich aufsteigen wollte. Dazu gehörte wohl der richtige Glaube. Ob das wirklich so stimmt, kann ich nicht sagen.«

»Kennen Sie Frau Goldschmidt?«

Gließmann zuckte mit den Schultern. »Nicht wirklich. Ich habe sie ein paar Mal bei Abendveranstaltungen gesehen, aber mich nie wirklich mit ihr unterhalten. Sie wirkte immer sehr introvertiert auf mich.«

Hundt machte sich noch ein paar letzte Notizen und verabschiedete sich. Er nahm sich vor, die Sache mit der Hermannsquelle genauer zu untersuchen. Wer profitierte davon? Privatier Gließmann selbst vielleicht? Hundt wusste, dass es ratsam war, nicht alles für bare Münze zu nehmen, was man ihm zutrug. Gließmann war auf jeden Fall der aufschlussreichste Zeuge, den er heute in Mölln gesprochen hatte.

Eine letzte Sache noch, dann war das Tagesgeschäft erledigt, dachte der Kriminalinspektor, als er zur Wache zurückkehrte. Ein Gespräch mit Rohdantz stand an. Der Staatsanwalt wartete in dem provisorischen Arbeitsraum auf ihn. Hundt fasste seine Ermittlungen zusammen und gab als vorläufiges Ergebnis zu Bedenken, dass es keine weiteren Anhaltspunkte gab, die auf eine Täterschaft von Svensson hinwiesen. Rohdantz ließ sich von der Einschätzung nicht beeindrucken. »Dann müssen Sie eben weitergraben. Der Haftrichter hat für den 27. Oktober einen Termin anberaumt. Wir brauchen dann etwas Handfestes«, sagte der Staatsanwalt und holte eine kleine, dünne Zigarre aus seiner Rocktasche.

Hundt erwiderte: »Die Ermittlungen werden selbstverständlich fortgesetzt.« Hundt berichtete knapp von der Durchsuchung von Svenssons Wohnung und der Entdeckung der Flugblätter. »Polizeidiener Jüdecke fertigt gerade einen Bericht darüber an. Er wird morgen vorliegen.«

Rohdantz nickte: »Das ist immerhin etwas. Ich nehme an, es ist das gleiche Flugblatt, das wir am Tatort sichergestellt haben.«

»Ein bisschen zu theatralisch, finden Sie nicht? Auch die Sache mit dem Dolch im Rücken. Diese ganze Inszenierung gibt Rätsel auf.« Als der Staatsanwalt nichts erwiderte, fragte Hundt: »Wie gut haben Sie das Opfer gekannt?« Rohdantz antwortete auch darauf nicht. Hundt gab sich damit nicht zufrieden: »Laut des Protokolls der letzten Sitzung des Denkmalkomitees waren Sie auch dabei.«

»Soll das hier eine Vernehmung sein?« antwortete er mit eisiger Stimme.

»Wie Sie wollen, Herr Staatsanwalt. Mir liegt daran, die Abläufe am fraglichen Abend nachzuzeichnen. Sie waren dabei, das hätten Sie mir bei unserem ersten Gespräch sagen müssen. Mir wurde sogar gesagt, dass Sie mit Herrn Goldschmidt den Saal verlassen und sich draußen verabschiedet haben. Darf ich fragen, worüber Sie gesprochen haben?«

Hundt meinte zum ersten Mal und auch nur für den Bruchteil einer Sekunde, eine Reaktion in den Augen des Staatsanwalts zu erkennen. Er antwortete dann gleich mit seiner gewohnten gefühlsleeren, festen Stimme: »Wir haben über das Denkmal gesprochen, das war, wie sie ja sicher wissen, das Thema der Sitzung. Draußen haben wir uns gleich verabschiedet. Ich habe Herrn Goldschmidt nur im Rahmen des Denkmal-Komitees gekannt. Ein paar Mal war ich zu Gast bei einem Abendempfang in seiner Villa. Mölln ist eine kleine Stadt, man kennt sich eben. Und in Goldschmidts Fall rein oberflächlich.« Rohdantz erhob sich, als habe er entschieden, das Gespräch nun zu beenden. »Sind Sie zufrieden, Herr Kriminalinspektor?«

»Ich habe es notiert, Herr Staatsanwalt. Danke für die Informationen.«

8
Man nehme viel Geld in die Hand.

Hamburg, Montag, d. 27. Oktober 1879

»Das Denkmal soll dort stehen.« Rechtsanwalt Doktor Alfons Gierling deutete durch das Fenster des Kontors in einem Gebäude an der Ecke Gänsemarkt/ABC-Straße auf eine Fläche in der Mitte des Platzes. »Es soll in die gegenüberliegende Richtung zeigen, dorthin, wo einst das Nationaltheater stand.« Die Herren folgten seiner Geste, vor ihrem inneren Auge erschien jedoch keine Visualisierung eines Denkmals. Das hätte ein Maß an Fantasie erfordert, von dem sie weit entfernt waren.

Freiherr Klaus Albrecht von Schossin sagte: »Ein Denkmal für Gotthold Ephraim Lessing? Soweit ich mich an ihn erinnere, war er ein Feind des Christentums und ein Judenfreund obendrein.«

»Es gibt einflussreiche Vertreter der Wirtschaft, der Politik und der Kultur, die das Projekt fördern. Derzeit läuft ein Künstlerwettbewerb, man sammelt Gelder«, erwiderte der Gierlingbruder, Architekt Friedrich-Wilhelm.

Von Schossin schüttelte den Kopf und murmelte vor sich hin: »Ein Judenprojekt.«

Der Gutsherr war mit dem Vormittagszug von Boizenburg nach Hamburg gekommen. Er fühlte sich gut vorbereitet auf das Gespräch, alles schien sich in seinem Sinne zu entwickeln. Das Kontor der Gebrüder Gierling gefiel ihm; eine solide Wandverkleidung mit dunklen

Hölzern, höflichen, diskreten Sekretären und üppigen Schreibtischen und Stühlen aus Massivholz. So stellte er sich einen Geschäftsraum in einem Hamburger Kaufmannshaus vor. Zum ersten Mal hatte er alle drei Brüder zusammen gesehen. Die Familienähnlichkeit zeigte sich vor allem in den Gesichtszügen: kleine Augen, Nase und Mund, dafür große Ohren. Alle drei Brüder erfreuten sich einer vollen Haarpracht, die sich in sehenswerten Koteletten fortsetzte, hinter denen die abstehenden Ohren hervorlugten. Von Schossin stellte fest, dass Koteletten offenbar zum unverzichtbaren Modeaccessoire eines erfolgreichen Hamburger Kaufmanns gehörten. Anwalt Doktor Alfons Gierling war der älteste der Brüder, wohl das Familienoberhaupt und außerdem Abgeordneter der Hamburger Bürgerschaft. Er war groß gewachsen und beleibt, nicht so groß wie von Schossin selbst, aber eine stattliche Erscheinung immerhin. Der mittlere Bruder, Ingenieur Ludwig Gierling, schien eine kleinere Ausführung des älteren Bruders zu sein. Während Alfons eine imposante Erscheinung war, wirkte der jüngere Brüder neben ihm eher unscheinbar. Der jüngste der Brüder, Architekt Friedrich-Wilhelm, hatte rein äußerlich gesehen von seinen Eltern weniger geerbt; sie hatten sich vielleicht mit den ersten beiden Brüdern schon zu sehr verausgabt. Friedrich-Wilhelm war zwar nicht direkt ein Zwerg, aber wirkte fast schmächtig mit seinen dünnen Armen und Beinen und den zierlichen Handgelenken. Beim täglichen Kampf am elterlichen Esstisch hatte er wohl das Nachsehen gehabt, vermutete von Schossin. Dafür schien er lebhafter zu sein als seine beiden älteren Brüder.

»Ich denke, wir sollten uns dem eigentlichen Grund unseres Treffens zuwenden«, sagte Doktor Alfons Gierling. Nach ein paar einleitenden Worten und Ausführungen über die Finanzierung des Projekts bei einem Gläschen Portwein gingen die vier Herren auf die ABC-Straße hinunter und spazierten in Richtung Fuhlentwiete, die, wie Friedrich-Wilhelm Gierling bemerkte, eine der inoffiziellen Grenzen zwischen den vornehmeren Stadtteilen und den Gängevierteln bildete. Sie hatten einen Dienstboten mitgenommen, der diskret mit gebührendem Abstand hinter den vier Herren herlief. »Wir gehen lieber zu Fuß«, sagte Friedrich-Wilhelm, der die Führung zu übernehmen gedachte. »Man sieht viel mehr dabei. Tagsüber, wenn man entsprechende Vorkehrungen trifft, ist das kein Problem. Man sollte sich aber nachts als Herr nicht allein in die Gängeviertel wagen. Hier lauern Verbrecher und Ganoven.« Erst als die Männer in die Wexstraße einbogen, fuhr Friedrich-Wilhelm mit seinen Erläuterungen fort: »In den 1860er Jahren verwirklichte man die erste Sanierung der Neustadt, eine private Initiative. Einige alte Gänge und Höfe wurden abgerissen und die Wexstraße, zunächst als Privatstraße, bis zum Großneumarkt als Durchbruchstraße angelegt. Sie sehen die damalige Etagenhausbebauung, Massivbauten auf vier, manchmal fünf Stockwerken. Das Projekt, das auch in der Brüderstraße fortgesetzt wurde, ließ sich erst vor ein paar Jahren abschließen. Seitdem hat es kein weiteres Sanierungsvorhaben in der Neustadt gegeben; einzelne Baumaßnahmen schon, aber keine Flächensanierung, wie wir sie uns vorstellen.« Von Schossin schaute auf die gerade, breite, mit Gehwegen versehene Straße, es faszinierte ihn, wie viele Menschen und Tiere hier Platz fanden. Die grauen Mietskasernen dominierten das Straßenbild. Im Erdgeschoss beherbergten sie kleine Läden. Schossin betrachtete die vielen Ladenschilder, die Passanten in jeder erdenklichen Form zum Einkauf oder zur Einkehr ermunterten: »Künstliche Zähne nach dem amerikanischen System, ohne Entfernung der Zahnwurzel, schmerzlos eingesetzt«, »Kaffee, Frühstück und verschiedene Getränke«, »Barbier-Stube, günstig – alle Barttypen«, »Carl Kramer, Klempner und Mechaniker«, »Manufactur Jürgen Hagen, Modewaren«, »Heinrich Lemcke, Übernahme von Beerdigungen von einfach bis elegant«, »Kolonialwaren – Beste Qualität!«, »Brasil und Havanna Cigarren – Eigene Fabrik«, »Destillation Heinrich Uhlandt«, »Getragene Herren-, Damen- und Kinder-Garderoben«. Ein kleines Schild, das die »Vermietung von Dienstmägden für besondere Anlässe« durch die Inhaberin Louise Tesdorpf bewarb, erregte seine besondere Aufmerksamkeit. Was für Anlässe sollten das sein, dachte von Schossin. Ein Drehorgelspieler stellte gerade sein Instrument auf und spielte die ersten Töne einer Moritat, als die Herren die Kreuzung Langergang erreichten. Einige Kinder fingen an zu tanzen; Hunde bellten. Als die feinen Herren vorbei gingen, spendierten sie dem Musiker keinen Groschen. Noch vor dem Großneumarkt bogen die Herren in den Schulgang ein, wobei sie einer Holzkarre mit zwei überdimensionierten Rädern und einer langen, schmalen Ladefläche ausweichen mussten, der von Schossin beeindruckt hinterherstarrte. »Eine Schott'sche Karre«, erklärte Friedrich-Wilhelm. »Sie ist das wichtigste Transportmittel der Gängeviertel. Damit kommen Händler überall hin, manchmal werden Hunde als Zugtiere eingesetzt.«

Die Betriebsamkeit der Wexstraße verebbte im Schulgang. Der Großgrundbesitzer aus Mecklenburg trat in eine ihm fremde Welt ein. Vor ihm türmten sich auf beiden Seiten des Ganges drei- bis viergeschossige Fachwerkhäuser mit vielen Fenstern, die meisten davon standen trotz der Herbstkühle offen. Der schmale Gang roch nach den Hinterlassenschaften von Mensch und Tier, vermischt mit Essensgerüchen und etwas Undefinierbarem, ein beißender, stechender Geruch. Von Schossin hielt sich instinktiv die Hand vor Mund und Nase. Friedrich-Wilhelm lächelte nachsichtig und sagte: »So ist das in den Gängevierteln. Jede Gasse hat ihren besonderen Geruch. Ein Abwassersystem gibt es, wie Sie sich vorstellen können, nicht.« Der Architekt setzte seine fachkundigen Ausführungen fort: »Die Gebäude heißen ›Sahlhäuser‹ und bestehen aus einer Bude als Erdgeschoss und mehreren Etagen, Sahlen genannt, die nach oben angebaut werden. Die oberen Stockwerke ragen jeweils nach vorne über. Wegen der Feuchtigkeit halten die Bewohner die Fenster nur geschlossen, wenn es wirklich kalt draußen ist. Es wird überwiegend mit Torf geheizt. Sie sehen, dass die Häuser drei Türen haben. Die mittlere Tür ist für das Erdgeschoss, die anderen beiden führen über Treppen nach oben.« Von Schossin schaute nach oben und sah Bettzeug und Wäsche, die auf Ricken und Staken zum Trocknen und Lüften vor den Fenstern aufgehängt worden war. Der Gutsherr hatte den Eindruck, dass die Häuser so aneinander gebaut und in sich verschachtelt waren, dass die ganze Reihe wahrscheinlich in sich zusammenfiele wie ein Kartenhaus, würde man auch nur einen Trägerbalken entfernen. Vom Schulgang führten

Gassen in Innenhöfe, die teilweise so eng waren, dass eine Person mit ausgestreckten Armen beide Häuserwände berühren konnte. Es gab öffentliche Wasserstellen sowie Klosetthäuschen. Von Schossin hörte nur mit einem Ohr zu, als der Architekt seine kunsthistorischen Ausführungen fortsetzte. Er schaute sich vielmehr die Menschen an – spielende Kinder und einige ältere Männer, die auf niedrigen Holzbänken saßen, die Frauen mit ihren obligatorischen Schürzen, wie sie schwatzten und arbeiteten. Sie sahen in seinen Augen verlumpt und schmutzig aus. Die Bewohner des Ganges verstummten beim Anblick der Prozession der feinen Herren und betrachteten sie unverhohlen mit Argwohn und Ablehnung. »Die Bewohner der Gängeviertel sind eine besondere Menschenrasse«, sagte Rechtsanwalt Doktor Alfons Gierling.

Der Schulgang knickte bald scharf ab und bildete an der Kreuzung mit dem Ebräergang eine spitze Ecke, die nach den Ausführungen des Architekten Kugelsort hieß. Dort befand sich die Gastwirtschaft Miss Sara, vor der die Herren kurz stehen blieben.

»Woher kommt ein so komischer Name für eine Gastwirtschaft? Er passt nicht zu diesem Viertel«, bemerkte der Gutsbesitzer aus Mecklenburg.

Friedrich-Wilhelm Gierling erwiderte: »Die alte Wirtin wird ›Miss Sara‹ genannt, obwohl sie eigentlich anders heißt. Warum, weiß ich nicht. Das gehört wohl zu den Geheimnissen der Gängeviertel. Vermutlich ist es hier ohnehin besser, nicht alles zu wissen.« Der Ebräergang sah aus wie der Schulgang – nur trafen die Herren hier auf etliche jüngere Damen, die vor den Türen standen und die Vorbeigehenden freundlich anlächelten, einige hoben sogar ihre Röcke und zeigten wohlgeformte Waden. Von Schossin fuhr sich mit der Zunge über die Lippen, seine Bartspitzen zogen sich lüstern nach oben. Als die Herren auf den breiteren Alten Steinweg hinaustraten, sagte Friedrich-Wilhelm: »Der Gang heißt im Volksmund ›Ehebrechergang‹ … es ist wohl offensichtlich, wie er zu diesem Namen kam.« Er zeigte dem Besucher aus Mecklenburg ein frivoles Grinsen und fügte hinzu: »Hier ist es aber nicht ratsam einzukehren. Es gibt bessere Adressen.«

Über den Alten Steinweg erreichten die Herren bald den Großneumarkt, von dort aus ging es über den Neuen Steinweg zur Elbstraße. Kam das Gängeviertel dem Besucher aus Mecklenburg schon wie eine fremde Welt vor, erschrak er noch ärger, als er das Treiben entlang der Elbstraße sah. Er und seine Begleiter standen mit einem Schlag inmitten des Gewimmels der Judenbörse. Friedrich-Wilhelm bemerkte in fachmännischer Manier: »Früher durften Juden keine eigenen Geschäfte unterhalten, sondern besaßen das Recht, tagsüber auf langen Tischen allerlei Handelsartikel feilzubieten. Daraus ist die heutige Judenbörse entstanden. Alles Mögliche und Unmögliche wird hier gehandelt und verschachert.«

Von Schossin betrachtete die Verkaufsstände, die den Straßendamm flankierten. Kaufinteressenten und Flaneure liefen zwischen den Ständen umher, stießen mit fliegenden jüdischen Händlern zusammen, Konstabler mit ihren auffälligen Pickelhelmen, Matrosen aus aller Herren Länder, und natürlich Schaulustige. Taschendiebe waren sicherlich auch unter ihnen. Die ganze Menschenmasse wogte in dichten, dunkeln Scharen auf und nieder. Für von Schossin ein unerträglicher Anblick, ganz zu schweigen von dem Gestank. Alles war so fremdartig, bedrückend und wirkte auf ihn einfach nur ungesund und pervers; die Szene verletzte sein Ohr, beleidigte Nase und Augen. »Mein Gott!« rief er aus, »wie kann die Stadt Hamburg ein solches Stück Orient in ihren Mauern dulden!« Die Gebrüder Gierling schauten sich ob der heftigen Reaktion ihres Besuchers verwundert an. Für sie war die Judenbörse einfach ein Stück Lokalkolorit.

Etwa eine Stunde später saßen die vier Herren wieder im Besprechungszimmer des Kontors am Gänsemarkt. Das Gespräch war inzwischen auf den Mord an dem Kaufmann Goldschmidt gekommen, den die Gebrüder Gierling auch von Kontakten an der Börse persönlich kannten. »Ein umsichtiger Geschäftsmann, der stets seinen Vorteil zu nutzen wusste. Er handelte fast ausschließlich mit Waren aus Südamerika. Dass er sich mit Wohnungsbau in der Neustadt befassen wollte, hat uns überrascht«, sagte Ingenieur Ludwig Gierling.

»Ein trauriger Fall«, bemerkte Rechtsanwalt Doktor Alfons Gierling und sah von Schossin an, der aber wegschaute. Der Anwalt setzte fort: »Der heutige Correspondent berichtet, dass ein führender Möllner Sozialdemokrat unter Mordverdacht steht. Ein seltsamer Fall. Das Opfer auf einem Denkmalsockel zu drapieren, wer kommt auf so eine Idee? Der Vorfall hat wahrscheinlich zur Folge, dass die Firma Goldschmidt ihre Sanierungspläne für die Neustadt aufgeben wird. Für uns ein Vorteil, aber dennoch sehr merkwürdig.«

Es klopfte, und ein Sekretär kündigte die Ankunft von zwei Herren an, die sich wie verabredet am weiteren Gespräch über das Sanierungsprojekt beteiligen sollten: Makler Ludwig von Drathen, und Doktor Georg Louis Carl, Bankier bei der Hanseatischen Hypothekenbank. Der unscheinbare, ganz in Grau gekleidete von Drathen schien von Schossin ein Mann ohne Eigenschaften zu sein. Den Bankier schaute er sich interessierter an. Seine Gesichtszüge und sein Auftreten erinnerten ihn entfernt an ein Wiesel, das es allerdings geschafft hatte, sich als Hanseat zu verkleiden.

Nach den persönlichen Vorstellungen übernahm Rechtsanwalt Doktor Alfons Gierling die Gesprächsführung. »Wir sind heute hier versammelt, um eine Geschäftsgrundlage für unser Sanierungsprojekt zu schaffen. Eines muss ich vorwegschicken: Bisher hat der Hohe Senat kein Interesse gezeigt, sich aktiv an der Sanierung der Neustadt zu beteiligen. Wohnungsbau sei Sache der privaten Wirtschaft, so die bisherige Politik. Das hat sich in einem Punkt geändert. Der Senat scheint bereit zu sein, eine Brücken- und Straßenbaumaßnahme auf eigene Verantwortung und Kosten durchzuführen. Diese Maßnahme kann Impulse für eine neue Wohnbebauung ergeben. Wir verfügen inzwischen über eine wichtige vertrauliche Information. Der Senat wird in der nahen Zukunft eine Brücke über den Bleichenfleet beim Stadthaus errichten lassen, in deren Folge eine Durchbruchstraße durch die Neustadt bis zum Hanseplatz vorgesehen ist. Eine offizielle Skizze der Hochbauabteilung liegt uns vor.« Er holte einen Plan hervor, auf dem die Herren den Standort der Brücke sowie die Trasse der geplanten Straße sehen konnten. Der Jurist drehte den Plan um und stach mit dem Finger auf den Stempel der Baudeputation mit Unterschrift und Datum. Von Schossin sah, wie Bankier Doktor Carl mit einem Lächeln (wie lächelte überhaupt ein Wiesel?) seine Finger leicht über den Stempel gleiten ließ. »Wir haben den Plan von einer zuverlässigen Quelle bekommen. Er wird dem Senat voraussichtlich im Dezember oder Januar zur Beratung und Abstimmung vorgelegt.« Der Jurist hielt kurz inne und musterte die Versammlung, die aufmerksam zuhörte. Er bemerkte, dass von Schossin besonders gespannt aussah. »Sobald der Plan bekannt wird, werden die Grundstücke im betreffenden Gebiet erheblich an Wert gewinnen. Wir schlagen die Gründung einer Grundstücksgesellschaft vor, welche die für die Durchführung des Straßen- und Brückenbaus vorgesehenen Grundstücke sowie anliegende Parzellen – so weit wie möglich – erwirbt. Verhandlungen in dieser Richtung werden bereits geführt.« Der Rechtsanwalt verteilte den Entwurf einer Gründungsurkunde an die Versammelten und fuhr fort: »Diese Gesellschaft bildet die Grundlage für den Sanierungsplan, denn durch den Weiterverkauf von Flächen für den Straßen- und Brückenbau an die Stadt, zum neuen Marktpreis natürlich, haben wir Kapital gewonnen. Nach dem Abriss der Gänge und Höfe kann ein moderner Etagenwohnungsbau auf den verbliebenen Grundstücken verwirklicht werden.«

Von Schossin unterbrach seinen Vortrag: »Erlauben Sie eine Frage. Wie sind Sie an diese Unterlagen der Baudeputation gekommen? Sind Sie sicher, dass sie zuverlässig sind? Mir scheint einiges davon abzuhängen.«

Der Jurist verzog keine Miene, als er antwortete: »Wie Sie sich vorstellen können, ist dies eine sensible Angelegenheit, die diskret behandelt werden muss. Ich darf den Namen unseres Informanten nicht nennen, kann Ihnen aber versichern, dass er bei der Baudeputation tätig ist. Der Stempel auf der Rückseite bürgt dafür.« Von Schossin nickte und schaute wieder auf den Plan. Er verfolgte die schwarze Linie, die sich von der neuen Brücke bis zum Hanseplatz erstreckte. Die Linie schnitt durch die verschachtelten Gänge. Es gab eine zweite, schwächer schraffierte Linie, die von der Neuen Straße in

Richtung Großneumarkt abzweigte. Von Schossin dachte an seinen Spaziergang durch das Viertel und lächelte; seine Bartspitzen zogen sich nach oben.

»Mein Bruder, Architekt Friedrich-Wilhelm Gierling, kann zu den geplanten Bauten Genaueres sagen.«

Der Angesprochene verteilte eine Bauskizze nebst Anlagen: »Die Bauordnung von 1872 erlaubt uns eine großzügige Ausnutzung der vorhandenen Flächen. Geplant sind drei- bis fünfgeschossige Massivbauten mit Vorder- und Hinterhaus und Wohnungsgrößen zwischen dreißig und fünfzig Quadratmetern. Die Treppenhäuser sind durch Lichthöfe beleuchtet, dort befinden sich auch Speisekammer und Klosetts. Moderne Annehmlichkeiten wie fließendes Wasser und gegebenenfalls später Elektrizität sind vorgesehen. Dank dieser modernen Wohnhöfe werden bessergestellte Schichten in die Neustadt einziehen. Wir sind uns sicher, dass es in Hamburg einen Bedarf dafür gibt.«

Der Bankiers Doktor Carl meldete sich mit seiner Fistelstimme zu Wort: »Wie wir alle wissen, sind Wohnungsbauprojekte immer eine spekulative Angelegenheit. Der Wohnungsmarkt mit Nachfrage und Angebot ist äußerst instabil. Diejenigen, die am nötigsten Wohnraum brauchen, sind häufig diejenigen, die ihn sich nicht leisten können.«

Makler von Drathen erwiderte: »Ein Risiko besteht, ohne Zweifel. Ich sehe dennoch positive Entwicklungen am aktuellen Wohnungsmarkt. Unsere Stadt wächst mit riesigen Schritten, in der Innenstadt entstehen neue, anspruchsvolle Arbeitsplätze, die entsprechende Männer und ihre Familien anziehen. Bisher war die Neustadt als Wohngebiet für solche Schichten wenig attraktiv, mit einer großflächigen Sanierung wird sich das ändern.«

»Wir müssen auf jeden Fall viel Geld in die Hand nehmen«, bemerkte der Bankier und wies damit auf das Offensichtliche. »Meine Bank kann sich eine Beteiligung vorstellen, wir brauchen aber Sicherheiten.« Das Gespräch setzte sich mit Einzelheiten der Finanzierung und der Bebauung fort, vor allem ging es um die Gesamtkosten für das Projekt.

Nach etwa einer Stunde sagte Rechtsanwalt Gierling: »Meine Brüder und ich sind bereit, Kapital für die Gründung der Grundstücksgesellschaft bereitzustellen, Herr von Drathen hatte bereits im Vorwege seine Bereitschaft bekundet. Es gibt weitere Investoren, deren Namen ich aber nicht bekannt geben darf. Der Herr Reichstagsabgeordnete Herr von Schossin ist heute nach Hamburg gekommen, um sich das Projekt genau anzusehen.« Alle schauten den Angesprochenen an.

Dieser genoss es sichtlich, im Mittelpunkt zu stehen und zwirbelte selbstverliebt seine Bartspitzen: »Der Plan gefällt mir. Wie ich beim Besuch Ihres Bruders auf meinem Gut in Gresse gesagt habe, kann ich mir eine Beteiligung mit einem nennenswerten Betrag vorstellen. Die Herren haben mir heute die Gewissheit gegeben, dass der Plan solide ist. Lassen Sie mir den überarbeiteten Vertrag zur Gründung der Grundstücksgesellschaft zukommen. Über den Termin für die Unterschriften und Einlagen können wir danach sprechen.«

Rechtsanwalt Gierling ließ eine Runde Portwein verteilen; ein Sekretär brachte einen kleinen Imbiss. Die Herren plauderten ausgelassen, bis der Jurist das Schlusswort sprach: »Entscheidend ist, dass wir schnell und geräuschlos vorgehen. Unser Vorhaben hängt wesentlich von dem Gewinn ab, den wir durch die Grundstücksverkäufe an die Stadt erzielen werden. Unsere Information ist wertvoll und brisant, sie muss schnellstens genutzt werden.«

Von Schossin trat auf den Gänsemarkt hinaus und hielt einen Moment inne. Ein Denkmal für Lessing? Dagegen musste man etwas unternehmen. Er überquerte den Platz und lief die Dammtorstraße hoch. Friedrich-Wilhelm Gierling hatte ihm eine Adresse genannt, die besser sei als die Häuser im Ebräergang. Der Herr Reichstagsabgeordnete war mit dem bisherigen Tagesverlauf sehr zufrieden. Was würde sich besser eignen, um ihn genüsslich ausklingen zu lassen …

9
Contrabande

Mölln, Freitag, d. 1. November 1879

Jakob Hundt nahm gerade seinen Platz in der zweiten Klasse des Nachmittagszuges von Mölln nach Lübeck ein, als sich die Lok, eine P-1 mit Namen *Danzig*, von der Berliner Firma Schwartzkopff gebaut, schon in Bewegung setzte. Die neuen, schnellen Loks der Lübeck-Büchener Eisenbahngesellschaft waren für ihre Pünktlichkeit bekannt. In Lübeck wollte er umsteigen und den Zug zurück nach Hamburg zu seinem Dienst- und Wohnsitz nehmen. Der Kriminalinspektor hatte sich eine Woche in Mölln aufgehalten und ermittelt. Leider ohne handfeste Ergebnisse, zumindest aus seiner Sicht. Ole Svensson befand sich noch in Untersuchungshaft, inzwischen aus zwei Gründen. Die beschlagnahmten Flugblätter konnten für Svensson als Ausländer die Ausweisung bedeuten. Wenn es sich nicht um deutsche Staatsbürger handelte, legte das Gesetz die Zuständigkeit der Polizeibehörden für das weitere Verfahren fest; eine gerichtliche Überprüfung war nicht vorgesehen. Aber das lag nicht in seinem Zuständigkeitsbereich, dachte Hundt. Er hatte in einem Mordfall zu ermitteln, und nur in dieser Hinsicht war Svensson für ihn von Interesse. Er schaute aus dem Zugfenster auf die vorbeiziehenden Felder und Bauernhöfe des lauenburgischen Landes. Die nächste Haltestelle war der Bahnhof der Kreisstadt Ratzeburg. Hundt sank tiefer in seinem Sitz. Er fühlte sich müde und unruhig zugleich. Es ärgerte ihn, dass er mit seinen

Ermittlungen nicht vorangekommen war. Der Fall warf viele ungelöste Fragen auf, vor allem die nach dem Motiv. Hundt war im Grunde überzeugt davon, dass Ole Svensson mit dem Mord nichts zu tun hatte. Es war ihm jedoch nicht gelungen, Staatsanwalt und Haftrichter in Mölln davon zu überzeugen. Der Schwede war vorläufig in Untersuchungshaft geblieben. Je mehr Hundt über den Fall nachdachte, desto sicherer war er sich, dass die Spuren nach Hamburg führten.

Er fasste die Fakten, Hinweise und Theorien gedanklich noch einmal zusammen. Das Opfer wurde um Mitternacht oder kurz danach durch Erdrosseln mit einer feinen Schnur oder einem Seil ermordet, der Dolchstich geschah post mortem. Die Legalsektion hatte keine weiteren Hinweise erbracht; das Opfer war vorher nicht betäubt worden. Es war nach wie vor unklar, ob das Opfer seinen Mörder gekannt hatte. Aus Hundts Sicht waren die Verdachtsmomente gegen Ole Svensson äußerst dünn. Dass er überhaupt verhaftet worden war, war Hundt ein Rätsel. Wahrscheinlich wollte man ganz einfach einen schnellen und bequemen Erfolg verbuchen. Die Behörden im Herzogtum – mit Ausnahme des Amtsarztes – schienen dem Hamburger Kriminalinspektoren mit dem Fall überfordert zu sein. Am schwersten nachzuvollziehen war das Verhalten des Staatsanwalts Rohdantz. Er hatte sich sehr früh auf Svensson als Täter festgelegt, ohne ganz offensichtlich über ausreichende Tathinweise zu verfügen. In seiner überheblichen und verschlossenen Art hatte er außerdem alle Fragen nach seiner eigenen Beziehung zum Opfer abgeblockt, obwohl er ihn sehr wohl kannte, wie Hundt jetzt wusste. In diesem Fall pflegten zu viele Leute ihm zu wenig zu erzählen.

Die Vernehmungen der Mitglieder des Denkmal-Komitees hatten lediglich gezeigt, dass das Opfer nur wegen seines Vermögens in den Kreis der Notabeln aufgenommen worden war und es über den Status eines Fremden nicht hinausgeschafft hatte. Es war vielsagend, dass fast sämtliche Möllner Goldschmidt als Juden bezeichneten, obgleich er zum Protestantismus konvertiert war. Ergab sich aus der Entdeckung der Hermannsquelle als Grundlage für den Ausbau Möllns zum Kurort eine mögliche Spur? Die Quelle konnte eine lukrative

Investition für jemanden sein, der über Kapital verfügte. Wollte sich der Hamburger die Quelle unter den Nagel reißen? Und wollte jemand, ein Möllner vielleicht das verhindern? Doch Hundt dachte daran, was Gließmann gesagt hatte: Für die Möllner war die Entdeckung der Quelle eine große Sache, für Goldschmidt eher eine Kleinigkeit. Die weiteren Nachfragen des Kriminalinspektors hatten nichts Verwertbares ergeben. Bisher hatte niemand Goldschmidt mit der Quelle in Verbindung gebracht. Der Kriminalinspektor wollte die Möglichkeit dennoch nicht ganz außer Achtlassen. Hundt nahm sich vor, in Hamburg mit dem Prokuristen von Goldschmidts Firma darüber zu sprechen. Über die Tätigkeit des Privatiers Gließmann in Hamburg würde er sich ebenfalls informieren.

Hundt öffnete seine Reisetasche und nahm die Ermittlungsakte und den Dolch heraus. Er schlug die Akte an der Stelle des Ermittlungsberichts der Möllner Polizeidiener über den Dolch auf. Er ließ sich schnell lesen, denn man hatte keine Zeugen ausfindig machen können, die den Dolch identifizieren konnten. Hundt nahm den Dolch wieder in die Hand. Er war von guter Qualität, das konnte der Kriminalinspektor sofort erkennen. Er nahm sich vor, ihn in Hamburg fotografieren zu lassen und seinen Sergeanten mit den weiteren Ermittlungen zu beauftragen. Es galt, den Besitzer zu finden, dachte er, als er die Akten und den Dolch wieder in der Tasche verstaute.

Und das Opfer? Was für ein Mensch war Goldschmidt gewesen? Von dem Privatier Gließmann hatte er mehr darüber erfahren als von der Witwe und dem Sohn des Opfers. Auch dies schien Hundt von Bedeutung zu sein. Weitere Gespräche mit den beiden hatten nichts Neues ergeben. Ihm war klar, dass Martha Goldschmidt ihm etwas verschwieg. Goldschmidt wurde ihm stets als ein Mann beschrieben, der aus einfachen Verhältnissen stammend durch zähes Arbeiten und kluge Entscheidungen im Fernhandel ein Vermögen angehäuft hatte. So sahen ihn andere von außen. Aber wie sah es in seinem Inneren aus? Was war er für ein Charakter gewesen?

Um 3:15 Uhr fuhr der Zug in den Lübecker Bahnhof ein. Der kleine Bahnhof in Sichtweite des Holstentors war 1851 errichtet und seitdem von einem Gleis auf drei Gleise erweitert worden; die Eröffnung der Strecke nach Hamburg im Jahr 1865, an die Hundt sich gut erinnern konnte, hatte den Betrieb deutlich nach vorne gebracht. Hundt stieg aus – er hatte eine Dreiviertelstunde Wartezeit bis zur Abfahrt des nächsten Zugs – und suchte den erstbesten Kiosk auf. Es herrschte ein lebhafter Betrieb auf den Bahnsteigen und im Wartebereich. Hundt wollte eine Tasse Kaffee im Bahnhofscafé trinken, zuvor aber noch Zeitungen kaufen. Kioske empfand er als großartige Einrichtungen, vor allem die etwas größeren, wo man sowohl Kaffee als auch Zeitungen bekam und darüber hinaus noch das ein oder andere nette Gespräch führen konnte. Auf den Bahnhöfen hatten sich die Kioske in den letzten Jahren zu Kommunikationszentren entwickelt – und Informationen zu sammeln, das war die Aufgabe eines Kriminalinspektors. Er kaufte die aktuellen Ausgaben des *Hamburger Correspondenten* und der *Hamburger Nachrichten* – die *Berliner Zeitung* würde er am Bahnhof kaufen – und ging in das anliegende Café. Im *Correspondenten* fand er lediglich die nichtssagende Meldung, dass das Hamburger Kriminalkomissariat im Mordfall Goldschmidt weiter ermittele. Über das weitere Verfahren gegen Svensson wegen Verstoßes gegen das Sozialistengesetz schwieg die Zeitung. In beiden Zeitungen gab es Meldungen über die neuerdings aufflammende antisemitische Bewegung, die sich von Berlin aus über das gesamte Reich auszubreiten schien. Es wurde von Kundgebungen und von einer Petition berichtet. Hundt wunderte sich über den neuen Begriff – Antisemitismus. Ressentiments gegen Juden waren keine neue Erscheinung. Er wohnte am Schaarmarkt unweit des jüdischen Gängeviertels. Als er vor 25 Jahren bei der Hamburger Polizei angefangen hatte, hatte er ältere Kollegen kennengelernt, die noch von den antijüdischen Unruhen um 1835 erzählen konnten, den letzten gewaltsamen Ausschreitungen gegen Juden in Hamburg. Hundt wusste, dass eine judenfeindliche Stimmung unter der Oberfläche schlummerte. Er selbst hatte keine solchen Vorurteile. Sein jüngster Sohn ging in die Stiftungsschule von 1815, die von der jüdischen Gemeinde gegründet worden war und die sich unter der Leitung von Doktor Anton Rée, einem angesehenen jüdischen

Pädagogen, zu einer der besten Schulen der Stadt entwickelt hatte. *Ihr werdet sie an ihren Taten erkennen* – ein Bibelzitat, das Hundt gefiel. Für ihn galt es, stets gute, ehrliche Arbeit zu leisten und seine Mitmenschen in ihrem Tun zu respektieren. Auf diesen Grundsatz müssten sich alle Menschen einigen können. Dass dem nicht so war, hatte ihn sein Beruf längst gelehrt.

Hundt saß bald in einem Abteil des 3-Uhr-54-Zuges, der planmäßig in zwei Stunden am Bahnhof in der Spaldingstraße in Hamburg ankommen sollte. Zunächst wollte er seinen Untergebenen Sergeant Julius Stöter sprechen, danach hatte er einen Termin mit Polizeirat von Clausewitz. Er freute sich über seine Heimkehr, auf sein Büro im Stadthaus sowie in den Schoss seiner Familie zurückzukehren, wenn auch nicht in dieser Reihenfolge. Er blätterte weiter in den Zeitungen, seine Gedanken schweiften jedoch immer wieder ab, nach Mölln und zu Hermann Goldschmidt.

Zwei Aspekte beschäftigten ihn besonders. Die Inszenierung der Leiche am Sockel – das schien der Schlüssel zu sein. Was wollte der Mörder ihnen damit sagen? Wollte er Hermann Goldschmidt nicht nur aus dem Weg schaffen, sondern ihn erniedrigen, ihn zur Schau stellen? Oder sollte die Inszenierung nur ablenken von dem eigentlichen Motiv? Gab es gar mehrere Motive? Der zweite Punkt betraf Staatsanwalt Rohdantz. Eigentlich, dacht Hundt, sollte er sich in diesem Fall für befangen erklären. Er war ein Zeuge und – dessen war der Kriminalinspektor sich sicher – er verschwieg etwas. Er spielte zu viele Rollen in der Geschichte.

Das monotone Stampfen der Räder begleitete Hundt in einen leichten Schlaf. Im Dämmerschlaf sah er eine Szene auf dem Möllner Bauhof. Er sah den Denkmalsockel mit der Leiche von Hermann Goldschmidt darauf drapiert. Die Szene, der er sich Schritt für Schritt näherte, wirkte im Mondlicht gespenstisch; im Hintergrund hörte er ein höhnisches Lachen. Als er den Sockel fast erreicht hatte, bewegte sich die Leiche auf einmal und drehte sich langsam zu ihm um. Hundt blickte in die leeren Augen und den offenen Mund des Hamburger Kaufmanns, der offensichtlich etwas sagen wollte, als der Zug plötzlich mit einem Ruck hielt und Hundt aufschreckte. Das Lachen hatte ihm gegolten und klang in seinem Kopf nach wie ein gespenstisches Echo. Hundt schaute aus dem Fenster und sah das Bahnhofsschild von Wandsbek, der letzten Station vor Hamburg.

Während Hundt im Zug nach Lübeck saß, stand Advokat Sprewitz auf dem Möllner Bauhof und starrte wie gebannt auf den Denkmalsockel, als würde dieser ihm dadurch früher oder später seine Geheimnisse offenbaren. Er holte das Kreuz aus seiner Tasche und untersuchte es zum wiederholten Mal. Es war aus einem festen, dünnen und glänzenden Metall, etwa zwölf Zentimeter lang und völlig schmucklos, ohne irgendwelche Verzierungen, Beschriftungen oder Schnörkel. Es machte einen billigen, wenn auch sehr stabilen Eindruck. Wohl kein Schmuck für Damen, dachte Sprewitz. Aber welchen Zweck erfüllte es dann? Dem Kriminalinspektor hatte er über das Gespräch mit Mücke und über das Kreuz nichts erzählt; Mücke selbst offensichtlich auch nicht. Den Bettler hatte er seit dem Treffen bei der Kirche nicht mehr gesehen. Das Kreuz schwieg unter seinem eindringlichen Blick, ebenso wie der Sockel. Wie sollte er weiter verfahren? Gleich traf er sich mit Hedda. Wie würde es mit ihr weitergehen? Als Minderjährige bedurfte sie eines Vormundes. Würde sie in Mölln bleiben? Er drehte sich zur Wache um. Ein Mann kam die Außentreppe der Wache herunter und schaute in seine Richtung. Sprewitz erkannte die Gestalt sofort – Staatsanwalt Rohdantz. Dieser schien ihn eingehend zu beobachten, machte dann auf dem Absatz kehrt und ging die Bahnhofstraße hinunter Richtung Hauptstraße. Der Advokat hatte das beklemmende Gefühl, in einer Sackgasse zu stecken; er konnte keinen Anhaltspunkt in der Geschichte entdecken, bis auf das Kreuz, das jedoch ebenfalls nur Rätsel aufgab. Er überlegte sich, sich einen Branntwein zu genehmigen, verwarf jedoch den Gedanken und machte sich auf dem Weg, um sich mit Hedda in seiner Wohnung zu treffen.

Hedda stand bereits vor seiner Wohnung, als er in die Seestraße einbog. Sie gingen die Treppe gemeinsam nach oben und ließen sich am Tisch in seinem Wohnzimmer-Büro nieder. Sprewitz stopfte seine Pfeife, griff nach der Branntweinflasche, überlegte es sich aber dann anders. Das Gespräch wollte er nüchtern führen. Als er Hedda ansah, die vor ihm saß, begann er anders, als er es sich vorgenommen hatte. »Wie liest du das Wintermärchen von Heine?«

»Es ist schwer, Herr Advokat. Ich verstehe einige Worte und Anspielungen nicht.«

»Ja, Heine verfügte über ein reichhaltiges Wissen, er verlangt viel von seinem Leser … und seiner Leserin«, fügte er gewissenhaft hinzu. »Entscheidend ist es, weiter zu lesen und Fragen zu stellen. Manchmal muss man harte Nüsse knacken. Heine hat das Buch in Paris nach einer Deutschlandreise vor der Revolution geschrieben. In Preußen war es natürlich sofort verboten. … Hast du ein Beispiel?«

Hedda schlug das Heft auf: »Im zweiten Caput geht es um die Einreise nach Deutschland, also den Zoll. Es wird offenbar nach verbotenen Büchern gesucht. Dann schreibt Heine:

›Ihr Thoren, die Ihr im Koffer sucht!
Hier werdet Ihr nichts entdecken!
Die Contrabande, die mit mir reist,
Die hab' ich im Kopfe stecken.‹

Was heißt ›Contrabande‹«, fragte Hedda.

»So viel wie Schmuggelware. Die tumben Zollbeamten suchten nach riskanten, verbotenen Büchern; wonach sie nicht suchen konnten, waren jedoch Heines Gedanken, die weit gefährlicher waren als das, was in ›Satans Bibliothek‹ stand.«

»Die Gedanken sind frei …« entgegnete Hedda und lächelte. Das Lied gehörte zum Inventar der Sozialdemokratie und sie kannte es sehr gut.

»… und keiner kann sie erraten«, ergänzte Sprewitz: »Du bist auf dem richtigen Weg, Hedda.«

Es entstand eine Pause. »Ich fürchte, Hedda, dass ich für deinen Vater wenig erreicht habe.«

Das Mädchen nickte und sagte: »Ich gehe zu meiner Tante nach Hamburg. Wie es dann weitergeht, weiß ich noch nicht.«

Sprewitz überlegte kurz. »Dein Vater wird nach Altona verlegt, der Hamburger Kriminalinspektor wird weiter ermitteln. Es wird sicherlich Gerichtstermine in Altona geben. Ich befürchte jedoch, dass man deinen Vater, selbst wenn der Haftbefehl aufgehoben wird, ausweisen wird.«

Hedda erzählte von ihrem letzten Besuch bei ihrem Vater. »Das Gefängnis macht ihn wahnsinnig.« Sie wirkte betrübter denn je, und Sprewitz empfand Mitleid für das Mädchen.

Der Advokat nickte und sagte: »Ich habe etwas erhalten, das ich dir noch nicht gezeigt habe.« Sprewitz erzählte ihr von der Begegnung mit Mücke, holte das Kreuz hervor und gab es Hedda.

Sie betrachtete es eingehend und sagte: »Ich habe es noch nie gesehen. Es gehört auf keinen Fall meinem Vater. Kreuze gehören nicht zu seinen Lieblingssymbolen. Dieses ist aber seltsam. Die Arme sind nach oben gebogen. Was soll das bedeuten?«

»Ich habe auch darüber nachgedacht. Als ob jemand das christliche Symbol umdeuten, eine neue Aussage machen wollte. Und der spitze Fuß. Es sieht bedrohlich aus, fast wie eine Mischung aus einer Reliquie und einer Waffe.«

Es klopfte an der Tür. Eine Stimme sagte: »Polizei. Öffnen Sie die Tür!« Sprewitz kannte die Stimme. Es war Oberpolizeidiener Friedrich Storbeck. Hedda schob das Kreuz rasch zwischen die Seiten von Heines Wintermärchen und machte das Heft zu, während Sprewitz die Tür öffnete. Der Oberpolizeidiener und Staatsanwalt Rohdantz betraten das Zimmer. Ihr Auftreten ließ keinen Zweifel: Dies war kein freundlich gemeinter Besuch. Rohdantz zeigte Sprewitz ein Stück Papier, es war ein Haftbefehl: »Advokat Friedrich Sprewitz, Sie werden wegen unzüchtiger Handlungen mit einer unmündigen, nicht volljährigen Frauensperson in Haft genommen.«

»Was sagen Sie da? Das ist reiner Unfug.« Sprewitz riss Rohdantz das Schreiben aus der Hand und überflog es mit einer Mischung aus Verwunderung und Zorn.

»Ich denke, wir haben Sie gerade auf frischer Tat ertappt«, erwiderte Rohdantz mit einem spöttischen Grinsen und schaute Hedda an.

Hedda war aufgesprungen. »Das ist unwahr!«, schrie sie, und alle Beherrschung war aus ihrem Gesicht verschwunden.

Sprewitz konnte sehen, wie die Augen des Staatsanwaltes vor Überraschung aufflackerten, dann riss er sich zusammen und presste in einem schneidenden Tonfall hervor: »Wir werden uns gleich in der Wache darüber unterhalten. Dein Vater hat Anzeige erstattet.«

Das Mädchen sank auf den Stuhl nieder. »Das glaube ich nicht, das verstehe ich nicht«, murmelte sie leise und verbarg das Gesicht in den Händen.

Rohdantz bedeutete dem Oberpolizeidiener, Sprewitz abzuführen. Der Advokat nahm seine Pfeife vom Tisch und sah zu seinem Bücherregal hinüber. Rohdantz folgte seinem Blick und sagte: »Die Pfeife können Sie mitnehmen, Bücher aber nicht. Aber machen Sie sich nichts daraus«, fügte er mit einer abgründigen Gehässigkeit in der Stimme hinzu, »sie haben Ihnen doch sowieso nie geholfen. Wenn wir Ihre Büchersammlung durchsuchen würden, fänden wir sicherlich etliches, was früher auf den schwarzen Listen stand.« Er deutete auf das Heft, das vor Hedda auf dem Tisch lag. »Das Wintermärchen auch«, sagte er. Hedda wunderte diese Bemerkung, denn der Titel des Buches war verdeckt, er konnte den Titel unmöglich gelesen haben. »Zu ärgerlich, dass das Reichspressegesetz uns inzwischen weitgehend die Hände bindet. Pressefreiheit!« schnaubte er. »Solche Bücher gehören verbrannt.«

»Erst Bücher, dann Menschen«, sagte der Advokat.

Wieder erglühte das Flackern in den Augen des Staatsanwaltes. »Kluge Sprüche sind Ihre Spezialität, Herr Advokat. Jetzt ist es damit vorbei.« In Handschellen wurde Sprewitz hinausgeführt.

Max packte seine Koffer für die Fahrt nach Hamburg am nächsten Tag. Es gab viel zu regeln. Die Beerdigung, Vaters Geschäfte, zig Dinge, an die er nicht denken wollte. Was sollte aus ihm werden? Zurück nach Kiel wollte er nicht. Er hatte beschlossen, zunächst in Hamburg zu bleiben, auch um sich um seine Mutter zu kümmern. Er beobachtete mit Sorge, wie sie sich allmählich von ihrer Umwelt entfernte. Sie betete, auch tagsüber, las in der Bibel und in ihren Erbauungsbüchern und schaute lange aus ihrem Schlafzimmerfenster auf die Nikolaikirche. Über seinen Vater sprach sie aber nicht. Was in ihr vorging, vermochte er nicht zu sagen, hüllte sie sich immer vehementer in Schweigen. Dieses Verhalten, das, soweit er sich entsinnen konnte, mit dem Umzug nach Mölln vor drei Jahren eingesetzt hatte, und nun zu ihrer zweiten Natur geworden war, deutete für ihn ein grundlegendes Problem an, eine persönliche Erschütterung, die sie getroffen hatte. Er dachte, es müsste etwas mit seinem Vater zu tun gehabt haben, etwas mit ihrer Ehe vielleicht. Er machte den zweiten Koffer zu. Der Mord an seinem Vater war nicht geklärt. Der Schwede war noch in Untersuchungshaft, aber Max hatte den zweifelnden Unterton des Kriminalinspektors bei ihren Treffen wohl verstanden. Plötzlich schob sich das Gesicht des Mädchens in seine Gedanken. Hedda, dachte er, und hielt in seiner Bewegung inne. Ein hübsches Mädchen, und nicht auf den Kopf gefallen. Verrückt, dass sie sich nun schon dreimal begegnet waren, und jedes Mal hatte sie ihn zutiefst verunsichert stehen lassen. »Mögen Sie nur das Gewöhnliche?«, hatte sie ihn einmal gefragt. Ein seltsames Mädchen, das seltsame Fragen stellte. Ihm fiel ein, dass er ihr nie seinen Namen genannt hatte. Er machte den Koffer zu. Es gab viele hübsche Mädchen auf der Welt.

Hedda ging neben Staatsanwalt Rohdantz in die Wache hinein, er hielt ihren Arm mit festem Griff, als befürchte er, sie könne ihm davonlaufen. Vor ihnen führte Oberpolizeidiener Storbeck Sprewitz in den Empfangsraum. Der Advokat drehte sich kurz um. Sein Ausdruck verriet Entschlossenheit, doch da war noch etwas anderes … Hedda glaubte, Anerkennung in seinem Blick zu sehen. Er nickte ihr zu, als er unsanft in den Raum geschoben wurde und aus ihrem Sichtfeld verschwand. Der Staatsanwalt führte sie in den Vernehmungsraum und deutete auf einen Stuhl. Er blieb vor ihr stehen. »So Hedda, jetzt können wir vertraulich reden.« Ein wölfisches Grinsen breitete sich auf seinem Gesicht aus und strafte seine Worte Lügen. »Sag einfach, was passiert ist.«

»Nichts ist passiert, Herr Staatsanwalt.« Entgegnete sie tonlos. Sie hatte sich gefangen, sie fühlte sich der Befragung gewachsen.

Er beugte sich zu ihr hinab, seine Augen verengten sich. »Erzähl. Die Wahrheit. Wir haben Zeugen, die dich und Advokat Sprewitz zusammen im vertraulichen Gespräch gesehen haben. Du bist mehrmals alleine – ja alleine! – in seiner Wohnung gewesen. Er hat seinen Auftrag als Anwalt deines Vaters ausgenutzt, um dich zu verführen. Nicht wahr?«

»Das ist nicht wahr. Er hat mich nicht verführt.«

Rohdantz schien von Heddas Selbstbeherrschung unbeeindruckt. Er holte ein Blatt Papier hervor. »Wir haben eine Erklärung vorbereitet, in der du den Sachverhalt bezeugst.«

Sie überflog das Dokument: »Das unterschreibe ich nicht. Es ist nicht wahr.«

»Überleg es dir gut, Hedda. Willst du deinem Vater nicht helfen? Mit dieser Anzeige hat er sich selbst helfen … und dich retten wollen.«

Sie schaute in die undurchdringlichen Augen des Staatsanwalts und schwieg. Langsam verstand sie, worum es ging. »Herr Staatsanwalt, mit Herrn Advokaten Sprewitz habe ich über den Fall meines Vaters gesprochen. Mein Vater hat mich damit beauftragt. Herr Sprewitz hat mir Bücher geliehen, wir haben uns einmal in der Nikolaikirche getroffen. Das ist alles. Er hat mich in keiner Weise bedrängt. Das ist die Wahrheit. Ich unterschreibe keine andere Erklärung.«

»Ich weiß, welche Bücher es waren. Das alleine ist in meinen Augen ein Vergehen.« Er schaute sie an, sie hielt seinem Blick stand. Abrupt drehte er sich um und verließ den Raum.

10
Eine Verabredung

Mölln, Montag, d. 3. November 1879

Friedrich Sprewitz saß seit drei Tagen in der Arrestzelle, als er endlich dem Haftrichter vorgeführt werden sollte. Er war allein, das Mittagessen – eine fade Graupensuppe – hatte er bereits ›serviert‹ bekommen. Als er in seiner Zelle eingeschlossen wurde, war Ole Svensson bereits weg, wahrscheinlich auf dem Weg ins Altonaer Gefängnis. Man hatte ihn, Sprewitz, in Ruhe gelassen. Selbst die kargen Mahlzeiten wurden schweigend hereingereicht. Hedda hatte er nicht mehr gesehen, auch von Rohdantz keine Spur. Ab und zu lief eine Ratte durch die Zellen. Irgendwie gehörten Ratten zum Bild eines Gefängnisses dazu, dachte er fast amüsiert. Fast dreißig Jahre lang hatte er nur für sich gelebt, niemand hatte ihn bedrängt. Nun war er erst vor wenigen Tagen zurückgekehrt in die Gesellschaft, zu den Menschen, und landete prompt im Gefängnis. Was hatte der Lumpensammler damals gesagt? ›Seitdem ich die Menschen kenne, liebe ich die Hunde‹. Sprewitz dachte wieder an die Ratten, mit denen er nun vorliebnehmen musste.

Er war zum zweiten Mal in seinem Leben eingesperrt. Er dachte zurück an die Septembertage 1850, als er für eine Woche in Hamburg unter Arrest gestanden hatte. Es war das letzte Mal gewesen, dass er in Hamburg gewesen war. Ihm rauschten Erinnerungen durch den Kopf, die er jedoch rasch abschüttelte. »Es bringt nichts, es bringt nichts«, sagte er laut, wohl einfach um endlich wieder eine menschliche Stimme zu hören.

Seine Gedanken kreisten zum wiederholten Mal um seinen eigenen Fall. Er konnte nichts tun, als den Vorwurf entschieden zurückzuweisen. Zeugen gab es nicht – was sollte es schließlich zu bezeugen geben? Alles hing von Hedda ab. Er konnte sich nicht vorstellen, dass sie die Anschuldigungen bestätigen würde. Sie waren kompletter Unsinn. Warum Svensson Anzeige erstattet hatte, konnte er sich wohl vorstellen. Staatsanwalt Rohdantz hatte bestimmt eine Abmachung mit ihm getroffen. Der Schwede wurde schwach, man hatte ihn geködert, zumindest mit einer Haftschonung. Vielleicht hatte er sogar den Gerüchten geglaubt, von denen Rohdantz ihm berichtet hatte. Doch hier ging es nicht um Svensson. Es ging um Rohdantz. Um Rohdantz und ihn. Der Hass, den der Staatsanwalt seit jeher gegen ihn gehegt hatte, war wieder entfacht worden. Doch wieso gerade jetzt? Warum sollte Rohdantz gerade jetzt eine solche Anschuldigung konstruieren? Er hatte dem ehrgeizigen Juristen nie im Wege gestanden, als dieser im Lauenburgischen Karriere machte. Im Grunde genommen war Rohdantz ihm herzlich egal. Der Mann lebte einfach nach anderen, dem Advokaten vollkommen fremden Werten. Jetzt schien sich aber etwas zusammenzubrauen, was ihre bisherige Beziehung auf eine neue Ebene hob; eine bedrohliche Ebene.

Hedda würde nach Hamburg gehen – und das Kreuz mitnehmen, wie eine Contrabande in Heines *Wintermärchen*. Es konnte der Schlüssel zum Mordfall sein, wenn man es nur richtig zu deuten vermochte. Hoffentlich hatten die Polizei oder Rohdantz es nicht entdeckt. War Hedda deswegen in Gefahr, ohne es zu wissen? Welche Kräfte standen hinter diesem unheilvollen Symbol? Der spitze, metallene Fuß blitzte in seinen Gedanken auf; sicherlich waren es keine angenehmen Kräfte.

Oberpolizeidiener Storbeck erschien und erklärte, dass es Zeit wäre, aufzubrechen. Er holte Handschellen hervor und entriegelte die Zellentür. »Herr Storbeck, die Handschellen brauchen Sie nicht. Ich komme freiwillig mit.« Wortlos ließ Storbeck die Handschellen einrasten und sie gingen die Hauptstraße hinunter zum ehemaligen lübschen Stadthauptmannshof, der seit Gründung der Amtsgerichte im Lauenburgischen 1870 Sitz des Möllner Amtsgerichts war. Auf ihrem

Marsch kreuzten sie die Wege einiger Möllner, die ihnen mit unverhohlener Neugier nachblickten. Was für ein Fest muss es für diese Sorte Menschen gewesen sein, als es noch öffentliche Hexenverbrennungen gegeben hatte, sinnierte der Advokat. Als sie die Ecke Schäferstraße erreichten, erschien plötzlich eine Bande Halbwüchsiger, die laut johlte und gestikulierte. Storbeck scheuchte sie mit grimmiger Miene weg. Bald standen sie vor dem imposanten Gebäudekomplex des Stadthauptmannshofes, eines Baus im Stil der Backsteinrenaissance. Sprewitz erinnerte sich, dass dies Sitz und Wohnhaus des Lübecker Statthalters in der Stadt Mölln gewesen war, bis zur Rückgabe der verpfändeten Stadt an die Herzöge von Sachsen-Lauenburg im Jahr 1683.

Im Saal deutete der Oberpolizeidiener Sprewitz einen Platz vor einem Tisch an; er selbst ließ sich auf einem Stuhl beim Eingang nieder. Der Raum war spartanisch eingerichtet. Unter einem Gemälde von Kaiser Wilhelm (dem einzigen Wandschmuck im Raum) befand sich das Podest, auf dem Tisch und Stuhl des Amtsrichters standen, vor dem Podest zwei weitere Tische mit Stühlen, dahinter vier Reihen mit jeweils acht Stühlen für das Publikum. Der Raum strahlte nichts als Ernüchterung aus, die Art von Resignation, die auch Sprewitz empfand. Nach einer Weile erschien Staatsanwalt Rohdantz, kurz darauf betrat Amtsgerichtsrat Walter Dührsen aus einem Nebenraum den Saal und nahm grußlos seinen Platz ein. Der Amtsrichter, ein kleiner, drahtiger Mann Anfang vierzig, mit kurzen Haaren, einem gepflegten Vollbart und stechenden Augen, eröffnete die Sitzung. »Der Beschuldigte, Herr Advokat Friedrich Sprewitz, wurde wegen unzüchtiger Handlungen mit einer abhängigen, nicht volljährigen Frauensperson aufgrund eines Haftbefehls dieses Gerichts und wegen dringender Verdachtsgründe in Untersuchungshaft genommen. Der Termin heute gilt der Überprüfung der Haftgründe. Herr Advokat Sprewitz, Sie haben dem Gericht angezeigt, dass Sie sich selbst vertreten. Wie erklären Sie sich zu der Anschuldigung?«

»Unschuldig, Herr Amtsgerichtsrat. Die Anschuldigung ist eine Farce.«

»Der Vater des Opfers, Ole Svensson, hat bei der Polizei Anzeige erstattet. Er befindet sich in Untersuchungshaft, inzwischen ist er in Altona, kann demzufolge heute nicht befragt werden. In der Untersuchungsakte«, Dührsen schlug eine dünne Mappe auf, »gibt es Zeugenaussagen über verschiedene Treffen zwischen dem Beschuldigten und dem Mädchen, Hedda Svensson. Die Aussagen geben jedoch keine Hinweise auf konkrete Handlungen seitens des Beschuldigten. In der Akte fehlt die Aussage des Mädchens, Hedda Svensson. Können Sie, Herr Staatsanwalt, diesen Umstand erklären?«

»Herr Amtsgerichtsrat, die Aussage liegt noch nicht vor. Die Polizei hat sie vernommen – ohne Ergebnis.«

»Was meinen Sie damit?«

»Das Mädchen steht möglicherweise unter Schock.«

»Ich denke, sie müsste eine einfache Frage mit Ja oder Nein beantworten können.«

Sprewitz meldete sich: »Herr Amtsgerichtsrat, bei meiner Verhaftung hat Hedda Svensson im Beisein des Herrn Staatsanwaltes und des Oberpolizeidieners Storbeck unmissverständlich erklärt, dass die Anschuldigungen gegen mich nicht der Wahrheit entsprechen. Sie hat sich also bereits erklärt.«

»Das geht aus der Akte nicht hervor. Entspricht die Einlassung des Beschuldigten der Wahrheit, Herr Staatsanwalt?«

Rohdantz antwortete nicht sofort. »Ja, das hat sie gesagt, aber das Gericht soll die Umstände der Verhaftung berücksichtigen. Das Mädchen war aufgeregt. Ich denke, dass es uns den wahren Sachverhalt noch erzählen wird. Die Polizei ist am Anfang ihrer Ermittlungen.«

Dührsen sah den Staatsanwalt mit unbewegter Miene an und sagte: »Angesichts der Sachlage sehe ich keinen Grund, den Beschuldigten weiterhin in Untersuchungshaft zu behalten. Er wird entlassen, mit der Auflage, das Stadtgebiet bis zur nächsten Verhandlung nicht zu verlassen. Ich erwarte eine baldige, schriftliche Erklärung von Hedda Svensson, Herr Staatsanwalt.«

Amtsgerichtsrat Dührsen stand auf und verschwand in seinem Büro; Rohdantz stand ebenfalls auf und sah Sprewitz dabei mit einem so hasserfüllten Blick an, dass dieser erschauerte. Es kam selten vor, dass Rohdantz seinen Gemütsregungen so freien Lauf ließ. Sprewitz hielt dem Blick stand, bis sich der Staatsanwalt abwandte und den Saal verließ. Was ihm diese sonderbare Begegnung nun sagen sollte, wusste Sprewitz nicht. Die Gedanken waren frei, auch die bösen.

Bald danach kehrte er mit dem Oberpolizeidiener, diesmal ohne Handschellen, zur Wache zurück. Es sollten die Formalitäten seiner Haftentlassung erledigt werden.

Sprewitz stieg die Außentreppe der Neuen Wache hinab und sog mit einem tiefen Atemzug die Herbstluft in seine Lungen. Welch eine Wohltat im Gegenzug zu der modrigen Luft in der Arrestzelle. Hedda war standhaft geblieben, er hatte es nicht anders erwartet. Was nun? Er brauchte einen Branntwein, wollte aber erst einmal zu seiner Wohnung zurückkehren. Als er die Hauptstraße hinunterlief, begegnete er derselben unverhohlenen Neugier wie auf dem Hinweg, Einige wechselten sogar demonstrativ die Straßenseite. Er war in der Volksmeinung offenbar vom Sonderling zum Aussätzigen mutiert. Der Advokat ließ sich nichts anmerken; er kannte die Möllner gut. Als er die Tür zu seiner Wohnung aufschloss, erwartete ihn ein entsetzliches Chaos. Jemand war in die Wohnung eingebrochen, hatte Regale und Bücherstapel umgeworfen, Truhen durchwühlt. Mechanisch hob Sprewitz einige Bücher auf, die vor ihm auf dem Boden lagen. Eines war die Lessing-Ausgabe, die er neulich aufgeschlagen hatte; darunter lag das Pamphlet von Recha, das mehrmals durchgerissen worden war. Er nahm einige Fetzen in die Hand und ließ sie dann langsam durch seine Hände rieseln; seine Gesichtszüge waren gespannt. Er legte einige Bücher zurück auf den Tisch, das Pamphlet jedoch ließ er liegen, und verließ die Wohnung.

Kurz danach stand er vor der Theke von Mylius und bestellte einen Branntwein. Die Gastwirtschaft war ausnahmsweise leer. Michl schenkte ihm ein Glas ein und sagte: »Ich sehe, du bist wieder da, Fritz. Es hat sich in unserer kleinen Stadt schnell herumgesprochen. Geglaubt habe ich der Anschuldigung sowieso nicht, viele aber doch.«

»Sollen sie glauben, was sie wollen. Hauptsache, ich weiß, wer ich bin. … Und da bin ich leider nicht mehr so sicher.« Er nahm einen Schluck.

»Du hast bestimmt noch nicht von Mücke gehört?«, fragte der Wirt.

»Mücke? Was ist mit ihm?«

»Er ist tot, hat sich im Wald erhängt. Ich finde es seltsam. Er gehörte zum Stadtbild, ein richtiges Original. Er war ein armer Bettler, aber irgendwie mit sich selbst und seinem Leben zufrieden. Er hatte zwar nichts, aber er brauchte offenbar auch nichts.« Michl schaute ihn an, fast, als wäre er erstaunt über seine eigene Erkenntnis: »Er war frei.«

»Der wahre Bettler ist doch einzig und allein der wahre König!«

»Warum soll er sich dann umgebracht haben?«

»Und wenn er sich gar nicht umgebracht hat?« Michl nickte vielsagend und sah Sprewitz eine Weile schweigend an. Dieser schien mit seinen Gedanken eine weite Reise zu unternehmen, kehrte dann zurück, trank das Glas leer und sagte: »Das Spiel muss zu Ende gebracht werden.«

Zurück in seiner Wohnung packte der Advokat ein Bündel mit einigen Kleidungsstücken und ein paar Büchern. Die abgenutzte Pfeife, etwas Tabak und das wenige Bargeld nahm er auch mit. Er hatte die wertvollsten Bücher eingesteckt, nicht um sie zu lesen, sondern um sie zu verkaufen. »Im Falle der Not, ein gelehrtes Buch gebrauchen zu können«, sagte er laut zu dem Scherenschnitt auf der Lessing-Ausgabe, als er sie in der Tasche verstaute. »Lach nicht so, Du hast einmal deine Bibliothek verkaufen müssen, um Schulden zu bezahlen. Ich werde Bücher verkaufen, um nach der Wahrheit suchen zu können. Das muss in Deinem Sinne sein.« Er hob das Bündel, das er an einem Stock befestigt hatte, über seine Schulter, schloss die Wohnungstür hinter sich und stieg die Treppe hinab. »Der wahre Bettler ist doch einzig und allein der wahre König!« wiederholte er beim Hinausgehen. Der gute alte Nathan, voll von Weisheiten, dachte er und lächelte wehmütig, als er durch die Eingangstür ins Freie hinaustrat.

Sein Ziel war der Bahnhof in Schwarzenbek, einen ordentlichen Fußmarsch entfernt. Auch das Bettler-Dasein wollte gelernt sein. Von dort aus sollte es nach Hamburg gehen. Seit fast dreißig Jahren war er nicht mehr dort gewesen. Es fühlte sich so an, als habe er eine Verabredung.

Eine Verabredung mit einer Vergangenheit, die nicht vergehen wollte. Die Verabredung hatte seit Jahren bestanden, das wusste er, nur er wollte es nicht wahrhaben. Dreißig Jahre, ein halbes Menschenleben. Als er die Straße hinunterlief, ließ er seine Gedanken willkührlich zurückschweifen, zu den Tagen der Revolution. Zu den Hoffnungen, der Leidenschaft, dem Scheitern.

11
Ein Damoklesschwert
Eine Rückblende

Ratzeburg, Sonnabend, d. 26. Januar 1850

Aus dem bleiernen Himmel fielen schwere Schneeflocken, als ein kleiner, untersetzter Mann die Treppe hinaufstieg, die zur Eingangstür eines gelb gestrichenen, unverkennbar herrschaftlichen Gebäudes führte. Er war in einen schweren, braunen Mantel gekleidet, der bis über die Knie reichte. Auf dem Kopf trug er einen schwarzen Zylinder, der ein breites Gesicht mit imposanten Koteletten krönte, die Augen verschwanden unter buschigen Augenbrauen. Am oberen Treppengeländer angelangt, drehte der Mann sich um und schaute auf einen mit Schnee bedeckten Platz, der von niedrigen Fachwerkhäusern umrahmt war. Der Marktplatz von Ratzeburg. Vor nicht einmal zwei Jahren hatte die Geschichte hier ihren Anfang genommen. Von Levetzow war an jenem Tag im März in Ratzeburg gewesen und hatte die Ereignisse miterlebt. Wie aus dem Nichts waren einige Rädelsführer aufgetaucht, die Zeitungen in den Händen gehalten und »Revolution in Berlin und Kiel« gerufen hatten. Gut vierhundert Menschen hatten sich auf dem Marktplatz eingefunden und aggressiv und lärmend ihrem Ärger Luft gemacht, »Deutschland, Deutschland« ertönte es wie aus einem Munde. Der Demonstrationszug war zum Sitz des dänischen Amtmannes gezogen, Fensterscheiben waren zu Bruch gegangen. Ordnungshüter hatten alles geschehen lassen. Amtmann Christensen war eiligst nach

Kopenhagen geflohen. Die europäische Revolution hatte das Lauenburgische erreicht und trieb das Volk vor sich her. Fragte sich nur: wohin? Er, Amtmann Albrecht Ludwig Joachim Frederik von Levetzow aus Steinhorst, hätte es nie für möglich gehalten, dass der einfache Landmann oder die braven Bürger der Städte Ratzeburg, Mölln und Lauenburg zu einem solchen Aufstand fähig wären. Er drehte sich wieder zur Tür und betrachtete das Wappen des Herzogtums Lauenburg, das prachtvoll neben dem Eingang prangte: ein goldener Pferdekopf auf rotem Grund, eingeschlossen im dänischen Wappen.

›Was haben wir eigentlich angerichtet‹, fragte sich von Levetzow. Die Lauenburger hatten in zähen Verhandlungen ein Grundgesetz erarbeitet. Nun kam es auf das mühsame Geschäft des täglichen Regierens an. War das Land überhaupt in der Lage, sich selbst zu regieren? Von Levetzow spürte, dass das Graben zwischen den Radikalen, die den endgültigen Bruch mit dem dänischen Landesherrn wollten, und den eher Gemäßigten, die noch auf eine Verständigung erhofften, unüberbrückbar war. Und von außen drohte die Entscheidung, eine Entscheidung, an der das Land wenig Anteil hatte. Die Revolution war wie ein Sturmwind durchs Land gefegt, nun aber legte sich der Wirbel. Die Brüderherzogtümer Schleswig und Holstein, im Stich gelassen von der deutschen Zentralgewalt, würden den Krieg gegen Dänemark nicht gewinnen. Zurzeit steckten die Dänen und die Preußen in Berlin in Friedensverhandlungen. Die Paulskirche gehörte längst der Geschichte an, die Restauration der alten Ordnung war in ganz Europa in vollem Gange. Und das Lauenburger Land? Sein Schicksal hing von den Verhandlungen in Berlin ab, bei denen das Land nicht einmal Rederecht hatte. Der König-Herzog war derzeit unfrei. Das würde sich allerdings bald ändern, dachte von Levetzow und klopfte leicht auf seine Tasche, die er mit beiden Händen vor seiner Brust umklammert hielt. »Heute müssen wir eine schwere Entscheidung treffen«, sagte er mit gedämpfter Stimme, halb zu sich selbst und halb zu dem Wappen, welches die Aufforderung schweigend zur Kenntnis nahm.

Von Levetzow öffnete die Tür, schritt durch einen kleinen Vorraum und betrat den Versammlungsraum, der, nur mit Tischen und Stühlen bestückt, spartanisch eingerichtet war. Am 27. September 1849, bei der ersten Sitzung der neu gewählten Lauenburgischen Landesversammlung, hatten die einundzwanzig Abgeordneten ihn, einen Beamten aus der alten Zeit, zum Vorsitzenden gewählt. Er hängte Mantel und Hut auf einen Ständer, der sich hinter dem Pult befand und nahm seinen Platz vor den noch leeren Tischen und Stühlen ein. Er hatte es sich zur Gewohnheit gemacht, stets etwas zu früh zu erscheinen. Die Sitzungswochen waren mit Terminen gespickt, es gab vieles neu zu regeln. Nach seiner Auffassung war eine Revolution letztlich ein administrativer Vorgang; eine Revolution zu beenden ebenso. Worüber hatten die Abgeordneten debattiert? Die Aufhebung des herrschaftlichen Jagdrechts, die Einführung eines neuen Justizwesens, die Bestimmungen zur Wahlberechtigung – als ob das Gesinde auch wählen sollte! – und die Neuordnung der Schulen. Diesbezüglich hatte es ordentlich Streit gegeben. Die Kirche hatte mit allen Mitteln gegen die Loslösung der Schulen von ihrer Aufsicht gekämpft.

Die Abgeordneten tagten in diesem Raum in nicht öffentlichen Sitzungen; Die Öffentlichkeit nahm inzwischen leider Gottes Anteil an allen möglichen Abstimmungen. Es gab Berichte von aufrührerischen Versammlungen, auf denen radikale Maßnahmen gefordert wurden, sogar von Abgeordneten dieser Landesversammlung. Eintritt in den Krieg gegen Dänemark. Aufteilung der Gutsländereien. Allgemeines Wahlrecht. Unmögliche, unerhörte Forderungen! Und diese verfluchten Flugblätter, die sich, über Nacht aus dem Boden gestampft, wie ein Lauffeuer verbreiteten. »Drucksachen«, murmelte der Amtmann und nahm ein Blatt aus seiner Tasche: *Der Lauenburger Grenzbote*. Wer war dafür verantwortlich, fragte er sich verärgert, obwohl er die Antwort kannte. Seine Koteletten bebten, als er wütend mit dem Kiefer mahlte. In Bergedorf gedruckt! Was hatten die Hamburger mit Lauenburg zu schaffen? Nachher sollte die Sache zur Sprache gebracht werden. Die Tür ging auf, und ein junger Mann in einer, wie von Levetzow fand, ungebührlich bunten Aufmachung betrat den Raum.

»Guten Tag, Herr Amtmann«, sagte der Ankömmling, kam mit katzenhaften Bewegungen auf ihn zu und verbeugte sich respektvoll.

»Mein lieber Herr Mahnke«, erwiderte von Levetzow missmutig, »mussten Sie unbedingt ein rotes Halstuch umbinden? Wir versammeln uns hier doch nicht auf Geheiß eines dieser neuen Modejournale. Ein Landschaftssekretär vertritt eine amtliche Position, und zwar eine unauffällige.«

Der junge Mann errötete leicht und stammelte eine Entschuldigung, von der jedoch von Levetzow keine Notiz nahm. Der Sekretär nahm an einem kleinen Nebentisch Platz und ordnete seine Papiere. Er schien tatsächlich unsichtbar werden zu wollen. Die fernen Kirchenglocken kündigten die neue Stunde an. Ihr Klang wirkte wie Begleitmusik für die Männer, die nun nach und nach den Raum betraten. Bis der elfte Glockenschlag verklungen war, hatte sich der Raum mit Menschen und Stimmen gefüllt. Die meisten Abgeordneten hatten dem Vorsitzenden gebührend zugenickt, einige wenige nahmen ihre Plätze ein, ohne den Mann hinter dem Pult zu beachten. Kurz nach elf erschienen die letzten beiden Nachzügler, ein adrett gekleideter junger Mann mit Brille und Vollbart sowie ein langer, dürrer Kerl, der unordentlich gekleidet war und angeregt mit seinem Begleiter sprach. Von Levetzow räusperte sich vernehmlich und kündigte den Beginn der Sitzung an: »Meine Herren, die 34. Sitzung der Hohen Lauenburgischen Landesversammlung in Ratzeburg ist eröffnet. Für den Bericht der Verhandlungen stelle ich fest, dass es Sonnabend, der 26. Januar 1850, kurz nach elf Uhr ist. Zu der Versammlung ist ordnungsgemäß geladen worden, die Tagesordnung liegt vor. Herr Sekretär, stellen Sie die Anwesenheit der Abgeordneten fest.« Während Mahnke die Liste verlas, überlegte der Vorsitzende, welche der Namen ihm bereits waren (einige inzwischen *zu* gut »bekannt«). Einige alte Weggefährten waren noch dabei: die Gutsbesitzer Wentorp aus Rothenhausen, von Witzendorff aus Kogel und Berckemeyer aus Groß Thurow oder der junge Senator Michelsen aus Mölln. Im Zuge der Revolution waren neue Männer in die Politik gespült worden, (ja, das war der richtige Ausdruck, dachte von Levetzow und ein süffisantes Lächeln huschte über sein Gesicht) wie der Bahnhofskassierer Speckhahn aus Büchen und die Bauern aus den Dörfern. Vor allem beobachtete er die beiden Nachzügler, als ihre Namen aufgerufen wurden: den gut gekleideten Schulmeister Bärens aus Mölln und den nachlässig gekleideten Advokat Sprewitz, wohnhaft in der Stadt Lauenburg, gewählt jedoch von den Schwarzenbekern. Die Revolution hatte sonderbare Bettgenossen geschaffen, hier in diesem Raum befand sich ein Mikrokosmos des Landes, über dem ein Damoklesschwert hing. Der Sekretär verkündete, dass zwanzig Abgeordnete anwesend waren, es fehlte der Hufner Borchers aus Koberg, er war wegen Krankheit entschuldigt.

Von Levetzow übernahm wieder das Wort: »Die Hohe Landesversammlung ist beschlussfähig. Zuvörderst finde ich mich veranlasst zu rügen, dass über die hier in geheimer Sitzung stattgefundenen Debatten umgehend ein Bericht durch die Presse veröffentlicht worden ist und zwar in einer Gestalt, die keinen Zweifel daran lässt, dass es sich nicht um Mitteilungen bloßer Gerüchte handelt. Der Verfasser will Druck auf die Hohe Landesversammlung ausüben.« Der Redner hielt das Flugblatt in die Höhe: »Mein Missfallen an dieser Veröffentlichung gebe ich hiermit bekannt. Wir tagten in einer geheimen Sitzung. Es ist höchst misslich, dass über diese Beratungen in gedruckten Blättern berichtet wird. Ich stelle den Antrag, den anonymen Verfasser, der sich im Moment in diesem Raum befinden muss, durch die Hohe Landesversammlung zu verwarnen.«

Es herrschte Stille im Saal, die der Gutsbesitzer von Witzendorff aus Kogel durchbrach: »Diese gedruckten Blätter sind zur Plage geworden! Das Volk aufzuwiegeln und zum Aufruhr anzustiften, nichts anderes ist ihr Ziel! Ich habe das Blatt auch schon gesehen. Die Aufteilung der Gutsländereien zu fordern! Das ist Kommunismus!«

Ein Murmeln ging durch den Saal. Regierungsassessor Brinkmann aus Ratzeburg wandte ein: »Es geht nicht um die Sache hier, obwohl ich die Ansicht meines Vorredners teile, sondern um die Veröffentlichung. Ich unterstütze den Antrag unseres Vorsitzenden.«

Advokat Sprewitz meldete sich: »Wir haben in dieser Hohen Landesversammlung eine geheime Sitzung beschlossen. Wir haben aber nicht die Befugnis, darüber zu beschließen, ob das Volk über wichtige

Themen diskutiert. Das Volk entscheidet; wir sind nur seine Vertreter!« Der Advokat blickte sich Zustimmung suchend um.

»Das Volk!« schnaubte Theodor Rohdantz aus Mölln. »Das Volk versteht doch überhaupt nicht, worum es hier geht.«

»Letztlich entscheidet das Volk«, wiederholte Sprewitz stoisch. »Ich vertrete die Pressefreiheit!«

Rohdantz sah ihn verächtlich an. »Der Vertreter aus Schwarzenbek schwingt gern große Reden, aber es sind nur leere Worte. Er meint, das Volk anzuführen. Hinter ihm steht jedoch keiner.«

Getuschel wurde laut, doch bevor es überhandnehmen konnte, rief der Vorsitzende die Versammlung zur Ordnung und stellte seinen Antrag zur Abstimmung: »Ich fordere die Versammlung auf, ihre allgemeine Missbilligung dieser Veröffentlichung durch Aufstehen kundzutun!« Stühle wurden gerückt, von Levetzow ließ seinen Blick durch den Raum schweifen. »Ich stelle fest, dass alle bis auf die Abgeordneten Sprewitz und Speckhahn aufgestanden sind. Sollte ein ähnlicher Fall wieder vorkommen, sehe ich mich genötigt, die Redaktion zur Nennung des Verfassers zu veranlassen und dann weitere Schritte einzuleiten.«

Der Vorsitzende ordnete den Stoß Papiere auf seinem Pult und räusperte sich laut: »Ich rufe den nächsten Punkt der Tagesordnung auf: Ein Schreiben der Hohen Statthalterschaft an die Hohe Landesversammlung vom 23. Januar 1850. Erlauben Sie mir, meine Herren, einige Vorbemerkungen. Die Lage ist ernst. Die Revolution hat unser Land in eine prekäre Lage gebracht. Die Hohe Statthalterschaft führt in Übereinstimmung mit der Bundes-Central-Commission in Frankfurt die Regierungsgeschäfte, vorbehaltlich der Rechte des Landesherrn. Die Brüderherzogtümer Schleswig und Holstein führen Krieg gegen Dänemark, also gegen unseren Landesherrn; in Berlin verhandeln Preußen und Dänemark über einen Frieden. Ohne die Hilfe des Deutschen Bundes wird das dänische Heer den Aufstand der Schleswiger und Holsteiner niederschlagen.« Von Levetzow machte eine Pause und schaute um sich. Die Abgeordneten sollten sich den Ernst der Lage vergegenwärtigen. »Die Versuche der Hohen Statthalterschaft auf Bitten der Hohen Landesversammlung, durch einen Gesandten Zutritt zu den Verhandlungen in Berlin zu erlangen, um die Rechte des Landes zu gewährleisten, sind fehlgeschlagen. Einen Gesandten nach Frankfurt zu entsenden wird als zwecklos erachtet. Das Schreiben der Hohen Statthalterschaft vom 23. Januar 1850, das Herr Sekretär Mahnke sogleich vorlesen wird, enthält die Forderung des dänischen Gesandten in Berlin, Friedrich von Pechlin, die Tätigkeit dieser Hohen Landesversammlung zu beenden.« Von Levetzow machte eine Pause und schaute auf die vor ihm liegenden Papiere, als ob er zum ersten Mal wirklich begriff, was diese Forderung bedeutete – das Ende der Revolution im Lauenburgischen. Er blickte auf und nickte seinem Sekretär zu. Mahnke stand auf und verlas das Schreiben:

»An die Hohe Landesversammlung, 23. Januar 1850. Ich habe der Versammlung Mitteilung zu machen. Bei meiner Anwesenheit in Berlin hat der Bevollmächtigte des Königs von Dänemark, Herr von Pechlin erklärt: eine offizielle Teilnahme Lauenburgs bei den Friedensverhandlungen sei schon aus dem Grunde unstatthaft, da Holstein nicht zugelassen wurde. Herr von Pechlin hat außerdem gefordert, dass das Land seine gesetzgeberische Tätigkeit bis zum Friedensschluss und bis zur endgültigen Regelung der Verhältnisse im Herzogtum Lauenburg beende. Die Auffassung der Landesversammlung scheine der Ansicht zu unterliegen, Lauenburg sei ein unabhängiger, in sich geschlossener Staat, dessen derzeitig regierende Gewalten die Verhältnisse im Innern nach Gefallen und wie jeder andere deutsche Staat ordnen könne; das Verhältnis sei aber dies, dass wir einen Landesherrn hätten, und dass wir dessen Untertanen wären. Dies sei nicht eine einseitige Auffassung, sondern beruhe auf Übereinkünften der Großmächte England, Russland, Frankreich, welche alle ihre Zustimmung dazu erteilt hatten, dass in Lauenburg die Gesetzgebung einstweilen beendet werde. Auf meine Nachfrage, ob der dänische König die bisherigen Maßnahmen der provisorischen Regierung, darunter auch das Lauenburger Grundgesetz, annehmen möge, erklärte Herr von Pechlin, dass er die Gnade des Landesherrn nicht vorwegnehmen möge. Solche Entscheidungen lägen allein beim König und würden zu gegebener Zeit kundgetan. Ich erbitte ergebenst von der Hohen Landesversammlung Bericht. Hohe Statthalterschaft, gez. Graf von Kielmannsegge.«

Zunächst herrschte Schweigen, einige der Männer nahmen Blickkontakt auf, andere schauten betreten vor sich auf ihre Tische. Es meldete sich Gutsbesitzer Berckemeyer aus Groß Thurow: »Dieses Schreiben kommt nicht ohne Vorwarnung. Seit dem Waffenstillstand von Malmö im letzten Frühjahr haben die Preußen, und damit auch die Bundes-Central-Commission, uns unserem Schicksal überlassen. Der dänische König wird Schleswig und Holstein wieder an sich reißen, er wird wieder Landesherr in Lauenburg, wir seine Untertanen. Wir müssen seine Gnade erbitten.«

Der Kassierer Speckhahn aus Büchen gab zu bedenken: »Das ist mir zu wenig. Wir tragen für das Land Verantwortung, wir können das Rad der Geschichte nicht einfach zurückdrehen!«

»Wir haben damit wenig zu schaffen, andere Mächte lenken das Rad … Aber wohin?«, warf Senator Michelsen aus Mölln ein.

Als sich gerade wieder Schweigen breitmachen wollte, meldete sich Sprewitz zu Wort: »Die Klausel ›vorbehaltlich der Rechte des König-Herzogs‹ ist doch eine bloße Floskel, ohne Bedeutung. Der König kann die gesetzgeberische Arbeit dieser Versammlung per Dekret nicht einfach beenden. Wir sind nicht, wie mein Vorredner behauptet hatte, Untertanen, sondern Staatsbürger. Ja, wir sind freie Staatsbürger! Vom Volk gewählt, mit der Verantwortung das Land zu regieren!«, rief er aus und sah sich auffordernd um.

Einige der Delegierten wandten sich ihm wie in Zeitlupe zu, andere starrten ausdruckslos vor sich hin. Von Levetzow hatte genug. »Also«, begann er energisch, »wie formulieren wir den Bericht? Was teilen wir, die Verantwortung für die Zukunft des Landes tragen, der Hohen Statthalterschaft mit?«

Sprewitz, der vorsorglich noch gar nicht wieder Platz genommen hatte, erhob erneut seine Stimme: »Wir machen unseren Standpunkt klar. Die Hohe Landesversammlung ist kraft einer gültigen Landesverfassung vom Volk gewählt worden. Das Volk ist der Souverän. Die

Gesetzgebung einer vom Volke gewählten Versammlung kann von keiner Macht aufgehoben werden.«

»Das ist offene Rebellion!«, hörte man es von irgendwo aus dem Saal. Von Levetzow mahnte Sprewitz zur Ruhe, worauf dieser erwiderte: »Ruhe! Die deutsche Ruhe hat uns um die Früchte des Frankfurter Parlaments gebracht und wird uns in die Zeit vor dem März 1848 zurückwerfen.«

Schulmeister Bärens aus Mölln sprach als Nächster: »Sosehr ich die grundsätzliche Einstellung meines Vorredners teile, so denke ich jedoch, dass wir unseren Bericht konzilianter und vorsichtiger formulieren müssen. Die Verhandlungsergebnisse in Berlin können wir nicht vorwegnehmen. Ich schlage vor, die Hohe Statthalterschaft zu bitten, weiterhin eine Verständigung mit dem dänischen Beauftragten über die künftige Verfassung des Landes zu suchen, die unsere Rechte wahrt.«

Berckemeyer ergänzte aufgebracht: »Ich möchte außerdem eine Klarstellung vorschlagen, und zwar, dass das Herzogtum Lauenburg weiterhin neutral bleibt in dem Konflikt zwischen Dänemark und den Herzogtümern Schleswig und Holstein. Wir führen keinen Krieg gegen unseren Landesherrn.«

Jetzt kam Bewegung in die kleine Versammlung, es wurde zustimmend genickt. Bevor der Vorsitzende fortfahren konnte, sagte Sprewitz: »Die letzte Stufe der Hölle ist für diejenigen reserviert, die angesichts einer moralischen Krise neutral bleiben.«

Der Abgeordnete Rohdantz aus Mölln sprang wutentbrannt auf und zeigte mit dem Finger auf Sprewitz: »Das ist die Höhe! Eine Beleidigung der Hohen Landesversammlung! Ausgerechnet der Vertreter aus Schwarzenbek, der mit einer Jüdin zusammenlebt, beruft sich auf die Moral!« In seinen kalten Augen flackerte Wut, seine Hände zitterten.

Sprewitz blickte gelassen zurück und erwiderte leise, aber mit Nachdruck: »Introite, nam et heic Dii sunt.«

»Wat het dat op platt«, fragte der Landwirt Schmahljohann aus Hohenhorn.

Statt sich um eine Übersetzung zu bemühen, fuhr der Vorsitzende ungerührt fort: »Für den Bericht haben wir die Formulierungsvorschläge von den Abgeordneten Bärens und Berckemeyer sowie vom Abgeordneten Sprewitz. Ich fordere die Versammlung auf, ihre Zustimmung zum Vorschlag von Bärens/Berckemeyer durch Aufstehen kundzutun.« Er sah sich im Saal um. »Ich stelle fest: Bis auf den Abgeordneten Sprewitz sind alle aufgestanden. Sekretär Mahnke wird beauftragt, einen Bericht zu entwerfen, den wir in der nächsten Sitzung beraten und verabschieden können. Ich rufe den nächsten Punkt der Sitzung auf: Antrag des Abgeordneten Richter, bei der Hohen Statthalterschaft den Bau einer Chaussee zwischen Ratzeburg und Zarrentin zu beantragen. Herr Richter, mögen Sie Ihren Antrag begründen.«

Sprewitz folgte der Verhandlung nicht weiter. In Gedanken war er im Lauenburger Schützenhaus, an einem sonnigen Junitag im Jahr 1848. Über dreihundert Menschen hatten sich versammelt, es ging darum, eine Resolution über die künftige Verfassung des Landes zu verabschieden. Er, der junge Advokat aus Mölln, der gerade seine eigene Kanzlei gegründet hatte, wurde zum Vorsitzenden der Versammlung gewählt. Die Stimmung war euphorisch, es herrschte schnell Einigkeit über die Grundzüge einer neuen Verfassung – Aufhebung der Vorrechte der Adligen und der Kirche, allgemeines Wahlrecht, Einführung der Gewerbefreiheit, Trennung der Justiz von der Verwaltung und vor allem: die Zugehörigkeit des Herzogtums zu einem freien, deutschen Vaterland. Doch die Euphorie von damals war Geschichte, das spürte Sprewitz schon lange. Was war davon noch übrig? Für das Land, für ihn? Dann führten ihn seine Gedanken zu einem anderen Tag, seinen persönlichen Schicksalstag im Mai 1848, nur einen Monat zuvor. Er war in Schwarzenbek auf der Wahlversammlung für einen Abgeordneten des Herzogtums für die Nationalversammlung in der Frankfurter Paulskirche gewesen. An diesem Tag hatte er Recha Mendelssohn kennengelernt … ach, Recha, dachte er, wenn du hören könntest, wie diese reaktionären Wendehälse uns beide in den Schmutz ziehen … Du würdest wahrscheinlich nur darüber lachen!

Von Levetzow beendete die Sitzung mit einem Hammerschlag. Die Abgeordneten verließen den Raum in kleinen Gruppen, sie waren in Gespräche vertieft, Sprewitz fragte sich, worum es in diesen

Gesprächen wohl gehen mochte. Um das Wetter? Den eigenen Hof, die Stempelsteuer, das rote Halstuch des Sekretärs? Oder etwa tatsächlich auch um das Schicksal des Lauenburger Landes? Das Damoklesschwert war gefallen, doch die Wenigsten wollten es wahrhaben.

Sprewitz blieb an seinem Tisch sitzen. Schulmeister Bärens kam auf ihn zu und sagte: »Advokat Sprewitz, das war keine Glanzleistung. Ich glaube, Sie haben den Ernst der Lage nicht erkannt. Mit klugen Sprüchen treiben Sie die Alten nur zur Weißglut. Sogar auf Latein! Wo kommt übrigens der Spruch her?«

Sprewitz lächelte resigniert. »Es ist das Motto von Lessings *Nathan der Weise*: ›Tretet ein, denn auch hier sind Götter‹« Sprewitz schaute auf das verwaiste Pult und fuhr fort: »Mein lieber Herr Schulmeister, *Sie* haben den Ernst der Lage nicht erkannt. Unsere Versammlung wird noch einige Wochen, vielleicht auch Monate tagen dürfen, bis zum Gnadenspruch des Königs. Wie er ausfällt, wissen wir beide. Ich sage Ihnen voraus: Alles, was wir in den letzten zwei Jahren erreicht haben, wird aufgehoben. Die Revolution ist gescheitert. Der König wird wieder frei, das Volk wieder unfrei.«

»Es ist unklug, die Sache so auf die Spitze zu treiben. Damit erreichen wir nichts«, erwiderte Bärens.

»Herr Bärens, wollen Sie den Tatsachen nicht ins Gesicht schauen? Das Spiel ist aus. Rien ne va plus. Das einzige, was wir noch retten können, ist unsere Würde.«

Damit stand der hagere Advokat auf. Die beiden gingen Seite an Seite schweigend aus dem Raum. Draußen vor der Eingangstür angekommen, schauten sie in den herabsteigenden Nebel hinein. Der Schneefall hatte aufgehört und eine dreckige weiße Decke über den Marktplatz gelegt, auf der Spuren von Mensch und Tier zu sehen waren. »Die Spuren sind bald verschwunden, dann bleibt nur noch Matsch«, sagte Sprewitz mehr zu sich selbst als zu seinem Begleiter. Er richtete sich auf, sagte kurz »Auf Wiedersehen!« und ging die Treppe hinab. Bärens schaute ihm nach, als er den Marktplatz verließ und im Nebel verschwand.

12
Eine Brandrede

Grevesmühlen, Freitag, 30. Januar 1880

Der Nachmittagszug aus Lübeck fuhr ruckelnd und mit einem lauten Ächzen in den Bahnhof Grevesmühlen ein. Die Lok blies zur Begrüßung eine Dampfwolke in die Luft, als der Schaffner die Tür öffnete, um die Fahrgäste aussteigen zu lassen. Es waren nur wenige, denn die Strecke von Lübeck bis Bad Kleinen war kaum befahren. Einer der Reisenden, in einen dicken, schwarzen Mantel mit Schal und Schiebermütze gekleidet, die sein Gesicht fast vollständig verdeckte, ging mit schnellen Schritten vom Bahnhof aus in Richtung Stadtzentrum. Eine dünne Schneedecke lag auf der Straße, aus Mund und Nase des Reisenden strömte weiße, feuchte Atemluft. Es war später Nachmittag, und zudem lag ein grauer Himmel über der Stadt wie ein schwerer Baldachin, unter dem sich die Kälte sammelte. Den Marktplatz überquerend erreichte die schwarze Gestalt bald ein unscheinbares Holzgebäude, das sich im Kleinen Vogelsang befand; in einem Fenster schimmerte ein schwaches Licht, vermutlich von einer Gaslampe. Der Mann in Schwarz schaute sich das Gebäude eingehend von allen Seiten an. An der Rückseite deponierte er ein kleines Paket. Er kehrte zum Marktplatz zurück. Menschen strömten zielstrebig auf ein größeres Gebäude, eine Gastwirtschaft, zu. Er verschwand geräuschlos in der Menge.

Paul Förster, Besitzer der Malzfabrik in der Kleinstadt Grevesmühlen, sah sich zufrieden um. Der Festsaal der Gastwirtschaft Zum Deutschen Haus füllte sich mit immer mehr Menschen. Es herrschte eine ausgelassene Stimmung, die durch den Konsum von Bier und Branntwein wesentlich gefördert wurde. Die Luft war rauchig und trotz der Kälte draußen stickig. Es roch nach Zigarren, Bier und Schweiß. Nicht alle Männer – Frauen hatten keinen Zugang – hatten Sitzplätze ergattern können, etliche standen am Rande des Saals oder vor dem Eingang. Als der Mann in Schwarz eintraf und sich in die Menge schob, bemerkte Förster ihn nicht; er hatte ihn auch nicht erwartet. Der Malzfabrikbesitzer saß oben auf der Bühne und wartete auf den Redner, den er eingeladen hatte, Doktor Ernst Henrici. Förster hatte seinen Betrieb 1872 gegründet und ihn konsequent zum Hauptlieferanten für die Brauereien in der Region ausgebaut. Bier war ein Grundnahrungsmittel, darauf konnte man sicher bauen, und das hatte der Unternehmer getan. Inzwischen gehörte er zu den Honoratioren der kleinen Stadt. Vor einem Jahr hatte er mit Gleichgesinnten eine lokale Sektion des Conservativen Vereins gegründet, der kaisertreu und (insbesondere im Osten des Reiches) judenfeindlich war. Wie viele Kleinunternehmer im ländlichen Bereich beobachtete Förster die Integration der Juden im Deutschen Reich, das 1871 per Gesetz die Gleichstellung der Juden im gesamten Reich festlegte, mit Argwohn. Zwar gab es nur etwa fünfzig Menschen jüdischen Glaubens in dieser, ja, in *seiner* Stadt, die allerdings inzwischen eine Synagoge gebaut und kürzlich sogar einen Friedhof geweiht hatten. Förster und seine Gesinnungsgenossen sahen in ihnen eine Gefahr für ihre kleine Gemeinde, einen Fremdkörper, eine Bedrohung, die es auszumerzen galt. In Berlin gab es eine neue Bewegung, eine Antisemiten-Liga, so hatte ihm Reichstagsabgeordneter von Schossin bei einer Kundgebung in Grevesmühlen zu verstehen gegeben. Förster nahm den Vorschlag, einen Redner einzuladen, der die Juden-Gefahr anschaulich ausmalen konnte, gerne auf, und dies sollte heute geschehen.

Im Nebenraum wartete der Referent auf seinen Auftritt. Förster hatte sich bereits mit ihm unterhalten und fand sein Auftreten beeindruckend. Henrici war einfach der geborene Demagoge, einer, der aus einer Menschenmasse eine Bewegung machen konnte. Als Henrici aus dem Nebenraum kam und sich der Bühne näherte, wurde es langsam still im Saal. Die Menge erblickte einen kleinen, schlanken Mann mit einer wallenden Haarpracht, der die Bühnentreppen hochstieg und sich neben Förster und dem örtlichen Pastor am Pult aufbaute. Förster ergriff das Wort: »Meine Herren«, begann er und machte eine dramatische Pause, in der er sich vergewisserte, dass auch wirklich alle ihm gebannt zuhörten. »Heute Abend begrüßen wir einen Redner aus der Reichshauptstadt Berlin, über den seit einigen Monaten viel in den Zeitungen berichtet wird: Herrn Doktor Ernst Henrici. Es ist mir eine Ehre, ihn nun vorstellen zu dürfen. Herr Doktor Henrici ist führendes Mitglied der Berliner Bewegung, die eine Antisemitenpetition entwarf, die zurzeit zur Unterschrift allen standfesten und treuen deutschen Männern vorliegt.«

Henrici trat an das Rednerpult und blickte in die Menge, die in kollektiver Ehrfurcht zurück starrte.

Seine Augen leuchteten, genüsslich ließ er seine Zunge über seine Lippen gleiten, als bereite er sich so auf seine große Rede vor. Sein Gesichtsausdruck hatte etwas Animalisches an sich, und als er zu sprechen begann, schienen seine Worte aus einer fernen Tiefe zu kommen: »Deutsche Männer! Jeder Preuße hat das Recht, seine Meinung frei zu äußern, das ist uns durch die Verfassung zugesichert worden. So will ich es heute halten, selbst wenn viele meine Anschauung nicht teilen sollten. Aber: Was ich sage, wird die Wahrheit sein!«

Obwohl es warm und stickig im Saal war, behielt der Mann in Schwarz seinen Mantel und sogar den Schal an. Er blieb in der Nähe der Eingangstür und beobachtete die Menschen neben sich. Weit über zweihundert Männer waren gekommen. Ihre Begeisterung für Henricis Worte wurde immer spürbarer, sie wogte durch die Menge wie die Druckwelle nach einer Explosion. Der Mann in Schwarz hörte nur sporadisch zu; ihn schien die Rede nicht besonders zu interessieren. Sein Interesse galt dem Publikum. Er horchte einmal auf, als Henrici das Wort »Sittenlosigkeit« fallen ließ. Die Menge reagierte lebhafter.

»Und auch die Sittenlosigkeit wird den Juden mit guten Gründen zum Vorwurf gemacht. Mit ihrem Gelde machen sie es möglich, dass sie sich nicht an die öffentlichen Dirnen wenden brauchen, sondern sich die armen, jungen hungernden Christenmädchen kaufen können.«

Zwischenrufe wie »hört, hört«, »sehr richtig« oder »stimmt genau« waren immer häufiger zu vernehmen. Inzwischen hatte sich Henrici in Rage geredet. Seine Augen weiteten sich, seine Stimme wurde immer schriller, seine Gesten raumgreifender und theatralischer. Der Beifall des Publikums spornte ihn an. »Ich komme nun auf andere Judenlügen. Die Juden behaupten patriotisch zu sein. Und warum sollten sie es auch nicht sein? Sie können ja in keinem Lande herrlicher leben als bei uns.« Jemand rief laut: »Juden-Eldorado!«

Der Redner fuhr fort: »Ihr Patriotismus ist doch etwas windig, sonst hätten sie 1870 nicht französische Kriegsanleihen gezeichnet. Was den Juden fehlt und fehlen muss, ist Deutsches Nationalbewusstsein! 1870 wusste die Mehrzahl der Juden sich vor dem Kriegsdienst zu drücken, dessen erinnern sich die Meisten von Ihnen noch.« Die Menge brach in stürmischen Beifall aus.

»Unser großer Reformator, Martin Luther, erkannte den bösen Charakter der Juden. In seiner Schrift über die Juden und ihre Lügen rief er zum Widerstand auf. Was schrieb er, meine Herren? Können wir seine Stimme heute noch hören, oder lesen wir nur die verjudete Presse? »Nein! Nein!« ertönte es aus der Menge, Hände wurden bestätigend emporgerissen. »Luther rief zum Niederbrennen der Synagogen auf, zur Zerstörung der jüdischen Wohnhäuser, so dass die Juden wie Zigeuner in Ställen und Scheunen würden wohnen müssen. Ihre Gebetbücher sollten ihnen weggenommen werden und ihren Rabbinern bei Androhung der Todesstrafe die Lehre verboten werden, die jungen, kräftigen Juden sollten zur körperlichen Arbeit gezwungen werden. Ja, so hellsichtig war der große Reformator vor über dreihundert Jahren! Und heute? Sind wir Deutsche verweichlicht? Nein, sage ich. Es ist Zeit zum Handeln!« Der Beifall der Menge steigerte sich zu neuen Höhen.

Die Rede endete, die aufgepeitschte Menge johlte. Etliche bestellten sich noch eine Runde Branntwein oder Bier. Die aufgebrachte

Stimmung hielt an, und der Mann in Schwarz schaute auf den Redner, der weiterhin schweigend vor dem Rednerpult stand. Ihre Augen trafen sich kurz. Henrici stieg die Treppe hinab und verschwand mit dem Malzfabrikanten und dem Pastor im Nebenzimmer. Der Saal leerte sich langsam. Der Mann in Schwarz folgte einer Gruppe junger Männer, die besonders laut und aggressiv wirkten und eindeutig angetrunken waren. Sie gingen den kurzen Weg zur Synagoge. Sie schien leer zu sein, ihre dunkle Silhouette zeichnete sich gegen den grauen Himmel ab.

Eine Stunde später mischte sich der Mann in Schwarz unter eine schaulustige Menge, die die brennende Synagoge betrachtete. Die Gruppe junger Männer war inzwischen verschwunden. Die Feuerwehr war gekommen, versuchte zunächst den Brand zu löschen, der jedoch, von einem starken Wind begünstigt, bald das ganze Gebäude erfasst hatte. Die Synagoge brannte lichterloh. Der Feuerwehr gelang es, die Ausweitung des Feuers auf Nachbargebäude zu verhindern. Etliche Mitglieder der jüdischen Gemeinde liefen aufgeregt herum, ohne etwas ausrichten zu können. Einige Schaulustige machten sich über die verzweifelten Juden lustig. Der Mann in Schwarz sagte leise: »Die Juden haben es verdient, das ist Gottes Gerechtigkeit.« Er registrierte, dass die Umstehenden eifrig nickten, entfernte sich dann schnell und ging zur Gastwirtschaft zurück. Er wollte eine ruhige Nacht verbringen.

Die Kirchenglocke hatte noch nicht fünf geschlagen, als sich der Mann in Schwarz am folgenden Morgen der Brandruine näherte. Sie war verlassen, etwas Rauch stieg noch aus den Trümmern empor. Er holte ein zusammengerolltes Plakat aus seinem Mantel und ging eiligen Schrittes zum ausgebrannten Eingang der Synagoge. Er fand einen verkohlten Pfeiler und rammte das Plakat mit zwei rostigen Nägeln in das tote Holz. Es zeigte ein Kreuz mit einem spitzen Fuß, dessen Arme leicht nach oben gebogen waren.

13
Ein Treffen in Gresse

Rittergut Gresse, Sonntag, d. 1. Februar 1880

Freiherr Klaus von Schossin saß im kleinen Salon seines Herrenhauses, trank ein Glas Portwein und schaute aus dem Fenster auf die über Nacht entstandene Schneedecke, die im Licht der grellen Wintersonne glänzte. Ein wärmendes Feuer brannte im Kamin. Er mochte die Wintertage, wenn Neuschnee lag. Alles war stiller, wirkte großzügiger. Durch die kahle Allee hindurch sah er die weiten Felder, *seine* Felder. Sie verkörperten Wohlstand und Ansehen. Seine Knechte und Mägde genossen nach dem Kirchgang ihre Freizeit. Sei es ihnen gegönnt, dachte er und lächelte wohlwollend. Seine Bartspitzen zogen sich nach oben. Ihm gefiel der Gedanke, dass er in seinem geräumigen Herrenhaus über Land und Menschen bestimmen konnte. Sein Blick richtete sich vor seinem inneren Auge über die Felder hinaus bis nach Hamburg. Diese Aussicht, war sie auch nur gedanklicher Natur, spornte seinen Ehrgeiz an. Das Hamburger Wohnungsbauprojekt gefiel ihm immer mehr. Die Grundstücksgesellschaft war gegründet, Grundstücke bereits erworben worden. Von Schossin hatte mehr investiert, als er ursprünglich vorgehabt hatte. Ein großes Darlehen bei der Hanseatischen Hypothekenbank hatte er dafür aufgenommen. Der Senat hatte die Pläne angenommen. Demnächst standen Beratungen in der Bürgerschaft bevor, und danach sollten Kosten ermittelt werden. Rechtsanwalt Doktor Alfons Gierling verhandelte darüber mit der Baudeputation. Alles lief wie geschmiert.

Von Schossin hatte nie geheiratet. Eine Ehe, die seine Familie mit einer anderen Gutsfamilie aus Mecklenburg arrangiert hatte, kam nie zustande, weil die in Aussicht gestellte Braut mit einem jungen Studenten aus Rostock durchgebrannt war. Was aus ihr geworden war, wusste er nicht. Es interessierte ihn auch nicht. Ihm gefiel sein Freiraum. Wenn er ein Weib brauchte, wusste er, wo eins zu holen war. Er nahm noch einen Schluck Portwein.

Der Gutsherr schaute auf seine Taschenuhr, es war nach Mittag. Die Männer würden bald eintreffen. Er hatte eine Kutsche zum Bahnhof nach Boizenburg geschickt, um sie abzuholen, einige kamen aus Berlin, andere aus Hamburg. Es waren besondere Gäste, mit denen er sich an diesem Sonntagnachmittag treffen wollte. Er holte das Judaskreuz aus der Innentasche seines Rockes und fuhr gedankenverloren mit den Fingerspitzen darüber. Die Sache lief gut. Die Aktion in Grevesmühlen war ein Erfolg, es galt jetzt, die Presse in die richtige Richtung zu lenken. Über das Lessing-Denkmal musste auch gesprochen werden. Eine wohl bedachte Aktion dort würde Aufmerksamkeit erregen. Und: mit Staatsanwalt Rohdantz wollte er unter vier Augen sprechen.

Als er den Zweispänner mit den Gästen in die Einfahrt einbiegen sah, verließ er den Salon, um Anordnungen an das Hauspersonal zu erteilen. Die Gäste würden übernachten. Er stand an der Eingangstür und begrüßte die drei Männer, die seine Begrüßung mit »Herr Reichstagsabgeordneter Freiherr Klaus von Schossin« gebührend erwiderten. Sie sammelten sich im kleinen Salon, der Gutsherr ließ eine Flasche seines besten Portweins bringen. Es waren die Mitglieder des Judaskreuzes – Staatsanwalt Rohdantz, Gymnasiallehrer Doktor Henrici, und Hauptpastor Zimmermann. »Meine Herren«, begann der Gastgeber, »ich freue mich, dass Sie alle kommen konnten. Wir müssen Pläne schmieden. Es gibt in Hamburg ein Projekt, von dem ich Ihnen gerne berichten möchte.«

14
Vorzeichen

Hamburg, Donnerstag, d. 5. Februar 1880

Ein gleißender Kegel Sonnenstrahlen fiel schräg auf den Schreibtisch und beleuchtete Akten, Papiere, eine schwarze Kladde und eine Schreibfeder, eine Hand bewegte sich ruhelos über das Papier. Jakob Hundt saß in seinem Büro im Stadthaus und schob einige Aktenmappen und Papiere von einer Seite des Tisches zur anderen. An eine Sache würde er sich wohl nie richtig gewöhnen – Aktenarbeit. Sie war notwendig, das war ihm bewusst, doch er arbeitete lieber mit seinen kleinen schwarzen Kladden; den aktuellen Fall hatte er so stets zur Hand. Bei seinen früheren Aufgaben als Nachtwächter (er hatte wirklich ganz unten angefangen), Konstabler und Sergeant arbeitete er »vor Ort« auf der Straße, mit den Menschen. Die Akten erschienen ihm wie tote Materie, doch sie waren stumme, geduldige Zeugen. Er war gerade von einer Unterredung mit seinem Vorgesetzten, Polizeirat von Clausewitz, zurückgekehrt. Er hatte Bericht erstattet über den Mord an einem Bassen, einem Arbeitsvermittler im Hafenbereich, der sich am vorherigen Tag in der Nähe der Gaststätte Willy Schultz am Neuenweg ereignet hatte. Das Opfer war nach einer Auseinandersetzung in der Gaststätte tot auf der Straße aufgefunden worden – erstochen. Man vermutete, dass ein Streit, der in der Gaststätte seinen Anfang genommen hatte, draußen einen tödlichen Ausgang gefunden hatte. Hundt hatte den Tatort schon früh am Morgen besichtigt, mit dem Amtsarzt gesprochen und eine neue schwarze Kladde angelegt. Man hatte einen in der Nähe wohnhaften Gelegenheitsarbeiter verhaftet, der angab, sich an nichts erinnern zu können. Er hätte wohl etwas zu viel getrunken gehabt. Es ging jetzt darum, Zeugen zu vernehmen und den Tathergang zu rekonstruieren. Nahe dem Tatort war ein blutverschmiertes Seemannsmesser sichergestellt worden. Es galt, den Besitzer zu ermitteln. Alltagsarbeit. Am Ende der Unterredung hatte sich der Polizeirat nach dem Fall Goldschmidt erkundigt. Damit traf er bei Hundt natürlich einen wunden Punkt. Sein Vorgesetzter hatte ihm deutlich gemacht, dass der Fall in der Kaufmannschaft immer noch für Unruhe sorgte, dass er für ihn Priorität hatte. Hundt erinnerte sich an seinen Traum, der ihn seit der Zugfahrt nach Hamburg immer wieder heimsuchte. Leider hatte Goldschmidt ihm in dieser, nun, fast hätte er es eine Vision genannt, nichts verraten, aber wie verzweifelt war er schließlich schon, wenn er die Antwort auf seine Fragen und die Lösung dieses Falles schon in seinen Träumen gesucht hätte? Die Gedanken daran ließen ihn dennoch nicht los. Er bekam Goldschmidt einfach nicht zu fassen. Er schien kaum besondere Vorlieben außerhalb seiner Arbeit gehabt zu haben, ausgenommen sein Engagement für das Möllner Denkmal, das Hundt immer noch rätselhaft schien. Plötzlich erinnerte sich Hundt an eine Information, die er in der Goldschmidts Stadtwohnung erhalten hatte. Er hatte dort einige Gemälde inspiziert, von denen einige verstörend auf ihn gewirkt hatten. Überwiegend Landschaftsbilder, aber auch einige Stadt- und Hafenansichten, irritierten durch die Malweise und ihre Farbgebung. Goldschmidts Witwe hatte ihm erklärt, es handle sich um Gemälde einer neuen Kunstrichtung aus Frankreich, die ihr Ehemann von seinen Paris-Reisen mitgebracht hatte. Ihr gefielen die Gemälde nicht, und sie wollte sie bald verkaufen oder, wenn das nicht gelang, auf dem Dachboden verstauen. Das Opfer zeigte also ein starkes Interesse an einer ungewöhnlichen, offenbar modernen Kunstrichtung. Sollte er diesem Faible nachgehen? Vielleicht war Goldschmidt tiefsinniger gewesen als es den Anschein hatte.

Und da war noch etwas. Goldschmidt war konvertierter Jude. Dieser Umstand gewann für Hundt im Lichte der aktuellen antijüdischen

Bewegung, des Antisemitismus, an Bedeutung. Wenn er aber ermordet wurde, nur weil er Jude gewesen war, könnten weitere derartige Verbrechen desselben Motivs bevorstehen. Oder warum hatte man gerade Goldschmidt ausgewählt? Welcher Grund konnte hinzugekommen sein?

Zur Ablenkung nahm er sich die Hamburger Tageszeitungen vor, die auf seinem Schreibtisch lagen. Er überflog mit geteilter Aufmerksamkeit die Geschäfts- und Schiffsnachrichten sowie die Lokalpolitik. Es ging dabei wieder um die Zollunion Hamburgs mit dem Deutschen Reich. Unter der Rubrik »Deutsches Reich« las er mit zunehmendem Interesse eine Meldung über den Brand einer Synagoge in Grevesmühlen. Nach der Hetzrede eines Berliner Gymnasiallehrers (Was machte ein Berliner Gymnasiallehrer in Grevesmühlen?) gegen die Juden war die Synagoge in Brand gesetzt worden. Es gab unterschiedliche Theorien zur Brandursache. Die jüdische Gemeinde beschuldigte eine Gruppe alkoholisierter junger Männer, die durch die Kundgebung aufgehetzt worden waren; der Conservative Verein, der die Veranstaltung organisiert hatte, gab den Juden selbst die Schuld; sie hätten die Versicherungssumme kassieren wollen. Die Ortspolizei ermittelte. Vermutlich vergebens, dachte Hundt. Der Artikel schloss mit dem Hinweis auf ein rätselhaftes Fundstück: An einem verkohlten Pfeiler hatte man ein Plakat sichergestellt, welches eine Art Kreuzsymbol zeigte, das allerdings nicht mit dem christlichen identisch sei. Sonderbar, dachte der Kriminalinspektor. Noch so eine auffallende Inszenierung – wie bei dem Mordfall Goldschmidt. Er holte seine schwarze Kladde hervor und notierte den Brandfall.

Hundt kehrte zum Tagesgeschäft zurück und ließ seinen Sergeanten, Julius Stöter, zu sich kommen, dessen Erscheinen durch eine Rauchwolke angekündigt wurde. Der etwas ältere Kollege rauchte gerne dicke Zigarren. Er trug seinen üblichen, etwas abgetragenen dunklen Anzug und eine fleckige Melone auf dem Kopf, die er beim Eintreten abnahm. Stöter hatte eine kräftige Statur, die einen Hang zur Dickleibigkeit verriet. Seine großen Augen blickten unter buschigen Brauen skeptisch und leicht amüsiert drein. Er hatte ein rötliches Gesicht, was seine Vorliebe für geistige Getränke verriet, eine Knollennase und volle Lippen, die von einem prächtigen Walross-Schnurrbart umrahmt waren. Er hatte ein joviales und offenes Auftreten, das jedoch einen harten Kern verdeckte, wenn es darum ging, ein Verbrechen aufzuklären. Obwohl die beiden Polizeibeamten zu Beginn der Zusammenarbeit ab und zu aneinandergeraten waren, was wohl ihren grundverschiedenen Persönlichkeiten zu verdanken war, bildeten sie inzwischen ein Gespann, das auf beachtliche Ermittlungserfolge zurückblicken konnte. Stöter war der einzige Kollege, mit dem Hundt sich duzte.

»Setz dich, Julius«, sagte Hundt. »Du hast sicherlich von dem neuen Mordfall am Hafen gehört.« Der Sergeant nickte, und Hundt fuhr fort: »Ich war heute Nacht am Tatort und habe dieses Seemannsmesser sichergestellt, aller Wahrscheinlichkeit nach die Tatwaffe.« Er holte ein circa zwanzig Zentimeter langes Messer mit einem Holzgriff hervor, an dem noch Blutspuren klebten. »Der Tatverdächtige behauptet, es gehöre ihm nicht.«

Stöter schaute sich das Messer an. Nach einer kurzen Pause sagte er: »Die typischen Schnitzereien am Griff. Handwerklich zwar nicht sehr geschickt, aber gut identifizierbar. Ich denke, durch Erkundungen in entsprechenden Kreisen werden wir den Besitzer ermitteln können.«

Hundt nickte. Sie vereinbarten, dass Stöter die Vernehmungen der Zeugen im Hafenbereich übernehmen sollte, womit er sogleich beginnen wollte. Hundt setzte die Befragung des Tatverdächtigen für den späten Nachmittag an.

Als die beiden Männer sich gerade verabschiedet hatten, bemerkte der Sergeant die beiden schwarzen Kladden, die auf Hundts Tisch lagen. Er zeigte auf eine der beiden und fragte: »Der Fall Goldschmidt?« Hundt nickte. »Weißt du, Jakob, wir haben schon harte Nüsse geknackt. Dieser Fall ist aber von besonderer Beschaffenheit. Man sagt, man muss dicke Bretter langsam bohren. Ich frage mich, ob wir den richtigen Bohrer gefunden haben.«

Hundt nahm die Kladde auf und blätterte willkürlich darin »Ich habe eine Fülle an Informationen gesammelt, ich kann mir daraus aber noch kein Bild machen. Ich komme immer wieder auf die gleiche Frage zurück: Warum die Inszenierung auf dem Sockel des Denkmals?«

Stöter konnte darauf nur mit einem Schulterzucken antworten und verließ das Büro. Als er wieder alleine war ging der Kriminalinspektor langsam zu seinem Schreibtisch und griff nach den beiden schwarzen Kladden. Er schaute aus dem Fenster auf das Bleichenfleet und schien die beiden Hefte, eines in jeder Hand, gegeneinander abzuwägen. Kurz entschlossen schlug er den Fall Goldschmidt auf und begann, seine Notizen aus Mölln zum wiederholten Mal zu lesen. ›Er lebte nur für seine Arbeit‹ – dieser Satz war mehrfach gefallen, wenn jemand versucht hatte, den Hamburger zu beschreiben. Stimmte das überhaupt? fragte sich Hundt. Keiner konnte nur für seine Arbeit leben. Leben und Arbeit waren zwei unterschiedliche Dinge, ob man nun wollte oder nicht. Er selbst arbeitete auch gerne und viel (wahrscheinlich zu viel!) genoss aber auch – wenn nicht sogar noch mehr – das Zusammenleben mit seiner Familie und der Nachbarschaft. Er spielte und diskutierte mit den Kindern, ging mit ihnen auf den Jahrmarkt und zum Gottesdienst, er liebte seine Frau. Mit Nachbarn spielte er Karten oder machte Ausflüge in der Umgebung. Er kegelte gerne. Goldschmidt war reich gewesen, sehr reich. Der Kaufmann konnte sich viel mehr leisten, die Welt bereisen. Aber: War er glücklich gewesen? Besondere Freunde oder Bekannte schien er nicht gehabt zu haben, lediglich Geschäftspartner – soweit die bisherigen Ermittlungen zeigten. Er hatte die jüdische Gemeinde verlassen und war zum Protestantismus konvertiert. In beiden Gemeinschaften war er ein Fremdling geblieben, er hatte weder hier noch dort je dazugehört. Vielleicht stellte sein Engagement für das Möllner Denkmal den Versuch dar, sich in ein Gemeinwesen zu integrieren. Hatte er vor, Mölln zu seinem Hauptwohnsitz zu machen? Ein reicher, einsamer Mann. Der Kriminalinspektor fragte sich nach dem Privatleben des Opfers, nach seinem Intimleben, um genau zu sein. Seine Ehe, offenbar eine Zweckehe, schien nicht besonders glücklich gewesen zu sein. Weder bei der Ehefrau noch bei seinem Sohn hatte Hundt besonders liebevolle

Gefühle für Goldschmidt entdecken können. Sie hatten sich sicherlich über die Jahre arrangiert. Aber was hieß das, sich-arrangieren? Jeder ließ dem Anderen weitgehend die Freiräume, seinen Vorlieben nachzugehen; nach außen wurde Harmonie vermittelt. Doch was waren die Vorlieben des Opfers gewesen? Welcher Art waren sie gewesen? Hatte seine Frau überhaupt eine Rolle gespielt? Waren die beiden noch intim miteinander gewesen? Goldschmidt war häufig verreist oder hielt sich in Hamburg auf, während sie in den letzten Jahren Mölln als Wohnsitz bevorzugte. Sie schien sich vollständig dem Glauben und dem Jenseits verschrieben zu haben, nicht mehr im Hier und Jetzt zu leben.

Hundt erinnerte sich an ihre kryptische Bemerkung: ›Es tut mir leid, es tut mir alles so leid.‹ Ganz offensichtlich hatte sie nicht vorgehabt, das zu sagen, und eine Erklärung hatte er auch nicht aus ihr herausbekommen. Was genau tat ihr leid? Der Mord? Ihre Ehe? Überhaupt das Leben? Vielleicht hatte Goldschmidt sich auf einen Pfad begeben, der Gefahren für ihn, seinen Ruf, seine Familie und sein Geschäft barg. Obwohl Hundt das Strafgesetzbuch von 1871 gut kannte, holte er die Gesetzessammlung aus einem hinter ihm stehenden Regal hervor. Unter § 175 las er:

›Die widernatürliche Unzucht, welche zwischen Personen männlichen Geschlechts oder von Menschen mit Thieren begangen wird, ist mit Gefängnis zu bestrafen; auch kann auf Verlust der bürgerlichen Ehrenrechte erkannt werden.‹

Hundt beschloss, die Witwe und den Prokuristen von Goldschmidts Firma erneut zu befragen und bei den Kollegen der Sittenpolizei nachzufragen, ob sie etwas wussten, was mit Goldschmidt in Verbindung zu bringen war.

Max Goldschmidt war geflohen. Er konnte es in der Familienwohnung in der Gertrudenstraße nicht mehr aushalten. Er konnte nicht sagen, was ihn so unruhig machte – seine Mutter, das Geschäft, Hamburg oder ganz einfach das Leben, das er seit dem Tod seines Vaters führte. Er saß seit einer Stunde im Café Zur baren Münze gegenüber der Börse. Zunächst hatte er einen Kaffee getrunken, inzwischen war er bei Cognac gelandet. Er musste Entscheidungen treffen; aber welche? Eine Entscheidung hatte er bereits unwillkürlich durch das Nicht-Treffen einer Entscheidung getroffen; das neue Semester hatte in Kiel angefangen und er war nicht da.

Gedankenverloren streichelte er die glatte Oberfläche des bauchigen Cognacglases und nahm es in die Hand. Er schwenkte das hellbraune, durch einen goldenen Schimmer veredelte Getränk ein paar Mal hin und her und nahm einen kleinen Schluck; es war ein guter Tropfen, das konnte er beurteilen. Er hielt seine Nase dicht an das Glas und atmete tief ein. Er liebte diesen betörenden Geruch. Er seufzte. Andere Entscheidungen würden sich nicht von alleine treffen lassen. Seine Mutter wollte, dass er das Geschäft übernahm. Sie hatte sich seit der Rückkehr nach Hamburg verändert. Zwar pflegte sie immer noch eine ausgefallene Frömmigkeit, befasste sich aber mit ihrem Sohn in einer Weise, die ihm neu war. Sie unterhielt sich lange mit ihm und schien sich für seine Gedanken und sein Leben zu interessieren. Sie wies dabei stets auf das Geschäft und seinen Stand in Hamburg hin – er gehörte zum Patriziat, das machte sie deutlich, wo es nur ging. Patriziat. Ein Wort, das ihm fremd war und fast bedrohlich auf ihn wirkte. »Mutter, kein Mensch spricht heute noch von einem Patriziat.«

»Mag sein«, erwiderte sie. »Es gibt es dennoch.« Sie hatte seit der Rückkehr nach Hamburg alte gesellschaftliche Kontakte wieder aufgenommen und pflegte diese auch.

Noch erschreckender erschien ihm jedoch ihr Vorhaben, endlich eine geeignete Ehefrau für ihn zu suchen. Sie trug dieses Ansinnen mit einer Vehemenz und so redundant vor, dass allein der Gedanke daran ihn in regelrechte Panik zu versetzen begann. Nicht, dass er die jungen Damen nicht mochte, die sie ihm vorstellte, ganz im Gegenteil. Aufs Schäkern verstand er sich gut und Eroberungen konnte er auch einige aufzählen. Er war ein gut aussehender Mann, dessen Vermögen ihn für die Frauenwelt noch attraktiver machte. Er glaubte die Frauen zu verstehen. Aber eine Ehe? Bei dem Gedanken daran zog sich etwas wie eine Schlinge um seinen Hals. Er wollte doch zum Theater, das ihm wie ein Stück Freiheit erschien. Davon wollte seine Mutter aber nichts hören. »Was soll ich tun?«, befragte er das Cognacglas, das mit einem vieldeutigen Schweigen antwortete.

Hundt blieb am Alsterdamm einen Moment stehen und schaute auf die Binnenalster, die im schrägen Lichteinfall der Vormittagssonne funkelte. Ein ausgesprochen schöner Februartag, dachte er. Ob es lange so bleiben würde? Er drehte sich um und ging in die schmale Gertrudenstraße, die selbst an hellen Tagen wegen der mehrstöckigen Gebäude immer ein wenig düster wirkte. Bald erreichte er einen schlicht gehaltenen, fünfstöckigen Putzbau mit Gipsverzierungen um die Fenster herum. Er meldete sich beim Pförtner. Das Kontor der Firma Goldschmidt befand sich im Erdgeschoss und in der ersten Etage. Die oberen Stockwerke bewohnte die Familie. Zu ihr wollte er zuerst. Die Haushälterin nahm seinen Mantel und seine Schiffermütze und brachte ihn in den Salon. Dort saß nicht nur Frau Goldschmidt, sondern auch ein ihm bekannter Herr, Hauptpastor Johann Jörg Zimmermann von der Michaeliskirche. Hundt mochte den Kirchenmann nicht. Er ging mit seiner Familie normalerweise in die Michaeliskirche und hatte bereits viele der Predigten des wortgewaltigen Hauptpastors erlebt. Sie waren ihm zu schwülstig und gespickt mit Verwünschungen gegen all das, was dem Prälaten verdammenswert erschien: Katholiken, Juden, die verdorbenen Sitten der Jugend, das Theater, Tanzhallen – kurz gesagt alles, was modern und andersartig war. Hundt stellte sich das Wort des Herrn etwas leiser und bedachter vor. »Guten Tag, Frau Goldschmidt, ich bitte die Störung zu entschuldigen. Guten Tag, Herr Hauptpastor.« Demonstrativ wandte er sich von Zimmermann weg und sprach nur zu ihr: »Ich möchte mit Ihnen noch einige Fragen in Bezug auf den Mord an Ihrem Ehemann klären.«

»Haben wir nicht schon längst alles besprochen, Herr Kriminalinspektor?« Die Witwe Goldschmidt wirkte gewohnt abweisend, gab dann jedoch nach: »Gut, wenn Sie meinen, dass es etwas bringt. Fragen Sie.«

»Die Mordermittlungen sind nicht abgeschlossen«, sagte Hundt und fuhr dann bestimmt und an Zimmermann gerichtet fort: »Das Gespräch möchte ich mit Frau Goldschmidt alleine führen. Wenn Sie uns bitte entschuldigen mögen.« Das Gesicht des Hauptpastors verfinsterte sich, er stand aber auf, verabschiedete sich und verließ den Raum. Martha Goldschmidt schien etwas überrascht ob des forschen Auftretens des Kriminalinspektors, der für sich in Anspruch nahm, in ihrem Hause Besuchern Befehle zu erteilen. Hundt setzte sich ihr gegenüber. Die Frau erschien ihm verändert. Sie war noch in Schwarz gekleidet und auf jeden Fall wirkte sie noch immer sehr verschlossen. Ihre Augen waren aber lebhafter geworden, als ob ihr eine Last abgenommen worden war. Sie wirkte entschlossen, fast listig. War das nun ihr wahres Gesicht? Leider konnte er das nicht beurteilen. »Was tut Ihnen leid, Madame?«

»Bitte? Ich verstehe Sie nicht.«

Hundt holte seine Kladde hervor. »In Mölln haben Sie mir in unserem ersten Gespräch gesagt: ›Es tut mir leid, es tut mir alles so leid.‹ Was haben Sie damit gemeint?«

»Ich kann mich nicht daran erinnern, das gesagt zu haben. Ich stand wohl unter Schock.« Ein Schatten huschte über ihr Gesicht, Hundt registrierte eine leichte Nervosität, die jedoch sogleich wieder verschwand.

»Ich denke, Sie wollten damit etwas ausdrücken, etwas, das für meine Ermittlungen von Bedeutung sein kann. Sie verheimlichen mir etwas, Frau Goldschmidt.« Jetzt sah er etwas in ihren Augen aufblitzen, doch die Witwe blieb stumm. Sie ist mit allen Wassern gewaschen, dachte Hundt und entschloss, alles auf eine Karte zu setzen. »Soll ich Ihnen sagen, was ich vermute? In Ihrer Ehe stimmte etwas nicht, das bedrückte Sie sehr. Es war eine arrangierte Verbindung, Sie waren nur Mittel zum Zweck Ihres künftigen Mannes, vielleicht auch Ihrer eigenen Familie. Ihr Mann war ehrgeizig und geschäftstüchtig … und sehr häufig unterwegs. In Ihren Kreisen musste der Schein einer intakten Familie aufrechterhalten werden, nicht wahr? Doch etwas drohte den Schein zu zerstören. Was war es?«

Jetzt stand die Witwe auf und schien zum ersten Mal wirklich entrüstet: »Was erlauben Sie sich, Herr Kriminalinspektor!« Er hatte sie aus der Fassung gebracht, immerhin.

»Ich ermittle in einem Mordfall, Madame, da ist vieles erlaubt. Gab es andere Frauen? Drohte ein Skandal?«

Nun wirkte sie plötzlich verzweifelt, fast weich. Hundt triumphierte innerlich, wollte sich aber nicht zu früh freuen. »Was verstehen Sie schon von unseren Kreisen?«, ereiferte sie sich. »Andere Frauen! Daran ist nichts Ungewöhnliches. Mir geht es jetzt nur um meinen Sohn.«

»Sie haben Ihren Hauptwohnsitz vor drei Jahren nach Mölln verlegt, Ihren Kreisen in Hamburg haben Sie damit den Rücken gekehrt. Was haben Sie befürchtet?« Sie ließ sich wieder in den Stuhl sinken und begann, ihr Taschentuch zu falten. Sie starrte auf ein Gemälde, das ihr direkt gegenüber an der Wand hing, ein Landschaftsbild, das Hundt von seinem letzten Besuch kannte. Frau Goldschmidt hatte gesagt, es sei das Werk eines französischen Malers namens Paul Cézanne. Hundt konnte den Namen kaum aussprechen. »Madame Goldschmidt, ich muss einen Mordfall aufklären. Dafür brauche ich Informationen. Bei unserem ersten Gespräch habe ich Sie gefragt, was für ein Mensch Ihr Ehemann war. Sie haben mir so gut wie nichts dazu gesagt. Ich wiederhole die Frage.«

Sie schaute Hundt kurz an, richtete ihren Blick dann wieder auf das Gemälde. Fast wirkte es, als übe es eine faszinierende Anziehung auf sie aus, als sie leise zu sprechen begann: »Ich war ein junges Mädchen, als ich verheiratet wurde. Es war eine Konventionsehe, wie in unseren Kreisen üblich. Mein Vater hatte die Verbindung organisiert. Salomon Goldschmidt, wie er damals hieß, war einige Jahre älter als ich, ein aufstrebender Kaufmann, der bereits ein Vermögen aufgebaut hatte. Für meine Familie war sein Geld ein Segen. Wissen Sie, wie so eine Ehe in unseren Kreisen, wie Sie es nennen, organisiert wird? Eines Nachmittags bestellte mein Vater uns drei Töchter in den Salon. Ich spürte, dass etwas Wichtiges passieren würde. Im Salon wartete Vater mit Salomon Goldschmidt. Wir kannten ihn schon, denn er war in der letzten Zeit öfter bei uns zu Besuch gewesen. Vater fragte ihn: ›Welche soll es sein?‹« Sie stockte, und Hundt musste sich zusammenreißen, um sie nicht zu unterbrechen. Seine Geduld wurde belohnt. »Salomon deutet auf mich, und so wurde ich verheiratet. Ich wusste von der Ehe und von Männern so gut wie nichts. Hermann, so hieß er nach der Konvertierung, behandelte mich nett und höflich. Wir waren damals in Gesellschaftskreisen gerne gesehen; mein Ehemann war für die Oberschicht eine neue, unbekannte Person. Wir bekamen einen Sohn, aber unsere Ehe ist nie wirklich eine Ehe gewesen. Mein Mann wandte sich immer mehr von mir ab, war immer häufiger unterwegs. Gesellschaften interessierten ihn nicht mehr so sehr. Er erfüllte nur seine Pflichten. Wir hatten zwei Schlafzimmer. Ich machte mir Vorwürfe.« Sie wandte ihren Blick von dem Gemälde ab und sah den Kriminalinspektor an: »Gerüchte wurden laut, und sie landeten auch bei mir. Andere Frauen, sagten Sie? Nein, es ging um … Männer. Mein Mann sollte unnatürliche Verhältnisse mit anderen Männern gehabt haben. Irgendwie spürte ich, dass es stimmte. Ich wusste nicht, was ich tun sollte. Mit ihm konnte ich nicht darüber sprechen, ich konnte mit niemandem darüber sprechen.« Allmählich schien sie aus ihrer Lethargie zu erwachen, ihre Stimme wurde lauter, fast schrill: »Es ist eine Sünde, eine Sünde gegen Gott und die Natur!«

»Darum sind Sie nach Mölln gezogen«, sagte Hundt ruhig.

»Ja, ich konnte es nicht mehr ertragen. Etwas später fing mein Mann an, auch häufiger nach Mölln zu kommen. Er interessierte sich für das Denkmalprojekt. Warum nur? Mir wurde das Leben zunehmend zur Qual.« Sie hatte sich wieder beruhigt, nahm eines der auf einem Beistelltisch liegenden Bücher zur Hand und wisperte kaum hörbar: »Ich kann Ihnen über meinen Mann wenig sagen, denn ich habe ihn nie wirklich gekannt.«

Eine Viertelstunde später saß Hundt im Büro des Prokuristen der Firma Hermann Goldschmidt, Alfred Schöndienst. Hundt hatte ihn schon über Goldschmidt befragt, ohne nennenswerte Informationen erhalten zu haben. Nun wollte er es nochmals versuchen. »Herr Prokurist, Sie haben Herrn Goldschmidt bei seinen Auslandsreisen begleitet. Zum Beispiel Paris oder Rio de Janeiro?« Hundt merkte, dass Schöndienst auf der Hut war, der Mann wollte nichts Unüberlegtes sagen. Na, das wollen wir doch mal sehen, dachte der Kriminalinspektor. »Nach Paris bin ich nie gefahren. Das waren auch … soweit ich weiß … keine Geschäftsreisen. Was Herr Goldschmidt dort gemacht hat, weiß ich nicht. Ich bin einmal mitgefahren zu unserer Niederlassung in Rio. Eine aufregende Stadt! Ganz anders als Hamburg. Wir logierten in unserem Geschäftshaus in der Stadt, dort gibt es Zimmer. Warum fragen Sie?«

»Was macht man dort?«, fragte Hundt direkt. »Ich meine natürlich, außer Geschäfte ... ? Ich meine, fern der Heimat, der Familie, der eigenen Ehefrau?« Er schaute den Prokuristen gelassen an; dieser hatte die Frage offenbar richtig verstanden, denn er wurde langsam unruhig.

»Nun ... lassen Sie es mich so sagen, es gibt Möglichkeiten.« Dann schien er sich plötzlich auf seine Verschwiegenheit zu besinnen. »Ich finde Ihre Anspielung ungehörig!« blaffte er, schien jedoch umgehend zu bereuen, aus der Rolle gefallen zu sein.

»Ist sie vielleicht auch. Das gehört zu meinem Beruf.«

»Ich weiß wirklich nichts darüber.«

»Ihretwegen frage ich nicht, sondern wegen Herrn Goldschmidt. Waren seine Möglichkeiten – wie Sie es ausdrücken – weiblichen oder männlichen Geschlechts?«

Schöndiensts Augen weiteten sich, er stammelte: »Herr Kriminalinspektor, das weiß ich nicht. Herr Goldschmidt pflegte keinen gesellschaftlichen Umgang mit mir, auch nicht auf Geschäftsreisen ... Das ist ungeheuerlich, was Sie da andeuten.«

»Mord ist eine Ungeheuerlichkeit, Herr Prokurist Schöndienst.« Nun herrschte Schweigen. Hundt stand auf. »Übrigens: Gibt es etwas Neues über das Wohnungsbauprojekt in der Neustadt?«

Schöndienst schien erleichtert zu sein, eine geschäftliche Frage beantworten zu können: »Wir sind endgültig ausgestiegen. Die Risiken sind viel zu hoch, und das Ganze passt nicht zu unserem Kerngeschäft. Ich habe mich immer gewundert, dass Herr Goldschmidt das Projekt angenommen hatte. Begründet hatte er das mir gegenüber nicht. Ich denke, er wollte in irgendeiner Form Wohltäter sein.« Hundt nickte und verabschiedete sich.

Bald stand er wieder am Ufer der Binnenalster. Die Sonne war inzwischen hinter grauen Wolken verschwunden. Das Wasser wirkte kalt und undurchdringlich, der Wind hatte zugenommen und unzählige kleine Wellen aufgewirbelt, die in rasantem Tempo gegen die Uferbefestigung schlugen. Was wusste der Prokurist wirklich? Und was verschwieg er? Hundt zog seinen Mantel enger um sich und winkte einer Mietdroschke, um zu seiner Verabredung mit Sergeant Stöter im Gefängnis Bei den Hütten zu fahren.

Max Goldschmidt hatte eine Entscheidung getroffen, oder besser gesagt, eine Vorentscheidung. Er hatte das Café verlassen und stand nun vor dem Stadttheater an der Dammtorstraße; er wollte Theaterdirektor Bernhard Pollini sprechen. Der große Haupteingang war geschlossen, Max ging um das Gebäude herum und fand eine Tür ohne Beschilderung in der Großen Theaterstraße. Er drückte auf die Klinke; zu seiner Überraschung ließ sich die Tür widerstandslos öffnen. Er trat durch einen kleinen Eingangsflur in einen Büroraum, in dem eine einzelne Person, eine junge Frau, vor einem bizarr aussehenden Gerät saß, an dem sie geschickt operierte. Die anderen Schreibtische waren leer. Die Frau hatte ihn nicht bemerkt, sondern schien mit ihrem Gerät vollauf beschäftigt zu sein. Max hatte so etwas noch nicht gesehen. Es sah wie ein metallisches Nadelkissen auf einem kastenförmigen Unterbau aus. Die junge Frau drückte in bemerkenswerter Geschwindigkeit auf die Nadelköpfe, die in dem Gerät verschwanden und sogleich wieder nach oben schnellten. Unter dem Kissen war ein Blatt Papier auf einem Gestell befestigt, das sich fast unmerklich bewegte. Das musste eines dieser neuen mechanischen Schreibgeräte sein, dachte Max. Sollten wir so etwas im Kontor haben? Bürofräulein vielleicht auch? Er schüttelte den Kopf; an das Kontor wollte er jetzt nicht denken. Als er einen Schritt nach vorne machte, schaute die Frau von ihrer Arbeit hoch. Sie war nicht wie ein Dienstmädchen gekleidet. Sie trug ein strenges, eng anliegendes, dunkelgrünes Kleid ohne Schürze, aber mit einer kleinen Spitzenverzierung am Kragen und an den Ärmeln sowie eine runde Brille. Um die Taille hatte sie ein weißes Band gebunden und ihre welligen Haare waren kurz frisiert. Max setzte sein charmantestes Lächeln auf. »Guten Tag, Fräulein. Ich möchte Herrn Direktor Pollini sprechen«, sagte er höflich und überreichte ihr seine Karte.

Die Frau schaute auf die Karte und erwiderte mit einem nüchternen Gesichtsausdruck: »In welcher Angelegenheit? Herr Direktor hat im Moment wenig Zeit. Wir stehen kurz vor einer Premiere.«

»Es ist eher eine persönliche Angelegenheit.« Die Frau schaute wieder auf die Karte, stand auf und verschwand wortlos hinter einer Tür am Ende des Raumes. Max schaute sich um. An den Wänden hingen Plakate und Fotografien von diversen Aufführungen. Es gab drei Schreibtische, aber nur auf einem befand sich ein Schreibgerät. Die anderen Tische waren teilweise leer oder mit Papierstapeln beladen. Auf einem Schreibtisch lagen Plakate für eine kommende Veranstaltung – eine Festaufführung von Lessings *Nathan der Weise*. Die Einnahmen sollten zugunsten des geplanten Lessing-Denkmals verwendet werden. Das Plakat zeigte im Hintergrund ein brennendes Haus, davor stand ein Mann mit einem langen Ziegenbart und halb geöffnetem Mund, offensichtlich Nathan, in einem nahöstlichen anmutenden Gewand, der seine rechte Hand hob, den Mittelfinger ausgestreckt. Darunter waren drei Ringe abgebildet, die ineinander verschlungen waren. Das Bürofräulein kehrte zurück und sagte, dass der Herr Direktor einige Minuten für den Besucher erübrigen könne.

Das Fräulein führte Max durch einen langen Gang und blieb vor einer Tür stehen. Sie klopfte und ließ Max eintreten. Theaterdirektor Bernhard Pollini erhob sich hinter seinem Schreibtisch und gab Max die Hand. »Guten Tag, Herr Goldschmidt. Bitte nehmen Sie mein Beileid für den Tod Ihres Vaters entgegen. Er war ein Wohltäter des Theaters. Was kann ich für Sie tun?«

Max erwiderte die Begrüßung, wunderte sich jedoch insgeheim darüber, dass sein Vater etwas mit dem Stadttheater zu tun gehabt haben sollte. Ein Wohltäter? Davon hatte sein Vater nie etwas gesagt. »Herr Direktor, ich komme gleich zum Thema. Ich möchte im Theater arbeiten.«

»Ein lobenswertes Ziel«, sagte Pollini und nahm seine Brille ab, »das müssen Sie mir aber erläutern.« Dem Theaterdirektor ging der Ruf voraus, ein erfolgreicher und geschäftstüchtiger Impresario zu sein. Er leitete das Stadttheater seit 1874 und hatte es zu einem der bedeutenden

Opernhäuser Europas gemacht. Pollini hatte ein lebhaftes Gesicht mit scharfen, neugierigen Augen und einen extravaganten Kinnbart. Die langen Haare, die vorne bereits dünn wurden, hatte er nach hinten gekämmt. Typisch Künstler, dachte Max, empfand jedoch, oder vielleicht gerade deswegen, sofort Sympathie für Pollini.

»Durch den Vorfall … das Ereignis in meiner Familie«, umschrieb Max den Mord an seinem Vater, »hat sich für mich einiges geändert. Ich werde mein Studium der Rechtswissenschaft in Kiel abbrechen und nach Hamburg ziehen. Meine Mutter möchte, dass ich die Familienfirma übernehme. Ich bin nicht so sicher, ob ich das tun möchte. In Kiel war ich häufig im Theater, habe dort Schauspieler und Theaterschaffende kennengelernt, und ich habe auch viel über das Theater gelesen. Um es kurz zu sagen: Ich möchte nun selbst Teil dieser Welt werden, das Theater richtig kennenlernen.«

»Wenn ich Sie richtig verstehe, möchten Sie als Hospitant – also unentgeltlich, versteht sich – das Theater hinter den Kulissen erleben. Gleichzeitig vielleicht weiter über ein Leben in Ihrer Firma nachdenken. Sie treffen gerne Lebensentscheidungen mit eingebautem Sicherheitsnetz, mein Lieber.« Pollini stand auf und zeigte auf ein Plakat an der Wand: »Die Walküre«, las Max, »eine Oper von Richard Wagner«. Das Plakat sah imposant aus. »Haben Sie eine Ahnung, wie viel Arbeit hinter einer solchen Aufführung steckt? Wieviel Geld? Wie viele Menschen daran arbeiten? Am Ende muss die Kasse stimmen. In diesem Fall habe ich mit Herrn Wagner verhandelt, denn ich wollte *Die Walküre* – die zweite Oper des Ringzyklus – exklusiv aufführen. Sie ist die zugkräftigste Oper der Reihe. Wagner lehnte ab. Wie alle Künstler bestand er auf seiner Auffassung, er hat den Zyklus immerhin komponiert und meinte, er müsse im Ganzen und in der richtigen Reihenfolge aufgeführt werden, um verständlich zu sein. So habe ich also den ganzen Zyklus eingekauft und *Die Walküre* doch als erstes Stück gespielt, zum Ärgernis von Wagner. Die Aufführung war ein großer Erfolg. Die drei weiteren Teile habe ich in beliebiger Reihenfolge aufgeführt.« Er nahm wieder Platz an seinem Schreibtisch. »Warum gehen Menschen ins Theater, Herr Goldschmidt? Was meinen Sie?«

»Ich denke, es gibt viele Gründe. Vielleicht, um sich zu bilden?«

»Das halte ich für einen frommen Wunsch. Die Menschen gehen ins Theater, um sich unterhalten zu lassen, um den Alltag zu vergessen, um zu sehen und gesehen zu werden. Bildung ist eher ein Nebenprodukt. Der Theaterdirektor in Goethes *Faust* hat es treffend gesagt.« Pollini stand unvermittelt wieder auf und deklamierte wie auf einer Bühne. Er wirkte plötzlich viel größer:

»Ich wünschte sehr, der Menge zu behagen,
Besonders weil sie lebt und leben läßt.
Die Pfosten sind, die Bretter aufgeschlagen,
Und jedermann erwartet sich ein Fest.
Sie sitzen schon mit hohen Augenbrauen
Gelassen da und möchten gern erstaunen.«

Er rieb sich die Hände: »Die Menge möchte unterhalten werden – bunt, extravagant, zuweilen laut, spannend, mit schönem Gesang, prächtigen Kostümen und von Ballerinen in kurzen Röcken.« Max hörte dem Vortrag aufmerksam zu und wunderte sich, dass der Theaterdirektor so viel Zeit für ihn erübrigte. Sollte das etwas mit seinem Vater zu tun haben? Sollte er selbst vielleicht nicht nur Hospitant, sondern ebenfalls Wohltäter werden? Pollini setzte seine Ausführungen fort: »Nehmen wir zum Beispiel Lessing. Wir spielen seine Stücke dieses Jahr in Anlehnung an das geplante Denkmal. Ein großer Aufklärer und ein Kämpfer für Wahrheit und Menschlichkeit. Man kommt nicht umhin, ihn einfach zu bewundern, ja zu lieben. Sie kennen sicherlich seine *Hamburgische Dramaturgie*? Lessing sah das Theater als Lehranstalt an. Sein Nathan ist ein Lehrgedicht für Toleranz und Menschenliebe, die Ringparabel sein Meisterstück. Es ist aber schwer zu inszenieren. Ist es Theater? Woraus besteht das Stück, außer aus erbaulichen und geistreichen Reden? Die Menschen gehen hin, weil sie meinen, es gehört sich. Viel lieber aber schaut sich unsere gebildete Menge die Ballerinen mit ihren kurzen Röcken an.« Pollini lachte, sah Max eindringlich an und fragte: »Haben Sie mich verstanden, Herr Goldschmidt?« Es blieb dem jungen Mann nichts anderes übrig, als dies zu bejahen. »Es gibt viele versteckte Aufgaben in einem

Theater: Plakate entwerfen und verteilen, Eintrittskarten verkaufen, das Bühnenbild mit aufbauen, Saalaufsicht übernehmen, Getränke in der Pause verkaufen, bei einigen Stücken Statistenrollen übernehmen. Vielleicht können Sie gelegentlich die Regisseure begleiten. Das müssen wir sehen. Wir brauchen einen festen Plan. Es geht nicht nach Lust und Laune. Wenn Sie damit einverstanden sind, bringe ich Sie zu unserem Geschäftsführer.« Max war einverstanden. Sein Leben am Theater konnte beginnen.

»Wollens nit einen neuen Hut kaufen, schönes Fräulein?«, fragte der Händler keck und streckte ihr ein modisches Modell in blau mit einem breiten Kinnband entgegen. Dann grinste er verschmitzt und setzte sich den Hut selbst auf seinen kahlen Kopf. Die junge Frau, die er angesprochen hatte, blieb vor seinem Stand stehen und lachte: »Nein, mein Herr, Hüte habe ich genug und der hat sowieso die falsche Farbe, obwohl er Ihnen gut steht, das gebe ich zu. Rot ist meine Farbe.« Der Händler lächelte immer noch, musterte das Fräulein anerkennend von Kopf bis Fuß und nickte energisch: »Stimmt.«

Hedda Svensson dachte zurück. Als sie vor zwei Monaten nach Hamburg kam, wäre ihr eine solche Plauderei eher unangenehm gewesen. Sie wäre vielleicht selbst rot geworden. Inzwischen hatte sie sich an die Großstadt gewöhnt, sie fühlte sich hier wohl, ebenso wie in ihrer Haut. »Lieber Herr Huthändler, denn ich kenne Ihren Namen nicht, ich suche den Stand des Buchhändlers David. Er steht normalerweise an dieser Ecke der Elbstraße.«

»Ivo Lustig zu Diensten. Ein schönes Fräulein, das sich für Bücher interessiert! Rot ist wirklich die richtige Farbe. Der David ist heute später gekommen. Ich glaube, der hat seinen Laden etwas weiter unten bei der Martenstraße aufgebaut.« Er nahm den Hut ab und ergänzte: »Nächste Woche bringe ich einen roten Hut allerneuester Mode mit!«

Einige Minuten später grüßte Hedda den Buchhändler David mit einem vertrauten »Guten Tag, Herr David.«

»Ah, Fräulein Svensson. Sie suchen sicherlich ein neues Buch. Ich glaube, ich habe da etwas.« Er kramte in einem Stapel Hefte herum, einige davon sahen etwas zerfleddert aus, und holte einen schmalen, gelblich-verblichenen Band hervor. »Er ist leicht beschädigt, aber immer noch gut lesbar – und vollständig.« Hedda nahm das Buch und las den Einband: *Die Judenbuche – Ein Sittengemälde aus dem gebirgichten Westfalen* von Annette von Droste-Hülshoff. Der Buchhändler fuhr fachmännisch fort: »Die Novelle erschien erst 1842 im *Morgenblatt für gebildete Leser.* Ein netter Name für eine Zeitschrift! Sie mögen Romane, die von Frauen geschrieben wurden. Ich denke, er wird Ihnen gefallen. Ist aber leider nicht billig.«

Hedda ließ ihre Finger vorsichtig über das etwas brüchige Papier des Einbands gleiten und fragte: »Wo finden Sie diese alten Bücher, Herr David?«

»Hier und dort«, sagte der Buchhändler geheimniskrämerisch. »In den besseren Häusern der Stadt liegen viele solche Bücher unbeachtet herum. Wenn in einer Familie etwas passiert, kann es vorkommen, dass die Bücher – wie sage ich es? – überflüssig und heimatlos werden. Also werden sie von den hohen Herrschaften entsorgt. Als Händler für alte Bücher muss man sich natürlich gut auskennen und flink sein, immer die Augen und Ohren offenhalten.« Herr David zwinkerte Hedda verschwörerisch zu, doch sie verstand die Andeutung nicht. »Ich rette die Bücher und bringe sie in Umlauf«, erklärte er im Flüsterton. »Ich erwecke sie wieder zum Leben.«

Sie einigten sich über den Preis; der Buchhändler ließ sich erweichen und zwinkerte ihr zu. »Ihnen zuliebe, junge Frau.«

Hedda wollte sich gerade verabschieden, da kam ihr etwas in den Sinn und sie fragte unvermittelt: »Haben Sie etwas von Recha Mendelssohn, Herr David?«

Der Angesprochene stutzte, und als er antwortete, hatte seine Stimme einen scharfen Unterton: »Wie kommen Sie auf diesen Namen?«

»Ich haben ihn irgendwo gehört.«

Der Buchhändler zog seine Augenbrauen zusammen: »Seit Jahren habe ich diesen Namen nicht mehr gehört. Wer kennt ihn noch? Damals, während der Revolution, arbeitete ich als Lehrling in einer

Druckerei. Wir haben von ihr einiges gedruckt. Ich glaube nicht, dass es noch etwas davon gibt. Es war zu radikal … für unsere Revolution, für unsere Zeit. Sie war, ja, eine ungewöhnliche Frau … und ein so tragisches Ende.«

Hedda horchte auf. »Was ist passiert?«

»Sie wurde ermordet.«

Hedda traute ihren Ohren nicht. Sie verabschiedete sich hastig vom Buchhändler, nahm ihren Einkaufskorb und steckte das neue Buch in ihre Schürze. Ermordet! Sie dachte an den Advokaten. Was war aus ihm geworden? Sie hatte gehört, dass er aus Mölln geflüchtet war. Was war das für ein Geheimnis, das ihn umgab? Und was hatte diese Recha Mendelssohn damit zu tun?

Sie verließ das bunte Treiben der Judenbörse und lief die Martenstraße entlang bis zur Synagoge an den Kohlhöfen. Sie betrachtete das imposante Gebäude mit seinen runden Bögen, Fenstern und dem großen Eingangsportal. Sie ließ ihren Blick bis zum Dach, das von einer großen Kuppel und einem Davidstern gekrönt war, schweifen. Inzwischen hatte sie Gefallen an dem Leben in der Hamburger Neustadt gefunden. Es war laut, zuweilen dreckig, ungestüm – und aufregend. Juden und Christen lebten auf engem Raum zusammen; fast in Sichtweite der großen Michaeliskirche lagen eine englische und eine katholische Kirche sowie eine Baptisten-Kapelle; auch Männer mit Turban und Frauen mit Schleier hatte sie gesehen. Matrosen aus aller Welt ohnehin – Schwarze (aus Afrika?) und Männer mit gelblicher Hautfarbe und Schlitzaugen aus China, Japan oder Ländern, die sie gar nicht kannte. Einen Indianer hatte sie noch nicht gesehen, aber auszuschließen wäre auch das nicht. Hedda fühlte den Puls der Handelsmetropole und fand ihn berauschend.

Sie war auf dem Weg zur Wohnung ihrer Tante an der Wexstraße, ihrem Zuhause, seit sie Mölln hatte verlassen müssen. Es war eine harte Zeit gewesen. Sie hatte dem Drängen des Staatsanwalts, gegen den Advokaten auszusagen, widerstanden und wurde Anfang Dezember endlich zu ihrem Vormund nach Hamburg geschickt. Nachdem der Advokat verschwunden war, schien der Staatsanwalt das Interesse an ihr verloren zu haben. Sie hatte ihren Vater in der Arrestzelle in Altona besucht. Er schien ihr ein anderer, ein gebrochener Mann zu sein, auch körperlich kam er ihr kleiner und ausgemergelt vor. Die Arrestzeit hatte ihn zermürbt und entmutigt. »Ich will nur hier raus«, diesen Satz hatte er immer wieder gesagt. Aus diesem Grund hatte er auch die Anzeige gegen Sprewitz erstattet, denn der Staatsanwalt hatte ihm im Gegenzug Haftverschonung versprochen; das hatte er ihr schuldbewusst und verlegen gestanden. Sein Wort hatte Rohdantz aber nicht gehalten. Heddas Vater wusste, dass ihm die Ausweisung nach Schweden bevorstand, sollte er entlassen werden. Inzwischen war er bereit, freiwillig das Land zu verlassen, wenn sie ihn einfach auf freien Fuß setzten. Er fragte Hedda, ob sie mitgehen wollte, stellte es ihr aber frei, bei der Tante zu bleiben, wenn sie das wollte. »Ich bleibe in Hamburg, Vater. Ich möchte die Stadt kennenlernen«, hatte sie geantwortet. Er hatte resigniert genickt. Sie sah ihren Vater kurz vor Weihnachten zum letzten Mal – »vorläufig«, sagte sie sich –, als dieser aus der Haft entlassen und nach Schweden abgeschoben wurde. Die Briefe, die sie seitdem erhalten hatte, zeigten, dass er dabei war, sich ein neues Leben in seiner alten Heimat aufzubauen. Schweden erleben, *das* wollte sie auch irgendwann.

An der Wexstraße angekommen, stand sie bald vor dem inzwischen vertrauten Schild: »Louise Tesdorpf – Vermietung von Dienstmägden für besondere Anlässe«. Tante Louise war die zwölf Jahre ältere Schwester ihrer verstorbenen Mutter. Als die Eltern der beiden Schwestern früh verstarben, hatte sich Louise um die beiden gekümmert. Sie war wie eine Ersatzmutter für Heddas Mutter gewesen, und für Hedda mehr eine Großmutter als eine Tante. Sie war jetzt dreiundfünfzig Jahre alt, war unverheiratet, eine resolute Frau, die ihr Leben durch harte Arbeit gemeistert hatte. Sie war verhältnismäßig groß gewachsen und immer noch schlank, inzwischen mit grauen Haaren, einem glatten Gesicht und ruhigen, grauen Augen. Sie war jahrelang in herrschaftlichen Häusern in Stellung gewesen, bis sie auf die Geschäftsidee kam, eine Vermittlungsagentur für Dienstpersonal aufzumachen, eine

Idee, die in der schnell wachsenden Stadt eine Marktlücke schloss. Das Geschäft ermöglichte es ihr, eine neue Wohnung in einem der Mietshäuser an der Wexstraße zu beziehen.

Hedda trat in die Wohnung ein; ihre Tante saß an ihrem Schreibtisch zum Fenster und zeichnete. Das Zeichnen gehörte zu ihren Lieblingsbeschäftigungen, und sie zeichnete recht gut; ihre Themen waren Alltagsszenen aus den Gängevierteln. Sie hatte sogar – wie Hedda erfahren hatte – einige Zeichnungen verkaufen können, die auch als Abbildungen auf Correspondenzkarten, einer neuartigen Postsendung, gedruckt wurden. »Bonsoir, Liebes«, sagte ihre Tante, die unvermittelt französische Redewendungen in ihre Unterhaltungen einzustreuen pflegte – eine Folge ihres Umgangs mit französischen Kinderfrauen in herrschaftlichen Häusern, wie sie sagte. »Guten Abend, Tante. Ich habe ein neues Buch bei Herrn David gekauft«, erzählte sie vergnügt, während sie den Einkaufskorb auf den Tisch stellte.

»Manchmal denke ich, dass du zu viel liest. Ein junges Mädchen sollte mehr unternehmen, sich unter Menschen mischen. Á propos, wir haben einen Einsatz am Samstag, eine große Soirée in der Villa Gierling am Alsterufer.«

Hedda nickte und blätterte durch einen Stapel Zeichnungen, die auf dem Esstisch lagen. Sie sah sich die Zeichnungen gern an, sie beflügelten ihre Fantasie. Eine Abbildung betrachtete sie besonders lange. Sie zeigte einen Mann, der gerade aus einer Gastwirtschaft zu kommen schien. Das Gesicht mit dem feinen Schnurrbart und der dünnen Brille fiel auf; Hedda meinte, es irgendwo schon einmal gesehen zu haben. »Wer ist das, Tante Louise?«

Die Angesprochene nahm das Blatt, rückte ihre Brille zurecht und sagte: »Das habe ich vor ein paar Jahren gemacht. Der Mann fiel mir auf, weil er schäbig angezogen, aber von seiner Art her offensichtlich ein vornehmer Herr war. Den Kontrast fand ich anregend.«

Hedda legte die Zeichnung beiseite und fragte: »Weißt du etwas über eine Frau, eine Schriftstellerin namens Recha Mendelssohn, Tante?« Louise Tesdorpf nahm ihre Brille ab und schaute sich ihre Nichte lange an. Hedda sprach weiter: »Ich habe heute mit Herrn David gesprochen.

Er sagte, dass Recha Mendelssohn während der Revolution aktiv war und ermordet wurde.«

»Ich habe gesehen, dass du ein Pamphlet von ihr hast.«

»Der Advokat Sprewitz hat es mir gegeben. Er kannte Recha Mendelssohn, ich denke, er kannte sie sehr gut.«

Louise Tesdorpf schaute aus dem Fenster auf die Wexstraße hinab und erzählte: »Es ist noch gar nicht so lange her, dreißig Jahre ungefähr, aber die Revolution und die Menschen, die sie ermöglicht haben, sind in Vergessenheit geraten. Jetzt haben wir den Kaiser und den Bismarck. Ich war damals eine junge Frau und hatte genug damit zu tun, unsere Familie über Wasser zu halten. Unsere Mutter war gestorben, Vater kränkelte. Ich musste für ihn, deine Mutter und mich sorgen. Die Revolution passierte für mich nur am Rande. Eines Tages ging ich auf dem Großneumarkt einkaufen. Unsere Wohnung lag damals in einer Seitengasse. Ich stand da mit meinem Einkaufskorb und erblickte eine Person, die sich mit zwei Männern unterhielt. Die Gruppe kam, ins Gespräch vertieft, auf mich zu, und ich sah: Die Person war eine Frau ohne Kopfbedeckung und mit langen unbändigen Haaren, die ihr ins Gesicht fielen, und: Sie rauchte und trug Pantalons! So etwas hatte ich noch nie gesehen. Ich habe offenbar einen verdutzten Eindruck gemacht, denn die Frau blieb vor mir stehen, während ihre Begleiter weitergingen, sie lächelte mich freundlich an und sagte: ›Guten Tag, Genossin.‹ Ich konnte nichts erwidern, so überrascht war ich; dann drehte sie sich auch schon wieder um und ging zu den zwei Männern zurück. Eine Marktfrau hatte die Szene beobachtet. Ich erinnere mich noch, was sie sagte: ›Na, Louise, du bist dem Judenweib Recha Mendelssohn begegnet. Sie ist eine Erscheinung, nicht wahr‹.« Louise Tesdorpf schaute ihre Nichte wieder an und sagte: »Ich kann mich noch an ihre Augen erinnern, sie waren so … ungewöhnlich. Sehr dunkle Augen, die … leuchteten.«

»Hast du sie je gezeichnet?«, fragte Hedda.

»Nein«, antwortete ihre Tante nach einer langen Pause.

Hedda verschwand in ihrem Zimmer und ordnete ihre kleine Bibliothek; neben den beiden aus Mölln mitgebrachten Heften hatte sie inzwischen weitere Bücher gekauft, zuletzt *Wutheringhöhe* von Emily Brontë. Sie hatte erfahren, dass es eine Übersetzung aus dem Englischen war, 1851 auf Deutsch erschienen, »etwas ganz Besonderes«, wie Herr David gesagt hatte. Hedda hatte beim Lesen anfangs mit der ungestümen Heldin, Catherine Earnshaw, sympathisiert, hoffte, dass sie mit Heathcliff weggehen würde, und war letztlich entsetzt über die menschlichen Abgründe, die sich in der Figur von Heathcliff offenbarten, als dieser Rache nahm an den Familien Earnshaw und Linton und sich so am Ende selbst vernichtete. Sie legte ihre Neuerwerbung in das Regal und nahm das *Wintermärchen* in die Hand. Sie öffnete das Heft auf der Seite, in der das Metallkreuz versteckt lag. Sie sah es an und fragte sich, ob sie dessen Bedeutung je erfahren würde.

15
Ein schwarzes Kleid

Mölln und Hamburg, Freitag, d. 6. Februar 1880

Der Deckel der Truhe quietschte leise, als Staatsanwalt Theodor Rohdantz ihn schloss und verriegelte. Er war dabei, seine Reisetasche für die Bahnfahrt über Lübeck nach Hamburg zu packen. Per Telegramm hatte er sich mit Kriminalinspektor Hundt für den Nachmittag verabredet. Der Junggeselle bewohnte eine kleine, teuer eingerichtete Wohnung in einem Neubau in der Burgstraße in Mölln. Er schaute kurz aus dem Fenster auf den Bauhof, der im fahlen Licht des frühen Morgens nackt und leer aussah. Rohdantz starrte auf das halbfertige Denkmal, seine Gedanken schweiften ab. Er war in Mölln geboren worden, sein Vater war Pastor an der Nikolaikirche gewesen, seine Mutter starb, als er noch klein war. Er erlebte eine freudlose Jugend im Haushalt seines verwitweten Vaters, der ein besonders strenger, unnachgiebiger Vertreter seines Berufsstandes gewesen war. Wenn Rohdantz zurückdachte – was er selten tat – sah er unwillkürlich den Talar seines Vaters vor sich, das tiefe Schwarz des Stoffes, dann die große Bibel, die in der Wohnstube auf einem Beistelltisch lag, die Kleidung der Dienstmädchen und der Rock, den er zur Schule tragen musste. Die Stimme seines Vaters drang an sein Ohr, der Bibelspruch, den dieser als Tischgebet aufzusagen pflegte: »So tötet nun die Glieder, die auf Erden sind, Unzucht, Unreinheit, schändliche Leidenschaft, böse Begierde und die Habsucht, die Götzendienst ist.« Der Vers stammte aus dem Paulusbrief an die Kolosser.

Rohdantz ging einige Mal in der Wohnstube auf und ab, seine Augen waren matt und der Vers echote in seinem Kopf. Eine innere Unruhe hatte ihn erfasst und er ließ seine Gedanken fast widerwillig in die Vergangenheit zurückschweifen. Auf das Abitur an der Domschule in Ratzeburg folgte das Studium der Rechtswissenschaften in Kiel. Über sein Leben in Kiel hatte er dem Vater wohlweislich wenig erzählt. Kurz nachdem er das Studium erfolgreich abgeschlossen hatte, verstarb sein Vater. Er war schlagartig auf sich selbst angewiesen.

Rohdantz blieb bei einem Spiegel stehen und musterte seine Reflexion – die sorgfältig frisierten Haare, den akkurat kurz geschnitten Oberlippenbart, die undurchdringlichen Augen. Seine Maske. Er schüttelte den Kopf und meinte plötzlich in seinen Erinnerungen den jungen Mann von damals zu erkennen, der 1846 mit einem akademischen Grad, jedoch ohne nennenswertes Vermögen oder Ansehen nach Mölln zurückgekehrt war. Er hatte sich als Untergerichtsadvokat niedergelassen. 1848 war er als Delegierter der Wahlkonferenz in Schwarzenbek und 1849 als Möllner Abgeordneter in der Lauenburgischen Landesversammlung in den Mahlstrom der Revolution geraten. Bald hatte er erkannt, dass die Revolution zum Scheitern verurteilt war, und sich in deren Verlauf mit den konservativen bis reaktionären Kräften um den Gutsbesitzer Berckemeyer zusammengetan. Eine kluge Entscheidung. Als dieser nach der Restauration Landrat wurde, bekam er einen Posten in der Regierung. Die Revolution, dachte er, eher eine Aberration. Sie hatte jedoch sein Leben bestimmt.

Er hatte seinen Wohnsitz in Mölln behalten und zielstrebig ein Beziehungsgeflecht zwischen Ratzeburg und Mölln aufgebaut, dafür waren ihm insbesondere die Schützenvereine von großem Nutzen gewesen. Er war Mitglied im Kirchenvorstand der Nikolaikirche geworden und frönte in seiner Freizeit der Jagd. Politisch unterhielt er enge Kontakte zu der konservativen Führungsschicht des Landes und hatte zu den frühen Befürwortern der Einverleibung des Herzogtums in die preußische Monarchie nach dem deutsch-dänischen Krieg von 1864 gehört. Als das Gerichtsverfassungsgesetz von 1877 die Staatsanwaltschaften im Deutschen Reich als Organe der Rechtspflege einrichtete, erhielt der damals 58-Jährige die Bestellung als Staatsanwalt am Kreisgericht in Ratzeburg, zuständig für den Kreis Herzogtum Lauenburg.

Rohdantz drehte sich vom Spiegel weg und blieb einige Minuten reglos am Fenster stehen. Eine Wolke hatte sich vor die aufgehende Sonne geschoben und den Bauhof in einem einen grauen Schleier gehüllt. Er hatte noch ungefähr eine halbe Stunde Zeit, bis der Zug nach Lübeck abfahren sollte. Er zog seinen Mantel an, setzte den Zylinder auf und griff nach seiner Reisetasche. Nach einem letzten Blick in den Spiegel verließ er die Wohnung im ersten Stock und lief über den Bauhof Richtung Bahnhof. Auf dem Weg begegnete er einigen Passanten, die ihn höflich mit »Guten Tag, Herr Staatsanwalt« anredeten.

Der Zug war pünktlich abgefahren, Rohdantz saß in seinem Abteil in der ersten Klasse und schaute aus dem Fenster. Hinter Mölln tauchte der Zug in den Fredeburger Wald ein, ein beliebtes Jagdrevier. Bald danach fuhr er in den Ratzeburger Bahnhof ein, und nach einer kurzen Pause ging es weiter Richtung Lübeck. Rohdantz zündete sich eine seiner kleinen, dünnen Zigarren an, lehnte sich zurück und ließ seine Gedanken schweifen. Er hatte ein wichtiges Gespräch mit dem Hamburger Kriminalinspektor für den Nachmittag vereinbart, konnte sich jedoch nicht darauf konzentrieren. Die Vergangenheit hatte ihn wieder im Griff. Er kannte die beklemmende Unruhe, die jetzt in ihm aufkam, und er wusste auch sehr genau, wie er sie bewältigen konnte. Später, sagte er sich. Am Abend. Dann fiel er in einen leichten Dämmerschlaf.

Wenige Stunden später, der Himmel war noch immer verhangen, stand Theodor Rohdantz vor dem Stadthaus am Neuen Wall. Der Sitz der Hamburger Polizei sah eher wie ein Stadtpalais aus – mit einer klassizistischen Fenstergestaltung und einem durch Säulen aufgewerteten Eingangsbereich, über dem ein kleiner Balkon zu sehen war. Rohdantz hatte gelesen, dass das Gebäude als Domizil für den Gesandten von Schleswig-Holstein-Gottorf in Hamburg 1706 erbaut worden war. Auf dem Dach wehte inzwischen die Hamburger Flagge. Er schaute auf seine Taschenuhr; er war ein paar Minuten zu spät für sein Treffen mit dem Kriminalkommissar. Er lächelte. Inzwischen hatte er es sich zur Regel gemacht, bei solchen Anlässen etwas zu spät zu kommen. Er betrat das Gebäude und ließ sich zum Dienstzimmer des Kriminalinspektors Jakob Hundt führen. Dieser saß hinter seinem Schreibtisch, erhob sich leicht beim Eintritt des Besuchers und deutete ihm mit einer Handbewegung, Platz zu nehmen. Auf einem Stuhl beim Fenster hatte sich ein großer Mann mit einem roten Gesicht, einer Knollennase und einem Walross-Schnurrbart niedergelassen, den Hundt ihm als Sergeant Julius Stöter vorstellte. Hundt fasste den Stand der Ermittlungen knapp zusammen. Svensson war aus der Haft entlassen und nach Schweden abgeschoben worden; die Spur um die Hermannsquelle war im Sand verlaufen, denn die Befürchtungen einiger Möllner Kaufleute, Goldschmidt habe hier etwas in Planung gehabt, hatten sich nicht bestätigt; die Vernehmungen in der Hamburger Kaufmannschaft ließen zwar einige Ansätze erkennen – insbesondere in Bezug auf Sanierungsprojekte in der Neustadt –, die jedoch kein überzeugendes Motiv für den Mord abgaben. »Es stellt sich immer wieder die Frage nach der Zurschaustellung auf dem Denkmal«, schloss Hundt seine Ausführungen.

Rohdantz hörte sich den Bericht schweigend an und sagte schließlich: »Ich denke, wir sollten den Fall als ungelöst zu den Akten legen.«

»Soweit will ich noch nicht gehen«, erwiderte Hundt. »Polizeirat von Clausewitz hat die Fortsetzung der Ermittlungen schon angeordnet. Der Fall hat für Hamburg Bedeutung. Außerdem gibt es neue Informationen. Das Opfer scheint unnatürliche Verhältnisse mit anderen Männern unterhalten zu haben. Diese Information erschließt ein neues Ermittlungsfeld.« Der Staatsanwalt nahm diese Enthüllung ausdruckslos zu Kenntnis; er nickte leicht, zeigte aber ansonsten keine Regung. Hundt fuhr fort: »Wir werden Sie selbstverständlich über den weiteren Verlauf der Ermittlungen informieren; die Schreibstube ist gerade dabei, einen ausführlichen Bericht zu erstellen, den wir verschicken werden. Das Schreiben enthält außerdem die amtliche Bitte an Sie, Herr Staatsanwalt, in Bezug auf unsere neue Information

Ermittlungen in Mölln einzuleiten.« Rohdantz entgegnete: »Mölln ist eine kleine Stadt. Wenn es tatsächlich derartige Vorkommnisse mit Herrn Goldschmidt gegeben hat, werden wir das schnell herausfinden können. Ich meinesteils kann dem Hinweis keinen Glauben schenken.«

Der Staatsanwalt stand auf, nahm seine Reisetasche und verabschiedete sich. »Sie bleiben länger in Hamburg, Herr Staatsanwalt?«, fragte Hundt und deutete auf die Reisetasche, als er seinen Besucher zur Tür begleitete.

»Nur eine Nacht«, antwortete Rohdantz kühl. »Ich komme nicht oft nach Hamburg und möchte die Zeit nutzen, um etwas zu erledigen.« Er verließ den Raum.

Hundt ging zu seinem Schreibtisch zurück, drehte sich zu seinem Sergeanten, der die ganze Zeit kein Wort gesagt hatte, und fragte: »Was sagst du, Julius, zu unserem Herrn Staatsanwalt?«

»Ein fürchterlich eingebildeter Mensch, selbstherrlich und ein Möchte-Gern. Gedeihen solche Gewächse heutzutage in der Provinz?«

»Ich befürchte, nicht nur in der Provinz. Ich frage mich, warum er überhaupt um die Besprechung gebeten hat. Das hätten wir per Behördenpost erledigen können. Ich würde gerne wissen, was er in seiner Reisetasche hat.«

Stöter zog eine Augenbraue hoch und fragte: »Verdächtigst du etwa den Herrn Staatsanwalt, Jakob?«

»Im Moment verdächtige ich jeden, der mit dem Fall zu tun hat, den Möllner Bürgermeister inbegriffen. Wie lautet noch gleich dieser neue Begriff? Uranismus, glaube ich, die körperliche Liebe zwischen zwei Männern. Die Kollegen bei der Sitte nennen die Männer einfach Schwule, warme Brüder oder vom anderen Ufer. Damit fischen wir in den tiefen Wassern menschlicher Leidenschaften und Triebe. Da ist alles möglich.«

Die beiden Polizisten besprachen noch einige laufende Fälle, bevor Stöter sich erhob und auf den Weg zur Tür machte. Als er gerade im Begriff war, diese zu öffnen, sprang Hundt hinter ihm von seinem Stuhl auf und stach triumphierend mit dem Zeigefinger in die Luft.

»Hass!« rief er unvermittelt aus; Stöter dreht sich verwundert zu ihm um. »Was meinst du, Jakob?«

»Hass, ein abgrundtiefer, mörderischer Hass! *Das* ist das Motiv für den Mord an Goldschmidt. Wer hat den Kaufmann so gehasst, dass er ihn nicht nur hinterrücks erwürgte, sondern ihn auch auf diese Weise denunzieren wollte?«

Stöter machte die Tür wieder zu und fragte: »Seine Ehefrau, nachdem sie von seinen Neigungen erfuhr?«

»Glaube ich nicht«, entgegnete Hundt. »Er war für sie ein sündiger Mensch, sie scheint ihn bemitleidet zu haben. So kam es mir zumindest vor. Außerdem ist sie rein körperlich gar nicht in der Lage, einen solchen Mord auszuführen. Sie hätte Hilfe benötigt, und das Risiko, einen Mitwisser zu haben, wird sie nicht eingegangen sein. Wir müssen herausfinden, wem dieser Dolch gehört …«

Stöter drehte sich um und nahm wieder Platz. Hundt holte den Dolch aus seiner Schublade und fuhr fort: »Wie bei unserem Fall am Hafen müssen wir den Besitzer ermitteln. Du hast den Dolch fotografieren lassen und Anfragen bei Waffenagenturen in der Stadt gestellt.«

»Bisher ist nicht viel dabei herausgekommen. Ich bin noch dabei, die Waffengeschäfte abzuklappern, es sind einige«, erwiderte Stöter. »Das kleine Zeichen an der Klinge gibt uns einen möglichen Hinweis. Ich denke, ich werde in den nächsten Tagen ein Ergebnis vorlegen können.«

»Es ist unsere einzige Möglichkeit, Julius«, sagte Hundt und tippte mit seinem Zeigefinger auf die schwarze Kladde, die geduldig und stumm vor ihm auf dem Tisch lag.

Theodor Rohdantz flanierte die Esplanade hinunter und genoss den Blick auf die eindrucksvollen Bauten, die die Prachtstraße einrahmten. Er reihte sich ein in die Menge der elegant gekleideten Herren und Damen. Sein dunkler, langer Mantel, der Zylinder, die helle Hose und sein Gehstock wiesen ihn als Mitglied der Oberschicht aus – so präsentierte er sich am liebsten. Er betrachtete die Passanten, wie sie hin und her eilten, sich begrüßten und voreinander verbeugten oder die feinen Läden betraten, die die Straße säumten.

Bald stand er vor einem imposanten Denkmal, das man vor drei Jahren in Gedenken an die Gefallenen des Krieges gegen Frankreich hatte errichten lassen. Die Skulptur hieß »Heroen« und zeigte die Siegesgöttin Germania, die sterbenden Soldaten – einem Reiter, einem Infanteristen und einem Kanonier – Trost spendete. »Den tapferen Söhnen – Die dankbare Vaterstadt – 1870–1871«, las er. Der Staatsanwalt stand lange vor dem Denkmal, bevor er seinen Weg Richtung Dammtorstraße fortsetzte. Dort angekommen blieb er vor dem Eingangsportal des Hotels Waterloo stehen und zündete sich eine dünne Zigarre an. Es dämmerte bereits und die Gaslaternen warfen ein mattes Licht auf die Straße. Sein Blick schweifte über das schräg gegenüberliegende Stadttheater, als er eine Gestalt sah, die gerade aus dem Haupteingang kam, und die er erkannte – Max Goldschmidt. Er beobachtete den jungen Mann, als dieser den Weg Richtung Gänsemarkt einschlug. Rohdantz warf den Zigarrenstummel auf den Boden und zertrat ihn mit seinem Stiefelabsatz. Er stieg die Treppe hinauf und trat in das Hotel ein.

Etwas später saß er im Speisesaal an einem Tisch in einer kleinen Nische, nippte an einem Glas süßen Weißweines und wartete auf seine Bestellung. Der Saal war nur halbvoll, überwiegend Paare sowie wenige Einzelpersonen. Ihm gegenüber saß ein junges Paar, das einen Perlwein trank und sich angeregt unterhielt. Die junge Frau war dezent, aber nicht gerade modisch angezogen, und ihr Begleiter trug einen schlecht sitzenden Anzug. Rohdantz rückte gerade seinen Krawattenknoten zurecht, als der Kellner das Entrée brachte – Aal in Aspik. Mit sorgfältigen, geübten Griffen schnitt er die Aalstücke heraus und verzehrte sie mit einer Portion Aspik und Sauce. Er aß ruhig und langsam, trank zwischendurch einen Schluck und schaute sich im Saal um. Das Paar gegenüber war ruhiger geworden, es befasste sich mit einem Geflügelgericht. Als Zwischengang hatte Rohdantz eine Portion Zitronensorbet bestellt; danach kam der Hauptgang – eine mit kleingewürfeltem Gemüse vorbereitete Seezunge, dazu Kartoffeln, zerlassene Butter und eine Zitronenscheibe. Er lächelte, als der Kellner das Fischbesteck penibel neben dem Teller platzierte und ließ sich ein weiteres Glas Weißwein einschenken. Mit seinem Fischmesser zerteilte er die beiden oberen Filets der Seezunge durch einen Schnitt entlang der Mittelgräte, löste mit dem Messer portionsweise das Filet von den Gräten und legte es auf die Gabel. Das angenehme Aroma des frisch gebratenen Fisches, vermischt mit dem Geruch der zerlassenen Butter und der Zitrone stieg ihm verführerisch in die Nase. Er aß langsam und beobachtete, wie der Kellner die Speisen an die anderen Tische brachte. Nachdem er die zweite Filethälfte verspeist hatte, entfernte Rohdantz mit Messer und Gabel die Mittelgräte mit dem Schwanz und dem Kopf von den beiden unteren Filets und legt sie auf einem Extrateller ab. Nun ließen sich die beiden unteren Filets ohne Schwierigkeiten zerlegen. Er träufelte etwas Zitronensaft auf den Fisch und nahm sich Kartoffeln mit Butter dazu. Das junge Paar war mit seinem Essen bereits fertig. Rohdantz bemerkte, dass der Mann Speisereste an seinem Jackett hatte. Zum Nachtisch gab es für Rohdantz ein rotes Kompott, danach Käse, und zum Abschluss bestellte er Kaffee und einen Cognac. Auf ein Handzeichen hin kam der Kellner; Rohdantz quittierte die Rechnung und ging auf sein Zimmer. Dort angekommen streifte er das Jackett ab und öffnete seine Reisetasche.

Ein feucht-kalter Nebel legte sich über die Neustadt und kroch in alle Ecken der Gänge und Höfe ein. Die mächtigen Glocken des Michels läuteten zehn Mal. Nur in wenigen Fenstern der vielen Häuser brannte noch Licht; die Straßenlaternen kämpften gegen den Nebel und warfen dabei einen schwachen Schein auf die Straßen und Gehwege; in abgelegenen Nischen und Ecken leuchteten dann und wann kleine Augenpaare auf. Matschgraue, vereiste Schneeverwehungen, Überbleibsel des Sturms der vorigen Woche, säumten die Gehwege, durchsetzt mit Abfall und Hundekot. Nur in einigen Spelunken im Hafenbereich herrschte noch Leben; Licht und Lärm drangen dort nach draußen; auf den größeren Straßen bewegte sich gelegentlich eine Droschke; in den Gängen und Höfen waren wenige Passanten zu sehen.

Rosa stand vor der Tür eines Hauses am Ebräergang, in dem sie eine Kammer im zweiten Stock hatte. Es war schon spät, und es war ein ruhiger Abend, zu ruhig für ihren Geschmack. Die junge Frau zog ihren Mantel etwas fester um sich, als sie eine Gestalt vom Kugelsort kommen sah, die sie sofort erkannte. Ein Mann, der einige Male im Jahr zu ihr kam; ob er auch bei anderen Frauen einkehrte, konnte sie nicht sagen. Sie unterhielten sich so gut wie gar nicht, wenn er bei ihr war. Er war einfach gekleidet und hatte seinen Schlapphut tief ins Gesicht gezogen. Sie erkannte ihn an seinem Gang, ruhig, rhythmisch und zielstrebig, und an seiner Reisetasche. Als er vor ihr stand hob er die Krempe des Hutes leicht an und nickte ihr zu. Sie nickte zurück, öffnete die Sahltür und stieg die Treppe zu ihrer Kammer hinauf. Der Mann folgte ihr. Oben angekommen schaute sie dem Mann vom Bett aus dabei zu wie er seinen Mantel auszog, den Hut abnahm und beides auf einen Stuhl legte. Er stand vor ihr, völlig reglos und mit versteinertem Gesicht stand er einfach da und wartete. Sie begann, sich zu entkleiden. Sie fragte sich jedes Mal, was in ihm vorging, wenn er ihren nackten Körper sah. Er sagte nichts, seine Augen waren kalt und leer. Als sie nackt vor dem Bett stand, holte er ein schwarzes Kleid aus seiner Reisetasche und reichte es ihr. Sie zog es an, legte sich aufs Bett und wartete darauf, dass auch er sich auszog. Seine Bewegungen waren ruhig und gelassen. Sie wusste, dass sie völlig still daliegen sollte, also regte sie sich nicht und lauschte nur in die unheimliche Stille.

Als er nun nackt vor ihr stand, sah sie sein schlaffes Glied. Er registrierte ihren Blick, und mit einer blitzschnellen, raubtierartigen Bewegung war er auf das Bett gesprungen und lag auf ihr. Er begann, sich rhythmisch zu bewegen, seine Hände lagen auf ihren Schultern, seine Augen waren geschlossen. Sie schloss ebenfalls die Augen und fühlte durch den dünnen Stoff des Kleides, wie sein Glied steifer wurde. Es dauerte vielleicht zehn Minuten, doch ihr kam es wie eine Ewigkeit vor. Sie spürte an seinem Atem, dass es gleich so weit sein würde; sie öffnete die Augen und sah direkt in seine, sah die Wollust darin, erschrak vor dem irren Funkeln darin, sein Gesicht war gerötet und er fuhr sich unablässig mit der Zunge über die Lippen, wie ein Tier, das Durst hat, dachte sie und verharrte in ihrer Starre. Er nahm die Hände von ihren Schultern, legte sie um ihren Hals und begann zuzudrücken.

An dieser Stelle bekam sie immer Angst, echte Angst, obwohl sie wusste, dass er spielte, nur so tat, als ob er sie erwürgen würde. Ihr Atem ging schwerer, sie röchelte und versuchte, es besonders echt wirken zu lassen, denn sie wusste, dass es ihm darauf ankam. Sie spürte, wie sein Glied härter und größer wurde; es würde nur noch einen Augenblick dauern, dachte sie, und da spürte sie auch bereits, wie die feuchte Masse sich über ihrem Nabel ergoss. Sie machte die Augen rasch wieder zu. Er löste den festen Griff um ihren Hals und blieb entkräftet auf ihr liegen, sein Gewicht schien sie zu erdrücken. Sein ganzer Körper war nass; er atmete heftig. Endlich stand er auf. Sie musste die Augen noch geschlossen halten, nahm aber an, dass er sich schon wieder anzog. Sie durfte sich erst dann wieder bewegen und die Augen öffnen, wenn er ihr ein Zeichen gab, indem er sie leicht an der Schulter berührte. Sie stand auf und zog das Kleid aus, das er wieder in seiner Tasche verstaute. Er zog seinen Mantel wieder an, setzte den Hut auf und legte ein Bündel Geldscheine auf das Bett. Dann verließ er das Zimmer ohne ein Wort und ohne sie noch einmal anzuschauen. Rosa setzte sich auf das Bett, nahm das Geld in die Hand und atmete einige Male tief durch.

16
Unter Raubvögeln

Hamburg, Samstag, d. 7. Februar 1880

Hedda Svensson hielt den großen Schirm gegen den peitschenden Schneeregen, der die Kutsche und ihre Insassen mit einer Inbrunst malträtierte, dass man meinen konnte, es bereite Petrus persönlich ein Vergnügen. Es war erst 3 Uhr am Nachmittag, aber schon fast dunkel; schwere, schwarze Wolken hatten sich wie ein finsterer Umhang auf die Stadt gelegt und das sonnige Wetter der vergangenen Tage endgültig abgelöst; es herrschte das allseits bekannte Hamburger Schietwetter. »So ein Pech. Gerade wenn man sich etwas feiner angezogen hat«, schimpfte Louise Tesdorpf, die neben ihrer Nichte in der Mietdroschke saß. Das Schiebedach des Gefährts schützte die Passagiere zwar halbwegs gegen einen normalen Regen, gegen den Schneeregen und den starken Wind erwies es sich als machtlos. Die beiden Frauen waren auf dem Weg zu ihrer Arbeit bei der Soirée in der Villa Gierling am Alsterufer. Die Gastgeber, oder genauer gesagt, deren Haushälterin hatte vier Dienstmädchen bei Louise Tesdorpf für den Abend angefordert. Normalerweise ging die Chefin nicht persönlich mit zu solchen Anlässen. Da es sich aber um eine besonders bedeutende Soirée handelte – der Erste Bürgermeister Carl Friedrich Petersen sowie weitere Vertreter der Hamburger Führungsschicht waren eingeladen –, schien es ihr angebracht zu sein, selbst nach dem Rechten zu sehen. Ihre Vermittlungsagentur hatte einen guten Ruf, den sie keineswegs riskieren wollte.

Das arme Pferd, dachte Hedda, als eine besonders heftige Böe an ihrem Schirm riss. Der Kutscher, dem es keineswegs besser erging als seinem Tier, lenkte die Droschke geschickt durch die Wexstraße und in die Große Bleichen. Das Pferd trabte an der Post vorbei. Bald konnte Hedda die Umrisse und die Lichter des Alsterpavillons ausmachen. Als sie links in den Jungfernstieg einbogen, sah sie im Schein der beleuchteten Fenster Männer und Frauen, die den Nachmittag fröhlich und vergnügt bei Speisen und Getränken im Trockenen verbrachten – zumindest nahm sie an, dass sie es waren. Warum sollten sie es nicht sein? Der Weg führte entlang der Binnenalster und über die Esplanade durch das ehemalige Dammtor. Der Regen begann nachzulassen. Linker Hand konnte Hedda den Bahnhof Dammtor erkennen, eine Station der Verbindungsbahn nach Altona. An der Straße Alsterufer stand eine Reihe großzügiger Villen, die – wie Tante Louise erzählt hatte – nach der Aufhebung der Torsperre 1861 erbaut worden waren. Als die Droschke vor dem Eingangstor einer Villa anhielt, hatte der Regen aufgehört. Hedda machte den Schirm zu und half ihrer Tante beim Aussteigen. Sie schaute zum Himmel. Er hatte sich etwas aufgeklart. Am Horizont erkannte sie jedoch bereits die nächste, rasch heraufziehende Regenfront, anthrazitfarbene Wolken türmten sich zu einer bedrohlich wirkenden, massiven Wand auf, die direkt auf die Stadt zukam.

Ein Diener machte das Tor auf und bedeutete den beiden Frauen – die anderen Mädchen, die Tante Louise engagiert hatte, sollten eine Stunde später kommen – den Dienstpersonaleingang an der Seite des Hauses zu benutzen. Das Haus war in Erwartung der vielen Gäste bereits hell erleuchtet worden; die Gäste würden allerdings durch den Haupteingang eintreten. Hedda musterte das imposante Gebäude, das sich über einem in den Hang gebauten Keller über drei Stockwerke emporstreckte. Das obere Stockwerk war deutlich niedriger als die beiden ersten Etagen. Dort wohnte wohl das Dienstpersonal. Mit Baustilen kannte Hedda sich nicht aus; sie war nichtsdestoweniger beeindruckt von dem monumentalen Bauwerk. Um zur Eingangstür zu gelangen, mussten die Gäste durch einen langen, ansteigenden

Vorgarten hindurch, eine breite Treppe ersteigen und durch einen mit Säulen gesäumten Vorbau gehen. Die langen, mit Sprossen versehenen Fenster der ersten beiden Stockwerke waren von Halbsäulen umrahmt, die Stützbalken bildeten ein Dreieck. Die Fassade war weiß verputzt. Auf der Seite des Dienstpersonaleinganges gab es einen riesigen Anbau, auf dem sich eine Veranda befand. Die beiden Frauen gingen durch die Tür hinein und wurden von der Haushälterin förmlich begrüßt. Hedda hörte sich die Instruktionen der Haushälterin genau an. Sie kannte die ihr aufgetragenen Aufgaben zu Genüge von vielen anderen Anlässen, es war immer dasselbe: adrett aussehen, stets behilflich sein, Speisen von der Küche in den Buffetraum tragen und dort aufstellen, die Gäste mit Getränken versorgen und immer nett lächeln. Die Haushälterin führte sie im Souterrain in die Küche und übergab sie der Köchsche, Fräulein Antonia, die gleich deutlich machte, dass sie auf die Anrede ›Fräulein‹ großen Wert legte. Sie war eine große, kräftige Frau in den Vierzigern, so schätzte Hedda, mit lebhaften Augen und vollen Lippen, von denen jedoch ein recht auffälliger Damenbart ablenkte. Sie herrschte über ihre Küche wie eine Feldherrin, die einen komplizierten Schlachtplan ausgearbeitet hatte und dafür sorgen wollte, dass die Fußsoldaten ihn sorgfältig ausführten. Hedda wusste, dass es wahrlich keine einfache Aufgabe war, eine Soirée für an die fast einhundert honorigen Persönlichkeiten zu organisieren. Fräulein Antonia schien dieser Aufgabe aber allemal gewachsen zu sein. Die Köchsche schaute Hedda mit einem prüfenden Blick an und sagte: »Mädel, du machst die Bedienung im großen Saal.« Ihre Tante lächelte etwas gequält und willigte ein. Hedda freute sich auf den Abend, denn sie hoffte, neue Eindrücke zu gewinnen. Sie hatte bei ihren bisherigen Einsätzen dieser Art erfahren, dass die Beobachtungen, die sie an einem solchen Abend anstellte, ihre Fantasie genauso anregten wie ein Kapitel aus einem guten Gesellschaftsroman.

Zwei Stunden später kamen die ersten Gäste. Hedda stand, bereits etwas erschöpft von der Vorbereitungsarbeit, hinten in der imposanten Empfangsdiele vor dem großen Salon und lächelte, was das Zeug hielt. Andere Bedienstete nahmen die Mäntel der Gäste entgegen;

Hedda spielte die Türvorsteherin, die durch ihren Posten andeutete, dass dies ein langer Abend werden würde und man sich seiner Mäntel am besten gleich entledigte. Die meisten Gäste gingen grußlos an ihr vorbei, einige der Männer erwiderten ihr Lächeln. Hedda trug ihre Dienstkleidung: ein bis zu den Knöcheln reichendes, über einem Unterrock nicht zu eng anliegendes, schlichtes schwarzes Kleid mit einem kinnhohen Kragen, schwarze Stiefeletten, eine makellos weiße Schürze und eine weiße Haube, unter der sie ihre blonden Haare hochgesteckt hatte. Alles comme il faut, wie ihre Tante scherzhaft zu sagen pflegte.

Als die letzten Gäste durch die Diele kamen betrat auch Hedda den Salon und blieb bei der Tür stehen. Gastgeber Doktor Alfons Gierling setzte zu einer Begrüßungsrede an; neben ihm stand ein kleiner, runzliger, seiner gebeugten Haltung nach zu urteilen wohl auch schon recht betagter Mann mit weißen, schütteren Haaren und einem imposanten Schnauzer, den der Redner als Ersten Bürgermeister Carl Friedrich Petersen besonders begrüßte. Dieser reagierte kaum auf die Geste, sondern schaute sich aufmerksam im Raum um. Hedda hörte sich die Rede nicht an; sie tat es dem Bürgermeister gleich und musterte die Gäste im Salon, vor allem die Damen. Ihre praktische Dienstbekleidung unterschied sich deutlich von den Kostümen, die man hier zur Schau trug. Farbenprächtig und extravagant, stets bestrebt, die Blicke der Herren in ihren schwarzen Fräcken, ebenso aber auch der weiblichen Konkurrenz auf sich zu ziehen. Während die älteren Damen Kleider mit Tournüren als Unterbau, Ballonärmeln, Wespentaille und reich verzierte Krägen trugen, registrierte Hedda eine etwas andere Mode bei den jüngeren. Ihre Kleider waren häufig vom Hals bis zu den Knien körpereng geschnitten. Erst unterhalb der Knie weitete sich der Rock und bildete dann eine flache Schleppe. Die schmalen Röcke waren durch Draperien in unterschiedlichen Farben der Blickfang, wohingegen die Taille in den Hintergrund gerückt wurde, durch die Farbkombinationen wirkten die Kostüme ausdrucksstärker, irgendwie fast aggressiv, dachte Hedda. Heddas Lieblingsfarbe Rot war jedoch kaum vertreten, das fiel ihr gleich auf. Einige der forscheren jungen

Damen zeigten tiefe Dekolletés und gewährten sogar Sicht auf nackte Arme und Schultern, diese wurden allerdings geschickt durch Schultertücher kaschiert. Gemeinsam war allen Frauen das hochgesteckte und mit Schleifen und Nadeln zusammengehaltene Haar, das durch auffallende Hutmoden betont wurde. Hedda hatte nie zuvor so viele Federn, Schleifen und Blumen als Hauptbedeckung gesehen. Fächer waren als obligatorisches Modeaccessoire stets zur Hand.

Hedda nahm Getränkebestellungen entgegen und pendelte zwischen der improvisierten Theke beim Eingang des Salons und den Gästen hin und her. Zwei Dienstmädchen bereiteten an der Theke die Getränkewünsche zu. Hedda war froh, dem mühsamen Transport der Speisen von der Küche bis zum Buffetraum zu entgehen; sie konnte so außerdem die Gäste im Salon genauer beobachten. Es war, wie erwartet, eine elegante Gesellschaft, die Créme de la Créme von Hamburg, wie ihre Tante gesagt hatte. Die Herren in ihren vornehmen Fräcken und die Damen in ihrer dazu passenden Garderobe bewegten sich selbstsicher und in gleichem Maße selbstverliebt im Saal. Höfliche Begrüßungen und Verbeugungen wurden ausgetauscht. Die Lampen und Kerzen legten mit ihrem sanften Licht einen Weichzeichner über alles, so dass im Zusammenspiel mit den vielen Blumenarrangements, den edlen Holzmöbeln und Ölgemälden der Salon fast wirkte wie eine Theaterbühne. Wie eine Szene aus einem Theaterstück, dachte Hedda. Aber was steckte dahinter? Der Advokat hatte ihr einmal gesagt: »Die Menschen sind nicht immer, was sie scheinen, aber selten etwas Besseres«. Ob dieses Zitat auch von Lessing stammte, fragte sich Hedda.

Im Laufe des Abends bildeten sich kleine Gruppen, die im Raum hin und her wogten und gelegentlich ihre Zusammenstellung änderten, insbesondere dann, wenn Speisen geholt wurden, es wurde ununterbrochen gegessen und getrunken. In der Nähe des großen Erkers versammelten sich die bedeutenden Politiker der Stadt um den Ersten Bürgermeister herum. Am Rande dieser Gruppe traten sich einige jüngere Herren die Füße platt, offenbar erhofften sie sich, in diesen erlauchten Kreis aufgenommen zu werden; einer von ihnen nahm zwei Gläser Champagner von Heddas Tablett und reichte sie mit einer übertriebenen Verbeugung einem der Herren in dem Innenzirkel. Dieser schenkte dem Aspiranten ein wohlwollendes Lächeln. Hedda stand gerade bei einer Gruppe, die den Hausherrn umgab, als sie einige Gesprächsfetzen aufschnappte. Ein kleiner Mann mit einem spitzen Gesicht, den Gierling mit Doktor Carl ansprach, fand, dass so eine Soirée eine gute Investition sei, schon allein, weil man hier wunderbar Geschäfte abwickeln könne und zur gleichen Zeit hervorragend unterhalten und bewirtet werde. Genau wie die Börse, dachte Hedda, nur im Wohnzimmer. Ein Hauptgesprächsthema war der mögliche Beitritt der Stadt zum deutschen Zollgebiet. Zehn Jahre nach der Reichsgründung war die Stadt immer noch Zollausland. »Der freie Handel ist der Lebensnerv unserer Stadt«, wetterte ein korpulenter Mann und wedelte mit seiner Zigarre. Die meisten Zuhörer nickten zustimmend, einige sprachen dagegen von der Einheit des neuen Reiches, in die sich Hamburg einzufinden hätte.

Einer Gruppe Männern servierte sie eine Runde Scotch Whiskey und hörte, dass sie über Frauen sprachen, welche die besten Partien seien, dann wieder über Stadtpolitik – die Wahl zur Hamburger Bürgerschaft hatte vor nicht allzu langer Zeit stattgefunden – und sogar über das geplante Lessing-Denkmal am Gänsemarkt. Einige Herren meinten, so etwas sei überflüssig, andere sprachen von der gebührenden Ehre für einen Nationaldichter, der auch in Hamburg gewirkt hatte. Als Hedda sich umdrehte spürte sie die Blicke, die man ihr nachsandte. Auch die Herren der Oberschicht mit ihrer Etikette und ihren vorbildlichen Manieren verwandelten sich ihrer Erfahrung nach in Raubvögel, sobald sie ein junges Dienstmädchen sahen. Vielleicht waren sie das immer und hatten nur gelernt, ihr wahres Wesen hinter vornehmer Kleidung zu verbergen. Hedda hatte sich in den letzten Monaten bei solchen Anlässen daran gewöhnt, wusste sich auch zu wehren, wunderte sich jedoch, warum diese Männer nicht einfach zu den jungen Damen schlenderten, um dort den Raubvogel rauszulassen – es waren ja genügend vorhanden.

Die Damen ihrerseits standen überwiegend in kleineren Scharen zusammen. Die Älteren sprachen über ihre Kinder, die Ehemänner oder über ihre Sommerresidenzen, wenn sie sich nicht über unfähiges Dienstpersonal ausließen. Die Ehefrau von Doktor Alfons Gierling wurde selbstverständlich mit ›Frau Doktor‹ angeredet, obwohl sie nach Heddas Einschätzung nicht besonders gescheit aussah. Sie war bei Weitem nicht die einzige ›Frau Doktor‹ im Raum; es gab sogar eine ›Frau Hauptpastorin‹. Die älteren Matronen überwachten das Geschehen mit Argusaugen. Hedda stellte sich vor, dass sie hier als Kupplerinnen sicherlich die eine oder andere Partie arrangieren wollten, in erster Linie aber wollten sie aber ihre Ehemänner beaufsichtigen. Bei den jüngeren Damen ging es in der Hauptsache um Männer und Kleidung. »In Sillem's Bazar gibt es die schönsten Geschäfte – *articles de Paris*!«, kommentierte eine Brünette, sichtlich stolz, dass sie die fremdsprachige Bezeichnung verwenden konnte. Einmal wies eine junge Frau aufgeregt auf die bevorstehende Gartenbauausstellung hin, die demnächst auf der Moorweide eröffnet werden sollte. »Und stellen Sie sich vor: Sie wird durch elektrisches Licht beleuchtet!« Während sie die Damen mit Getränken bediente, nahmen diese von Hedda keine Notiz.

Hedda entdeckte eine kleine Gruppe gemischten Geschlechts, überwiegend jüngere Leute, vielleicht in ihrem Alter, aber auch zwei ältere Herren, die sich in der Nähe eines Erkers am Rande des Saals aufhielten und über das Theater diskutierten. Diese Frauen zeigten die gewagtesten Dekolletés des Abends. Direktor Bernhard Pollini schien auf die Inhaberinnen besonders anziehend zu wirken. »Wissen Sie«, sagte eine kleine Schwarzhaarige mit Schweinenase, »er ist Jude und hieß ursprünglich Baruch Pohl und kommt aus unserer Stadt. Der italienische Name gefällt mir besser. Italiener sind so, so … sinnlich.« Sie kicherte affektiert.

»Juden sollen es auch sein«, erwiderte ihre Nachbarin und zwinkerte ihr zweideutig zu.

Es sei unbedingt empfehlenswert, die Aufführungen im Stadttheater zu besuchen, bemerkte eine andere. Sie habe neulich die Oper *Tristan und Isolde* von Richard Wagner erlebt – »Fabelhaft! Und so romantisch.«

»Das Theater ist ein Sündentempel«, sagte ein älterer, beleibter Herr, der etwas abseits stand, und blickte dabei überaus grimmig drein. Alle Köpfe gingen in seine Richtung.

Eine junge Frau erwiderte eifrig: »Aber Herr Hauptpastor Zimmermann, wie können Sie so etwas sagen? Theater gehört doch zur Bildung.«

»Es zerrüttet die Sitten und verdirbt die Jugend, wie wir heute täglich erleben.« Er schaute herausfordernd in die Runde und sein Blick blieb am Dekolleté einer besonders gut ausgestatteten jungen Frau hängen. »Demnächst findet eine Aufführung von *Nathan der Weise* im Stadttheater statt. Lessing – der Schutzheilige der Juden mit seinem Nathan, einem ›weisen, guten‹ Juden, ein Widerspruch in sich«, schnaubte er. »Eine Schande für eine christliche Stadt, dass so etwas gespielt wird, dass man sogar ein Denkmal aufstellt für einen Feind des Christentums!« Der Hauptpastor ereiferte sich so heftig, dass die jungen Zuhörer eingeschüchtert zu Boden schauten. Keiner wagte nun mehr zu widersprechen, auch die junge Frau war verstummt.

Hedda brachte ein Glas Cognac zu einem älteren, sehr kleinen Herrn, der alleine zwischen den Gruppen mäanderte. Er trug ein Monokel, das er dann und wann zurechtrückte, besonders dann, wenn er vor einer Dame mit einem tiefen Dekolleté stand; er hatte die geeignete Größe für diesen Zeitvertreib. Die Soirée schien ihm zu gefallen. Hedda war eine ausgezeichnete Beobachterin, und es dauerte nicht lange bis sie bemerkte, dass ein Augenpaar sie schon den ganzen Abend über immer wieder fixierte. Es gehörte einem sehr großen, beleibten Herren, der sich abwechselnd mit den Kaufmännern und den Politikern unterhielt und einen ungewöhnlichen Schnurrbart hatte, dessen Spitzen steil nach oben und, wenn er lächelte, in Richtung seiner Ohren zeigten. Sein Lächeln gefiel Hedda nicht. Einige Male entdeckte sie ihre Tante, die zwischen Küche, Buffetraum und großem Saal geschäftig hin und her huschte. Sie machte einen beunruhigten Eindruck – hatte es Ärger gegeben, oder sorgte sie sich ihretwegen, fragte sich Hedda.

Im Laufe des Abends veränderte sich die Luft im Raum. Die menschlichen Ausdünstungen, die Essensgerüche, die Wärme der Kamine, der Wachsgeruch der Kerzen und der Rauch der vielen Zigarren vermischten sich zu einem schweren, fast unerträglichen Odeur, das sich auch auf die Stimmung auszuwirken schien. Die jüngeren Damen redeten und kicherten vernehmlicher, die älteren Damen schauten noch verdrießlicher, die Herren redeten immer lauter, zusätzlich durch den Alkoholkonsum angeheizt. In einer Ecke gerieten zwei jüngere Herren in eine lautstarke Auseinandersetzung, die vom Gastgeber geschlichtet werden musste. Bei vielen Damen sah die Abendgarderobe inzwischen verschwitzt und wie verwelkt aus; die Fräcke einiger Herren hatten infolge des großzügig in Anspruch genommenen Buffets Flecke.

Gegen 21 Uhr begann eine kleine Kapelle, schwungvolle Musik zu spielen. Das war das Signal für die jüngeren Gäste, sich miteinander zu befassen. Für die älteren Damen war es Zeit, sich um ihre Toilette zu kümmern, bevor sie das Geschehen auf der Tanzfläche beaufsichtigten. Den älteren, distinguierteren Herren bot die Musik die Möglichkeit, den kleinen Salon aufzusuchen, um dort bei Zigarren und weiteren Aperitifs weiter über Geschäfte und Politik zu reden. Im kleinen Salon trug der Gastgeber Doktor Alfons Gierling Hedda auf, eine Runde Champagner zu bringen. Als sie mit dem perlenden Getränk zurückkehrte, bemerkte Hedda, dass der dicke Herr mit dem spitzen Schnurrbart sich dazugesellt hatte. Die Männer schienen ein ernstes Thema angeschnitten zu haben, denn man achtete kaum noch auf die angebotenen Getränke und erst recht nicht auf die Serviererin. Als Hedda sich umdrehte, hörte sie, wie jemand den Namen ›Goldschmidt‹ fallen ließ. Unauffällig verschwand sie in einer dunklen Ecke neben dem Kamin und lauschte. Die Herren sprachen über den Mord und von einem Sanierungsprojekt in der Neustadt. Hedda konzentrierte sich und hoffte inständig, sich alles merken zu können. Es war von Schwierigkeiten die Rede, die Bürgerschaft habe bei den Senatsplänen erneuten Beratungsbedarf angemeldet, und es gab in der Kaufmannschaft Gerüchte über Korruption. Gierling schien die Sache herunterspielen zu wollen; »Herr Schnurrbart« (so nannte ihn Hedda für sich) machte einen verärgerten Eindruck. Sie war nur für einen winzigen Moment mit den Gedanken abgeschweift, und als sie wieder zu ihm hinübersah, stellte sie erschrocken fest, dass er sie ansah. Hedda machte auf dem Absatz kehrt und verließ den Raum.

Spät am Abend holte sie die Mäntel für ein Paar, das sich vom Gastgeber verabschiedet hatte, aus der Garderobe. Sie brachte die Kleiderbügel zurück und wollte zu ihrer Arbeit zurückkehren, als der Dicke mit dem Schnurrbart sich vor ihr aufbaute und ihr den Weg versperrte. »Einen Augenblick, Mädchen. Wieso interessiert sich eine einfache Serviererin so stark für unsere geschäftlichen Angelegenheiten?«

»Ich weiß nicht, was Sie meinen, mein Herr.« Hedda spürte, dass sie errötete und wandte den Blick ab.

»Spiel nicht die Unwissende. Du hast uns belauscht, ich habe es genau gesehen. Du neugieriges, verdorbenes Ding …«

Bei seinen letzten Worten zogen sich die Spitzen seines Schnurrbartes unter einem lüsternen Grinsen nach oben. »Verdorben bist du, allerdings, aber es gibt sicher noch so einiges, was ich dir beibringen könnte …«

Hedda kannte diesen Ausdruck. »Sie irren sich, mein Herr. Ich muss zurück an die Arbeit.«

Sie wollte an ihm vorbei in den Salon zurück, doch er hielt sie am Arm fest und zog sie dicht an sich heran. »Eine Dienstmagd, die wie du aussieht, kennt sich aus. Ich denke, wir sollten uns einmal in Ruhe unterhalten. Es soll sich für dich auch lohnen.« Hedda trat einen Schritt zurück, wobei sie gegen ein Tablett stieß, das auf einem Tisch lag und sogleich scheppernd zu Boden fiel. Instinktiv bückte sie sich, und das Buch, das sie in ihrer Schürze versteckt hatte, fiel zu Boden. Der Mann warf einen verdutzten Blick darauf. Die Titelseite war aufgeschlagen: *Die Judenbuche* stand dort in dicken Lettern. Hedda bückte sich eilig, klaubte das Heft vom Boden und zwängte sich an ihrem Angreifer vorbei. Der stand nur regungslos da und starrte auf die Stelle, wo gerade noch das Buch gelegen hatte.

17
Der Lumpensammler Alexander Daveson

Hamburg, Montag, d. 9. Februar 1880

Miss Sara stand hinter der Theke ihres Lokals am Kugelsort und beobachtete die Kundschaft mit einem prüfenden Blick. Es waren zu dieser frühen, für einen Februartag überraschend hellen Nachmittagszeit wenige, zumeist ältere Stammkunden in der Gaststube. Da das Gebäude an der spitzen Ecke zweier Gänge stand, hatte es von zwei Seiten Fenster, die, verglichen mit den vielen Spelunken im Hafenbereich, eine lichte Atmosphäre schufen. Die Wände und der Fußboden bestanden aus Holzdielen, die dank des langjährigen Putzens blank waren, und die, wenn die Sonne direkt hereinschien, glänzten. Die Gaststube war sauber, ordentlich eingerichtet mit viereckigen Tischen und Barhockern vor der Theke. Etwas abseits in einer ruhigen Ecke stand ein einzelner, kleiner, runder Tisch. Hinter der Theke warteten in einem Regal geistvolle Flaschen. Hauptnahrungsmittel in der Gaststätte war aber das braune Bier der Bill-Brauerei, das vom Fass gezapft wurde. Miss Sara bot außerdem kalte Speisen an. An den Wänden hingen neben einer einfachen, handgeschriebenen Speisekarte kunstvolle Zeichnungen, die Szenen aus den Gängevierteln abbildeten, ein Reklameschild der Bill-Brauerei (ein stilisierter roter Dreimaster mit dem Text: ›Bill-Bräu – Bill-Brauerei Altona‹) sowie ein übergroßer Schiffsanker, wohl um dem Gast deutlich zu erkennen zu geben, dass er sicher in einer Hamburger Kneipe angedockt hatte.

Miss Sara arbeitete schon seit fast fünfunddreißig Jahren in der Gaststätte, zunächst als rechte Hand ihres Vaters, später als Eigentümerin. Sie war in den Gängevierteln so etwas wie eine Institution. Ihr Ruf war ihr Kapital, und sie verstand sich darauf, es zu vermehren. Miss Sara kannte ihre Stammkunden gut, denn sie bildeten den Grundstock des Geschäftes und mussten entsprechend umsorgt werden. Es war ein hartes Geschäft in einem harten Milieu. Sie selbst wirkte nach außen eigentlich zu zart und schmächtig für so ein Etablissement. Es war noch unverkennbar, dass sie einmal eine Schönheit gewesen sein musste, aber die langjährige Arbeit in der mit Männern, Alkohol und Rauch gefüllten Gastwirtschaft hatte ihr Opfer gefordert. Ihre Haare, die zusammengebunden unter einer weißen Mütze steckten, waren inzwischen grau, und tiefe Falten durchzogen ihr Gesicht. Auffallend waren ihre hellen, grauen Augen, wachsam, klug und neugierig, sie verliehen ihr eine jugendliche Ausstrahlung, und ihre feste, klare und überraschend tiefe Stimme, mit der sie für Ruhe und Ordnung zu sorgen pflegte, wenn es nötig war. Sie strahlte Autorität aus, und wer sie unterschätzte oder sich nicht an ihre Regeln hielt, suchte lieber schnell das Weite. Gerade legte sie ein Exemplar der *Gerichtszeitung – Tageblatt für Hamburg, Altona und Umgebung* für ihre Gäste auf den Tresen, als ein Mann die Stube betrat. Miss Sara kannte ihn, er kam seit fast zwei Monaten regelmäßig hierher. Sie hielt ihn für einen Lumpensammler, der gern in aller Ruhe einen Branntwein an dem kleinen, runden Tisch trank und Zeitung las, ohne dabei mit jemandem ins Gespräch zu kommen. Er war offenbar ein Jude, denn er hatte einen langen Ziegenbart und trug einen kleinen, runden Hut, den man für eine Kippa halten konnte. Die Wirtin beschloss, dass es an der Zeit war, den Lumpensammler etwas besser kennenzulernen.

Sie goss sich auch einen Branntwein ein, schaute den Mann über die Theke hinweg an und sagte »Wohlsein!« Er war lang und dürr mit buschigen Augenbrauen, wachsamen Augen und hatte viel Grau in Haar und Bart. Er hatte lange, schlanke Finger, überhaupt wirkten seine Hände überraschend elegant. Sie sahen nicht so aus, als ob sie lebenslang die mühsame Arbeit eines Lumpensammelns besorgt hätten. Sein Bart sah auch nicht so aus, als trüge er ihn schon besonders lange. »Wie heißt du, mein Lieber? (Miss Sara duzte grundsätzlich jeden ihrer Gäste) Du kommst so häufig zu mir, also denke ich es ist Zeit, dass wir uns mal unterhalten.«

Der Lumpensammler machte ein verdutztes Gesicht ob dieser forschen Aufforderung, aber dann lächelte er und sagte: »Alexander Daveson. Ich wohne in der Poolstraße bei Nordheim.«

Wenn er gedacht hatte, Miss Sara mit dieser spärlichen Information abspeisen zu können, hatte er sich geirrt. So einfach wollte sie ihn nicht davonkommen lassen. »Verstehe. Daveson also, sagst du. Erzähl mir etwas von dir.«

Der Mann schaute in sein Glas und sagte: »Es gibt nicht viel zu erzählen. Ich bin vor ein paar Monaten aus dem Osten nach Hamburg gekommen und seitdem sammle ich Lumpen. Ich bin viel herumgereist.«

»Wer viel reist, läuft vor etwas davon oder sucht etwas. Meistens beides zugleich«, bemerkte Miss Sara und versuchte, seinen Blick zu deuten, der aber ins Leere ging.

»Ich suche einfach ein ruhiges Leben«, erwiderte er schlicht.

»Weißt du, das glaube ich dir nicht. Ich glaube auch nicht, dass du ein Lumpensammler bist. Jeder von uns verbirgt etwas. Ich bin keine Amtsperson, nur eine alte Wirtin, die gerne weiß, wer ihre Stammgäste sind.« Der Lumpensammler bestellte noch ein Glas Branntwein.

»Besonders gesprächig bist du heute nicht, was? Na gut, dann erzähle ich dir eben eine Geschichte.« Miss Sara hob Zeige- und Mittelfinger und deutete damit auf seine Augen: »Aber danach … bist du dran.«

Der Lumpensammler lehnte sich etwas zurück, offenbar war er sehr zufrieden damit, die Rolle des Zuhörers einnehmen zu können. »Miss Sara ist nicht mein eigentlicher Name, wie du dir denken kannst. Die Geschichte dahinter führt fast dreißig Jahre zurück.« Die Wirtin zapfte eine Runde braunes Bier für den Stammtisch und setzte ihre Erzählung dabei fort: »Es war ein Herbstabend 1848. Vater, Gott hab ihn selig, musste weg und hat mir den Dienst an der Theke übertragen. Es waren nur ein paar Stammgäste da. Ich war damals ein junges Ding, und ich war stolz, einmal die Wirtin spielen zu können.« Sie unterbrach ihre Geschichte, um die Runde aufzutragen. Der Lumpensammler betrachtete derweil die Flaschen, die hinter der Theke in einem Regal an der Wand standen. Vielleicht kamen sie ihm wie Soldaten vor, die auf ihren Einsatz warteten, oder doch eher wie eine Versammlung von Rabbinern, die darauf warteten, im Notfall kluge Ratschläge zu erteilen. Miss Sara kehrte zurück: »Kurz nachdem mein Vater gegangen war ging die Tür auf, und eine Gruppe von sechs Personen kam herein. Sie lärmten und waren offenbar in guter Stimmung. Es stellte sich heraus, dass sie Schauspieler waren, die gerade eine Aufführung im Stadttheater gespielt hatten. Ich kannte sie nicht, sie waren nur zu Besuch in der Stadt, bis auf eine Person, eine junge Frau, die offenbar so etwas wie ihre Anführerin war: Recha Mendelssohn.« Sie stutzte, als sie die Veränderung im Gesicht ihres Zuhörers wahrnahm. Sie konnte nicht genau sagen, was es war, doch es schien, als ob der Mann auf einmal nicht mehr nach außen sah, sondern nach innen, in sich hinein. »Recha Mendelssohn«, wiederholte sie langsam. »Sie war damals während der Revolution so etwas wie eine Berühmtheit, zumindest in unseren Vierteln. Sie verfasste Flugblätter und hielt bei Kundgebungen Ansprachen. Es war damals unerhört, dass eine Frau sich so in der Öffentlichkeit zeigte. Wenn ich es mir überlege, ist das heute auch nicht viel anders. Für uns junge Frauen war sie so etwas wie eine Heldin. Sie war keine besondere Schönheit, aber sie hatte … ich weiß nicht, wie ich es beschreiben soll. Sie zog einfach alle Aufmerksamkeit auf sich. Die große Revolution«, wieder warf sie ihrem Zuhörer einen prüfenden Blick zu, »du musst dich auch daran erinnern können. Damals schien vieles möglich, eine neue Zeit sollte anbrechen. Recha Mendelssohn setzte sich für die Gleichstellung der Juden und der Frauen ein, daran erinnere ich mich gut. Ich glaube, sie hat sich dabei auch viele Feinde gemacht. Mein seliger Vater verabscheute sie, ›böses Weib‹ nannte er sie. Ich hatte zu viel Angst, ihm zu widersprechen.« Miss Sara unterbrach ihre Erzählung wieder, um eine Bestellung auszuführen; der Lumpensammler nippte an seinem

Getränk. Er hatte sich offenbar endgültig in Schweigen gehüllt. »Nun, aber eigentlich wollte ich dir ja erzählen, wie ich zu meinem Namen gekommen bin. Einer der Schauspieler, ein wirklich attraktiver Bursche, begann mich, na ja, wie sagt man, zu necken. Er fing an, mir Sätze aus dem Theaterstück aufzusagen, das sie gerade gespielt hatten. Mir erschien das alles sehr wirr, ich fühlte mich aber geschmeichelt. Er nannte mich ›Miss Sara‹, nach der Frau in seinem Theaterstück. Es hieß etwas wie Miss Sara Thomsen.«

»*Miss Sara Sampson*, ein bürgerliches Trauerspiel von Gotthold Ephraim Lessing«, sagte der Lumpensammler leise, als spräche er durch den Schleier eines fernen Tagtraumes.

Was für ein eigenartiger Mensch, dachte Miss Sara, fuhr aber unberührt fort. »Die Stammgäste griffen den Scherz auf. In den Tagen und Wochen danach haben alle angefangen, mich mit ›Miss Sara‹ anzureden. Anfangs fand ich es nicht lustig, danach gewöhnte ich mich daran. Ich dachte, es war eine nette Geschichte. Als mein Vater etwa zehn Jahre später starb und mir die Gaststätte überließ, habe ich sie in ›Miss Sara‹ umgetauft.«

Daveson schwieg, trank sein Glas leer und sagte schließlich: »Danke, Miss Sara. Ich erzähle dir meine Geschichte ein anderes Mal.«

»Ich werde dich daran erinnern, mein Lieber. Übrigens solltest du dir einen passenden Akzent zulegen, wenn du weiter behaupten willst, dass du aus dem Osten kommst.«

Es war ein kalter Novembernachmittag gewesen, an dem Sprewitz endlich in Hamburg eingetroffen war. Er hatte nicht den Zug von Schwarzenbek genommen; die Fahrkarte war ihm zu teuer gewesen und er hatte den Weg zu Fuß zurückgelegt und war zwischendurch von einigen mildtätigen Fuhrleuten mitgenommen worden. Nachdem er unterwegs auf Heuböden übernachtet hatte, erreichte er nach vier Tagen die Grenze der Stadt Hamburg und fand den Weg zum Bahnhof. Die Handelsstadt hatte sich seit seinem letzten Besuch stark verändert. Sie war größer, geschäftiger und dadurch, so schien es ihm, natürlich auch lauter geworden. Spuren des großen Brandes von 1842, der die Innenstadt weitestgehend vernichtet hatte, waren kaum noch zu entdecken.

Sprewitz hatte sich inzwischen fast an sein Dasein als Bettler gewöhnt, wusste jedoch, dass er einen festen Wohnsitz und Papiere benötigte. Es wäre äußerst ungünstig, würde er als Flüchtiger in die Hände der Konstabler geraten. Er hatte beschlossen, sich als Jude auszugeben, und so besorgte er sich eine kleine runde Kappe und ließ sich zum ersten Mal in seinem Leben einen Bart wachsen. Die kleinen, juckenden Haare im Gesicht empfand er als befremdlich und wunderte sich, dass Bärte überhaupt so in Mode gekommen waren. Die mitgebrachten Bücher tauschte er in einem Laden gegen bares Geld. Zwar war es nicht so viel wie erhofft, aber immerhin ein Notgroschen zum Leben. Er fand eine Unterkunft in einem israelitischen Männerheim ›Bei den Hütten‹ und hatte sich bei der Anmeldung den Namen Alexander Daveson gegeben. Als dieser versuchte er nun, in Hamburg Fuß zu fassen, was weit schwerer sein sollte als gedacht.

Er verbrachte einige Tage damit, durch die Stadt zu streunen, immer auf der Hut vor der Polizei, und nach Möglichkeiten Ausschau zu halten. Nach welchen Möglichkeiten, hätte er gar nicht sagen können. Die Stadt war groß, viel größer, als er sie in Erinnerung hatte. Jenseits der alten Mauern waren neue Stadtteile entstanden, Rotherbaum und Hamfelde im Norden und um die Bahnhöfe im Osten. Im Westen hatte sich St. Pauli mit der Nachbarstadt Altona verwoben. Die neue Bauweise im Zentrum empfand der Advokat als besonders beeindruckend – vier Stockwerke und mehr zählten die neu angelegten Massivbauten mit Gipsverzierungen, Türmchen und Ornamenten, die Wohnungen und Kontore beherbergten. In der Nähe der Binnenalster entdeckte er die imposanten Alsterarkaden, das noble Hôtel de Russie, daneben die exklusive Einkaufspassage Sillem's Bazar sowie den schwungvoll anmutenden Alsterpavillon. Er konnte es wagen, einmal unter den Alsterarkaden entlangzuschlendern; Sillem's Bazar, für den Eintritt zu entrichten war, und der Alsterpavillon waren dem angehenden Bettler zu teuer; seine Kleidung wäre dort ohnehin zu unpassend gewesen. Dass er bei seinen Stadterkundungen Hedda

Svensson erblicken würde, schien ihm immer weniger wahrscheinlich, vorausgesetzt, dass sie überhaupt nach Hamburg gegangen war. Die ehemalige Wohnung von Recha und Joseph Mendelssohn an der Großen Theaterstraße gab ihm auch keinen Hinweis. Zunehmend kam ihm sein Unternehmen in Hamburg hoffnungslos vor. Selbst ein gelegentliches Glas Branntwein konnte seine Stimmung nicht heben. Langsam aber sicher gingen sein Geld und sein Mut zur Neige.

Eines Tages, es war Anfang Dezember, ging Sprewitz den Großen Bäckergang entlang und bog, ohne eigentlich zu wissen weshalb, in den schmalen Lieschengang ein, wo er bald von einer Gruppe junger Kerle mit tiefsitzenden Schiffermützen und grimmigen Gesichtern laut angepöbelt wurde. »Hepp, hepp, Jude verreck!« skandierten die Jungen. Sie näherten sich ihrem Opfer mit geballten Fäusten und finsteren Gesichtern. Sprewitz war so etwas nicht neu, diese Situation schien ihm jedoch eine Stufe bedrohlicher zu sein. Die vier kamen auf ihn zu, doch er stand nur regungslos da und wusste keinen Ausweg als die direkte Konfrontation. Da sprang plötzlich aus dem Großen Bäckergang ein Junge mit einer Ballonmütze hinzu, der sich zwischen Sprewitz und den Rüpeln aufbaute und mit entschlossener, fester Stimme sagte: »Was habt ihr vor?«

Die Kerle blieben unvermittelt stehen. Das forsche Auftreten des Neulings hatte sie offenbar verunsichert. Ein stämmiger, glatzköpfiger Bursche, der ihr Anführer zu sein schien, sagte schließlich: »Ihr Juden habt hier nichts zu suchen.«

Der schmächtige Junge mit der Ballonmütze erwiderte: »Wie wäre es, wenn wir einfach gehen. Dann hättet ihr diese stinkende Gasse wieder für euch alleine. Oder wollen wir uns schlagen?« Er sagte dies in einem so ruhigen, gleichmütigen Ton, als könne ihn nichts erschüttern, als kenne er überhaupt keine Angst, weder vor Gott noch vor den Menschen.

Die Antwort kam stockend, fast verhalten: »Verschwindet, und lasst euch hier nicht wieder blicken.« Daveson und sein Retter machten auf dem Absatz kehrt um und gingen gemeinsam bis zum Schaarmarkt zurück.

Daveson sprach als Erster. »Ich glaube, ich schulde dir einen großen Dank. Die Kerle wollten, dass wir uns prügeln, dafür bin ich etwas zu alt geworden.«

»Wie haben Sie sich dahin verirrt? Das ist für uns Juden eine gefährliche Ecke. Sie hatten Glück, ich musste am Großen Bäckergang etwas für meine Mutter erledigen und habe den Lärm gehört.«

»Verirrt ist das richtige Wort für mich. Ich kenne mich in der Gegend noch nicht so gut aus.«

Der Junge musterte den älteren Mann; er schien sich zu überlegen, was er von jemandem halten sollte, der sich hier nicht zurechtfand. »Ich heiße Mosche Nordheim«, sagte er schließlich. »Haben Sie Probleme?«

»Mosche, das ist ein netter Name. Ich bin Alexander Daveson.« Er streckte dem Jungen die Hand entgegen, die dieser zögerlich ergriff. »Ich würde sagen, im Moment ist das Leben das Problem«, sagte Daveson lächelnd.

Der Junge nickte, als ob ihm das vertraut wäre. »Was suchen Sie hier?«

»Um ehrlich zu sein, bin ich nicht ganz sicher, wonach ich suche. Vielleicht einfach einen … Zugang. Ich weiß erst, dass es das ist, wonach ich gesucht habe, wenn ich es gefunden habe.«

»Das hört sich nach einem Abenteuer an«, entgegnete Mosche und legte den Kopf schief, als ob die rätselhafte Antwort des Fremden einen Nerv bei ihm getroffen hätte. Als der Junge erfuhr, dass Daveson weder eine feste Bleibe noch eine Arbeit hatte, schlug er spontan vor, dass dieser mit ihm nach Hause kommen sollte. »Wir haben noch eine Stube unterm Dach frei, und Arbeit gibt es mehr als genug.«

Als das ungleiche Paar in der Wohnung an der Poolstraße erschien, und nachdem Mosche von seinem Abenteuer im Hafenviertel erzählt hatte, zeigte sich die Mutter besorgt; sie schien alles anders als erfreut über das Ansinnen ihres ältesten Sohnes, den Bettler (denn nichts anderes war Daveson in ihren Augen) zur Miete aufzunehmen. Daveson hatte natürlich Verständnis dafür. »Ich komme aus dem Osten und habe eine schwere Zeit hinter mir. Dieser Tage mache ich sicher keinen so vertrauenswürdigen Eindruck.« Er lächelte matt, und nun registrierte

Mosches Mutter die schlanken, grazilen Hände des Fremden und sah ihm noch einmal in die Augen. »Zu welchem Ritus gehören Sie?«, fragte sie skeptisch, aber nicht ohne Sympathie in der Stimme.

Daveson erwiderte: »Im Osten gibt es nur die Orthodoxen. Mit ihnen habe ich keine so gute Erfahrung gemacht. Ich habe gehört, dass es in Hamburg eine aktive Reformgemeinde gibt.«

Die Mutter schaute ihren Sohn an und sagte: »Wir warten auf Vater. Er soll entscheiden.« Zu Daveson sagte sie: »Kommen Sie. Sie brauchen einen Teller Suppe.« In der Stube bat Mosche den Besucher, über seine Wanderungen vom Osten bis nach Hamburg zu erzählen. Daveson musste seine Fantasie ordentlich anstrengen, um aus den Erinnerungen an seine Lektüren eine einigermaßen glaubhafte und spannende Reise zu erdichten. Als er von ihr erzählte, schien es ihm, als ob alles so hätte passiert sein können.

Vater Nordheim kam nach einer Gemeindesitzung am frühen Abend nach Hause und hörte sich die Geschichte von seiner Frau und seinem Sohn an, musterte Daveson mit einem prüfenden Blick und bat ihn um ein Gespräch unter vier Augen. Er entschied, Daveson das Bett unter dem Dach des Hinterhauses zur Miete zu überlassen. Außerdem würde er einen Freund, der in der Straße ein Geschäft für Lumpen betrieb, fragen, ob er Daveson als Sammler beschäftigen könne. Da Daveson der Reformgemeinde beitreten wollte, würde er – als Vorstandsmitglied der Gemeinde – dafür sorgen, dass Daveson entsprechende Papiere als Mitglied der Gemeinde erhalte. Danach zeigte Mosche Daveson seine Schlafstätte. »Können Sie mir noch mehr von der Welt da draußen erzählen?«, fragte der Junge und Daveson hörte in seinen Worten einen fast flehenden Unterton, der ihn auf sonderbare Art rührte.

Als er wieder alleine war, saß Daveson, auf seinem neuen Bett: Vielleicht hatte er den Zugang gefunden. Das Spiel konnte in eine neue Runde gehen. Es war tatsächlich anders gekommen, ganz anders, als er es sich gedacht hatte.

18
Von Lessing ist keine Notiz zu nehmen.

Hamburg, Mittwoch, d. 11. Februar 1880

»Guten Morgen, Herr Direktor«, sagte der Sekretär und schaute dienstbeflissen hinter seinem Pult hervor, als ein schmächtiger, mit dickem Wintermantel und Zylinder bekleideter Herr das Büro betrat. Der Angesprochene erwiderte die Begrüßung knapp und überreichte ihm Stock, Mantel und Hut. Es war Punkt 9:30 Uhr – das wusste der Sekretär, ohne auf die Uhr schauen zu müssen. Doktor Meyer Isler, Direktor der Hamburger Stadtbibliothek seit 1872, trat immer auf die Minute pünktlich seinen Dienst an. Der Direktor war schon über siebzig Jahre alt, führte sein Amt jedoch noch immer mit gründlichem Ernst und größter Sorgfalt aus. Die Stadtbibliothek befand sich im 1840 erbauten, u-förmigen Gebäudekomplex am Speersort, das außer der Bibliothek das Akademische Gymnasium und die Realschule beherbergte. In den letzten Jahren hatte sich die Einrichtung von einer Büchersammlung für Gelehrte zu einer öffentlichen Bibliothek entwickelt, die inzwischen über 250 000 Bände und Folianten verwahrte. Meyer Isler kannte sie gut; er arbeitete seit fast fünfzig Jahren in der Bibliothek, seit vierzig Jahren als Registrator.

Der Sekretär räusperte sich, nahm einen Papierstapel von seinem Schreibtisch und überreichte ihn dem Bibliotheksdirektor mit der Bemerkung, dass er die Flugblätter heute Morgen im Eingangsbereich vorgefunden habe. Isler zog die Augenbrauen zusammen und nahm die Blätter entgegen. Der Sekretär sah, wie er eine randlose, ovale Brille aus der Rocktasche zog und diese aufsetzte. Sie verstärkte seine ohnehin professorale Ausstrahlung. Isler überflog das Blatt, tiefe Falten bildeten sich auf seiner Stirn und seine Augen weiteten sich hinter der Brille. »Das ist ungeheuerlich«, murmelte er und nahm die Brille wieder ab. »Ich nehme an, wir wissen nicht, wie, wann oder von wem die Blätter abgegeben wurden?«, fuhr Isler fort. Der Sekretär konnte keine erhellende Auskunft geben. »Ich muss dies einmal in Ruhe durchlesen. Um elf Uhr habe ich eine Verabredung bei der Patriotischen Gesellschaft. Ich denke, diese Blätter werden Gesprächsthema sein, sollten sie auch anderweitig in der Stadt aufgetaucht sein.«

Bevor er in sein Büro ging, machte Meyer Isler seinen täglichen Rundgang durch den Großen Saal; er begrüßte die Magazinarbeiter förmlich, man grüßte respektvoll zurück. Anschließend ging er durch den Lesesaal. Einige Leser saßen bereits dort, obwohl er nicht für die Öffentlichkeit zugänglich war. Es waren wohl Oberprimaner des Gymnasiums, die sich über alte Folianten beugten. Keiner schaute auf, als der Direktor hereinkam. Es war ein trüber Wintermorgen; dennoch drang durch das Oberlicht und die Seitenfenster ausreichend Licht zum Lesen ein. Der Bibliotheksdirektor nahm sich vor, sich beim Senat nach dem neuen, elektrischen Licht zu erkundigen.

In seinem Büro angekommen zündete Isler eine Gaslampe an, breitete eins der Flugblätter vor sich auf dem Schreibtisch aus und begann zu lesen:

Das Lessing-Denkmal – Ein Judenprojekt

Deutsche Männer!

Die Verjudung unserer Stadt schreitet voran! Es soll bald am Gänsemarkt ein Denkmal für den Feind des Christentums und den Freund der Juden Gotthold Ephraim Lessing geben.

Lessing, der Schutzheilige der Juden, griff mit seinem Drama Nathan der Weise das Christentum an und schuf mit der Figur des Patriarchen ein verabscheuungswürdiges Zerrbild der Lehrer der Heiligen Schrift.

Wie sehr die Juden unsere Stadt unterwandert haben, zeigt sich an diesem Denkmalprojekt, das von Juden und ihren ahnungslosen

Verbündeten betrieben wird. Die jüdischen Gemeinden sollen anonym viel Geld für das Projekt gespendet haben. Und warum? Weil sie damit einen Schritt näher zu ihren Ziel kommen – unsere Stadt zur jüdischen Metropole zu machen. Wir sehen die Juden überall in unserer Stadt: in den städtischen Kommissionen, in der Justiz, in der Ärzteschaft, in der Presse, in der Kaufmannschaft und in unseren Bildungseinrichtungen. Jedes Jahr übernehmen immer mehr Juden Schlüsselpositionen. Und wir lassen uns das gefallen! Die Juden sind ein Krebsgeschwür in unserem Gemeinwesen!

Als Lessing 1781 starb, verbot der Senat eine Trauerfeier im Theater. »Von Lessing ist keine Notiz zu nehmen.« So hat die Stadt damals diesen ewigen Kritiker, Atheisten und Judenfreund beurteilt. Und richtig beurteilt.

Wir rufen alle treuen Christen und deutschen Männer auf, das Denkmal zu bekämpfen.

Das Christentum gehört zu unserer deutschen Stadt!

Ein Judenfreund kann kein echter Deutscher sein!

Von Lessing ist keine Notiz zu nehmen!

Nachdem er den Text zweimal durchgelesen hatte, starrte Isler mit düsterer Miene auf das Symbol am Ende des Flugblattes. Es sollte wohl eine Art Kreuz darstellen. Isler war selbst Jude. Was, um alles in der Welt, geschah hier? Ein schwer zu fassendes Gefühl der Beklommenheit beschlich ihn. Isler versuchte, ihm nachzuspüren, ihm auf den Grund zu gehen, und erschrak. Angst; es war Angst. Er fürchtete sich. Er fühlte sich in seiner Existenz bedroht. Ein Gefühl, das er seit Jahren nicht mehr empfunden hatte. Er schüttelte heftig den Kopf und steckte die Flugblätter in seine Aktentasche.

Etwas später verließ Isler die Bibliothek und trat in die nasse Kälte des Hamburger Wintervormittags hinaus. Er zog seinen dicken Mantel noch enger um sich. Eine Mietdroschke wartete, um ihn zum Gebäude der Patriotischen Gesellschaft an der Trostbrücke zu fahren. Es war zwar kein langer Weg, aber er wollte nicht durch die kalten Straßen dorthin laufen. Die Stadt kam ihm heute ungemütlich vor.

Als die Droschke an der Börse vorbeifuhr, betrachtete Isler das große Gebäude und fragte sich: Wenn die Börse das Herz der Stadt war und der Hafen ihr Bauch – wo war dann ihr Geist?

Bald erreichte er den Sitz der Gesellschaft an der Trostbrücke. Meyer Isler stieg aus der Droschke und blieb einen Moment vor dem aus architektonischer Sicht sehr beeindruckenden Gebäude stehen. Es wurde nach dem Großen Brand von 1842 als Backsteinrohbau errichtet, im bewussten Gegensatz zu den vielen Putzbauten, die nach der Katastrophe in der Stadt aus dem Boden geschossen waren. Es beherbergte die Hamburger Bürgerschaft – »bis zum Bau eines neuen Rathauses«, wie die offizielle Erklärung lautete. Isler erinnerte sich an den ursprünglichen Namen der wohltätigen Gesellschaft, die 1765 gegründet worden war: Hamburgische Gesellschaft zur Beförderung der Künste und nützlichen Gewerbe. Ein schöner, und so passender Name, dachte er und betrat das Gebäude. Heute sollte eine Sitzung des Exekutivkomitees zur Errichtung eines Lessing-Denkmals stattfinden. Seit über zwei Jahren hatten sich die Mitglieder des Komitees in unterschiedlichen Zusammensetzungen getroffen, um das Projekt eines Lessing-Denkmals zu realisieren. Ihm gehörten Vertreter der politischen, wirtschaftlichen und geistigen Führungsschichten der Stadt an, vereint in dem Ziel, dem großen Aufklärer eine Ehre zu erweisen; eine Anerkennung, die ihm während seiner Zeit in Hamburg vor über hundert Jahren verwehrt worden war. Lessing hatte zwischen 1767 und 1770 in der Stadt gewohnt und gewirkt. Er war Dramaturg am neu gegründeten, letztlich gescheiterten Nationaltheater gewesen und hatte sein beliebtes Theaterstück, *Minna von Barnhelm,* auf dessen Brettern uraufführen lassen. Seine künftige Ehefrau, Eva König, und die für die Aufklärung bedeutende Familie Reimarus hatte er hier kennengelernt. Ebenso den Hauptpastor an der Katharinenkirche Johann Melchior Goeze, mit dem er sich Jahre später in eine öffentliche, unschöne Fehde über den Wahrheitsgehalt der Bibel verstricken sollte. Den Streit hatte Lessing angezettelt, um im Lesepublikum zur Aufklärung aufzurufen, an die Vernunft der Menschen zu appellieren. Ob unsere Stadt jetzt aufgeklärte Zeiten erlebte? fragte sich Isler, als er die Tür zum Sitzungszimmer aufmachte.

Die Stimmung im Saal war nicht geschäftsmäßig ernst wie gewöhnlich, eher bedrückt und nervös, so machte es den Eindruck. Isler nahm Platz neben dem Direktor des Stadttheaters, Bernhard Pollini, und klopfte auf den Tisch zur allgemeinen Begrüßung.

Der Zweite Bürgermeister und Komiteevorsitzende Doktor Gustav Heinrich Kirchenpauer ergriff das Wort: »Ich eröffne das dreizehnte Treffen des Exekutivkomitees zur Errichtung eines Lessing-Denkmals. Ich stelle fest, dass alle zwölf Mitglieder anwesend sind. Herr Senator Theodor Rapp übernimmt die Protokollführung. Meine Herren, unser Projekt ist einer gefährlichen Kampagne ausgesetzt. Wir müssen entschlossen handeln. Sie haben alle das Flugblatt gesehen, das gestern Abend oder in der Nacht in unserer Stadt verteilt worden ist. Die Angelegenheit ist bereits bei der Kriminalinspektion zur Anzeige gebracht worden. Über das Flugblatt sollten wir erst am Schluss der Sitzung sprechen. Es gibt wichtige Punkte zu besprechen, wie Sie der Einladung sicherlich bereits entnommen haben. Ich bitte Herrn Doktor Justus Brinckmann, uns über die Diskussion zur Gestaltung des Denkmals zu berichten.«

Der Angesprochene, eine stattliche Erscheinung mit einem Rauschebart und Direktor des Museums für Kunst und Gewerbe, nickte dem Vorsitzenden zu und begann auszuführen: »Der Entwurf des Berliner Bildhauers Fritz Schaper, den das literarische Komitee als Sieger des Wettbewerbs vorgeschlagen hatte, hat, wie Sie der Presse sicherlich entnommen haben, einen Streit ausgelöst. Der Entwurf zeigt einen sitzenden Lessing. Nun gibt es in der Öffentlichkeit die Forderung nach – ich zitiere – ›einem monumentalen Standbild eines Deutschen Geisteshelden‹, vergleichbar dem Goethe-Schiller-Denkmal in Weimar.«

Isler, der selbst dem literarischen Komitee angehörte, lauschte den Ausführungen von Brinkmann zunächst aufmerksam, bis seine Gedanken abschweiften zu der entscheidenden Sitzung, in der sich die Mitglieder darüber geeinigt hatten, dem Exekutivkomitee den sitzenden Lessing zu empfehlen. Der Entwurf von Schaper zeigte einen Lessing, der im Begriff schien, sich zu erheben, offenbar um sich zu Wort zu melden; einen Lessing, der sich einmischte, nicht jedoch weil er sich als Prophet berufen fühlte, sondern als ein nach der Wahrheit Suchender, als einer, der den öffentlichen Diskurs pflegte. Wie lautete der Schluss seiner berühmten Parabel?

Nicht die Wahrheit, in deren Besitz irgendein Mensch ist oder zu sein vermeinet, sondern die aufrichtige Mühe, die er angewandt hat, hinter die Wahrheit zu kommen, macht den Wert des Menschen. Denn nicht durch den Besitz, sondern durch die Nachforschung der Wahrheit erweitern sich seine Kräfte, worin allein seine immer wachsende Vollkommenheit bestehet. Der Besitz macht ruhig, träge, stolz.

… und gefährlich, dachte Isler verbittert und schaute dabei auf das Flugblatt, das er vor sich hingelegt hatte. Ihm gefiel das Zitat, in ihm steckte der ganze, der wahre Lessing.

Isler horchte wieder auf, als ein Komitee-Mitglied meinte, man könne Lessing durchaus als einen deutschen Geisteshelden bezeichnen. Der Bibliothekar bat um das Wort. »Meine Herren, ich habe eine andere Sichtweise. Unser Lessing hatte eine kritische Einstellung zu einem Patriotismus, der blind machen kann. Ich erinnere an ein Lessing-Zitat aus der Zeit des Siebenjährigen Kriegs: ›Das Lob eines eifrigen Patrioten ist nach meiner Denkungsart das allerletzte, wonach ich geizen würde; des Patrioten nämlich, der mich vergessen lehrt, dass ich ein Weltbürger sein sollte.‹« Isler wusste, dass das Zitat nicht bei allen Anwesenden auf Bestätigung stoßen würde, doch es hatte ihm auf der Seele gebrannt.

Das Exekutivkomitee blieb letztendlich bei der Entscheidung für den Schaper-Entwurf. Nun ging es noch um die Gestaltung des Denkmalsockels, der ein Relief bedeutender Hamburger zeigen sollte, die Lessing verbunden gewesen waren. Ein Porträt hatte heftigen Widerspruch aus Kirchenkreisen hervorgerufen, und zwar dasjenige von Hermann Samuel Reimarus. Der Hamburger Gymnasiallehrer hatte insgeheim eine umfassende Kritik der Bibel verfasst, die das heilige Buch als Lüge zu entlarven suchte. Lessing hatte Fragmente daraus veröffentlicht und damit einen tiefgreifenden Disput mit Vertretern der protestantischen Kirche in der deutschen Öffentlichkeit entfacht, allen voran Hauptpastor Johann Melchior Goeze.

Der Name Reimarus war deswegen in der lutherischen Kirche Hamburgs immer noch ein rotes Tuch.

Die anschließende Diskussion brachte keine Einigung im Gremium. Isler trat für das Reimarus-Porträt ein: denn das Denkmal solle »den ganzen Lessing« zeigen, auch den unbequemen. »Der Streit um die Fragmente hat das Schaffen seiner letzten Jahre maßgeblich geprägt«, gab der Bibliothekar zu bedenken. Einige Stimmen meinten dagegen, dass ein Festhalten am vorliegenden Entwurf die Spendenbereitschaft in der Stadt beeinträchtigen würde. Beschlossen wurde, die Angelegenheit an das literarische Komitee zur weiteren Beratung zu verweisen.

Schließlich holte der Vorsitzende das Flugblatt hervor und hielt es hoch. Es entstand eine gespannte Pause. »Eine Schande, dass so etwas in unserer Stadt gedruckt und verteilt werden kann«, sagte Kirchenpauer, sichtlich erregt. »Ich bitte Herrn Senator Rapp, über den Stand der polizeilichen Ermittlungen zu berichten.«

Rapp führte aus, dass die Polizei erst am Anfang ihrer Arbeit sei und dass besonders das unbekannte Symbol Fragen aufwerfe. »Wichtiger für uns – so scheint es mir – ist jedoch die Auswirkung dieses infamen Angriffs auf unser Projekt. Lassen sich die Spendengeber von derart niederträchtigen und unwahren Aussagen beeinflussen?«

»Wer hat das Blatt verfasst und verteilt?« meldete sich ein Mitglied, »Und was hat es mit dieser Behauptung ›Von Lessing ist keine Notiz zu nehmen‹ auf sich? Woher weiß der anonyme Verfasser, dass der Senat 1781 so etwas beschlossen haben sollte? Ich habe davon noch nie etwas gehört.«

»Wenn die Behauptung stimmt – und das werden wir überprüfen –, dann hätte der Verfasser Zugang zum Senatsarchiv. Das würde die Angelegenheit noch brisanter machen. Wer die Senatsakten, die inzwischen im Stadtarchiv im Rathaus an der Admiralitätsstraße gelagert werden, in der letzten Zeit eingesehen hat, müsste sich feststellen lassen. Eine entsprechende Anfrage an Herrn Archivvorsteher Doktor Otto Adelbert Beneke habe ich bereits veranlasst. Vielleicht ergeben sich daraus Hinweise«, erwiderte Rapp.

Isler erbat das Wort: »Wir haben alle in den Zeitungen der letzten Monate gelesen, wie diese neue Bewegung, die sich Antisemitismus nennt, im Reich um sich greift. Nun hat sie offenbar unser Hamburg erreicht. Sie macht deutlich, wie wichtig das Projekt für unsere Stadt ist. Lessing trat für Toleranz und Humanität ein. Es gilt, diese Werte zu verteidigen.«

Islers Plädoyer leitete eine Diskussion über mögliche Konsequenzen des Flugblatts ein, wobei die Angst vor einem Versiegen der Spenden immer wieder im Mittelpunkt stand. Als die Debatte sich einem Ende zu nähern schien, meldete sich Theaterdirektor Pollini zu Wort: »Meine Herren, wir sollten das Flugblatt als Herausforderung begreifen und als Chance. Ich schlage vor, dass wir einen Wettbewerb für ein modernes Theaterstück im Sinne Lessings ausschreiben. Es könnte sogar im Theater aufgeführt werden. Damit würden wir dem Geiste des Aufklärers entsprechen und unser Projekt positiv in der Öffentlichkeit darstellen.« Der Vorschlag wurde positiv aufgegriffen. Pollini sollte den Entwurf für einen derartigen Wettbewerb in der nächsten Sitzung vorlegen.

Kriminalinspektor Hundt öffnete eine Schreibtischschublade, holte eine schwarze Kladde heraus und legte sie neben das Flugblatt, das ihm heute früh beim Dienstbeginn ausgehändigt worden war. Schon wieder dieses Kreuz! Er schlug die Kladde auf, die seine Aufzeichnungen zum Mordfall Goldschmidt beinhaltete und blätterte weiter zu der Notiz über den Brand der Synagoge in Grevesmühlen. Hundt nahm noch einen Schluck Kaffee, bevor er aufstand, um aus dem Bürofenster auf das Bleichenfleet zu schauen. Der leichte Nieselregen war inzwischen einem Schneeregen gewichen; Sonnenstrahlen waren offenbar heute nicht zu erwarten; auf dem dunklen Gewässer schwamm eine Schute, die sich zusammen mit einigen kleinen Eisbrocken träge Richtung Hafen bewegte. War seine Eingebung richtig gewesen, den Brand mit dem Fall Goldschmidt in Zusammenhang zu bringen, überlegte sich der Kriminalinspektor. Er schüttelte jedoch den Kopf, denn er wusste, er brauchte handfeste Beweise.

Er kehrte zu seinem Schreibtisch zurück und betrachtete das Flugblatt eingehend. Es war eine professionelle Arbeit, ein sehr sauberer Druck, also keineswegs das Ergebnis einer Winkeldruckerei. Hundt nahm sich vor, ihn mit weiteren Druckerzeugnissen zu vergleichen, um mögliche Übereinstimmungen im Satz oder in der Papierbeschaffenheit feststellen zu können. Er wartete noch auf die Berichte der Beamten, die gestern Nacht im Dienst gewesen waren, hoffentlich gab es irgendwelche Hinweise. Bisher war bekannt, dass das Flugblatt bei der Börse, der Stadtbibliothek, der Patriotischen Gesellschaft und den Hauptkirchen verteilt worden war. Hundt vermutete, dass den Zeitungen ebenfalls ein Exemplar zugespielt worden war. Herr Senator Rapp hatte außerdem einen Bericht des Archivvorstehers über alle Einsichten in die Senatsakten in jüngster Vergangenheit angekündigt.

Ein Klopfen an der Bürotür unterbrach ihn in seinen Gedanken. Bevor Hundt etwas sagen konnte, wurde die Tür auch schon geöffnet. Wie gewöhnlich eilte der dicke Qualm seiner Zigarre Stöter voraus. Dieser nahm mit einer Akte unterm Arm Platz an Hundts Schreibtisch, zeigte auf das Flugblatt und sagte: »Widerliches Zeug, Jakob.«

Hundt nickte: »Wir sollen den oder die Urheber ausfindig machen. Es wird nicht leicht sein. Ich befürchte, dieses Blatt ist erst der Anfang. Diese Antisemitismus-Bewegung greift immer mehr um sich. Ich habe inzwischen einen Bericht von der politischen Polizei in Berlin angefordert.«

»Ich weiß nichts von diesem Lessing, bis auf das, was in den Zeitungen steht. Scheint ein aufrichtiger Kerl gewesen zu sein«, sagte Stöter.

»Wahrscheinlich hat er auch deswegen nicht nur Freunde«, erwiderte Hundt.

Stöter schaute seinen Chef einen Augenblick lang schweigend an. »Der Dolch«, sagte der Sergeant plötzlich und schlug die Akte auf. Hundt legte das Flugblatt zur Seite, diese Information hatte er mit Spannung erwartet. »Wir sind ein paar Schritte vorangekommen. Das kleine Symbol auf der Schneide zeigt einen Kastanienbaum, der – wie wir jetzt wissen – das Zeichen der angesehenen Firma Böker in Solingen ist. Es gibt einen Jagd- und Waffenhandel in der Niedernstraße, der die Vertretung Bökers in Hamburg hat. Die Leute dort haben mir gesagt, dass der Dolch qualitativ hochwertig sei und erst nach 1877 hergestellt werde. Er ist also relativ neu, obwohl er Abnutzungserscheinungen aufweist. Ich habe die Namen von zwei Hamburger Kaufleuten erhalten, die einen solchen Dolch gekauft haben.«

»Unwahrscheinlich, dass wir damit Goldschmidts potentiellen Mörder entlarvt hätten. Der Dolch könnte irgendwo gekauft worden sein.«

Stöter nickte. »Das war mir von Anfang an klar. Ich habe Böker in Solingen angeschrieben – einen Abzug unseres Dolchfotos beigelegt – mit der Aufforderung, uns eine Liste der Käufer mitzuteilen. Die Fotografie erweist sich immer wieder als ein Segen für unsere Arbeit, Jakob. Es hat gedauert, die Liste haben wir aber inzwischen erhalten. Sie enthält 27 Namen aus dem ganzen Reich. Aus dem Umkreis von Mölln und Hamburg sind es fünf, die beiden Hamburger, die wir schon kannten, ein Lübecker Senator sowie zwei Mecklenburger Gutsbesitzer, einmal von Groß Schwansee und einmal vom Rittergut Gresse bei Boizenburg.«

Hundt nahm die Akte entgegen und schaute auf die Namen. »Gute Arbeit, Julius. Das sind alles hochgestellte Persönlichkeiten, darunter ein Reichstagsabgeordneter. Ich werde sofort mit dem Polizeirat sprechen, um das weitere Vorgehen festzulegen. Ich denke, wir müssen die hohen Herren befragen, und zwar unverzüglich. Klar ist aber, dass der Besitzer des Dolchs nicht notwendigerweise auch der Mörder ist.«

»Sicher«, sagte Stöter achselzuckend, »aber einen Schritt weiter wären wir.«

Alexander Daveson saß alleine an einem Tisch bei Miss Sara und nahm einen Schluck Branntwein. Im Lokal herrschte am frühen Abend reger Betrieb. Daveson bemerkte, dass Miss Sara ihn, obwohl sie schwer beschäftigt war, immer wieder beobachtete, so, wie sie es seit ihrem ersten Gespräch zu tun pflegte. Er wusste, dass er ihr eine Geschichte schuldete, wusste aber nicht, wie er sie erzählen sollte. Die Wirtin war viel zu scharfsinnig, als dass er ihr glaubwürdig ein Märchen hätte auftischen können. Heute Abend dachte er aber überhaupt nicht darüber nach, sondern las das vor ihm liegende Flugblatt zum wiederholten Male. Das Kreuz mit den gebogenen Armen setzte seine Gedanken in Bewegung. Er schloss die Augen und zog seine Augenbrauen zusammen. Die Geschichte verdichtete sich, das war ihm klar. Er versuchte, sich zu konzentrieren. Was sollte er unternehmen? Wie konnte er Hedda finden? Irgendwie tat der Branntwein nicht seine übliche Wirkung. Es kam keine Leichtigkeit auf.

Unweit des Lokals von Miss Sara saß Hedda Svensson in ihrer Stube und schlug das Exemplar von Heines *Wintermärchen* an der Stelle auf, wo das Kreuz immer noch versteckt lag. Sie nahm es an sich und legte es auf das Flugblatt, das sie heute Nachmittag vom Buchhändler David bekommen hatte. »Wo haben Sie das gefunden?«, hatte sie ihn erstaunt gefragt. In seiner üblichen geheimnisvollen Art hatte er erwidert, dass er Drucksachen wie ein Magnet anzöge.

Es bestand kein Zweifel daran, es war das gleiche Symbol. Was hatte es zu bedeuten? Wenn sie nur mit dem Advokaten sprechen könnte. Sie fühlte eine innere Unruhe, etwas lag schwer wie ein Stein auf ihrem Herzen. Hedda wusste, dass sie ihr Geheimnis jemandem anvertrauen musste.

19
Die Hasen im Kohlfeld

Hamburg, Freitag, d. 13. Februar 1880

Auf den Schneeregen folgte die Kälte. Die Fleete und die Binnenalster begannen zuzufrieren. Im Hafen bereitete die Vereisung der Elbe der Schifffahrt Probleme; die Lebensader der Handelsmetropole pulsierte langsamer. In ihrem Zentrum, dem Adolphsplatz vor der Börse, herrschte dennoch Hochbetrieb. Die zahlreichen Frühstückscafés um den Platz herum waren mit Männern – Frauen hatten keinen Zugang zur Börse – voll besetzt. Die Herren warteten auf die mittäglichen Börsenstunden und bereiteten ihre Geschäfte vor. Im Café Zur baren Münze saß Max Goldschmidt zusammen mit dem Prokuristen Schöndienst an einem Tisch und unterhielt sich mit einem Bankier über Wechselgeschäfte, die in der letzten Zeit deutlich an Attraktivität gewonnen hatten. »Geld ist auch eine Ware«, sagte sein Gesprächspartner.

»Hier wird alles zur Ware gemacht«, erwiderte Max und lachte leise über seinen kleinen Einfall, ohne sich dessen bewusst zu sein, dass er mit diesen Worten die Triebfeder der Moderne beschrieben hatte.

Es war vor den Börsenstunden üblich, Geschäfte einzuleiten, den Markt zu sondieren und mögliche Spekulationsgewinne auszuloten. In den letzten Wochen war Max häufiger an der Börse. Anfänglich empfand er nichts als eine zermürbende Mischung aus Verwirrung und Langeweile. Inzwischen hatte er die Abläufe verstanden und sogar ein bisschen Gefallen an den Verhandlungen mit Geschäftspartnern gefunden. Termingeschäfte mochte er insbesondere. Sofern er einen satten Gewinn dabei erzielte, genoss er den kleinen Triumph. Er sagte sich, die Börse wäre wie ein richtiges Theaterstück, in dem er mitspielen dürfte. Seine Mitspieler sahen alle gleich aus – gekleidet in dunkle Gehröcke, helle Hosen und mit Zylindern auf den schwer arbeitenden Köpfen, manche trugen Lederhandschuhe und einen Spazierstock. Max pflegte diese Garderobe mit einem farbigen Halstuch zu ergänzen. Er merkte nicht, dass er mit dieser Gewohnheit schräge Blicke der Börsianer auf sich zog. Er bemerkte auch nicht, wie eingehend Schöndienst ihn an der Börse zu beobachten pflegte.

An diesem Morgen gab es neben den Geschäftsgesprächen ein Thema, das die Börsianer besonders bewegte. In der gestrigen Ausgabe der *Gerichtszeitung* war ein Artikel mit der Überschrift »Die Hasen im Kohlfeld« erschienen, der einen Skandal in der Verwaltung und in der Politik in Bezug auf Grundstücksverkäufe in der Neustadt aufzudecken schien. Berichtet wurde darin »über den intimen Kontakt gewisser Beamter mit Spekulanten«, die »bekannte Mitglieder der Bürgerschaft, der städtischen Deputationen und der Kaufmannschaft« seien. Insgesamt seien über vierzig Prozent der Grundstücke in einem zentralen Gebiet der Neustadt von diesen Geschäften betroffen, die dank der städtischen Planung einen beträchtlichen Gewinn versprachen. »Ein fetter Fraß für die Hasen im Kohlfeld« – eine Anspielung auf die Straße Kohlhöfen in der Neustadt.

Max hatte den Artikel auch gelesen. Es ging dabei um die Weiterleitung von vertraulichen Bau- und Planungsunterlagen für eine neue Brücke beim Stadthaus sowie eine neue Straße mitten durch die nördliche Neustadt bis zum Holstenplatz. Spekulanten hätten durch frühzeitige Informationen Grundstücke erworben, die nunmehr erheblich an Wert gewonnen hätten. Schmiergelder sollten im Spiel gewesen sein. Der Artikel hatte keine Namen genannt, machte aber deutlich, dass einige Herrschaften aus der Hamburger Geschäfts- und Finanzwelt daran beteiligt waren. Der Senat hatte die Pläne bereits angenommen; heute Abend stand das Projekt auf der Tagesordnung der Bürgerschaft. Max hatte den Artikel ohne allzu großes Interesse gelesen, horchte jedoch auf, als Schöndienst bemerkte, dass es die richtige Entscheidung gewesen war, das Wohnungsbauprojekt seines Vaters für das gleiche Gebiet aufgegeben zu haben. »Wohnungsbau ist ein viel zu riskantes Unternehmen. Wir bleiben besser beim Import- und Exportgeschäft«, hatte er gesagt.

Zehn Minuten vor eins läutete im Café eine Glocke, das Signal, dass die Börse gleich ihre Tore aufmachen würde. Max und Schöndienst erhoben sich und gingen mit den anderen Kaufleuten über den Adolphsplatz auf das eindrucksvolle Gebäude zu. Die 1841 fertig gestellte neue Börse hatte den Großen Brand ein Jahr später heil überstanden. Sie bot für etwa zweitausend Personen einen wettersicheren Aufenthalt; eine Luftheizung sorgte für Wärme; die Beleuchtung erfolgte durch Gaslaternen.

Als Max durch den Portikus ging um in die große Wandelhalle einzutreten, in der die Börsengeschäfte abgeschlossen wurden, musste er unvermittelt schmunzeln, denn seine Gedanken schweiften zu den Kellerräumen, in denen die Händler ihren Wein lagerten; bestimmt war auch Cognac darunter; nun, ein Laster konnte man sich ruhig erlauben, dachte er und freute sich schon auf den Feierabend.

Die Halle füllte sich augenblicklich. Ein ohrenbetörendes Stimmengewirr drang zu den Zuschauergalerien empor. Nicht nur Bankiers, Makler und Kaufleute, sondern auch Reeder und Händler aus allen Warengattungen trafen aufeinander. Max hatte gelernt, dass ein Kopfnicken, ein Handschlag oder eine Notiz in das mitgebrachte kleine Messbuch über Abschlüsse von Tausenden von Mark entscheiden konnten. An der Börse war das Kaufmannswort heilig. Alles sehr ehrenhaft. Oder, dachte Max, waren die Hasen im Kohlfeld heute auch an der Börse?

Die Geschäfte spielten sich in drei Kolonnaden ab, die durch lange Reihen von Säulen voneinander abgegrenzt waren. Es waren die Fonds- und Kornbörse sowie der Warensaal. Zur Orientierung gab es Säulennummerierungen und Fußbodenzeichnungen; die bedeutenden Handelsfirmen unterhielten jeweils einen bestimmten Sitz oder Stand.

Max und Schöndienst steuerten zunächst auf die Kaffeebörse zu, denn das Geschäft mit den kleinen schwarzen Bohnen erlebte einen enormen Aufschwung. Kaffee war, zumindest für die besseren Schichten, ein Volksgetränk geworden und inzwischen überall zu haben. Dank ihrer Niederlassung in Südamerika verfügte die Firma Goldschmidt über eine gute Ausgangsbasis für den vielversprechenden Handel.

Der Gänsemarkt vermittelte am späten Nachmittag einen verlassenen, tristen Eindruck. Die klirrende Kälte hatte mögliche Einkäufer und Flaneure vertrieben. Eine einzelne Gestalt bog vom Alten Jungfernstieg in den Platz ein und steuerte auf ein Gebäude an der Ecke der ABC-Straße zu. Die Gestalt, mit einem dicken Wintermantel, Handschuhen und einer Wollmütze bekleidet, hatte ihr Gesicht durch einen Schal verhüllt; allein eine spitze, gerötete Nase lugte durch die Stoffschichten. Die Gestalt bewegte sich mit katzenhaften Bewegungen und hielt vor einer Tür, neben der auf Augenhöhe ein kleines dezentes Messingschild hing: Kontor der Gebrüder Gierling. Die Gestalt ging durch die Tür und stieg eine Treppe hoch. Bald befand sie sich in dem komfortabel beheizten Büro des Rechtsanwalts Doktor Alfons Gierling. »Guten Tag, Herr Doktor Carl«, sagte Gierling und begrüßte seinen Besucher mit einem kräftigen Händedruck. »Es ist gut, dass Sie gekommen sind.«

»Ich war heute an der Börse«, sagte Carl ohne große Vorrede. Seine ohnehin piepsige Stimme schien noch eine Oktave höher zu liegen als gewöhnlich. Gierling zeigte keine Regung; sein Besucher schaute auf die Hände des Anwalts, die ruhig ineinander gefaltet vor ihm auf dem Tisch lagen. Er hatte lange, fleischige Finger. Eine Motte landete vor ihnen auf dem Tisch. Doktor Carl zuckte zusammen, als der Anwalt sie mit einer blitzschnellen Bewegung einfing und zwischen seinen Fingern zerquetschte. Fast wirkte es, als bereite es ihm Vergnügen. Der Bankier atmete tief ein und sagte: »Der gestrige Artikel in der *Gerichtszeitung* war allgemeines Gesprächsthema. ›Die Hasen im Kohlfeld‹ – was sich diese Schreiberlinge ausdenken, um Aufmerksamkeit zu erregen! Jeder weiß, dass diese Zeitung aus der sozialdemokratischen Ecke kommt, da hilft auch keine Tarnung. Ich wundere mich, dass sie nicht schon längst verboten worden ist. Die Stimmung an der Börse ist gereizt, viele sind bereit, den Gerüchten zu glauben.«

»Der Mensch ist geneigt, das Schlechte an anderen immer für die Wahrheit zu halten«, erwiderte Gierling und verriet damit seine eigene Lebenseinstellung. »Wir müssen ruhig bleiben. Ich gehe gleich zu der Sitzung der Bürgerschaft. Sie wird nicht gerade friedlich verlaufen, das weiß ich. Ich nehme an, dass der Senatsbeschluss nicht angenommen wird. Die Sache wird wahrscheinlich an einen Ausschuss zur weiteren Beratung zurückverwiesen. Die beste Strategie ist wohl, einfach abzuwarten. Möglich ist auch, dass eine amtliche Untersuchung der Vorwürfe beschlossen wird. Ich denke nicht, dass wir in diesem Fall etwas zu befürchten hätten.«

Doktor Carl musste wieder auf die Hände des Rechtsanwalts starren, doch dessen Worte hatten ihn sichtlich beruhigt. Doktor Gierling holte eine kleine, emaillierte Dose aus seiner Rocktasche, klopfte einmal darauf, öffnete sie und bot sie seinem Besucher schweigend an. Doktor Carl schaute den Schnupftabak an und sah eine kleine Bohne darin, eine Tonkabohne, die, wie er wusste, zum Würzen des Tabaks verwendet wurde. Er atmete den Vanillegeruch ein, nickte zum Dank und nahm mit Daumen und Zeigefinder eine kleine Prise. Doktor Gierling tat es ihm gleich. Beide Männer ließen den Tabak einen Moment auf dem Handrücken liegen, bevor sie die fein gemahlenen, trockenen, nikotinhaltigen Blätter langsam durch beide Nasenlöcher schnupften. Es folgte ein intensives Niesen und Husten.

Sie wechselten das Gesprächsthema, und der Bankier berichtete über die aktuelle Entwicklung auf dem Wechselmarkt. Nachdem sein Besucher etwas später die Tür hinter sich geschlossen hatte, warf Gierling einen Blick aus dem Fenster auf den Gänsemarkt. So zuversichtlich, wie er sich dem Bankier gegenüber in ihrem Gespräch gegeben hatte, war er keineswegs. Dass diese Zeitung so viele Informationen – und zwar zutreffende Informationen – hatte, deutete darauf hin, dass ein Informant im Spiel war. Eine undichte Stelle, wahrscheinlich in der Baudeputation. Es war von Anfang an ein riskantes Spiel gewesen, das hatte er immer gewusst. Bloß nicht die Nerven verlieren. Er schaute auf die Liste der Investoren. Ein Name stach ihm ins Auge: Freiherr Klaus Albrecht von Schossin; der Mecklenburger hatte einen ungewöhnlich hohen Betrag investiert, von dem – wie Gierling wusste – der größte Teil aus finanzierten Geldern bestand. Sollte das Projekt scheitern oder auch nur aufgeschoben werden, würde er in Schwierigkeiten geraten. Gierling dachte dabei an das aufbrausende, herrische Temperament des Freiherrn und nahm sich noch eine Prise Schnupftabak.

»Hiermit eröffne ich die sechste Sitzung der Hamburger Bürgerschaft am 13. Februar 1880 um sieben Uhr. Ich bitte Herrn Sekretär Doktor Eberstein über die Anwesenheit der Mitglieder zu berichten«, sagte der Präsident der Hamburger Bürgerschaft, Doktor Gerhard Hachmann, und schlug mit einem Holzhammer auf sein Pult. Das Stimmengewirr im Saal ließ nach und die Mitglieder schauten von ihren Holzbänken zum Vorstandstisch hinauf. Die Sitzung fand im großen Saal des Gebäudes der Patriotischen Gesellschaft statt. Die Bestuhlung erinnerte an ein Kirchenschiff; ein Eindruck, der durch die gotische Fenstergestaltung verstärkt wurde. Im oberen Bereich verlief eine hölzerne Zuschauergalerie, die voll besetzt war – wohl eine Folge des Artikels in der *Gerichtszeitung*.

Als der Vorsitzende seinen Holzhammer absetzte, nahm Doktor Alfons Gierling gerade seinen Platz in der Mitte der hintersten Reihe ein. Einige Köpfe drehten sich nach ihm um. Bald darauf rief der Vorsitzende den ersten Punkt der Tagesordnung auf: Bericht des Ausschusses über den Antrag des Senats betreffend den Bau einer Brücke bei dem Stadthaus sowie einer Durchbruchstraße bis zum Holstenplatz. Jacob Hermann Behn, Vorsitzender des Ausschusses erhob sich: »Meine Herren, ich komme gleich zur Sache. Der gestrige Bericht in der *Gerichtszeitung* hat uns alle überrascht und viele Fragen in Bezug auf das Projekt aufgeworfen, die wir natürlich in unseren bisherigen Beratungen nicht berücksichtigt haben konnten. Ich denke jedoch, und diese Auffassung hat sich in informellen Gesprächen mit anderen Mitgliedern des Ausschusses und der Baudeputation bestätigt, dass es sich um zwei unterschiedliche Aspekte handelt. Zum einen um die städtebauliche Notwendigkeit der Brücke und der Durchbruchstraße und zum andern um den im Raum stehenden Korruptionsverdacht. Unser Ausschuss hatte die Pläne des Senats positiv beurteilt. Sie sollten auch von der Bürgerschaft angenommen werden.«

Auf der Zuschauergalerie erklang ein lautes Murmeln und Tuscheln, hier und da deutlichere Ausrufe des Missfallens. Hachmann musste den Hammer zu Hilfe nehmen, um für Ruhe zu sorgen. Ein Abgeordneter der liberalen Fraktion, Doktor Hinrich Arndt, erbat das Wort. »Ich denke, dass ich für viele in dieser hohen Versammlung spreche, wenn ich die Zurückweisung der Angelegenheit in den Ausschuss verlange. Der Korruptionsverdacht ist keine Bagatelle. Wir dürfen Spekulanten nicht Tür und Tor für ihre schmierigen Geschäfte öffnen. In dieser ehrwürdigen Versammlung befinden sich jetzt einige der Hasen im Kohlfeld!« Der Redner hielt kurz inne. Auf der Zuschauergalerie wurde es deutlich lauter. »Es ist eine Schande, wenn Spekulanten durch Schmiergelder fette Renditen einfahren und sich so am öffentlichen Wohl bereichern! Der Korruptionsverdacht muss unverzüglich einer polizeilichen Untersuchung unterzogen werden, deren Ergebnis wir abwarten sollten, bevor der Plan in diesem Gremium weiterverhandelt wird.« Einige Galeriebesucher klatschten; der Vorsitzende musste dieses Mal noch energischer um Ruhe bitten.

Doktor Gierling hörte sich die Rede mit ausdrucksloser Miene an. Er kannte Arndt, der auch Anwalt war, gut. Arndt war in seinen Augen ein erfolgloser Einfallspinsel. Gierling schmunzelte bei diesem Gedanken und beschloss, sich nicht zu Wort zu melden. Seine fleischigen Hände lagen ruhig gefaltet vor ihm auf dem Pult. Er schaute weiter auf den Vorstandstisch und wartete die Debatte ab. Es kam, wie er erwartet hatte. Die Angelegenheit wurde an den Ausschuss zurückverwiesen und dem Senat aufgefordert, eine Untersuchung des Korruptionsverdachts einzuleiten.

20
Begegnungen

Hamburg, Montag, d. 16. Februar 1880

Der Lumpensammler hatte gelernt, dass das Sammeln in den Gängen und Höfen der Neustadt ein mühsames und wenig lohnendes Geschäft war. Die Bewohner der Gängeviertel gaben so gut wie nichts weg, sondern hatten aus ihrer Armut heraus gelernt, alles wiederzuverwerten. So hatte er seine Tauschtätigkeit auf die Vorstädte verlagert und angefangen, auch andere Dinge zu sammeln, die man möglicherweise gebrauchen konnte. Er wusste, dass das Lumpensammeln keine Zukunft hatte. Seit Menschengedenken machte man aus Leder Papier, später auch aus Lumpen, eben Pergament- und Hadernpapier. Nach Ansicht des Lumpensammlers gehörten diese Papierherstellungsarten zu den bedeutendsten Kulturerrungenschaften der Menschheit überhaupt. Doch ihre Zeit war jetzt vorbei. Um Hamburg herum gab es bereits Papiermühlen, die aus Holz Papier machten, billiger und in größeren Mengen. Lumpensammeln war ein aussterbender Beruf, und der Lumpensammler kam sich an diesem Tag selbst wie ein Sterbender vor. Erschöpft und angeschlagen von einer aufkommenden Erkältung fühlte er seine fast sechzig Jahre heute empfindlich. Er schob seine schmale Karre mit den großen Rädern langsam über den Holstenplatz. Es war erst um die Mittagszeit, er war aber bereits seit vier Stunden unterwegs und die Karre inzwischen voll. Es nieselte leicht. Er dachte an einen Branntwein, um seinen Geist wieder zu beleben.

Nachdem er die gesammelten Lumpen sowie eine alte, kaputte Zinnkanne und ein paar weitere Gegenstände bei dem Laden an der Poolstraße abgeliefert hatte, lief er über die Kohlhöfen und die Martenstraße zur Elbstraße. Er mochte die lebhafte, ja, fast exotische Stimmung der Judenbörse; sie wirkte anregend auf ihn. Er wollte bei Miss Sara einkehren, nahm jedoch den Umweg in Kauf. Nicht immer der direkte Weg führte zum Ziel, sagte er zu sich selbst. Als er an den Ständen vorbeischlenderte, fiel ihm ein roter Hut auf, der weiter vorne im Menschengewirr rhythmisch im Wind schaukelte und zu einer schlanken Frau gehörte, die leichtfüßig ihres Weges spazierte. Die Elbstraße war wie gewöhnlich gut besucht, so dass er sie aus den Augen zu verlieren drohte. Er merkte, wie seine Schritte unwillkürlich schneller wurden und er den Hals reckte, um über die Menschen hinwegblicken zu können. Als sich kurz vor dem Neuen Steinweg die Menge etwas lichtete, wurde aus seiner Vermutung Gewissheit: Er kannte die Frau. Sie steuerte direkt auf den Stand des Buchhändlers David zu.

Der Lumpensammler wartete kurz und beobachtete die junge Frau, wie sie mit Herrn David verhandelte. Er registrierte mit großem Interesse, wie leidenschaftlich sie in der Auslage stöberte. Er kannte dieses Gefühl; war man Büchern einmal verfallen, gab es kein Entrinnen mehr; doch was für eine wundervolle Leidenschaft! Er näherte sich langsam dem Stand, blieb dann hinter der Frau stehen und sagte »Guten Tag, Herr David.«

Der Angesprochene schaute auf und lächelte: »Ah, Herr Daveson.«

Die Frau drehte sich um und erblickte den ältlichen Juden mit seinem Ziegenbart und in seiner abgetragenen Kleidung, der sie freundlich anlächelte. Sie stutzte; woher kannte sie diese Stimme, diese Augen? Sogar seine Haltung erschien ihr auf sonderbare Weise vertraut … Sie öffnete den Mund zum Gruße, starrte den Mann aber weiter nur verunsichert an. »Guten Tag, Hedda«, sagte er ruhig. Sie brachte keinen Laut heraus.

»Na«, schaltete sich David ein: »zwei meiner besten Kunden kennen sich offenbar, oder doch nicht?« Er schaute etwas irritiert auf die sonderbare Szene.

»Doch, doch«, sagte Daveson »Wir haben uns nur seit einer Weile nicht gesehen.«

Hedda fand endlich ihre Sprache wieder: »Was machen Sie hier, Herr Advokat?«

»Advokat?«, echote der Buchhändler neugierig, »Sie sind Advokat, Herr Daveson?«

»Nein, nein«, antwortete dieser schnell: »Das ist nur ein altes Spiel zwischen uns.« Er zeigte auf das Buch, das David in der Hand hielt: »Worum handelt es sich?« Sein Ablenkungsmanöver funktionierte.

»*Jeanne*, ein Roman von George Sand, ist gleich nach seinem Erscheinen in Frankreich 1845 ins Deutsche übersetzt worden.«

Daveson nickte: »Die Geschichte der Selbstbefreiung einer jungen Bäuerin, und eine Anklage gegen die Ungerechtigkeit in der Gesellschaft. Ein gutes Buch einer klugen Schriftstellerin.« Er schaute sich das Titelblatt an: »Sie haben die Übersetzung von Johannes Scherr, sehe ich. Ein Veteran der Revolution. Er ist danach in die Schweiz geflüchtet.«

»George Sand war eine Frau?«, fragte Hedda verwundert.

»Das war ihr Autorenname«, antwortete David. »Ihren richtigen Namen kann ich nicht aussprechen. Zu lang, und zu französisch.«

Hedda kaufte das Buch, steckte es in ihre Schürzentasche und wandte sich dann an ihren alten Bekannten. »Contrabande?«

Daveson nickte: »Ja, Hedda, Contrebande. Wir sollten uns dringend unterhalten. Ich war auf dem Weg zu einem Lokal, komm doch einfach mit.«

Als sie sich von seinem Stand entfernten, sah David ihnen nach und sagte leise zu sich: »Ein altes Spiel … wer's glaubt, wird selig.«

Einige Minuten später betrat das ungleiche Paar die Gastwirtschaft Miss Sara. Die Inhaberin war heute offenbar nicht im Dienst; hinter der Theke stand eine junge Frau und zapfte ein Bier für einen großen Mann mit einem Walrossschnurrbart und einer dicken Zigarre. Dieser beobachtete das Paar, als es an einem der wenigen noch nicht besetzten Tische Platz nahm – es war der kleine, runde Tisch in der hintersten Ecke der Gaststube – , drehte sich aber dann wieder zu der Kellnerin um und plauderte weiter.

Daveson genoss den Branntwein und den Anblick der jungen Frau ihm gegenüber; Hedda hatte sich einen Tee bestellt. Sie nippte daran und erzählte von ihrer Übersiedlung nach Hamburg und ihrem Leben bei ihrer Tante Louise. Sie kam Daveson erwachsener und souveräner vor; die Großstadt hatte offensichtlich einen positiven Einfluss auf sie gehabt. Und wie stand es mit ihm? Er arbeitete in einem der am wenigsten geachteten Berufe, bewohnte eine Stube, in die kaum ein Bett passte, trank zu viel Branntwein und zerbrach sich den Kopf über etwas, woran er kaum mehr glaubte. Als sie mit ihrer Erzählung am Ende war, schaute sie ihn mit ihren blau-grünen Augen erwartungsvoll an. Er versuchte zu lächeln: »Du hast Recht, Hedda. Wenn man sich seit einer Weile nicht gesehen hat, muss diese fehlende Zeit mit einer Geschichte gefüllt werden. Ich habe den Eindruck, dass du bei deiner Tante gut untergekommen bist. Hamburg ist eine aufregende Stadt, hier hat sich viel verändert, seitdem ich das letzte Mal hier war … Dreißig Jahre ist es jetzt her … Aber nun zu mir.« Daveson erzählte in Kurzform, wie er von Mölln nach Hamburg gekommen war, eine Bleibe bei den Nordheims in der Poolstraße bekommen und eine neue Identität angenommen hatte. Als er von seiner Rettung durch Mosche erzählte, machte sie große Augen und schien sich darüber zu amüsieren.

»Warum sind Sie hergekommen, Herr Advokat?«, fragte sie, als er fertig war.

»Bitte«, zischte er und beugte sich zu ihr herüber, »nenn mich nicht so. Ich bin Daveson.«

Er wusste nicht recht, wie er ihre Frage beantworten sollte. Er lenkte das Gespräch auf Mücke und das Kreuz, das war sicheres Terrain. »Als ich erfuhr, dass Mücke tot ist, vielleicht sogar ermordet, beschloss ich, nach Hamburg zu gehen. Mir gingen die Ereignisse nicht aus dem Kopf, die Sache mit deinem Vater, das mysteriöse Kreuz … Und ich hatte, Gott weiß, in der Arrestzelle Zeit zum Nachdenken! Ich musste mich endlich der Vergangenheit stellen, verstehst du das, Hedda?« Er sah sie an, und er war sich nicht sicher, ob er nicht schon zu viel gesagt hatte. »Ich diskutierte das Problem mit den Ratten dort, es gab niemand anderen, mit dem ich hätte reden können.« Hedda schmunzelte, und er fuhr fort: »Sie sind aufmerksame Zuhörer. Ich spürte, dass etwas im Verborgenen lauert, etwas, das nur darauf wartet, an die Oberfläche zu gelangen und zuzuschlagen. Etwas, das mit dem Kreuz zu tun hat. Nun, ich wollte seiner Spur folgen ... Du hattest das Kreuz mitgenommen, Hedda. Hast du es noch?«

Hedda nickte.

»Ein neues Flugblatt ist aufgetaucht«, sagte sie und nahm einen Schluck von ihrem Tee, als wolle sie nicht weitersprechen.

»Du hast es auch schon gesehen. Das ist gut«, sagte Daveson. »Ich denke, im Dunstkreis des neuen Antisemitismus ist eine Art Geheimbund entstanden, der den Juden Angst einjagen will, wenn nicht Schlimmeres. Ich habe neulich in der *Gerichtszeitung* von einem Synagogenbrand in Grevesmühlen gelesen. Der Artikel deutete an, dass etwas anderes dahintersteckte als willkürliche Brandstiftung. Ob das etwas mit diesem Bund zu tun hat, weiß ich nicht, möglich wäre es aber. Das Lessing-Denkmal bietet eine willkommene Zielscheibe für den Judenhass.«

»Woher kommt dieser Judenhass, dieser Antisemitismus? Warum gerade jetzt?«

»Ich denke, diese Frage kannst du dir selbst beantworten, Hedda. Was hast du über die Juden im Konfirmationsunterricht von den Pastoren erfahren?«

»Sie haben Jesus gekreuzigt und sind geldgierige Wucherer.«

»Wer ist heute in unserer christlichen Gesellschaft der bekannteste Jude?«

Hedda dachte einen Moment nach: »Wohl Judas, der Verräter.«

»Was schon erstaunlich ist, weil Jesus selbst Jude war. Das haben wir in den letzten zweitausend Jahren verdrängt. Die Figur des Judas ist ein Teil unserer Tradition. Der Judenhass ist tief im Christentum verankert. Dieser Hass schlummert unter der Oberfläche und wartet nur auf einen Anlass, sich zu offenbaren. Unsere Geschichte ist durchsetzt mit der Verfolgung und Unterdrückung der Juden sowie mit regelmäßigen Pogromen. Habt ihr im Konfirmationsunterricht erfahren, wie hasserfüllt der Reformator Martin Luther gegenüber den Juden war?«

Hedda schüttelte den Kopf.

Daveson fuhr fort: »Das dachte ich mir. Er hat praktisch ihre Ausrottung gefordert.«

Hedda entgegnete: »Wir leben aber nicht mehr im Mittelalter. Die Juden sind gleichberechtigt und ein Teil unserer Welt. Ich sehe sie doch jeden Tag. Sie sind Menschen wie wir alle, Leute, die ihrem Leben nachgehen. Ich finde die Neustadt mit ihren vielen unterschiedlichen Gesichtern spannend.«

»Wir leben in Zeiten des Umbruchs, Hedda. Nicht alle finden das Neue gut, so wie du. Es gibt gewaltige Umbrüche im täglichen Leben. Ich habe ein Zeitalter erlebt, das die Eisenbahn, die Telegrafie, Dampfmaschinen, und jüngst die Elektrizität hervorgebracht hat. Papier wird aus Holz gemacht; es gibt neue, bessere Druckpressen. Drucksachen werden zu Massenwaren, die schnell Informationen verbreiten. Fabriken und Arbeitersiedlungen sprießen wie Pilze aus dem Boden.« Er hielt inne und bestellte noch ein Glas Branntwein. »Solche Umbrüche bedeuten Fortschritt – aber nicht für alle. Viele haben Angst vor dem Neuen, dem Ungewohnten, dem Fremden. Unsere Gesellschaft wird neu gemischt, wie ein Kartendeck, und dass auch Juden dabei mitunter oben landen, passt denen nicht, die vielleicht etwas verloren haben oder zumindest das Gefühl haben, dass ihnen mehr zustünde. Diese Verlierer brauchen einen Sündenbock. Diese Rolle haben die Juden seit Jahrhunderten in unserer christlichen Gesellschaft besetzt … Kennst du den Begriff ›Rasse‹?«

»Natürlich«, sagte Hedda. »Es gibt verschiedene Menschenrassen, so wie es verschiedene Völker gibt. In der Schule sprach der Lehrer häufig von der Kulturaufgabe der weißen Rasse.«

»Was für ein schlechter Lehrer! Rasse mag bei Hunden und Kühen ein brauchbarer Begriff sein, bei den Menschen richtet er nur Unheil an. Die Begriffe Rasse, Volk und Nation bilden heute ein gefährliches Gebräu. Sie sind, wie die Religionen, eine Geißel der Menschheit. Man redet heute nicht nur von einem deutschen Volk, sondern von einer deutschen Kultur, als ob es so etwas geben könne. Kennst du die Zeitschrift *Gartenlaube*?«

»Ja, Tante Louise bekommt sie regelmäßig. Ich habe auch darin gelesen.«

»Sie ist durchsetzt mit der Lobpreisung des Deutschen. Es gibt sogar inzwischen den Begriff ›undeutsch‹ als Bezeichnung für etwas Fremdes, etwas Bedrohliches. Für das deutsche Volk sind nach dieser Auffassung Juden eine fremde Rasse.« Daveson nahm einen Schluck Branntwein, bevor er mit seiner Unterrichtsstunde fortfuhr: »Du kennst sicherlich das Märchen vom Rattenfänger von Hameln.«

Hedda nickte.

»So ist es heute mit dem Antisemitismus. Es gibt Kräfte, die die neuen Möglichkeiten der Druckpresse und der Mobilität der Eisenbahn nutzen, um aus Ängsten, uralten Vorurteilen und dem Unwissen vieler Menschen eine Bewegung zu schmieden. Das sind die Rattenfänger. Sie benutzen nur keine Flöte mehr, sondern zum Beispiel solche Flugblätter. Wir erleben ein Zeitalter der Demagogen, die nach Macht lechzen.«

Daveson hielt inne. Er schaute sich in der Gaststube um. Sie leerte sich langsam, auch der große Mann mit dem Walrossschnurrbart war inzwischen weg.

Hedda fragte: »Was können wir tun?«

»Ich weiß es nicht, Hedda. Ich bin alt und müde, die Welt rauscht mit zunehmender Geschwindigkeit an mir vorbei. Wahrscheinlich kann ich nicht mehr lange mithalten. Du bist jung, vielleicht findest du eine Antwort auf deine Frage.«

Es entstand eine Pause. Daveson bestellte zwei Gläser Bier.

Hedda nahm einen Schluck der braunen Flüssigkeit und sagte: »Ich verstehe nicht, warum dieses Kreuz bei der Leiche in Mölln gefunden wurde.«

»Nun, vielleicht *sollte* es gefunden werden, sozusagen als Bekenntnis dieses Geheimbundes. Oder es ist jemandem aus Versehen heruntergefallen. So oder so ist es eine Spur, genau wie der Dolch.«

»Sollten wir es nicht dem Kriminalinspektor übergeben?«

Daveson hatte mit dieser Frage gerechnet, und erst jetzt entschied er sich für eine Antwort: »Es ist zu früh; wenn wir das tun, sind wir raus aus dem Spiel. Wir sollten abwarten. Was macht dieser Geheimbund als Nächstes? Ich habe die Geschichte noch nicht richtig verstanden. Das Kreuz ist mein einziger Anhaltspunkt. Mir geht es nicht nur um den Mord an Goldschmidt, sondern …«, er zögerte.

»… um Recha Mendelssohn.«, ergänzte Hedda.

Sie merkte, wie seinem Gesicht augenblicklich die Farbe entwich. Er schien erschrocken, doch schon im nächsten Moment lächelte er, und sein Gesicht erschien ihr wundersam verjüngt, als betäubte nur der Klang ihres Namens eine Wunde tief in seinem Inneren. »Ja«, sagte er schließlich, »Recha Mendelssohn.«

»Ich habe einiges von ihr gehört.« Hedda berichtete ihm davon, was ihre Tante und Herr David ihr erzählten hatten.

»Ich kann mir das lebhaft vorstellen. Genau so war sie. Vielleicht war ich sogar einer der beiden Männer, die deine Tante damals bei ihr gesehen hat. Wir gingen manchmal zu dritt mit ihrem Bruder Joseph durch die Stadt. Weißt du, diese Gastwirtschaft verdankt Recha ihren seltsamen Namen.« Jetzt erzählte er die Geschichte von Miss Sara.

»Sie muss etwas ganz Besonderes gewesen sein«, sagte Hedda.

Daveson lehnte sich in dem Stuhl zurück und schaute auf sein halbvolles Bierglas. »Du hast es schon von anderen gehört, sie war eine ungewöhnliche Frau. Ich habe sie geliebt.« Er machte eine Pause, als sei dieses Bekenntnis ein wohlgehütetes Geheimnis gewesen, das Hedda nicht hätte selbst erraten können. »Wir waren über zwei Jahre zusammen, obwohl das vielleicht der falsche Begriff ist. Sie brauchte ihren Freiraum. Einmal haben wir längere Zeit in meiner Wohnung in Lauenburg zusammengelebt; die Behörden hatten sie während der Revolution aus Hamburg ausgewiesen. Nach und nach wurde sie aber in Lauenburg unruhig und unzufrieden. Sobald es ihr wieder möglich war, ging sie zurück nach Hamburg. Ich sah uns weiterhin als ein Paar, und ich denke, sie ebenfalls. Anfang September 1850 hatte ich den Entschluss gefasst nach Hamburg zu fahren, um mit ihr zu sprechen. Sie war nicht zuhause, sie lebte zusammen mit ihrem Bruder … Sie war in der Stadt unterwegs.« Wieder machte er eine Pause, holte tief Luft und drehte das Bierglas in den Händen. »In der folgenden Nacht ist sie ermordet worden. Man holte ihre Leiche am nächsten Morgen aus dem Bleichenfleet. Die Polizei nahm mich als Verdächtigen fest. Nach der Freilassung kehrte ich nach Mölln zu meinen Eltern zurück, fest entschlossen, alles zu vergessen. Es ist mir nicht gelungen.« Er schaute nun wieder Hedda an: »Ihren Mörder hat man nie gefunden.«

»Und Sie denken, Sie finden ihn nach dieser langen Zeit?«

»Ich weiß es nicht. Aber ich möchte herausfinden, was in diesen letzten Tagen passiert ist, woran sie arbeitete, was ihr zugestoßen ist. Ich war damals zu feige und verzweifelt, um etwas zu unternehmen. Ich lief einfach davon.«

»Kann ich Ihnen helfen?« Hedda verspürte den Impuls, nach seiner Hand zu greifen, traute sich jedoch nicht und hielt ihre Tasse umklammert.

Daveson lächelte mild. »Du hast mir doch schon geholfen.«

»Nein, ich meine, Ihnen bei der Suche helfen. Ich möchte wissen, was dieses Kreuz bedeutet.«

Daveson schaute die junge Frau an und sagte mit ernster Miene: »Wir sind ein seltsames Paar, sehr unterschiedlich, aber doch irgendwie verwandte Seelen. Ich denke auch, dass wir weiter gemeinsam nach der Wahrheit suchen sollten.«

Nachdem sie ein Treffen vereinbart hatten, verabschiedete sich Hedda. Daveson blieb in der Gastwirtschaft. Er wollte dort zu Abend essen und in Ruhe die Zeitung lesen.

Kaum fünfhundert Meter Luftlinie vom Kugelsort entfernt saß Jakob Hundt in seinem Büro im Stadthaus und las in einer Akte. Es ging um den Mordfall nahe der Gastwirtschaft Willy Schultz am Neuenweg. Die Ermittlungen waren abgeschlossen. Stöter hatte einen Zeugen aufgetrieben, der zwar die Tat nicht direkt beobachtet, jedoch das Opfer und den Tatverdächtigen außerhalb der Gastwirtschaft kurz zuvor in einer lautstarken Auseinandersetzung gesehen hatte. Es war seinem

Sergeanten auch gelungen, das Seemannsmesser, also die Tatwaffe, zu identifizieren. Es gehörte eindeutig dem Verdächtigten, der ohnehin ein üppiges Strafregister wegen Körperverletzung hatte. Für Hundt war es jetzt ein Fall für den Staatsanwalt.

Der Kriminalinspektor legte die Akte beiseite und dachte über den Mann nach, der jetzt wegen Mordes angeklagt werden würde. Er hatte ihn bei den Vernehmungen beobachtet. Im nüchternen Zustand schien er ein besonnener und gutmütiger Mensch zu sein, und wirklich nicht dumm. Er war im Gängeviertel geboren, Sohn eines Hafenarbeiters – wie Hundt selbst. Der Mann hatte es jedoch nie geschafft, über die Arbeit im Hafen oder die Hilfsdienste auf den Schuten hinauszukommen. Er hatte keine Familie und versoff seinen mageren Verdienst. Wie Hundt nur zu gut wusste, war dies kein so ungewöhnlicher Lebenslauf in den engen Gängen und Höfen seiner Heimat. Vielleicht war das Opfer – wie der Mann behauptete – tatsächlich ein Menschenschinder gewesen, der seine Stellung als Arbeitsvermittler am Hafen selbstherrlich und despotisch ausübte, einer, der Freude am Leid anderer hatte. Mord war jedoch in den Augen des Kriminalkommissars niemals entschuldbar, für ihn ein so unbeugsames Gesetz wie das der Schwerkraft.

Er wollte Feierabend machen und mit seiner Frau zu einem Tanzabend gehen. Nur eine letzte Sache noch, dachte er und holte die schwarze Kladde Goldschmidt hervor. Morgen wollte er mit Stöter nach Gut Gresse fahren, um Freiherrn Klaus von Schossin wegen des Dolches zu befragen. Er war der Letzte auf der Liste derjenigen, die einen solchen Dolch besaßen. Hundt las eine Eintragung, die er heute Morgen gemacht hatte. Er hatte bei der Morgenbesprechung der Kriminalpolizei von dem Korruptionsverdacht in der Baudeputation wegen der geplanten Stadthausbrücke erfahren. Die Aufgabe gehörte nicht zu seinem Dezernat, er hatte jedoch aufgehorcht, als die Namen der Investoren vorgelesen wurden. Darunter war auch Freiherr von Schossin. Diese Information hatte Hundt sorgfältig in der Kladde Goldschmidt notiert. Er las die Eintragung nochmals durch. Gab es also doch eine Verbindung zwischen dem Bauvorhaben und dem Mord an Goldschmidt? Er hatte bereits darüber nachgedacht, jetzt hatte er einen konkreten Hinweis auf eine Verbindung zwischen Goldschmidt und Freiherr von Schossin.

Der Kriminalinspektor verstaute die Kladde wieder in seinem Schreibtisch, stand auf, holte Schiffermütze, Mantel, Handschuhe und Stock, löschte die Gaslampe und verließ sein Büro. Ein kalter Wind begrüßte ihn, als er auf den Neuen Wall hinaustrat. Er bog nach links ab und ging über die Ellerntorsbrücke in die Neustadt. Als er die Kreuzung Düsternstraße – dort leuchtete eine Gaslaterne neben einem Barbier – passierte, bemerkte er eine Gestalt, die vom Ebräergang kam und rechts in Richtung Großneumarkt abbog. Sie kam ihm bekannt vor; insbesondere die leichte Linksneigung des Kopfes machte ihn stutzig. Hundt hatte gelernt, dass eine Person anhand ihres Ganges und der Körperhaltung leichter zu identifizieren war als anhand des Gesichtes. Mimik und Gestik konnte man verändern, Statur und Haltung waren verräterisch wie ein Brandmal. Diesen Mann kannte er, ganz eindeutig. Hundt folgte der Gestalt über den Großneumarkt und die Kohlhöfen an der Synagoge vorbei. Als sie die Poolstraße erreichten, konnte Hundt sein Profil im Schein einer Straßenlampe erkennen. Fast war er sich sicher, dass es sich um Advokat Friedrich Sprewitz handeln musste. Doch … dieser Ziegenbart? Nun, ein Bart war beileibe kein sicheres Erkennungsmerkmal, dachte er und hielt sich im Schatten hinter einer Hauswand versteckt. Er beobachtete, wie Sprewitz in einen Lumpenhandel eintrat, dann gleich wieder herauskam, um in einem Nachbargebäude zu verschwinden. Diesmal kam er nicht wieder heraus. Hundt überquerte die Straße und schaute sich das Haus an, in das Sprewitz durch eine Nebentür gegangen war. Es war der Laden des Sattlers Nordheim. Hundt kannte das Geschäft, das ebenso wie sein Besitzer einen guten Ruf hatte. Er überlegte kurz, betrat dann den Laden für Lumpenhandel.

Die Türglocke bimmelte leise, als Hundt in den Laden hineintrat. Hinter einem Ladentisch stand ein kleiner Mann mit Glatze und Vollbart, der sich umdrehte und seinen Besucher mit scharfen, aufmerksamen Augen musterte. Hundt grüßte: »Guten Abend. Ich bin

Kriminalinspektor Jakob Hundt.« Er drehte den Revers seines Rockes um, damit der Ladenbesitzer seine Marke sehen konnte, und fuhr fort: »Wir erstellen ein Verzeichnis aller Lumpensammler in der Stadt. Reine Routine.«

Hundt hatte sich längst daran gewöhnt, wie seine Gesprächspartner üblicherweise reagierten, wenn sie seine Marke sahen – skeptisch, vorsichtig, ängstlich manchmal alles auf einmal. Dieser kleine Jude schien aber eine Ausnahme zu sein. Der Mann schaute ihn weiter ruhig an: »Elias Phillipp, zu Diensten. Mir gehört dieser Lumpen- und Schrotthandel, Herr Kriminalinspektor.«

»Wie viele Sammler beschäftigen Sie, Herr Philipp?«

»Drei. Sie sind alle Mitglieder der Reformgemeinde. Brauchen Sie die Namen, Herr Kriminalinspektor?«

»Bitte.«

»Wenn Sie einen Moment Geduld haben, notiere ich die Namen und Anschriften.«

Hundt sah, wie der Mann Papier und Schreibfeder aus einer Schublade nahm. Er setzte sich eine kleine, runde Brille auf und schrieb überraschend schnell. Das Ergebnis war eine penible, ordentliche Liste, die Hundt in seine Rocktasche steckte. »War der Mann, der kurz vor mir hier war, einer der Lumpensammler?«

Phillipp zögerte, seine Augen verengten sich: »Ja, das war Alexander Daveson. Er wohnt nebenan bei Nordheim. Er wollte wegen seines morgigen Bezirkes etwas klären. Wir müssen natürlich die Sammelbezirke abstecken.«

Hundt nickte, als ob diese Information von Bedeutung wäre, und fragte: »Fangen alle zur gleichen Zeit an?«

»Nein, das ist nicht notwendig. Daveson fängt zum Beispiel meistens früh an, so gegen acht Uhr, die anderen fangen später an.«

Ein Kunde betrat den Laden und schaute sich einen alten Eimer mit einem kaputten Seitengriff an, der auf einem kleinen Tisch neben der Tür stand. Hundt wollte das Gespräch im Plauderton abschließen und bemerkte, dass der Laden eine große Auswahl an gebrauchten Gegenständen zu bieten hatte. Der Besitzer, der den neuen Kunden stets im

Auge behielt, setzte dem Kriminalinspektor auseinander, wie sich das Geschäft gewandelt hätte. »Lumpen allein reichen nicht mehr«, sagte er zum Schluss. Die Unmengen an Kram und Krempel bestätigten diese Aussage. Hundt verabschiedete sich, und Phillipp begleitete ihn bis zur Tür.

Auf dem Weg nach Hause legte sich Hundt einen Plan zurecht. Sprewitz war flüchtig; der Kriminalinspektor hatte damals gelesen, dass der Advokat entgegen einer gerichtlichen Anordnung Mölln verlassen hatte. Griffe man ihn auf, könne man ihn sofort festnehmen. Aber was würde das bringen? Nichts. Fluchtgefahr bestand offensichtlich nicht. Wichtiger wäre es herauszubekommen, was er in Hamburg vorhatte. Denn: Hundt konnte sich nicht vorstellen, dass der Advokat einfach zufällig in der Neustadt aufgetaucht war. Ihn beschlich das Gefühl, dass Sprewitz etwas mit dem Fall Goldschmidt zu tun hatte. Also galt es, ihn zu beschatten, zumindest zeitweise. Morgen früh würde er sich mit Stöter und zwei Offizianten treffen und mit ihnen einen Zeitplan für die Observierung festlegen.

Die vier Glocken der Michaeliskirche läuteten sieben Mal, als Hundt am Schaarmarkt ankam. Seine Wohnung befand sich im zweiten Stock eines Neubaus an der Ecke des Großen Bäckergangs. Er konnte Licht in den beiden Fenstern sehen, die zum Markt hin zeigten. Seine Frau hatte sich bestimmt bereits umgezogen. Er lächelte. Der Kriminalinspektor freute sich auf den Tanzabend.

21
Spurensuche

Hamburg/Rittergut Gresse, Dienstag, d. 17. Februar 1880

Die Morgensonne kündigte einen kalten und klaren Tag an. Oder täuschte sie ihn nur an? Hoch am blauen Morgenhimmel bewegten sich Wolkenfetzen, die sich langsam drehten und zu unterschiedlichen kleinen Mustern formten. Kriminalinspektor Hundt ging durch die mit Neuschnee bedeckten Straßen in Richtung Poolstraße. Es war erst 7:30 Uhr, noch vor sieben Uhr war er im Stadthaus gewesen und hatte mit Sergeant Stöter den heutigen Einsatz besprochen. Dieser organisierte jetzt zwei Offizianten, die sich für die Beschattung einkleiden mussten. Treffpunkt war um das Frühstückscafé schräg gegenüber dem Lumpenhandel in einer halben Stunde. Die Straßen waren schon voller Menschen, die ihren Geschäften nachgingen. Überall zeichneten sich im Schnee Spuren ab, die bald verwischt und dann verschwunden sein würden. Hundt musste unwillkürlich an die unsichtbaren Spuren denken, denen er folgte.

Bald stand er vor dem Frühstückscafé an der Poolstraße und schaute sich um. Die Straße war sehr belebt, eine gute Voraussetzung für sein Anliegen. Er beschloss, eine Tasse Kaffee zu trinken, bevor die anderen Polizisten eintreffen würden, ging in das Lokal und bezog einen Platz am Fenster, um den Lumpenhandel auf der gegenüberliegenden Straßenseite im Blick behalten zu können. Der Laden war noch geschlossen.

Seinen Kaffee bedächtig schlürfend, beobachtete er, wie ein großer, schwarzer Hund vom Holstenplatz kam und auf der gegenüberliegenden Straßenseite entlangtrottete. Er verlangsamte seinen Gang schnüffelte den Boden vor dem Lumpenhandel gründlich ab, bis er offensichtlich etwas Essbares entdeckte, das er mit einem Happs verschlang. Die Passanten beachteten ihn nicht weiter; freilaufende, herrenlose Hunde waren keine Seltenheit in der Neustadt. Dieser machte den Eindruck, als ob ihm die Gegend wohl bekannt wäre. Im Fenster des Lumpenhandels sah Hundt eine Bewegung. Er trank seinen Kaffee aus und bezahlte. Als er aufstand, erblickte er Sprewitz, der gerade aus einem Nebeneingang des Nordheim'schen Hauses kam. Hundt eilte zur Tür und traf vor dem Eingang mit Stöter und den beiden Offizianten zusammen. Wortlos nickte er mit dem Kopf in Sprewitz' Richtung. Er war vor dem Eingang des Lumpenhandels stehen geblieben. Der schwarze Hund kam auf den Lumpensammler zu, wedelte mit dem Schwanz und wurde sofort gestreichelt. Sprewitz ging in den Laden und kam, eine lange, flache Karre mit großen Rädern schiebend, einige Minuten später aus einem Seitengang heraus. Er ging die Straße Richtung Kohlhöfen hinunter; der Hund folgte ihm.

Auf dem Weg zurück zum Stadthaus sagte Stöter: »Weißt du Jakob, den Kerl habe ich gestern gesehen. Bei Miss Sara.« Hundt schaute den Sergeanten fragend an, der im Gehen fortfuhr: »Ich hatte um die Mittagszeit beschlossen, eine Pause zu machen. Es gibt eine neue Kellnerin bei Miss Sara. Ein fesches junges Ding. Als ich auf mein Bier wartete, kam dieser Sprewitz herein, aber nicht allein. Bei ihm war eine junge Frau, eine Blonde. Ein Prachtstück. Ich habe mich gleich gefragt, was die beiden miteinander hatten. Sie passten irgendwie nicht zusammen. Wie Vater und Tochter sahen sie auf jeden Fall nicht aus. Er trank einen Branntwein und sie eine Tasse Tee. Sie haben sich sehr intensiv unterhalten. Als ich ging, waren sie immer noch im Gespräch.«

Hundt blieb stehen und sah Stöter nachdenklich an. Dieser kannte seinen Chef und wusste, dass sein Ermittlerhirn jetzt auf Hochtouren arbeitete. So ein Gesicht machte er auch, wenn er in einer seiner schwarzen Kladden blätterte. Dann sagte er: »Ich weiß, wer die Frau ist. Und weißt du, Julius, es überrascht mich nicht.«

Die Droschke schaukelte über die Adolphsbrücke in Richtung Börse. Hundt hatte sich zurückgelehnt und die Augen geschlossen; Stöter schaute auf das Panorama der Altstadt, als das Gefährt über den Adolphsplatz rumpelte. Schon waren die vielen drei- bis viergeschossigen Putzbauten zu sehen, die nach dem Großen Brand entstanden waren. Es ging entlang der belebten Großen und Kleinen Reichenstraße mit ihren vornehmen Wohn- und Geschäftshäusern. Hinter dem Fischmarkt war das Bibliotheks- und Schulgebäude am Speersort zu sehen. Der Weg zum Berliner Bahnhof führte über die Klosterstraße direkt am Oberhafen vorbei; Schiffssirenen heulten im Hintergrund. Der Straßenlärm hatte deutlich zugenommen. Die Bahnhöfe – es waren neben dem Berliner der Lübecker und der Venloer Bahnhof sowie die Güterbahnhöfe und Verbindungsbahnen – bildeten eine neue Lebensquelle für die schnell wachsende Metropole. In ihrem Umfeld waren Geschäfte, Lokale, Handwerksbetriebe, Wohngebäude und kleinere Fabriken aus dem Boden geschossen. Stöter mochte das Gebiet lieber als die eher eleganten Viertel der Altstadt. Hier pulsierte das Leben.

Die Droschke hielt vor dem Bahnhofseingang mit seinen beiden markanten Türmen und runden Eingangstoren. Es wimmelte in den Wartehallen und auf den Bahnsteigen von Menschen. Vom Eingangsbereich aus erstreckte sich eine knapp hundertfünfzig Meter lange und mehr als zwanzig Meter hohe hölzerne Halle, welche die vier Gleise überdachte. Sie galt als bedeutendstes Holzbauwerk im Reich, das hatte Stöter einmal in der Zeitung gelesen. Die beiden Polizisten gingen an den Kiosken vorbei zu Gleis eins, um den Zug nach Berlin um 11:15 Uhr zu nehmen. Er brauchte knapp zwei Stunden bis zu ihrem Ziel – dem Bahnhof in Boizenburg. Dort wartete ein Fuhrwerk, um sie zum Rittergut Gresse zu bringen.

Während Hundt schweigend und in sich gekehrt auf den Zug wartete, ließ Stöter die Bahnhofsatmosphäre auf sich wirken. Die Luft war voll des feucht-rußigen Geruchs der Dampfloks. Stöter wunderte sich, wie selbstverständlich dieser Geruch heute für ihn war, kam er ihm doch vor ein paar Jahren noch fremd und exotisch vor. Er mochte ihn, so wie er alles mochte, was mit der Eisenbahn zu tun hatte. Auf Gleis zwei traf gerade ein Zug ein, dessen Dampfausstöße sich unter der von mächtigen Sparren getragenen Holzdecke sammelten. Passagiere stiegen aus. Er beobachtete die verschiedenen Menschen, die je nach Geldbeutel und Anliegen unterschiedliche Wege einschlugen. Sich zu beeilen gehörte offensichtlich zum Bahnhofsalltag. Einige Reisende leisteten sich Gepäckträger, andere schleppten ihre Koffer oder Taschen selbst durch die Halle. Die Bahn bot drei verschiedene Reiseklassen an – wie es auch drei verschiedene Warteräume gab – von luxuriös bis einfach, sehr einfach. Er selbst reiste heute zweiter Klasse und freute sich, dass der Hamburger Senat ihm und seinen Kollegen dieses Privileg gewährte.

Stöter erinnerte sich an ein Spottgedicht über die drei Reiseklassen, das er einmal in der Zeitung gelesen hatte und lachte innerlich auf:

Auf Samt kann sich die ›Erste‹ strecken,
Die ›Zweite‹ ruht auf Lederkissen,
Der ›Dritten‹ bleibt das Holz zum Pfühl.
Erst Duft und Glanz und Wohlgerüche,
Dann Knasterrauch und kalte Küche,
Am Ende Knoblauchsduft und Schnaps.
Zuerst so lieb die Kondukteure,
Dann etwas trocken im Begehr,
Am Ende gar so himmlisch grob.

Pünktlich traf die prächtige Lokomotive der Firma Borsig auf Gleis eins ein. Die Schaffner öffneten die Türen der Wagen und die Passagiere strömten hinein. Der Zug war gut besetzt. Hundt und Stöter nahmen ihre Plätze ein. Stöter bemerkte, dass sein Chef immer noch nicht in Gesprächslaune war. Das störte den Sergeanten weiter nicht; er kannte die Eigenarten des Kriminalinspektors, der sich während einer Ermittlung bisweilen ganz in sich zurückzog und seine Umwelt anscheinend nicht mehr wahrnahm. Stöter wusste, dass der Fall Goldschmidt ihn besonders beschäftigte.

Mit einem Ruck setzte sich die Lok in Bewegung. Stöter schaute aus dem Fenster; die Stadtlandschaft raste an ihm vorbei. Zumindest kam es ihm so vor. Die neue Geschwindigkeit empfand er immer wieder als ein Erlebnis. Zunächst kamen die zahlreichen Schuppen auf dem Eisenbahngelände ins Blickfeld, bald Wohnviertel, Etagenbauten mit einfachen Mietwohnungen, und hinter der Billebrücke neue Siedlungshäuser mit kleinen Gärten. Bis zum Bahnhof Bergedorf dauerte es knapp zwanzig Minuten, danach ging es durch den Sachsenwald nach Reinbek, Friedrichsruh und Schwarzenbek. In Reinbek stiegen etliche Kaufleute ein und aus. Sie bevölkerten die erste Klasse des Zuges. Reinbek schien sich zum Villenvorort für die Hamburger Kaufmannschaft zu entwickeln.

Friedrichsruh war als Wohnsitz des Reichskanzlers Fürst Otto von Bismarck bekannt. Einen anderen Grund, hier Halt zu machen, gab es nach Stöters Dafürhalten nicht. Als waschechter Hamburger betrachtete er das Tun des Reichskanzlers mit Skepsis. In seinen Augen hatte das neue Reich noch keine Anziehungskraft. Es war preußisch durch und durch. Er war Hamburger und stolz darauf. In Büchen hielt der Zug für längere Zeit, um eine Verbindung mit dem Zug von Lübeck nach Lüneburg zu ermöglichen.

Hinter Büchen kehrte Hundt aus seinen Grübeleien zurück. »Julius, was wissen wir über den Reichstagsabgeordneten von Schossin?«

»Es ist uns gelungen, eine Porträtzeichnung von ihm zu aufzutreiben«, sagte dieser und holte einen Zeitungsausschnitt aus seiner Tasche. »Er ist Nachfahre einer adligen mecklenburgischen Familie, deren Stammbaum weit zurückreicht. Sie hat seit über zweihundert Jahren ihren Stammsitz auf Rittergut Gresse. Seit 1875 sitzt von Schossin im Reichstag. Als Mitglied der Konservativen Partei, wie man sich denken kann. Ihm wird eine Nähe zur Antisemitismus-Bewegung nachgesagt.«

Hundt nickte und schaute sich die Zeichnung an. »Ein markantes Gesicht, irgendwie fleischig, und mit diesen kleinen Augen – und dieser Schnurrbart!«

»Ich habe gehört, dass er sehr groß ist, groß und breit wie ein Schrank.«

»Er sollte auf jeden Fall leicht zu identifizieren sein.« Nach einer Weile fragte Hundt: »Hast du mitgekriegt, dass von Schossin zu diesem Konsortium gehört, das in den Wohnungsbauskandal in der Neustadt verwickelt sein soll?«

»Nein. Hat das eine Bedeutung für unseren Fall?«

»Wahrscheinlich nicht, aber notiert habe ich es trotzdem. Man kann nie wissen.«

Am Bahnhof Boizenburg wartete wie vereinbart die Kutsche. Es war ein Zweispänner, der zügig die kurze Strecke über die gefrorenen Straßen bis zum Rittergut Gresse zurücklegte. Die beiden Polizisten unterhielten sich nicht, sondern betrachteten die verschneite und scheinbar verlassene Landschaft.

Beim Herrenhaus angekommen, führte der humpelnde Diener die beiden Polizisten in den kleinen Salon. »Der Herr Baron wird gleich bei Ihnen sein«, sagte er im Hinausgehen. Der Raum war rund und hatte ein großes Fenster zum Garten hinaus. Der Kamin verströmte eine mollige Wärme, die Hundt und Stöter nach der Kutschfahrt genossen. Der Kriminalinspektor betrachtete die Bücherwand, in der kleine Gemälde, Jagdszenen, eingelassen waren. Die Bücher sahen ungelesen aus. Auf einem kleinen, aufgeklappten Sekretär lag ein Blatt Papier; es war das Flugblatt gegen das Lessing-Denkmal. Wie kam es hierher? Hundt nahm sich vor, den Fund später in seiner schwarzen Kladde zu notieren.

Bald erschien der Freiherr selbst und bot den Besuchern einen Portwein an. Hundt saß ihm gegenüber; Stöter nahm einen Platz näher beim Eingang ein.

»Was führt Sie nach Mecklenburg, Herr Kriminalinspektor?«, fragte von Schossin nach einer formellen Begrüßung.

»Wir versuchen, den Besitzer eines Dolches zu identifizieren, der in einem Mordfall als Tatwaffe sichergestellt wurde. Nach unseren Informationen haben Sie, Herr Reichstagsabgeordneter, einen Dolch der betreffenden Marke erworben.«

»Sie haben in Ihrem Telegramm geschrieben, dass es sich um eine solche Untersuchung handelt. Eine ernste Geschichte, wie ich annehme. Bitte erzählen Sie genauer, worum es geht.« Der Freiherr machte einen gelassenen, sicheren Eindruck.

Hundt holte seine schwarze Kladde aus der Rocktasche, schlug sie auf und versuchte, von Schossins Reaktion darauf zu deuten. Dieser hatte die ohnehin kleinen Augen noch enger zusammengekniffen und seine Mundwinkel gingen leicht nach unten, sein Schnurrbart folgte gehorsam, dachte Hundt belustigt. Hundt ließ sich Zeit, bevor er fortfuhr: »Sie haben vielleicht von dem Mordfall in Mölln gehört. Das Opfer, Hermann Goldschmidt, wurde auf einem Denkmalsockel mit einem Dolch im Rücken gefunden. Den Dolch haben wir bisher der Presse vorenthalten. Für unsere Ermittlungen ist es unerlässlich herauszufinden, wer der Besitzer des Dolches ist.«

Julius Stöter holte den Dolch aus der Tasche und legte ihn auf den kleinen Tisch. Von Schossin schaute ihn sich an, ohne ihn jedoch in die Hand zu nehmen, und sagte nach einer Weile: »Einen solchen Dolch besitze ich, ja.«

Hundt machte eine Notiz in seiner Kladde und fragte: »Haben Sie ihn noch?«

»Herr Kriminalinspektor, wollen Sie *mich*«, er schlug sich mit der flachen Hand vor die Brust, »mit dem Mord in Verbindung bringen?« Seine tiefe Stimme hatte einen bedrohlichen Unterton angenommen.

»Uns geht es nur um Informationen, Herr Baron, mehr nicht. Reine Routine. Wir müssen allen Spuren nachgehen. Wir haben bereits andere Dolchbesitzer befragt«, antwortete Hundt und schaute von Schossin unnachgiebig in die Augen.

Von Schossin war jedoch ebenso, wenn nicht ausdauernder; jetzt zogen sich seine Bartspitzen zu einem nachsichtigen Lächeln nach oben. »Ich verstehe. Er muss in der Waffenkammer liegen. Ich war in der letzten Zeit nicht auf der Jagd. Den Dolch habe ich seit Monaten nicht mehr in die Hand genommen. Kommen Sie mit.«

Die drei Herren gingen durch den langen Flur zum hinteren Teil des Hauses. Die Waffenkammer, ein kleiner Raum ohne Fenster, war nicht abgeschlossen. Von Schossin stellte die Gaslaterne auf einen kleinen Tisch und öffnete einen Schrank, in dem er offensichtlich den

Dolch vernutete. Der Ausdruck auf seinem Gesicht verfinsterte sich. Der Dolch war nicht da. Der Freiherr hielt kurz inne und schaute sich im Raum um. Seine Stirn in tiefe Falten gelegt, schien er angestrengt nachzudenken. Plötzlich ging er zu einem Tisch, der neben der Tür stand und zog eine Schublade heraus. Nach einem kurzen Blick hinein drehte er sich zu den beiden Männern um und sagte mit besorgter Miene: »Er ist nicht da.«

Hundt nickte und dachte bei sich, dass der Mann entweder ein guter Schauspieler oder wirklich überrascht war.

Sergeant Stöter war zu dem geöffneten Schrank gegangen und inspizierte die Jagdgegenstände. Besonders eine lederne Scheide fiel ihm ins Auge.

Einige Minuten später saßen die drei Herren wieder im kleinen Salon. Von Schossin machte inzwischen wieder einen gefassten Eindruck. »Er ist einfach nicht da«, wiederholte er.

»Haben Sie eine Erklärung dafür?«, fragte Hundt.

»Nein. Wie ich vorhin sagte, bin ich seit Monaten nicht mehr auf die Jagd gegangen. Zuletzt war der Dolch noch da.«

»Kann es vielleicht dieser Dolch sein?« Hundt deutete auf die Waffe, die noch immer auf dem kleinen Tisch lag.

»Nein«, antwortete von Schossin mit Bestimmtheit. »Meiner ist nicht so abgenutzt.«

Hundt notierte die Aussage in seiner Kladde und bedankte sich bei Schossin für das Gespräch. Er wusste, dass der Freiherr ihnen etwas verheimlichte.

Nachdem die beiden Polizisten gegangen waren, saß von Schossin mit einem Glas Portwein in seinem Sessel im kleinen Salon und schaute aus dem Fenster. Seine Bartspitzen zuckten und seine Hand lag unruhig auf der Armlehne. Es hatte wieder angefangen zu schneien.

Der Abendzug von Berlin nach Hamburg verließ den Boizenburger Bahnhof pünktlich und fuhr mit zunehmender Geschwindigkeit durch die winterliche, mecklenburgische Landschaft in Richtung

Büchen. Hundt und Stöter saßen wieder in ihrem Abteil. Der Schneefall hatte zugenommen; dicke Flocken schwebten am Fenster vorbei. Stöter erinnerte sich mit Grauen an die früheren Kutschenfahrten durch solche Schneestürme. Im Zug war alles anders; hier bot der dichte Schneefall lediglich ein weißes Spektakel, das man durch das Fenster im Warmen und Trockenen genießen konnte. Stöter schreckte auf, als Hundt seine schwarze Kladde geräuschvoll zuklappte und sagte: »Ich bin mir ziemlich sicher, dass der Dolch aus der Waffenkammer des Freiherrn stammt.«

»Ich bin mir sogar sehr sicher«, entgegnete Sergeant Stöter. »Ich habe mir andere Gegenstände in diesem Schrank angeschaut. Dort gab es eine leere Scheide mit einer Markierung, ein sternförmiges Zeichen aus fünf Linien. Der Dolch hat das gleiche Zeichen auf dem Griff.«

Stöter zeigte Hundt die entsprechende Stelle. Dieser nickte und sagte: »Ich habe mir so etwas schon gedacht. Doch warum war die Scheide noch da?«

»Wie ist der Dolch aus der Waffenkammer nach Mölln gekommen? Das scheint mir die alles entscheidende Frage zu sein«, korrigierte ihn Stöter.

»Es gibt, denke ich, vier mögliche Erklärungen. Erstens: von Schossin nahm ihn selbst mit dorthin, um Goldschmidt zu ermorden. Für diese Erklärung fehlen noch Gelegenheit und Motiv. Die einzige uns bekannte Verbindung zwischen den beiden sind die Sanierungspläne für die Neustadt. Darin ein Mordmotiv zu sehen, scheint mir unwahrscheinlich. Es wird in der Hamburger Geschäftswelt hinter den Kulissen hart gekämpft. Mord gehört aber normalerweise nicht zum Tagesgeschäft.«

»Zweitens«, ergänzte Stöter, »von Schossin hat den Mord in Auftrag gegeben. Die Frage nach dem Motiv würde sich jedoch nach wie vor stellen.«

»Wir wissen ja nicht einmal, ob sie sich überhaupt kannten. Außerdem würde er sich durch einen Mordauftrag erpressbar machen. Und dennoch, wir sollten diese Möglichkeit nicht außer Acht lassen.«

»Drittens?«, fragte Stöter.

»Jemand anderes hat den Dolch aus der Waffenkammer entwendet. Ich bin mir sicher, dass dieser Mord geplant war. Goldschmidt wurde nicht im Affekt getötet. Also: Wer hatte die Gelegenheit, den Dolch zu nehmen, ein Motiv für den Mord und ein Motiv, von Schossin hineinzuziehen?«

Stöter nickte: »Also suchen wir möglicherweise nach einer Person aus dem Umfeld des Barons. Das heißt zumindest jemandem, der Zugang zu dem Herrenhaus hatte, als Bediensteter oder Gast … Oder vielleicht doch nur ein Einbrecher? Welche vierte Möglichkeit siehst du, Jakob?«

»Von Schossin hat den Dolch einfach auf der Jagd verloren, ohne es zu merken, und jemand hat ihn gefunden und an sich genommen. So kam er auf Umwegen nach Mölln.«

»Das halte ich für fast ausgeschlossen. Zu viel Zufall im Spiel.«

»Ja, du hast Recht, Julius. Wir müssen aber jede Möglichkeit überdenken. Nun komme ich zu meiner ersten Frage zurück. Warum den Dolch ohne Scheide nehmen? Was bezweckte der Täter damit? Er wollte möglicherweise eine Spur hinterlassen. Aber wozu?«

Es entstand eine Pause, als der Zug in den Büchener Bahnhof einfuhr. Nach dem üblichen längeren Aufenthalt gab es den obligatorischen Ruck, und der Zug setzte sich wieder in Bewegung. Hundt nahm das Gespräch wieder auf: »Ich werde die Lage morgen mit dem Polizeirat besprechen. Er hat mir stets beteuert, dass diese Morduntersuchung Priorität hat. Die Sache wird heikel, wenn die Ermittlungen auf einen Freiherrn und Reichstagsabgeordneten als Verdächtigen hindeuten. Zumindest wissen wir, dass wir eine erste konkrete Spur entdeckt haben.«

»Was sind dann die nächsten Schritte?«

»Ich werde mehr über das Umfeld des Freiherrn in Erfahrung bringen, und du fährst nach Mölln, vielleicht sogar inkognito; das muss ich mit dem Herrn Polizeirat klären. Wenn von Schossin irgendwann in Mölln war, wird es dafür Zeugen geben, jemand muss ihn gesehen haben. Und den Dolch. Vielleicht kannst du mehr herausfinden als die beiden Möllner. Die machen mir keinen so kompetenten Eindruck.

Du plauderst gerne mit den jungen Damen. Vielleicht findest du eine auskunftsfreudige Gesprächspartnerin unter den Dienstmägden.«

»Ihr verheirateten Männer habt immer eine bemerkenswerte Vorstellung von uns Junggesellen. Muss wohl Neid sein«, erwiderte Stöter mit einem Schmunzeln. »Eine andere Frage. Warum hast du von Schossin nicht mehr in die Enge getrieben? Ich denke, er weiß, dass es sich um seinen Dolch handelt.«

»Sicherlich«, entgegnete Hundt. »Das hat noch Zeit. Wir werden uns nochmals mit ihm unterhalten, sobald wir mehr wissen. Wenn er tatsächlich nicht weiß, wie der Dolch nach Mölln gekommen ist, wird er sich Gedanken machen. Vielleicht auch etwas unternehmen, wenn er einen Verdacht hat. Die Spur wird heißer.«

22
Von Dur bis Moll

Hamburg, Samstag, d. 6. März 1880

Ein warmer Wind wehte durch die Gänge und Höfe der Neustadt; die Mittagssonne strahlte von einem blauen Himmel herab. Der Schnee, der zu kleinen Hügeln neben den Straßen und Gehsteigen aufgehäuft worden war, hatte angefangen zu tauen. Kleine Rinnsale fanden ihre Wege durch den Schmutz, der zum Leben in den Gängevierteln gehörte. An der Ecke Kohlhöfen und Großneumarkt baute sich eine Blaskapelle auf, als Hedda Svensson mit ihrem Einkaufskorb am Arm auf den Marktplatz trat. Diese wandernden Straßenmusiker hießen Pankokenkapellen, wie sie erfahren hatte. Inzwischen kannte sie sogar einige der Musiker. Auch heute begrüßte sie ein Trompeter, ein hübscher, junger Mann mit kupferner Hautfarbe und tiefschwarzen Haaren mit einem lauten, verspielten Ton aus seinem Instrument. Er hieß Valentin. Hedda winkte ihm zur Begrüßung zu. Die Stimmung auf dem Markt hob sich augenblicklich. Es war noch nicht Frühling, aber fast fühlte es sich so an, die Sonne und die Musik waren willkommene Vorboten; Kinder fingen an zu tanzen. Ein Junge griff Hedda plötzlich an der Hand und wirbelte sie im Kreis herum. Sie lachte und ließ ihn gewähren. Nach einem zweiten Dreh machte sie selbst schnelle, geschmeidige Schritte zum Takt der Musik. Der Junge ließ sie los und starrte sie mit offenem Mund an. Die Kapelle spielte rasanter, und Hedda drehte sich mit leichten, sicheren

Schritten wie bei einer Mazurka. Die Menge klatschte rhythmisch und jemand – wohl ein Seemann aus Spanien – rief »Olé.« Nach dem letzten Ton ließ der Kapellmeister die Spendendose herumgehen. Die Musiker spielten einen fröhlichen Tusch, sobald ein Münzstück in die Dose fiel.

Im naheliegenden Frühstückscafé saß Alexander Daveson, beobachtete die Szene auf dem Markt und lächelte. Es schien ihm, als ob auch im gut besetzten Café die Stimmung heiterer geworden wäre. Er trank seinen Kaffee und wartete auf Hedda, mit der er sich verabredet hatte. Er versuchte, sich an den Geschmack des braunen Getränks zu gewöhnen. Ohne Zucker war Kaffee für ihn ungenießbar, aber er konnte schließlich nicht immer nur Branntwein trinken. Im Café hatte er ein Exemplar des *Hamburger Correspondenten* gefunden, in dem er blätterte. Eine Anzeige sprach ihn besonders an. Das Komitee zur Errichtung des Lessing-Denkmals hatte einen Wettbewerb für ein modernes Theaterstück »im Sinne Lessings« ausgeschrieben. Ein kluger Schachzug. Obwohl es in der Anzeige nicht erwähnt wurde, nahm Daveson an, dass die Ausschreibung im Zusammenhang mit dem neuerlichen Flugblatt stand. Die Resonanz in den lokalen Zeitungen auf das Flugblatt war fast ausschließlich negativ gewesen, man reagierte mit Empörung und Abscheu. Eine Ausnahme bildete ein Artikel von Hauptpastor Johann Jörg Zimmermann in einer Kirchenzeitung. Er hatte zwar den Ton und die Art und Weise der Veröffentlichung des Flugblatts kritisiert, aber den Inhalt letztlich verteidigt. Für ihn gehörte Lessing zu den Feinden des Christentums und war kein Vorbild für das neue Deutsche Reich.

Er schaute auf und erblickte Hedda, die mit gerötetem Gesicht und lachenden Augen durch die Eingangstür kam. Sie nahm ihm gegenüber Platz und bestellte einen Tee. »Tanzen kannst du auch«, bemerkte Daveson. Er konnte, wie üblich, dem Drang nicht widerstehen, sich eine kleine Ketzerei zu überlegen: »In unseren Kirchen wird häufig gesungen, aber nie getanzt. Was meinst du, warum?«

Hedda schaute aus dem Fenster auf die Musiker, die munter weiterspielten, während immer mehr Kinder und Jugendliche ausgelassen dazu tanzten, und sagte: »Vielleicht weil sich der Körper durch den Tanz befreit. Das mag unsere Kirche nicht. Ich habe neulich in der *Gartenlaube* von einem römischen Gott gelesen, Bacchus hieß er, glaube ich, der den Tanz pflegte. Er scheint ein lustiger Kerl gewesen zu sein. Ich kann ihn mir in der Michaeliskirche nicht vorstellen.«

»Er hat sich nicht nur dem Tanz verschrieben«, schmunzelte Daveson. Als er die Neugier in Heddas Augen aufblitzen sah, lachte er lauthals: »Was das bedeutet, wirst du schon noch herausfinden.« Er nahm einen kräftigen Schluck und fuhr fort: »Übrigens gefällt mir das, was du sagst. Einen Gott, der nicht tanzt, kann man nicht ehren. Bacchus oder Jesus – das ist unsere Wahl.«

Hedda sah ihn an und sagte nun im ernsten Ton: »Ich habe beim letzten Mal gesagt, dass meine Tante einen Mann gezeichnet hat, der mir irgendwie bekannt vorkommt. Ich habe die Zeichnung mitgebracht.« Sie legte das Papier vor ihm auf den Tisch. Daveson studierte es einen Augenblick lang. »Das Gesicht ist nicht genau getroffen, aber die Augenpartie scheint mir stimmig zu sein. Für mich besteht kein Zweifel … das ist Staatsanwalt Rohdantz. Wie ist das Bild entstanden?«

»Meine Tante hat es vor ein paar Jahren gezeichnet, nachdem sie einen Mann im Gängeviertel gesehen hatte, der zwar schäbig angezogen, aber offensichtlich ein vornehmer Herr war. Der Kontrast hat sie zu der Zeichnung angeregt. Sie hat sie aus der Erinnerung gemacht.«

»Deine Tante kann gut zeichnen«, sagte Daveson und runzelte die Stirn.« Was macht Rohdantz so verkleidet in Hamburg? Darf ich mir die Zeichnung eine Weile ausleihen?«

Hedda schaute verlegen. »Ich habe es genommen ohne zu fragen. Ich glaube nicht, dass meine Tante es sogleich vermissen wird. Aber …«

»Ich verstehe. Es wird mir Anlass sein, ein Gespräch zu führen, dem ich bisher ausgewichen bin. Nun mache ich es also heute Abend, dann hast du es schon morgen zurück.«

Daveson erzählte Hedda von seiner Idee, sich an dem Wettbewerb zu beteiligen und ein Theaterstück zu schreiben. »Das wollte ich immer schon einmal machen, vielleicht ist jetzt der beste Zeitpunkt. Lessing schrieb einmal, Galle sei das Beste, was wir haben. Wenn er sich am tiefsten geärgert hatte, verfasste er seine besten Stücke, wie zum Beispiel auch seinen Nathan.«

Hedda begeisterte sich schnell für die Idee und wollte mehr über diesen Schriftsteller wissen, der so aktuell geworden war. »Warst du schon einmal in der Stadtbibliothek?«, fragte Daveson. »Nathan solltest du auf jeden Fall lesen. Besser wäre es, einmal eine Aufführung zu besuchen. Demnächst wird es im Stadttheater gespielt«, fügte er hinzu.

Langsam fand Daveson Gefallen an dem Kaffee und bestellte sich eine zweite Tasse. Er holte seine alte Tonpfeife aus der Tasche, stopfte sie und zündete sie mit einem der neuartigen Feuerzeuge, einem Zündholz, an. Der Tabakduft belebte seinen Geist. »Weißt du, Hedda«, fuhr er fort, »wir haben einmal über den Antisemitismus gesprochen. Das bringt mich auf eine Idee. Ich könnte das alte Märchen vom Rattenfänger von Hameln als Grundmotiv für das Theaterstück nehmen. Es muss natürlich eine spannende Handlung haben, vielleicht spielt es in einer Kleinstadt wie Mölln, wo eine Synagoge gebaut werden soll. Und ein bisschen Romantik. Ein jüdisches Mädchen und ein christlicher Junge, wie bei Romeo und Julia. Kennst du das Theaterstück von Shakespeare?«

Hedda verneinte, und er plauderte weiter über mögliche Figuren und dramaturgische Ideen. Hedda hörte zu und staunte im Stillen, was alles dazugehörte, einen eigenen Text, eine eigene Geschichte zu schreiben. Gelesen hatte sie in den letzten Monaten viel, aber selbst etwas schreiben? Wie machte man das?

»Soll in der Geschichte ein Geheimbund mit unserem Kreuz als Symbol vorkommen?«, unterbrach sie seinen Redeschwall.

Daveson schaute sie verblüfft an. »Ja«, sagte er nach einer kurzen Pause und zog an seine Pfeife, die sogleich aufglühte, »warum nicht. Ein Theaterstück, das direkt auf das aktuelle Geschehen eingeht, aus dem es entstanden ist.« Als er das sagte, dachte er plötzlich an Recha. »Wer schreibt und veröffentlicht, ist nicht untätig. Er kann etwas bewirken.«, hatte sie einmal gesagt – und nach diesem Grundsatz auch gelebt. »Weißt du«, sagte er schließlich, »vielleicht sollte ich das Stück *Nathans Tod* nennen.«

Vor dem Eingang zum Berliner Bahnhof herrschte Hochbetrieb. Die Verbindungsbahn über Dammtor nach Altona war im Begriff loszufahren. Einige Menschen rannten über den Bahnsteig, um sie noch zu erwischen. Geschützt von einer kleinen Überdachung zwischen den beiden runden Eingangstoren zur Bahnhofshalle beobachtete ein Straßenmusiker das hektische Kommen und Gehen. Er spielte dabei auf seiner Geige einen lebhaften Csárdás aus seiner Heimat; es schien, als ob er die Bewegungen der Menschen musikalisch untermalen wollte, vor ihm auf dem Boden lag seine Wollmütze und bat stumm um eine Gabe. Einige Passanten legten ein Münzstück hinein, worauf der Musiker ihnen mit einem Nicken und lachenden Augen dankte. Ein besonders großer, elegant gekleideter Mann mit einem exzeptionellen, spitzen Schnurrbart kam aus der Eingangshalle heraus, blieb genau vor dem Musiker stehen und starrte ihn mit grimmiger Miene an. Dieser setzte seinerseits den Bogen ab und schaute in die kleinen, dunklen Augen des Mannes. Es war offensichtlich, dass er nicht vorhatte, einen Groschen zu spendieren. Dann machte er plötzlich auf dem Absatz kehrt um und ging davon. Der Musiker setzte seinen Bogen wieder an und spielte nun ein melancholisches Lied aus seiner osteuropäischen Heimat.

Freiherr Klaus von Schossin war in keiner guten Laune. Der Besuch des Kriminalinspektors hatte ihn aufgewühlt; er wusste, dass er etwas unternehmen musste. Und ausgerechnet jetzt drohte ein Skandal mit dem Bauprojekt! Das konnte er gar nicht gebrauchen. Er hatte inzwischen die *Gerichtszeitung* gelesen und per Telegramm von der jüngsten Sitzung der Bürgerschaft erfahren. Heute wollte er ein Gespräch mit dem Anwalt Doktor Alfons Gierling führen. Auf gar keinen Fall durfte man ihn mit dem Skandal in Verbindung bringen.

Statt eine Mietdroschke zu nehmen ging der Freiherr zu Fuß über die Steinstraße in Richtung Binnenalster. Er wollte sich etwas beruhigen und auf das Gespräch vorbereiten. Am Alten Jungfernstieg angekommen mischte er sich unter die Flaneure die durch das sonnige Wetter angelockt worden waren. Mit der Binnenalster auf der einen Seite und vornehmen Geschäfts- und Wohnhäusern auf der anderen führte die Straße durch eins der noblen Viertel der Metropole. Von Schossin nahm wenig davon wahr. Ihm war die Großstadt heute etwas unheimlich, zu laut, zu bunt, zu geschäftig, zu undurchsichtig; ihn beschlich das Gefühl, dass es sich um ein noch schwierigeres Pflaster handelte, als er es sich vorgestellt hatte.

Er erreichte bald das Kontor der Gebrüder Gierling am Gänsemarkt und wurde sogleich zum Büro von Doktor Alfons Gierling vorgelassen. Der Jurist begrüßte seinen Besucher in dem üblichen geschäftsmäßigen Ton und erkundigte sich, ob von Schossin eine angenehme Zugfahrt gehabt hätte. Dieser ging auf die Frage nicht ein, sondern sagte geradeheraus: »Die Sache läuft nicht gut.«

Der Anwalt nickte bedächtig: »Herr Reichstagsabgeordneter, wir müssen Ruhe walten lassen. Das Projekt wurde von der Baudeputation und dem Senat angenommen. Es ist eine notwendige städtebauliche Maßnahme. Die Beratungen in der Bürgerschaft sind nicht gut gelaufen, da haben Sie vollkommen Recht. Es wird aber weitergehen.« Gierling faltete seine Hände ruhig vor sich auf dem Tisch und schien gelassen abzuwarten.

Von Schossins Gesicht lief rot an. »Herr Doktor Gierling«, sagte er mit bemüht tiefer Stimme, »ich denke, die Sache ist ernster, als Sie es wahrhaben wollen. Der Bericht über den Korruptionsvorwurf wird Kreise ziehen. Die Zeitungen lechzen heute nach Skandalen. Die Presse gewinnt immer mehr an Einfluss. Auf gar keinen Fall darf ich in der Öffentlichkeit mit diesem Skandal in Verbindung gebracht werden!«

Gierling ließ sich nicht provozieren. Er schaute dem Freiherrn fest in die Augen und entgegnete: »Unsere Polizei ist diskret. Ich habe bereits ein Gespräch mit Polizeisenator Rapp geführt und ihm dargelegt, dass der Korruptionsverdacht unbegründet ist. Beweise gibt es nicht.« Der Jurist lehnte sich etwas zurück, verschränkte die Hände vor seinem Bauch und fuhr fort: »Solche Bauprojekte bergen immer ein gewisses Risiko. Das ist bekannt. Macht es nicht sogar einen Teil des Reizes aus? Geschäfte in dieser Größenordnung sind doch immer auch eine Art Spiel.«

Diese Ansicht schien Freiherr Klaus Albrecht von Schossin nicht zu teilen, denn er schaute immer noch finster drein.

»Beweise gibt es nicht«, murmelte Doktor Alfons Gierling leise und schaute zur Tür, durch die von Schossin sein Büro gerade nach einem zähen und ergebnislosen Gespräch verlassen hatte. Wie er wohl erst reagiert hätte, hätte er ihm die Wahrheit über seine Begegnung mit dem Senator erzählt. Dass es eine Vernehmung gewesen war, und dass er, Doktor Gierling, zu den Hauptverdächtigen des Skandals gehörte. Er wusste, dass der Senator ihm nicht traute. Viele Kaufleute in der Stadt hatten das forsche Auftreten der Gebrüder Gierling in den letzten Jahren mit Missbilligung und Skepsis beobachtet. Die Gebrüder galten vielen alten Hamburger Familien als Emporkömmlinge, denen der richtige hanseatische Anstrich fehlte. Sei es drum, dachte der Jurist. Die Geschäftswelt war härter geworden. Und: Beweise gab es nicht.

Julius Stöter paffte an seiner Zigarre und wartete ungeduldig, bis Kriminalinspektor Hundt seine schwarze Kladde beiseitelegte. Der Feierabend stand kurz bevor, und der Sergeant hatte eine Verabredung mit einer jungen Dame, die er auf keinen Fall verpassen wollte. Es war die Kellnerin, die letzte Woche bei Miss Sara angefangen hatte. Neben dem ganz persönlichen Vergnügen versprach sich Stöter einige Informationen über Sprewitz, der anscheinend zur Stammkundschaft der Gastwirtschaft gehörte.

Hundt unterbrach seine Grübelei: »Julius, übermorgen fährst du nach Mölln, du wirst dich dort als Jäger ausgeben. Ich habe die Sache mit dem Polizeirat besprochen.«

»Habe ich ein ›von‹ in meinem Namen? Ich wollte immer schon einmal adlig sein«, witzelte Stöter.

»Nein, leider nicht, es muss schließlich authentisch wirken«, entgegnete Hundt mit einem Zwinkern. »Du bist ein neureicher Hamburger Geschäftsmann. Ein bisschen ungehobelt, verstehst du.«

»Warum überhaupt inkognito?«

»Ich halte es für besser, unsere neuen Ermittlungsergebnisse vorerst nicht den lauenburgischen Behörden mitzuteilen. Ehrlich gesagt, traue ich ihnen nicht. Der Polizeirat ist auch meiner Meinung.«

»Der Staatsanwalt hat mich einmal gesehen. Das könnte ein Problem werden.«

»Bei dem Treffen saßt du ziemlich abseits. Ich bin mir nicht sicher, ob Rohdantz dich überhaupt wahrgenommen hat. Anders angezogen und ohne Schnurrbart sehe ich da kein Problem. Es ist unwahrscheinlich, dass du in Mölln direkt mit dem Staatsanwalt in Berührung kommst. Wir lassen es darauf ankommen.«

»Den Schnurrbart soll ich abnehmen! Dieser Beruf ist des Teufels«, erwiderte Stöter und griff instinktiv nach seinem prächtigen Oberlippenschmuck.

Die Dämmerung legte sich über die Stadt und kündigte den Beginn der Abendstunden an. An den Straßenecken leuchteten Gaslaternen auf, die ein mattes Licht auf die vorbeieilenden Passanten warfen. In den Straßen und Gängen der Neustadt wogte eine scheinbar unendlich lange Schlange von Menschen hin und her. Zu ihnen gehörte der Lumpensammler Alexander Daveson. Dieser bog von der belebten Wexstraße in den etwas ruhigeren Schulgang ab und steuerte auf die Gastwirtschaft Miss Sara zu. Als er eintrat, nahm er die vertrauten Geräusche und Gerüche der Gaststube wahr. Besonders laut war es nicht, denn Miss Sara duldete keine lautstarken Reden; es war eher ein beständiges Raunen, das gelegentlich von heiterem Lachen und Getränkebestellungen unterbrochen wurde. Es roch nach einer Mischung aus Essig, Schweiß, Tabak und frisch gezapftem Bier. Die Theke und die meisten Tische waren voll besetzt; außer Miss Sara selbst bediente eine junge Frau, die von Tisch zu Tisch eilte. Miss Sara passte auf, dass sich die überwiegend männlichen Kunden der jungen

Kellnerin gegenüber ordentlich verhielten. Ungehobeltes Benehmen ließ sie in ihrer Gastwirtschaft nicht zu.

In der hinteren Ecke fand Daveson den kleinen, runden Tisch, nahm daran Platz und legte eine abgewetzte Ledermappe auf den Tisch. Die Mappe hatte er am Nachmittag beim Lumpenhändler erstanden, danach bei einem Papierhandel Schreibpapier und eine Schreibfeder gekauft. Statt für Hadernpapier hatte er sich aus Kostengründen für das neue holzartige Papier entschieden. Es schmerzte ihn, aber als Lumpensammler musste er sich bescheiden geben. Er nahm ein Blatt und schrieb auf den oberen Rand: *Nathans Tod. Ein Schauspiel.* Zufrieden mit sich legte er die Schreibfeder nieder und bestellte ein Bier. Zu seiner Überraschung brachte Miss Sara selbst die Bestellung, und zwar nicht nur ein, sondern zwei Gläser. Sie setzte sich zu ihm an den Tisch und sagte: »Zum Wohl!« Nach einem kräftigen Schluck fuhr sie fort: »Du hast dir etwas vorgenommen, mein Lieber. Soll meine Gastwirtschaft zu deiner Schreibstube gemacht werden? Ein schreibender Lumpensammler! Na ja, solange du dabei Bier bestellst, soll es mir egal sein.« Daveson lächelte, nahm es ihr aber nicht ab; er ahnte, dass sie mehr wissen wollte. Sie drehte sich kurz weg und gab der jungen Kellnerin einige Anweisungen. Die junge Frau machte einen fleißigen Eindruck und schien sich zu freuen, die Gäste selbständig bedienen zu dürfen.

»Ich schulde dir eine Geschichte«, sagte Daveson, als sie sich ihm wieder zuwandte.

»Das ist richtig, Daveson«, erwiderte sie. »Erzähl mir von Recha Mendelssohn.«

Er nickte, als ob er die Aufforderung erwartet hätte: »Ich habe sie gekannt. … Ja, sehr gut gekannt. Wir waren ein Paar, also ohne Ehering, versteht sich.«

»Recha Mendelssohn mit Ehering könnte ich mir gar nicht vorstellen«, entgegnete Miss Sara.

Er erzählte von seiner ersten Begegnung mit Recha, von der Revolution, davon, wie Recha nach dem Einmarsch preußischer Truppen im Sommer 1849 ausgewiesen worden war, und sogar ein wenig von ihrem gemeinsamen Leben bis zum Sommer 1850.

Als sie sich ihrem zweiten Bier widmeten, hatte Daveson seine Geschichte beendet, und es entstand eine kleine Pause. Er wusste jedoch, dass sie ihre Frage stellen würde. »Das alles ist vor dreißig Jahren passiert. Warum bist du jetzt hier?«

»Ich möchte wissen, was damals passiert ist.«

Miss Sara runzelte die Stirn: »Da ist eine große Lücke in deiner Geschichte. Warum gerade jetzt? Es wird schwer werden, nach all der Zeit noch etwas herauszufinden.«

»Ich weiß. Aber es ist etwas vorgefallen … und jetzt muss ich das Spiel zu Ende bringen.«

»Du sprichst gerne in Rätseln, mein Lieber.« Sie nahm noch einen Schluck Bier und bemerkte, wie Daveson ihr entglitt, in sich zu versinken schien. »Ich sage dir etwas. Am Abend vor dem Mord war die Mendelssohn hier in der Gastwirtschaft. Wir haben uns unterhalten. Oder besser gesagt, sie hat mich ausgefragt. Sie sagte, sie wollte ein Buch über das Leben von Frauen in Hamburg schreiben. Ich weiß, dass sie sich dann auf den Weg zum Ebräergang gemacht hat, sie sagte, Dirnen hätten auch Geschichten zu erzählen.«

Miss Sara bemerkte mit Genugtuung, dass sie nun seine volle Aufmerksamkeit hatte, als er einen Schluck Bier nahm und nach seiner Pfeife griff. Es folgten die obligatorischen Raucherhandgriffe: Tabaktasche öffnen, Pfeife stopfen, Zündholz herausholen, Tabak anzünden. Dann der erste tiefe Zug, langes Ausatmen. Miss Sara lächelte ihn amüsiert an, wartete aber geduldig ab. Dann holte Daveson ein Blatt aus seiner Tasche und legte es auf den Tisch. »Kennst du diesen Mann?«, fragte er.

Miss Sara nahm die Zeichnung in die Hand und betrachtete sie lange. »Ich weiß es nicht. Ich habe über die Jahre so viele Männer in meiner Gastwirtschaft gesehen. Wie soll ich mir jedes Gesicht merken können?« Sie sah ihn an. »Hat dieser Mann etwas mit deiner Geschichte zu tun? Ich nehme es an.« Sie heftete ihren Blick wieder auf das Porträt. »Die Augen sind irgendwie auffällig, dieser Ausdruck … fast beängstigend.« Sie gab ihm die Zeichnung zurück und kehrte zurück an die Arbeit. »Wir sprechen uns wieder, Daveson«, bemerkte sie beim Weggehen und legte dabei eine besondere Betonung auf seinen Namen. Daveson nickte und fragte sich, ob Miss Sara nicht mehr wusste, als sie zugab. Er selbst hatte ihr aber auch nicht alles erzählt.

Max Goldschmidt hatte sich wohl gefühlt, bis seine Mutter ins Zimmer kam. Er zog sich gerade um, denn er wollte ins Stadttheater. Es gab Proben für *Nathan*, und Max sollte beim Soufflieren helfen. Das Theaterleben faszinierte ihn nach wie vor. Er fand, dass er seine Zeit dort mit seinen Aufgaben im Kontor gut unter einen Hut brachte. Für den Abend hatte er sich mit einer Schauspielerin verabredet. Friederike Wolff spielte die Rolle von Nathans Tochter, Recha. Seine Mutter ließ keine Gelegenheit aus, ihren Unmut über seine Lebensweise zum Ausdruck zu bringen, und über seine Verabredung echauffierte sie sich natürlich besonders. «Dass du dich für das Theater interessierst, gut, das muss ich akzeptieren. Aber warum musst du dich in aller Öffentlichkeit mit einer Schauspielerin zeigen? Mit einer solchen Person! Und dann auch noch im Hôtel de Russie, zum Abendessen! Das gehört sich einfach nicht.«

»Mutter, wir leben nicht mehr im Mittelalter. Das Theater ist kein Sündenbabel.«

Seine Entgegnung schien wenig Eindruck auf sie zu machen. Um des lieben Friedens willen willigte Max ein, seine Mutter am nächsten Tag zu einer Kaffeestunde zu begleiten, bei der auch die Tochter einer bekannten Hamburger Kaufmannsfamilie zugegen sein sollte.

Max nahm die Droschke zum Theater, denn er wollte nach den Proben mit Rika – so nannte er Friederike – zum Conventgarten gehen. Dort spielte eine besonders unterhaltsame Kapelle.

Es war schon spät, als Daveson die Gastwirtschaft verließ. Er war unruhig. Das Gespräch mit Miss Sara hatte alte Erinnerungen wach werden lassen. Recha war also an diesem letzten Abend bei Miss Sara gewesen; ihre Leiche wurde im Bleichenfleet nahe der Ellerntorsbrücke gefunden. Dazwischen lag der Ebräergang. »Dazwischen …«, murmelte er, als könnte dieses Wort der Schlüssel zu dem großen Geheimnis sein.

Er wusste, dass sie damals an einem Buchprojekt gearbeitet hatte. Dass es dabei um das Leben von Frauen in Hamburg ging, hatte er nicht gewusst. Sie hatten sich seit dem Sommer 1850 nicht mehr gesehen.

Seine Füße hatten ihn in die falsche Richtung getragen. Statt den kurzen Weg über den Schulgang und den Rademachergang zu seiner Bude zu nehmen, lief er nach Süden über den schmalen, verlassenen Paradieshof zum Kleinen Michel. Im Hof glimmte im Fenster einer Wohnung im ersten Stock noch eine Lampe. Als er vorüberging, wurde sie gelöscht und hinterließ ein schwarzes Quadrat. Es war deutlich kälter geworden, die Schneedecke auf den Straßen und Gehsteigen war wieder gefroren und knarrte unter seinen Schuhen. Die Straßen waren menschenleer. Nur am Alten Steinweg kamen ihm einige Passanten und zwei Droschken entgegen.

Der Lumpensammler schaute zum Vollmond hoch und sah den sternbedeckten Himmel. Es war eine klare, kalte Nacht. Ihm fiel ein Satz von Immanuel Kant ein: *Zwei Dinge erfüllen das Gemüt mit immer neuer und zunehmender Bewunderung und Ehrfurcht, der Sternenhimmel über mir und das moralische Gesetz in mir.*

Das moralische Gesetz, dachte er und blickte weiter in den Himmel. Was würde sie wohl denken, könnte sie ihn jetzt sehen? Er fühlte sich Recha gegenüber verpflichtet, doch nicht nur ihr, sondern auch sich selbst. Es ging nicht darum, ihr Andenken zu schützen, darüber hätte Recha nur gelacht. Die Liebe verpflichtete ihn. Es ging um die Zukunft dessen, wofür sie gekämpft hatte. Und wofür er gekämpft hatte … damals. »Wer nicht kämpft, hat schon verloren.« Das hätte Recha gesagt, und ihm war es, als könne er ihre Stimme hören.

Am Kirchhof des Kleinen Michel angekommen betrachtete Daveson die alte Barockkirche, die vor einigen Jahren mit dem Namen St. Ansgar nach katholischem Ritus neu geweiht worden war. Im Kircheninneren war kein Licht, der Mond hüllte indes das Gebäude in seinen sanften, kalten Schein. Es stand mitten auf dem Kirchhof einsam und verlassen da. Daveson blickte um sich und sah den hohen Turm des großen Michel, der keine dreihundert Meter entfernt in die sternenklare Nacht hineinragte. Die mächtigen Glocken läuteten gerade die neue Stunde ein; elf Mal hallte ihr tiefer Glockenschlag durch die Gängeviertel. In nur einer Stunde würde der neue Tag beginnen, und mit ihm die immer wiederkehrende Mühsal. Der Lumpensammler dachte an seine Arbeit. Er dachte auch an den schwarzen Hund, der ihn bei seinen Sammeltouren zu begleiten pflegte. Daveson wusste, dass er in zwei Welten lebte, er bewegte sich in der Gegenwart, doch er lebte eigentlich in der Vergangenheit. Sie waren wie durch einen garstigen, breiten Graben getrennt. Wie hinüberspringen?

23
Nathan der Weise

Hamburg, Montag, d. 8. März 1880

Mosche Nordheim verabschiedete sich von seinen Schulkameraden und schlenderte alleine die Straße Bei den Hütten hinunter. Die breite Straße war belebt, doch Mosche nahm keine Notiz von dem Treiben. Er grübelte, ging leicht gebeugt, sein Blick war nach innen gerichtet, wie es bei jungen Menschen noch häufiger vorkommt als bei Erwachsenen. Der Direktor und Deutschlehrer für die obere Klasse, Doktor Anton Rée, hatte den Schülern eine undankbare Aufgabe gestellt. In den letzten Wochen wurden im Deutschunterricht die Werke von Gotthold Ephraim Lessing besprochen – wohl wegen des Denkmalprojekts. Keiner der Schüler interessierte sich für diesen alten Stoff, was hatte ein Schriftsteller aus dem vorigen Jahrhundert den Menschen heute noch zu sagen? Jetzt sollten sie einen Aufsatz über sein Theaterstück *Nathan der Weise* schreiben, und sich überlegen, was auch heute noch aktuell war an dem Stück.

Mosche hatte keine Ahnung. Er fand das Stück irgendwie fade. Das alte Jerusalem kam ihm sehr fremd vor, die Liebesgeschichte, die letztlich keine war, altmodisch und der Ausgang des Stückes zu gekünstelt. Ja, der alte Nathan machte zwar einen sympathischen, couragierten Eindruck, aber: Wo war die Spannung? Wo war das Abenteuer? Alles lief auf einen glücklichen Ausgang hinaus. Mussten sich die Menschen immer so viel umarmen?

Als Mosche kurz vor seinem Wohnhaus an der Poolstraße angekommen war, bemerkte er den Lumpensammler Daveson, der aus der entgegengesetzten Richtung auf ihn zukam. Der große, schwarze Hund begleitete ihn, wie so oft in der letzten Zeit. Mosche konnte nicht genau sagen, wer wen adoptiert hatte. Daveson hatte den Hund Diogenes genannt, nach einem alten griechischen Philosophen, der sich mit Hunden gut auskannte. Warum ein Philosoph sich mit Hunden befassen sollte, war Mosche zwar ein Rätsel, aber ihm gefiel die Geschichte, wie er so viele der Geschichten mochte, die ihm der Lumpensammler in den letzten Monaten erzählt hatte. Es war, als öffneten sie Mosche Türen und Tore zu fremden, aufregenden Welten, die weit außerhalb der Neustadt auf ihn warteten.

»Du siehst besorgt aus, Mosche«, sagte Daveson, als sich die beiden gegenüberstanden.

Der Junge berichtete von seiner Schulaufgabe. »Ich möchte nicht die übliche Lobhudelei schreiben wie alle anderen. Der weise, gute Jude! Vielleicht sollte ich einfach schreiben, dass das Stück heute überhaupt keine Bedeutung mehr hat.«

»Das ist aber eine sehr einfache Lösung. Hast du schon einmal versucht herauszufinden, was das Stück dir sagen will? Hast du tatsächlich und wahrhaftig zugehört? Allein aus den Buchstaben und Wörtern wird sich dir der Sinn nicht entfalten. Du musst dich auf die Suche nach dem Geist der Geschichte begeben.«

»Ich verstehe nicht, Herr Daveson … wie kann ein Theaterstück mir etwas sagen wollen?«

»Ich mache dir einen Vorschlag. Wir versuchen herauszufinden, warum Lessing das Stück überhaupt geschrieben hatte. Das Hinhören muss trainiert werden«, erwiderte Daveson.

Der Junge schaute den Lumpensammler verzweifelt an: »Ich verstehe immer noch nicht.«

Dieser lachte und sagte: »Komm mit, Mosche, wir machen einen Spaziergang. Nathan hat viel mit Hamburg zu tun.«

Mosche war unschlüssig, ob er zuerst seiner Mutter Bescheid sagen sollte, entschied sich dann aber dagegen. Er deponierte nur schnell seine mit einem Lederriemen zusammengehaltenen Bücher und Mappen im Haus, und seine Mutter war glücklicherweise nicht zu sehen.

Mosche, Daveson und Diogenes, der zwischen ihnen trottete, liefen über die ABC-Straße zum Gänsemarkt und standen bald neben einigen Marktständen. Der Hund schnüffelte geschäftig und hoffnungsvoll am Boden. Daveson sagte: »Du weißt, warum das Denkmal auf dem Gänsemarkt stehen soll, nicht wahr?«

Mosche nickte: »Weil hier früher das Theater stand, in dem Lessing arbeitete.«

»Genau, dort gegenüber an der Ecke Büschstraße. Weißt du auch, warum Lessing überhaupt nach Hamburg gekommen ist?«

Mosche schüttelte den Kopf. Der Hund legte den Kopf schief und sah Daveson mit gespitzten Ohren an, als sei er ebenfalls neugierig auf die Antwort.

»Lessing war freier Schriftsteller, ein Beruf, den es damals eigentlich nicht gab. Er verdingte sich auf dem Markt, wie er selbst sagte, und sah in dem Theaterprojekt die Möglichkeit, sich eine Lebensgrundlage zu schaffen, um unabhängig schreiben zu können. Es war für ihn ein Abenteuer. Lessing liebte das Spiel.«

Sie liefen weiter entlang des Alten Jungfernstiegs. Diogenes hielt sich dicht an Daveson und ignorierte die an der Leine gehaltenen Hunde der feinen Gesellschaft. Daveson erzählte vom Scheitern des Theaterprojekts. »Lessing musste daraufhin sogar seine Bibliothek verkaufen. Der Schriftsteller stand wieder frei auf dem Markt, aber ohne jeden Groschen. Frei sein zu wollen, hat seinen Preis«, fügte der Lumpensammler hinzu. Am Neuen Wall blieben sie vor einem Anwesen stehen, wo einst in einem Vorgängergebäude die Familie König gewohnt hatte. Dort hatte Lessing seine Ehefrau Eva König kennengelernt. »Sie ist später in Wolfenbüttel nach nur einem Ehejahr im Kindbett gestorben. Der neugeborene Sohn ist auch gestorben. Lessing schrieb in einem Brief darüber, er wolle es auch einmal so gut haben wie andere Menschen; es sei ihm aber schlecht bekommen. Gleichzeitig schrieb er seinen Nathan. Er kannte also das Scheitern, den Schmerz, die Trauer, die Verzweiflung.«

Mosche hörte dem Lumpensammler zu, als sie weiter am Hopfenmarkt vorbei in Richtung Elbe liefen. Er gewann den Eindruck, dass Lessings Freiheitsdrang in nichts als persönlichen Katastrophen geendet hatte. Allein das Schreiben war ihm geglückt und begründete seinen Ruhm. »Er war kein Gelehrter«, sagte Daveson. »sondern ein freier Schriftsteller, der seine Mitmenschen zu selbständigem Denken anregen wollte.« Sie gingen weiter über die Holzbrücke und die Mattentwiete zum Brook. »Weißt du, Mosche, Lessing hat sein ganzes Leben lang Lotto gespielt und nie gewonnen.«

Als sie auf dem Brook standen, war in der Ferne der Barockturmhelm der Katharinenkirche zu sehen. »Jetzt nähern wir uns dem Höhepunkt meiner Geschichte«, bemerkte Daveson, »Lessing hatte eine kleine Wohnung auf dem Brook. Da er aber eine Berühmtheit war, verkehrte er in den besseren Häusern der Stadt und lernte viele Menschen kennen. Dazu gehörte der Hauptpastor an der Katharinenkirche, Johann Melchior Goeze, ein Bibelexperte und ein über die Grenzen Hamburgs hinaus gefürchteter Verteidiger der orthodoxen Kirchenlehre. Ein wortgewaltiger, einflussreicher Mann. Überliefert ist, dass die beiden sich bei Goeze getroffen haben und dank des guten Weinkellers des Hauptpastors angenehme Gespräche führten. Keiner ahnte zu jenem Zeitpunkt, dass sie einige Jahre später Gegner in einer erbitterten und folgenschweren Auseinandersetzung über die wahre Religion werden würden.« Daveson wandte sich zum Gehen. »Komm, wir laufen hinüber zur Katharinenkirche. Dort hängt ein Gemälde des grimmigen Goeze.« Diogenes lief vorneweg, als hätte er das Ziel bereits erahnt.

Unter einer sorgfältig frisierten Perücke schaute Hauptpastor Johann Melchior Goeze aufmerksam und streng auf Mosche und Daveson hinab, als sie im Kirchenschiff der Katharinenkirche vor dem Gemälde standen. Das bartlose Gesicht mit einer kantigen Nase, dem strengen Mund und durchdringenden Augen strahlte Autorität aus.

»Im Laufe des Streits stellte Goeze Lessing die Inquisitionsfrage: Was ist dein Glaube? Damit sollte Lessing in der Öffentlichkeit als

Ungläubiger, als Feind des Christentums entlarvt werden. Weißt du, was die Inquisition ist, Mosche?«

»Ja, wir haben sie in der Schule behandelt. Die Verfolgung von Andersgläubigen und Abweichlern durch die katholische Kirche.«

»So in etwa. Weißt du auch, dass Tausende von Juden der Inquisition zum Opfer gefallen sind? Ermordet wegen ihres Glaubens. Weitere Hunderttausende, wenn nicht Millionen sind durch Pogrome umgekommen, wie auch Nathans Familie.«

Mosche nickte langsam und schaute weiter auf das Gemälde.

»›Tut nichts, der Jude wird verbrannt‹, wer sagte das?«, fragte Daveson.

»Der Patriarch«, antwortete Mosche.

Daveson nickte und zeigte auf das Gemälde. »Lessing musste nicht um sein Leben fürchten, wohl aber um seine bürgerliche Existenz. Wie hat er die Inquisitionsfrage des Hauptpastors beantwortet?« Mosche schien verlegen. »Du schweigst, aber eigentlich weißt du es«, sagte Daveson nachsichtig. »Er hat das Schauspiel *Nathan der Weise* geschrieben. Und wie lautete Nathans Antwort auf die Frage des Sultans, die Frage nach dem wahren Glauben?«

»Es war die Parabel der drei Ringe«, antwortete Mosche, ein bisschen stolz darauf, dass er die Antwort wusste.

»Es strebe jeder um die Wette, die Kraft des Steins in seinem Ring' an den Tag Zu legen!«, zitierte Daveson den Spruch des weisen Richters. »Nicht nur Kinder brauchen Märchen. *Nathan der Weise* ist ein Märchen für Erwachsene. Das Stück verschweigt keineswegs das Grausame, es zeigt aber einen Weg auf, das Grausame zu überwinden. Es schafft Hoffnung auf eine bessere Welt.«

Seite an Seite gingen sie hinaus in den Kirchhof. Er war leer, wie auch die Kirche. Im Hintergrund waren die schrillen Töne der Schiffssirenen aus dem nahen Hafen zu hören. Vor dem Eingang wartete Diogenes und wedelte mit dem Schwanz, als er Mosche und Daveson sah. Sie gingen die Straße Grimm beim Nikolaifleet entlang. Der Hund trottete ein Stück hinter ihnen, die Ohren gespitzt. »Und wie ist deine Antwort auf die Frage, Mosche?«, fragte Daveson den Jungen unvermittelt.

Mosche schaute ihn mit großen Augen an und sagte: »Ich verstehe nicht, welche Frage?«

»Die Frage nach dem wahren Glauben, oder anders ausgedrückt: nach deinem Glauben.«

Nach einer kurzen Pause sagte Mosche: »Ich bin Jude.«

»Warum?«

Mosche stockte. »Ja, nun, ich bin so geboren und erzogen. Meine Eltern sind Juden.«

»Reicht das als Antwort? Bist du damit zufrieden?«

»Ich weiß nicht. … Nein? … Ich habe mir das noch nie überlegt.«

Sie blieben stehen. Daveson schaute den Jungen an, der mit einem abwesenden Gesichtsausdruck den Hund am Hals kraulte, und sagte: »Versuche auf das zu hören, was das Theaterstück dir sagt. Lessing schrieb über seinen Nathan, dass er es als Erfolg ansehe, wenn er nur einen Menschen unter Tausenden zum Zweifeln an der Wahrheit seiner Religion anregen sollte.«

Zuhause wurde Mosche von seiner Mutter mit strenger Miene empfangen. Sie wollte wissen, wo er sich den ganzen Nachmittag herumgetrieben hatte. Es schien sie nicht gerade zu beruhigen, dass ihr Sohn mit dem Lumpensammler Daveson unterwegs gewesen war, obwohl Mosche ihr erklärte, dass es sich bei ihrem kleinen Ausflug um eine Hausaufgabe für die Schule gehandelt hatte. Was hatte ein Lumpensammler mit einem Schulaufsatz zu tun? Daveson wurde ihr zunehmend suspekter. Er war wirklich immer freundlich und hilfsbereit, bezahlte pünktlich die Miete. Es war nicht sein Betragen, an dem sie etwas auszusetzen gehabt hätte. Vielmehr fragte sie sich, ob er ihnen nicht etwas verschwieg. Sie hatte begonnen, sich über seinen Einfluss auf ihren Ältesten Sorgen zu machen und nahm sich vor, mit ihrem Ehemann darüber zu sprechen.

Die Glocken der Kirchen Petri, Nikolai und Jakobi wetteiferten lautstark um die Überführung des Tages in eine neue Stunde. Hedda Svensson durchschritt die Säulenkolonnade des Bibliotheks- und

Schulgebäudes am Speersort und ging über den Vorplatz der Petrikirche in Richtung Alter Jungfernstieg. Sie war zum ersten Mal in der Stadtbibliothek gewesen und hatte den ganzen Nachmittag an einem Tisch mit Büchern verbracht, mit Büchern von Gotthold Ephraim Lessing. Müde war sie von der Lektüre gar nicht. Im Gegenteil. Ihr Kopf fühlte sich leicht an, als ob sie ein bisschen Wein getrunken hätte.

Sie war erstaunt gewesen, wie leicht es war, Bücher zur Einsicht ausleihen zu dürfen. Um sich ausweisen zu können, legte sie den Schein vor, der sie als Mitglied der Michaelisgemeinde auswies. Sie musste ein Formular mit ihren Personalien ausfüllen und der nette Bibliotheksbeamte zeigte ihr, wie man Bücher bestellen konnte. Sie hatte einen Tisch ganz für sich alleine in dem großen Lesesaal. So einen Raum hatte sie zuvor noch nie gesehen. Zwanzig Tische standen in ordentlichen Reihen, vorn stand das Pult des Bibliotheksbeamten. Hinter dem Pult hingen Gemälde von Herren in altmodischer Kleidung und mit Perücken, einige hatten ihre Hände auf dicke Folianten gelegt. An den Seitenwänden standen Regale voller Bücher. Oberhalb der Regale und Gemälde verlief eine Galerie mit einer hölzernen Balustrade um den ganzen Saal herum. Auch dort oben reihten sich Regale aneinander, die allesamt mit Büchern gefüllt waren. In der Decke gab es ein großes Oberlicht.

Im Lesesaal saßen auch andere Gäste, ausschließlich gut gekleidete Männer unterschiedlichen Alters. Hedda hatte beobachtet, dass sie nicht nur in Büchern lasen und blätterten, sondern auch ab und zu etwas auf Zettel schrieben. So machte man das also in einer Bibliothek, hatte sie gedacht. Sie nahm sich vor, beim nächsten Mal Papier und Schreibfeder mitzubringen. Bemerkt hatte sie natürlich auch, wie die Männer sie mit verstohlenen Blicken beobachteten. Sie hatte sich mit einem dunkelgrauen Kleid sehr zurückhaltend angezogen; allein das breite rote Tuch um die Taille setzte einen aufregenden Akzent. Es war ihr klar, dass sie hier eine exotische Erscheinung war. Der Lesesaal war offensichtlich ein Männerrevier. Diese Feststellung hatte ein leichtes Prickeln in ihrer Magengegend verursacht.

Die tief stehende Sonne reflektierte auf der Binnenalster und tauchte den Jungfernstieg in ein goldenes Licht. Die Flaneure kamen Hedda heute noch eleganter vor als sonst. Der Alsterpavillon war wie immer gut gefüllt, und Hedda registrierte ein wenig missmutig, dass sie noch nie dort gewesen war. Sie vermutete, dass es sich nicht gehörte, dort als junge Frau ohne Begleitung einen Tisch zu besetzen. Schräg gegenüber blieb Hedda vor dem Eingang des nobelsten Hotels der Stadt, Hôtel de Russie, stehen. Sie überlegte, ob sie heute nicht einmal durch die exklusive Einkaufspassage, Sillem's Bazar, schlendern sollte. Man kam über die Empfangshalle des Hotels dorthin. Sie hatte sich dieses Vergnügen nie gegönnt, denn man musste Eintritt entrichten. Hedda fühlte sich dazu in der Stimmung, nach dem anregenden Tag zwischen all den Büchern einen Blick auf die extravagante Kleidung und die eleganten Handtaschen zu werfen. Kaufen konnte sie selbstverständlich nichts. Sie blickte an ihrer eigenen Kleidung hinab. Von ihrer Tante hatte sie einen besonders dicken, wärmenden Mantel ausgeliehen, der allerdings deutlich zu groß war. Er sah auch nicht besonders modisch aus. Auf dem Kopf trug sie eine graue Wintermütze.

Sei's drum, dachte Hedda und trat durch die Eingangstür des Hotels hindurch; der Portier beäugte sie verstohlen, sagte jedoch nichts. So viel Luxus in einem Raum hatte Hedda noch nie gesehen. Der glänzende, grau-grüne Fußboden (das musste Marmor sein, dachte sie, den sie sonst nur aus Kirchen kannte), auf dem dicke, rote Läufer lagen, die imposanten Säulen, die mit Behängen bespannt oder mit Gemälden behängt waren, die dunklen, schweren Holzmöbel, das schmuckvolle Stuckwerk entlang der Decke! Hedda war überwältigt. Das Herzstück war ein riesiger Kronleuchter aus hunderten winziger Glaskristalle, der mit den Gaslaternen an den Wänden ein himmlisches Licht produzierte. Einige der Einkäufer und Bummler runzelten bei Heddas Anblick die Stirn, doch sie achtete nicht darauf. Linker Hand führte eine breite, geschwungene Treppe in das Obergeschoss, und nicht weit davon sah Hedda eine lange Empfangstheke, hinter der ein Mann stand, der sie mit bewegungsloser Miene anschaute. Hedda erwog einen Moment lang, wieder umzukehren. Unsicher schaute sie zum Eingangsbereich, wo sie dem Blick eines Mannes begegnete. Er kassierte offensichtlich die Eintrittsgelder und musterte Hedda auf so abschätzige Weise, dass sie es geradezu als Herausforderung empfand. Sie registrierte mit Genugtuung, wie missmutig er dreinschaute, als sie ihre Geldbörse zückte, den Eintritt bezahlte und durch das Eingangstor des Bazars schritt.

Hier drinnen wurden ihre Erwartungen sogar noch übertroffen: Der Bazar erstreckte sich über vier Stockwerke, und hoch über ihr erblickte sie eine zugespitzte, achteckige Glasdecke. Darunter waren schmuckvolle Fenster, die wohl zu den Hotelsuiten gehörten. Von dem zentralen, achteckigen Platz aus verlief nach hinten eine Passage mit Seitengängen, die ebenfalls durch Decken aus Glas Oberlicht empfingen. Hier befanden sich die Läden. Hedda ging auf den Springbrunnen zu, der die Mitte des Platzes zierte. Das Wasserspiel stotterte leicht; auf dem Boden des Beckens hatte sich Schmutz angesammelt. Sie stand ganz alleine dort und lauschte eine Weile dem Plätschern des Brunnens.

Dann bummelte sie gemächlich die Passage hinunter und schaute sich die Geschäfte an. Es waren sicherlich dreißig oder mehr. Angeboten wurden Herrenbekleidung vom Hut bis zum Schuh und Gehstock, Tabakwaren, Schokolade und Spirituosen sowie Parfüm, Schmuck und natürlich prächtige Damenkleider. Ein Geschäft warb mit »Mode aus Paris.« Hedda stand lange vor einem Kleidergeschäft und bestaunte ein hinreißendes weißes Kleid, das zwar schlicht und relativ hochgeschlossen, aber eng anliegend war. Sie bemerkte, dass das Personal in dem Laden sie keines Blickes würdigte, obwohl sonst wirklich nicht viele Menschen unterwegs waren. Überhaupt wunderte Hedda sich, denn einige Ladennischen standen sogar leer. Am Ende der Passage blieb sie vor einem Damenhutgeschäft stehen. Sie lächelte, als sie einen roten Hut in der Auslage sah, der ihrem glich, den sie beim Huthändler Lustig auf der Judenbörse gekauft hatte. Sie hatte jedoch deutlich weniger bezahlt. Sie ging durch den Ausgang auf die Poststraße; Hier begann die Farbe am Ausgangstor abzublättern. Hedda war fast ein wenig froh, wieder unter freiem Himmel zu sein und atmete tief ein.

»Bonsoir, Liebes«, begrüßte sie ihre Tante, die am Tisch beim Fenster saß und ihre Zeichnungen ordnete und sortierte. Hedda erzählte von ihrem Tag in der Stadtbibliothek und dem Schaufensterbummel in Sillem's Bazar. Ihre Tante lachte belustigt: »Es geht dem Bazar gar nicht gut. Er soll, wie ich hörte, demnächst geschlossen werden. Zu viel Luxus kommt in Hamburg nicht gut an.«

Tante Louise legte die Zeichnungen beiseite, schaute sich ihre Nichte an, die Mütze, Mantel und Stiefel ausgezogen und auf einem Stuhl Platz genommen hatte, und setzte ein ernstes Gesicht auf. »Hedda, ich denke, es ist Zeit, dass wir über deine Zukunft sprechen.«

Hedda straffte die Schultern und sagte: »Was meinen Sie genau?«

Louise lachte vergnügt: »Du musst nicht in Lauerstellung gehen. Es ist eine ganz einfache Frage. Du bist seit vier Monaten bei mir und machst dich gut. Du bist eine große Hilfe im Haushalt und die beste Kraft in meinem Geschäft. Aber du bist jung, du musst auch an dich denken. Was willst du machen? Sicherlich willst du nicht Dienstmädchen bleiben. Ich habe nicht den Eindruck, dass du schnell heiraten möchtest, obwohl die Jungs hinter dir her sind.«

Hedda errötete leicht, überlegte dann aber ernsthaft. Sie spürte etwas, ein Gefühl, ja eine Regung, die sie noch nicht fassen konnte. Wie der Anfang eines Gedanken, der sie zugleich anzog, ihr jedoch auch Unbehagen bereitete. War es vielleicht das, was man unter Verheißung verstand? »Ich weiß nicht, Tante. Im Moment fühle ich mich sehr wohl in Hamburg … Ich möchte die Stadt gern noch ein bisschen besser kennenlernen, sie erleben.«

Louise kniff ihre Augen zusammen und schaute ihre Nichte an, die ihrem Blick verlegen auswich. »Ich habe mir Gedanken gemacht und einen Vorschlag entwickelt.« Hedda blickte wieder auf. »Du liest viel, und du blätterst gerne durch meine Zeichnungen. Sie regen deine Fantasie an, sagst du. Ein Mitarbeiter des *Correspondenten* hat mich angesprochen.« Louise merkte, wie Heddas Augen anfingen zu leuchten. »Die Zeitung plant, eine neue Wochenbeilage herauszubringen. Eine solche Beilage braucht Bilder. Sie wollen meine Zeichnungen in einer Reihe über Hamburger Straßenszenen veröffentlichen. Ich habe noch nicht endgültig zugesagt. Nun habe ich überlegt, dass du zu meinen Zeichnungen kurze Geschichten schreiben könntest. Wir bieten der Zeitung beides zusammen an.«

Hedda sprang auf und umarmte ihre Tante voller Überschwang. »Liebe Tante Louise, die Idee ist großartig. Ich möchte es versuchen.« Sie strahlte über das ganze Gesicht.

Auf dem Tisch lag eine neue Zeichnung. Louise hatte Heddas Geschichte von der Pankokenkapelle auf dem Großneumarkt in einer Zeichnung umgesetzt. Zu sehen waren die Kapelle und eine Frauenfigur, die sich mit gehobenen Armen inmitten einer Zuschauermenge drehte. Das Bild erweckte die fröhliche Szenerie gekonnt zum Leben. Hedda nahm die Zeichnung in die Hand und sagte: »Damit kann ich anfangen, oder?«

»Doucement, demoiselle«, erwiderte Louise mit einem gespielt ernsten Gesichtsausdruck. »Wir müssen erst eine Bestandsaufnahme der Zeichnungen machen, ein paar Mustergeschichten schreiben und ein weiteres Gespräch mit der Zeitung führen. Wie alles im Leben ist die Idee erst der Anfang. Dann beginnt die Arbeit.«

Hedda setzte sich wieder und fragte. »Wann fangen wir denn an?«

Ein paar Stunden später hatten die beiden Frauen alle Zeichnungen sortiert und saßen vor drei großen Stapeln Papier. Hedda fühlte sich erschöpft, aber auch aufgekratzt. »Tante Louise, darf ich dich etwas fragen?« Louise lehnte sich zurück, zog die Augenbrauen hoch und wartete. »Nächste Woche, am Freitag, führt das Stadttheater Lessings *Nathan der Weise* auf. Ich möchte die Aufführung gerne besuchen.«

»Stadtbibliothek, Stadttheater! Du bist ein merkwürdiges Mädchen, Liebes. Ich muss überlegen.« Ihre Tante tat, als würde sie grübeln, dann zwinkerte sie verschmitzt. »Was kosten die Karten? Alleine kannst du nicht gehen, das gehört sich nicht! Können wir uns das leisten? Und was zieht man an? Wir brauchen neue Kleider … Comme il faut!«

24
Auf der Jagd

Mölln, Sonntag, d. 14. März 1880

Die Glocken der Nikolaikirche läuteten in einer rasanten Abfolge von Klängen, als die zahlreichen Gottesdienstbesucher, gestärkt von dem Segen Gottes (zumindest dessen lutherischem Anteil), durch den Haupteingang hinausgingen. Pastor Adolf Moraht, gekleidet in einen Talar, dessen Ausstrahlung von einer Halskrause und einem Luther-Barett sowie einem wachsamen Gesichtsausdruck noch intensiviert wurde, verabschiedete die Gemeindemitglieder mit einem würdevollen Nicken, das entsprechend erwidert wurde. Als einer der letzten Besucher ging Staatsanwalt und Kirchenvorstandsmitglied Theodor Rohdantz an dem Pastor vorbei und deutete eine Verbeugung an. Als er aus der Kirche heraustrat, sah er zum Himmel. Die Sonne hatte den Morgennebel vertrieben; vereinzelte Wolken bewegten sich lethargisch vor einem tiefblauen Hintergrund. Trotz der Mittagssonne hatte die Luft noch ihren kalten Grundtenor behalten. Die Menschen zogen ihre Mäntel enger um sich und gingen in kleinen Gruppen die breite Treppe hinunter zum Marktplatz, von wo aus sie sich in alle möglichen Richtungen verstreuten.

Rohdantz hielt sich einige Minuten vor dem Eingang auf, schien dem Kirchengeläut aufmerksam zu lauschen und schaute den Gemeindemitgliedern nach, die allmählich aus seinem Blickfeld verschwanden. Er ging um die Kirche herum und blieb vor einer Stele stehen, die dicht an der Außenmauer der Kirche befestigt war. Es war das Grab des bekannten mittelalterlichen Narren, Till Eulenspiegel, welcher der Legende nach um 1350 in Mölln gestorben war. Der unbekannte Bildhauer hatte Till einen helmartigen Hut mit zwei Federn aufgesetzt, die Linien waren mit schwarzer Farbe nachgezogen worden. In der einen Hand trug der Narr eine Eule, in der anderen eine Erdkugel. Das ausdrucksvolle, mit wenigen kräftigen Linien gezeichnete Gesicht wirkte kalt, die Augen wachsam, als musterten sie den Betrachter unermüdlich. Rohdantz machte den Eindruck, als absorbiere er den grimmigen, fast bösen Ausdruck des Narren. Bald ging er weiter und fand eine Bank unweit der Kirche, auf der er trotz der Kälte Platz nahm. Er zog seinen Mantel enger um sich, machte die Augen zu und blieb eine Weile regungslos sitzen. Dann nahm er eine dünne Zigarre aus seiner Rocktasche und zündete sie an. Der Rauch vermischte sich mit den weißen Atemwölkchen und stieg gemächlich in die Luft. Als er die Zigarre etwa zur Hälfte geraucht hatte, schnippte er den Stummel von sich weg. Dieser zeichnete eine rote Ellipse in der kalten Luft, landete auf einen kleinen Schneehaufen und erlosch mit einem kaum wahrnehmbaren Zischen. Der Staatsanwalt stand auf und ging zur Treppe, die zum Marktplatz hinabführte.

Während der Klang der Kirchenglocken durch die kleine Stadt hallte, schaute Sergeant Julius Stöter aus dem Fenster seines Zimmers im Hotel Stadt Hamburg auf die Hauptstraße hinaus. Seine Hand strich wie automatisch über die Stelle oberhalb seiner Oberlippe, wo normalerweise sein Schnurrbart prangte; er schüttelte den Kopf, und ein müdes Lächeln glitt über sein Gesicht. Seit Mittwoch führte er in der Stadt seine verdeckten Ermittlungen durch, durchaus mit einigen weiterführenden Ergebnissen, wie er meinte. Heute Abend würde er wieder nach Hamburg fahren; vorher hatte er mit einer Dienstmagd ein Rendezvous – so bezeichnete er gedanklich den verabredeten Spaziergang. Ein Arbeitsauftrag, über den er sich gleichzeitig freute.

Gestern war das Kriegerdenkmal auf dem Bauhof feierlich eingeweiht worden. Er hatte sich an den Rand der schaulustigen Menge gestellt, von wo aus er einen Seitenblick auf das Podium hatte, auf dem die Honoratioren saßen, darunter Staatsanwalt Rohdantz, den der Sergeant insbesondere beobachtet hatte. Er hatte auf den Polizisten gelangweilt gewirkt, oder vielleicht eher desinteressiert. Er schien, so kam es Stöter vor, mit seinen Gedanken woanders zu sein.

Die Enthüllung des Denkmals stellte für Mölln etwas Besonderes dar, das wurde Stöter schnell klar. Es hatte vorab einen großen Festumzug mit Musikkapellen, Vereinen und Schulklassen gegeben; der lokale Kriegerverein war dem Festumzug mit militärischem Stolz vorangeschritten. Gesungen worden war untern anderem »Eine feste Burg ist unser Gott«. Der Pastor, ein älterer Herr mit einer hohen, aber durchdringenden Stimme, war in Höchstform gewesen. Seine Rede hatte von Gott, Deutschtum, Nationalstolz und Helden nur so gestrotzt. Landrat Andreas von Bernstorff hatte es sich nicht nehmen lassen, eine Ansprache zu halten, in der er vor allem auf den Feind von draußen, Frankreich, und auf die Feinde im Inneren, insbesondere die Sozialdemokratie, verwiesen hatte. Dieses Denkmal verkörperte, so hatte der Landrat sehr nachdrücklich betont, den Willen Deutschlands, zu den großen und mächtigen Nationen Europas zu gehören. Hierbei hatte er Reichskanzler Otto von Bismarck zitiert: »Die großen Fragen der Zeit werden durch Eisen und Blut entschieden.« Das Zitat war von der Zuschauermenge mit Bravo-Rufen gefeiert worden. Ein fein gekleideter Herr, der neben Stöter gestanden hatte, hatte ihn skeptisch angeschaut, weil Stöter nicht in die allgemeine Begeisterung eingestimmt hatte.

Mit einem Hoch auf das deutsche Kaiserpaar war das Denkmal enthüllt worden. Stöter musste zugeben, dass es wirklich ein imposantes Denkmal war. Auf der über acht Meter hohen Säule prangte ein stolzer Adler, der im Begriff war, sich in die Lüfte zu schwingen. Die Inschrift auf dem Sockel lautete: *Den für Deutschlands / Ehre und Einheit / im Kriege 1870/71 / gefallenen Söhnen.* Am Ende der Einweihungsfeier war das Kaiserlied, »Heil dir im Siegerkranz«, erklungen, wobei die dritte Strophe von allen gesungen worden war:

Heilige Flamme, glüh,
glüh und erlösche nie
fürs Vaterland!
Wir alle stehen dann
mutig für einen Mann,
kämpfen und bluten gern
für Thron und Reich!

Nach der Enthüllung des Denkmals war die große Gemeinde in Richtung Schützenhaus gezogen, wo ein Festmahl stattfinden sollte. Stöter war nicht mitgegangen.

Die militärisch geprägte Feier hatte ihn nachdenklich gestimmt. Als waschechter Hamburger stand er dem neuen preußischen Reich nach wie vor eher skeptisch gegenüber. So viel nationale Begeisterung empfand er als befremdlich und irgendwie beängstigend. Dabei erinnerte er sich an den Besuch des Kronprinzen Friedrich in Hamburg 1877. Seine ansonsten so nüchternen Hamburger hatten den preußischen Thronfolger mit Begeisterungsstürmen empfangen.

Bemerkenswert fand der Sergeant bei der Enthüllungsfeier in Mölln, dass der Mord am Denkmal mit keinem Wort erwähnt worden war, als ob die Möllner den Vorfall gänzlich verdrängt hatten. Oder ihn totschweigen wollten. Der Name Goldschmidt war nicht gefallen, obwohl er viel Geld für das Denkmal gespendet hatte.

Stöter schob die Erinnerung beiseite und schaute auf den Tisch, der unter dem Fenster seines Hotelzimmers stand. Darauf lagen zwei Gegenstände, der Dolch und ein Lederbeutel, der randvoll mit Papierfetzen war. Es waren Teile eines Pamphlets. Er hatte sie in der Wohnung des Advokaten Sprewitz sichergestellt. Nach seiner Ankunft in Mölln hatte er das Haus an der Seestraße beobachtet, um zu eruieren, wann er am besten unbemerkt in die Wohnung des Advokaten eindringen konnte. Er hatte die Eingangstür der Wohnung inspiziert und es war später kein Problem gewesen, sie aufzubekommen. Er war zügig ans Werk gegangen. Die Wohnung war vollkommen verwüstet gewesen. Überall hatten Bücher und Druckschriften verstreut herumgelegen, Stöter war beeindruckt gewesen von der Anzahl. Er hatte die kleine Wohnung durchsucht, ohne eigentlich zu wissen, wonach. Außer den Büchern schien Sprewitz nichts zu besitzen. Im Kamin hatte ein Kochtopf gehangen, daneben stand ein kleiner Tisch mit etwas Geschirr darauf. Er hatte die Asche untersucht, doch nichts Auffälliges gefunden. In der kleinen Schlafkammer hatte er das aufgewühlte Bett sowie die wenigen Kleidungsstücke in Augenschein genommen. Das Ganze hatte keine fünfzehn Minuten gedauert. Zuletzt hatte er an dem großen Tisch in der Wohnstube Platz genommen. Es war das einzige Möbelstück, das irgendwie im Gegensatz zu der ärmlichen Einrichtung stand. Der Tisch, auf dem eine leere Flasche stand, die den süßlichen Geruch von Branntwein verströmt hatte, strahlte eine Gediegenheit aus, die nicht zu der Wohnung passte. Stöter hatte in einigen der Bücher geblättert, doch die meisten Titel kannte er nicht. Es gab sogar Bände in französischer und lateinischer Sprache. Schließlich war sein Blick auf einige Papierfetzen gefallen, die neben dem Tisch auf dem Boden lagen. Was er hatte entziffern können: Mendelssohn, Revolution, offenbar handelte es sich um ein Pamphlet. Alle anderen Bücher waren unversehrt gewesen. Stöter beschloss, die Fragmente mitzunehmen.

Jetzt, einige Stunden später, blickte er wieder auf die Hauptstraße. Sie war fast leer. Der sonnige Nachmittag hatte die Menschen wohl zu Spaziergängen in die Wälder und an die Seen gelockt. Bald sah er eine einzelne Gestalt, die von der Marktstraße auf die Hauptstraße kam. Sie bewegte sich mit langsamen Schritten an den Geschäften vorbei. Stöter erkannte Staatsanwalt Rohdantz. Als er das Hotel erreichte, blieb er unvermittelt stehen und schaute sich um, als ob er nach etwas Ausschau hielt. Stöter zog sich rasch vom Fenster zurück. Gedankenverloren griff er nach dem Dolch. Was hatte er über ihn herausgefunden? Am Freitag war er mit einer Jagdgesellschaft auf einer Treibjagd unterwegs gewesen; der Polizeirat hatte die Verbindung hergestellt. In dem 350 Hektar großen Jagdrevier bei Fredeburg zwischen Mölln und Ratzeburg gab es zahlreiche Wildschweine, Hasen, Fasane und Rebhühner. Stöter fand, er hatte seine Rolle als ungehobelter, neureicher Kaufmann gut gespielt. Seine Jagdgenossen hatten sich ihm gegenüber zuerst sehr reserviert verhalten, doch seine Treffsicherheit hatte sie schließlich beeindruckt und ihm ehrliche Anerkennung eingebracht. Während der Jagd hatte er immer wieder eine Gelegenheit gesucht, das Gespräch auf die Jagdausrüstung lenken zu können. Den Dolch hatte er mitgenommen, und die neugierigen Blicke waren ihm nicht entgangen. Niemand hatte jedoch etwas dazu gesagt. Auch, als er den Namen des Waffenhändlers in der Niedernstraße hatte fallen lassen, hatte niemand darauf reagiert. Erst beim anschließenden Abendessen in der Jagdhütte war der Umgang lockerer geworden, was sicherlich auch am übermäßigen Alkoholkonsum gelegen hatte. Endlich hatte man ihn auch auf den Dolch angesprochen, der bei den Herren durchweg auf Bewunderung stieß. Von der Firma Böker in Solingen hatten einige der Jagdgenossen gehört, nicht aber von einer Vertretung der Firma in Hamburg. Irgendwann war auch der Name Rohdantz gefallen, und Stöter hatte gleich nachgehakt: In der Tat, der Staatsanwalt wohnte auch gelegentlich den Treibjagden bei, und ja, er war ein außerordentlich guter Schütze, charakterlich verschlossen jedoch, unnahbar. »Er ist ein guter Staatsanwalt«, hatte Stöter jemanden sagen hören, »aber als Mensch schwer zu fassen, kameradschaftlich, aber dabei sehr berechnend.«

Es war Stöter sogar gelungen, das Gespräch auf die Politik und den Reichstagsabgeordneten von Schossin zu bringen. Stöter hatte ihn zur allgemeinen Heiterkeit sehr anschaulich beschrieben. Namentlich kannte man von Schossin natürlich, persönlich jedoch nicht – offenbar war er nie in Mölln gewesen, zumindest nicht in öffentlicher Funktion.

Bis zu seinem Rendezvous mit Fräulein Hilde, die seit ein paar Jahren als Dienstmädchen beim Privatier Gließmann arbeitete, hatte Stöter noch gut eine Stunde Zeit. Fräulein Hilde war eigentlich eher das, was man gemeinhin als eine ältere Jungfer bezeichnete, sie war jedoch nicht unansehnlich, hatte allerdings eine ausgeprägte Leidenschaft für Klatsch und Tratsch. Für Stöters Ermittlungen konnte das natürlich nur von Vorteil sein. Er hatte sie an dem Abend mit der Jagdgesellschaft kennengelernt, Hilde hatte dort serviert. Seine Rolle des ungehobelten und forschen Hamburger Kaufmanns spielte er so überzeugend, dass die beiden am Ende per Du waren.

Stöter beschloss, die Wartezeit mit einem Besuch in der Gastwirtschaft Mylius am Markt zu überbrücken. Ein oder zwei Glas Bier sollten eine gute Grundlage für das Rendezvous sein.

Die Gastwirtschaft war fast leer. An einem Tisch nahe am Fenster spielten vier Männer Karten und tranken Bier. Sie blickten nicht auf, als Stöter eintrat. Der Markttag war stets ein guter Geschäftstag für die Gastwirtschaft, der Tag des Kirchgangs eher nicht. Stöter begrüßte den Gastwirt Michl, der hinter der Theke stand, und setzte sich auf einen Hocker an den Tresen. Er stellte einen Fuß auf die metallene Laufstütze und bestellte ein Bier. Stöter hatte in den letzten Tagen schon öfter mit Michl geplaudert, und es hatte sich schnell eine Vertraulichkeit zwischen Gast und Wirt eingestellt.

»Das Wort des Herrn heute nicht genossen?«, fragte Michl, während er versiert am Zapfhahn hantierte.

»Wie«, entgegnete Stöter mit gespielter Überraschung, »spricht der Herr persönlich in Mölln? Habe ich etwas verpasst?«

»Ach wo«, sagte Michl belustigt und stellte das volle Bierglas auf den Tresen. »Der olle Pastor Moraht spricht für Ihn und das seit dreißig Jahren. Soweit ich weiß, ist der liebe Gott nie in Mölln gewesen. Schade eigentlich. Wäre nötig.«

»Waren Sie gestern bei der Enthüllung des Denkmals dabei?«, fragte Stöter, nachdem er einen großen Schluck Bier genommen hatte.

»Nein, das habe ich mir erspart«, sagte Michl, »Zu viel Aufsehen für meinen Geschmack.«

»Mich hat es gewundert, dass über den Mord gar nichts gesagt wurde«, bemerkte Stöter und schaute den Gastwirt erwartungsvoll an.

»Ach, davon haben Sie gehört. Na ja, Sie kommen aus Hamburg, dort wird man darüber wohl noch sprechen. Der Goldschmidt war ein großer Fisch bei Ihnen, nicht wahr? Bei uns ist das schon fast vergessen. Und alle, die damit zu tun hatten, sind ohnehin nicht mehr da. Die Goldschmidts, Svensson und seine Tochter, sogar der Advokat Sprewitz, der den Svensson vertreten hatte, alle weg.«

Stöter orderte noch ein Bier und bot Michl an, für sich selbst auch eines zu zapfen »Meinen Sie, der Advokat ist abgehauen? Aus welchem Grund?«

Michl zapfte stumm die beiden Biere, Stöters Frage schien ihn nachdenklich zu stimmen. »Mein lieber Herr Hamburger Kaufmann«, sagte er schließlich und sah Stöter eindringlich an, »Sie sind nicht, was Sie scheinen, nicht wahr? Mit den Jahren wird ein Gastwirt zum Menschenkenner, wissen Sie.«

Stöter nickte verlegen. Was sollte er darauf erwidern? Der Wirt kam ihm zuvor: »Sprewitz, ich meine Fritz, war mein Kumpel. Er war ein gewitzter Kerl und ein guter Gast. Seitdem er weg ist, hält mein Branntwein viel länger.«

Stöter beschloss, die Flucht nach vorne zu wagen und erzählte dem Wirt von seiner eigentlichen Aufgabe in Mölln. Michl schien nicht überrascht. »Ich habe mir schon gedacht, dass Sie etwas im Schilde führen, als Sie das erste Mal hier hereingekommen sind. Wie schon gesagt … Fritz war mein Freund. Er hatte nicht viele Freunde in Mölln, wenn außer mir überhaupt noch einen. Dafür war er zu seltsam und eigenbrötlerisch. Über seine Vergangenheit sprach er nie, aber ich glaube, dass ihn etwas einmal tief, sehr tief, verletzt haben muss. Er hatte sich von den Menschen abgewandt.«

»Uns geht es nicht darum, Sprewitz etwas anzuhängen. Er ist für uns nur Mittel zum Zweck. Wir wollen Goldschmidts Mörder fassen und dafür müssen wir allen Spuren nachgehen. Warum sollte Sprewitz flüchten? Ist doch verdächtig, oder? Ich weiß, dass eine gerichtliche Anordnung bestand, dass er Mölln nicht verlassen durfte«, erwiderte Stöter und dachte an das Chaos in der Wohnung des Advokaten.

Michl unterbrach das Gespräch und trug eine Runde Bier zu den Kartenspielern. Als er zurückkam, schaute er Stöter nachdenklich an und sagte schließlich: »Gut, ich sage Ihnen, was ich weiß, was allerdings nicht viel ist. Vielleicht helfe ich Fritz damit bei seiner Suche. In dieser Stadt geht etwas vor sich. Ich weiß nicht was … aber ich spüre es.« Er berichtete Stöter von Sprewitz' Verhaftung und Mückes Selbstmord und dem letzten Besuch des Advokaten in seiner Gastwirtschaft.

»Ich denke, ihm ist etwas begegnet, oder jemand … das muss alte Erinnerungen in ihm geweckt haben. Die Vergangenheit hat ihn wieder eingeholt. Ich sehe sein angespanntes Gesicht noch vor mir … ›das Spiel müsse zu Ende gebracht werden‹ sagte er. Fritz sprach gerne in Rätseln.«

Stöter schlenderte in Richtung Bahnhof und dachte über das Gespräch mit Michl nach. Er hatte sich ihm offenbart, schätzte Michl jedoch als vertrauenswürdig ein, außerdem ging seine Zeit in Mölln ohnehin dem Ende entgegen

Bald überquerte Stöter den Bahndamm und stand vor der Villa Gließmann in der Feuergräfenstraße. Er klopfte an der Dienstbotentür, die sogleich geöffnet wurde. Stöter sah in Hildes strahlendes Gesicht und strahlte zurück. Sie hakte sich bei ihm ein und das Paar spazierte in Richtung Stecknitzkanal. Der schmale Kanal, eigentlich eher ein ausgebauter Flusslauf, verlief zwischen Lauenburg an der Elbe und Lübeck; Stöter hatte beim Plaudern mit Michl darüber erfahren – der Gastwirt hatte sich als Lokalhistoriker entpuppt –, und diese Vorstellung faszinierte ihn auf sonderbare Art und Weise, dass er bereits 1398 eingeweiht worden war. 500 Jahre, ein halbes Jahrtausend, floss das Wasser nun schon hier durch. Am Kanal entlang erreichte das Paar noch vor Alt-Mölln eine etwas heruntergekommene Schleuse mit einem hölzernen Schleusentor. Der Schleusenwärter saß, dick eingepackt, auf einer abgenutzten Holzbank, rauchte eine Pfeife und genoss offensichtlich die Sonnenstrahlen. Er begrüßte sie mit einem trägen »Moin.«

»Nicht viel los«, meinte Stöter, der weit und breit kein Schiff entdecken konnte.

»Hier ist nie was los«, erwiderte der Schleusenwärter und machte dabei ein sehr zufriedenes Gesicht. Er musterte das Paar einen Augenblick, zeigte dann mit seiner Pfeife auf einen Pfad, der in das Gehölz unweit des Kanals führte und sagte mit einem schelmischen Lächeln: »Nehmt den Pfad da, wenn ihr einen einsamen Weg für euren Spaziergang sucht.« Stöter bedankte sich mit einem Nicken und begab sich mit Hilde am Arm auf den empfohlenen Weg, der durch das Ufergewächs entlang des Kanals führte. Das Gebüsch, das von einzelnen kleinen Bäumen unterbrochen wurde, präsentierte sich noch karg und nackt; die Sonne ließ jedoch einen Hauch von Frühling erahnen. Hilde plauderte munter über ihre Arbeit beim Privatier Gließmann, die ihr offenbar sehr gefiel. »Der Herr Gließmann ist ein so vornehmer Gentleman«, sagte sie, wobei sie das Fremdwort wie »Tschentelmänn« aussprach. Stöter wartete geduldig auf die Gelegenheit einige Fragen zu stellen.

»Sag mal, liebe Hilde, ist nicht erst vor Kurzem etwas Schreckliches in Mölln passiert? Ich meine, etwas von einem Mord gehört zu haben. War das Opfer nicht ein Geschäftsmann namens Goldschmidt aus Hamburg?«

»Oh ja, entsetzlich war das. Die ganze Stadt war in Aufregung. Ein so prominenter Herr wird ermordet, und dann auf so brutale Weise!« Hildes Augen leuchteten auf.

»Hast du die Goldschmidts bei Gließmann schon einmal gesehen?« Stöter legte unauffällig seinen Arm um ihre Taille. Hilde ließ ihn gewähren.

»Frau Goldschmidt habe ich nie gesehen. Es heißt, sie lebe sehr zurückgezogen. Der Herr Goldschmidt war einige Male bei Gließmann, sie haben sich über die Geschäfte in Hamburg unterhalten.«

»Haben sie das? ... Welchen Eindruck machte der Herr Goldschmidt denn auf dich?«

»Einen sehr ruhigen. Er war ein sehr höflicher Herr, selbst zu uns Dienstboten. Leider ist das nicht immer der Fall.« Sie seufzte und schaute mit einem feinen Lächeln zu Stöter hoch. Dieser lächelte zurück und drückte leicht ihre Taille. Sie fuhr fort: »Verhaftet wurde Ole Svensson, ein Sozialdemokrat, aber er ist, soweit ich weiß, wieder auf freiem Fuß. Er soll inzwischen in Schweden sein. Ich kannte seine Tochter, Hedda, ein furchtbar hochmütiges junges Ding. Hielt sich für etwas Besseres und hat sich dann mit dem widerlichen, alten Advokaten Sprewitz eingelassen! Hätte fast ihr Großvater sein können! Stell dir das vor! Ich kenne den Polizeidiener Jüdecke gut, weißt du. Er hat mir die ganze schmutzige Geschichte erzählt. Dass so etwas in unserer kleinen Stadt passieren kann!«

Stöter nickte energisch. »Ja ja, die Jugend von heute!«

Das Paar ging schweigend weiter. Der Pfad näherte sich wieder dem Kanal und endete an einem Treidelpfad, der den Wasserweg auf beiden Seiten säumte. Stöter schaute den Kanal entlang zurück in Richtung Mölln. Ein Kahn mit offenem Segel kam gerade gemächlich den Wasserweg hinunter. Er dachte an den faulen Schleusenwärter und lachte in sich hinein. Das Paar blieb einen Augenblick stehen, bevor Stöter Hilde wieder auf den Pfad zurückführte. Er brachte das Gespräch wieder auf die feine Möllner Gesellschaft, über die Hilde gerne und ausführlich redete. Stöter erwähnte ganz nebenbei, dass er bei einer gesellschaftlichen Gelegenheit Staatsanwalt Rohdantz getroffen hätte. Die kleine Notlüge wirkte wie geplant, Hilde nahm das Stichwort sofort auf. »Der Herr Staatsanwalt lebt ja schon lange in Mölln und ist ein sehr angesehener Bürger«, sagte sie etwas steif, doch dann kehrte das aufgeregte Funkeln zurück in ihre Augen und sie fügte hinzu: »Er hat nie geheiratet.«

Stöter blieb stehen an und schaute Hilde tief in die Augen. »Na, meine Liebe, ich glaube, du weißt noch mehr über den Herrn Staatsanwalt, nicht wahr?«

»Du bist mir ein richtiger neugieriger Neunmalklug, Julius«, kiekste sie und musste lachen. »Na ja, bevor ich bei Herrn Gließmann in Stellung ging, habe ich bei verschiedenen Herrschaften gearbeitet. Eine Zeit lang war ich aushilfsweise bei Herrn Rohdantz. Er hatte gerade eine neue Wohnung am Bauhof bezogen und suchte eine Zugehfrau. Er war nie besonders gesprächig, hat aber immer pünktlich und ordentlich bezahlt. In seiner Wohnung gab es eine Truhe, die immer abgeschlossen war.« Hilde macht eine kurze Pause, und Stöter merkte, dass sie mit sich rang. Endlich schien sie sich entschieden zu haben, dass er vertrauenswürdig genug sei und fuhr leise fort. »Nun, bis auf einmal … und … da habe ich halt hineingeschaut. Man darf schon neugierig sein, oder?« Sie sah ihn eindringlich an und er nickte schnell. »Und weißt du, Julius, was ich dort gesehen habe?« Sie legte eine dramatische Pause ein. »Ein schwarzes Kleid! Ich frage dich, Julius, was macht ein alleinstehender Herr mit einem Kleid, das er noch dazu in einer Truhe versteckt?«

Stöter lachte laut auf: »Nun, da kann ich mir einiges vorstellen.«

25
Ein Seiltänzer

Hamburg, Montag, d. 15. März 1880

Das Klassenzimmer leerte sich langsam. Die Schüler hievten sich ihre Bücherpakete auf den Rücken und verließen laut schwatzend den Raum. Der Deutschunterricht fand in der letzten Schulstunde statt und die Stimmung war entsprechend ausgelassen. Während sie durch den Gang in Richtung Schulhof und hinaus ins Freie drängten, redeten sie lautstark über ihre Pläne für den Nachmittag. Es gab auf dem Großneumarkt einen neuen Jahrmarkt, der die Neugierde der Jugendlichen geweckt hatte. Der Unterhaltungswert von Lessings Werken ging im Vergleich ihrer Meinung nach gegen null. Eine kleine Gruppe sprach jedoch über die gerade beendete Unterrichtsstunde. Mosche Nordheim, der gewöhnlich zu ihnen gehörte, war heute nicht bei ihnen. Er war gegen Ende des Unterrichts von Doktor Anton Rée ins Direktorenbüro bestellt worden. Die anderen Schüler fragten sich, was das zu bedeuten hatte. Mosche hatte seinen Aufsatz über *Nathan der Weise* vorgelesen. Den Schülern war der Vortrag irgendwie seltsam vorgekommen. Woher hatte Mosche so viel über das Stück erfahren? Und: Was für merkwürdige Ansichten hatte er geteilt? Nathan habe das Judentum *überwunden*, hatte er gesagt … Was sollte das bedeuten? Rée hatte zunächst nichts darauf gesagt, Mosche bloß gebeten, nach der Schulstunde zu ihm in sein Büro zu kommen. Den Rest der Stunde war er ungewöhnlich schweigsam gewesen.

Doktor Rée und sein Schüler Mosche gingen Seite an Seite schweigsam den langen Schulflur hinunter. Das Büro des Direktors befand sich im ersten Stock. Rée setzte sich an seinen Schreibtisch und bedeutete Mosche, sich ihm gegenüber zu setzen. »Mosche«, sagte Rée mit einer freundlichen Stimme, »das war ein denkwürdiger Auftritt, eigentlich ein brillanter Aufsatz für einen Schüler deines Alters. Ich muss dich aber fragen, woher du diese Informationen hast? Du hast unter anderem behauptet, dass Hauptpastor Johann Melchior Goeze ein Vorbild für den Patriarchen gewesen sei. Niemand kennt heute noch den alten Goeze. Und ausgerechnet ein Schüler bezieht sich auf ihn!«

Mosche atmete auf, als er merkte, dass es nicht um eine Bestrafung ging. Denn wenngleich er an seinem Aufsatz nichts Verbotenes finden konnte, so flößte den Schülern das Direktorenbüro doch Respekt ein. Offenbar wollte sich Rée einfach nur mit ihm unterhalten. »Herr Direktor, bei uns wohnt im Hinterhaus seit einigen Monaten ein Lumpensammler, der sich mit Büchern sehr gut auskennt. Er erzählt mir viel, ja, über die Welt und die Literatur. Neulich, nachdem Sie uns die Aufgabe über *Nathan der Weise* gegeben hatten, habe ich ihn zufällig auf der Straße vor unserem Haus getroffen.« Mosche hielt kurz inne und versicherte sich, dass der Direktor ihm auch aufmerksam zuhörte. »Nun, ich habe ihm von dem Aufsatz erzählt. Und zufällig kennt sich der Lumpensammler mit Lessing gut aus, sehr gut sogar. Er hat mich durch Hamburg geführt, wo Lessing ja auch gearbeitet hat, und zum Schluss waren wir in der Katharinenkirche. Dort hängt ein Gemälde von Goeze.« Rée nickte und Mosche fuhr fort: »Auf dem Weg zurück fragte er mich, was ich für den wahren Glauben halte. Das hat mich sehr verwirrt, wo er doch weiß, dass ich Jude bin. Aber was heißt das, Jude zu sein?« Die Worte sprudelten einfach so aus Mosche heraus. »Er sagte auch, ich solle darauf hören, was das Stück zu mir sagt und nicht einfach bloß den Text lesen. Das habe ich getan! Und ich denke jetzt, dass es den wahren Glauben nicht gibt, auch nicht im Judentum …«

»Ein Lumpensammler, der sich mit Lessing auskennt. Seltsam, sehr seltsam«, murmelte Rée leise, und Mosche wusste nicht, ob er mit ihm sprach oder mit sich selbst.

Mosche wollte noch mehr erzählen. »Den großen Hund, der ihm offenbar zugelaufen ist, nennt er Diogenes, nach einem griechischen Philosophen, sagt er.«

»Und Mosche ...«, Rée beugte sich über den Tisch zu dem Jungen hinüber, »kennst Du denn auch den Namen dieses außergewöhnlichen Lumpensammlers?«

»Alexander Daveson«, erwiderte Mosche wie aus der Pistole geschossen.

Mosche stutzte, als er einen Schatten über das Gesicht seines Lehrers huschen sah. Ungläubig starrte er Mosche an: »Was hast du gesagt, Mosche? Wie heißt der Lumpensammler?«

Mosche war verunsichert. Er verstand nicht, warum der Name so eine Wirkung auf seinen Lehrer hatte. »Er sagt, er heißt Alexander Daveson. Ist irgendetwas mit diesem Namen, Herr Direktor?«

»Der wandernde Jude, ewig auf der Suche ...«, sagte Rée im Flüsterton. Dann schüttelte er heftig den Kopf. »Nein, es ist nichts. Aber vielleicht könntest du deinem Freund ausrichten, dass er mich einmal hier besuchen soll?« sagte er in seinem gewohnt lehrerhaften Ton. »Und übrigens«, er klopfte Mosche leicht auf die Schulter, »für den Aufsatz bekommst du eine glatte Eins.«

Mosche verließ das Büro dennoch eher verwirrt als erleichtert.

Nachdem Mosche sein Büro verlassen hatte, ging Rée zu einem Bücherregal und nahm einen Band aus einem der unteren Fächer. *Gotthold Ephraim Lessing. Leben und Werke der Periode vollendeter Reife* von G.E. Guhrauer, Leipzig 1853. Auf Seite 330 fand er seine Erinnerung bestätigt. Der Jude Alexander Daveson hatte Lessing 1781 an seinem Totenbett in Braunschweig besucht und hatte dessen letzten Brief an seinen Freund Moses Mendelssohn persönlich nach Berlin gebracht. In dem Brief hieß es: *Herr Daveson will von Ihnen nichts, lieber Moses, als daß Sie ihm den kürzesten und sichersten Weg nach dem europäischen Lande vorschlagen, wo es weder Christen noch Juden gibt. Ich verliere ihn ungern; aber sobald er glücklich da angelangt ist, bin ich der erste, der ihm folgt.*

Rée ließ das Buch langsam sinken. Seine Lippen formten stumm zwei Worte, einen Namen. »Recha Mendelssohn …«

Alexander Daveson ging über den Großneumarkt auf die Schlachterstraße zu. Auf dem großen Platz tummelten sich zahlreiche Menschen, die durch den Jahrmarkt angelockt worden waren. Straßenmusiker hatten sich in Position gebracht, Gaukler stellten ihre Künste dar und fliegende Händler boten ihre Waren an, von gerösteten Kastanien über kandierte Äpfel bis hin zu Schmalzgebäck. In einem Zelt wartete ein Wahrsager auf Kundschaft (ein wahrer Diener der Menschheit, dachte Daveson, und schmunzelte) und in einem verbeulten Käfig lümmelte ein Tanzbär herum. Es gab verschiedene Stände mit Geschicklichkeits- und Glücksspielen. Daveson blieb vor einer Konstruktion stehen, die er noch nie gesehen hatte. Es musste sich um ein Kräftespiel handeln – man musste mit einem großen Hammer auf einen überdimensionalen Schalter hauen und auf einer Messlatte konnte man seinen Erfolg ablesen: Professor oder Herkules? Daveson fühlte sich nicht in der Verfassung, es herauszufinden. Er kam zu einem Schild mit der wunderlichen Aufschrift »Bunte Kuh«, folgte den Blicken der Marktbesucher gen Himmel und entdeckte einen Seiltänzer, der auf einem hohen Gerüst stand und gerade mit seiner lebensmüden Darbietung beginnen wollte. Daveson betrachtete den schmächtigen Burschen, der auf die Entfernung sehr jung aussah. Mit einem langen Balancierstab in den Händen machte er die ersten Schritte auf dem dünnen Seil. Die Menge verstummte und schaute gebannt nach oben auf den Künstler, der ohne Sicherheitsnetz langsam, aber stetig seinen gefährlichen Weg fortsetzte. Auf etwa der Hälfte des Seiles zeigte der Seiltänzer eine leichte Unsicherheit, ein kaum wahrnehmbares Zögern, als er einen neuen Schritt ansetzte wollte. Sein linkes Bein blieb eine Sekunde zu lange in der Luft. Daveson spürte, wie den Schaulustigen der Atmen stockte, bis der junge Künstler sich schließlich zu einer Rückwärtsbewegung entschied und den Fuß sicher dort absetzte, wo er vorher gewesen war. Ein kollektives Aufatmen ging durch die Menge. Der Seiltänzer setzte wieder an und vollendete sein

Kunststück ohne weitere Unterbrechungen. Kaum hatte er den letzten Schritt getan und stand mit beiden Füßen wieder auf sicherem Boden, brach das Publikum in frenetisches Klatschen und Johlen aus. Er verbeugte sich leicht, bevor er sich aufrichtete und noch einmal in die Menge hinunterschaute. Daveson, der dicht unter ihm stand, konnte keine Regung in seinem Gesicht erkennen. Es machte den Eindruck, als ob der junge Mann die Menschen gar nicht wahrnahm, als hätte er dort, hoch oben über ihren Köpfen, gar keine Vorstellung von der Erstaunlichkeit seiner eigenen Leistung, sondern schwebe mit seinen Gedanken … ja, wo war er wohl mit seinen Gedanken? Daveson verließ den Platz, bevor das Gedrängel noch größer wurde.

Bei der Michaeliskirche angekommen trat er durch das Eingangsportal und suchte sich einen Platz im vorderen Mittelschiff. Früher hatte er regelmäßig den Orgelproben in der Möllner Michaeliskirche gelauscht. In der großen, eindrucksvollen Barockkirche waren etliche Gläubige, die in den Seitenkapellen beteten oder einfach in sich gekehrt dasaßen. Trotz der vielen Besucher wirkte die große Kirche seltsam leer.

Daveson ließ sich von der Musik einfangen. Er saß, leicht nach vorne gebeugt, die Hände vor sich gefaltet und die Augen geschlossen da. Die Musik berauschte ihn auf herrliche Weise, fast fühlte er sich, als schwebe er mit ihr hinauf in das Kirchengewölbe, befreit von allem Irdischen, von Raum und Zeit. Nach einer Weile, er hätte nicht sagen können, wie viel Zeit vergangen war, vernahm er am Rande seines Bewusstseins eine Bewegung; jemand hatte neben ihm Platz genommen. »Guten Tag, Jud«, sagte eine tiefe Stimme. »Du kommst regelmäßig zu uns.« Daveson drehte sich langsam um und schaute in die Augen eines kräftigen, älteren Mannes, der einen Talar trug. »Hauptpastor Johann Jörg Zimmermann«, sagte der Prälat ohne weitere Erläuterung. »Ein Jud fällt auf in der Kirche unseres Herrn.«

»Guten Tag, Herr Hauptpastor. Ich höre die Orgelmusik gerne«, erwiderte Daveson und schaute wieder hinab auf seine gefalteten Händen. Er spürte den durchdringenden Blick des Kirchenmannes, der für einige Minuten schweigend neben ihm saß.

»Das Wort Gottes lebt auch in der Musik. Sie ehrt den Herrn. Warum kommt ein Jud, um diese Musik zu hören? Wie soll er Händels Messias begreifen können? Seinem Herzen ist die Wahrheit des Herrn verschlossen.«

Daveson richtete sich auf und sah dem Pastor fest in die Augen. Dann öffnete sich sein Gesicht zu einem milden Lächeln: »Herr Hauptpastor, es gibt mehr Dinge zwischen Himmel und Erde, als in all Ihren heiligen Büchern geschrieben stehen.«

Zimmermanns Augen verengten sich, doch Daveson ließ sich nicht einschüchtern. Der Pastor wandte sich von ihm ab und sah das übergroße Altarbild an, das die Auferstehung Christi zeigte; über dem Gemälde ragte eine pompöse Kreuzigungsplastik empor. Daveson folgte seinem Blick. Auf einem Tisch vor dem Altarbild, auf einer weißen Decke, lagen eine aufgeschlagene Bibel und ein Abendmahlskelch, umrahmt von einigen Kerzenleuchtern. »Ein Jud kann das Geheimnis des wahren Glaubens nicht erkennen«, sagte Zimmermann mit einer feierlichen Stimme, als ob er eine Predigt halten würde.

»War denn nicht auch Jesus Jude?«, fragte Daveson bissig. Das frömmelnde, feindselige Gebaren des Pastors hatte seine Streitlust geweckt.

»Du willst mit mir spielen, Jud. Die Verschlagenheit deines Volkes ist bekannt! Jesus war Jude nur im niederen, leiblichen Sinne. Als Sohn Gottes hat er das Judentum überwunden und die wahre Religion gegründet. Er hat den Menschen den Weg der Erlösung und der Wahrheit gezeigt.«

»Es muss beruhigend sein, sich im Besitz der Wahrheit zu glauben«, erwiderte Daveson.

»Das ist es in der Tat, Jud. Aber davon weißt du nichts. Die Gemeinde braucht Sicherheit, dafür bin ich da. … Aber du meinst etwas anderes, nicht wahr? Ich sehe es in deinen Augen. Du willst mich verspotten. Du glaubst überhaupt nicht an *eine* Wahrheit.«

»Der Weg ist das Ziel, Herr Hauptpastor, mit dem Zusatz, dass man sich immer und ewig verirren kann. Entscheidend ist, dass man sich selbst treu bleibt und nicht einem etwaigen Gott oder einer

Kirchenlehre. Einst hat der Mensch die Götter erfunden, jetzt gilt es, den Menschen zu finden.«

Zimmermann schaute ihn noch finsterer an und sagte dann in einem fast bedrohlichen Ton: »Wir kennen den Menschen schon. Er ist ein sündhaftes Wesen, das ohne Gott verloren ist. Die Kirche, Gottes Werk auf Erden, gibt ihm Halt.«

Daveson lächelte versöhnlich und flüsterte: »Der Mensch ist wie ein Seiltänzer, der ohne Sicherheitsnetz seinen gefährlichen Weg gehen muss. Ihr Sicherheitsnetz, Herr Hauptpastor, ist eine Falle, eine Illusion, mit der Sie ihn gefangen nehmen wollen.«

»Das ist Blasphemie! Noch schlimmer als den falschen Gott anzubeten, ist es, überhaupt gottlos zu sein. Vom Judentum zum Atheismus ist es nur ein kleiner Schritt. Wie bei dem verfluchten Spinoza, dem auch Lessing gefolgt ist. Du bist ein Ungläubiger, ein Geschwür in unserer Stadt!« Zimmermann merkte, dass er die Beherrschung verloren hatte und hielt inne. Er musterte Daveson mit seinem kalten, abschätzigen Blick. »Wie heißt du, Jud?«

Fast reflexartig nannte Daveson seinen Namen und merkte im selben Moment, dass er einen Fehler begangen hatte.

»Alexander Daveson«, wiederholte Zimmermann leise und schien eine Verbindung zu suchen.

Daveson sah unvermittelt auf; aus dem hinteren Kirchenschiff näherte sich ihnen eine kleine, hagere Gestalt. Der Mann hinkte, er zog sein linkes, wohl lahmes Bein nach und blieb dann in einiger Entfernung stehen. Zimmermann hatte ihn auch gesehen und ihm mit dem Kopf leicht zugenickt. Der Mann drehte sich daraufhin um und humpelte erstaunlich schnell davon.

Daveson wollte ebenfalls gehen, doch Zimmermann kam ihm zuvor und erhob sich. Wütend raffte er seinen Talar zusammen und wollte aus der Kirchenbank treten, als sich sein Gewand an einem Haken des Kirchenstuhls verfing und den Blick in seine Rocktasche freigab. Es dauerte nur eine Sekunde, doch Daveson war sich ganz sicher, es eindeutig erkannt zu haben. Es war ein Kreuz, das da im Schein der vielen Kerzen aufblitzte. Ein Kreuz, dessen Arme nach oben gebogen waren.

Zimmermann zog den Talar mit einer brüsken Bewegung wieder an sich und drehte sich um, ohne ein weiteres Wort zu sagen. Daveson schaute ihm nach. Die Musik hörte er nicht mehr.

Hauptpastor Johann Jörg Zimmermann schritt geistesabwesend den Gang hinunter in Richtung des Hauptportals und stieg die Treppe zur Empore hinauf. Dort nahm er eine weitere, steilere Treppe, die zu einer versteckten Galerie hinter dem Orgelraum führte. Sie war schmal und dunkel und führte in einem leichten Bogen zu einer Tür. Zimmermann schloss sie auf, trat in eine kleine Kammer und an ein Fenster, von dem aus man auf den großen Platz vor dem Hauptportal blicken konnte. Wenn die Ruhelosigkeit ihn überkam, suchte er häufig diesen kleinen, versteckten Raum auf, um seine Gedanken zu ordnen. Das Gespräch mit dem Juden hatte ihn aufgewühlt. Alexander Daveson. Dieser Name! Gotteslästerung im Hause des Herrn, wiederholte er in Gedanken. Der Kampf mit den Feinden Christi musste mit Unerbittlichkeit geführt werden. Er richtete seinen Blick auf den Platz und beobachtete mit aufmerksamer Miene die Menschen, die hin und her liefen; sie gingen im Schatten der großen Kirche ihren täglichen Geschäften nach, und sie taten dies mit dem Segen Gottes, dachte er verbittert. Er bekreuzigte sich. Diese Geste empfand er als zutiefst reinigend, und die nächsten Minuten verharrte er im stillen Gebet. Mit getragener Stimme sagte er in die einsame Stille hinein: »Meine Seele ist stille zu Gott, der mir hilft.« Und fügte hinzu: »Psalm 62:2«, als ob es eine Prüfungsfrage wäre.

Er war nun bereits seit dreißig Jahren in der Michaeliskirche tätig, zunächst als Diakon und seit gut zehn Jahren als Hauptpastor der größten Hamburger Kirchengemeinde. Er wusste, dass ihm der Ruf eines strenggläubigen Kirchenmannes vorauseilte, und das erfüllte ihn mit Stolz.

Er verließ den kleinen Raum und stieg die Treppen zur Empore hinab. Im Gehen nahm er Haltung ein. Als er die Balustrade erreichte, schaute er von dort in den Kirchenraum hinunter. Sein Blick schweifte vom großen Altar über die Kirchenbestuhlung bis zur Orgel. Dies war seine Welt, die es zu verteidigen galt. Sein Gesicht verdunkelte sich, als er eine unliebsame Erinnerung aufkommen spürte, doch er ließ sie über sich kommen und schloss die Augen. Sein Vater, ein großer, grobschlächtiger Mann, war ein strenger Lehrer gewesen, der zum Jähzorn neigte. Es war eher die sanfte, jedoch stets leidende Mutter, die er in guter Erinnerung hatte. Sie hatte in ihm von Anfang an den Kirchenmann gesehen. Als Sohn eines Dorflehrers in Wilhelmshaven musste er ein Vorbild für seine Schulkameraden sein. Später, während seines Theologiestudiums in Halle hatte er die Schriften der Pietisten entdeckt und sie verinnerlicht; sie waren ihm ein Bollwerk gegen die Anwandlungen der verhassten Moderne. Zimmermann öffnete die Augen und schüttelte energisch den Kopf. Schluss damit! Er lief die Balustrade entlang, bis er über dem Kanzelaltar stand. »Das Wort Gottes«, murmelte er. Die Begegnung mit dem Juden Daveson ging ihm nicht aus dem Kopf. Seine Bekenntnis zum Atheismus, getarnt als Liebe zum Menschen, war für Zimmermann ein Ausdruck der grassierenden Krankheit einer Moderne, die sich von Gott abgewendet hatte. Und diese Recha Mendelssohn! Ihm war die Jüdin nie begegnet, aber er hatte natürlich von ihr gehört, genug gehört. Alexander Daveson. Dass dieser Jude mit diesem Namen aufgetaucht war, konnte kein Zufall sein. Was steckte dahinter?

Als Zimmerman sich durch das Hauptportal auf den Weg nach draußen machte, wurde er von den meisten der Kirchgänger respektvoll gegrüßt. Zimmermann antwortete mit einem würdevollen Nicken. Er erreichte bald das Pastorat, seinen Wohn- und Arbeitssitz, der an der Kreuzung Krayenkamp und Teilfeld lag. In seiner Arbeitsstube angekommen, legte er den Talar ab und ging in das kleinere Nebenzimmer, in dem sich seine Bibliothek mit der beachtlichen Bibelsammlung befand. Er nahm eine der schweren Bibeln in die Hand, schlug sie auf und blätterte zu Matthäus, 12/30 und las laut: »Wer nicht mit mir ist, der ist wider mich; und wer nicht mit mir sammelt, der zerstreut.«

Er kehrte in seine Arbeitsstube zurück, wo er nach seinem Sekretär klingelte. »Sagen Sie Bonafides, dass ich ihn sehen möchte.«

Der Diener tat, wie ihm geheißen und verschwand geräuschlos auf seine Mission.

Zimmermann ging zu einem Schrank gegenüber seines Schreibtisch, schloss eine der Türen auf und holte einen großen Stapel Papiere heraus. *Nathan der Weise – ein undeutsches Schauspiel* prangte in fetten Buchstaben auf der obersten Seite; unter der letzten Zeile des Textes war ein bekanntes Symbol zu sehen: ein Kreuz mit nach oben gebogenen Armen und einem spitzen Fuß. Der Hauptpastor ließ seine knochigen Finger gedankenverloren über das Blatt gleiten.

Auf Bonafides war Verlass, da war er sich sicher, wenngleich er über den Mann wenig wusste. Er hatte ihn einmal, kurze Zeit nach seiner Berufung zum Hauptpastor eines Morgens in der Kirche beim Beten gesehen. Etwas an der eigentümlichen Haltung des Mannes hatte seine Neugier geweckt. Zimmermann hatte ihn zu sich kommen lassen und über sein Leben befragt. Viel hatte Bonafides nicht preisgegeben. Zimmermann hatte herausgehört, dass er eine traumatische Erfahrung hinter sich gehabt haben musste. Wie so viele Gläubige hatte er Sicherheit gesucht – und sie in Gott gefunden. Als sich herausgestellt hatte, dass der Mann keine Familie, nicht einmal eine Bleibe hatte, hatte Zimmermann eine kleine Schlafstätte für ihn einrichten lassen und ihn als einfachen Kirchendiener beschäftigt. Der Fremde erwies sich als einfältig, aber zuverlässig und erstaunlich kräftig für seine schmale Statur. Lesen und schreiben konnte er nicht; Defizite, die nach Zimmermanns Dafürhalten nicht von Bedeutung waren. Den Mann war vom arglosen Glauben beseelt. Und: er war seinem Gönner, dem Hauptpastor, bedingungslos ergeben. Zimmermann hatte ihm einen neuen Namen gegeben: Bonafides.

Es klopfte an seiner Tür. »Herein«, sagte der Pastor.

»Bonafides, Herr Hauptpastor«, sagte der Sekretär und ließ einen hageren Mann eintreten, der sein linkes, steifes Bein nachzog.

»Bonafides, mein Lieber«, begann Zimmermann und fletschte seine Zähne zu einem gewinnenden Lächeln. »Ich habe eine neue Aufgabe für dich. Diese Flugblätter sollen wie die letzten in der Stadt verteilt werden. Heute Nacht noch.«

Bonafides nahm die Schriftstücke entgegen, verstaute sie in einem Ledersack und hinkte rückwärts aus der Tür, wobei er sich immer wieder verbeugte.

Es war schon spät am Tage, als Julius Stöter im Arbeitszimmer von Kriminalinspektor Jakob Hundt erschien. Nach dem langen Arbeitstag hatten die beiden Polizisten endlich Zeit, in Ruhe über Stöters Nachforschungen in Mölln zu sprechen. Hundt holte seine schwarze Kladde aus dem Schreibtisch, hörte seinem Sergeanten aufmerksam zu und schrieb dabei Notizen in sein Heft. Die Ledertüte mit dem durchgerissenen Pamphlet verstaute er in seinem Schreibtisch.

Als er mit seinem Bericht fertig war, sagte Stöter: »Ich denke, wir sollten uns den Sprewitz vornehmen.« Hundt nickte langsam. »Du bist noch nicht so weit, Jakob. Das sehe ich. Aber warum? Wir haben den Lumpensammler seit einigen Wochen observiert, ohne etwas Entscheidendes in Erfahrung gebracht zu haben. Er geht seiner Arbeit nach und verbringt viel Zeit in Miss Saras Gastwirtschaft. Neuerdings scheint er an etwas zu schreiben. Er sitzt lange vor seinen Blättern, trinkt Bier und denkt nach. Er unterhält sich mit niemandem, trifft sich nur häufig mit dieser jungen Frau, die du als Hedda Svensson identifiziert hast. Was hat es mit ihr auf sich?«

Hundt räusperte sich, als setze er zu einer längeren Antwort an. »Nun, Julius, das würde ich auch gerne wissen. Aber für eine Festnahme scheint es mir noch zu früh … wir sollten warten, bis wir mehr aus ihm herauskriegen können.«

»Aber woher werden wir wissen, wann es so weit sein wird?«

»Wir kennen seine Routine, Julius. Ich denke, er wird einen unerwarteten Schritt tun …« Der Kriminalinspektor und unterstrich energisch die Worte *Pamphlet* und *schwarzes Kleid* in seiner Kladde.

Nachdem Stöter sein Büro verlassen hatte, holte Hundt die Tasche mit dem zerrissenen Pamphlet hervor und begann, die einzelnen Stücke wie ein Puzzle zusammenzufügen. Abwesend schob er die Papierfetzen hin und her, ohne sich wirklich darauf zu konzentrieren. Doch auf einmal stutzte er: da war eine Handschrift zu erkennen, ganz eindeutig … es waren Wortfetzen, die keinen Sinn zu machen schienen: »*…ien…Rec…*«, murmelte Hundt und starrte auf das Papier. Nun war er hellwach: Das Puzzeln war jetzt kein Zeitvertreib mehr.

26
Ein undeutsches Schauspiel

Hamburg, Freitag, d. 19. März 1880

Hedda Svensson betrachtete sich gerade im Spiegel, als sie Schritte im Nebenraum hörte. Das war sicher schon ihr Anstandsherr für den Theaterbesuch. Sie lächelte. Das weiße, figurbetonte Kleid mit dezenten Rüschen an den Ärmeln und am Halsausschnitt hatte sie mit einem breiten roten Gürtel und einer silbernen Halskette ergänzt. Für die derzeitige Mode war ihre Aufmachung durchaus gewagt, das wusste sie; doch immerhin war ihre Schlichtheit kostengünstig, und Hedda fand, sie stand ihr gut. Ihre Haare hatte sie hochgesteckt und unter einem kleinen roten Barett versteckt. Ihre Schultern zierte ein hauchzarter roter Schal. Sie hatte sogar ein wenig Wangen- und Lippenrot eingesetzt.

Als sie aus ihrem Zimmer trat, wurde sie, wie vermutet, schon von ihrer Abendbegleitung erwartet. Ihre Tante stellte ihr Hendrik Busch vor, einen blassen jungen Mann, offenbar ein entfernter Verwandter. Hedda lächelte und reichte Hendrik ihre Hand, die er zögerlich ergriff. Er stammelte eine Begrüßung, die sie höflich erwiderte. Sie registrierte das verblüffte Gesicht des jungen Mannes mit einer gewissen Genugtuung. Er schien überwältigt von ihr. Louise Tesdorpf registrierte das Benehmen ihrer Nichte mit Erstaunen: Wann hatte sie den spöttischen Unterton abgelegt, den sie sonst an den Tag legte, wenn sie sich mit jungen Männern unterhielt?

»Danke, dass Sie mit mir ins Theater gehen. Ich freue mich so auf den Abend«, sagte Hedda und lächelte ihn unumwunden an.

»Aber nicht doch«, erwiderte der junge Mann und errötete leicht, »es ist mir ein Vergnügen, mit einer …« Er stockte und setzte wieder an: »mit Ihnen den Abend zu verbringen. Ich habe zu danken.«

Hedda zog ihren dunkelblauen Mantel über, während Tante Louise Hendrik die Eintrittskarten übergab. Das Paar verließ die Wohnung, um die kurze Strecke bis zum Theater mit einer Mietdroschke zurückzulegen.

In der Kutsche plauderte Hedda unentwegt über das Theater und darüber, wie gespannt sie auf die Aufführung war. Ihr Begleiter schwieg und betrachtete sie stumm. Die Kutsche hielt direkt vor dem Eingang, der bereits hell erleuchtet war. Hendrik stieg als Erster aus und bot Hedda seine Hand, die sie, charmant lächelnd, ergriff und aus der Droschke stieg. Heddas Augen leuchteten, als sie den Eingang des imposanten, dreistöckigen Gebäudes erreichten. Es hatte eine pompöse Front mit Säulen, eine eindrucksvolle Fenstergestaltung und Reliefs. Hedda hatte gelesen, dass das Theater 1874 von dem Architekten Martin Haller umgebaut worden war. Sie hatte das Gebäude schon oft bei Tageslicht gesehen, heute Abend kam es ihr aber mit seiner Beleuchtung, den vielen Menschen und der ganzen Atmosphäre vor der Aufführung zum ersten Mal lebendig vor. Hedda und Hendrik traten in die Vorhalle, in der sich bereits zahlreiche Theaterbesucher versammelt hatten. Hendrik nahm Heddas Mantel und verschwand in Richtung Garderobe.

Auch die Eingangshalle mit dem aufwändigen Wandschmuck und den großen Gemälden fand Hedda beeindruckend; Die Halle erstreckte sich über zwei Stockwerke, an beiden Seiten führten breite Steintreppen zu den oberen Rängen hinauf. Wie groß alles hier war! Hier schien die Freiheit zu Hause zu sein. Oder war das nur eine Illusion? Natürlich beobachtete sie auch die Menschen um sie herum. Sie waren alle feierlich angezogen, wie es sich bei einer Benefizvorstellung gehörte. Sie kamen Hedda wie ein Bestandteil der Inneneinrichtung vor. Natürlich entgingen ihr auch die Blicke nicht, mit denen man sie bedachte. Die Herren, so schien es ihr, mit erstaunten, die Damen hingegen mit eher empörten. Eine besonders füllige Matrone zischte ihrer Freundin sogar etwas zu laut ins Ohr: »Also wirklich … nun sieh dir das an! So kann man doch nicht herumlaufen!« Hedda entschied, die Gemeinheit zu überhören. Zu sehr hatte sie sich auf diesen Abend gefreut, zu glücklich und aufgeregt war sie.

Hendrik kehrte zurück und schaute sich verlegen um, bis er Hedda endlich hinter einer der Säulen entdeckte. Er straffte seine Schultern und ging auf sie zu. Hedda hakte sich bei ihm ein und er führte sie mit stolzgeschwellter Brust nach oben zu den Plätzen im zweiten Rang. Während die Zuschauer ihre Plätze aufsuchten schaute Hedda sich vergnügt im großen Saal um. Von ihrer hohen Warte aus hatte sie eine gute Sicht auf die Bühne, das Parkett, das Orchester und die edlen Logen, die dem großen Saal eine intime Atmosphäre verliehen. Hinter einigen davon sollte es abgeschlossene, zum Foyer führende Zimmer geben, in die sich die hohen Herrschaften in den Pausen zurückziehen konnten. ›Entre eux‹, wie Tante Louise sagen würde, dachte Hedda. Auf dem schweren, dunkelblauen Hauptbühnenvorhang erkannte sie Arion auf einem Delphin sitzend und mit einer Leier in den Händen. Sie hatte gelesen, dass Arion von Lesbos ein griechischer Sänger der Antike war, aus dessen Dichtkunst schließlich die griechische Tragödie entstanden war. Bald ertönte eine Glocke, der Lärm in der Zuschauermenge verebbte und ein kleiner Mann mit einer wallenden Haarpracht trat auf die Bühne und blieb vor dem Arion-Bildnis stehen. »Meine Damen und Herren«, ertönte seine tiefe Stimme. »Heute Abend ehren wir einen der größten deutschen Dramatiker, Gotthold Ephraim Lessing. Er hat uns mit seinem dramatischen Gedicht *Nathan der Weise* ein Meisterwerk hinterlassen. Die Aufführung heute Abend findet zugunsten des geplanten Lessing-Denkmals auf dem Gänsemarkt statt. Sie alle haben mit ihrer Karte einen Beitrag dazu geleistet, so wie die Schauspieler, die auf den größten Teil ihrer Gage verzichtet haben.« Hedda richtete ihren Blick nochmals in die Zuschauermenge. Das Haus war gut besucht, aber bei weitem nicht ausverkauft war. Als sie ihre Aufmerksamkeit wieder dem Redner widmete, es war wohl der Theaterdirektor Bernhard Pollini, sprach er gerade von dem Flugblatt. »Vor einigen Tagen ist ein infames, anonymes Flugblatt gegen das Lessing-Denkmal in unserer Stadt verteilt worden. Wir, und ich schließe Sie, meine Damen und Herren, mit ein, lassen uns von unserem Projekt nicht abbringen. Das Lessing-Denkmal steht für die edle Gesinnung der Menschheit, der Humanität, Wahrheitsliebe und Toleranz. Das Flugblatt ist ein Ausdruck der Finsternis, daher lassen wir heute mit Lessings Nathan ein Licht der Hoffnung erstrahlen!

›Heute Abend soll man treu den lichten Geistern frönen
Darum laßt mit diesem Spruch das Stück mich weih'n:
Es soll allein des Friedens, Guten, Schönen,
Der Menschlichkeit und der Wahrheit Zeuge sein.‹«

Unter tosendem Applaus verlies der Redner die Bühne, das Saallicht wurde gedämpft, der Vorhang ging auf und gab den Blick auf das Bühnenbild und die erste Szene frei. Eine Frau saß in einem Palmengarten und nähte an einem Kleidungsstück. Ein langer, hagerer Mann mit Ziegenbart betrat die Bühne. Er trug einen Kaftan und auf dem Rücken einen Sack. Die Frau schaute zu ihm auf:

»Er ist es! Nathan! – Gott sei ewig Dank,
Dass Ihr doch endlich einmal wiederkommt.«

Nathans Antwort, so schien es Hedda, war eher an das Publikum als die Frau auf der Bühne gerichtet:

»Ja, Daja; Gott sei Dank! Doch warum endlich?
Hab ich denn eher wiederkommen wollen?
Und wiederkommen können? Babylon
Ist von Jerusalem, wie ich den Weg,
Seitab bald rechts, bald links, zu nehmen bin
Genötigt worden, gut zweihundert Meilen.«

Hedda war entzückt. Wie treffend erschienen ihr die Figuren, die sie sich während der Lektüre so lebendig vorgestellt hatte. Der Derwisch Al Hafi, der sein Heil als Bettler am fernen Ganges suchte, weil er der Menschen überdrüssig geworden war. Der Tempelherr, ein großer, sympathischer, aber etwas starrsinniger Zeitgenosse, der Recha rettete und sie später lieben lernte; der Sultan Saladin, der sich gerne groß und mächtig zeigte und ein impulsiver Schachspieler war; der finstere Patriarch, der Hedda an Hauptpastor Johann Jörg Zimmermann erinnerte. Einzig Recha hatte sich Hedda weniger schwärmerisch vorgestellt, vielmehr schonungsloser, ungerührter – sie war immerhin von Nathan erzogen worden.

Endlich kam der fünfte Auftritt im dritten Akt, in dem sich Nathan und der Sultan trafen und Saladin die Fangfrage nach dem wahren Glauben stellte. Eigentlich, das wusste Hedda, ging es ihm ja nur um Geld:

»Da du nun
So weise bist: so sage mir doch einmal
Was für ein Glaube, was für ein Gesetz
Hat dir am meisten eingeleuchtet?«

Hedda kannte natürlich Nathans Antwort, war jedoch gespannt, wie die Szene umgesetzt werden würde. Zunächst gab es Nathans Monolog. Der Sultan wollte die Wahrheit, als ob sie bare Münze wäre? Wie der Falle entkommen? Ein Märchen sollte es sein, denn »nicht nur Kinder speist man mit Märchen ab.«

Der Sultan Saladin kehrte zurück, um Nathans Antwort zu hören, er schritt über den dicken Perserteppich, ein Weltherrscher, wie man ihn sich vorstellte. Nathan sah ihm entgegen und machte dabei keinen ängstlichen, sondern eher einen listigen Eindruck. Hedda hörte die ersten Worte der Ringparabel aus Nathans Mund.

»Vor grauen Jahren lebt' ein Mann im Osten,
Der einen Ring von unschätzbarem Wert
Aus lieber Hand besaß. Der Stein war ein
Opal, der hundert schöne Farben spiegelte,
Und hatte die geheime Kraft, vor Gott
Und Menschen angenehm zu machen, wer
In dieser Zuversicht ihn trug.«

Saladin lauschte dem Märchen zunächst großmütig, aber schon bald wurde er ungeduldig und seine durchdringende, strenge Stimme erfüllte den Theaterraum:

»Die Ringe! – Spiele nicht mit mir! – Ich dächte,
Dass die Religionen, die ich dir

Genannt, doch wohl zu unterscheiden wären.
Bis auf die Kleidung, bis auf Speis' und Trank!«

Hedda lachte leise auf, denn sie wusste, dass der Sultan in die Falle getappt war. Nathan hatte ihn dorthin gelockt, wo sie sich als Menschen, nicht als Herrscher und Untertan, als Muslim und Jude, begegnen würden. Während der folgenden Wortwechsel, in denen es um die Begründung der Religionen nach Treu und Glauben ging, und um den Richter, der den Streit um den echten Ring, um die wahre Religion, zu entscheiden hatte, näherte sich Nathan dem Sultan so langsam und unauffällig, dass man es auch als Zuschauer kaum wahrzunehmen vermochte. Schließlich standen Saladin und Nathan beide auf dem edlen Teppich, von Angesicht zu Angesicht. Nathan sagte mit fester und zugleich sanfter Stimme die entscheidenden Worte und fixierte den Sultan dabei mit hellwachem Blick:

»Und also, fuhr der Richter fort, wenn ihr
Nicht meinen Rat, statt meines Spruches, wollt:
Geht nur! – Mein Rat ist aber der: ihr nehmt
Die Sache völlig wie sie liegt.«

Der Sultan war nachdenklich geworden und ließ Nathan auch noch den schlauen Ratschlag des Richters erklären. Die Echtheit der Ringe konnte nur durch Taten nachgewiesen werden, durch »vorurteilsfreie Liebe«. Der Richter forderte unter den Religionen einen Wettstreit des Guten auf. Und: Erst nach tausend, tausend Jahren würde dann ein weiserer Mann auf dem Stuhl sitzen und das gerechte Urteil sprechen.

Jetzt wurde es spannend! Hedda sprach im Geiste die hintersinnige Frage Nathans mit:

»Saladin,
Wenn du dich fühlest, dieser weisere
Versprochne Mann zu sein: …«

Im Saal wurde es still, man konnte die Spannung förmlich greifen. Nun war Saladin aufgefordert, und nach einer dramatischen Pause erwiderte er mit brüchiger Stimme:

»Ich Staub? Ich Nichts?
O Gott!«

Nathan blieb besonnen:

»Was ist dir, Sultan?«

Wieder Stille, der Jude und der Muslim schauten sich stumm an, das Licht der Scheinwerfer war gedämmt worden und beleuchtete nur ihre Gesichter. Plötzlich warf sich der Weltherrscher Sultan Saladin auf den Boden und fasste Nathans Hand:

»Nathan, lieber Nathan! –
Die tausend tausend Jahre deines Richters
Sind noch nicht um. – Sein Richterstuhl ist nicht
Der meine. – Geh! – Geh! – Aber sei mein Freund.«

Hedda begann zu applaudieren, erntete dafür jedoch empörte Blicke von ihren Nachbarn. Jetzt fiel ihr auch Hendrik wieder ein, und sie lächelte ihn verlegen an; er schien bemerkt zu haben, dass sie ihn vergessen hatte und sah fast etwas beleidigt aus. Das Saallicht ging wieder an, die Glocke läutete zur Pause.

Im großen Foyer stand Hedda mit Hendrik zusammen und trank einen süßen Wein, als sie eine bekannte Stimme hinter sich hörte: »Guten Abend, Fräulein Svensson. Was für eine Überraschung.«

Sie drehte sich um und erkannte Max Goldschmidt, der sie amüsiert musterte. Hedda behielt ihren Gleichmut: »Guten Abend, Herr Goldschmidt. Unsere Treffen haben offenbar immer etwas Ungewöhnliches an sich.« Bevor er antworten konnte, stellte sie ihm Hendrik vor. Die beiden Herren gaben sich die Hand und versicherten sich gegenseitig, es sei ein Vergnügen, sich kennenzulernen, doch ihre Blicke sprachen Bände; Hedda schmunzelte.

»Ein herrliches Stück, nicht wahr«, sagte sie zu Max gewandt. »Ich liebe es, wie Nathan den Sultan um den Finger wickelt.«

Sie merkte, wie unsicher Max, und auch wie mürrisch Hendrik wirkte. Das Gespräch kreiste dann um das Theater und Max erzählte, dass er im Stadttheater beschäftigt war. Je mehr er darüber sprach, desto lebhafter kam er ihr vor. Hendrik machte jedoch keine Anstalten, seine Gleichgültigkeit zu verbergen und versuchte, sich abzusetzen, wobei er Hedda an der Hand nehmen wollte. Max zeigte sein gewinnendes Lächeln: »Ich muss leider weg. Darf ich Sie aber zu einem Glas nach dem Stück einladen? Ich habe einen Tisch im Jungen Gelehrten reserviert. Das Lokal liegt gleich nebenan in der Theaterstraße. Ich komme nachher mit Mademoiselle Wolff. Sie spielt die Recha.«

Hendrik entgegnete, ohne Heddas Antwort abzuwarten, dass sie leider keine Zeit dazu hätten, sondern gleich nach dem Stück nach Hause gehen müssten. Hedda fand die Idee jedoch gut und willigte ein. »Aber«, sagte Hendrik bestürzt, »Tante Louise weiß nichts davon.«

»Wenn Tante Louise davon nichts weiß, kann sie auch nichts dagegen haben«, antwortete Hedda erheitert und zeigte Hendrik ihr bezauberndstes Lächeln. »Ich finde, ein Lokalbesuch gehört zu einem Theaterabend dazu, nicht wahr Herr Goldschmidt? Ich bin gespannt, so eine echte Theatergastwirtschaft kennenzulernen.«

Hendrik gab sich geschlagen, machte jedoch den Rest des Abends einen recht beleidigten Eindruck.

Hedda und Hendrik gingen in der schmalen, dunklen Theaterstraße auf den Eingang des Lokals »Zum jungen Gelehrten« zu, aus dem Licht durch die kleinen Fensterscheiben drang und Stimmen durch die Tür- und Fensterritzen erklangen. Hendrik hatte zwar seinen Widerstand aufgegeben, machte dennoch keinen besonders fröhlichen Eindruck. Hedda strahlte hingegen über das ganze Gesicht. Beim Eintreten, Hendrik war vorangegangen und hatte ihr die Tür aufgehalten, strömte ihnen warme, rauchgeschwängerte Luft entgegen. Es roch nach Tabak, Alkohol und Schweiß. Die Stimmung war laut und ausgelassen; die Kundschaft bestand überwiegend aus jungen Leuten, Herren als auch Damen. Der Tisch, den Max Goldschmidt reserviert hatte, befand sich in einer etwas ruhigeren Ecke unweit des Tresens. Der Kellner, der sich besonders zuvorkommend zeigte, nachdem er erfahren hatte, zu wem die beiden gehörten, bot ihnen Cognac an. Bevor Hendrik ablehnen konnte, hatte Hedda bereits genickt.

»Fräulein Svensson, das gehört sich nicht!«, rügte sie Hendrik. »Und wie sollen wir das überhaupt bezahlen?«

»Ach was«, lachte Hedda. »Wir sind eingeladen worden. Und ich habe noch nie Cognac getrunken. Mal sehen, wie er wirkt.«

Der Kellner brachte die beiden bauchigen Gläser und sagte mit einem Zwinkern: »Wohlsein, die Herrschaften!«

Hedda erhob ihr Glas und schaute ihren Begleiter an, als dieser mit einem sauren Gesichtsausdruck ebenfalls das Glas hob und sie über den Rand anschaute. Hedda prostete ihm keck zu. »Hendrik, wir sollten uns auf jeden Fall duzen. Ich heiße Hedda. Sei nicht so böse. Wir wollen den Abend genießen.« Endlich lächelte er auch, und sie stießen an. Hedda fuhr fort: »Ich danke dir, dass du mit mir ins Theater gegangen bist. Ich finde, das Stück war wunderbar.«

»Ja, Hedda«, sagt er und sah ihr tief in die Augen. »Ich war heute zum ersten Mal im Stadttheater, überhaupt in einem Theater. Es war etwas überwältigend. Ich fand den Schluss gut, als sich alle umarmt haben.«

»Alle, ja. Bis auf Nathan. Er stand abseits«, bemerkte Hedda und nahm einen Schluck Cognac. Im Laufe des Gesprächs entspannte sich Hendrik allmählich. Er erzählte von seiner Arbeit als Beamter bei der Sparkasse, und Hedda fand, dass auch Hendrik der Cognac offenbar immer besser zu schmecken schien. Zwischendurch schaute sie sich im Lokal um. Es war eine kleine, schummerige Stube, die sich immer mehr füllte. An den Wänden hingen Plakate von Theateraufführungen, und das Publikum war mit den Besuchern, die Hedda aus den Gastwirtschaften in den Gängevierteln kannte, nicht zu vergleichen. Sie waren zum einen viel besser angezogen, zum anderen tranken sie nicht nur Bier oder Branntwein sondern allerhand andere Spirituosen, von denen sie noch nie gehört hatte. Am meisten beeindruckte sie, dass die Frauen den Männern beim Trinken und auch beim Reden in nichts nachzustehen schienen. An einem Nachbartisch referierte ein junger Herr mit einem dunklen Vollbart inspiriert über den Aufbau einer Sammlung zeitgenössischer Kunst in der neuen Kunsthalle am Glockengießerwall; einmal trafen sich ihre Augen, und der Mann lächelte. Hedda erwiderte das Lächeln.

Als Hendrik ihr gerade besonders begeistert etwas über Zinsfuß auseinanderzusetzen versuchte – Hedda fand nicht, dass sie besonders aufmerksam zuhören musste – verstummten auf einmal die Gespräche rundherum und ein Gast nach dem andern schaute zur Tür. Hedda folgte den Blicken und sah Max Goldschmidt in Begleitung einer jungen Frau eintreten: das musste diese Mademoiselle Wolff sein, die die die Recha gespielt hatte. Das Paar blieb kurz an der Tür stehen, als warte es auf Applaus; Hedda staunte nicht schlecht, als tatsächlich einige der Gäste in die Hände klatschten, sogar einige Bravo-Rufe waren zu vernehmen.

Das Paar kam an den Tisch und Max stellte seine Begleitung als Mademoiselle Wolff vor. Hedda hob leicht ihre Augenbrauen und sagte in perfektem Französisch: »Bonsoir, Mademoiselle. Enchanté«. Von der Wolff erntete sie dafür einen irritierten Blick, Max entlockte ihre Darbietung immerhin ein Schmunzeln. Hendrik machte seinerseits plötzlich einen befangenen, unsicheren Eindruck und sank in seinem Stuhl zurück. Über Zinsfuß wurde nicht mehr gesprochen.

Max bestellte eine Runde Cognac. Einige Gäste kamen an ihren Tisch, um Max die Hand zu geben und Fräulein Wolff zu gratulieren. Sie schienen die Aufmerksamkeit zu genießen. »Auf Nathan«, Max hob sein Glas und sah euphorisch in die Runde. »Und auf Recha!« sagte Hedda freudestrahlend, erhob ebenfalls ihr Glas und sah Mademoiselle Wolff an. Diese wirkte zunächst verunsichert, warf sich aber dann in Pose und den Kopf in den Nacken.

Der Lärmpegel stieg und die Stimmung im Lokal wurde zunehmend ausgelassener. Mademoiselle Wolff stand einige Male auf, um anderen Tischen einen Kurzbesuch abzustatten; bei Max war es hingegen umgekehrt: Die Leute kamen zu ihm. Er schien im Theatermilieu wohl bekannt zu sein. Hedda erzählte über ihre Zeit in Hamburg und erfuhr von Max interessante Details über die Börse und das Stadttheater. Über Mölln sprachen sie nicht.

Hedda registrierte, wie Max gelegentlich die Hand der Schauspielerin streichelte, wenn sie am Tisch saß; sie schmachtete ihn ihrerseits verliebt an und ließ ihn gewähren. Anstands-Hendrik nippte an seinem Getränk und schaute überwiegend zum Ausgang.

In einer Gesprächspause schaute Hedda die Schauspielerin an und sagte: »Wissen Sie, Mademoiselle Wolff, ich hatte mir die Recha etwas anders vorgestellt, etwas …« Hedda überlegte kurz, »nun, sagen wir, kühler und überlegter.«

Die Angesprochene runzelte die Stirn und sagte spitz: »Sie haben das Stück studiert, Fräulein Svensson?«, wobei sie *studiert* besonders betonte.

Hedda bemerkte, wie Max' Blick zwischen ihr und der Schauspielerin hin- und herging: »Nein, das will ich nicht behaupten, aber ich habe es gelesen und finde, eine Tochter von Nathan müsste doch etwas von seiner Haltung angenommen haben, oder? Warum sollen junge Frauen immer nur schwärmerisch wirken?« Max starrte sie mit großen Augen an; selbst Hendrik schien sich plötzlich für das Gespräch zu interessieren.

»Ja, ganz meine Meinung«, ertönte unvermittelt eine tiefe Stimme hinter ihnen. Die vier drehten sich um und sahen einen jungen Herrn mit einem dunklen Vollbart; es war der gleiche Mann, der Hedda zuvor so freundlich angelächelt hatte. Er rückte seinen Stuhl dichter an ihren Tisch. »Mademoiselle Wolff ist eine ausgezeichnete Schauspielerin«, sagte er und nickte der Schauspielerin zu, »aber der Regisseur hat das Stück in der alten Gangart aufführen lassen. Er kommt aus der alten Schule, und sie kennt nur schwärmerische Frauen. Außerdem spricht man so die alten Herren im Publikum an.« Er zwinkerte Hedda zu. »Der Pollini kennt seine Pappenheimer.« Dann wandte er sich an Max: »Möchtest du mir nicht deine reizende Begleitung vorstellen?«

»Mein lieber Anton, musst du dich immer überall einmischen?« Max schien es nicht zu gefallen, auf einmal einen Konkurrenten am Tisch zu haben, doch er überspielte seinen Missmut gekonnt.

»Nur wenn es sich lohnt!«, erwiderte der junge Mann vergnügt und schaute Hedda mit lachenden Augen an.

»Die Dame heißt Fräulein Svensson. Und ihr Begleiter heißt Herr Busch.« Zu Hedda und Hendrik sagte er: »Dieser vorlaute Herr ist Anton Gleim, Bühnenbildner am Theater und gescheiterter Kunstmaler.«

»Ob ich gescheitert bin, wird die Nachwelt erst beurteilen, lieber Max«, erwiderte der Maler mit einem schiefen Grinsen und hob sein

Glas zur Begrüßung. »Mögen Sie Lessing, Fräulein Svensson?« Er stellte das Glas ab, holte eine Zigarre aus seiner Rocktasche und zündete sie an.

»Ich habe gerade angefangen, ihn kennenzulernen. In der Stadtbibliothek habe ich einen eigenen Tisch. Es ist herrlich.« Nach einem Schluck Cognac fügte sie hinzu: »Ich bin Schriftstellerin, wissen Sie.«

Vier Augenpaare schauten sie an, ungläubig und neugierig zugleich. Schweigen, bis Mademoiselle Wolff mit einer süßen Stimme fragte: »Was haben Sie veröffentlicht, meine Liebe?«

»Noch nichts, aber demnächst wird es so weit sein. Ich schreibe gerade kurze Geschichten zu Zeichnungen von Hamburger Straßenszenen für den *Correspondenten*. Eine neue Beilage. Meine erste Arbeit.«

Die Schauspielerin lachte leise; Hendrik schüttelte verständnislos den Kopf; Anton sah irritiert aus, und Max schaute sie einfach nur ausdruckslos an. Hedda lächelte; sie war mit sich zufrieden. Gerade als sie einen erneuten Toast aussprechen wollte, um das peinliche Schweigen zu brechen, ging die Tür des Lokals auf und ein Mann polterte herein, einen Stapel Blätter unter dem Arm, und marschierte energischen Schrittes von Tisch zu Tisch. Offenbar verkündete er spannende Neuigkeiten, denn man vernahm erstaunte Reaktionen und die Gespräche wurden lauter und lebhafter. Der junge Mann steuerte auf ihren Tisch zu und sagte aufgeregt: »Sie wurden vor der Eingangshalle des Theaters gefunden, Herr Goldschmidt.« Hedda erhaschte nur einen kurzen Blick auf das oberste Blatt, doch es durchfuhr sie ein Schreck, als sie das Symbol erkannte.

Mosche Nordheim saß in seinem Bett, schaute aus dem schmalen Fenster auf den schräg gegenüberliegenden Gang, der zum Tempel der Reformgemeinde führte, und hing seinen Gedanken nach. Es war zwar spät, doch er konnte nicht einschlafen. Er hatte eine kleine Schlafstube für sich alleine; seine Geschwister schliefen im großen Raum im zweiten Stock. Da erregte eine Gestalt auf der sonst leeren Straße seine Aufmerksamkeit. Es war wohl ein Mann, der eine Tasche trug und es eilig zu haben schien. Beim Gehen zog er sein linkes Bein nach. Trotz seiner Behinderung bewegte sich der Mann schnell und verschwand in dem Gang zwischen den Häusern, der zum Tempel führte. Gleich darauf kehrte er jedoch zurück und setzte seinen ursprünglichen Weg fort.

Mosche zog die Decke zurück, kletterte von seiner Pritsche und öffnete das Fenster. Ein kalter Luftzug umgab ihn, als er seinen Kopf aus dem Fenster hinausstreckte. Der Mann war verschwunden. Er schaute zurück zum Tempelgang, überlegte kurz und zog sich schnell Schuhe, Hose und Rock über. Mosche hatte das Haus schon einige Male durch sein Fenster im ersten Stock verlassen und kletterte geschickt an den Stützbalken die Fachwerkfassade herab. Man musste sich immer zu helfen wissen, fand er. Im Tempelgang war es dunkel, nur der Mond erhellte den Weg vor ihm ein wenig, und die Luft roch modrig; von der Decke tropfte es. Als er den Tempelvorplatz erreichte, hatten sich seine Augen an die Dunkelheit gewöhnt. Er schaute sich um und ging langsam in Richtung Portal. Er kannte sich hier gut aus und konnte nichts Ungewöhnliches entdecken. Doch dann fiel sein Blick auf einen dicken Stapel Papiere, auf dem ein schwerer Stein lag. Mosche zog das oberste Blatt unter dem Stein hervor und versuchte, die Schrift in der Dämmerung zu entziffern. Die Überschrift war gut sichtbar: *Nathan der Weise – ein undeutsches Schauspiel.* Er faltete das Blatt zusammen, steckte es in seine Rocktasche und blickte zum Portal hoch; die Inschrift kannte er auswendig: *Baruch HaBa BeSchem ADONAI.* Im Geiste übersetzte er den Segensspruch: ›Gesegnet sei, der da kommt im Namen des HERRN!‹ Sanft klopfte er auf seine Rocktasche mit dem mysteriösen Inhalt.

27
Beginn eines Abenteuers

Hamburg, Samstag, d. 20. März 1880

Am frühen Morgen saß Theodor Rohdantz am Frühstückstisch im Hotel Waterloo und rührte gedankenverloren in seiner Kaffeetasse. Sein Blick war starr auf ein Gemälde gerichtet, das an der naheliegenden Wand hing und eine Darstellung vom Marschall Blücher zu Pferd zeigte – Marschall Vorwärts. Rohdantz nickte, verzog jedoch keine Miene. Der Staatsanwalt war der erste Frühstücksgast und genoss das Alleinsein. Seit dem letzten Herbst fuhr er häufiger nach Hamburg. Er spürte eine immer wieder aufflammende innere Unruhe, die ihn hierher zu ziehen schien. Nach außen wirkte er, das war ihm wohl bewusst, stets gefasst und professionell, ein Eindruck, den er sich mit eisernem Willen verdient hatte. Seinen unterschiedlichen Verpflichtungen im Beruf und in der lauenburgischen Gesellschaft kam er gewissenhaft nach. Doch etwas hatte sich verändert, und Rohdantz beobachtete dies mit wachsender Besorgnis. Gestern Abend bei Rosa hatte er sich fast vergessen; die Dirne hatte für Sekunden echte Todesangst in den Augen gehabt. Sein Orgasmus war intensiver als sonst gewesen. Er hatte ihr danach etwas mehr Geld als üblich gegeben. Vielleicht ein Fehler.

Weitere Hotelgäste kamen in den Frühstücksraum. Rohdantz legte den Löffel beiseite und verließ den Raum, ohne von seinem Kaffee getrunken zu haben. Oben in seinem Zimmer packte er seine schwarze Reisetasche und rauchte eine dünne Zigarre. An den Fensterrahmen gelehnt, schaute er auf das Treiben in der Dammtorstraße. Die große Stadt war längst hellwach. Bevor er am späten Nachmittag zurück nach Lübeck fahren würde, hatte er noch Verabredungen, unter anderem mit Hauptpastor Johann Jörg Zimmermann.

Lotte Hundt nahm die Kaffeekanne vom Herd, goss einen Zinnbecher voll und stellte ihn vor ihren Mann auf den Tisch. Der Kriminalinspektor schaute mit zusammengezogenen Augenbrauen auf ein Blatt Papier und schien sie nicht zu bemerken.

»Jakob, ich gehe jetzt zur Arbeit. Wir sehen uns später«, sagte sie und gab ihrem Mann einen Kuss auf die Wange. Er lächelte und nahm einen Schluck des heißen Getränkes; die Falten verschwanden von seiner Stirn.

Jakob Hundt sah seiner Frau nach, wie sie durch die Tür verschwand. Sie war eine geschickte Näherin und arbeitete vormittags im Damenbekleidungsgeschäft im Erdgeschoss des Gebäudes am Schaarmarkt, in dem sich ihre Wohnung im ersten Stock befand. Obwohl Hundt es sich hätte leisten können, aus der Neustadt in einen moderneren Stadtteil umzuziehen, war er seiner ursprünglichen Heimat treu geblieben. Er liebte die Gängeviertel – trotz des Lärms, des Schmutzes, der Enge und der Hektik, oder vielleicht auch gerade deswegen. Hier wohnten Menschen, die es gelernt hatten, das Leben unter harten Bedingungen zu meistern. Zumindest in den meisten Fällen. Die Ausnahmen kannte er auch.

Seine Kinder waren schon in der Schule, er war nun alleine zu Hause – mit dem verfluchten Flugblatt. Er hätte schon längst zum Stadthaus aufbrechen müssen, heute verspürte er jedoch keine Lust dazu. Diese Art von Antriebslosigkeit überkam ihn selten. Er wusste, dass der Mordfall Goldschmidt ihn zunehmend zermürbte. Es war ihm noch nicht gelungen, aus den bisherigen Ermittlungen ein stimmiges Bild zusammenzubauen. Er seufzte und dachte an seine schwarzen Kladden, die in seiner Schreibtischschublade im Büro lagen. Er trank seinen Kaffee aus, holte Schiffermütze, Mantel, Handschuhe und Stock und verließ die Wohnung.

Auf dem Schaarmarkt gingen bereits zahlreiche Menschen ihren Geschäften nach. Es war Frühlingsanfang, eine Woche vor Ostern, und die Sonne strahlte vom Himmel wie ein Vorbote der Wiederauferstehung. Hundt beschloss, zu Fuß zur Arbeit zu gehen und nahm den Weg über den Michaeliskirchhof in Richtung Stadthaus. An der Ecke Venusberg stand ein Konstabler und sprach mit einem Mann, offenbar einem Juden, der ein kleines Papierbündel bei sich trug. Der Konstabler beäugte den Mann misstrauisch und verlangte das Papierbündel sowie einen Ausweis zu sehen. Der Mann lächelte geduldig und holte aus seiner Rocktasche ein Dokument hervor. »Yosef David, Mitglied der Reformgemeinde«, las der Beamte laut vor.

»Ich bin Buchhändler«, sagte der Jude, »und habe einen Stand an der Judenbörse.« Er deutete auf das Papierbündel: »Das sind Hefte, die ich heute gekauft habe, um sie weiterzuveräußern.«

Der Polizist nickte wohlwollend und gab dem Buchhändler das Bündel und seine Papiere zurück.

Als er Hundt bemerkte, grüßte er förmlich: »Guten Tag, Herr Kriminalinspektor. Wir suchen nach weiteren Flugblättern.«

Hundt nickte nur knapp und ging zügig weiter. Der kleine Spaziergang beflügelte seine Gedanken. Diese Flugblätter bargen in der Tat eine enorme Sprengkraft in sich, und ihm wurde klar, dass sie eine wichtige, wenn nicht entscheidende Rolle in seinen beiden Fällen spielen mussten. Auch das zerrissene Pamphlet kam ihm wieder in den Sinn. Was hatte es damit bloß auf sich?

Hundt blieb vor der Michaeliskirche stehen und sah zum Glockenturm empor. Die große Kirche beherrschte die Neustadt wie kein anderes Gebäude und zog unweigerlich die Blicke der Passanten auf sich. Als Hundt gerade weitergehen wollte, trat der Kirchendiener Bonafides durch das Hauptportal und humpelte, eine abgewetzte Umhängetasche über der Schulter, die breiten Stufen der Kirche hinunter. Hundt schaute ihm nach, bis er hinter der Kirche verschwunden war.

Wie er erwartet hatte, fand er Sergeant Stöter bereits in seinem Büro vor. Er paffte eine dicke Zigarre.

»Man würde nicht denken, dass ein Denkmal so viel Ärger nach sich ziehen kann«, sagte Stöter und deutete auf das Flugblatt, das vor ihm auf dem Tisch lag. Er ließ seine Zigarrenasche in den Aschenbecher fallen, der bereits halbvoll war. Auf seiner Oberlippe sah man bereits Ansätze eines neuen Walrossschnurrbarts.

»Es geht offensichtlich um die Deutungshoheit. Dieser Antisemitismus will seine Ansichten durchsetzen, und zwar aggressiv und rücksichtslos. Das ist aber nicht unser Problem im Moment«, erwiderte Hundt. »Was wissen wir über letzte Nacht?«

»Nun ja, eigentlich wenig«, antwortete Stöter zögerlich. »Die Flugblätter sind an den gleichen Stellen wie das letzte Mal verteilt worden. Die diensthabenden Konstabler haben allerdings einen Mann beobachtet. Er soll sich in der Nähe der Trostbrücke aufgehalten haben und machte wohl einen verdächtigen Eindruck. Und: Er hat gehinkt.«

»Das ist doch immerhin eine Spur«, bemerkte Hundt, während er eine schwarze Kladde aus einer Schublade holte und darin blätterte. »Weißt du, Julius, nach dem Bericht des Archivvorstehers hatte Hauptpastor Johann Jörg Zimmermann von der Michaeliskirche in die Senatsbestände im Stadtarchiv Einsicht genommen. Der Hauptpastor schreibt angeblich an einer Kirchengeschichte – so seine Begründung für die Akteneinsicht. Der Hinweis im ersten Flugblatt könnte also daher stammen. Der Hauptpastor ist bekannt als ein streng orthodoxer Kirchenmann. Ich habe Predigten von ihm gehört; ein Freund der Juden ist er beileibe nicht. Und: Es gibt einen Kirchendiener an der Michaeliskirche, der humpelt. Er heißt Bonafides. Besteht da ein Zusammenhang?«

»Ein merkwürdiger Name«, meinte Stöter. »Warum würde ein Hauptpastor sich in eine solche Sache hineinziehen lassen? Er muss doch wissen, dass der Senat harte Maßnahmen ergreifen wird, wenn das herauskommen sollte.«

»Ja, warum nur? Die Sache ist noch komplizierter. Das Kreuz-Zeichen, das auf dem Flugblatt abgebildet ist, ist schon einmal in einem anderen Zusammenhang aufgetaucht. Erinnerst du dich an den Brand der Synagoge in Grevesmühlen vor ein paar Monaten? Das Kreuz war auf dem Plakat abgebildet, das man hinterher bei der Ruine sichergestellt hat. Es wird wohl so etwas wie ein Bekenntnis darstellen, oder auch eine Warnung.«

»Eine Geheimgesellschaft?«, fragte Stöter etwas ungläubig.

»Ich denke, Julius, wir sollten ein Gespräch mit dem Herrn Hauptpastor führen.«

Mosche Nordheim hatte sich während des Schulunterrichts kaum konzentrieren können. Das Flugblatt brannte förmlich ein Loch in seine Tasche; er spürte, dass ihm ein Abenteuer bevorstand. Wie konnte er die humpelnde Gestalt ausfindig machen? Was steckte hinter der ganzen Sache? Als er sein Elternhaus in der Poolstraße erreichte, bemerkte er den schwarzen Hund, der vor dem Eingang des gegenüberliegenden Frühstückscafés lag; er schien zu schlafen, Mosche wusste es aber besser. Der Hund richtete sich auf und wedelte mit dem Schwanz, als der Junge auf ihn zuging und ihn streichelte. »Na, Diogenes«, sagte er. »Dein Herrchen ist da drin, nehme ich an.« Der Hund spitzte die Ohren, neigte den Kopf leicht und sah den Jungen mit seinen tiefschwarzen Augen erwartungsvoll an.

Mosche trat in das überfüllte Lokal ein. Ihm strömte die schwere, rauchgeschwängerte Luft entgegen. Nach ein paar Schritten erblickte er Daveson an einem der hinteren Ecktische; er saß mit dem Rücken zur Tür und Mosche sah, dass Daveson nicht alleine war; ihm gegenüber saß eine junge Frau. Mosche zögerte. Es überraschte ihn, den Lumpensammler mit so einem hübschen Mädchen zu sehen. Der Junge fühlte sich eingeschüchtert. Daveson schien eine längere Geschichte zu erzählen; die Frau nickte zwischendurch und trank etwas aus einer kleinen Tasse. Die beiden schienen ihn gar nicht zu bemerken, so vertieft waren sie in ihr Gespräch. Als Mosche sich ihnen näherte, hörte er den Lumpensammler sagen: »Ich denke, Hauptpastor Zimmermann von der Michaeliskirche hat etwas mit den Flugblättern zu tun. Es kann kein Zufall sein. Er ist ein Judenhasser und trägt das sonderbare Kreuz-Zeichen. Er ist offenbar Mitglied dieser Geheimgesellschaft. Wie werden aber die Flugblätter verteilt? Sicher hat Zimmermann jemanden instruiert.«

Mosche hielt inne, in seinem Kopf begann es zu arbeiten. Die Erinnerung an gestern Nacht schoss ihm durch den Kopf. Bevor die beiden ihn bemerkt hatten, machte er auf dem Absatz kehrt und stürzte aus der Gastwirtschaft. Er hatte doch gewusst, dass da draußen ein Abenteuer auf ihn wartete …

Hedda Svensson streichelte Diogenes, der vor dem Frühstückslokal wartete und machte sich dann mit ihrem Einkaufskorb auf den Weg zur Judenbörse an der Elbstraße. Der Hund schaute ihr aufmerksam nach. Sie spürte eine deutliche Anspannung in sich, die ihre Konzentration steigerte. So viele Neuigkeiten! Bis morgen früh musste sie außerdem ihre erste Geschichte für die Zeitungsbeilage fertigstellen, die am Dienstag der kommenden Woche erscheinen sollte. Davon hatte sie dem Advokaten noch nichts erzählt. Es sollte eine Überraschung werden. Sie musste eine Menge dabei berücksichtigen. Zu schaffen machte ihr vor allem die Länge des Artikels. Kolumnen für Redakteure in einer Zeitung waren rar und zudem begehrt. Man musste lernen, auf wenig Platz viel auszusagen, und es so zu formulieren, dass es die Leser interessierte. Ihren ersten Versuch hatte der Redakteur gut gefunden, der Entwurf müsste allerdings gekürzt und zugespitzt werden. »Nicht belehren, sondern beschreiben«, hatte der Redakteur gesagt. Der Leser sollte in die Geschichte hineingezogen werden. Ihre Tante und sie hatten die Zeichnung der Pankokenkapelle für den Anfang ausgewählt. Mit einer fröhlichen Geschichte sollte die Reihe eingeleitet werden. Doch gedanklich war Hedda bereits bei der zweiten Folge: die Zeichnung vom Staatsanwalt Rohdantz. Hedda hatte darauf gedrängt, ohne jedoch ihrer Tante etwas über die wahren Hintergründe zu erzählen.

Hedda dachte über das neue Flugblatt nach. Dieses geheimnisvolle Kreuz war noch beängstigender geworden. Es stand ganz offenbar mit einem Mord in Verbindung und mit einer Geheimgesellschaft, die den Antisemitismus in einer fanatischen Art und Weise propagierte. Mit Worten … und auch mit Taten? Das Projekt Lessing-Denkmal bot eine willkommene Zielscheibe für den Judenhass. Hauptpastor

Zimmermann war offensichtlich Mitglied dieses Geheimbundes. Wer gehörte sonst dazu? Wem konnte sie trauen? Und wie war das Kreuz überhaupt nach Mölln gekommen?

Als Hedda von der Kurzen Straße in die Elbstraße einbog, beschlich sie ein sonderbares Gefühl. Es kam ihr vor, als folge ihr jemand. Sie sah sich mehrmals verstohlen um, konnte jedoch nichts Ungewöhnliches feststellen; sie spürte dennoch ein deutliches Unbehagen, eine Empfindung, die ihr sonst fremd war. Hedda schüttelte energisch den Kopf, als wolle sie sich selbst davon überzeugen, dass alles in Ordnung war. Vermutlich war sie einfach nur angespannt.

Kriminalinspektor Jakob Hundt und Sergeant Julius Stöter machten sich Seite an Seite zu Fuß auf den Weg zur Michaeliskirche. Unterwegs erwähnte Hundt, dass Polizeirat von Clausewitz mit dem Reichstagsabgeordneten von Schossin Kontakt aufgenommen hatte. Es sollte ein baldiger Termin mit von Schossin in Hamburg vereinbart werden, um über den Dolch zu sprechen. Wahrscheinlich nach Ostern.

»Gibt es neue Erkenntnisse?«, fragte Stöter.

»Nichts Konkretes«, erwiderte Hundt, »aber genügend Verdachtsmomente. Für mich ist klar, dass von Schossin irgendetwas mit dem Mord zu tun hat, schon wegen des Dolches. Entweder war er Auftraggeber oder die Tatwaffe wurde tatsächlich ohne sein Wissen und seine Beteiligung aus der Waffenkammer entwendet. Die zweite Möglichkeit scheint mir wahrscheinlicher zu sein, was wiederum eine Reihe neuer Fragen aufwirft.«

Hundt hielt plötzlich inne, als sie die Michaelisbrücke überquerten und blickte in Richtung der Düsternstraße. Er stand da wie angewurzelt, bis Stöter sich vernehmlich räusperte: »Stimmt etwas nicht?«

»Ich weiß nicht, Julius.« Hundt kniff die Augen zusammen und fixierte noch immer den unsichtbaren Punkt auf der anderen Seite der Brücke. »Ich dachte, ich hätte jemanden gesehen … jemanden erkannt … aber wahrscheinlich spielen mir meine Nerven einen Streich.« Sie gingen weiter und Hundt setzte seine Überlegungen laut fort: »Wir haben es mit einem ganz perfiden Mord zu tun, und der

Täter hat überlegt und gerissen gehandelt. Täter und Opfer kannten sich, davon ist in diesem Fall auszugehen. Jemanden hinterrücks zu erwürgen ist eine kaltblütige Tat. Sie setzt voraus, dass das Opfer den Mörder gekannt und ihm vertraut hat. Von Schossin passt in solch ein Täterbild nicht hinein. Er hat ein eher cholerisches Temperament. Er würde im Affekt handeln, wenn überhaupt. Er ist, soweit wir wissen, außerdem nie in Mölln gewesen. Er kannte das Opfer überhaupt nicht. Die Zurschaustellung des Opfers auf dem Denkmalsockel war ein Ausdruck tiefer Verachtung. Sie lenkt aber auch von dem eigentlichen Tathergang ab, eine Verschleierungstaktik. Der Dolch trägt auch dazu bei. Er könnte eine Spur zu einem möglicherweise Unbeteiligten sein. Wer lebte in Mölln oder hat dort häufig verkehrt? Wer hatte gleichzeitig eine Verbindung zu von Schossin und dem Gut Gresse? Wer könnte den Dolch entwendet und danach als Tatwaffe eingesetzt haben? Ich denke, unser Täter kommt aus der Möllner Oberschicht.«

Die Polizisten hatten den Michaeliskirchhof erreicht. Stöter schaute seinen Chef an und nickte. »Ich ahne, worauf du hinauswillst, Jakob. Aber: Motiv und Gelegenheit. Und: Beweise.«

Hundt nickte: »Es fehlt uns das entscheidende Puzzleteil, um das Bild zu vervollständigen. Denk an das zerrissene Pamphlet aus Mölln, Julius, und an das schwarze Kleid.«

In der Kirche zeigte Hundt einem Pastor seine Dienstmarke und forderte ihn auf, sie zu Hauptpastor Zimmermann zu bringen. Der junge Mann machte einen bestürzten Eindruck und schaute zur Decke, als ob er eine Genehmigung von oben bräuchte, um der Aufforderung nachzukommen. Offensichtlich erhielt er eine positive Antwort, denn er drehte sich um, gab den beiden Beamten ein Zeichen, ihm zu folgen und führte sie wortlos zur Schreibstube des Pastors. Er kündigte die Besucher kurz an und verschwand. Als Hundt und Stöter eintraten, war Zimmermann offenbar gerade im Begriff, aufzubrechen. Beim Anblick der beiden Polizisten sank er in seinen Stuhl zurück. Hundt registrierte, wie die Überraschung auf seinem Gesicht sich blitzschnell in Verärgerung verwandelte.

»Guten Tag, Herr Hauptpastor Zimmermann. Ich weiß nicht, ob Sie sich an mich erinnern. Ich bin Kriminalinspektor Jakob Hundt«, sagte Hundt und hielt ihm seine Marke wie eine Waffe entgegen.

»Ja, ich kenne Sie. Sie sind Mitglied meiner Gemeinde, Herr Kriminalinspektor, und wir haben uns neulich bei Frau Goldschmidt getroffen«, erwiderte der Prälat mit einer herrischen Stimme.

Hundt nickte und stellte seinen Sergeanten Julius Stöter vor, der in der Tür stehen geblieben war.

»Bitte, nehmen Sie doch Platz, Herr Kriminalinspektor. Was kann ich für Sie tun?« Zimmermann legte seine gefalteten Hände ruhig auf den Schreibtisch. Hundt konnte es kaum erwarten, die Fassade der Contenance auf Zimmermanns Gesicht bröckeln zu sehen.

»Gestern Nacht ist erneut ein Flugblatt aufgetaucht, das sich gegen das Lessing-Denkmal richtet. Wir untersuchen die Vorgänge. Ich nehme an, Sie haben es schon gesehen.«

»Ja, das habe ich. Meine Position zu Lessing und dem Denkmal habe ich in öffentlichen Blättern bereits deutlich gemacht. Ich halte das Denkmal für eine Schande. In unserer Stadt darf es keinen Platz für einen erklärten Feind des Christentums geben. Mit dem Flugblatt habe ich jedoch nichts zu tun, falls Sie in diese Richtung ermitteln, Herr Kriminalinspektor.«

»Nun, ja«, entgegnete Hundt mit ruhiger Stimme, »wie Sie vielleicht wissen, war in dem ersten Flugblatt ein Zitat aus den Senatsprotokollen von 1781 zu lesen. Sie haben nach meiner Information in der letzten Zeit Einsicht in diese Akten genommen. Besteht da ein Zusammenhang?«

»Ich kann mir nicht vorstellen, dass ich der Einzige bin, der über die Jahre mit den Senatsakten gearbeitet hat«, antwortete Zimmermann und fügte mit Nachdruck hinzu: »Mit den Flugblättern habe ich nichts zu tun, Herr Kriminalinspektor. Das habe ich Ihnen schon gesagt. Zweifeln Sie an meinem Wort?«

»Wie käme ich dazu, Herr Hauptpastor«, erwiderte Hundt freundlich. »Ich möchte aber mit Herrn Bonafides sprechen, wenn Sie ihn bitte hierherbestellen mögen.«

»Bonafides! Was soll er mit den Flugblättern zu tun haben?«

»Das wollen wir herausfinden.«

Zimmermann verzog keine Miene, als er klingelte. Der Sekretär betrat den Raum und nahm den Auftrag entgegen, Bonafides zu holen, der einige lange Minuten später auch endlich erschien. Der Mann machte auf Hundt einen eingeschüchterten, ja geradezu verängstigten Eindruck. Er schaute zu Boden und wagte nur gelegentlich einen nervösen Blick in Richtung des Hauptpastors.

Hundt kannte Bonafides nur vom Sehen – mit seinem Gehfehler fiel er auf, auch wenn er sich stets im Hintergrund hielt. Der Kriminalinspektor holte ein Blatt Papier aus seiner Tasche und zeigte es Bonafides: »Kennen Sie dieses Flugblatt, Herr Bonafides?«

Der kleine Mann schielte verstohlen auf das Schriftstück und stammelte: »Ich kann nicht lesen, Herr Kriminalinspektor.«

»Ist Ihnen das Zeichen am Ende des Blattes bekannt«?

Bonafides sah sich das Flugblatt nun genauer an und sagte leise: »Nein.« Dabei bekreuzigte er sich und trat einen Schritt zurück, als jage ihm der Kriminalinspektor Angst ein.

Hundt zog die Augenbrauen zusammen und fragte nochmals: »Sind Sie sicher?«

Bonafides schaute ihn zum ersten Mal direkt an, als er antwortete: »Ja, ganz sicher.«

Hundt stand auf und wandte sich dabei an Zimmermann: »Das ist alles, Herr Hauptpastor. Danke für Ihre Hilfe.«

Auf eine unwirsche Geste Zimmermanns hin verließ Bonafides eilig den Raum.

»Warum haben Sie Bonafides sprechen wollen, Herr Kriminalinspektor«, fragte Zimmermann, als Hundt die Bürotür öffnete, um ebenfalls zu gehen.

Er sah dem Pastor fest in die Augen und sagte: »Wir haben einen Hinweis bekommen, Herr Hauptpastor. Reine Routine.«

Vor dem Portal der großen Kirche blieben die beiden Polizeibeamten stehen. Hundt hatte bisher über das Gespräch kein Wort verloren.

Stöter nahm eine Zigarre aus seiner Rocktasche, zündete sie an und fragte beiläufig: »Worüber denkst du nach, Jakob?«

Hundt schüttelte leicht den Kopf und steckte die Hände in seine Manteltaschen. »Weiß du, Julius, vielleicht fange ich an, Zigarren zu rauchen, obwohl Lotte bestimmt dagegen wäre. Zigarren sollen die grauen Zellen ankurbeln, oder?«

Stöter betrachtete seine Zigarre und zuckte die Schultern. »Ich weiß nicht, ob ich das bestätigen kann. Ich rauche sie einfach, nun ja, weil ich sie immer geraucht habe.« Er nahm die Zigarre wieder in den Mund, nahm einen tiefen Zug und blies eine bläuliche Rauchwolke in die Luft.

»Vielleicht ist eine Pfeife doch besser geeignet«, mutmaßte Hundt, als er und Stöter die Portaltreppe hinabstiegen. »Ich denke«, fuhr er nun im gewohnt geschäftsmäßigen Tonfall fort, »dass Bonafides etwas von den Flugblättern weiß. Der Herr Hauptpastor auch. Der Mann hatte Angst, das steht außer Frage. Wovor, weiß ich nicht genau, aber da steckt etwas dahinter. Auch, wie er sich bekreuzigt hat … bemerkenswert. Das sieht man in einer evangelischen Kirche selten.«

»Was machen wir jetzt?«

»Wir werden demnächst noch einmal mit ihm sprechen. Und zwar ohne den Herrn Hauptpastor.«

28
Da lässt sich gut sitzen.

Hamburg, Ostersonntag, d. 28. März 1880

Es war 10:15 Uhr am Morgen des Ostersonntags. Die Straßen der Handelsmetropole waren wie leergefegt. In den über fünfundzwanzig Kirchen der Alt- und Neustadt hatten sich die Frömmler brav versammelt, um des Leidens Christi zu gedenken. Selbst im jüdischen Viertel der Neustadt war es ruhig. Der Klang der vielen Glocken war längst verhallt, als eine einsame Gestalt den Holstenplatz überquerte. Bonafides humpelte wie gewohnt zügig in Richtung des Bahnhofes Sternschanze, der sich zwischen Altona und Hamburg befand, wobei er sich zwischendurch immer wieder umdrehte um sich zu vergewissern, dass ihm niemand folgte. Rechter Hand befanden sich die Begräbnisplätze der Hamburger Kirchen; links erblickte er das große Gebäude der Niederlassung des Zollvereins. Dahinter lag, wie er wusste und jetzt auch riechen konnte, der Viehhof der Stadt. Es dauerte gut fünfzehn Minuten, bis er den Bahnübergang erreicht hatte. Am Morgen eines Feiertags herrschte kein Betrieb. Bonafides wandte sich nach rechts und schaute auf das Gelände des Zoologischen Gartens, auch hier herrschte himmlische Ruhe. In der Ferne ragte der große Eulenberg empor. Hinter ihm in der Karolinenstraße war ebenfalls keine Menschenseele zu sehen. Er überquerte den Bahndamm und betrat den jüdischen Friedhof. Hier hatte die Ruhe eine ganz andere, spürbare Qualität; die Anlage war menschenleer. Die Sonne strahlte durch die nackten, im Wind sanft schaukelnden Zweige der vielen Bäume und entfaltete auf den modrigen Wegen ein Wechselspiel aus Licht und Schatten. Bonafides fand, man könne die Anlage ruhig etwas gründlicher pflegen; hier und dort waren Grabsteine umgestürzt, auch gab es keine erkennbare Anordnung der Steine und die Rasenflächen zwischen den Gräbern waren ungepflegt, fast wirkten sie verwildert. Blumen waren nicht zu sehen, dafür lagen viele kleine Steine auf den Grabsteinen. Der Mann ging zügig ans Werk. Er holte dreizehn kurze Holzstöcke und eine Rolle Plakate aus der Tasche und baute Schilder, die er auf der kompletten Anlage verteilte.

Auf seinem Rückweg zur Michaeliskirche ging Bonafides langsamer. Er war unruhig. Dass er den Morgengottesdienst, ausgerechnet an einem Ostersonntag, verpassen musste, ärgerte ihn. Hauptpastor Zimmermann hatte jedoch darauf bestanden, die Plakate an diesem Ostersonntag auf dem jüdischen Friedhof aufzustellen. Er hatte bereits zweimal auf Befehl des Hauptpastors Flugblätter verteilt, deren Inhalt er nicht kannte. Auf diesem Plakat jedoch war nur das fremdartige Kreuzzeichen zu sehen, und obwohl Bonafides nicht wusste, was es bedeutete, hatte er ein ungutes Gefühl dabei. Das Gespräch mit dem Polizisten hatte ihn zusätzlich beunruhigt. Er hatte gelogen, weil er wusste, dass sein Herr nicht wollte dass er die Wahrheit sagte. Der Gedanke an die Lüge brannte auf seiner Seele und Bonafides bekreuzigte sich rasch.

Hauptpastor Zimmermann war sein Gönner und hatte ihn gerettet. Er war sogar zweimal in seinem Leben gerettet worden, und er wusste, er hatte es Gott zu verdanken. Er war als einfacher Seemann jahrelang in der Welt unterwegs gewesen. Er hatte, so erschien es ihm im Nachhinein, ein sündhaftes Leben geführt und war den Verlockungen des Fleisches und des Mammons häufig erlegen. Einmal war sein Schiff in einen fürchterlichen Sturm geraten und gesunken, die Mehrzahl der Matrosen war ertrunken. Das war eine Strafe Gottes gewesen, Bonafides wusste das inzwischen. Er hatte damals einen ganzen Tag lang an eine Holzplanke geklammert im eisigen Wasser verbracht. Und er hatte gebetet, pausenlos hatte er gebetet. Ein fremdes Schiff hatte ihn in der Nacht aus den Weiten des Meeres gerettet. Sein Bein war seitdem steif, doch er hatte überlebt. Daraufhin hatte er beschlossen, sein Leben Gott zu widmen. Sein steifes Bein erinnerte ihn tagtäglich an sein Gelöbnis. Jeder Schritt kam ihm wie eine Mahnung an sein früheres, sündhaftes Leben vor.

Er war damals nach Hamburg zurückgekehrt, mittel- und obdachlos. Er konnte sich gut daran erinnern, wie er am ersten Morgen, nachdem er in einem Seemannsheim übernachtet hatte, von der Straße Vorsetzen in Richtung Schaarmarkt an den vielen Hafenspelunken vorbeigelaufen war. Er hatte nicht länger das Bedürfnis gehabt, dort einzukehren. Sie hatten ihn nicht mehr gereizt. Es war ein trüber Tag gewesen. Er hatte aufgeschaut und im Nieselregen die Umrisse der großen Michaeliskirche erblickt, in der er noch nie gewesen war. Und plötzlich war ihm gewesen, als höre er aus ihrem Inneren eine Stimme, eine magische Kraft, die ihn anzog. Als er unter dem großen Altarbild der Auferstehung Christi gekniet und gebetet hatte, war ein Pastor gekommen, der ihn aufmerksam gemustert hatte. Wie er später erfuhr, war es Hauptpastor Zimmermann gewesen. So hatte sein Leben als Kirchendiener der Michaeliskirche begonnen.

Bonafides war endlich glücklich gewesen. Er führte die ihm aufgetragenen Arbeiten mit Hingabe aus. Er liebte die Kirche, stundenlang konnte er einfach in einer der Kirchenbänke sitzen und die Atmosphäre des Gotteshauses in sich aufnehmen. Er hatte seine Bestimmung gefunden. Doch allmählich nagte ein hartnäckiger Zweifel an ihm. Warum sollte er diese Flugblätter im Geheimen verteilen? Er spürte auch, dass sich der Pastor verändert hatte. Er war jetzt häufiger als früher ungeduldig und gereizt. Neulich hatte er ein Gespräch mit einem Fremden geführt, einem Mann mit einer schwarzen Tasche, einem feinen Schnurrbart und harten Augen. Der Mann hatte Bonafides Angst gemacht. Den Rest des Tages war Zimmermann mit einer düsteren Miene herumgelaufen. Etwas schien ihn zu beschäftigen, zu dem Bonafides keinen Zugang hatte. Bonafides wünschte, mit diesen neuen Aufgaben nicht mehr betraut zu werden. Ja, er würde um ein seelsorgerisches Gespräch bitten. Aber nicht bei Pastor Zimmermann.

Mosche ging die leere Poolstraße entlang. Am Ostersonntag fand die Judenbörse nicht statt, und er hatte Zeit, nachzudenken. Er war aufgeregt. Er hatte den geheimnisvollen Fremden mit dem Hinkebein bis zum jüdischen Friedhof und zurück zur Michaeliskirche verfolgt und war sich ziemlich sicher, dass der Mann ihn nicht gesehen hatte. Was steckte bloß hinter alledem? Antisemitismus – Mosche hatte inzwischen einiges über diese neue Bewegung gehört. Sie stellte eine Bedrohung für die Juden dar, für seine Familie, seine Freunde, für ihn. Doch Mosche wollte sich nicht einschüchtern lassen. Als er beschloss, das Geheimnis des Kreuzzeichens zu ergründen, verspürte er ein angenehmes Prickeln im Bauch.

»Möchten Sie noch etwas, der Herr?« erkundigte sich der Kellner mit gedämpfter Stimme, als Max Goldschmidt gerade eine Seite des schmalen Bändchens umblätterte, das vor ihm auf dem kleinen, runden Tisch lag. »Bringen Sie mir bitte noch einen Mokka und ein Stück Schokoladenkuchen dazu.«

»Jawohl, der Herr«, entgegnete der Kellner, räumte die leere Mokkatasse ab und verschwand durch die Eingangstür des Alsterpavillons.

Es war ein herrlicher, sonniger Ostersonntag; der Frühling hatte sich nicht nur vor ein paar Tagen im Kalender ordnungsgemäß angemeldet, sondern lag jetzt auch fühlbar in der Luft. Nach dem Kirchgang hatte sich Max von seiner Mutter verabschiedet und einen Spaziergang entlang der Alster unternommen. Nun saß er im Außenbereich des Pavillons, windgeschützt und mit einer Decke über den Beinen. Er hätte von hier aus wunderbar die Flaneure am Jungfernstieg beobachten können, doch stattdessen las er lieber. Er hatte sich für ein Buch von Heinrich Heine entschieden und gerade ein Kapitel mit dem Titel *Da lässt sich gut sitzen* aufgeschlagen. Max schmunzelte, während er die ersten Zeilen las: ›Für Leser denen die Stadt Hamburg nicht bekannt ist – und es gibt deren vielleicht in China und Oberbayern – für diese muss ich bemerken: dass der schönste Spaziergang der Söhne und Töchter Hammonias den rechtmäßigen Namen Jungfernstieg führt.‹ Offenbar, vermutete Max, hatte Heine damals gerade hier im Alsterpavillon gesessen und seine Gedanken niedergeschrieben. Und was hatte er gedacht? ›Was ein junger Mensch zu denken pflegt, nämlich gar nichts, und betrachtete, was ein junger Mensch zu betrachten pflegt, nämlich die jungen Mädchen, die vorübergingen.‹ Max las weiter und erfuhr von Heines Beobachtungen über die Hamburger Frauenwelt anno 1834, von ›holden Wesen in geflügelten Häubchen‹, von «bunten Vierlanderinnen‹, von ›schönen Kaufmannstöchtern, mit deren Liebe man auch so viel bares Geld bekommt‹, von ›Dianen auf der Jagd‹, und laut Heine waren sie ›prächtige Dirnen alle‹.

Der Kellner brachte Mokka und Kuchen; Max war auf den Geschmack gekommen und richtete seinen Blick nun doch auf den Jungfernstieg. Die Töchter Hammonias waren in ihren Feiertagskleidungen in mannigfachen Formen und Ausführungen unterwegs. Während er so verträumt seinen Gedanken nachhing, bemerkte er eine Gestalt in der Menge, die ihm bekannt vorkam. Eine junge Frau mit einem modischen roten Hut ging mit energischen Schritten alleine die Straße entlang. Fast zu seiner eigenen Überraschung sprang er unvermittelt auf und lief auf sie zu.

»Fräulein Svensson …«, sagte er, als er sie eingeholt hatte. Dann wusste er nicht weiter.

Hedda hielt an und lächelte ihn an: »Guten Tag, Herr Goldschmidt. Was gibt es denn?«

»Ich habe Sie eben gesehen und dachte … Na ja, möchten Sie mit mir eine Tasse Kaffee trinken? Ich sitze gerade im Alsterpavillon. Der Kaffee schmeckt besser zu zweit.«

Hedda schaute ihn an. Es war derselbe amüsierte, leicht spöttische Blick wie damals, als er sie in der Villa in Mölln gesehen und nach dem Buch gefragt hatte, das sie bei sich trug. Ihm fiel auf, dass er das erste Mal von einer Frau auf diese Weise angesehen wurde, und das verunsicherte ihn. Doch Hedda hatte Erbarmen und entgegnete nach einer kurzen Pause: »Ja, gerne. Ich komme gerade von der Zeitung. Eine Tasse Kaffee wäre eine gute Idee.«

Die beiden setzten sich gemeinsam an Max' Tisch.

»Was trinken Sie da?«, fragte Hedda und zeigte auf die zierliche, konisch geformte Tasse, die halbvoll mit einer schwarzen Flüssigkeit vor Max stand.

»Das ist Mokka, eine türkische Kaffeeart. Sehr kräftig.«

»Aha. Gut, das probiere ich auch.« Als sie den zweifelnden Blick von Max einfing, setzte sie lachend hinzu: »Haben Sie keine Angst. Ich falle schon nicht um. Ich kann einiges vertragen.«

Max schwieg und betrachtete die Hände der jungen Frau, die ruhig auf dem kleinen, runden Tisch vor ihm lagen. Lange, zierliche Finger. Er betrachtete ihr Gesicht. Offenbar wollte sie die Ruhe und die Sonne genießen, denn sie hatte ihren Kopf in den Nacken gelegt und die Augen geschlossen. Ihre blonden Haare, die unter dem roten Hut hervorguckten, schienen die Sonnenstrahlen geradezu aufzusaugen.

Der Kellner brachte den Mokka. Max riet Hedda, etwas Zucker zu nehmen. Sie nahm den ersten Schluck des starken Gebräus zu sich und verzog das Gesicht. Beide mussten lachen. »Was meinen Sie damit, dass Sie gerade von der Zeitung kommen?«, fragte Max.

»Oh«, sagte sie und stellte die Tasse ab. »Ich habe Ihnen doch neulich in der Gastwirtschaft erzählt, dass ich Artikel für eine neue Beilage des *Correspondenten* schreibe. Die erste Folge soll übermorgen erscheinen. Ich habe Korrektur gelesen. So ein Zeitungshaus ist spannend. Da geht es hektisch zu. Selbst an einem Ostersonntag gibt es Termine.«

Max trank einen Schluck seines Mokkas und sagte in ernstem Ton: »Ihr Vater ist wieder auf freiem Fuß, nicht wahr?«

»Ja, sozusagen … Er wurde freigelassen und ausgewiesen. Er ist jetzt in Schweden. Die Haftzeit hat ihn zermürbt. So eine Ungerechtigkeit, dass man ihn überhaupt verhaftet hat. Ein Verbrechen!«

»Das tut mir leid. Mich hat es auch gewundert. Zumal der Hamburger Kriminalinspektor keineswegs mit der Verhaftung einverstanden war. Nun ruht der Fall, soweit ich weiß. Es gibt offenbar keine Anhaltspunkte, zumindest weiß ich von keinen. Meine Mutter hat den Kriminalinspektor einige Male gesehen, aber sie erzählte mir nur wenig. Vielleicht werden wir nie erfahren, wer meinem Vater das angetan hat«, sagte Max und bemerkte, dass seine Stimme brüchig wurde.

Hedda hörte aufmerksam zu und musterte ihn eingehend, als ob sie etwas in seinem Gesicht oder in seinen Augen ablesen wollte. Dann nickte sie und sagte: »Ich hoffe auch, dass der Fall gelöst wird. Ich denke, es wird noch etwas passieren.«

»Wie meinen Sie das?«

Hedda schüttelte den Kopf und winkte ab. »Ach, nichts weiter.«

Dann lächelte sie ihn an und legte den Kopf etwas schief. »Sind Sie auch ein Raubvogel, Herr Goldschmidt?«, fragte sie.

»Wie bitte?« Max machte ein verdutztes Gesicht.

Jetzt lachte Hedda und Max merkte, wie angenehm er ihr Lachen fand. »Das ist mir nur so rausgerutscht, tut mir leid. Ich bin ein bisschen aufgeregt wegen des Artikels. Nehmen Sie mich heute nicht so ernst.«

Einer plötzlichen Eingebung folgend fragte Max, ob sie einen Spaziergang mit ihm durch den Botanischen Garten machen würde.

Wieder der spöttische, amüsierte Blick und die gleiche Antwort: »Ja, gerne.«

Max winkte den Kellner herbei und bezahlte. Das Paar ging auf den Jungfernstieg zu, und Max bot ihr seinen Arm an. Hedda hakte sich wortlos ein.

Sie liefen schweigend vom Jungfernstieg zum Gänsemarkt. Auf dem Markt stand schon der Sockel für das künftige Lessing-Denkmal. Sie hielten kurz an. Hedda betrachtete das unfertige Bauwerk und sagte: »Meinen Sie, dass Lessing ein solches Denkmal überhaupt hätte haben wollen? Ich habe letzte Woche in der Stadtbibliothek ein Gedicht von ihm gelesen, *Ich* hieß es, und er sagt darin, die Meinung der Nachwelt interessiere ihn nicht, entscheidend sei allein: ›Weiß ich nur, wer ich bin‹. … Eine Feststellung oder eine Herausforderung?«

»Das sind sonderbare Gedanken«, antwortete Max und fügte hinzu: »Wie können wir jemals wirklich wissen wir, wer wir sind?«

»Hm«, brummte Hedda und setzte ihren Gedankengang unbeirrt fort: »Vielleicht ist aber der Streit um das Denkmal ganz in seinem Sinne. Lessing liebte den öffentlichen Streit.«

»Ich hatte fast vergessen, wie gut Sie sich mit Lessing auskennen«, sagte er in einem neckischen Ton.

»Nun, dann ist es Ihnen jetzt sicher wieder eingefallen«, entgegnete sie ernst.

Sie liefen weiter die Dammtorstraße entlang und erreichten bald das Stadttheater. Hedda fand, dies wäre eine gute Gelegenheit, Max über seine Arbeit auszufragen.

»Es macht mir viel Spaß«, begann er seinen Bericht, den er auf ihrem Weg zum Botanischen Garten fortsetzte. Er erzählte von den Proben, von der Arbeit hinter den Kulissen und von Theaterleuten und ihren Besonderheiten. »Einmal durfte ich sogar als Komparse auf der Bühne mitwirken. Es ist schon ein merkwürdiges Gefühl, dort auf den Brettern zu stehen und in den Zuschauerraum zu blicken«, schwärmte Max und Hedda merkte, wie glücklich es ihn machte, vom Theater zu erzählen.

»Es hört sich spannend an«, bestätigte Hedda. »Wollen Sie sich nicht ganz dem Theater widmen?«

»Ich weiß es noch nicht. Manchmal habe ich das Gefühl, dass ich in einem Schwebezustand lebe. Möglichkeiten gibt es viele, aber was ist wirklich?«

Hedda schaute ihn wieder amüsiert an. Dann sagte sie: »Ich habe einen Bekannten, der ein Schauspiel schreibt. Es soll im Wettbewerb für ein aktuelles Theaterstück im Sinne Lessings eingereicht werden. Vielleicht werden Sie damit zu tun haben.«

»Wirklich? Wie heißt es?«

»Nathans Tod.«

»Ein trauriger Titel.«

»Wir erleben traurige Zeiten.«

Hinter der Esplanade spazierten Hedda und Max in den Botanischen Garten, der 1821 auf dem Gelände der ehemaligen Wallanlage gegründet worden war und sich in den vergangenen fünfzig Jahren zu einer beliebten Grünanlage in Hamburg entwickelt hatte. Das Paar reihte sich in die zahlreichen Besucher ein, die den Frühlingstag in ihren Feiertagstrachten genossen. Trotz der vielen Leute fühlte sich Max seltsam allein, oder besser gesagt, er fühlte sich mit der jungen Frau am Arm zusammen allein. Die Geschäftigkeit, das Gedrängel und die Gesprächsfetzen der anderen Besucher nahm er kaum zur

Kenntnis. Er schaute zu Hedda, die die farbenfrohen Blumenbeete betrachtete und mit ihren Gedanken beschäftigt zu sein schien. Sie hatte so rätselhafte Augen, dachte er bei sich und konnte den Blick kaum von ihr abwenden. Der Weg schlängelte sich durch eine prächtige Reihe von Bäumen, an deren auf den ersten Blick noch nackten Zweigen schon kleine Knospen sichtbar wurden. Die Baumkronen bewegten sich im Wind leicht hin und her. Unter den Bäumen breitete sich ein weißer Anemonenteppich aus.

Vom Botanischen Garten aus gingen sie über den Eingang Tiergartenstraße in den Zoologischen Garten, der sich entlang der Bahntrasse der Verbindungsbahn zwischen Hamburg und Altona auf etwa vierzehn Hektar erstreckte. Am Sonntag kostete der Eintritt dreißig Pfennige, die Max für beide mit einer gespielt gönnerhaften Miene entrichtete. 1863 eröffnet, erfreute sich der Tiergarten einer großen Beliebtheit bei den Hamburgern. Max hatte den Zoo einige Male besucht, aber heute freute er sich besonders darauf. Auf dem Gämsenberg, einer künstlichen Hügellandschaft, auf deren Anhöhe eine Ruine stand und die an die Alpen erinnerte, kletterten Gämsen und Steinböcke; unweit davon befand sich das Gehege mit dem Elefanten Anton, der, obwohl ein Neuling im Zoo, sich bereits zu einer Hauptattraktion entwickelt hatte. Das Paar blieb vor dem Zaun stehen und beobachtete die neugierigen Menschen, die sich dem Dickhäuter zugewandt hatten. Der Elefant schien die Aufmerksamkeit zu genießen, denn er wedelte mit dem Rüssel und trompetete laut, zum großen Vergnügen der vielen Kinder.

Als das Paar den großen Teich erreichte, zeigte Max auf den Eulenberg, der wie eine mittelalterliche Ruine hinter der Wasserfläche auf einem kleinen Hügel emporragte. Er war das Wahrzeichen des Zoos und über seine Grenzen hinaus sichtbar. Im Garten des großen Gesellschaftsgebäudes am Teich saßen zahlreiche Menschen und genossen den freien Tag. Hedda und Max spazierten zum Meerwasseraquarium, einer Besonderheit des Zoos, und betrachteten die eleganten Meeresbewohner, die dank der innovativen Konstruktion mit einem einfallenden Oberlicht gut zu sehen waren.

»Wissen Sie, Herr Goldschmidt«, sagte Hedda, als sie schließlich vor der Trasse der Verbindungsbahn standen, die den Zoo umrundete, »es ist schon bemerkenswert, dass die Menschen so gerne fremde Tierarten aus aller Welt bewundern, aber häufig Probleme damit haben, fremde Menschen aus aller Welt bei sich zu dulden.«

»Vielleicht sollte man die Fremden erst einmal in Gehegen einsperren, damit sich die Einheimischen daran gewöhnen können«, entgegnete Max und lachte über seinen kleinen Witz.

Hedda schaute ihn unverwandt an und entgegnete nüchtern: »Vielleicht kommt das noch.« Max schämte sich sofort für seine unüberlegte Bemerkung.

Auf der anderen Seite des Bahndamms hörten sie aufgeregte Stimmen und sahen einige Polizisten eilig umherlaufen. Das Paar überquerte die Gleise und stand vor dem Eingang des jüdischen Begräbnisplatzes. Jemand rief »Grabschändung!« und Stimmengewirr wurde laut. Die beiden traten durch das Tor und sahen sofort das Plakat. Max begriff nicht, was vor sich ging. »Was hat das zu bedeuten?«, fragte er und starrte auf das Kreuzsymbol. Hedda stand schweigend neben ihm. »Das gleiche Zeichen wie auf den Flugblättern. Was ist in unserer Stadt bloß los?« Hedda sagte immer noch nichts, sondern schaute mit versteinertem Gesichtsausdruck auf das Plakat. Dann drehte sie sich plötzlich um und lief durch das Tor hinaus. Max musste sich beeilen, um mit ihr Schritt zu halten.

»Ich muss nach Hause, Herr Goldschmidt, bitte entschuldigen Sie.«

»Wo wohnen Sie? Ich begleite Sie«, erwiderte Max etwas zaghaft.

Endlich blieb sie stehen und schaute ihn an. Diesmal war ihr Blick nicht offen und sympathisch, sondern hart und ernst: »Gut, wenn Sie mögen. Ich wohne bei meiner Tante in der Wexstraße.«

Sie liefen an den christlichen Begräbnisplätzen entlang zurück zur Neustadt. Hedda hatte sich diesmal nicht bei ihm eingehakt; sie schien mit ihren Gedanken weit weg zu sein. Er fragte sich, wie der Vorfall so eine Wirkung auf sie haben konnte und überlegte sich, wie er die Leichtigkeit des Osterspazierganges wieder herbeizaubern konnte. Als sie die Ecke ABC-Straße und Caffamacherreihe erreichten, sah Max ein ihm bekanntes Gebäude, den Conventgarten. Ihm kam eine Idee. »Fräulein Svensson«, sagte er, »darf ich Sie fragen, ob Sie mit mir tanzen gehen möchten? Kennen Sie den Conventgarten?« Er zeigte auf das Gebäude.

Max freute sich, als er sah wie ihr Gesicht sich aufhellte. »Ich habe davon gehört, ich war aber noch nicht da«, erwiderte sie. Dann stellte sie ihm eine Frage, mit der Max nicht gerechnet hatte, und die zu stellen sie offensichtlich einige Überwindung kostete: »Und was ist mit Mademoiselle Wolff?«

»Nun«, sagte Max zögerlich, »sie ist eine Bekannte.«

Hedda schmunzelte. »Ich habe auch Bekannte.«

Max verstummte, dann musste er plötzlich lauthals lachen. »Dann ist es abgemacht. Ich hole Sie am kommenden Samstag um 6 Uhr abends ab.«

Sie verabschiedeten sich mit einem Händedruck vor dem Haus in der Wexstraße. Hedda öffnete die Tür und erschrak, als eine Katze an ihr vorbei durch den Türspalt schoss. Hedda merkte erst jetzt, wie die Ereignisse des Tages ihr zugesetzt hatten. Wieder schoss ihr das unheimliche Kreuz in den Kopf. Sollte sie mit Max darüber sprechen? Es hatte auch mit ihm, mit dem Mord an seinem Vater zu tun. Aber: Konnte sie ihm trauen? Die Vorfreude über ihre erste Veröffentlichung hatte sich verflüchtigt.

Tante Louise saß in ihrem Stuhl beim Fenster, als Hedda die Wohnung betrat und machte einen nachdenklichen Eindruck. »Da bist du ja, Hedda« sagte sie knapp.

Hedda fühlte sich verpflichtet, ihre Verspätung zu erklären. »Auf dem Weg vom Zeitungshaus zurück habe ich einen jungen Mann getroffen … die Korrektur habe ich natürlich erledigt … Er hat mich zum Kaffee und danach zu einem Spaziergang eingeladen. Es war ein herrlicher Tag.«

Ihre Tante musterte sie eingehend. »Hat dieser junge Mann denn auch einen Namen?«, fragte sie spitz und Hedda fühlte, wie sie rot wurde. Ein wenig aus Verlegenheit, aber auch vor Wut. »Er heißt Max Goldschmidt. Ich kenne ihn aus dem Theater.«

»Goldschmidt«, wiederholte Tante Louise langsam. »Der Name kommt mir bekannt vor. Der Mordfall in Mölln mit Hermann Goldschmidt? Gibt es eine Verbindung?«

»Ja, er ist der Sohn. Ich habe ihn auch in Mölln getroffen, allerdings nur flüchtig.« Hedda hielt kurz inne, bevor sie fortfuhr: »Er hat mich für Sonnabend zum Tanzen im Conventgarten eingeladen. Ich möchte gerne hingehen.«

»Darüber sprechen wir noch«, erwiderte Louise ungewöhnlich scharf. »Etwas anderes macht mir Sorgen. Darüber müssen wir miteinander reden. Setz dich.« Hedda legte ihre Jacke ab und nahm am Tisch Platz. Sie war eigentlich nicht in der Verfassung für ein ernstes Gespräch; die Veröffentlichung, das Treffen mit Max, der Vorfall auf dem Friedhof – und nun auch noch das ungewöhnliche Verhalten ihrer Tante. »Weiß ich nur, wer ich bin«, wiederholte sie in Gedanken die Gedichtzeile von Lessing, um sich zu fokussieren, doch es wollte ihr nicht recht gelingen.

Ihre Tante machte wirklich einen sehr ernsten Eindruck, als sie endlich zu sprechen begann: »Ich war heute nach dem Kirchgang bei Miss Sara. Die Gastwirtschaft hatte zwar zu, aber wir mussten etwas besprechen. In ihrer Stube hängen Zeichnungen von mir, sie sollen ausgetauscht werden. Du hast sie bestimmt gesehen, so oft wie du dort bist, nicht wahr Hedda?« Es gelang Hedda zu nicken, doch anschauen konnte sie ihre Tante nicht. »Miss Sara sagte mir nebenbei, dass du dich häufig mit einem älteren Juden, einem Lumpensammler, triffst und ausgedehnte Gespräche führst. Das hat mich überrascht, davon hast du mir nie etwas erzählt. Als dein Vormund sehe ich mich verpflichtet, der Sache nachzugehen. Wer ist dieser Lumpensammler? Warum triffst du dich mit ihm?«

Hedda beschloss, die Wahrheit zu sagen. Vielleicht nicht die ganze Wahrheit, aber zumindest den Teil, den sie preisgeben konnte, um ihre Tante zu beruhigen. »Es ist eine etwas komplizierte Geschichte«, begann sie. »Er nennt sich Alexander Daveson und wohnt im Haus von Nordheim in der Poolstraße. In Wirklichkeit heißt er aber Friedrich Sprewitz und ist Advokat in Mölln. Er hat Vater vertreten. Wir unterhalten uns über Bücher.«

»Bücher also«, wiederholte Louise skeptisch. »Es gibt in deiner kleinen Sammlung ein Pamphlet von Recha Mendelssohn, das du von diesem Sprewitz bekommen hast. Zumindest hast du mir das erzählt. Sprewitz hat Recha Mendelssohn gut gekannt, das hast du mir auch erzählt. Warum ist dieser Sprewitz hier in Hamburg, noch dazu unter einem falschen Namen. Versteckt er sich vor jemandem?«

Hedda schaute wieder auf, als sie wahrheitsgemäß antwortete »In Mölln hatte der Staatsanwalt Rohdantz ihn beschuldigt, mich verführt zu haben. Daran war und ist nichts Wahres. Advokat Sprewitz verbrachte drei Tage in einer Arrestzelle, bevor er freigelassen wurde, mit der Auflage, Mölln nicht zu verlassen. Er ist trotzdem fortgegangen.«

»Das beantwortet meine Frage nicht. Was sucht er hier?«

»Er sucht die Wahrheit über Recha Mendelssohn.« Jetzt war es raus. Hedda versteifte sich in Erwartung der Reaktion ihrer Tante.

»Die Antwort habe ich befürchtet. Und was hast du damit zu tun?« Hedda schwieg. »Ich kann mir deine Antwort vorstellen. Du willst ihm helfen, du witterst eine Geschichte. Recha Mendelssohn fasziniert dich, wie sie damals viele junge Menschen faszinierte.« Hedda wollte etwas erwidern, doch Louise kam ihr zuvor: »Das sind alte Geschichten. Es ist besser, sie nicht wieder aufzufrischen. Es könnte sogar gefährlich sein.«

Hedda hörte niedergeschlagen zu, als ihre Tante ausführte, dass sie den Lumpensammler künftig nicht mehr treffen solle. »Ich denke nur an deine Sicherheit«, bemerkte Tante Louise. Hedda nickte und bat darum, sich am Dienstag ein letztes Mal mit ihm treffen zu dürfen, denn sie wollte ihm ihre erste Veröffentlichung zeigen. Tante Louise gab der Bitte etwas zögerlich nach.

»Und nun zu deiner Einladung in den Conventgarten«, sagte sie in einem etwas freundlicheren Ton. »Ich habe nichts dagegen, im Gegenteil. Ich finde es gut, wenn du mehr unter Leute kommst. Der junge Goldschmidt gehört aber zur Hamburger Oberschicht … Du musst aufpassen.« Louise bemerkte den trotzigen Gesichtsausdruck ihrer Nichte. »Na ja«, lenkte sie ein, »da brauche ich mir ja keine Sorgen zu machen. Wann holt er dich ab?«

»Am Samstag um sechs Uhr abends.«

»Gut«, sagte Louise. »Nun müssen wir überlegen, was du anziehen wirst.«

29
Ein Gespräch und eine Flucht

Hamburg, Montag, d. 29. März 1880

Eine Wolke schob sich gerade vor die Sonne, als Jakob Hundt durch das Eingangsportal des Stadthauses trat. Die kühle Morgenluft fühlte sich noch kälter an und Hundt knöpfte vorsichtshalber auch den obersten Knopf seines Gehrockes zu. Er kam gerade von einer Unterredung mit seinem Vorgesetzten, Polizeirat von Clausewitz. Hundt atmete tief ein und ging ungewohnt bedächtig in Richtung Admiralitätsstraße. Der Polizeirat war äußerst alarmiert gewesen. Schon die Flugblätter mit dem seltsamen Symbol stellten eine Provokation für das Selbstverständnis des weltoffenen Hamburgs dar. Die Kaufmannschaft hatte sie als Ärgernis empfunden, aber nicht wirklich ernst genommen. Ein paar gedruckte Blätter Papier – was konnten sie schon bewirken? Die Kaufleute wollten einfach ihre Ruhe haben. Die dreizehn Plakate auf dem jüdischen Friedhof bedeuteten aber eine neue Eskalation. Wer auch dahintersteckte, war von Worten zu Taten übergegangen. Die Plakate stellten eine Gefahr für die öffentliche Sicherheit und Ordnung dar. Die Vorstände der jüdischen Gemeinden waren bereits am frühen Morgen bei Polizeisenator Rapp und Polizeirat von Clausewitz gewesen und hatten Gegenmaßnahmen gefordert. Dem Spuk musste ein Ende bereitet werden. Dafür benötigte die Polizei aber Hinweise auf einen Täter.

Hundt hatte von seinen Ermittlungen berichtet und seinen mutigen Verdacht geäußert, dass Hauptpastor Johann Jörg Zimmermann mit der Sache etwas zu tun haben könnte. Von Clausewitz hatte ungläubig den Kopf geschüttelt, das konnte er sich beileibe nicht vorstellen. »Ein Hamburger Hauptpastor! In so eine Sache verwickelt?«, hatte er geblafft. Daraufhin hatte Hundt ausführlicher über den Fortgang der Antisemitismus-Bewegung im Reich referiert und über den Synagogenbrand in Grevesmühlen, bei dem das Kreuzsymbol erstmals aufgetaucht war. Die Bewegung sei ernster zu nehmen als viele es dachten, so lautete Hundts Fazit. Von Clausewitz hatte nun noch besorgter gewirkt und angeordnet, die Ermittlungen unverzüglich zu intensivieren. Er und Polizeisenator Rapp hatten am Nachmittag ein weiteres Treffen mit den Vorständen der jüdischen Gemeinden; sie wollten konkrete Ergebnisse vorlegen. Hundt hatte sich daraufhin vorgenommen, ein weiteres Gespräch mit Bonafides zu führen.

Als er die Kirche betrat, war niemand dort außer einer älteren Frau, die in einer Seitenkapelle vor einem Gemälde kniete und betete. Hundt wollte sich gerade eigenständig auf die Suche nach Bonafides machen, als jemand durch den Seitengang des Kirchenschiffes auf ihn zukam. Es war der Pastor, der ihn und Stöter zu Hauptpastor Zimmermann geführt hatte, ein junger, bartloser Mann mit blauen Augen und weichen Gesichtszügen.

Hundt trat auf ihn zu: »Guten Tag, Herr Pastor. Sie erinnern sich an mich. Ich bin Kriminalinspektor Hundt und habe Sie vor einigen Tagen nach Hauptpastor Zimmermann gefragt.«

»Ja«, sagte der Mann unsicher, »ich erinnere mich. Wollen Sie wieder zu Herrn Hauptpastor Zimmermann?«

»Nein, diesmal nicht. Ich möchte Herrn Bonafides sprechen.«

Dieses Anliegen schien den Mann noch mehr zu beunruhigen. »Bonafides ist nicht da. Ich habe ihn heute noch nicht gesehen.«

Hundt runzelte die Stirn: »Nicht da? Woher wissen Sie das so genau? Wann haben Sie ihn zuletzt gesehen?«

»Gestern am frühen Abend«, erwiderte der Pastor und fuhr eilig fort: »Er wirkte sehr verstört. Ich habe mit ihm ein seelsorgerisches Gespräch geführt.«

»Wo ist denn seine Schlafstätte? Ich möchte sie gerne sehen«, entgegnete Hundt.

»Ich muss Herrn Hauptpastor Zimmermann informieren«, sagte der Pastor und wandte sich zum Gehen.

»Nein, auf keinen Fall«, entfuhr es Hundt, und er merkte, dass er eine Grenze überschritten hatte. »Führen Sie mich einfach hin. Ich habe keine Zeit zu verlieren.«

Der Mann blickte den Kriminalinspektor wachsam an. Er schien wieder auf ein Zeichen von oben zu warten, doch schließlich seufzte er und deutete Hundt an, ihm zu folgen.

Der Pastor öffnete die Tür zu einem kleinen Verlies, das sich außen an der Seitenmauer der Kirche befand. Hundt trat ein und betrachtete den kleinen Raum. Ein Bett, ein kleiner hölzerner Tisch mit einem Stuhl, eine Truhe und eine offene Feuerstelle, neben der auf einem kleinen Regal Kochtöpfe und Geschirr standen. Alles bescheiden, aber sauber, ordentlich und unpersönlich. Das Bett machte nicht den Eindruck, als ob jemand darin geschlafen hätte.

Hundt ging auf die Truhe zu und machte sie auf. Sie war leer. Er schaute sich im Raum nach einer Lederumhängetasche um. Es war keine da. Er fragte den Pastor: »Bleibt Herr Bonafides häufig über Nacht weg?«

»Nein«, stotterte dieser, »eigentlich nicht, glaube ich. Aber ich weiß es nicht so genau. Bonafides ist nur dem Hauptpastor über sein Kommen und Gehen Rechenschaft schuldig. Normalerweise habe ich wenig mit ihm zu tun.«

»Haben Sie nicht schon vorher solche seelsorgerischen Gespräche mit Bonafides geführt?«

»Nein, gestern war das erste Mal. Bonafides wirkte auf mich sehr mitgenommen. Er brauchte Trost und Hilfe.«

»Und?« setzte Hund nach.

»Herr Kriminalinspektor«, erwiderte der Pastor, zum ersten Mal mit einer festen Stimme, »Sie wissen, dass diese Gespräche streng vertraulich sind. Ich darf und werde Ihnen nichts darüber sagen.«

Hundt nickte und sagte: »Dann muss ich mir meinen Teil eben denken. Auf Wiedersehen, Herr Pastor, und geben Sie bitte meine Grüße weiter an Herrn Hauptpastor Zimmermann.«

Julius Stöter hatte weitere Zeugen vernommen, und es schien keinen Zweifel zu geben: Alle hatten ausgesagt, die hinkende Gestalt mit der Umhängetasche in der Karolinenstraße gesehen zu haben. Für Stöter war inzwischen klar, wer die Flugblätter und die Plakate verteilt hatte. Was steckte aber dahinter? Natürlich war Bonafides nur ein Handlanger. Stöter schaute auf, als er vor der Tür Schritte hörte. Gleich darauf betrat Kriminalinspektor Hundt das Büro.

»Tag, Jakob«, sagte Stöter und preschte vor: »Ich glaube, wir haben unseren Mann. Für mich besteht kein Zweifel, dass Bonafides das Zeug verteilt hat. Es gibt Zeugen.«

»Ein Schritt nach vorne, zwei Schritte zurück«, erwiderte Hundt resigniert. »Bonafides ist verschwunden.« Er erzählte Stöter von seinem Besuch in der Michaeliskirche. »Wir müssen unsere Leute verstärkt einsetzen, um Bonafides zu finden. Herr von Clausewitz gibt diesem Fall höchste Priorität. Ich muss auch gleich Bericht erstatten. Der Herr Polizeirat wird nicht begeistert sein. Der Senat wird sich mit Herrn Hauptpastor Zimmermann befassen müssen.«

»Noch eine Sache Jakob, die vielleicht von Bedeutung ist. Ein Zeuge hat ausgesagt, dass er einen Jungen gesehen habe, der Bonafides gefolgt zu sein schien.«

Hundt schüttelte den Kopf: »Julius, dieser Fall wird immer verworrener. Im Verborgenen bewegt sich viel zu viel.« Er holte eine der schwarzen Kladden aus dem Schreibtisch.

30
Eine Hochschule für das weibliche Geschlecht

Hamburg, Dienstag, d. 30. März 1880

Doktor Meyer Isler trat aus seiner Wohnung am Speersort heraus und ging die wenigen Schritte zu seinem Dienstort, der Stadtbibliothek, die sich schräg gegenüber befand. Das Frühlingswetter war stabil, die Morgensonne lag hinter ihm, und als er durch die Kolonnaden schritt, die den Innenhof von der Straße trennten, warf er einen langen Schatten, der wie ein Pfeil in den Innenhofgarten hineinragte. Der Eingang der Stadtbibliothek befand sich im hinteren Teil des u-förmigen Gebäudekomplexes. Isler nahm den Pfad, der quer durch den Hof führte und betrachtete vergnügt die vielen Frühlingsblumen, die in kunstvoll angelegten Beeten am Wegesrand blühten. Vor einem Narzissenbeet hielt er kurz an und betrachtete es versonnen. Die leuchtend gelben Blüten bewegten sich anmutig im Wind und strahlten etwas fast Poetisches aus; Homers Erzählung über den Raub der Persephone kam ihm in den Sinn, in der die Götter die schöne Narzisse als Falle für das Mädchen eingesetzt hatten. Er freute sich, dass das Akademische Gymnasium, insbesondere die Schüler der Botanik, seit einigen Jahren die Pflege des Innenhofs übernommen hatte. Als er weiterschritt bemerkte er einige Löwenzähne, die sich zwischen dem Weg und den Beeten behauptet hatten. So hübsch wie die Narzissen waren sie nicht, dachte er, aber dafür widerstandsfähig und hartnäckig.

Als Meyer Isler den Empfangsraum der Bibliothek betrat, es war 9:30 Uhr, erhob sich sein Sekretär und nahm ihm wie üblich Hut, Mantel und Stock ab. Der Bibliotheksdirektor spürte, dass etwas in der Luft lag. Sein Sekretär wirkte seltsam beschwingt, als ob er eine unerwartete, fröhliche Nachricht verbreiten wollte. Bevor Isler sich danach erkundigen konnte, verkündete dieser ihm auch schon, dass er eine deutliche Zunahme der Besucherzahl unter den Gymnasiasten erwarte. Die Begründung für diese ungewöhnliche Prophezeiung amüsierte Meyer Isler: In den letzten Wochen habe häufig eine junge Frau als Benutzerin im Lesesaal Platz genommen. Unter den jungen Männern hätte sich dies herumgesprochen.

»Das ist in der Tat ungewöhnlich«, sagte Meyer Isler. »Nicht, dass die jungen Männer um die jungen Damen herumschwirren, sondern dass eine junge Dame in der Bibliothek liest. Und was liest sie?«

»Bisher hat sie überwiegend Werke von Lessing bestellt.«

»Lessing! Na, das ist schon etwas.«

»Und sie hat nach einer Schriftstellerin gefragt … nach einer Recha Mendelssohn. Von ihr haben wir kein Werk im Bestand. Ich habe den Namen noch nie gehört.« Der Sekretär stockte, als er die Wirkung des Namens auf den Direktor bemerkte.

»Recha Mendelssohn?«, fragte Meyer Isler und zog eine Augenbraue hoch. »Wie kommt eine junge Frau heute auf diesen Namen?« Der Sekretär sah, wie sich Falten in der hohen Stirn seines Vorgesetzten bildeten. Meyer Isler schien mit seinen Gedanken plötzlich abzuschweifen. »Bitten Sie doch die junge Dame bei nächster Gelegenheit, mir einmal einen kurzen Besuch abzustatten.« Mit diesen Worten verschwand er in seinem Büro.

Es war eigentlich nur ein kurzer Weg bis zum Zeughausmarkt, dem Standort der Israelitischen Stiftungsschule, aber seine Beine schienen sich zu weigern, diese Richtung einzuschlagen. Alexander Daveson war auf dem Weg zu einem Treffen mit Schuldirektor Doktor Anton Rée. Mosche hatte ihm von seinem Gespräch mit dem Direktor erzählt, und Daveson sah sich gezwungen, der Bitte des Direktors nachzukommen. Mosche war misstrauisch geworden. Er hatte ihn gefragt, was es mit seinem Namen auf sich hatte. Der Lumpensammler hatte ausweichend geantwortet und Rées Reaktion auf eine Verwechslung geschoben. Mosche hatte ihm nicht ganz geglaubt, und es tat Daveson leid, den Jungen nicht ins Vertrauen ziehen zu können. Im Nachhinein war es wohl ein Fehler gewesen, diesen Namen ausgewählt zu haben. Er verband ihn mit Recha und das hatte ihm gefallen. Aber auch andere Menschen konnten diese Verbindung herstellen. Er dachte dabei an Hauptpastor Zimmermann. Die Vergangenheit heraufzubeschwören konnte ungeahnte Folgen haben. Er hatte dennoch beschlossen, Doktor Anton Rée zu besuchen. Er erhoffte sich, weitere Informationen über Recha Mendelssohns Arbeit in Hamburg zu erhalten.

Der Schuldirektor hatte gerade eine Freistunde, begrüßte seinen Besucher freundlich und begleitete ihn zu seinem Büro. Daveson merkte, wie Rée ihn neugierig musterte. Die beiden hatten sich damals in Hamburg nicht getroffen. Daveson war ohnehin während der Revolutionstage nur ein paar Mal in der Großstadt gewesen, er kannte jedoch den Namen Anton Rée und auch, wofür er stand. Recha hatte von ihm erzählt.

Rée gehörte zu den führenden Verfechtern der jüdischen Emanzipation in Hamburg und war ein enger Weggefährte von Gabriel Riesser gewesen. Er wurde 1848 in die Hamburger Konstituante gewählt, welche die Hamburger Verfassung im Sinne der Revolution reformieren sollte. Vergeblich, wie Daveson wusste. Als Schulleiter hatte er die Israelitische Stiftungsschule in eine konfessionsübergreifende Realschule umgewandelt. Die Schule genoss einen ausgezeichneten Ruf. Von Mosche wusste Daveson, dass Rée ein beliebter Lehrer war, der seine Schüler zu begeistern wusste. Er gehörte zu den wenigen seiner Zunft, welche die Prügelstrafe ablehnten.

»Der Spaziergang mit Mosche durch Hamburg war ein kluger pädagogischer Einfall«, eröffnete Rée das Gespräch. Die beiden Männer saßen im Büro des Schuldirektors, auf dem Tisch stand eine Kanne frisch aufgebrühter Tee.

Daveson nahm einen Schluck der heißen Flüssigkeit und dachte dabei, dass sie ziemlich fade schmeckte. »Mosche ist ein aufgeweckter Junge«, entgegnete er.

Es entstand eine Pause, und Daveson wusste, dass Rée gleich mit dem wahren Grund für seine Einladung herausrücken würde. »Sie heißen in Wirklichkeit nicht Alexander Daveson, nicht wahr? Sie haben die Revolution erlebt, und ich vermute, dass Sie Recha Mendelssohn kannten.« Rée taxierte seinen Besucher unverhohlen, als könne er die Antwort so aus ihm herausholen. Doch Daveson machte keine Anstalten, zu antworten. Rée fuhr fort: »Das Gespräch mit Mosche hat in mir Erinnerungen wachgerufen. Heute scheint es uns, als wäre die Revolution eine Ewigkeit her. Sie ist jedoch ein Teil unserer Biografie, und wahrlich kein schlechter Teil. Sie hatte Hoffnungen geweckt, und ich finde, diese sollten nicht in Vergessenheit geraten.« Daveson schwieg immer noch. »Sie trauen mir nicht, Herr Daveson. Das ist vielleicht verständlich. Ich erzähle Ihnen eine Geschichte, sozusagen als eine vertrauensbildende Maßnahme.« Rée hielt inne und sah, wie sich sein Zuhörer langsam zurücklehnte. Trotz seiner gelassenen Haltung ging von ihm eine eigentümliche Spannung aus. »Es war Juli 1849. Wir, also unsere revolutionäre Versammlung, hatten seit dem Sommer 1848 regelmäßig im Gebäude der Patriotischen Gesellschaft getagt, um eine neue Verfassung für Hamburg zu erstellen. Für mich und andere Demokraten ging es darum, gleiche politische und bürgerliche Rechte für alle Hamburger in der Verfassung zu verankern, ungeachtet ihrer Konfession oder ihres bürgerlichen Standes. Diese Auffassung war aber strittig, und wir verhandelten in zähen Runden, um eine Lösung zu finden. Im Juli 1849 hatten wir endlich einen Entwurf fertiggestellt, der dem Senat vorgelegt wurde. Die politischen Ereignisse holten uns aber ein. Es gab erhebliche Widerstände gegen unseren Entwurf im Senat; der erste Schwung der Revolution war ohnehin verpufft. Mitte August erschien ein preußisches Bataillon in der Stadt. Viele fürchteten, dass die Reformbestrebungen gewaltsam niedergeschlagen werden sollten, wie es auch an weiteren Orten im Reich schon geschehen war. Es formierte sich Widerstand. Mit dabei war Recha Mendelssohn.«

Rée machte eine Pause, als wolle er sich und Daveson einen Moment der Kontemplation gönnen. Daveson zeigte weiterhin keine Reaktion und Rée fuhr fort: »Barrikaden wurden errichtet, es kam zu Krawallen. Für die Gegner der Revolution«, er stach mit dem Zeigefinger in die Luft, »und es gab davon viele, nicht nur in Preußen, sondern auch in der Hamburger Oberschicht, lieferte der Aufstand den Vorwand für den Einmarsch eines ganzen preußischen Korps, gut achttausend Mann, das die Stadt besetzte. Damit war die Revolution faktisch zu Ende, obwohl wir noch bis 1850 weiter tagten. Recha Mendelssohn wurde festgenommen und als eine Rädelsführerin der Unruhen der Stadt verwiesen.«

»Ja«, sagte Daveson plötzlich, »sie kam zu mir nach Lauenburg.«

Rée nickte: »Ich habe mir das fast gedacht. Sie sind Advokat Friedrich Sprewitz. Von Ihnen hat Recha Mendelssohn erzählt. Ich habe Fräulein Mendelssohn über Gabriel Riesser kennengelernt. Er war, wie viele von uns, von ihrem scharfen Verstand und ihrer Entschlossenheit sehr beeindruckt. Ich für meinen Teil habe mich, das weiß ich heute … fast in sie verliebt«, Rée hielt kurz inne und musterte seinen Gesprächspartner, der wissend lächelte. »Das sollte ich Ihnen vielleicht nicht verraten, Herr Daveson. Oder soll ich Sie Herr Sprewitz nennen?«

Das Gesicht des Lumpensammlers entspannte sich weiter, die tiefen Falten um die Augen glätteten sich etwas. Unter seinem vollen Schnurrbart zeigte sich jetzt der Anflug eines echten Lachens.

»Sagen Sie einfach Daveson, Herr Direktor. Ich habe mich daran gewöhnt«, erwiderte er und schaute zum Fenster. Die Anspannung kehrte augenblicklich zurück. »Recha blieb bis zum Sommer 1850 bei mir. Sie ging nach Hamburg zurück, weil sie glaubte, sie müsse ihren Kampf fortsetzen. Ich habe sie nie wieder gesehen. Anfang September fuhr ich nach Hamburg …«, er stockte.

»Die Einzelheiten kenne ich«, sagte Rée leise. »Ich habe ihren Bruder Joseph gekannt und er hat mir darüber berichtet. Für Sie ein schweres Los, da bin ich mir sicher.« Er schaute seinen Besucher an: »Was machen Sie jetzt in Hamburg?«

»Eine alte Schuld begleichen.«

Rée schwieg und schenkte wieder eine Tasse Tee ein. Daveson nahm pflichtgemäß einen Schluck und fragte: »Wissen Sie, woran Recha gearbeitet hat, nachdem sie wieder in Hamburg war?«

»Ich habe sie nicht so häufig gesehen«, entgegnete Rée. »Ich wurde inzwischen Direktor dieser Schule und hatte sehr viel zu tun. Einmal war ich aber zu Besuch bei ihrem Bruder Joseph. Sie teilten sich eine gemeinsame Wohnung in der Theaterstraße. Sie erzählte mir, dass sie keine Barrikaden mehr auf der Straße errichten wollte, sondern vielmehr in der Studierstube und in den Köpfen der Menschen. Sie wirkte wie immer unerschrocken. Sie wollte ein Buch über das Leben der Frauen in Hamburg schreiben. Eine Art Reportage, denke ich. Von ganz oben bis ganz unten. Selbst mit Prostituierten wollte sie sprechen.«

Um 2:30 Uhr am Nachmittag saß Doktor Meyer Isler wieder am Schreibtisch. Er pflegte sein Mittagessen zuhause einzunehmen, und heute hatte er währenddessen mit seiner Frau Emma über Recha Mendelssohn gesprochen. Beide Frauen hatten damals während der Revolution am Projekt zur Gründung einer Hochschule für das weibliche Geschlecht in Hamburg mitgewirkt. Seine Frau hatte Recha im Rahmen des Projekts kennengelernt. Die Mendelssohn hätte, so sagte seine Frau, eine bestechende Ausstrahlung gehabt. Dieser Auffassung stimmte der Bibliotheksdirektor zu, der sich gut an eine Rede von ihr über die Gleichstellung in der Gesellschaft erinnern konnte. Dass eine Frau so reden konnte! Die allgemeine Erinnerung an Recha Mendelssohn wie auch an die Revolution selbst war jedoch über die Jahre verblasst und inzwischen fast erloschen. Dass es einst eine Hochschule für das weibliche Geschlecht in der Stadt gegeben hatte, wusste kein Mensch mehr. Das Kapitel Revolution war abgeschlossen. Es gab ein neues Deutsches Reich, dem die meisten Menschen begeistert zujubelten. Und nun interessierte sich auf einmal eine junge Frau für Recha Mendelssohn. Was steckte dahinter?

Meyer Isler wurde durch ein Klopfen an der Tür aus seinen Gedanken gerissen.

»Bitte, herein!« Das musste Hedda Svensson sein, dachte Meyer Isler und strich seine Frisur zurecht.

Sein Sekretär erschien und ließ eine junge Frau eintreten. Als er die adrette Frisur seines Vorgesetzten bemerkte, konnte er sich ein zweideutiges Grinsen nicht verkneifen und verschwand schnell aus der Tür.

»Guten Tag, Fräulein Svensson. Nehmen Sie bitte Platz. Danke, dass Sie gekommen sind. Ich habe erfahren, dass Sie häufig bei uns sind, um zu lesen, und das hat meine Neugier geweckt.«

»Guten Tag, Herr Direktor. Schön ist es bei Ihnen im Lesesaal«, entgegnete die junge Frau und zeigte ein freundliches Lächeln. »Ich lerne gerade Lessing kennen. Wissen Sie, ich möchte Schriftstellerin werden.«

»Ein ungewöhnliches Ziel für ein Frauenzimmer«, sagte Meyer Isler mit einem Augenzwinkern. Er nahm seine Brille ab und fuhr mit ernster Stimme fort: »Eines hat meine Neugier insbesondere geweckt. Sie sollen nach einer Schriftstellerin namens Recha Mendelssohn gefragt haben. Wie kommen Sie darauf?«

»Haben Sie sie gekannt, Herr Direktor? Ein Bekannter von ihr hat mir ein Pamphlet über die Frau und die Revolution gegeben, das mich sehr beeindruckt hat. Ich möchte mehr über sie erfahren.«

»Von einem Bekannten?«, fragte Meyer Isler ungläubig.

»Er liest viel und hat mir schon einige Bücher geliehen. Er kannte Recha Mendelssohn sehr gut. Damals während der Revolution«, antwortete Hedda und fügte hinter vorgehaltener Hand hinzu: »Er ist ein bisschen seltsam.«

»Menschen, die Bücher lieben, sind immer ein bisschen seltsam«, sagte der Bibliotheksdirektor. Er setzte seine Brille wieder auf, erhob sich und öffnete einen Schrank, der neben seinem Schreibtisch stand. Nach einigem geschäftigen Herumwühlen holte er eine dünne Mappe hervor. Er entnahm ihr ein Pamphlet im Quartformat und legte es auf den Tisch. »Die Bibliothek besitzt keine Schriften von Fräulein Mendelssohn. Dieses Schriftstück stammt jedoch aus meiner eigenen Sammlung. Sie hat es im Sommer 1848 veröffentlicht. Es hat auch mit Lessing zu tun«, sagte Meyer Isler und überreichte Hedda die Schrift.

Sie schaute auf das Titelblatt: *Alexander Daveson – oder die Suche nach Utopia.* »Alexander Daveson!« entfuhr es ihr und Meyer Isler sah deutlich die Überraschung in ihrem Gesicht.

»Ja«, erwiderte Meyer Isler. »Kennen Sie etwa seine Geschichte? Daveson wurde wegen Betruges in Braunschweig inhaftiert. Lessing war von seiner Unschuld überzeugt, besuchte ihn im Gefängnis, kämpfte für seine Freilassung und nahm ihn schließlich bei sich in Wolfenbüttel auf. Im Dezember 1780 empfahl er Daveson in einem Brief ausdrücklich seinem Freund Moses Mendelssohn. Es sollte der letzte Brief von Lessing an seinen alten Weggefährten sein. Daveson überbrachte den Brief persönlich nach Berlin. In seinem gewohnten hintersinnigen Stil hatte Lessing Mendelssohn in dem Brief gebeten, Daveson das europäische Land vorzuschlagen, in dem es weder Christen noch Juden gab. Lessing wollte ihm dann dorthin folgen.«

Meyer Isler beobachtete die junge Frau, die gebannt auf das Pamphlet schaute. Sie überflog das Briefzitat von Lessing und las dann die ersten Sätze von Recha Mendelssohn laut vor:

»Gotthold Ephraim Lessing hat am Ende seines Lebens den Freund Alexander Daveson auf die Suche geschickt – nach einem Lande, wo es weder Christen noch Juden gibt. Wir können auch Muslime hinzufügen. Wer sollte in einem solchen Lande denn wohnen? Wohl Menschen, und zwar solche, die ›das Gute tun, weil es das Gute ist‹ und nicht weil es von Gesetzen, Lehrsätzen oder einem Glauben befohlen wird. Moral ohne Gebote und Zwänge – ohne Gott und ohne Kirchen. Ein Utopia? Was sind Utopien? Vorweggenommene Wahrheiten. Wozu brauchen wir Utopien? Sie sind wie die Schönheit, sie machen das Leben lebenswert.«

Sie schaute wieder auf. Ihre grün-blauen Augen hatten einen besonderen Schimmer angenommen. »Jetzt verstehe ich«, sagte sie. »Alexander Daveson.«

»Das Pamphlet kam nach der Revolution auf die schwarze Liste, verständlicherweise. Ein Bibliothekar verbrennt aber keine Schriften.«

Hedda stierte wie gebannt auf das Flugblatt. »Herr Bibliotheksdirektor, was bedeutet Utopia?«, fragte sie aufgeregt.

Die Augen des Bibliotheksdirektors blitzten auf, er sah plötzlich jünger aus. Offenbar freute er sich, den Lehrmeister spielen zu dürfen. »Das Wort kommt aus dem Griechischen und bedeutet so viel wie Nirgendwo. Im übertragenen Sinne deutet es auf einen Wunschtraum, eine Zukunftsvision einer besseren, einer gerechteren Gesellschaft, in der die Menschen in Frieden miteinander leben.«

»Ja«, erwiderte Hedda eifrig. »So etwas habe ich mir gedacht. Der Text ist wunderbar geschrieben! ›Das Gute tun, weil es das Gute ist‹, herrlich!«

Meyer Isler schmunzelte: »Dieser Ausspruch ist typisch für Lessing, listig und nachdenklich. Er stammt übrigens aus seiner Schrift *Die Erziehung des Menschengeschlechts.*«

Der Direktor betrachtete die junge Frau. Hübsch war sie, sicherlich. Aber da war noch etwas anderes an ihr, das seine Neugier weckte. Sie hatte einen wachen Kopf. »Fräulein Svensson«, sagte er, »Meine Frau möchte Sie auch gerne kennenlernen. Haben Sie Zeit, ihr einen kurzen Besuch abzustatten? Wir wohnen direkt gegenüber.«

Hedda wusste, dass sie im Begriff war, sich viel weiter vorzuwagen, als es vielleicht vernünftig gewesen wäre; doch ihre Neugierde war geweckt, also willigte sie ein.

Emma Isler musterte Hedda über ihre Brille hinweg eingehend. Die Ehefrau des Bibliotheksdirektors war eine kleine, pummelige Frau Mitte sechzig. Ihre grauen, lockigen Haare hatte sie unter einer schwarzen Haube mit einer weißen Spitzenborte verborgen. Sie trug eine kleine, runde Brille, wohl eine Lesebrille, denn sie saß ganz vorn auf ihrer Nasenspitze. Auf Hedda wirkte sie mütterlich, gemütlich und vertrauenserweckend. Ihre lebhaften Augen zeugten jedoch von einem wachsamen Geist, dem die Ironie nicht fremd war.

Sie saßen zu zweit in einer kleinen Stube und tranken Tee; Doktor Meyer Isler war wieder zu seinem Arbeitsplatz zurückgekehrt. Die Stube war voller Bücher; sie schien Hedda eher wie eine Außenstelle der Bibliothek als ein privater Wohnraum.

»Sie interessieren sich also für Recha Mendelssohn«, sagte Emma Isler nachdenklich, während sie den beiden Tee aus einer bauchigen

Kanne einschenkte. Hedda entschied sich, ganz von vorne anzufangen und erzählte von ihrem Umzug nach Hamburg und von ihrem Traum, Schriftstellerin zu werden. Als sie erwähnte, dass heute in einer Beilage des *Correspondenten* eine Erzählung von ihr zu einer Zeichnung von einer Pankokenkapelle erschienen war, nickte Emma Isler anerkennend. »Ich habe den Beitrag bereits gelesen«, bemerkte sie fröhlich. »Tanzende Worte haben Sie da geschrieben.« Hedda fühlte sich geschmeichelt und zum ersten Mal ernst genommen.

»Sie wollen einen hohen Berg erklimmen, junge Frau. Sie wissen, wie es scheint, einiges über Recha Mendelssohn. Sie hatte den Berg erklommen … und dann leider ein so entsetzliches Ende gefunden. Der Weg, den Sie eingeschlagen haben, ist kein leichter.« Sie hielt inne und schaute Hedda eindringlich an. »Was wissen Sie über die Emanzipation der Hamburger Frauenwelt?«

Hedda musste zugeben, dass sie darüber so gut wie nichts wusste.

»Ich lebe seit fast fünfzig Jahren in unserer Stadt. Es hat sich vieles verändert, aber in einem Punkt leider nicht genug. Wir Frauen werden nach wie vor nicht als selbständige Bürgerinnen, sondern als Menschen zweiter Klasse behandelt. Der Traum der '48er Revolution nach Gleichberechtigung ist nicht in Erfüllung gegangen. Damals bildete sich eine Gruppe junger Frauen, sowohl Christinnen als auch Jüdinnen, die über verschiedene Projekte diskutierte. Wir wollten uns durch Bildung emanzipieren. Sagt Ihnen der Name Johanna Goldschmidt etwas?« Hedda musste erneut ihr Unwissen eingestehen. Emma Isler schien sich zu freuen, ihre Ausführungen fortsetzen zu können. »Sie war die Ehefrau eines Hamburger Kaufmanns, die sich sehr für pädagogische Fragestellungen interessierte. 1847 veröffentlichte sie ein Buch. Einen Moment, ich hole es.« Emma Isler stand auf, griff zielstrebig einen Band aus dem riesigen Bücherregal und reichte es Hedda. »*Rebekka und Amalia. Briefwechsel zwischen einer Israelitin und einer Adeligen über Zeit- und Lebensfragen*« las Hedda laut vor. »Das Buch ist ein Roman in Briefform, damals ein beliebtes literarisches Genre. Wissen Sie, wie wichtig das Lesen für uns Frauen ist? Vor allem in Romanen kann man die ganze Welt erkunden, nicht nur die Welt entdecken und das Äußere der Menschen erkunden, man kann auch ihr Seelenleben kennenlernen. Aber nun schweife ich ab!«, ermahnte sie sich selbst und setzte sich wieder an den Tisch. »Wir trafen uns im Hause von Johanna Goldschmidt und gründeten einen Verein, den Frauenbildungsverein, der alle zwei Wochen tagte. Vorträge bildeten den Mittelpunkt der Zusammenkünfte. Wir nahmen uns vor, die ästhetische Halbbildung zu verlassen und uns der Disziplin des Verstandes zu unterwerfen. Bald kam der Gedanke auf, eine Hochschule für das weibliche Geschlecht zu gründen.« Emma Isler machte eine Pause und schenkte den beiden Tee nach. Sie wirkte auf Hedda noch lebhafter als zu Beginn ihrer Unterredung, als flammte die längst verdrängte Euphorie der Revolution wieder in ihr auf. »Und dann stieß Recha Mendelssohn zu uns. Wissen Sie Hedda, sie war anders als wir. Wir waren alle Ehefrauen von Kaufleuten oder Akademikern, sie war allein und selbstständig. Sie eröffnete uns eine völlig andere, neue Gedankenwelt. Anfänglich waren wir begeistert, sie hatte eine Ausstrahlung, die uns faszinierte.« Emma Islers Blick verklärte sich, und auf einmal kam sie Hedda traurig vor, oder war es doch nur Melancholie, die sie ergriff im Angesicht der alten Zeiten? »Bald gab es aber Probleme. Recha Mendelssohn wollte zu viel, und sie wollte es zu schnell.« Emma Isler hielt wieder inne und starrte in ihre Teetasse. »Johanna Goldschmidt kannte einen Schüler des Bildungsreformers Pestalozzi, Friedrich Fröbel, der damals wegen seiner Erziehungsschriften sehr bekannt war. Mit ihm und nach seinen Vorstellungen sollte die neue Hochschule gegründet werden, und zwar mit dem Ziel, Erzieherinnen für die Kinder mittelloser Familien auszubilden. Das war einigen von uns aber zu wenig. Insbesondere hatte Recha Mendelssohn eine ganz andere Vorstellung von den Aufgaben einer Hochschule für Frauen. Ich erinnere mich an eine Sitzung, bei der sie und Herr Fröbel sehr dezidiert ihre unterschiedlichen Positionen vertraten. Friedrich Fröbel war ein bekannter, arrivierter Herr, gut dreißig Jahre älter als Recha Mendelssohn. Sie war ihm aber intellektuell überlegen und das ließ sie ihn spüren. Sie konnte mit einer Härte argumentieren, die einen das Fürchten lehrte. Herr Fröbel versuchte, ihre Argumente mit seinem

Chauvinismus zu überspielen. Es gelang ihm aber nicht. Ich weiß noch, wie ich mich damals amüsiert habe.« Ein leises Lächeln huschte über ihr Gesicht.

»Was ist aus dem Plan geworden? Eine Hochschule für das weibliche Geschlecht gibt es in Hamburg nicht«, sagte Hedda.

»Nun, die politischen Ereignisse holten uns im Sommer 1849 ein. Die Revolution hatte ihren ersten Schwung verloren, und im August marschierten preußische Truppen in die Stadt ein. Recha Mendelssohn wurde festgenommen und der Stadt verwiesen. Die Hintergründe kenne ich nicht. Unsere Hochschule wurde 1850 dennoch gegründet, zwei Jahre später aber schon wieder geschlossen.«

»Warum?«, fragte Hedda vorsichtig. Sie spürte, dass dies eine schwere Niederlage für Emma Isler gewesen sein musste.

Emma Isler seufzte: »Das Konzept passte nicht mehr in die Zeit. Man hat uns vorgeworfen, mit der Demokratie und dem Atheismus zu sympathisieren. Eine reine Verleumdung. Die alten Herren waren wieder an der Macht. Und sie sind es heute noch.«

Beide Frauen schwiegen. Hedda schaute Emma Isler an, die abwesend aus dem Fenster schaute, und versuchte, die neuen Informationen in ihr Bild von Recha Mendelssohn einzufügen. »Wie sah sie aus?«, fragte Hedda plötzlich.

Ohne ihren Blick vom Fenster abzuwenden, erwiderte Emma Isler: »Auffallend waren ihre langen schwarzen, lockigen Haare, die sie offen und ohne Kopfbedeckung trug. Das war natürlich eigentlich unerhört! Sie hatte lebhafte, dunkle Augen, eine große, jüdische Nase, ja, so muss man sie wohl beschreiben, eine hohe Stirn und volle Lippen. Sie trug fast immer schwarz. Sie soll manchmal Pantalons in der Öffentlichkeit getragen und geraucht haben, das habe ich aber selbst nie gesehen. Sie war relativ schmal von Statur, wirkte aber größer, als sie eigentlich war.« Emma Isler hielt kurz inne und richtete ihren Blick wieder auf Hedda. »Als ich von ihrem Mord erfuhr, habe ich fürchterlich geweint. Sie war eine bemerkenswerte Person.« Es entstand wieder eine Gesprächspause, bis Emma Isler sagte: »Es würde mich sehr freuen, Fräulein Svensson, wenn Sie mich gelegentlich besuchen würden.« Dann hielt sie Heddas Hand für einen langen Moment fest gedrückt. »Und … was Ihren Traum vom Schreiben betrifft: Geben Sie nicht auf.«

Hedda Svensson saß in einem Lokal am Großneumarkt und nippte an einem Glas Bier. Sie hatte sich mit Herrn Daveson verabredet. Ob dieses Treffen, wie ihre Tante es befohlen hatte, wirklich das letzte sein sollte, wusste sie nicht. Man könnte auch korrespondieren, ohne sich zu treffen, überlegte sie. Sie wollte ihre Tante nur ungern hintergehen, die es ja sicherlich nur gut meinte. Doch selbst wenn die Suche nach der Wahrheit Gefahren bergen sollte: Hedda wusste, sie konnte und wollte nicht mehr zurück. Zu sehr hatten sich die Ereignisse der letzten Monate mit ihrem Leben verwoben, zu wichtig und groß war dieses Geheimnis geworden. Manchen Gefahren musste man sich stellen, war es nicht so?

Um auf andere Gedanken zu kommen, schlug sie ihr Exemplar der heutigen Beilage zum *Correspondenten* auf der Seite mit ihrer ersten Erzählung auf. Über die Zeichnung ihrer Tante las sie zum wiederholten Mal die große Überschrift: »Bacchus auf dem Großneumarkt.« Ihr Text stand in vier säuberlichen Zeitungskolumnen unter dem Bild. Am Ende des Artikels stand in einer kleineren Schrift ihr Name. Hedda lächelte. Doch ihre Freude verflog, als Emma Islers Worte ihr wieder durch den Kopf schossen: ›Der Weg, den Sie eingeschlagen haben, ist kein leichter.‹ Und: ›Geben Sie nicht auf.‹

Was die Geschichte hinter Sprewitz' Pseudonym betraf, die ihr im Übrigen sehr gefiel, konnte Hedda zumindest behaupten, dass sie jetzt verstand, weshalb er diesen Namen gewählt hatte. Sie holte das Exemplar des Pamphlets aus ihrer Tasche hervor, das ihr der Bibliotheksdirektor ausgeliehen hatte und begann zu lesen. Sie war so vertieft in die Lektüre, dass sie Daveson erst bemerkte, als er sich neben sie an den Tisch setzte. »Du siehst gut aus, wenn du liest«, sagte er und stellte sein Bierglas auf den Tisch. »Weißt du noch, wie ich dich bei unserem ersten Treffen gefragt habe, ob du überhaupt lesen kannst? Das war wirklich eine ziemlich unverschämte Frage, aber du hast sie überzeugend beantwortet.«

Hedda lachte. »Utopia«, sagte sie verschmitzt und schob das Pamphlet zu ihm herüber.

Daveson las den Titel und fragte nun im ernsten Ton: »Wo hast du das denn her?«

Hedda erzählte von ihrem Treffen mit Bibliotheksdirektor Doktor Meyer Isler und dessen Frau Emma. Daveson hörte schweigend zu und trank zwischendurch einen Schluck Bier. Als sie fertig war, sagte er: »Eine Hochschule für das weibliche Geschlecht. Ja, ich erinnere mich daran. Die Revolution hatte viele solch zarter Pflänzchen hervorgebracht. Leider sind die meisten inzwischen verwelkt und vergessen. Sie hatten einfach zu wenig Sonne.« Als er fortfuhr, konnte Hedda dieselbe Melancholie in seinem Blick erkennen wie in dem von Emma Isler: »Utopien sind wie die Schönheit. Ja, ja. Selbst mit meinen sechzig Jahren, weiß ich, dass sie lebensnotwendig sind. Wir dürfen nicht aufhören, den Felsblock den Berg hinaufzuwälzen.« Hedda sah ihn fragend an. Daveson schien erheitert. »Eine Anspielung auf den Mythos des Sisyphos, der von den Göttern dazu verdammt wurde, auf ewig einen Felsblock einen Berg hinaufzurollen, der jedes Mal, wenn er den Gipfel fast erreicht hat, wieder herunterrollte. Weißt du, dass Sisyphos in den Augen der Götter als Schlitzohr und Frevler angesehen wurde, der sie zu hintergehen trachtete? Daher die harte Strafe. Wie du siehst, kann es gefährlich sein, die Mächtigen foppen zu wollen.«

Davesons Blick fiel auf das Pamphlet und seine Miene wurde wieder ernst. »Das Gute tun, weil es das Gute ist« murmelte er und sah sie nachdenklich an. »Was meinst du, Hedda? Gibt es Menschen, die das Böse tun, weil es das Böse ist?«

Hedda fand diesen Gedanken unheimlich. »Ja«, erwiderte sie leise. »Ich glaube, solche Menschen gibt es.«

Sie schwiegen eine Weile, dann fiel Hedda der eigentliche Grund ihres Treffens wieder ein. »Ich muss Ihnen leider noch etwas anderes sagen.« Sie senkte den Blick und erzählte von ihrem Gespräch mit Tante Louise. »Ich möchte aber nicht aufgeben«, schloss sie energisch und war selbst erschrocken darüber, wie laut sie geworden war.

Daveson schien ebenfalls erschrocken, mehr jedoch über den Entschluss ihrer Tante als über Heddas Aufbegehren. »Ja«, sagte er, »deine Tante mag Recht haben. Unsere Suche kann gefährlich werden. Wir haben es immerhin mit einem Mörder zu tun, oder vielleicht sogar mit zweien. Ich frage mich allerdings, ob es zwischen dem Mord an Goldschmidt und der Wahrheit über Recha Mendelssohn eine Verbindung gibt. Ich habe auch einen Verdacht, bin aber nicht sicher, was ich tun soll. Diese Antisemitismus-Bewegung und das sonderbare Kreuz bieten möglicherweise den Schlüssel zur Aufklärung. Du solltest mir das Stück zurückgeben Hedda. Halte dich an die Worte deiner Tante.« Daveson zögerte, doch er hatte einen Entschluss gefasst. »Ich möchte nicht, dass du dich in Gefahr begibst.«

Hedda spürte, wie schwer es ihm fiel, ihr diesen Weg vorzuschlagen. Anders als er zögerte sie nicht. »Nein«, sagte sie entschieden und sah ihm fest in die Augen. »Es ist zu spät. Ich will wissen, was passiert ist. Nein, Nein! Ich will es wissen!« Hedda war von ihrem Stuhl aufgesprungen und blickte nun auf ihn herab, was ihr plötzlich sehr grotesk vorkam. Doch dann sah sie, wie er lächelte, und bevor sie sichs versah, musste auch sie lachen. Nachdem sie beide noch ein Bier bestellt hatten, berichtete Hedda von ihrem unheimlichen Gefühl, dass sie jemand beschattet hätte. »Es war nur ein Gefühl. Aber langsam glaube ich, dass es wirklich so war. Wenn das stimmt, kann ich sowieso nicht mehr raus aus der Sache.«

Daveson sah jetzt sehr besorgt aus, ihre Vermutung überraschte ihn offenbar nicht. »Ich denke, bald passiert etwas. Ich habe gelesen, dass Ernst Henrici Anfang April bei einer Kundgebung in Hamburg reden wird. Das ist dieser antisemitische Radau-Demagoge, der gleiche Mann, der damals in Grevesmühlen gehetzt hat, bevor die Synagoge dort durch Brandstiftung zerstört wurde.«

»Wie können wir in Verbindung bleiben?«, fragte sie.

»Wie es aussieht, müssen wir wohl einen eigenen Geheimbund aus zwei Leuten gründen«, sagte er mit einem gezwungenen Lächeln.

»Wo können wir uns aber treffen?«

»Ich habe eine Idee. Ich werde es dich rechtzeitig wissen lassen.« Hedda nickte, jedoch beschlich sie dabei ein schlechtes Gewissen; sie müsste ihre Tante hintergehen.

Sie richtete sich auf. Sie wollte endlich zu ihrem Hauptanliegen kommen, über das sie sich diebisch freute, und holte ein Exemplar des *Correspondenten* aus der Tasche und bemerkte, mit einer gewissen Genugtuung, dass Daveson sie beobachtete und dabei leicht verunsichert wirkte. Sollten sie etwa zum ersten Mal die Rollen getauscht haben – und sie könnte ihm etwas erklären? Sie schaute auf die leeren Biergläser und sagte: »Die Gläser sind schon wieder leer. Ich gebe eine Runde aus.«

»Hedda, du überraschst mich immer wieder. O tempore, o mores. Nun geben junge Frauen Runden für alte Herren aus!«

»Mir egal, ob sich das ziemt. Ich habe etwas zu feiern.«

Sie holte zwei Bier vom Tresen und stellte sie feierlich auf den Tisch. Sie bemerkte, dass Daveson nicht das Glas, sondern die Zeitung in Augenschein nahm. Sie öffnete die Beilage zu ihrem Artikel, schob sie über den Tisch und rief: »Wohlsein!«

Daveson stieß mit ihr an und führte das Glas zum Mund, hielt jedoch mitten in der Bewegung inne. Seine Augen waren auf die Zeitungsseite geheftet. Seine Lippen bewegten sich lautlos. Langsam stellte er das Glas wieder auf den Tisch. Sein Gesicht war leer, die Augen glasig. Er griff über den Tisch nach Heddas Hand. Er hatte sie noch nie zuvor berührt, und Hedda erstarrte für eine Sekunde. »Glückwunsch, Hedda«, sagte er leise. »Glückwunsch.«

»Danke«, erwiderte sie fast flüsternd. Dann zeigte sie ihr verschmitztes Lächeln: »Nächste Woche erscheint in der Reihe ein besonderer Artikel.« Er schaute sie fragend an, und sie erzählte ihm von der nächsten Zeichnung und was sie darüber geschrieben hatte.

»Jetzt gibt es wirklich keinen Weg zurück«, sagte er.

31
Es gibt doch Beweise.

Hamburg, Donnerstag, d. 1. April 1880

Der April kündigte sich kalt, trübe und ungemütlich an. Die sonnigen Frühlingstage der letzten zwei Wochen erwiesen sich als meteorologische Chimäre. Über Hamburg hing eine Wolkendecke, die Regen oder vielleicht sogar Schnee verhieß; ein scharfer Wind wehte durch die Straßen und Gassen der Stadt.

An seinem Schreibtisch im Gebäude der Patriotischen Gesellschaft wartete Senator Rapp auf die Ankunft seiner ersten Verabredung an diesem Morgen, Polizeirat von Clausewitz. Wenigstens bei der Polizei sollte es doch noch pünktlich zugehen, dachte er gerade verärgert, als die schwere Bürotür sich öffnete und Clausewitz eintrat.

»Guten Tag, Herr Polizeirat. Wir haben ernste Angelegenheiten zu besprechen. Nehmen Sie bitte Platz« eröffnete Rapp ohne Umschweife, und Clausewitz folgte der Aufforderung, wobei er seine Aktentasche fest umklammert hielt, als beherberge sie die Büchse der Pandora. Rapp nahm seine runde, randlose Lesebrille ab und fuhr sich mit der linken Hand durch seinen beachtlichen Vollbart. Seine Augen wirkten konzentriert, weder freundlich noch unfreundlich. »Der Senat ist gewillt, gegen diese antisemitischen Umtriebe hart vorzugehen. Die Zeitungen«, Rapp tippte mit seinem Zeigefinger auf eine Zeitung, die aufgeschlagen auf seinem Schreibtisch lag, »sind voll der Empörung über diese Schändung des jüdischen Begräbnisplatzes, von den jüdischen Gemeinden ganz zu schweigen. Wie weit ist die Kriminalpolizei inzwischen mit der Ermittlungsarbeit vorangekommen?«

Von Clausewitz räusperte sich und öffnete seine Aktentasche: »Es gibt Hinweise, die auf die Michaeliskirche oder deren Umfeld deuten.« Während der Polizeirat von der Ermittlungsarbeit durch die Kriminalinspektion berichtete, nickte Rapp immer wieder nachdenklich. »Hauptpastor Zimmermann leugnet jede Beteiligung an den Aktionen und der Kirchendiener Bonafides ist offenbar untergetaucht, was ihn natürlich noch verdächtiger macht«, schloss von Clausewitz seinen Bericht.

Rapp stand auf und ging ein paar Schritte zum Fenster, aus dem er auf das Bleichenfleet hinausschaute. Ein Schneeregen fiel unerbittlich vom Himmel, und der Wind hatte deutlich zugenommen. »Ich werde Herrn Hauptpastor Zimmermann umgehend zu einer Unterredung zitieren, bei der auch Herr Bürgermeister Doktor Kirchenpauer zugegen sein soll. Hauptpastor Zimmermann ist für seine streng orthodoxen Ansichten wohl bekannt. Ein Freund des Lessing-Denkmals und der Juden ist er nicht, wie man seinen Stellungnahmen in Zeitungen entnehmen kann.« Rapp hielt kurz inne und kraulte wieder seinen Bart. »Der Herr Hauptpastor ist bereits dreißig Jahre an der Michaeliskirche tätig. Vielleicht ist es an der Zeit, dass er über eine Pensionierung nachdenkt.« Er ging wieder zu seinem Schreibtisch. »Berichten Sie mir bitte, Herr Polizeirat, sobald Sie etwas über diesen Bonafides erfahren.«

»Selbstverständlich, Herr Senator«, erwiderte von Clausewitz.

»Der Senat hat außerdem beschlossen, die Genehmigung für die vorgesehene Kundgebung der Sozialen Arbeiterpartei, die am 9. April im Deutschen Haus mit diesem Berliner Lehrer Doktor Ernst Henrici stattfinden soll, zu verbieten. Sie würde die Stimmung in der Stadt unnötig anheizen. Die jüdischen Gemeinden bestehen darauf. Aus Sicht des Senats stellt die Kundgebung eine Gefahr für die öffentliche Sicherheit und Ordnung dar.«

»Ich werde die entsprechenden Schritte einleiten«, entgegnete von Clausewitz, sichtlich einverstanden mit der Anordnung.

»Wir haben noch eine zweite Sache zu besprechen«, sagte Rapp. »Der Bauskandal in der Neustadt.« Er nahm eine Akte auf, die vor ihm auf dem Tisch gelegen hatte, und setzte sich seine Brille wieder auf. »Sie haben bereits in Ihrem Bericht die Ermittlungsergebnisse erläutert. Ein Mitarbeiter der Baukommission hat nach eingehendem Verhör zugegeben, die Pläne für eine Brücke beim Stadthaus und für die Durchbruchstraße bis zum Holstenplatz frühzeitig an die Gebrüder Gierling verkauft zu haben. Die Sache ist jetzt eindeutig. Schmiergelder, Korruption, Vorteilsnahme.« Rapp hielt kurz inne und schüttelte den Kopf. Von Clausewitz hörte aufmerksam zu. »Der Senat will die Angelegenheit so geräuschlos wie möglich abschließen. Es soll keine Debatten in der Bürgerschaft geben. Das Brücken- und Straßenbauprojekt wird auf ungewisse Zeit vertagt. Der entsprechende Mitarbeiter ist bereits fristlos entlassen worden. Er ist dem dringenden Vorschlag des Senats nachgekommen, die Stadt umgehend zu verlassen. Mit Herrn Doktor Gierling als Vorstand des Baukonsortiums hat der Senat bereits eine interne Vereinbarung getroffen. Einen Gerichtsprozess oder gar eine Anklage wird es nicht geben. Herr Doktor Gierling wird einen beträchtlichen Betrag in den Baufonds für das neue Gericht entrichten und im Gegenzug werden keine weiteren Maßnahmen gegen ihn oder andere Beteiligte des Konsortiums in die Wege geleitet. Damit ist der Fall abgeschlossen.« Er schaute auf und fuhr fort: »Sie und Ihre Behörde haben gute Arbeit geleistet, Herr Polizeirat.«

Von Clausewitz verzog sein Gesicht zu einem verschwörerischen Grinsen und entblößte dabei eine für sein Alter tadellose obere Zahnreihe. »Eine kluge Entscheidung des Senats, wirklich, außerordentlich klug. Die Spielregeln in unserer Hansestadt müssen eingehalten werden.«

»Kommt Zeit, kommt Rat, Herr Doktor Carl«, sagte Rechtsanwalt Doktor Alfons Gierling. Beide Männer saßen im Büro des Rechtsanwalts im Gebäude der Gebrüder Gierling am Gänsemarkt, rauchten Zigarren und schauten zwischendurch auf diverse Papiere, die auf dem Schreibtisch ausgebreitet lagen. Gierling hatte seinem Besucher über das Gespräch und die Übereinkunft mit Senator Rapp berichtet. »Wir haben eine Runde verloren, aber das Spiel ist noch nicht zu Ende. Ich betrachte die Strafzahlung an den Senat als einen Teil der nötigen Investition«, bemerkte er zum Schluss.

Bankier Doktor Carl hatte eine Zusammenstellung der gekauften Grundstücke, deren gegenwärtigen Marktwert sowie der laufenden Renditen durch Mieteinnahmen erstellt. Die vom Konsortium gegründete Wohnungsbaugesellschaft hatte eine enorme Investition getätigt, um die Grundstücke zu erwerben. Sie warfen zwar Mieteinnahmen ab, jedoch bei weitem nicht in ausreichender Höhe, um eventuelle Hypotheken der Anteilseigner zu bedienen. Die beiden Männer begutachteten die Namen der Investoren. Ein Name fiel auf: Freiherr Klaus von Schossin, der bei der Hamburger Hypothekenbank einen hohen Kredit aufgenommen hatte. Doktor Carl kannte das Darlehen gut, denn er hatte es mit dem Freiherrn ausgehandelt. Als Sicherheit diente das Rittergut Gresse.

»Die neue Lage wird den Freiherrn in ernste Schwierigkeiten bringen«, vermutete Doktor Carl. »Er wird die monatliche Belastung für das Darlehen durch die Rendite aus der Wohnungsbaugesellschaft nicht decken können und neues Geld aufnehmen müssen, um nicht seine Sicherheit zu verlieren. Ein Teufelskreis.«

»Es scheint«, sagte Doktor Carl, »dass Herr von Schossin nicht genau weiß, worauf er sich eingelassen hat. Ich habe ihm das Risiko solcher Geschäfte bei den Darlehnsverhandlungen auseinandergesetzt, er schien es aber nicht verstehen zu wollen. Ich befürchte, er wird uns Probleme bereiten.«

»Soll er versuchen«, entgegnete Doktor Gierling, straffte seinen Rücken und legte die Hände flach auf den Tisch. »Es wird ihm nichts bringen. Wir können die Uhr nicht zurückdrehen. Jeder ist für sich selbst in diesem harten Geschäft verantwortlich, wie Sie und ich wissen. Die Zeitungen werden sicherlich noch über den Fall berichten. Er ist Politiker und muss sich im Klaren darüber sein, was für ihn auf dem Spiel steht, wenn sein Name in einen öffentlichen Skandal verwickelt wird.« Ein Grinsen breitete sich über das Gesicht des Rechtsanwalts aus, das bis zu seinen sehenswerten Kotletten reichte. »Wir haben aber andere Probleme«, fuhr er nüchtern fort und zeigte auf ein Blatt Papier, das auf dem Schreibtisch lag. »Ich sehe, dass Sie einen Vorschlag entwickelt haben.«

Doktor Carl nickte: »Durch den Skandal haben die Grundstücke an Wert verloren. In ihrer jetzigen Struktur kann unsere Gesellschaft das Geschäft nicht erfolgreich führen, denn sie wurde nicht als Verwaltungsgesellschaft für die Grundstücke konzipiert, sondern als eine Treuhand- und Planungsgesellschaft, welche die Grundstücke zu einer umfangreichen Neubebauung vorbereiten sollte. In ihrer jetzigen Form wird sie auf kurz oder lang pleitegehen. Die Strafzahlung hat uns empfindlich getroffen.« Er seufzte, rieb seine spitze Nase und nahm ein zweites Blatt zur Hand. »Mein Vorschlag lautet, etwas abzuwarten und dann eine neue Gesellschaft zu gründen, welche die Grundstücke von der alten Gesellschaft zu einem günstigen Preis erwirbt und verwaltet. Wir sind uns beide, denke ich, einig, dass in der nahen Zukunft, lassen Sie es noch zehn, gar fünfzehn Jahre sein, dieses Gebiet der Neustadt erheblich an Wert gewinnen wird. Der Senat wird auf Dauer dem Druck nicht standhalten können, der notwendigen Sanierung den Weg zu bereiten.« Er überreichte dem Rechtsanwalt das Papier mit den Zahlen.

Doktor Gierling schaute darauf und nickte bedächtig. »Ja, so könnte es gehen. Wir bräuchten dafür Strohmänner und frisches Geld. Ich denke, es lässt sich beides organisieren. Verluste in der alten Gesellschaft sind dabei unvermeidlich, und es wird auch Verlierer geben. Aber so ist das Geschäftsleben. Wer die Spielregeln nicht kennt, soll lieber auf seinem Hof bleiben.«

Doktor Gierling erhob ich umständlich und öffnete die Bürotür zum Empfangsraum. »Herr Klotz«, sagte er nach draußen gewandt, »bringen Sie uns die gute Flasche Portwein und zwei Gläser.« Als der Rechtsanwalt wieder hinter seinen Schreibtisch Platz nahm, brachte sein Sekretär die Flasche und die Gläser und stellte sie auf den Tisch. Doktor Gierling schenkte ein und die beiden Herren prosteten sich mit einem stummen Nicken zu. Dann holte Doktor Gierling seine Schnupftabakdose aus der Innenrocktasche.

Kriminalinspektor Jakob Hundt saß in einem kleinen, verwinkelten Lokal an der Ecke Michaelisbrücke und Düsternstraße und verzehrte Salzheringe mit Kartoffeln. Donnerstags aß er üblicherweise auswärts zu Mittag, da seine Frau Lotte ganztags arbeitete. Die Salzheringe, ein Arme-Leute-Essen, erinnerten ihn an seine Kindheit im Hafen, und er bestellte das Gericht immer noch ab und zu, allerdings nur, wenn er alleine aß. Sein Vater war Hafenarbeiter gewesen und hatte mit seiner Mutter zehn Kinder gehabt, von denen nur sechs das Erwachsenenalter erreicht hatten. Er war der Zweitjüngste. Seine Eltern waren über dreißig Jahre verheiratet gewesen, bis sein Vater, körperlich ausgezehrt durch die harte Arbeit im Hafen, an Schwindsucht viel zu jung und elendig zugrunde ging. Jakob hatte bereits seine Laufbahn bei der Polizei angefangen und war zunächst in der elterlichen Wohnung am Stubbenhuk geblieben, bis auch seine Mutter drei Jahre später verstarb. Wie oft hatte die Familie Salzheringe gegessen – alltags wie feiertags. Die fettigen Fische wurden vierzehn Tage lang in eine Salzlake gelegt und dann weitere vierzehn Tage kalt geräuchert, bis sie eine braunrötliche Farbe annahmen. In großen Holzfässern wurden sie millionenfach nach ganz Europa verschifft. Sein Vater hatte sicherlich selbst unzählige Holzfässer zu den Schiffen geschleppt. Hundt hatte gehört, dass sie früher sogar nach Übersee verschifft wurden, um die Sklaven in den Plantagen zu ernähren. Wahrlich ein Arme-Leute-Essen! Der durchdringende Geruch des Fisches war seine Besonderheit. Die feinen Leute sagten, dass allein dieser Geruch den Hunger vertreiben würde. Die feinen Leute kannten wirklichen Hunger nicht.

Die kleinen Fische erweckten bei ihm auch eine andere, eine angenehme Erinnerung. Er hatte bereits einige Jahre bei der Polizei gearbeitet und war das erste Mal befördert worden, als er eines Abends beim Tanzen eine junge Frau kennenlernte. Nach dem Tanzen waren sie gemeinsam durch die Straße Vorsetzen geschlendert und hatten an einem einfachen Stand Salzheringe gegessen und ein Bier dazu getrunken. Zu den fetten, salzigen Fischen brauchte man ein starkes Bier. Die Frau war Lotte Schmidt, die er bald darauf geheiratet hatte.

Hundt erwachte langsam aus seiner Reverie, bezahlte und verließ das Lokal. Er blieb einen Augenblick an der Michaelisbrücke stehen und versuchte sich daran zu erinnern, was ihm hier neulich so merkwürdig vorgekommen war, doch sein sonst so gutes Gedächtnis machte ihm einen Strich durch die Rechnung.

Zurück im Stadthaus erhielt der Kriminalinspektor von der Registratur einen dicken Brief ausgehändigt. Er schaute auf das Paket und las den Absender: Politische Polizei Berlin. Die Aufschrift warnte: Vertraulich! In seinem Büro machte er das Paket auf und erblickte zu seiner Zufriedenheit den angeforderten Bericht der preußischen Politischen Polizei über die Antisemitismus-Bewegung, insbesondere über die Antisemitismusliga. Er hatte knapp eine Stunde Zeit bis zu einem Termin im Büro des Polizeirats. Eine Unterredung mit Freiherr Klaus von Schossin stand an.

Konzentriert las Hundt den ausführlichen Bericht über die rapide Ausbreitung der Bewegung, insbesondere im Osten des Reiches. Die Antisemitismuspetition hatte bereits über 250 000 Unterschriften bekommen, hatte sogar unter Professoren und Studenten Unterstützer gefunden und sollte demnächst dem Reichstag vorgelegt werden. Das Hetzbuch von Wilhelm Marr, *Der Sieg des Judenthums über das Germanenthum*, hatte im ersten Jahr nach seinem Erscheinen zwölf Auflagen erreicht; der Marr gab inzwischen alle zwei Wochen ein eigenes Heft heraus, die *Deutsche Wacht;* in Dresden hatte 1879 ein Lokalpolitiker namens Alexander Pinkert einen antisemitischen Deutschen Reformverein gegründet, der bereits in mehreren Städten Nachahmer gefunden hatte; der Demagoge Doktor Ernst Henrici war unermüdlich auf Kundgebungen unterwegs und hatte inzwischen eine eigene Partei gegründet, die Soziale Reichspartei, die radikaler und noch judenfeindlicher auftrat als Hofprediger Stöckers eher behäbige Christliche-Soziale Arbeiterpartei. Hinter der nüchternen Auflistung von Daten und Zahlen konnte Hundt die Besorgnis der Verfasser spüren. Die Bewegung drohte, sich zu einer Volksbewegung zu entwickeln.

Die Berliner Kollegen hatten die Mitglieder der Antisemitismusliga ermitteln können. Der Verein schien nicht besonders groß zu sein, es war auch nicht ganz klar erkennbar, worin seine Arbeit bestand, bis auf die Förderung der Veröffentlichungen von Wilhelm Marr. Vorsitzender war ein Berliner Redakteur namens Ernst Günter Kiehn. Die Liste enthielt weitere Namen von Männern, alle mit bürgerlichen Berufen und aus Berlin und Brandenburg stammend sowie einen Drucker aus Schwerin, einen Friedhelm Mast. Hundt holte seine schwarze Kladde hervor und notierte dessen Namen. Die Liste führte auch ihm allzu bekannte Namen auf, die Hundt ebenfalls notierte: Hauptpastor Johann Jörg Zimmermann, Reichstagsabgeordneter Freiherr Klaus von Schossin und Staatsanwalt Theodor Rohdantz. Hundt runzelte die Stirn. Das waren Männer mit öffentlichen Ämtern. Ein Engagement in einem solchen Verein war nicht unbedenklich, obwohl die Behörden bisher nichts unternommen hatten. Immerhin hatte er jetzt einen konkreten Hinweis auf eine Verbindung zwischen Freiherr von Schossin und einem Möllner: Staatsanwalt Rohdantz. Zum ersten Mal seitdem er die Ermittlungen in Mölln eingeleitet hatte, fühlte er sich auf dem richtigen Pfad. Die Informationen der Berliner Polizei gaben einem seit einigen Wochen in ihm keimenden Verdacht neue Nahrung. Hundt steckte die schwarze Kladde in seine Rocktasche und machte sich auf den Weg zum Büro seines Chefs.

Polizeirat von Clausewitz begrüße Hundt in seinem üblichen steifen, förmlichen Ton. Der Ton störte den Kriminalinspektor keineswegs; ihm kam diese professionelle Haltung sehr entgegen. In einer halben Stunde war der Termin mit Freiherr von Schossin. Der Dolch lag bereits auf dem Schreibtisch des Polizeirats, der einen nachdenklichen Eindruck machte. Hundt referierte knapp über die Spuren, die zu von Schossin als Besitzer des Dolches geführt hatten: »Es geht heute darum, Herr Polizeirat, ihn damit zu konfrontieren, dass wir sicher sind, dass ihm der Dolch gehört. Er soll erklären, wie er nach Mölln in Goldschmidts Rücken gelandet ist.«

Von Clausewitz, der die Ermittlungsakte bereits kannte, nickte und nahm den Dolch in die Hand. Hundt wusste, dass sich ein hoher

Hamburger Beamter von einem Mecklenburger Gutsbesitzer nicht beeindrucken ließ, selbst wenn dieser auch noch Reichstagsabgeordneter war. Der Polizeirat sagte: »Ein verzwickter Fall. Profitierte von Schossin von Goldschmidts Tod? Mir scheint, dass wir noch kein überzeugendes Motiv für den Mord an Goldschmidt haben.«

Hundt holte seine schwarze Kladde aus der Rocktasche. »Es gibt eine Reihe von Indizien. Zum einen ist von Schossin finanziell an dem Wohnungsbauprojekt beteiligt, das inzwischen als Korruptionsfall entlarvt wurde. Durch den Tod von Goldschmidt wurde ein möglicher Konkurrent beseitigt, denn: Goldschmidt hegte auch Pläne, in der Neustadt geschäftlich aktiv zu werden. Diese Pläne wurden nach seinem Tod von der Familie jedoch aufgegeben.«

»Und weiter?«, fragte der Polizeirat streng.

»Hermann Goldschmidt war konvertierter Jude. In den Augen der Antisemitismus-Bewegung machte ihn das aber noch lange nicht zu einem von ihnen. Jude bleibt Jude.« Hundt räusperte sich.

Von Clausewitz runzelte die Stirn: »Wollen Sie etwa andeuten, Herr Kriminalinspektor, dass Judenhass das Motiv für den Mord an Goldschmidt war?«

»Nicht unbedingt«, entgegnete Hundt und blätterte in seiner Kladde, »aber wir sollten das Gesamtbild sehen. Heute habe ich von der Politischen Polizei in Berlin einen vertraulichen Bericht erhalten, der unter anderem Namen der Mitglieder der Antisemitismusliga enthält. Von Schossin ist Mitglied und nach meiner Information der Initiator des Vereins. Wir haben also gleich drei Aspekte: Wohnungsbauprojekt Neustadt, Mord an Goldschmidt und Entwicklung der Antisemitismusbewegung. Nun, und an allen Fällen ist von Schossin beteiligt. Da besteht auf jeden Fall Klärungsbedarf.« Von Clausewitz nickte, und Hundt fuhr fort. »Der Bericht aus Berlin enthält eine weitere, vielleicht wichtige Information – der Lauenburger Staatsanwalt Theodor Rohdantz ist auch Mitglied der Antisemitismusliga. Er wohnt in Mölln und kannte Goldschmidt. Wir haben also eine Verbindung zwischen Freiherrn von Schossin und der Stadt Mölln.«

»Ein Staatsanwalt in so einem Verein!« rief von Clausewitz ungläubig aus. »Was die Provinz nicht alles hervorbringt …«

»Nicht nur die Provinz, Herr Polizeirat«, bemerkte Hundt. »Laut des Berichts ist auch Hauptpastor Zimmermann Mitglied.«

»Das wird ja immer schlimmer. Diese Information muss umgehend an Herrn Senator Rapp weitergeleitet werden.«

Von Clausewitz verließ den Raum und kehrte einige Minuten später zurück. Gleich darauf meldete der Sekretär Freiherrn Klaus von Schossin, der dann das Büro des Polizeirats betrat.

Hundt musterte von Schossin, als dieser Platz nahm und förmliche Begrüßungen ausgetauscht wurden. Er wirkte auf den Kriminalinspektor verunsichert und nervös. Die Zuversicht und Überheblichkeit, die er in Gresse zur Schau gestellt hatte, schienen angeschlagen zu sein. Er war zweifellos noch immer eine raumfüllende Gestalt, die heute jedoch nicht mehr so kräftig wirkte.

»Herr Reichstagsabgeordneter Freiherr von Schossin«, begann Polizeirat von Clausewitz, »wie Sie wissen, untersuchen wir den Mord an Hermann Goldschmidt in Mölln und haben einige Fragen an Sie. Unsere Unterredung wird protokolliert.« Clausewitz wies auf seinen Sekretär, der seine Schreibfeder bereits gezückt hatte. Von Schossin schien dies ganz und gar nicht zu gefallen, doch er hatte noch ein Ass im Ärmel: »Sie wissen, Herr Polizeirat, dass Reichstagsabgeordnete eine weitreichende Immunität genießen«, Sagte er und verschränkte die Arme vor der Brust.

»Durchaus, Herr Reichstagsabgeordneter. Sie sind hier heute nicht als Verdächtigter, sondern als Zeuge geladen. Sie haben natürlich das Recht, eine Aussage zu verweigern. Dann müssten wir andere Mittel ergreifen.«

Von Schossins Blick wanderte zu dem Dolch auf dem Tisch. »Was wollen Sie wissen?«

Von Clausewitz nahm den Dolch, überreichte ihn von Schossin und sagte: »Wir sind zu der Überzeugung gekommen, dass dieser Dolch, der im Rücken des Mordopfers Goldschmidt steckte, aus Ihrer Waffenkammer in Gresse stammt, Herr Reichstagsabgeordneter. Können Sie das bestätigen und außerdem erklären, wie er nach Mölln gelangt ist?«

Von Schossin schien den Dolch erneut zu begutachten, doch Hundt sah, dass er an etwas anderes dachte. Hinter seiner Stirn ratterte es fast hörbar. Nach einer Weile sagte von Schossin: »Ja, der Dolch gehört mir. Ich habe ihn neulich bei Ihrem Besuch, Herr Kriminalinspektor, wohl nicht eingehend genug betrachtet. Wie er aber nach Mölln gelangt ist, kann ich nicht sagen. Ich bin wegen meiner vielen Verpflichtungen seit dem vorigen Sommer nicht auf Jagd gewesen. Ich nehme an, jemand hat den Dolch aus meiner Waffenkammer entwendet.«

»Die Kammer wird also nicht abgeschlossen?«

»Ja, das ist richtig.«

»Können Sie bitte genauer sagen, wann Sie den Dolch das letzte Mal gesehen haben?«

Von Schossin dachte eine Weile nach: »Das muss ungefähr Mitte August gewesen sein.«

»Zwischen Mitte August und dem Mord am 22. Oktober liegen zwei Monate. Wer hätte in dieser Zeit Zugang zu der Waffenkammer gehabt? Bedienstete, Besucher?«

»Es gibt viele Möglichkeiten. Es könnte auch ein Dieb gewesen sein. Ich bin häufig unterwegs, zum Beispiel in Berlin. Ich bekomme oft Besuch in Gresse, meiner politischen und gesellschaftlichen Verpflichtungen wegen, verstehen Sie. Ich kann mir wirlich nicht erklären, wie der Dolch nach Mölln gekommen sein könnte.« Von Schossin hatte seine alte Selbstsicherheit wiedergewonnen, das war unverkennbar.

»Kannten Sie Hermann Goldschmidt?«, fragte Hundt unvermittelt und wechselte einen kurzen Blick mit seinem Vorgesetzten.

Von Schossin schaute ihn irritiert an, das selbstgefällige Grinsen verschwand aus seinem Gesicht: »Nein, ich habe den Mann nie gesehen und weiß auch nichts über ihn.«

»Nichts darüber, dass er Pläne hatte, ein Wohnungsbauvorhaben in der Neustadt zum gleichen Zeitpunkt zu realisieren, als das Konsortium, dem Sie auch angehören, ähnliche Pläne für das gleiche Gebiet hatte?«

Von Schossins Gesicht verfinsterte sich. »Ich habe Ihnen bereits gesagt, Herr Kriminalinspektor, dass ich über Herrn Goldschmidt nichts weiß.«

»Wie verhält es sich denn mit Herrn Staatsanwalt Theodor Rohdantz aus dem Lauenburgischen? Kennen Sie ihn?«

Hundt registrierte, dass von Schossin unruhig wurde, doch er antwortete ohne zu zögern: »Ja, ich kenne ihn. Die Lauenburger sind unsere Nachbarn. Ich habe den Herrn Staatsanwalt während der Jagd kennengelernt.«

»Nach unserer Information sind Sie beide Mitglieder in der Antisemitismusliga.«

Von Schossin wirkte inzwischen wieder gefasst: »Eine reine Diskussionsrunde. Wir sind besorgt über den zunehmenden Einfluss der Juden in unserem Vaterland. Und mit Verlaub«, er zwirbelte seine Bartspitzen, »da sind wir ja nun wirklich nicht die Einzigen.«

»Hat Herr Rohdantz Sie auf Gut Gresse während des fraglichen Zeitraums besucht?«

Von Schossin besann sich kurz, dann sagte er: »Ja, in der Tat, das hat er. Ich kann aber nicht sagen, wann oder wie oft. Wir haben im vorigen Sommer auf Gresse einige Male gesellige Veranstaltungen durchgeführt.«

»Haben sich auch Mitglieder der Antisemitismusliga bei Ihnen in Gresse getroffen?«

»Ja, auch das ist vorgekommen.«

Hundt notierte etwas in seiner Kladde und sagte: »Danke für die Informationen.« Der Polizeirat schien nichts ergänzen zu wollen, und von Schossin, der begriff, dass das Gespräch für ihn nicht besonders gut ausgegangen war, machte ein besorgtes Gesicht. Vielleicht strapazierten ihn aber auch nur die Juden in Deutschland, dachte Hundt mit einer Mischung aus Belustigung und Bitterkeit.

Nachdem von Schossin den Raum verlassen hatte, berieten die Polizisten über das weitere Vorgehen. Hundt erhielt den Auftrag, Sergeant Stöter nach Gut Gresse zu entsenden, um die dortigen Dienstboten zu vernehmen; von Clausewitz würde den Freiherrn über den Termin unterrichten.

Der Schneeregen hatte noch nicht aufgehört, als Freiherr Klaus von Schossin das Stadthaus verließ. Er nahm sich eine Mietdroschke und fuhr damit zum Gänsemarkt. Er entstieg dem Gefährt, ging über den Markt zum Bürogebäude der Gebrüder Gierling und blieb dann vor dem Eingangsportal stehen. Er schaute auf den Sockel des Lessing-Denkmals. Die kleinen Augen waren nur Schlitze in seinem fleischigen Gesicht; auf seiner Stirn lagen tiefe Falten; der Schnurrbart hatte durch den Regen gelitten und hing schlapp an seinen Mundwinkeln herab. Er betrat das Bürogebäude mit energischen Schritten.

Rechtsanwalt Doktor Alfons Gierling sei sehr beschäftigt, teilte man ihm am Empfang unumwunden mit, doch von Schossin hatte ein energisches Auftreten, und sein fordernder Ton duldete keinen Widerspruch, und so stand er einige Sekunden später in Gierlings Büro, wo er sich vor dessen Schreibtisch aufbaute und losdonnerte: »Herr Doktor Gierling, es gibt einiges zu besprechen.« Der Sekretär, der pflichtbewusst hinter dem ungeladenen Gast her geeilt war, erschrak und verließ schleunigst den Raum.

»In der Tat«, antwortete der Anwalt ruhig. »Setzen Sie sich. Ich wusste nicht, dass Sie in der Stadt sind, Herr Reichstagsabgeordneter. Es ist gut, dass Sie vorbeigekommen sind.«

Von Schossin machte ein finsteres Gesicht, nahm jedoch wie aufgefordert Platz. »Ich habe die Information erhalten, dass unser Vorhaben in der Neustadt geplatzt ist. Stimmt das?«

»Nur bedingt«, antwortete Gierling und machte eine beschwichtigende Geste. »Die Stadt hat die Planung für den vorgesehenen Brücken- und Straßenbau vorläufig gestoppt. Unser Projekt wird leider erst in einigen Jahren zur Ausführung kommen können, wann kann ich nicht sagen. Die Zeit ist noch nicht reif. Wir müssen Geduld haben.«

»Geduld haben! Was steckt dahinter?« Von Schossin sah ihn wütend an.

»Nun«, sagte Gierling, »unser Kontaktmann in der Baudeputation wurde enttarnt. Der Senat hat daraufhin Maßnahmen ergriffen. Der Mann wurde fristlos entlassen und hat inzwischen die Stadt verlassen, und wir mussten eine hohe Strafzahlung an ein städtisches Bauprojekt entrichten. Der Betrag kam natürlich aus Mitteln unserer Wohnungsbaugesellschaft. Wir haben empfindliche Verluste zu verzeichnen, müssen dafür jedoch keine weiteren juristischen Schritte seitens des Senats befürchten.«

Von Schossin erhob sich aus dem tiefen, weichen Stuhl, so weit sein Leibesumfang es erlaubte, und bellte: »Wissen Sie, was das bedeutet? Ich habe mein Gut in dieses Projekt eingebracht.«

»Noch ist nichts verloren«, entgegnete Doktor Gierling, noch immer die Ruhe in Person. »Unsere Gesellschaft ist zwar angeschlagen, wir haben aber immerhin Mieteinnahmen. Wir müssen die kommenden Monate abwarten und sehen, wie es sich entwickelt.«

»Ich werde mich bei entsprechender Stelle beschweren, das ist Betrug«, rief von Schossin, der sich mittlerweile gänzlich erhoben hatte und wieder vor Gierlings Schreibtisch stand.

Nun hatte auch der Rechtsanwalt genug von Schossins Einschüchterungsversuchen. »Herr Reichstagsabgeordneter, das würde ich mir an Ihrer Stelle sehr gut überlegen«, zischte er und sah von Schossin durchdringend an. »Betrug ist ein gefährliches Wort … wer im Glashaus sitzt, sollte nicht mit Steinen werfen, sehen Sie das nicht genauso?« Gierling funkelte ihn an. »Ich habe Ihnen deutlich gesagt, dass solche Geschäfte immer ein Risiko bergen. Und merken Sie sich: Bisher sind unsere Zeitungen erstaunlich ruhig geblieben. Sie wissen keine Einzelheiten. Das kann sich aber schnell ändern, und das wäre nicht in Ihrem Interesse.«

Von Schossin wich ein Stück zurück und sah Gierling erstaunt an.

»Fahren Sie wieder nach Mecklenburg zurück, Herr Baron von Schossin. Ruhen Sie sich aus. Sie sehen sehr angestrengt aus.« Gierling lächelte nun, doch seine Augen lächelten nicht und er deutete stumm auf die Tür.

Freiherr Klaus von Schossin saß in seinem Erste-Klasse-Abteil des Zuges nach Boizenburg und schaute aus dem Fenster. Er hatte seinen Schnurrbart notdürftig wiederhergerichtet und beim Einsteigen einen nichts ahnenden Schaffner zurechtgewiesen, der seiner Meinung nach die Tür zu langsam und nicht mit der notwendigen Ehrerbietung geöffnet hatte. Er hatte sich danach etwas besser gefühlt und die ganze Zugfahrt über davon gezehrt. Der Zug fuhr gerade durch den Sachsenwald und würde gleich Friedrichsruh erreichen. Von Schossin dachte an Reichskanzler von Bismarck und die aktuellen Diskussionen über die Einführung von Schutzzöllen, die im Moment die Gemüter im Reichstag und auch in den Zeitungsredaktionen erhitzten. Als Gutsbesitzer war von Schossin ein Befürworter von hohen Zöllen gegen billige Getreideimporte aus Russland und Amerika. Deutsches Getreide für deutsche Mägen! Es war in den Augen des Freiherrn das internationale Judentum, das den Freihandel befürwortete, da die Juden auf Kosten rechtschaffener deutscher Staatsbürger Spekulationsgewinne einstreichen wollten. Aus seiner Sicht schwankte der Reichskanzler unschlüssig zwischen den Parteien hin und her. Die Politik hatte sich als ein kompliziertes Spiel erwiesen, ganz anders als das überschaubare, geordnete Leben auf seinem Gut. Obwohl die meisten Abgeordneten seiner konservativen Fraktion die Juden mit deutlichem Missfallen beobachteten, hatte er erfahren müssen, dass sie dennoch mit seinem offen ausgelebten Antisemitismus nicht einverstanden waren. Antisemitismus gehörte einfach nicht zum guten Ton. Er hatte sich dadurch im Reichstag zunehmend isoliert. In seinem Wahlkreis wurde ihm zudem zugetragen, dass man in Erwägung zog, für die nächste Reichstagswahl einen anderen Kandidaten der Konservativen aufzustellen. Sollte seine Beteiligung am Korruptionsskandal in Hamburg öffentlich bekannt gemacht werden, würde sein Reichstagsmandat ernsthaft in Gefahr geraten.

Hinter Friedrichsruh kehrten seine Gedanken zu dem Gespräch mit Doktor Gierling zurück. Von Schossin wusste, dass er sich in die Hände der Hamburger Bankiers gegeben hatte, das war immer ein verhängnisvoller Schritt für einen Mecklenburger Grundbesitzer. Wie konnte er seinen Kopf aus der Schlinge ziehen?

Als wenn er nicht schon genügend Ärger hätte, kam auch noch das Verdachtsmoment in dem Mordfall hinzu. Er hatte das Problem zu lange vor sich hergeschoben. Er musste ein Treffen organisieren.

32
Im Conventgarten

Hamburg, Samstag, d. 3. April 1880

Hedda Svensson setzte ihren Hut auf und band die dünne Kordel unter dem Kinn zu einer Schleife zusammen. Er war schwarz, mit einer ausladenden Krempe und einem breiten roten Hutband, das nach hinten zu einer üppigen Schleife zusammengefasst war. Sie hatte ihn beim Huthändler Lustig gekauft, der stets einen modischen Vorschlag für sie parat hatte. Ihre blonden Haare hatte sie zu einem lockeren Dutt nach hinten frisiert, eine Aufmachung, die der Mode keineswegs entsprach, aber ihr gut stand. Zumindest fand Hedda das. Sie hatte ihr weißes Kleid wieder angezogen, es jedoch mit einem anderen roten Gürtel als damals im Theater und einer dezenten silbernen Halskette ergänzt. Das Kleid hatte sie im Schulterbereich geändert, sie wollte etwas mehr Haut zeigen, ebenso hatte sie den Rockteil weiter genäht, so dass er freier und luftiger um ihre Beine fiel. Damit konnte sie unbeschwerter tanzen, so hatte sie es sich überlegt. Zufrieden betrachtete sie sich im Spiegel. Sie war sehr zufrieden mit dem, was sie sah.

»Du siehst bezaubernd aus, meine Liebe«, sagte Tante Louise, als Hedda ins Wohnzimmer kam. »Die jungen Männer werden sich darum prügeln, mit dir tanzen zu dürfen.«

Hedda setzte ihr verschmitztes Lächeln auf: »Na das wollen wir nicht hoffen, sonst stehe ich ja doch ganz alleine da.« Ihre Tante hatte nach ihrem letzten ernsten Gespräch anscheinend zu ihrer üblichen guten Stimmung zurückgefunden. Sie war sichtlich stolz auf ihre Nichte. Hedda ihrerseits hatte jedoch ein schlechtes Gewissen, denn sie hatte ihrer Tante die wahren Hintergründe des Artikels über die Rohdantz-Zeichnung verschwiegen, der am Dienstag in der Beilage erscheinen würde. Offenbar hatte Miss Sara ihrer Tante nicht erzählt, dass Daveson ihr die Zeichnung gezeigt hatte. Hedda wusste nicht, weshalb.

Es klopfte an der Tür, und als Tante Louise öffnete, stand Max Goldschmidt auf der Schwelle. Unter seinem dunklen Mantel konnte Hedda einen edlen schwarzen Rock mit einem kurzen Schoß und eine cremefarbene Hose erkennen. Aus seiner Rocktasche lugte dezent ein weißes Seidentuch hervor. Hedda staunte nicht schlecht, wie schick auch er sich gemacht hatte. Er lächelte charmant, verneigte sich leicht vor Tante Louise und sagte: »Guten Abend, Frau Tesdorpf. Es freut mich, Sie kennenzulernen. Ich danke Ihnen, dass ich den Abend mit ihrem Fräulein Nichte verbringen darf.«

»Guten Abend, Herr Goldschmidt.« Louise Tesdorpf und musterte Max eingehend und sagte dann in einem strengen, aber nicht unfreundlichen Ton: »Unter einer Bedingung. Hedda kommt vor 11 Uhr nach Hause.«

Max willigte ein und wandte sich endlich Hedda zu, die schon ein wenig nervös geworden war, wie ihre Tante wohl auf Max reagieren würde. »Guten Abend, Fräulein Svensson. Meine Kutsche wartet unten. Wir können gleich gehen.«

»Guten Abend, Herr Goldschmidt«, erwiderte Hedda höflich, dann schmunzelte sie: »Zum ersten Mal treffen wir uns unter normalen Umständen. Ob das ein Vorzeichen ist?«

Während Max über die Bedeutung ihrer Frage nachdachte, holte sie den blauen Mantel, den sie von ihrer Tante geerbt hatte und der schon etwas in die Jahre gekommen war. Da Hedda nicht wollte, dass ihre Aufmachung zu angestrengt wirkte, gefiel ihr das gut.

Nachdem sich Hedda und Max verabschiedet hatten, saß Louise in ihrem Lieblingssessel am Fenster. Sie blätterte mäßig interessiert in einer Ausgabe der *Gartenlaube*, mit ihren Gedanken aber war sie bei Max Goldschmidt. Ein attraktiver junger Mann aus hohem Hause, der sich für ein Mädchen wie Hedda interessierte, die nicht seinem gesellschaftlichen Stand entsprach? Hedda war eine bildhübsche junge Frau, das stand außer Frage. Das konnte im Leben Vorteile haben, aber eben nicht immer, wie sie sehr genau wusste. Max Goldschmidt war sehr galant und reizend gewesen, sie hatte seinen Auftritt fast ein wenig übertrieben gefunden. Max Goldschmidt ... Sie stutzte; was hatte es mit diesem Namen auf sich? Sie dachte an den Lumpensammler, der eigentlich ein Möllner Advokat war, und erinnerte sich auch daran, dass der Mord in Mölln nie aufgeklärt worden war. »Oh Hedda«, sagte sie laut zu sich selbst, »Wo bist du da nur hineingeraten?«

Hedda hatte den Conventgarten häufig von außen gesehen; er lag an der Fuhlentwiete, gar nicht weit von der Wohnung in der Wexstraße. Eigentlich hätte man zu Fuß hinlaufen können, aber sie ahnte, dass Max seine kleine einspännige, offene Kutsche vorführen wollte. Sie sah schnittig aus, und sie hatten die Strecke im Nu zurückgelegt. Die Gäste wurden an der Pforte empfangen und Pferd und Wagen in den gegenüberliegenden Stallungen untergebracht.

Als sie durch das Portal in den Vorraum traten, nahm Max die Mäntel, brachte sie zur Garderobe und bezahlte den Eintritt. Gemeinsam gingen sie in den großen Saal hinein. Hedda sah sich neugierig um. Hinten auf der Bühne hatten sich die Musiker bereits versammelt, einige waren dabei, ihre Instrumente zu stimmen. Im Saal herrschte ein Wirrwarr von Klängen, Geräuschen und Stimmen. Die große, blanke Tanzfläche würde bald zum Tanzen einladen. Sie schaute hoch zur Decke, von der zwei große Kronleuchter herabhingen, die im Zusammenspiel mit den Gaslampen an den Seitenwänden den großen Raum illuminierten. An beiden Seiten des Saales führten Galerien über zwei Stockwerke hinauf. Um die Tanzfläche herum waren Tische aufgebaut, auf denen bereits Speisen und Getränke angeboten wurden. Kellner eilten zuvorkommend zwischen den Tischen und der Küche hin und her. Hedda wusste aus eigener Erfahrung nur zu gut, wie anstrengend eine solche Arbeit war. In dem Saal, auf den Galerien und in den Sitznischen wimmelte es bereits von Gästen, alle fein angezogen und in froher Erwartung eines unterhaltsamen Abends. Hedda dachte an ihre vielen Einsätze als Dienstmagd oder Kellnerin in herrschaftlichen Häusern im Rahmen des Vermittlungsdienstes ihrer Tante. Heute Abend befand sie sich auf der anderen Seite des Tisches. Eigentlich ein gutes Gefühl. Doch sie hatte in dieser Zeit auch gelernt, hinter das Erscheinungsbild der Menschen zu schauen. Ihr fiel der Abend bei Rechtsanwalt Gierling ein und sie erschauderte.

Max führte sie über die Tanzfläche zu einer breiten Wendeltreppe, die zu den Galerien hinaufging. Er hatte einen Tisch auf der ersten Galerie reserviert. Sie beobachtete, wie er sich in einer für sie fremden Umgebung gewandt und selbstbewusst bewegte. Er sagte und tat die passenden Dinge immer zum richtigen Zeitpunkt. Sie nahm auch Notiz davon, wie einige andere Gäste sie neugierig musterten. Eine kleine Gesellschaft. Man kannte sich.

Mit einer schwungvollen Bewegung zog Max einen Stuhl unter dem Tisch hervor und bot ihn Hedda an. Hedda gefiel es, so zuvorkommend behandelt zu werden. »Trinken Sie einen Champagner mit mir, Fräulein Svensson?«, fragte er, als sie Platz genommen hatten. Sie zögerte, und Max hakte nach: »Sie trinken doch gerne Champagner, oder etwa nicht?«

»Was denken Sie, Herr Goldschmidt, was Töchter von Arbeitern und Sozialdemokraten zu trinken pflegen?«, erwiderte sie mit gespielter Entrüstung.

»Das verstehe ich als ein Ja«, lachte er und bestellte zwei Gläser Champagner.

Der Kellner verbeugte sich. »Sehr wohl, der Herr.« Hedda bemerkte, dass er sich ein Schmunzeln nicht unterdrücken konnte, als er sich von ihrem Tisch entfernte.

Die Gläser standen bald danach auf ihrem Tisch, und Hedda beobachtete, wie die kleinen Bläschen in der goldenen Flüssigkeit langsam nach oben stiegen und an der Oberfläche zerplatzten. Was für ein verführerischer Anblick. Max erhob sein Glas und sagte in einem feierlichen Ton: »Fräulein Svensson, ich möchte Ihnen gerne das Du anbieten. Es macht den Abend gemütlicher. Ich heiße Max.«

Hedda umfasste mit spitzen Fingern den langen Stiel des Glases, sie hatte sich diese Gepflogenheit bereits gemerkt. »Max lässt sich immerhin leichter aussprechen als Herr Goldschmidt. Ich heiße übrigens Hedda.« Sie setzte ein Lächeln auf, von dem sie hoffte, dass es nicht zu kokett wirkte.

»Hedda«, sagte er, nachdem sie einen Schluck getrunken hatten, »ich habe gesehen, wie neugierig du den Saal betrachtet hast. Soll ich dir etwas über die Geschichte des Hauses erzählen?«

»Schriftstellerinnen sind immer neugierig«, entgegnete Hedda und nahm noch einen Schluck Champagner.

»Nun«, setzte Max an, »den Conventgarten gibt es schon seit über dreißig Jahren. Vor etwa zehn Jahren wurde er umfassend renoviert. Architekt war Martin Haller. Es entstand dabei der obere Bereich.« Er deutete zur Galerie hinauf. Hedda sah die Begeisterung in seinen Augen und betrachtete ihn versonnen. Wie leicht Max entflammbar war, dachte sie und musste fast lachen, als er mit seinem Exkurs fortfuhr: »Der Fußboden wurde gesenkt, die Bühne erweitert und eine Orgel eingebaut. Der Conventgarten gehört seitdem zu den ersten Adressen der Stadt. Heute Abend ist er als Tanzlokal eingerichtet, wie du siehst. Es finden aber auch Konzerte von bedeutenden Komponisten statt, stell dir doch nur vor, es gibt hier über eintausend Sitzplätze!«

»Sehr informativ«, lobte Hedda in einem fachmännischen Ton. »Den Namen Martin Haller habe ich in der letzten Zeit einige Male gehört. Hat er nicht mit dem Stadttheater und dem Alsterpavillon zu tun gehabt?«

»So ist es«, erwiderte Max. »Ich habe ihn einmal bei einer Soireé getroffen. Ein geistvoller Gesprächspartner. Weißt du, er hat in Paris studiert. Er ist seit gut zwanzig Jahren als Baumeister in Hamburg tätig.«

»Paris«, sagte Hedda mit einem träumerischen Blick. »Warst du schon da?«

»Noch nicht«, antwortete Max und lachte. »Wäre aber bestimmt einen Besuch wert.«

Das Orchester spielte zum ersten Tanz auf. Hedda sah von oben, wie sich die ersten Paare auf der Tanzfläche versammelten. Sie spürte ein Prickeln im Bauch und schaute zu Max, der ihren Blick mit einem Lächeln erwiderte. Er stand auf, bot ihr seinen Arm an und sagte: »Nun gut, aber zuerst wird getanzt. Darf ich bitten?« Hedda antwortete mit einem manierlichen Nicken und ließ sich zur Tanzfläche hinabführen.

Das Orchester leitete den Tanzabend mit einem flotten Rheinländer ein. Hedda und Max gesellten sich zu den Paaren, und nach wenigen Takten war die Tanzfläche voll. Hedda und Max bewegten sich so leichtfüßig und elegant, als hätten sie schon etliche Male miteinander getanzt. Einmal verharrten sie für einen Augenblick mitten in einer besonders schwungvollen Drehung und Max schaute ihr flüchtig in die Augen. Hedda merkte, dass sie errötete, doch zum Glück konnte sie es gut auf das Tanzen schieben. Nach dem Rheinländer tanzten sie eine Polka, die ein deutlich schnelleres Tempo vorlegte. Am Ende der ersten Runde wurde ein Walzer gespielt, den Hedda noch nie getanzt hatte. Sie spürte jedoch, dass der ¾-Takt der ihr bekannten Mazurka ähnelte und ließ sich vom Rhythmus der Musik und Max' sicherer Führung leiten.

Als sie wieder am Platz saßen, sagte Max: »Die Musik hat Schwung.« Er schaute sie anerkennend an: »Du bist eine gute Tänzerin!« und schien dabei ehrlich überrascht zu sein.

»Ich haben einen Walzer bisher nie getanzt«, entgegnete Hedda. »Er kommt mir wie der Champagner vor.« Sie hielt inne und nahm einen Schluck. »Man gewöhnt sich daran.«

Max machte ein nachdenkliches Gesicht und sagte: »Ich habe deinen Artikel im *Correspondenten* gelesen. Glückwunsch! … Ich frage mich jetzt, ob du das bist, die Tänzerin in der Zeichnung?«

Hedda nickte. »Das war eine Situation auf dem Großneumarkt, meine Tante hat sie dann später in eine Zeichnung umgesetzt. Ich finde, … Tanzen befreit.«

»Ja, ja«, sagte Max. »Bacchus … Wie bist du auf ihn gekommen?«

»Durch ein Gespräch mit einem Bekannten. Er kennt sich in solchen Sachen gut aus.«

»Mit einem Bekannten also«, wiederholte Max, und Hedda fand, dass er fast ein wenig pikiert aussah. »Ist es derselbe Bekannte, der dir das Pamphlet über die Frau und die Revolution geborgt hat?« Hedda nickte, lächelte und schwieg. Max fuhr dann im Plauderton fort: »Dein Artikel enthält einige gewagte Aussagen. Ich denke, er hat den Hütern der Moral in unserer Stadt gar nicht gefallen.« Hedda war froh, als die Musik wieder einsetzte und ihr Gespräch unterbrach.

Zu fortgeschrittener Stunde standen Hedda und Max zusammen beim Ausschank in einer Nische neben der Tanzfläche und genossen die Pause. Sie tranken noch immer Champagner. Wie viele Gläser hatte sie schon getrunken? Hedda konnte es nicht sagen. Sie schwitzte, fühlte sich gleichzeitig aufgekratzt. Es war bisher ein anregender Abend gewesen. Hedda hörte nur halb zu, als Max mit einem Geschäftspartner über Börse fachsimpelte. Max war in diesen Kreisen bekannt und schon einige Male in Gespräche verwickelt worden. Seine Bekannten hatten Hedda stets höflich begrüßt. Hedda merkte durchaus, welche Wirkung sie auf die jungen Männer hatte, doch sie hatte sich zurückgenommen und an Max gehalten, der sie den ganzen Abend nicht ein einziges Mal alleine gelassen hatte.

Hedda sah zu einer Gruppe herüber, die ein Stück weiter hinten am Tresen stand und aus deren Mitte eine besonders laute Stimme zu vernehmen war. Ein Mann mittleren Alters, der sich an den Tresen lehnte, redete heftig auf die Umstehenden ein. Sein Gesicht war rot angelaufen und seine Augen glasig. Vermutlich, dachte Hedda, war er betrunken. Immer lauter durchschnitt seine schimpfende Stimme die Geräuschkulisse, und was er rief, ließ Hedda aufhorchen: »Die Juden sind unser Unglück!« Der Mann schaute herausfordernd in der Runde, die meisten schwiegen, einige murmelten etwas Unverständliches. Die Situation war ihnen sichtlich peinlich. Der Mann fuhr hitzig fort: »Die Pamphlete gegen das Denkmal und die Plakate auf dem Begräbnisplatz sind die richtigen Zeichen. Es ist an der Zeit, dass wir Deutsche uns zur Wehr setzen gegen diese asiatische Rasse!«

Hedda trat einen Schritt auf die Gruppe zu und sagte bestimmt: »Wer Wind sät, wird Sturm ernten.« Alle starrten sie entsetzt an, doch noch immer sagte niemand ein Wort, mittlerweile waren auch alle anderen Gespräche im Saal verstummt. Doch Hedda konnte sich nicht zurückhalten und ging sogar noch einen Schritt auf den Mann zu. »Juden sind zuallererst Menschen, und sie sollten die gleiche Achtung genießen wie wir alle hier.«

Der Mann, der zunächst irritiert gewesen war, lachte laut auf, dann gab er ein verächtliches Schnauben von sich. »Ach, was für ein kluges Judenweib du bist!« Die Herumstehenden begafften die Szene wie ein Theaterstück. Inzwischen war Max zu Hedda getreten und baute sich neben ihr auf. Sie blickte in sein angespanntes Gesicht, seine Hände waren zu Fäusten geballt. Der Mann sah Max nun auch an und zeigte mit dem Finger auf ihn: »Seht ihr? Da ist ja ihr Jude. Nennt sich Christ, ist und bleibt aber Jude.«

Noch bevor er seinen Satz ganz zu Ende bringen konnte, stürzte sich Max mit einem Satz auf ihn. Der Mann stolperte, überrascht von dem Angriff, nach hinten und stürzte zu Boden. Es kam zu einem Handgemenge, als einige der Umstehenden versuchten, die beiden zu trennen. Erst als die Saalwächter erschienen, ließ man voneinander ab.

Draußen auf der Straße nahm Hedda Max' Blessuren unter einer Straßenlampe genauer in Augenschein. Seine Haare waren zerzaust, sein Hemdsärmel und das Halstuch zerrissen und auf seiner linken Wange hatte er eine Platzwunde, aus der Blut auf sein weißes Hemd tropfte. Er atmete immer noch heftig und seine Augen blickten finster und hart an ihr vorbei zum Eingang des Conventgartens. Er hatte kein Wort gesagt, auch nicht, als sie unsanft des Saales verwiesen worden waren.

Hedda bemühte sich um einen heiteren Tonfall, als sie sagte: »Vielen Dank, edler Ritter.«

Zumindest schien sie ihn mit dieser Bemerkung aus seiner Trance aufgeweckt zu haben, denn er lachte plötzlich auf und sagte: »Der Abend ist anders ausgegangen, als ich mir vorgestellt hatte. Ich weiß nicht, was in mich gefahren ist. Ich konnte diesem Schuft einfach nicht mehr tatenlos zuhören. So ein Gefasel, so eine Bosheit.«

»Ja, ein Gefasel«, wiederholte sie, fuhr aber dann nachdenklich fort: »Es werden immer mehr, die so denken wie er. Das macht mir Angst.«

»Was fällt dem ein, mich einen Juden zu nennen? Ich bin getauft, konfirmiert und besuche regelmäßig den Gottesdienst. Ich bin Bürger dieser Stadt. Wie kommt er darauf!«

Hedda merkte, wie seine Wut wieder die Oberhand gewann. »Dein Vater war Jude, bevor er konvertierte. In den Augen dieser Menschen spielt das keine Rolle. Jude bleibt Jude, und du hast aus Sicht der Antisemiten jüdisches Blut in dir.«

»Wo soll das enden?«

»Nathans Tod«, erwiderte Hedda und schaute ihn ruhig an.

Max schüttelte den Kopf und schwieg.

In der Ferne verhallte eine Kirchenglocke. Max nahm seine Taschenuhr aus dem Rock, blickte darauf und sagte. »Ich bringe dich nach Hause, Hedda.«

Er ließ die Kutsche und das Pferd holen. Auf dem kurzen Weg zur Wohnung an der Wexstraße wechselten sie kein Wort. Vor der Wohnung stieg Max ab und bot Hedda seine Hand zum Aussteigen.

»Vielen Dank für den Abend«, sagte sie. »Er war auf jeden Fall ein Erlebnis.«

»Schreibst du darüber eine Geschichte?«, fragte er. Er hatte seine Leichtigkeit wohl wiedergefunden.

»Mal sehen«, schmunzelte sie.

»Sehen wir uns bald wieder?«

»Ich schließe das nicht aus«, sagte Hedda, als sie die Treppe hinaufstieg und durch die Eingangstür verschwand.

Alexander Daveson seufzte und schaute auf das Blatt Papier, das vor ihm auf dem Tisch lag. Er legte seine Schreibfeder beiseite und genehmigte sich einen Schluck Bier. Es war schon spät am Abend, und er saß bereits seit gut zwei Stunden bei Miss Sara und versuchte, an seinem Theaterstück zu arbeiten. Eine zähe Arbeit. Manchmal starrte er auf das blanke Papier und ihm wollte einfach nichts einfallen – so wie heute Abend. Im dritten Aufzug sollte die Liebesgeschichte zwischen dem jüdischen Mädchen und dem Christenjungen vertieft werden; Liebesszenen waren immer eine besondere Herausforderung. Gleichzeitig sollte das modifizierte Kreuz als unheilvolle Verkörperung des Antisemitismus eingeführt werden. Der Aufzug sollte die Hoffnung auf eine bessere, humanere Zukunft eröffnen und gleichzeitig dem Zuschauer die Bedrohung durch neue, gefährliche Mächte vergegenwärtigen, die den Menschen mit Gewalt, Zwang und Angst beherrschen wollten. Eigentlich hatte er den Eindruck, dass er mit dem Schreiben in der Regel gut vorankam. Die Gespräche mit Hedda waren dabei eine große Hilfe. »Das Gespräch unter Freunden«, sagte er sich, »darum geht es immer.«

Während er an seinem Bier nippte, schweiften seine Gedanken zu dem Mord in Mölln ab. Wie war das Kreuz-Zeichen nach Mölln gekommen? Wer hatte es absichtlich oder aus Versehen dort zurückgelassen? Einen Verdacht hatte er, wusste aber nicht, wie er ihn überprüfen konnte. Durch eine List? Und würde er Hedda dadurch in Gefahr bringen? Oder war sie es etwa schon? Daveson nahm ihre Geschichte mit der eingebildeten Verfolgung sehr ernst. Er blickte auf und sah einen Mann mit einer Zigarre am Tresen, dessen Walrossschnurrbart er wiedererkannte. Er wusste, dass er beobachtet wurde. Polizei, vermutete er. Dass ein Kriminalinspektor – wahrscheinlich der Hundt – einmal im Lumpenhandel nach ihm gefragt hatte, hatte ihm der Inhaber, Herr Phillipp, erzählt. Das Spiel ging langsam dem Ende zu, das spürte er. Es fragte sich nur: Wie würde es ausgehen?

Und Mosche? Der Junge verhielt sich seit einigen Tagen anders, geheimniskrämerisch, verschlossen. Hatte er etwas aufgeschnappt? Heckte er etwas aus? Der Junge hatte großen Mut, das wusste Daveson. Mut und Leichtsinn lagen aber dicht beieinander.

»Heute Abend nicht viel geschrieben, Daveson«, vernahm er plötzlich die vertraute Stimme von Miss Sara, die ihn aus seinen Gedanken riss. Sie stellte ein Glas Bier auf den Tisch und setzte sich ihm gegenüber an den Tisch. In den letzten Wochen hatten sie häufiger miteinander geplaudert; sie schien sich für seine Geschichte ehrlich zu interessieren, er vermutete, dass es wegen Recha war. »Weißt du,

Daveson«, fuhr sie fort, »ich glaube, der große Mann am Tresen beobachtet dich. Er arbeitet bei der Kriminalpolizei.«

»Ich habe mir das schon gedacht«, erwiderte er. »Aber was soll ich machen? Ich habe diesen Weg gewählt, und nun muss ich ihn zu Ende gehen. Solange sie mich nur beobachten, sind sie sich ihrer Sache nicht sicher.«

Sie schaute ihn eindringlich an: »Du bist ein seltsamer Mensch. Beim ersten Treffen habe ich dich gefragt, wonach du in Hamburg suchst. Ruhe, hast du geantwortet.« Sie lachte schnaubend. »Nun, viel Ruhe hast du nicht gehabt.«

Er verzog sein Gesicht zu einem schiefen Lächeln: »Ruhe habe ich wahrlich nicht gesucht. Die hatte ich genug in Mölln. Ich suche nach etwas anderem.« Er nahm noch einen Schluck Bier und starrte ins Leere. »Nenn es … Absolution. Eine alte Schuld begleichen.«

Sie schaute ihn verwundert an, trank ebenfalls einen Schluck und sagte: »Dass du immerzu in Rätseln sprechen musst.«

Er nickte abwesend und richtete seinen Blick auf den Polizeibeamten am Tresen. Sie unterbrach seine Gedanken: »Ich wollte dir etwas sagen, das wahrscheinlich mit deiner Suche, wonach auch immer, zu tun haben könnte.« Jetzt hatte sie seine Aufmerksamkeit. »Du hast mir einmal eine Zeichnung von einem Mann gezeigt und gefragt, ob ich ihn je gesehen hätte. Inzwischen weiß ich, dass ich ihn gesehen habe, und zwar erst neulich. Er war vor zwei Tagen hier in der Gastwirtschaft, ein feiner Herr, aber schäbig gekleidet, trug eine schwarze Tasche bei sich. Er trank ein Bier und ging.«

Miss Sara musste seine Reaktion, so versteckt sie auch gewesen sein mochte, bemerkt haben, denn sie sah ihn mit zusammengekniffenen Augen an. Er schwieg.

Miss Sara bohrte nach: »Du sagst nichts dazu?«

Er nahm einen Schluck Bier und antwortete sehr leise: »Ich bin nicht überrascht.«

»Wer ist der Mann?«

»Ein alter Bekannter.«

»Willst du ihn wieder treffen?«

»Von wollen kann nicht die Rede sein. Aber es ist bald so weit.«

»Ich sehe in deinen Augen, dass du wieder eine Reise machst, wahrscheinlich in die Vergangenheit. Sie verfolgt dich, nicht wahr?« Miss Sara leerte ihr Glas und stand auf. »Weißt du, Daveson, ich hoffe, du findest bald, was du suchst. Du bist ein Getriebener.«

33
Wem die Glocken läuten.

Hamburg/Mölln/Rittergut Gresse, Sonntag, d. 4. April 1880

Das Leben in der großen Stadt erwachte nur langsam an diesem Morgen. Der feine, aber stetige Sprühregen und ein hartnäckiger Nebel umfingen die Menschen, die in den Straßen zu einer der vielen Kirchen von Hamburg unterwegs waren. Das Glockengeläut hallte von den Hauswänden wider und wies den Gläubigen den richtigen Weg. Bonafides gehörte nicht dazu. Er saß an der Kaimauer unweit des Schlachthauses am Vorsetzen und schaute in das trübe, aufgewühlte Gewässer des Hafens. Aus den Winkeln seiner geübten Seemannsaugen nahm er wahr, dass die Flut zurückging. Die feucht-kalte Luft, die unter seine Kleidung kroch, registrierte er hingegen nicht mehr. Er hatte seit seiner Flucht vor sechs Tagen die unterschiedlichsten Verstecke gefunden, zuletzt im benachbarten Altona. Doch er war verzweifelt. Das rhythmisch gegen die Kaimauer schwappende Wasser des Hafenbeckens erinnerte ihn an das Schiffsunglück, das ihn vor vielen Jahren fast das Leben gekostet, ihn dann aber letztendlich in ein neues, ein besseres Leben überführt hatte. Dieses Leben schien jedoch jetzt zu Ende zu sein. Was sollte er tun? Seine unerklärliche Furcht vor dem fremdartigen Kreuz-Zeichen wurde immer größer. Hauptpastor Zimmermann hatte ihn damals aufgenommen, selbstlos und großzügig, und nun zweifelte er, Bonafides, an seinem Retter. War sein Glaube nicht stark genug? War dies eine neue Prüfung?

Allmählich drang das Glockengeläut in sein Bewusstsein, insbesondere die kräftigen Schläge der Glocken der großen Michaeliskirche holten ihn wieder zurück in die Wirklichkeit. Was wollten sie ihm mitteilen? Seit fünfzehn Jahren hatte er so gut wie nie einen Sonntagsgottesdienst versäumt. Und nun saß er an der Kaimauer und starrte einfach in das dunkle Gewässer. Er versuchte zu beten, doch selbst das erschien ihm auf einmal sinnlos. Sollte er nicht zurückgehen und dem Hauptpastor seine Ängste beichten? Bonafides starrte weiter auf die steingraue Wasseroberfläche. Seine Lippen bewegten sich lautlos und die Hände lagen gefaltet in seinem Schoß.

Max Goldschmidt zog seinen Mantel enger um sich, als er nach dem Gottesdienst in der Petrikirche neben seiner Mutter die Straße Raboisen entlangging. Der Gottesdienst war zu Ende, doch das Glockengeläut begleitete sie auf dem Weg zurück zu der Wohnung in der Gertrudenstraße wie eine akustische Erinnerungsstütze. Max wusste, dass ihm ein Gespräch bevorstand, eher wohl eine Vernehmung. Seine Mutter hatte beim Frühstück wenig gesagt, auch seine Platzwunde hatte sie unkommentiert gelassen; aber das musste nichts bedeuten. Er spürte, dass sie ihn beobachtete, fast misstrauisch beäugte. Wahrscheinlich hatte sie von einer ihrer vielen Bekannten bereits von dem Zwischenfall im Conventgarten erfahren. Die Hamburger Oberschicht war überschaubar, und seine Mutter hatte seit der Rückkehr aus Mölln alte Bekanntschaften wieder aufleben lassen. Am Gottesdienst hatte sie hingebungsvoll teilgenommen – bis hin zum Empfang des Abendmahls. Max hatte sie nicht zur Verteilung der Hostie und des Weins begleitet. Er ging zum Gottesdienst, weil es von ihm erwartet wurde. Das Abendmahl erachtete er jedoch als eine befremdliche Tradition, ja, es war ihm genau genommen sogar unheimlich.

Zuhause empfing sie ein Dienstmädchen, das ihre Mäntel entgegennahm und zur Garderobe brachte. Seine Mutter trug ihr auf, Tee in den Salon zu bringen. Max hätte lieber Cognac gehabt.

Das Mädchen brachte die Teekanne und stellte sie mit zwei Tassen, einem Kännchen Milch und einem Becher Zucker auf den Tisch. Es machte einen Knicks und verließ den Raum. Max und seine Mutter saßen sich schweigend gegenüber. Endlich eröffnete sie das Gespräch mit einem knappen: »Und nun?«

Max räusperte sich, nahm einen Schluck des heißen Tees und erzählte in Kurzform die Ereignisse des vergangenen Abends. Er ließ gewisse Details aus und versuchte, das Handgemenge zu bagatellisieren. Ihm wurde schnell klar, dass seine Mutter bereits mehr wusste, als das, was er ihr erzählt hatte.

»Und das Mädchen? Was ist mit diesem Mädchen, mit dem du da warst? Wieder eine Schauspielerin?«, fragte sie mit spitzer Stimme. Als Max nicht gleich antwortete, redete sie weiter: »Ich habe gehört, dass sie unmöglich angezogen war und sich frech und ungehörig benommen hat. Solches Gerede brauchen wir nicht.«

Max lächelte etwas gequält und sagte: »So spricht der Neid. Darauf gebe ich nichts.«

Seine Mutter sah ihn überrascht an, fing sich aber schnell wieder und bohrte weiter: »Wie heißt diese Person? Du hast mir den Namen vor dem Treffen nicht gesagt. Ich denke, ich sollte ihn aber kennen.«

»Hedda Svensson«, entgegnete Max zögerlich. »Sie ist Schriftstellerin. Neulich war eine Geschichte von ihr im *Correspondenten*.«

Seine Mutter runzelte die Stirn und wiederholte langsam: »Hedda Svensson?« Sie schüttelte den Kopf: »Aber das kann nicht sein! Meinst du die Person, die in Mölln Brötchen ausgetragen hat?«

»Ja, Mutter. Sie wohnt inzwischen in Hamburg bei ihrer Tante. Ich habe sie im Theater wiedergetroffen.«

»Aber das geht doch nicht! Ein Dienstmädchen!« Jetzt schnappte sie nach Luft, gleich würde sie die Fassung verlieren, dachte Max und seufzte.

»Der Mord an deinem Vater … Mölln … es kommt alles wieder zurück.« Seine Mutter wirkte jetzt auch verwirrt, doch Max wollte darauf keine Rücksicht mehr nehmen.

»Was kommt wieder zurück? Was hat das mit dem Mord zu tun?« Als seine Mutter ihm nicht antwortete, setzte er nach: »Sie erzählen mir nie etwas von den Ermittlungen. Was hat der Kriminalinspektor gesagt? Ich denke, ich habe ein Recht, etwas darüber zu erfahren.«

»Es gibt nichts Neues zu berichten«, erwiderte sie und schaute Max mit verschlossener Miene an. Plötzlich schimmerten Tränen in ihren Augen und sie fügte sehr leise hinzu: »Dein Vater war ein sündhafter Mensch.«

»Was meinen Sie damit, Mutter«, entgegnete Max. »Ich verstehe nicht.«

Seine Mutter wandte ihren Blick ab und starrte aus dem Fenster in den Nieselregen. »Wir sind alle sündhafte Menschen«, flüsterte sie und legte scheinbar reflexartig ihre rechte Hand auf die große, schwarze Bibel, die auf dem Beistelltisch lag.

Max schaute seine Mutter verständnislos an. Kannte er sie wirklich? Hatte er seinen Vater gekannt? Oder war alles immer nur Fassade gewesen? Was war in seinem Leben überhaupt wirklich? Plötzlich kamen ihm Heddas Worte in den Sinn: »Ich denke, es wird noch etwas passieren«, hatte sie gesagt. Was hatte sie damit gemeint? Wusste sie etwas, was er nicht wusste?

Hedda Svensson saß zusammen mit ihrer Tante in der hintersten Stuhlreihe der Michaeliskirche. Die große Kirche war gut besucht, wie meistens an einem Sonntag. Die Gläubigen saßen in stiller Kontemplation und lauschten der Predigt von Hauptpastor Zimmermann, der in seiner hohen, schneidenden Stimme gerade die Beständigkeit des wahren Glaubens preiste. Hedda atmete die muffige, von brennendem Kerzenwachs und Schweiß durchsetzte Luft des Gotteshauses ein und sah zu Pastor Zimmermann hoch. Das Licht war gedämpft, doch um den Altar herum brannten mindestens ein Dutzend großer Kerzen. Neben dem Altargemälde ragte die hohe Kanzel hervor, auf der Zimmermann in seiner Amtstracht mit theatralischen Gesten die vielen Feinde der wahren Religion anklagte und verdammte. Der Schein der Kerzen malte unheimliche Schatten auf sein Gesicht, die es fratzenhaft wirken ließen. Hedda hatte Hauptpastor Zimmermann nie gemocht, und das noch weniger, seitdem sie von seiner Zugehörigkeit zur geheimen Kreuz-Gesellschaft wusste. Sie ging dennoch ihrer Tante zuliebe regelmäßig zum Sonntagsgottesdienst. Sie ließ ihre Augen ziellos durch die Kirche streifen.

Das diffuse Licht, die schlechte Luft und das aufwieglerische Gebaren des Pastors machten Hedda unruhig. Sie war ohnehin angespannt wegen des Artikels, der Dienstag in der Beilage erscheinen würde. Sie sah ihre Tante an, die, den Blick ehrfürchtig gesenkt, der Predigt folgte, und empfand Gewissensbisse. Sie hatte ihre Tante hintergangen, fühlte sich aber getrieben von dem dringenden Verlangen, die Wahrheit über all die merkwürdigen Begebenheiten herauszufinden. Oder ging es doch um Recha Mendelssohn? Oder vielleicht sogar nur um sie selbst? War sie einfach zu eigensinnig? Fehlte ihr Demut? Hatte sie sich zu weit vorgewagt?

Sie dachte an ihre erste Begegnung mit dem Advokaten. Er hatte ihr einen neuen Weg, den Weg der Bücher, aufgezeigt, und das Pamphlet hatte ihre Neugier auf ein selbstbestimmtes, autarkes Leben als Frau geweckt. Wo sollte das hinführen? Zum ersten Mal, seitdem sie nach Hamburg gekommen war, fühlte sie sich seltsam unsicher. Nein, Angst hatte sie nicht, obwohl sie um die Gefahr wusste, die ihre Suche barg. Es war mehr eine Art Anspannung, verbunden mit einem nagenden Gefühl des Zweifels. Doch woran zweifelte sie? An sich selbst?

Sie lenkte ihre Aufmerksamkeit kurz auf die Predigt zurück. Zimmermann hatte sich in Rage geredet. Seine Predigten waren in den letzten Wochen noch schriller und aggressiver geworden, er schien einem Höhepunkt entgegenzusteuern. Hedda versank wieder in ihren Gedanken, jetzt kam ihr Max Goldschmidt in den Sinn. Sie hatten sich einige Male zufällig getroffen – war das Zufall gewesen? Und dann der denkwürdige Abend im Conventgarten. In einem Theaterstück von Lessing hatte sie den Satz gelesen: »Das Wort Zufall ist Gotteslästerung.« Hm, dachte Hedda und lachte in sich hinein, ob Pastor Zimmermann das auch so sah? Er sprach gerne von Gotteslästerung, meinte jedoch etwas anderes. Warum war er so mit Hass erfüllt?

Ihre Gedanken kehrten zu Max zurück. Der Abend hatte ihr gut gefallen; er war auf jeden Fall spannend gewesen, ein richtiges kleines

Abenteuer. Sie fand Max sympathisch, er war belesen und ungewollt witzig. Er schien ein bisschen zu schweben, ohne zu wissen wohin. Er konnte gut tanzen und war ein anregender Gesprächspartner. Und: er schien ehrlich zu sein, vielleicht sogar ein klein wenig naiv – trotz seiner gesellschaftlichen Gewandtheit. Ob er sich vom Einfluss seines Wohlstands und seiner Mutter würde befreien können? Sollte sie ihm außerdem von dem Kreuz erzählen? Es ging immerhin um seinen Vater. Aber wozu? Was konnte sie von ihm erwarten? Sie nahm sich vor, diese Frage bei ihrem Treffen mit Sprewitz anzusprechen. Sie hatten sich für den Nachmittag auf dem jüdischen Begräbnisplatz verabredet.

Hedda hoffte, dass Zimmermann bald zum Ende kommen würde. Die Aufregung war verflogen, jetzt war ihr nur noch entsetzlich langweilig. Am Rande ihrer Gedanken vernahm sie Musik und Gesang; Hauptpastor Zimmermann hatte endlich ein Ende gefunden; die Gemeinde erhob sich und sprach das letzte Gebet gemeinsam. Gott sei Dank, dachte Hedda und lachte leise über ihre Anspielung. Ihre Tante schaute sie streng an und machte sich auf den Weg zum Ausgang.

Mosche Nordheim saß auf einem Stein unter einem kleinen, kahlen Baum auf dem großen Platz vor dem Hauptportal der Michaeliskirche. Er suchte Schutz vor dem Nieselregen und zog sich die Ballonmütze tiefer in die Stirn. Er hatte gerade Platz genommen, als die Klänge der mächtigen Glocken die Beendigung des Gottesdienstes verkündeten. Mosche beobachtete die Menschen, die aus der Kirche strömten. Er erblickte zuerst Hauptpastor Zimmermann, gekleidet in seinen schwarzen Talar, der die Gläubigen mit einem gnädigen Kopfnicken verabschiedete. Doch von Bonafides keine Spur. Mosche hatte seit Tagen vergeblich versucht, den humpelnden Kirchendiener aufzuspüren. Er war wie vom Erdboden verschluckt. Was war zu tun? Der Junge überlegte sich, in die Kirche zu schleichen und bei einer passenden Gelegenheit Hauptpastor Zimmermann zu belauschen, denn ihm war klar, dass der Pastor die Schlüsselfigur in der Geschichte war. Dieser Plan schien jedoch selbst ihm zu gewagt. Ein jüdischer Junge würde in der Kirche sofort auffallen. Es müsste schon eine richtige Geheimmission sein. Er dachte an Jim Hawkins in dem Roman *Die Schatzinsel*, der in einem Apfelfass versteckt die Unterredung der Piraten mit Long John Silver belauscht und so von der geplanten Meuterei erfahren hatte. Jim Hawkins mochte er. Jim hatte auf der Schatzinsel das Abenteuer seines Lebens erlebt.

Dann sah Mosche Kriminalinspektor Jakob Hundt, der mit seiner Familie die Kirche verließ. Mosche kannte den Kriminalinspektor vom Sehen, denn er war der Vater eines seiner Schulkameraden. Sollte er vielleicht dem Kriminalinspektor von seiner Entdeckung berichten? Nein, beschloss er, ohne lange zu überlegen. Was hätte er denn davon? Für ihn wäre das Spiel dann zu Ende – und es hatte doch gerade erst richtig angefangen!

Als eine der Letzten verließ eine junge Frau die Kirche, die Mosche wiedererkannte. Er hatte sie vor kurzem in einem Café zusammen mit dem Lumpensammler gesehen. Sie bog zusammen mit einer älteren Frau in die Schlachterstraße ab. Mosche hatte bereits gelernt, dass es nie falsch sein konnte, einer hübschen Frau zu folgen. Glücklicherweise hatte es inzwischen aufgehört zu regnen.

Jakob Hundt versuchte beim Hinausgehen, ein Zusammentreffen mit Hauptpastor Zimmermann zu vermeiden, dessen Predigt er als äußerst bedenklich empfunden hatte. Selbst als Polizeibeamter, der tagtäglich mit den menschlichen Abgründen konfrontiert war, zeichnete er kein so düsteres Bild von den Menschen wie dieser Mann. Am Ende seines Vortrages hatte er aus Paulus Brief an die Galanter zitiert und die Worte förmlich über der Menge ausgespien: »Wolle Gott, dass sie auch ausgerottet würden, die euch verstören!« Wen Zimmermann damit gemeint hatte, hatte er in der Predigt mehr als deutlich gemacht: Juden, Atheisten, ja, eigentlich alle, die seiner Ansicht nach einen falschen Glauben praktizierten. Kaum jemand aus der Gemeinde schien diese Predigt wohlwollend aufgenommen zu haben, so schien es Hundt. Er nahm sich vor, in den kommenden Wochen mit seiner Familie eine andere Kirche für den Sonntagsgottesdienst aufzusuchen.

Hundt drückte den Arm seiner Frau, die ihn anlächelte. Die Kinder gingen ihnen schweigend hinterher. Als er sich zu ihnen umdrehte, bemerkte er einen Jungen mit einer Ballonmütze, der unter einem niedrigen Baum saß und die Kirche anscheinend beobachtete. Hundt versuchte sich zu erinnern, ob er ihn nicht schon einmal irgendwo gesehen hatte. Doch Zimmermanns hasserfüllte Predigt hatte ihn benebelt, und er ließ den Gedanken ziehen.

Mosche Nordheim stand vor dem Eingang eines Tabakladens an der Wexstraße und beobachtete das hübsche Fräulein, wie es sich vor dem gegenüberliegenden Haus von der älteren Frau verabschiedete. Diese ging durch die Eingangstür, und das Fräulein machte sich auf den Weg in Richtung Fuhlentwiete. Mosche überquerte die Straße, las das Schild über den Vermittlungsdienst von Louise Tesdorpf und setzte seine Verfolgung fort. Sie ging schnellen Schrittes durch die Caffamacherreihe, entlang des Botanischen Gartens und der Beerdigungsplätze der Kirchen bis zur Schanze. Dann überquerte sie den Bahndamm und verschwand durch die Eingangspforte des jüdischen Friedhofs. Mosche folgte ihr in sicherem Abstand. Er konnte sie jetzt zwar nicht mehr sehen, da sie zwischen zwei großen Familiengrüften verschwunden war, doch er hörte, dass sie sich mit jemandem unterhielt. Mosche traute seinen Ohren nicht, als er die zweite Stimme erkannte: es war der Lumpensammler Daveson! Mosche lugte vorsichtig hinter dem dicken Stein hervor. Das Fräulein und Daveson standen dicht beieinander vor einem alten Schuppen und schienen sich sehr intensiv zu unterhalten; der Hund Diogenes lag zwischen ihnen, doch er schlief nicht, sondern spitzte die Ohren. Mosche war wahnsinnig neugierig, worüber die beiden wohl sprachen, doch als er sah, wie der Hund den Kopf hob und in seine Richtung schaute, entschied er sich, die Verfolgung aufzugeben. Er wollte auf keinen Fall entdeckt werden.

Auf dem Weg zurück nach Hause empfand er wieder das aufgeregte Prickeln im Bauch. Sein Abenteuer nahm immer neue, geheimnisvolle Wendungen.

Theodor Rohdantz saß in der vordersten Kirchenbank der Möllner Nikolaikirche und betrachtete seine Fingernägel. Pastor Adolf Moraht predigte bereits seit einer halben Stunde, ohne dass Staatsanwalt und Kirchenvorstandsmitglied Theodor Rohdantz ihm besondere Aufmerksamkeit geschenkt hatte. Seine Gedanken kreisten um Hamburg und die kommenden Tage, die Entscheidungen herbeiführen sollten. Er hatte sich in den letzten Wochen in der großen Stadt umgeschaut und Gespräche geführt, insbesondere mit Hauptpastor Zimmermann. Wie Rohdantz vermutet hatte, war der flüchtige Advokat Sprewitz in Hamburg – und traf sich ausgerechnet mit Hedda Svensson. Er wusste auch, dass der umtriebige Kriminalinspektor Hundt seine Ermittlungen ausgeweitet hatte. Der Mann wollte einfach keine Ruhe geben. In den Augen des Staatsanwalts stellte der Reichstagsabgeordnete von Schossin eine Schwachstelle dar. Der dicke Mecklenburger war einfach nicht kaltblütig genug. Er war ein aufgeblasener Schwätzer und Möchtegern-Politiker, der letztlich zum entschiedenen Handeln nicht fähig war.

Rohdantz plante, in der kommenden Woche wieder nach Hamburg zu fahren. Er hatte eine Verabredung in der Michaeliskirche und wollte sich einen Gegenstand zurückholen, für den er sich einen neuen Zweck ausgedacht hatte. Er ahnte auch, wo der Gegenstand sich befand. Dass er ihn damals verloren hatte, war, wenn er die Lage richtig einschätzte, sein einziger Fehler gewesen. Oder vielleicht war es doch kein Fehler gewesen. Dadurch war immerhin Sprewitz wieder ins Spiel gebracht worden; das bereitete dem Staatsanwalt eine besondere Genugtuung. Er hatte den Advokaten immer gehasst – jetzt hatte er ihn endlich am Schlafittchen. Die Geschichte sollte endgültig zu Ende gebracht werden.

Die Gemeinde erhob sich um gemeinsam das Vaterunser zu beten. Mechanisch folgte Rohdantz der Aufforderung des Pastors und ließ seine Stimme mit denen der anderen verschmelzen. Er blickte dabei auf die monumentale, über dem Chor platzierte Kreuzigungsplastik, die den Innenraum der Kirche dominierte. Sie beeindruckte ihn nicht. Und sie sagte ihm nichts. »Erlöse uns von dem Bösen«, hallte es durch das Kirchenschiff. Rohdantz richtete seinen Blick nach innen – und was er dort sah, ließ ihn erstarren. Seine Hände ballten sich zu Fäusten und seine Augen brannten. Nein, von dem Bösen gab es keine Erlösung.

»Im Lukas-Evangelium, Kapitel zwölf, lesen wir von einem Treffen unseres Heilands mit dem Volk: »›Es sprach aber einer aus dem Volk zu ihm: Meister, sage meinem Bruder, dass er mit mir das Erbe teile. Er aber sprach zu ihm: Mensch, wer hat mich zum Richter oder Erbschlichter über euch gesetzt? Und er sprach zu ihnen: Sehet zu und hütet euch vor dem Geiz; denn niemand lebt davon, dass er viele Güter hat‹. Was sagt uns dieser Satz über die Sünde der Habgier?« Freiherr Klaus Albrecht von Schossin hörte sich die Predigt des Pastors Geerds mit finsterer Miene an. Der jugendliche Elan des neuen Pastors reizte ihn heute noch ärger als sonst. Er ärgerte sich, dass er die Wahl nicht verhindert hatte. Als Patronatsherr der kleinen Kirche zu Gresse hätte er durchaus bei der jüngsten Ernennung eingreifen können. Er hatte sich von seinen eigenen Problemen zu sehr ablenken lassen.

Der Freiherr saß auf seinem Patronatsstuhl unweit des Kanzelaltars und blickte streng in das mit Gottesdienstbesuchern gut gefüllte Kirchenschiff. Es waren überwiegend Knechte und Mägde des Gutes, die unter seiner Führung den kurzen Weg vom Rittergut zu der kleinen Kirche mit der außergewöhnlichen, glockenförmigen Turmspitze zurückgelegt hatten. Der Kirchgang war nach Ansicht des Freiherrn für seine Bediensteten Pflicht. Mit Argwohn beobachtete er jedoch die jüngste Entwicklung; radikale Ansichten hatten sich unter dem Deckmantel der Barmherzigkeit eingeschlichen. Die giftige Saat der Sozialdemokratie hatte selbst in der Kirche angefangen, Früchte zu tragen. Von Schossin bemerkte, wie einige der jungen Knechte in den hinteren Bänken miteinander tuschelten.

Er hatte aber andere Sorgen, echte Sorgen. Nach langem Hadern hatte er sich per Telegramm mit Rohdantz in Verbindung gesetzt und ihn für die kommende Woche zu sich nach Gresse bestellt. Es war höchste Zeit, ein Gespräch mit dem zwielichtigen Staatsanwalt zu führen. Von Schossin befürchtete, dass seine Geheimgesellschaft, das Judaskreuz, ihm entgleiten könnte. Von der letzten Unternehmung in Hamburg, der Plakataktion auf dem jüdischen Friedhof, hatte er erst im Nachhinein erfahren. Offensichtlich hatte Hauptpastor Zimmermann sie auf eigene Faust durchgeführt. Der Berliner Lehrer Henrici hatte sich auch als unsicherer Kantonist erwiesen. Inzwischen hatte der umtriebige Demagoge eine eigene Partei gegründet, die mit der Konservativen Partei des Gutsbesitzers konkurrierte. Er hatte den Ehrgeiz des Berliner Lehrers leider unterschätzt. Der Antisemitismus hatte eine eigene Dynamik entwickelt und viele wollten sich an ihm bereichern.

Der Gottesdienst endete mit dem gemeinsamen Gebet. Von Schossin stand auf und folgte als Erster dem Pastor aus der kleinen Kirche, begleitet vom Kirchengeläut. Über das Judaskreuz dachte von Schossin nicht mehr nach. An seine Stelle war der unsägliche Dolch getreten.

Aus weiter Entfernung konnte Alexander Daveson die dumpfen Klänge der Glocken hören. Er lag in der kleinen Kammer im Hinterhaus des Nordheim'schen Anwesens auf seinem Bett und las in Heinrich Heines *Die Romantische Schule*: ›Ich kann nicht umhin zu bemerken, dass Lessing in der ganzen Literaturgeschichte derjenige Schriftsteller ist, den ich am meisten liebe.‹ Heine und Lessing, dachte Daveson, sie täten gerade diesem deutschen Reiche not. Außer dem Bett befanden sich in der kleinen Kammer nur ein Tisch, auf dem sich Bücher stapelten, eine Truhe für seine wenigen Kleidungsstücke, eine Wasserkaraffe und ein Nachttopf. Die Wände waren kahl, die Stube sauber. Neben der Tür hingen Mantel und Mütze an hölzernen Dübeln.

Durch ein kleines Fenster zum Innenhof drang ausreichend Licht zum Lesen in die Kammer sowie Stöße kalter Aprilluft, die die Stadt in ihren Griff genommen hatte. Das Glockengeläut verkündete das Ende des Gottesdienstes; es war wohl Zeit, aufzustehen und sich auf den Weg zu seiner Verabredung zu machen. Große Lust hatte er nicht, aber er schlug das Buch zu, zog sich Mantel und Mütze über, nahm seine Pfeife und stieg die steile Treppe zur Haustür hinab.

Als er das Gebäude verließ und auf die Poolstraße hinaustrat, kam ihm Diogenes mit wedelndem Schwanz entgegen. Der Lumpensammler lächelte, murmelte eine Begrüßung und kraulte seinen Weggefährten am Hals. Er fragte sich, woher der Hund immer so genau wusste, dass er gerade jetzt auftauchen würde. Wo hatte er gewartet? Wie und wo verbrachte Diogenes überhaupt die Nächte? Etwa in einer Tonne wie sein Namensgeber? Dass der Hund sich in der Neustadt gut auskannte, hatte Daveson mehrfach erlebt. Diogenes hatte in den Höfen und Winkeln der Gängeviertel offenbar ein hartes Überlebenstraining erfolgreich bestanden und war inzwischen Herr seines Schicksals. Ein beneidenswertes Wesen. Ein anderer Name als Diogenes kam doch für so einen Hund gar nicht in Frage.

Die beiden Streuner machten sich auf den Weg über den Holstenplatz und die Karolinenstraße in Richtung des jüdischen Friedhofs. Die Straßen füllten sich langsam. Nach dem Gottesdienst beanspruchten die Hamburger einen Nachmittag für sich. Selbst bei ungemütlichem Wetter war die ehemalige Wallanlage ein beliebtes Ausflugsziel.

Der jüdische Friedhof war jedoch, wie Daveson gehofft hatte, menschenleer. Er ging mit Diogenes an seiner Seite zwischen den Grabanlagen hindurch und schaute sich die Umgebung mit leeren Augen an. In der kommenden Woche würden Entscheidungen getroffen werden, dessen war er sich sicher. Angst verspürte er nicht bei diesem Gedanken, nur eine sich steigernde Anspannung. Der Friedhof, diese friedliche und irgendwie unwirkliche Ruhestätte, bildete einen willkommenen Kontrast zu seiner Stimmung. Er fühlte sich gefangen, wie in einer Spirale, die sowohl von der Polizei als auch von der Geheimgesellschaft des Kreuzes vorangetrieben wurde. Und nun hatte Hedda ihm einen Fingerzeig gegeben, der die Sache noch weiter zuspitzen würde. Alles drehte sich immer schneller um ihn, strebte einer Eskalation entgegen, einer Auflösung. Am Dienstag würde der Artikel mit der Zeichnung von Rohdantz erscheinen. Es war anzunehmen, dass alle Akteure des Spiels die Zeichnung erkennen und jeder seine eigenen Schlüsse daraus ziehen würden. Es würden Dinge aus dem Verborgenen an die Oberfläche geraten.

Diogenes spitzte die Ohren und bellte zweimal kurz auf, sein Erkennungsbellen. Daveson schaute auf und entdeckte Hedda, die ihm auf einem verschlungenen Pfad entgegenkam. Der Hund ging auf sie zu und ließ sich zur Begrüßung streicheln. Daveson wartete, bis die junge Frau vor ihm stand. Sie trug ein hochgeschlossenes, dunkles Sonntagskleid, dazu ihr rotes Halstuch. »Guten Tag, Hedda«, sagte er bemüht fröhlich. »Der Geheimbund gegen den Antisemitismus kann jetzt tagen.«

Er registrierte ein kurzes Aufflackern in ihren Augen und ein Lächeln um ihre Mundwinkel, das jedoch gleich wieder erstarb. Hedda machte einen angespannten Eindruck; ihre sonst lebhaften Augen waren getrübt, etwas bereitete ihr Sorgen. Sie sagte: »Ja, ich habe es geschafft, meine Tante zu überzeugen, dass ich noch etwas zu erledigen hätte. Ich glaube, sie traut mir nicht mehr.« Sie hielt inne und schaute zu Diogenes, der zwischen ihnen beiden Platz genommen hatte. »Wenn der Artikel am Dienstag erscheint … was wird sie dann denken? Was wird passieren?«

»Darüber müssen wir heute sprechen, eine Vorgehensweise entwickeln«, erwiderte Daveson, der jedoch plötzlich verstummte, als er merkte, wie Diogenes die Ohren spitzte und aufmerksam den Pfad hinunterschaute, auf dem Hedda gekommen war. Der Hund richtete sich auf, setzte sich jedoch gleich wieder hin. Daveson schaute sich aufmerksam um: »Denkst du, Hedda, dass jemand dir gefolgt ist?«

Hedda schüttelte den Kopf: »Ich weiß es nicht so genau. Inzwischen fühle ich mich fast immer unter Beobachtung. Ich denke, ich beobachte mich selbst. Ich bin zu nervös geworden. So kenne ich mich nicht.«

»Verständlich, aber kein gutes Zeichen«, erwiderte Daveson ernst. »Wir müssen einen kühlen Kopf bewahren, die Lage wird ernst. Schau dir mal Diogenes an: gefasst, aufmerksam, ruhig. Er weiß um die Gefahr, aber er lässt sich nicht von ihr beherrschen, denn er weiß auch um seine Kräfte.«

»Angst habe ich nicht«, sagte sie, »zumindest glaube ich das nicht. Es ist so, als steuerte ich auf etwas zu, von dem ich mir eigentlich immer schon gewünscht habe, es zu erreichen … es zu besitzen … Aber werde ich es schaffen? Und will ich es wirklich haben? Es ist der Zweifel, der mich plagt. Ich zweifle an mir selbst, befürchte ich.«

»Komm«, sagte Daveson und legte seine Hand kurz auf ihre Schulter. »Lass uns ein Stück gehen. Wir wandeln umher wie die antiken griechischen Philosophen. Das Gehen ist ein Sinnbild des Denkens.« Er zündete sich seine Pfeife an und sie machten sich langsam zwischen den Grabsteinen auf den Weg.

»Die Reaktion deiner Tante kann ich nicht einschätzen. Damit musst du fertigwerden. Anders ist es mit dem Kriminalinspektor. Er wird den Artikel sicherlich gleich verstehen und dich aufsuchen. Was wirst du ihm sagen?«, fragte Daveson.

Hedda überlegte kurz, bevor sie erwiderte: »Dass ich nicht weiß, wer dort abgebildet ist, dass es eigentlich keine Rolle spielt für meinen Artikel. Der Abgebildete ist nur ein Stellvertreter.«

»Gut. Vermutlich wird er sich damit aber nicht zufriedengeben. So wie ich ihn einschätze, glaubt er nicht an Zufälle. Er wird sich dazu seine Gedanken machen … vielleicht sogar Schlüsse ziehen.«

Sie waren vor einem Grabstein stehen geblieben, der eine sonderbare Gravur hatte. Hedda erkannte einen dreieckigen Strahlenkranz, in den die Umrisse eines Buchs und eines Auges eingemeißelt worden waren. Daveson ging auf den Stein zu. »Das Zeichen für einen Gelehrten oder einen Rabbiner, vielleicht sogar einen Anhänger der Haskalah-Bewegung«, sagte Daveson sehr leise, mehr zu sich selbst als zu Hedda. Sie sah ihn fragend an. Daveson kratzte sich grübelnd am Kinn. »Die Bezeichnung für die jüdische Aufklärung, zuerst vertreten durch Lessings Freund Moses Mendelssohn.«

»Und was ist das?« Hedda zeigte auf einen anderen Stein, der umgestürzt auf dem benachbarten Grab lag und von Gestrüpp und Unkraut schon fast gänzlich verdeckt war. Zu sehen waren die Umrisse von Kerzenflammen. »Was bedeutet dieses Symbol«, fragte sie.

Daveson kniete sich hin, schob das Gestrüpp beiseite und betrachtete die Zeichnung. Sie zeigte einen achtarmigen Leuchter. »Ich glaube«, sagte er und zog an seiner Pfeife, »dass es sich um den Chanukkaleuchter handelt. Er weist wohl auf ein Frauengrab hin. Der

Leuchter symbolisiert das Entzünden der Sabbatkerzen als eine der wenigen Aufgaben der Frauen bei den jüdischen Riten. Die Frau hat sich ansonsten im Hintergrund zu halten.«

»Warum sind Religionen so frauenfeindlich?«, fragte Hedda und schüttelte den Kopf. »Wir werden überall ausgeschlossen und unterdrückt.«

»Weil Religionen lebensfeindlich sind. Die Frau verkörpert Leben, eben neues Leben. Die Religionen huldigen seit jeher dem Tod. Er ist ihr Kapital und erklärt ihre Ausstrahlung und Anziehungskraft. Die Menschen fürchten nichts so sehr wie den Tod, und deswegen haben sie zugleich auch Angst vor dem Leben, diesem Kreuz aus Freiheit und Verantwortung. Man, oder sagen wir besser Mann, will erlöst werden, will Sicherheit. Auf Erden findet er sie im Glauben, im Himmel findet er sie in Gott.«

»Maria, die Mutter Gottes, wird aber von Christen verehrt.«

»Aber nicht als Frau aus Fleisch und Blut. Sie ist nur die heilige Jungfrau. Maria symbolisiert vielmehr die Knechtschaft der Frau.«

Daveson richtete sich auf, nahm vier kleine Steine aus seiner Tasche und reichte zwei davon an Hedda weiter. Sie nahm die Steine entgegen und schaute ihn fragend an. »Die Christen verteilen Blumen auf unseren Gräbern, nun, die Juden verteilen Steine. Das ist so Brauch.« Er legte auf jedes der beiden Gräber einen der runden, glatten Kiesel und Hedda tat es ihm gleich.

Diogenes hatte sich in der Zwischenzeit hingelegt, den Kopf zwischen den Pfoten, die Ohren jedoch weiterhin gespitzt. Als Hedda und Daveson ihren Weg fortsetzten, stand er auf und folgte ihnen.

»Wir müssen weiter nachdenken«, sagte Daveson nach einer kurzen Pause. »Deinen Artikel mit der Zeichnung werden außer dem Kriminalinspektor auch Hauptpastor Zimmermann und Rohdantz selbst sehen. Wir wissen nicht, wie sie reagieren werden, ich vermute aber, dass zumindest der Staatsanwalt etwas unternehmen wird. Die Zeichnung ist ein deutlicher Hinweis darauf, dass du etwas weißt, etwas, das für ihn gefährlich sein könnte. Deine Anspielung auf das Kreuz wird er als Einziger verstehen. Wir müssen ihm zuvorkommen.«

Hedda nickte und schwieg. Sie schaute zu Boden und versuchte sich zu konzentrieren.

»Ich denke«, fuhr Daveson fort, »dass wir beide wissen, wem es gehört. Beweise dafür haben wir aber nicht.«

»Es liegt immer noch als Contrebande in dem Heft von Heine«, sagte Hedda leise, wie zu sich selbst.

»Es ist unser Pfand. Wir müssen es klug einsetzen«, erwiderte Daveson.

»Es gibt noch jemanden, der die Zeichnung wahrscheinlich verstehen wird.« Als er sie fragend ansah, zögerte sie einen Augenblick, dann flüsterte sie: »Max Goldschmidt.«

Daveson runzelte die Stirn und zog an seiner Pfeife, bevor er entgegnete: »Ja, möglich. Er wohnt inzwischen in Hamburg. Ihm liegt der Fall nahe. Aber warum denkst du an ihn?«

»Wir haben uns ein paar Mal in Hamburg getroffen, zuletzt waren wir im Conventgarten bei einem Tanzabend. Es gab einen Zwischenfall.« Sie erzählte von dem Handgemenge.

»Na«, sagte Daveson in einem neckischen Ton, »das ist eine Neuigkeit. Ich kann mir die Szene lebhaft vorstellen. Ein Schuss Romantik belebt die Geschichte.«

Hedda errötete leicht. »So weit würde ich nicht gehen«, erwiderte sie ernst. »Was soll ich ihm aber sagen? Das Kreuz geht auch ihn etwas an. Soll er davon erfahren?«

Daveson zog wieder an seiner Pfeife, bevor er antwortete: »Das musst du letztlich selbst entscheiden. Ich würde aber davon abraten. Wie soll er uns helfen? Das Spiel ist schon kompliziert genug.«

»Ja«, sagte sie langsam, »das denke ich auch. Dennoch bin ich irgendwie unsicher. Bei einem Buch kann man notfalls die letzten Seiten aufschlagen, um die Auflösung der Geschichte zu erfahren. Im Leben geht das nicht.« Sie streichelte Diogenes und schaute abwesend in die Ferne.

Daveson lachte auf: »So aufregend ein Buch sein kann, so ist ihm das Leben doch immer vorzuziehen.«

Die kleine Gruppe bewegte sich ein paar Minuten schweigend zwischen den Grabanlagen, bis Daveson wieder das Wort ergriff: »Wir müssen einen Plan entwickeln. Ich hatte dir das letzte Mal einige Möglichkeiten aufgezeigt, wie wir den Staatsanwalt nach Hamburg locken können. Mit dem Erscheinen deines Artikels müssen wir aktiv werden.« Als Hedda nicht antwortete, sagte er: »Du kannst immer noch aufhören. Wir geben dem Kriminalinspektor das Kreuz. Es ist dann allein seine Sache.«

Sie blieb stehen und schaute ihn an. Ihre Augen blitzten auf. Nein«, sagte sie fest. »Diese Geschichte ist ein Teil meines Lebens geworden. Breche ich jetzt ab, verrate ich mich selbst.«

Daveson nickte. »Gut«, sagte er. »Dann erzähle ich dir meinen Plan. Wir werden ein Telegramm aufsetzen … « Während Daveson erzählte und Hedda ihm aufmerksam zuhörte, begann es wieder zu nieseln. Diogenes lief einer Drossel nach, die vor ihnen auf dem Weg gelandet war, doch ohne Erfolg, der Vogel flog rechtzeitig davon. Der Hund schaute ihm nach, bis er in den Bäumen verschwand.

34
Wir sehen uns wieder.

Hamburg, Mittwoch, d. 7. April 1880

Jakob Hundt saß in seinem Büro, trank einen starken Kaffee und blätterte gelangweilt durch die gestrige Ausgabe des *Correspondenten*. Er überflog die Überschriften, las jedoch selten die dazugehörenden Artikel. Als er die dritte Seite der Beilage aufschlug, stutzte er jedoch. »Unterwegs im Gängeviertel« verkündete die erste, fett gedruckte Zeile; darunter war die Zeichnung eines Mannes abgebildet, den er meinte, zu erkennen. Er runzelte die Stirn und begann zu lesen. Der Artikel beschäftigte sich mit den Anreizen der Gängeviertel für die feine Gesellschaft. Der Name des Verfassers war in kleinen Buchstaben am Ende der Seite aufgeführt. Hundt stutzte erneut – Hedda Svensson. Der Kriminalinspektor schüttelte den Kopf, legte die Zeitung beiseite und ging zum Fenster herüber, von wo aus er eine Weile auf das dunkle, träge Gewässer des Bleichenfleets blickte. Dann ließ er Julius Stöter zu sich rufen.

Nachdem der Sergeant den Artikel gründlich studiert hatte, nickte er zustimmend: »Ich bin deiner Meinung, Jakob. Die Zeichnung zeigt Theodor Rohdantz. Der Text dazu ist nett geschrieben, aber ein bisschen spitz und ironisch. Die Verfasserin kennen wir natürlich auch, das hübsche Mädchen aus Mölln. Meinst du, dass das alles Zufall ist?«

»Mein lieber Julius, wie du weißt, bin ich wenig geneigt, an Zufälle zu glauben, in diesem Fall schon gar nicht. Irgendetwas steckt dahinter.

Ich werde Fräulein Svensson umgehend vernehmen. Sie weiß etwas, und ich will wissen, was es ist.« Er steckte seine schwarze Kladde in die Rocktasche und stand auf.

»Bevor du aufbrichst, habe ich noch etwas«, sagte Stöter. »Am Samstag oder vielleicht Sonntag trifft dieser Kerl Henrici in Hamburg ein. Er wird ohnehin von der politischen Polizei in Berlin observiert. Wir haben seine öffentliche Kundgebung zwar untersagt, er kommt aber dennoch. Ich denke, wir sollten ihn beschatten. Welche Kontaktpersonen hat er in Hamburg? Ich habe bereits zwei Offizianten instruiert und werde selbst auch am Bahnhof sein, wenn er eintrifft. Die Kollegen in Berlin werden uns per Telegramm über seine Ankunft informieren.«

Hundt nickte und sagte: »Ja, Julius, das sollten wir machen. Der Herr Polizeirat misst dem Fall höchste Priorität bei. Gibt es eigentlich etwas Neues über Bonafides?«

»Leider nicht. Ich nehme an, dass er die Stadt verlassen hat.«

»Da bin ich mir nicht so sicher.« Hundt nahm seinen Mantel, den Stock und die Schiffermütze und verließ den Raum.

Kriminalinspektor Jakob Hundt ging zügigen Schrittes, wurde jedoch langsamer, als er in den Schulgang einbog. Die schmale Gasse, umrahmt von den für die Gängeviertel typischen Sahlhäuser mit ihren drei Türen und den darüber hervorragenden Obergeschossen, stellte eine Abkürzung zur Wexstraße dar. Im Gang saßen ältere Herren auf Steinbänken und bedachten Hundt mit tranigen Blicken; ein Hund bellte ihn verhalten an, so als ob er es nicht wirklich ernst meinte. ›Hunde, die bellen, beißen nicht‹, dachte der Kriminalinspektor, machte aber dennoch einen Bogen um die Vierbeiner. Als Hundt Kugelsort und die Gastwirtschaft von Miss Sara erreichte, blieb er kurz stehen. An den Wänden der Gastwirtschaft hingen – wie er wusste – Zeichnungen von Louise Tesdorpf. Wie hing das alles zusammen? Die Zeichnung, Miss Sara, Sprewitz und das Fräulein ... Bald, sehr bald, würde er den flüchtigen Advokaten aufsuchen und zur Rede stellen.

Wenige Minuten darauf bestieg er die Treppe zu der Wohnung im ersten Stock des Hauses an der Wexstraße und klopfte an die Tür. Louise

Tesdorpf öffnete die Tür und sah ihn scharf an. Es war etwas Lauerndes in ihrem Blick, und Hundt zeigte ohne Aufforderung seine Marke, um die Sache nicht unnötig in die Länge zu ziehen. »Guten Tag, Frau Tesdorpf«, sagte Hundt. »Ich würde gern mit Fräulein Svensson sprechen, ist sie zuhause? Die Frau zuckte leicht zusammen, führte Hundt dann aber in das Wohnzimmer, wo er Hedda Svensson beim Lesen vorfand.

Die junge Frau stand auf, gab ihm die Hand und deutete einen leichten Knicks an: »Guten Tag, Herr Kriminalinspektor.«

Hundt erwiderte die Begrüßung und musste feststellen, dass sie gar nicht so erstaunt schien, ihn wiederzutreffen. Er holte seine schwarze Kladde aus der Rocktasche und nahm an dem großen Tisch Platz. »Fräulein Svensson«, fuhr er fort, als auch die beiden Frauen sich gesetzt hatten. »Ich habe Ihren Artikel im gestrigen *Correspondenten* gelesen. Mir geht es um die Zeichnung. Wissen Sie, wer da abgebildet ist?« Er schob die Ausgabe der Zeitung zu ihr herüber.

»Worum geht es denn bitte, Herr Kriminalinspektor?«, fragte Louise Tesdorpf, bevor ihre Nichte antworten konnte.

»Eine reine Routinebefragung«, erwiderte Hundt knapp. »Wir wollen die Identität des Abgebildeten feststellen.«

Jetzt warf auch Louise Tesdorpf einen Blick in die Zeitung. »Wird er von der Polizei gesucht?«

Hundt beantwortete ihre Frage nicht, sondern konzentrierte sich auf Hedda.

Sie schaute den Polizeibeamten ausdruckslos an und sagte freundlich: »Diese Person steht stellvertretend für solche Herren, die sich im Gängeviertel verlustieren. Wer dort abgebildet ist, weiß ich nicht, es ist aber auch nicht entscheidend.«

»Für mich schon«, entgegnete Hundt. »Sie erkennen den Mann nicht?«, fragte er nochmals und registrierte, wie Louise Tesdorpf ihre Nichte herausfordernd anschaute.

Hedda bleib dabei. Jetzt wandte sich Hundt ihrer Tante zu: »Frau Tesdorpf, darf ich Sie fragen, was Sie zu dieser Zeichnung veranlasst hat?«

»Es muss vor etwa vier oder fünf Jahren gewesen sein«, antwortete sie geradeheraus. »Ich habe ihn gesehen, als er aus Miss Saras

Gastwirtschaft kam. Den Kontrast zwischen seiner inneren Attitüde und seiner äußerlichen Erscheinung fand ich anregend. Er stellte für mich eine Art Typ dar, den wir gelegentlich im Gängeviertel sehen.«

»Ich stelle die Frage anders, Fräulein Svensson. Kann der Abgebildete Herr Staatsanwalt Rohdantz aus Mölln sein?«

Die junge Frau blieb ruhig, erstaunlich ruhig, dachte Hundt, und schien sich ihre Antwort sorgfältig zu überlegen. »Das weiß ich nicht. Es könnte sein, eine Ähnlichkeit besteht. So gut kenne ich Herrn Rohdantz aber nicht. Was für eine Rolle spielt es?«

Hundt schaute sie eine Weile an und sagte dann: »Ich glaube, Fräulein Svensson, dass Sie nicht aufrichtig mit mir sind. Sie treffen sich häufig mit dem Advokaten Sprewitz, wir haben Sie beide beobachtet. Wir wissen, dass er sich hier versteckt. Hängt die Zeichnung damit zusammen? Ich glaube nicht an Zufälle.« Louise Tesdorpf beobachtete ihre Nichte noch immer mit ihrem durchdringenden Blick. »Warum ist der Advokat in Hamburg? Was sucht er hier?«, fragte er weiter.

Hedda holte tief Luft und Hundt vermutete schon, dass sie gleich nachgeben würde und mit der Wahrheit herausrückte. »Er wurde in Mölln falsch verdächtigt. Er sucht hier einfach nach Ruhe. Wir unterhalten uns über Bücher.«

Hundt fuhr langsam mit dem Daumen über ein Eselsohr in seiner Kladde. Dann beugte er sich zu Hedda herüber und sagte mit eindringlicher Stimme: »Fräulein Svensson, Sie begeben sich auf dünnes Eis. Ich bitte Sie nachdrücklich, offen mit mir zu reden.«

»Das tue ich, Herr Kriminalinspektor.«

Hundt schüttelte resigniert den Kopf, machte sich einige Notizen und stand dann auf. »Auf Wiedersehen, meine Damen. Ich finde den Weg zur Tür alleine.« Nachdem er ein paar Schritte gegangen war, drehte er sich um und sagte: »Wir sehen uns wieder, Fräulein Svensson. Da bin ich mir sicher.«

Nachdem Hundt die Tür hinter sich geschlossen hatte, drehte sich Louise Tesdorpf zu ihrer Nichte und sah sie scharf an: »So, meine Liebe, ich will endlich wissen, worum es hier eigentlich geht. Die ganze Wahrheit. Du hast dem Inspektor nicht alles erzählt, weder über die Zeichnung noch über den Advokaten. Ich glaube, du weißt ganz genau, wer dieser Rohdantz ist, und es gibt auch einen Grund, weswegen du diesen Artikel über ihn schreiben wolltest. Du hast mich hintergangen!« Ihre Augen funkelten zornig, als sie fortfuhr: »Ich habe dem Inspektor nichts gesagt, weil ich erst mit dir sprechen wollte. Du hast noch diese eine Gelegenheit.«

Hedda wandte sich unter dem Druck, der plötzlich auf ihren Schultern zu lasten schien, doch schweigen wollte sie auch nicht länger. »Es ist wahr«, sagte sie schließlich, »ich wollte, dass die Zeichnung erscheint. Zum Teil aus Rache für meinen Vater, glaube ich, aber zum Teil auch deswegen, weil ich die Wahrheit über gewisse Dinge erfahren möchte. Ich habe der Polizei eine wichtige Spur gezeigt, denke ich. Über Herrn Sprewitz habe ich nichts gesagt, weil ich sein Vertrauen nicht missbrauchen wollte.« Sie hielt kurz inne und holte tief Luft. »Es tut mir leid, dass ich Sie angelogen habe, Tante Louise. Aber Sie hätten mich die Zeichnung doch ansonsten nicht veröffentlichen lassen.«

»Wahrscheinlich nicht«, entgegnete Louise etwas sanfter. »Über welche Dinge willst du die Wahrheit wissen? Geht es um Recha Mendelssohn? Was hat ein Möllner Staatsanwalt damit zu tun?«

»Das weiß ich nicht genau. Das wollen wir ja herausfinden.«

»Mir gefällt das alles nicht. Das habe ich dir schon einmal gesagt. Und was heißt überhaupt »wir«? Du triffst dich doch nicht mehr mit diesem Sprewitz, oder?« Sie schaute ihre Nichte scharf an, und Hedda schüttelte zaghaft den Kopf. »Lass die Finger von der Sache, Hedda.« Tante Louise stand auf und legte Hedda versöhnlich die Hand auf die Schulter. »Du wirst dich sonst noch ins Unglück stürzen.«

Die kleinen Wellen der Binnenalster reflektierten die Morgensonne und malten mäandernde Schatten auf die vorübergehenden Passanten. Es war ein sonniger, aber kühler Frühlingstag. Max Goldschmidt stand am Ufer gegenüber der Gertrudenstraße und blinzelte. Das Schmuddelwetter der letzten Wochen schien vorbei zu sein – in Hamburg sollte man den Tag allerdings nicht vor dem Abend loben, das wusste Max aus Erfahrung. Über das Gewässer hinweg blickte er auf den gegenüberliegenden Alsterpavillon, wo er später mit Hedda verabredet war.

Er war spät aufgestanden und musste sich jetzt beeilen, um vor der Börsenstunde den Frühschoppen im Frühstückslokal Zur Baren Münze zu erreichen. Für das Geschäft war der Frühschoppen im Grunde genauso wichtig wie die Börse selbst. Er hatte unruhig geschlafen. Irgendetwas nagte an ihm. Er dachte, er hätte sich seit seiner Rückkehr nach Hamburg sein Leben gut eingerichtet. Er kam den Wünschen seiner Mutter bezüglich des Geschäftes als auch hinsichtlich des gesellschaftlichen Umganges in der Hamburger Oberschicht nach und konnte nebenbei seiner Neigung für das Theater frönen. Er hatte viele Freunde und Bekannte, darunter auch zahlreiche hübsche, junge Frauen. Den Versuchen seiner Mutter, ihn zu verkuppeln, hatte er bisher erfolgreich aus dem Wege gehen können. Eigentlich hätte er keine Sorgen haben müssen. Vielleicht war das gerade das Problem. Er konnte sich einfach nicht entscheiden, wie es weitergehen sollte. Das Leben ließ sich nicht einfach anhalten. Es schritt immer fort, die Erde drehte sich unerbittlich weiter. Jeder Moment verstrich unaufhaltsam. »Verweile doch! Es ist so schön!« Wo hatte er diesen Ausspruch bloß gelesen? Als es ihm einfiel, lächelte er ein trauriges Lächeln.

Ein paar Minuten später öffnete er die Eingangstür zum Frühstückscafé, schaute in die Runde und erblickte an einem Fenstertisch Herrn Prokuristen Schöndienst, der eine angeregte Unterredung mit einem Geschäftsfreund führte. Max ging auf den Tisch zu, begrüßte die Herren und nahm Platz. Das Gespräch drehte sich um die Kaffeebörse. Der Markt für die kleinen, dunklen und inzwischen begehrten Bohnen hatte sich enorm entwickelt. Engpässe hatten den Preis in die Höhe getrieben. Es gab Gerüchte in der Kaufmannschaft, dass einige Lieferanten absichtlich die Menge manipulierten, um den Preis weiter anzuheizen. Es sollte Absprachen gegeben haben. Insofern handelte es sich um das ganz normale Spekulationsgeschäft innerhalb der ach so ehrenhaften Kaufmannschaft. Es ging stets um den Profit, nie um die Ware selbst oder gar die Konsumenten.

Das Gespräch wurde beendet und man schüttelte sich die Hände. Der Geschäftspartner, ein Makler, stand auf, um zu einem anderen Tisch zu wechseln, wahrscheinlich in derselben Angelegenheit. Max sah Schöndienst an, der einen zufriedenen Eindruck machte. Der Prokurist lächelte und hob seinen Schoppen wie zu einem Prosit. »Es läuft gut«, sagte er.

Max nickte, nahm ebenfalls sein Weinglas in die Hand und murmelte eine halbherzige Bestätigung, als sein Blick auf die aufgeschlagene Zeitung fiel, die vor ihnen auf dem kleinen Cafétisch lag. Er erkannte die Zeichnung eines Mannes, der ihm bekannt vorkam. Er griff nach dem Blatt und betrachtete die Abbildung eingehender. Es war die Beilage der gestrigen Ausgabe des *Correspondenten*. Über der Zeichnung stand: »Unterwegs im Gängeviertel.«

Schöndienst sah ihn fragend an. »Ein taktloser Artikel«, sagte er, während Max den Text las. »Ich finde es unpassend, wenn die Journaille anfängt, sich über Herren lustig zu machen. Und dann noch eine Dirne! Der Artikel ist von einer Frau. Das macht ihn noch ungehöriger.« Schöndienst nahm noch einen Schluck Wein und fuhr fort: »Es verwundert mich, dass der *Correspondent* so etwas veröffentlicht.«

Max hörte ihm nicht zu, sondern starrte noch immer auf die Zeichnung.

Hauptpastor Johann Jörg Zimmermann schaute entnervt von seinem Schreibtisch hoch, als es an der Tür klopfte. Vor ihm lag der Entwurf für seine Sonntagspredigt. Er steckte seine Schreibfeder in den Halter, nachdem er noch eilig eine kleine Randnotiz auf das Papier gekritzelt hatte und schaute auch schon in die dienstbeflissene Miene seines Sekretärs.

»Guten Tag, Herr Hauptpastor«, sagte dieser, verbeugte sich leicht und legte einige Zeitungen auf den Tisch.

Der Hauptpastor nickte, und der Sekretär verließ wortlos den Raum. Zimmermann vertiefte sich in die Zeitungslektüre. Als er über die dritte Seite der Beilage des *Correspondenten* stolperte, traute er kaum seinen Augen. Die Verfasserin kannte er, sie war Mitglied seiner Gemeinde. Impertinent! Einen solchen Artikel zu drucken … Zimmermann war sich sicher: Die junge Frau war verderblichen Einflüssen ausgesetzt. »Alexander Daveson«, flüsterte er mit zusammengepressten Lippen und stopfte die Zeitungsseite in die Schreibtischschublade.

Am Freitag würde Theodor Rohdantz zu einem Treffen kommen. Er und der Staatsanwalt hätten ausreichend Gesprächsstoff.

Max Goldschmidt lief mit gesenktem Kopf den Reesendamm an der Kleinen Alster hinunter in Richtung Jungfernstieg. Er hätte einen guten Blick auf die imposanten Alsterarkaden auf der gegenüberliegenden Seite gehabt, doch er starrte vor sich auf den Boden und grübelte. Er war gerade von der Börse gekommen, deren Geschäfte er heute kaum verfolgt hatte. Prokurist Schöndienst hatte sogar einmal gefragt, was mit ihm los sei. Max hatte nur ausweichend geantwortet, er habe schlecht geschlafen.

Gleich würde er sich mit Hedda treffen. Es sollte eigentlich eine unbeschwerte Verabredung werden, ein Nachmittag im Café mit einer schönen Frau. Und nun: dieser Artikel! Im Verborgenen bewegte sich etwas, und Hedda war daran beteiligt. Hatte es mit seinem Vater zu tun?

Als Max den Alsterpavillon betrat, bemerkte er zu seiner Überraschung, dass Hedda bereits einen Platz an einem Fenstertisch besetzt hatte. Sie schaute aus dem Fenster auf die Binnenalster; ein breitkrempiger Hut verdeckte einen Teil ihres Gesichts; ihre hellen Haare hatte sie zu einem losen Dutt nach hinten gebunden. Sonnenstrahlen fielen schräg auf den Tisch, auf dem eine Mokka-Tasse stand. Sie hatte also auch schon bestellt. Es machte den Eindruck, als ob sie die Tasse gerade abgesetzt hätte. Hedda kam ihm heute anders vor, irgendwie älter, erwachsener, obwohl er sie erst vor drei Tagen zuletzt gesehen hatte. Es war ihre Haltung, wie sie im Sonnenlicht dasaß: regungslos, halb zum Fenster gedreht und das Kinn auf die linke Hand gestützt. Sie sah aus, als ob sie Modell für ein Gemälde sitzen würde. Ja, ein Gemälde. Was sollte das Gemälde darstellen? Eine starke Frau, die aber gleichzeitig verletzlich war? Ob es einen Maler gab, der so einen Moment auf einer Leinwand fixieren könnte?

Als er sich ihr näherte, drehte sie sich zu ihm und lächelte verhalten. Ihre Augen strahlten nicht wie sonst. Sie gab ihm die Hand und er nahm ihr gegenüber am Tisch Platz. Ihre angespannte Stimmung war fast greifbar.

»Hedda«, sagte er, »ich muss dich etwas fragen.« Er nahm das Zeitungsblatt hervor und legte es auf den Tisch.

Sie schaute kurz auf das Blatt, dann blickte sie ihn wieder an.

»Das ist Staatsanwalt Rohdantz, nicht wahr? Und dein Text dazu, diese Anspielungen! Der Artikel wird Empörung in gewissen Kreisen hervorrufen. Außerdem: Wie wird Herr Rohdantz darauf reagieren?« Max hielt kurz inne. Er merkte, dass er aufgeregt wirkte.

Hedda schaute ihn lange an, bevor sie antwortete: »Ja, ich weiß. Ich wollte Herrn Rohdantz eins auswischen dafür, was er meinem Vater und mir angetan hat! Und der Text? Nun, er beschreibt doch nur die Realität! So benehmen sich die feinen Herren, wenn sie zu Besuch bei uns im Gängeviertel sind.« Hedda hatte Mühe, ihre Stimme zu beherrschen, und in ihren Augen blitzte etwas von der alten Lebendigkeit auf. »Mehr habe ich nicht beabsichtigt.«

Max fragte sich, ob das eine Anspielung auf ihn war, atmete einmal tief durch und sagte so ruhig wie es ihm möglich war: »Eine Sache in deinem Artikel verstehe ich überhaupt nicht. Was hat es mit diesem Kreuz auf sich?«

»Das hat keine weitere Bedeutung«, sagte Hedda und bemühte sich um ein Lächeln. Machte sie ihm etwas vor? Max war skeptisch geworden.

Er schüttelte den Kopf, lächelte verunsichert zurück und schwieg.

Der Kellner kam, um die Bestellung entgegenzunehmen, und Max beteuerte, dass er auf jeden Fall einen Cognac brauche. Hedda schloss sich ihm an.

»Hedda, wie geht es jetzt weiter?«, fragte Max verhalten, nachdem sie schweigend die ersten Schlucke genommen hatten.

»Was meinst du?«, fragte sie. Sie schien auf der Hut zu sein. Er hatte sie nie so angespannt erlebt.

»Na ja«, erwiderte er. »Ich habe das Gefühl, dass etwas im Gange ist, etwas, das dir Sorgen bereitet. Und ich frage mich, ob es nicht auch mit meinem Vater zu tun hat.«

Hedda nippte an ihrem Cognac und schaute aus dem Fenster auf die Binnenalster. Nach einer Weile drehte sie sich wieder zu Max um und seufzte, als hätte sie einen Entschluss gefasst. »Nein, Max, es hat nichts mit deinem Vater zu tun. Es geht um eine Geschichte aus der Revolutionszeit, um eine junge Frau, die damals ermordet wurde. Ich versuche, mehr über ihr Leben zu erfahren.«

Max runzelte die Stirn. »Was hat der Möllner Staatsanwalt damit zu tun?«

»Das möchte ich herausfinden.«

»Das hört sich sonderbar an und auch irgendwie riskant. Warum befasst du dich mit solchen Geschichten?«

Hedda lächelte wieder. »Hast du vergessen, dass ich Schriftstellerin bin, oder besser gesagt, werden möchte?«

»Ist das Schreiben nicht eine einsame, friedliche Beschäftigung, der man in einer ruhigen Schreibstube nachgeht?«

Hedda hätte über diese Bemerkung lachen wollen, doch sie blieb ernst. »Vor dem Schreiben kommt das Leben, und das ist selten einsam und friedlich.«

Max nahm sein Glas in die Hand, genehmigte sich noch einen kleinen Schluck und schüttelte den Kopf: »Aus dir, Hedda, werde ich nicht schlau.«

35
Rosas Geschichte

Hamburg, Donnerstag, d. 8. April 1880

Sergeant Julius Stöter trank sein Bier in einem Zug aus, legte die passenden Münzen auf den Tresen und verließ das Lokal. Er hatte gesehen, wie vor ein paar Minuten der Advokat Sprewitz, alias Lumpensammler Daveson, das Lokal betreten hatte und dabei sofort von Miss Sara zu sich gewinkt worden war. Sie hatte ihm eilig etwas ins Ohr geflüstert. Der Advokat hatte genickt und die Gastwirtschaft sofort wieder verlassen. Stöter ging ihm nach. Als er aus der Gastwirtschaft hinaustrat, sah er, dass Sprewitz gar nicht weit gekommen war. Er stand in einem Hauseingang, außerhalb des Lichtkegels der nahen Gaslaterne, und schaute aufmerksam den Ebräergang hinunter. Stöter richtete sich auf eine Wartezeit ein. Nichts geschah. Über eine halbe Stunde bewegte sich Sprewitz nicht. Die kalte Abendluft schien ihm nichts auszumachen, während Stöter von einem Fuß auf den anderen trat und überlegte, ob das Warten überhaupt Sinn machte. Er konnte noch die Geräusche und das Stimmgewirr aus der nahen Gaststube hören und ärgerte sich, dass er sich die anderen Gäste in dem vollen Lokal nicht aufmerksamer angeschaut hatte. Er hatte sich wohl zu sehr mit der netten Kellnerin befasst. Sicherlich hatte Miss Sara Sprewitz vor jemandem gewarnt, und ihm war es entgangen. Vielleicht sollte er zurückgehen und Miss Sara zur Rede stellen. Nein, noch nicht. Womöglich würde er dabei Sprewitz aus den Augen verlieren. Stöter nahm an, dass der Advokat inzwischen wusste, dass er beschattet wurde. War es ihm egal? Was suchte er hier eigentlich?

Gelegentlich schlenderte jemand durch den Ebräergang; in den Eingängen einiger Häuser standen Dirnen, denen der Ebräergang seinen Ruf in der Stadt verdankte. Sie warteten auf Kundschaft; genau wie ich, dachte Stöter, und war für einen Moment selbst erheitert über seine schräge Anspielung. Plötzlich kam Bewegung ins Spiel. Sprewitz ging langsam, aber zielstrebig zu einer Frau, wohl eine Prostituierte, die offenbar gerade aus einer Haustür am Ende des Gangs gekommen war. Stöter schlich ihm hinterher und versteckte sich an derselben Stelle, an der zuvor Sprewitz gestanden hatte. Er konnte erkennen, dass Sprewitz sehr hitzig auf die Frau einredete, worauf diese zögerlich, wenn nicht gar ablehnend, zu reagieren schien. Sprewitz holte Geld aus der Rocktasche und überreichte es der Frau, die es in ihrem Kleid verstaute. Stöter erwartete, dass die beiden in dem Haus verschwinden würden, und er wieder Miss Sara aufsuchen und ein Bier trinken könnte; ihm war inzwischen wirklich kalt. Es handelte sich offensichtlich doch um ein ganz normales Geschäft. Zu seiner Verblüffung blieben die Dirne und Sprewitz jedoch vor dem Eingang stehen. Jetzt redete die Frau und Sprewitz hörte zu. Stöter konnte nicht hören, worüber sie sprachen, der Wind machte ihm einen Strich durch die Rechnung, und so war er fast erleichtert, als die beiden das Gespräch beendeten und der Advokat um eine Ecke in den Alten Steinweg abbog und verschwand.

Stöter schlenderte nun seinerseits unauffällig zu der Dirne herüber, die, sobald sie ihn erspähte, ihren Rock hob und eine wohlgeformte Wade zeigte. Störer ermahnte sich zu Professionalität. »Lass die Macken, Mädchen«, sagte er schroff. »Ich bin weder Freier noch von der Sitte. Ich bin Kriminalpolizist.« Stöter zeigte seine Marke. »Ich brauche Informationen.« Er schätzte die Frau auf Mitte zwanzig oder etwas älter. Es war schwer zu sagen. Vielleicht war sie einmal ein hübsches Kind gewesen, das Leben hatte jedoch inzwischen seinen Zoll verlangt – sie sah verbraucht und erschöpft aus. Wahrscheinlich war sie Dirne in der zweiten oder gar dritten Generation, wie es sie nicht selten gab. Ein trauriges, schmutziges Leben. Ihre braunen Augen verrieten jetzt Angst, doch die Berechnung war nicht gänzlich daraus verschwunden. »Wie heißt du?«, fragte Stöter, nun in einem etwas freundlicheren Ton.

»Rosa«, antwortete die Frau leise.

»Was wollte der Mann, der gerade weggegangen ist, von dir?« Die Frau zögerte. »Komm, Mädchen«, fuhr Stöter fort. »Du kannst dich nicht auf ein Berufsgeheimnis berufen. Er hat dir Geld gegeben. Ihr seid aber nicht nach oben gegangen. Du hast ihm etwas erzählt, das ihm offenbar von großer Bedeutung war. Was war es?«

»Er wollte wissen, wer mein letzter Freier war und was ich mit ihm gemacht habe. Über so etwas rede ich nicht, wissen Sie, er hat mich aber dafür bezahlt. Eine Frau muss sehen, wo sie ihr Geld herkriegt.«

»Hast du ihm gesagt, was er wissen wollte?«

»Ich weiß nicht, wie der Herr heißt. Namen nennen sie eigentlich nie. Was wir gemacht haben? Nun, dieser Herr hat besondere Wünsche.« Jetzt hatte sie wieder Oberwasser, und Stöter hörte zu, als Rosa von ihrem Stündchen mit dem eigentümlichen Freier berichtete. Sie ließ auch die geheimnisvolle Tasche und das schwarze Kleid nicht aus.

Als sie geendet hatte sagte er: »Wir machen einen gemeinsamen Spaziergang. Kriminalinspektor Jakob Hundt möchte sicherlich mit dir sprechen. Er wohnt nicht weit von hier.« Stöter nahm ihren Arm, aber sie sperrte sich. »Komm, Mädchen. Entweder machen wir einen gemütlichen Spaziergang oder ich lasse dich zum Stadthaus bringen. Dort kann man sich auch unterhalten. Aber da ist es nicht so gemütlich.«

Er merkte, wie sie den Widerstand aufgab und stattdessen Angst bekam. »Hör zu, Rosa«, sagte er. »Du hast nichts zu befürchten. Wie ich sagte, bin ich nicht von der Sitte. Wir untersuchen einen Mordfall. Du hast Informationen, die wir brauchen. Du erzählst sie uns und dann kannst du gehen. So einfach ist das.«

Keine Viertelstunde später stand Stöter vor der Tür von Hundts Wohnung; Rosa stand direkt hinter ihm, ihr Gesicht bleich, die Arme um den schlanken Körper geschlungen. Er klopfte. Die Tür ging auf, und Lotte Hundt stand ihnen gegenüber. »Abend Julius«, sagte sie fröhlich, »Komm doch herein«. Dann registrierte sie Rosa hinter ihm und zog die Augenbrauen hoch. »Ich nehme an, es handelt sich um einen dienstlichen Besuch. Ich sage Jakob Bescheid.« Sie traten in die Stube, und sahen Hundt, der auf dem Fußboden saß und mit den Kindern spielte. Stöter tat es leid, seinen Vorgesetzten aus dem geselligen Familienalltag wieder in die harte Realität der Polizeiarbeit zurückholen zu müssen. Hundt schaute auf und hatte die Lage sekundenschnell erfasst. Er begrüßte die beiden mit seinem entschlossenen Ermittlerblick, ein Blick, so undurchdringlich und erbarmungslos wie seine schwarzen Kladden, dachte Stöter. Die vergaßen auch nichts.

»Wir gehen in eine Gastwirtschaft unten am Schaarmarkt. Ich hole nur meinen Mantel«, sagte er knapp und verschwand im Flur.

Auf dem Weg über den Schaarmarkt fasste Stöter für seinen Chef den bisherigen Ablauf des Abends zusammen; die Frau lief schweigend hinter ihnen. Sie kehrten in das Lokal Zur Kupferkanne ein, wo Hundt offensichtlich bekannt war. Stöter merkte, wie der Kellner Hundt mit Namen und Titel ansprach und, ohne nachzufragen, die kleine Gruppe zu einem Nischentisch im hinteren Bereich der Gaststube führte. Hundt bestellte ein Bier und nach einem kurzen Blick auf Stöter, der erleichtert nickte, auch eins für ihn. Danach schaute er Rosa an und sagte: »Fräulein Rosa – Darf ich Sie so nennen? – was möchten Sie trinken, oder möchten Sie etwas essen?«

Die Frau machte große Augen, sichtlich überrascht von der ungewohnt höflichen Ansprache und dem großzügigen Angebot, und stotterte etwas, das man als ein »Ja« verstehen konnte.

Stöter lehnte sich in seinem Stuhl zurück und beobachtete seinen Vorgesetzten, der, ohne weiter nachzufragen, ein Labskaus und ein Bier für die Frau bestellte. Rosa schaute Hundt nun noch verwirrter an.

»Fräulein Rosa«, sagte Hundt ruhig und freundlich, »erzählen Sie mir von den Ereignissen des heutigen Abends. Kannten Sie den Mann mit der schwarzen Tasche? Ist er vorher schon einmal bei Ihnen gewesen?«

»Ja«, sagte Rosa, die sich langsam wieder sicherer zu fühlen schien. »Ich kannte ihn schon, er kommt ab und zu.«

Hundt holte eine Zeitungsseite aus seiner Rocktasche und legte sie vor Rosa auf den Tisch. »Ist das der Mann mit der schwarzen Tasche?«

Die Frau schaute eine Weile auf die Zeichnung; ihre Mundwinkel zuckten leicht. Dann nickte sie und sagte sehr leise, fast ängstlich: »Ja, das ist er.«

Das Gespräch verstummte, als der Kellner die Bestellung brachte.

»Seit wann kommt er und wie oft?«, fragte Hundt und trank einen Schluck Bier.

»Seit vier oder fünf Jahren, meine ich. Nicht sehr oft, obwohl … in der letzten Zeit etwas häufiger.«

»Sergeant Stöter sagte mir, dass der Mann ungewöhnliche Wünsche hat. Wie genau läuft so ein Stündchen mit ihm ab?«

Rosa errötete leicht, und Stöter dachte bei sich, dass sie das erste Mal attraktiv wirkte. »Nun, in meinem Beruf«, Rosa senkte ihre Stimme etwas und lehnte sich zu den beiden hinüber, »lernt man die Männer kennen.« Sie sah Hundt keck ins Gesicht und klimperte mit den Augen. Hundt reagierte nicht auf ihre Anzüglichkeit und nickte nur steif. Rosa gab auf und wiederholte die Geschichte, die sie Stöter bereits erzählt hatte.

Als sie fertig war, fragte Hundt, ob der Mann irgendwie erklärt hätte, warum er eine solche Sonderbehandlung wollte.

»Beim ersten Mal hat er mir genau erzählt, was er wünscht. Warum, das geht mich nichts an. Ist mir auch egal. Seitdem sagt er so gut wie nichts, nicht mal Guten Abend.« Sie hielt einen Augenblick inne. Sie schien sich an etwas zu erinnern, das ihr sichtliches Unbehagen bereitete. »Manchmal habe ich richtig Angst vor ihm«, flüsterte sie. »Er hat so kalte Augen. Aber er bezahlt gut, in der letzten Zeit sogar mehr als sonst, ohne dass ich danach gefragt habe. Ein Mädchen muss sehen, wie es zurechtkommt, nicht wahr?«

Auf diese Frage, die eigentlich keine war, ging Hundt nicht ein. Er schaute Rosa an, die den Rest ihres Labskaus nun mit großem Appetit aß und das Bier dazu trank. Stöter fand, dass sein Chef für einen Moment fast mitleidig wirkte, als spiele sich das erbärmliche Leben der Prostituierten gerade vor seinem geistigen Auge ab.

»Fräulein Rosa«, sagte Hundt sanft, »es war noch ein Mann bei Ihnen heute Abend. Ich nehme an, dass Sie auch seinen Namen nicht kennen, oder wissen, weshalb er sich so für Ihren Freier mit der schwarzen Tasche interessierte?« Die Frau schüttelte den Kopf und wartete. Sie machte inzwischen einen gefassteren Eindruck. Hundt fuhr fort: »Was hat er genau gesagt? Können Sie sich an den Wortlaut erinnern?«

»Er kam auf mich zu und wollte wissen, was der Mann bei mir gemacht hatte. Er sah sehr wild aus mit seinen langen Haaren und dem Ziegenbart. Ich mag Juden nicht besonders, wissen Sie. Ich fand die Frage unverschämt. ›Es geht dich nichts an. Lass mich in Ruhe, oder ich hole jemanden‹, habe ich gesagt. Er wurde etwas ruhiger und sagte, er würde auch dafür bezahlen, er holte gleich Geld aus seiner Tasche. Warum nicht, habe ich mir gedacht, mir konnte es ja egal sein. Ich habe ihm das Gleiche erzählt wie Ihnen beiden. Ich hatte den Eindruck, es hat ihn … traurig gemacht. Ich hatte fast Mitleid mit ihm, so unglücklich hat er ausgesehen«

»Und er hat nichts weiter gesagt?«, fragte Hundt.

Rosa legte einen Finger an ihre Schläfe, wie, um sich besser konzentrieren zu können, und schloss die Augen. »Doch«, sagte sie schließlich, »Er sagte einen Namen. Den Namen einer Frau. Aber er sagte ihn so leise, dass ich ihn kaum verstanden habe. Ich glaube, er sprach nur zu sich selbst.«

»Welchen Namen?« Hundt griff in seine Manteltasche, um seine schwarze Kladde hervorzuholen.

»Recha Mendelssohn«, sagte Rosa und sah die beiden fragend an.

Stöter blickte zu Hundt und hatte den Eindruck, in dessen Augen förmlich einen neuen Gedanken aufblitzen zu sehen. Hundt sagte jedoch in seinem gewohnt nüchternen Ton: »Vielen Dank, Fräulein Rosa. Sie haben uns sehr geholfen.«

Nachdem Rosa gegangen war, saßen die beiden Kriminalbeamten noch bei einem weiteren Bier in der Gastwirtschaft. Hundt wirkte sehr zufrieden mit den neuen Ergebnissen. »Julius, wir sind einen großen

Schritt weitergekommen. Langsam fügt sich das Ganze zu einem Bild, einem sehr erschreckenden Bild. Du gehst wieder zu der Gastwirtschaft zurück und vernimmst Miss Sara. Wir müssen herausfinden, was sie weiß. Sie und Sprewitz sind offenbar miteinander vertraut.« Hundt nahm einen Schluck Bier und wischte sich den Schaum von der Oberlippe. »Ob sie uns alles erzählt, ist leider fraglich. Genau wie Hedda Svensson … ich bin mir sicher, dass sie uns auch nicht alles gesagt hat, was sie weiß … Ach, Julius, in dieser Geschichte liegt einfach noch zu vieles im Verborgenen«, fügte er nachdenklich hinzu.

»Wie steht es mit dem Advokaten? Nimmst du ihn dir jetzt vor?«, fragte Stöter.

»Ja«, erwiderte Hundt. »Ich werde Sprewitz morgen aufsuchen. Für dich gibt es auch eine Aufgabe. Erkundige dich morgen früh bei den älteren Kollegen, ob ihnen der Name Recha Mendelssohn bekannt ist. Und schau in der Registratur nach, ob wir Akten über sie haben. Das zerrissene Pamphlet, das du in Mölln gefunden hast, stammte von ihr. Als ich noch in Mölln war, sagte mir ein Zeuge, dass Sprewitz in einen Skandal mit einer Jüdin verwickelt war. Diese Jüdin war Recha Mendelssohn, da bin ich mir sicher. Sie gehört auch in dieses Bild, und wir müssen herausfinden, wie.«

Die beiden Polizeibeamten tranken ihr Bier schweigend aus. Stöter kannte seinen Chef – seine Gedanken waren woanders, wahrscheinlich bei seiner schwarzen Kladde. Er brauchte keine Pfeife. Er kam auch gut ohne sie zurecht.

Während Hundt und Stöter ihr Bier tranken, stand ein Mann unweit der großen Michaeliskirche an der Kreuzung Krayenkamp/Teilfeld und sah zu einem Fenster im Erdgeschoss eines dreistöckigen Putzbaues, in dem noch ein Licht brannte. Es war die Schreibstube von Hauptpastor Zimmermann, das wusste er. Mühsam humpelte er in Richtung des Pastorats; Bonafides hatte lange gezögert, und dann doch den Entschluss gefasst, zurückzukehren. Die Kälte hatte ihn mürbe gemacht – oder waren es doch seine Zweifel gewesen? Er sehnte sich nach seiner Schlafstätte und der Geborgenheit der Kirche, ja, er wollte zurück in den Schoß des Herrn. Hier war er seit fünfzehn Jahren zuhause. Er hatte beschlossen, dem Hauptpastor von seinen zweifelhaften Gedanken zu erzählen, ja, zu beichten. Bonafides suchte nach Absolution und Sicherheit unter den strengen Augen seines Wohltäters.

Er ging zum Seiteneingang, holte seinen Schlüssel hervor und trat in einen dunklen Flur. Fahles Mondlicht erhellte den kurzen Gang, der zur Schreibstube des Hauptpastors führte. Er blieb einige Minuten unentschlossen vor der Tür stehen. Er erschrak entsetzlich, als sie sich plötzlich mit einem leisen Knarzen öffnete und Zimmermann vor ihm stand. Er verschränkte die Arme und sah auf Bonafides herunter. Das Licht der Gaslaterne in seiner Stube leuchtete ihn von hinten an und ließ ihn noch größer wirken. Bonafides ging auf die Knie und berührte mit zittrigen Händen das Gewand des Pastors. »Verzeihung, Herr Hauptpastor. Ich bin ein reuiger Sünder«, stotterte er und seine Augen füllten sich mit Tränen.

Bonafides konnte nicht sehen, wie Zimmermann seine rechte Hand hob und den Blick zur Decke wandte. »Ein reuiger Sünder ist in den Augen des Herrn wertvoller als hundert Gerechte, aber nur dann«, Zimmermann machte eine Pause, um diesen Moment der absoluten Macht voll auszukosten, »wenn seine Reue wahrhaftig ist.«

Bonafides drehte sich unruhig in seiner Schlafstätte hin und her und schaute aus dem kleinen Fenster in die dunkle Nacht hinaus. Er befand sich alleine in der kleinen Bibliothek neben der Schreibstube des Hauptpastors. Zimmermann hatte gesagt, er solle sich weiterhin versteckt halten. Einen Grund dafür hatte er aber nicht genannt.

Bonafides hatte gebeichtet, er hatte seinem Herrn alles erzählt, was ihm auf dem Herzen gelegen hatte. Er hatte ihm auch gesagt, dass er mit dem fremdartigen Kreuz nichts mehr zu tun haben wollte; dass es ihm Seelenqualen bereite, hatte er gesagt. Zimmermann hatte sich das Geständnis mit steinerner Miene angehört. Nachdem Bonafides eine Weile geschwiegen hatte, hatte Zimmermann seine rechte Hand erhoben und ihm feierlich versichert, dass er sich in Gottes Händen befinden würde; er solle Demut zeigen und auf ihn, den Hauptpastor, vertrauen. Durch das Kreuz-Zeichen würden sie Gottes Werk auf Erden befördern. Es habe immer Feinde der Kirche und des rechten Glaubens gegeben; heutzutage seien sie jedoch unverschämter und gefährlicher geworden. Die Kirche müsste mit allen Mitteln gegen sie ankämpfen. Wenn er, Bonafides, diesen Kampf nicht unterstützen wollte, würde der Hauptpastor andere Aufgaben für ihn finden. Bonafides verstand die Rede des Hauptpastors nur bruchstückhaft, fühlte sich aber beruhigt. Zimmermann hatte ihm gesagt, er sollte Ruhe und Kraft in seinem einfachen Glauben an Gott finden.

Doch Bonafides fand keine Ruhe. Er schaute weiter aus dem Fenster. Ihn fröstelte. Irgendwann stand er auf und humpelte in der kleinen Stube auf und ab. Er schaute auf die vielen Bücher, die in den Regalen standen und auf einem Tisch nahe dem Fenster gestapelt lagen. Lesen konnte er nicht. Für ihn waren die vielen Bände tote, stumme Gesellschafter, die Bibliothek ein Friedhof fremder Gedanken. Bonafides hatte sich immer vorgestellt, dass Bücher Gespenster beherbergten, die nachts in den Köpfen der Menschen ihr Unwesen trieben. Von dem Stapel auf dem Tisch neben dem Fenster nahm er ein Buch in die Hand, schlug es wahllos auf irgendeiner Seite auf. Es war zu dunkel, um etwas zu erkennen; er zündete eine Kerze an und schaute auf sauber aneinandergereihte, kleine, schwarze Kringel, Rundungen und Striche, einige größer als andere, in zwei geordneten Spalten auf vergilbten Papier. Er blätterte die Seite um. Hier gab es ein schönes Bildnis zu sehen, filigran gezeichnet und mit Farbe ausgemalt. Ein junger Mann, gekleidet in einen groben Umhang, kniete vor einem anderen, älteren Mann, der einen langen weißen Bart hatte und zum Himmel aufschaute. Seine Hände waren wie zum Gebet gefaltet und lagen auf den Schultern des jungen Mannes. Bonafides verstand den Text nicht, ließ sich jedoch von der Miniatur einfangen. Sie beruhigte ihn. Er kehrte zu seiner Schlafstätte zurück, legte sich hin und begann zu beten. Bald schlief er ein.

36
Zwei Morde, ein Täter, keine Beweise

Hamburg, Freitag, d. 9. April 1880

Dunkle Wolken hingen über der Stadt, als sich Kriminalinspektor Jakob Hundt zu einer sehr frühen Morgenstunde auf seinen Weg über die Michaelisbrücke zu seinem Arbeitsplatz begab. Die Gehwege waren rutschig, in der Nacht hatte es geregnet, und Hundt bewegte sich vorsichtig. Er hatte schlecht geschlafen, was bei ihm so gut wie nie vorkam. Rosas Geschichte war ihm immer wieder durch den Kopf gegangen. Irgendwann hatte er sogar seine Frau geweckt, um ihr davon zu erzählen. Ach, hatte Lotte betreten gesagt, denn sie bedauerte die arme Prostituierte mit ihrem traurigen Leben ebenso wie er, »Warum macht ein Mann so etwas? Das mit dem Kleid würde mir Angst einjagen. Das ist doch nicht normal.« Ja, sie hatte natürlich recht – normal war das nicht. Was für eine Perversion steckte dahinter? Er war sich inzwischen sicher, dass es sich um Staatsanwalt Theodor Rohdantz handelte. Der Besuch bei einer Dirne war nicht strafbar. Die Einzelheiten des Besuches warfen aber Fragen auf, insbesondere deswegen, weil sich der Advokat Sprewitz so sehr dafür interessierte. Und: Recha Mendelssohn. War die Jüdin der Schlüssel zu dem Puzzle, ein Teil, welches das Ganze zu einem erkennbaren Bild zusammenfügte? Hundt hatte von dem damaligen Aufstand im Rahmen der Revolution einiges gehört. Es schien ihm fast unvorstellbar zu sein, dass seine Hamburger so in Wallung geraten konnten. Die Massendemonstrationen, radikale Kundgebungen, der Brand am Steintor, die Barrikaden – das alles konnte Hundt mit der Stadt, wie er sie kannte, nicht in Verbindung bringen, als ob die Revolution die kranke Erfindung eines Sensationsschriftstellers wäre. Eine böse Mär, mit der man Kinder erschrecken wollte. Und sie war ja inzwischen auch weitgehend vergessen – ein Spuk.

Er fühlte sich dem Ziel nah. Die Umstände des Mordes an Hermann Goldschmidt wurden für ihn immer deutlicher. Jetzt hatte das Ganze also auch noch eine Verbindung zur Revolution von vor über dreißig Jahren und dieser offenbar stadtbekannten Revolutionärin Recha Mendelssohn. Der Fall hatte eine unglaubliche Dimension angenommen. Er wühlte ein Stück Hamburger Geschichte auf, das längst in Vergessenheit geraten zu sein schien.

In seinem Büro angekommen, holte er seine schwarze Kladde über den Fall Goldschmidt hervor und las sie Seite für Seite durch. Zum wievielten Male, fragte er sich. »Die Aussage der Witwe, der sonderbare Fleck auf Goldschmidts Gehrock, der Dolch, der Synagogenbrand in Grevesmühlen, das zerrissene Pamphlet, das schwarze Kleid, der flüchtige Advokat, das sonderbare Kreuz … Wie passte das alles zusammen?«

Nach einer Weile legte er das Heft beiseite und machte sich eine Tasse Kaffee, die er am Fenster mit Blick auf das Bleichenfleet langsam austrank. Geld war nicht das Motiv – doch was war es dann? Es musste in den tiefsten Abgründen der menschlichen Seele zu finden sein, davon war Hundt fest überzeugt. Was konnte einen so tiefgründigen Hass begründen? Und was war der Auslöser gewesen? Jemanden zu hassen und ihn umzubringen … dazwischen gab es doch eine Grenze, die überschritten werden musste. Der Täter war gerissen, eiskalt, ein Mann mit zwei Gesichtern. Das alles passte zum Staatsanwalt Rohdantz. Hundt wurde in seinen redundanten Grübeleien jäh unterbrochen, als Sergeant Stöter den Raum betrat. Das Klopfen hatte Hundt offenbar gar nicht gehört, so versunken war er in seine Gedanken gewesen. Stöter hatte zwei Konvolute in den Händen. Obwohl es am Vortag sicherlich spät geworden war, machte er einen munteren, fast angriffslustigen Eindruck. Hundt hatte die Lebensenergie seines

Mitarbeiters stets bewundert und sich gefragt, woher er sie eigentlich nahm. Vielleicht hatten Bier und Zigarren ja doch ganz zu Unrecht so einen schlechten Ruf. Hundt musste schmunzeln.

»Jakob«, sagte Stöter und nahm seine Zigarre aus dem Mund, »wir haben einiges erreicht. Ein wirklich spannender Fall. Ich habe einen älteren Konstabler gefunden, der sich an den Namen Recha Mendelssohn erinnern konnte. Sie war während der Revolution äußerst aktiv. In unserer Registratur gibt es sogar zwei Akten über die Frau. Eine Observierungsakte und eine Akte über ihren Mord.«

»Was sagst du da, Julius? Sie wurde ermordet?«

»Ja, im September 1850. Der Fall wurde nie aufgeklärt.«

Stöter legte die beiden Akten auf den Schreibtisch. Hundt klappte die erste auf und überflog die erste Seite. Dann wies er mit der Hand zur Tür. »Julius, lass mich bitte eine Weile in Ruhe. Ich muss lesen.«

Stöter nickte, zog an seiner Zigarre und sagte: »Eine Sache noch, Jakob. Ich habe Miss Sara gestern Abend vernommen. Sie war nicht sehr auskunftsfreudig. Dieser Sprewitz scheint bei den Frauen Mutterinstinkte zu wecken. Sie behauptet, dass Sprewitz ihr einmal gesagt habe, er habe den Mann gerne treffen wollen, dessen Zeichnung neulich im *Correspondenten* erschienen war. Einen Grund hat er wohl nicht genannt. Da Sprewitz, den sie angeblich nur als Daveson kennt, ein guter Stammkunde ist, hat sie die Augen nach ihm aufgehalten und den Mann gestern Abend in der Gastwirtschaft wiedererkannt. Davon hat sie Sprewitz dann in Kenntnis gesetzt. Mehr konnte oder wollte sie dazu nicht sagen.«

Hundt nickte: »Wie ich erwartet habe, will sie den Advokaten schützen. Ihre Aussage ist aber nicht entscheidend. Ich glaube, ich habe schon verstanden, wie es gestern Abend abgelaufen ist. Und ich habe auch eine Idee, was der Sprewitz in Hamburg sucht. Wichtig ist jetzt, mehr über Recha Mendelssohn zu erfahren.«

Hundt vertiefte sich in die Akten. Ein ungeklärter Mordfall von 1850, der noch ungeklärte Mordfall Hermann Goldschmidt. Gab es da Verbindungen? Ein Akteur war auf jeden Fall in beide Fälle verwickelt,

Herr Advokat Sprewitz. Und wie war es mit Herrn Theodor Rohdantz? War er nicht auch 1848 dabei gewesen? Hundt holte seine schwarze Kladde wieder hervor und blätterte zu den Notizen über den Staatsanwalt zurück, die er sich in Mölln zu Beginn der Untersuchung notiert hatte. Ja, so war es. Sprewitz und Rohdantz hatten zumindest zum Teil eine gemeinsame Vergangenheit, sie waren wohl eher Gegner als Verbündete gewesen. Hatte der Staatsanwalt Recha Mendelssohn überhaupt gekannt?

Er entschied, zunächst die Observierungsakte zu lesen. Sie setzte im Sommer 1847 mit dem Bericht eines Spitzels über eine junge Jüdin namens Recha Mendelssohn ein. Sie war die Schwester des Schriftstellers Joseph Mendelssohn, bekannt dafür, sich in der Öffentlichkeit auffällig und unangemessen zu benehmen. Sie trug keine Kopfbedeckung, rauchte und hatte aufrührerische Gespräche in einigen Gasthäusern geführt. Die Behörden stuften sie als gefährlich ein. In einem weiteren Bericht hieß es, dass sie plane, eine Schrift über die Gleichstellung von Männern und Frauen zu schreiben. Hundt schüttelte den Kopf und blätterte weiter. An den Anfängen der Aufstände in Hamburg im Frühjahr 1848 war sie beteiligt, wie zum Beispiel an der Demonstration, die am 9. Juni 1848 mit der Erstürmung des Stadttors und dem verheerenden Brand am Steintor ihren Höhepunkt erreichte. Die Behörden hielten sich in jenen Tagen zurück – aus Rücksicht auf die angespannte Stimmung in der Stadt. Recha Mendelssohn veröffentlichte Flugblätter und trat wiederholt in der Öffentlichkeit auf. Sie gehörte zum Kreis um die Reformer Gabriel Riesser und Anton Rée. In der Akte waren auch zahlreiche Zugfahrten vom Berliner Bahnhof nach Schwarzenbek und zurück protokolliert. Nach dem Einmarsch preußischer Truppen im August 1849 gaben die Behörden ihre Zurückhaltung auf. Recha Mendelssohn wurde arretiert und aus der Stadt verwiesen. Sie kehrte erst im Sommer 1850 zurück. Damit schloss die Akte abrupt. Warum hatte man sie nicht mehr observiert?

Hinten in der Akte lagen einige lose Schriftstücke, Flugblätter, wie Hundt feststellte. Der Titel eines Exemplars fiel dem Kriminalinspektor gleich ins Auge – *Alexander Daveson, oder die Suche nach Utopia.*

Er las die ersten Sätze, konnte sich aber keinen Reim darauf machen. Warum hatte Sprewitz dieses Pseudonym gewählt? Weil es ihn mit Recha Mendelssohn verband? Es war wohl eine enge Beziehung gewesen. Aber was hieß überhaupt Utopia?

Unter den Flugblättern entdeckte Hundt eine Druckschrift, die er kannte, zumindest Fragmente davon: *Die Frau und die Revolution – Ein Manifest*. Er holte sich noch eine Tasse Kaffee, lehnte sich in seinem Stuhl zurück und vertiefte sich in die Lektüre. Nach einer Stunde legte Hundt das dünne Heft beiseite. Seine Augen waren müde; er starrte in die halbleere Kaffeetasse. Mechanisch legte er das Pamphlet mit den Flugblättern in die Akte zurück und klappte den Deckel zu. Unglaublich, dachte er und hoffte inständig, dass seine Töchter so eine Schrift nie zu Gesicht bekommen würden. Eine Frau, die so etwas schrieb und veröffentlichte, musste sich viele Feinde gemacht haben. Dazu gehörte Advokat Friedrich Sprewitz wohl nicht. Hundt dachte an die Botschaft, die er nach seiner mühsamen Puzzlearbeit entdeckt hatte: *Für Fritz von Recha*. Einen Feind hatte sie sich mit Sicherheit gemacht, und dieser Jemand hatte ganz sicher auch das Pamphlet zerrissen. Da wollte jemand ihr Lebenswerk vernichten, auslöschen. Wenn das kein Ausdruck von Hass war, dann wusste Hundt es auch nicht.

Hundt zog die zweite Akte zu sich und betrachtete den Deckel mit der schön geschwungenen Kanzleihandschrift: »Mordfall Recha Mendelssohn – September 1850«, und in einer anderen, gröberen Handschrift stand darunter vermerkt: »Ungelöst«. Er schlug sie auf und las den Bericht des Wachmannes, der damals als Erster am Tatort eingetroffen war. Es war der Morgen des 9. Septembers 1850 gewesen. Ein Schutenfahrer hatte eine Leiche nahe der Ellerntorsbrücke entdeckt. Als der Wachmann erschien, war die Leiche bereits ans Land gezogen worden. Es war eine Frauenleiche, relativ jung. In der Akte befand sich der Bericht des Raths-Medicus. Das Opfer trug ein schwarzes Kleid, die Hände hielten eine Ledertasche fest umklammert. Am Hals waren Würgemale festgestellt worden, so dass man von Erwürgen als Todesursache ausgegangen war. Eine Legalsektion hatte es nicht gegeben; das war wohl zu jener Zeit nicht üblich gewesen.

Ihr Bruder hatte die Leiche noch am Nachmittag identifiziert. Man leitete Ermittlungen vor allem rund um den Ebräergang ein. Unter anderem war eine Dirne vernommen worden, die am Abend des Mordes mit dem Opfer gesprochen hatte. Sie sagte aus, dass das Opfer nach dem Treffen den Gang in Richtung Alter Steinweg hinuntergelaufen war. Die Zeugin hatte weiterhin gesagt, dass das Opfer sie nach ihren Lebensbedingungen als Dirne befragt hatte. Diese Befragung hatte die Frau als seltsam und irgendwie distanzlos empfunden. Sie hatte sich aber schließlich von der vertrauenserweckenden und gewinnenden Art des Opfers einnehmen lassen. Während des Gespräches oben im Zimmer hatte das Opfer sich Notizen auf ihren Blättern gemacht. Weitere Besonderheiten hatte es nach Aussage der Zeugin nicht gegeben. Verdächtige Personen hatte sie auch nicht bemerkt. Im Gang wären zwar einige Herren vorbeigekommen, dies sei aber abends im Ebräergang ganz normal.

Die Ermittlungen waren nicht sehr gründlich geführt worden, dachte Hundt, als er die folgenden Seiten der Akte las. Den Mord an einer jüdischen Frau im Dirnenviertel hatten die Behörden wohl nicht als besonders bedeutsam eingestuft. Hundt blätterte weiter und fand einen Bericht über eine Festnahme. Er runzelte die Stirn, als er den Namen des Verdächtigen las: Advokat Friedrich Sprewitz. Der Advokat war am vorangegangenen Abend von Lauenburg nach Hamburg gekommen und hatte sich in der Wohnung von Joseph Mendelssohn in der Großen Theaterstraße gemeldet. Als Sprewitz erfahren hatte, dass Recha Mendelssohn unterwegs war, war er aufgebrochen, um nach ihr zu suchen. Er war erst spät in der Nacht zu der Wohnung in der Theaterstraße zurückgekehrt. Er hatte ausgesagt, dass er sie nicht gefunden habe und in der Stadt umhergeirrt sei. In der Akte befand sich der Bericht eines Nachtwächters, der Sprewitz auf dem Großneumarkt gesehen und nach dessen Ausweis gefragt hatte. Diese Umstände hatten den Polizeibehörden ausgereicht, um ihn wegen Mordverdachts festzunehmen. Er hatte eine Woche in der Arrestzelle verbracht, dann war er freigelassen worden. Damit endete auch diese Akte; die Polizei hatte die Ermittlungen offenbar nicht weiterverfolgt.

Hundt atmete einmal tief durch. Dann machte er sich auf den Weg zum Bereitschaftsraum, wo er Stöter an seinem Schreibtisch vorfand. Es gab viel zu besprechen. Das Blatt hatte sich gewendet.

Stöter zündete sich eine Zigarre an; Hundt schob seinem Kollegen einen Aschenbecher über den Tisch. Der Sergeant paffte ruhig und wartete, bis Hundt das Gespräch eröffnete.

»Julius«, sagte Hundt, »der Fall hat eine neue Wendung genommen. Als wenn er nicht schon kompliziert genug gewesen wäre. Ereignisse aus der Revolutionszeit spielen hinein. Ich glaube, ich weiß, was passiert ist. Es fehlen aber noch Einzelheiten … und Beweise. Heute Abend werde ich den Herrn Sprewitz vernehmen. Endlich weiß ich, was ich ihn fragen muss.« Er hielt inne, tippte auf seine schwarze Kladde und setzte seinen Gedanken fort: »Wir gehen heute Abend zu Miss Sara. Sprewitz ist normalerweise dort und arbeitet an seinem Werk, was immer das auch ist. Du bleibst am Tresen, während ich ihn mir vornehme. Sollte er nicht da sein, suchen wir ihn. Ich will die Geschichte jetzt zu Ende bringen.« Er nickte entschlossen. »Noch eine Aufgabe für dich, Julius. Du kennst dich in unserem Archiv gut aus. Du weißt, dass auswärtige Gäste von den Hoteliers registriert werden müssen. Diese Register erhalten wir von den Hotels nach einer gewissen Frist. Wie lange wir sie allerdings im Archiv aufbewahren, weiß ich nicht. Schau mal nach, ob wir noch die Register von 1850 haben.«

»Ja, ich verstehe, worum es geht«, sagte Stöter. »Ich werde nach dem Namen schauen. Ich glaube, wir könnten Glück haben.« Stöter registrierte mit Erleichterung, dass sein Vorgesetzter zum ersten Mal, seitdem sie den Fall eröffnet hatten, wieder Zuversicht ausstrahlte. Stöter kannte Hundt als einen unermüdlichen, zielsicheren Mann, der sich selten irrte. Er hatte jedoch noch immer eine leise Vorahnung, dass es in diesem Fall doch noch eine Überraschung geben würde.

Am dunklen, bleiernen Abendhimmel bewegten sich einige Wolken langsam dahin. Man konnte meinen, sie seien müde, und froh darüber, dass der Tag sich langsam in eine ruhige Nacht verwandelte.

Kriminalinspektor Hundt und Sergeant Stöter gingen schweigend Seite an Seite durch den Schulgang. Als sie aufgebrochen waren, hatte Stöter über das Ergebnis seiner Archivforschung in den Hotelregistern berichtet. Sie war positiv ausgefallen. Am 8. September 1850 war Theodor Rohdantz in dem Hotel Lauenburger Hof in der Nähe des Bahnhofes abgestiegen. Er hatte im Laufe des Jahres einige Male dort übernachtet, wie auch im Jahr zuvor.

Die beiden Polizisten hielten kurz vor dem Eingang der Gastwirtschaft Miss Sara an. Die beiden nickten sich kurz zu und traten ein. Stöter begab sich an den Tresen, wo er sich ein Bier bestellte. Das Lokal war wie üblich gut besucht und Stöter sah sich wie beiläufig um. Die Lampen verstreuten ihr diffuses Licht, der Rauch der Pfeifen und Zigarren sammelte sich unter der Decke und die Menschen an den Tischen – es waren überwiegend Männer und nur wenige Frauen – plauderten miteinander oder spielten Karten. Der Lärmpegel war moderat. Miss Sara stand hinter dem Tresen und beherrschte ihr kleines Reich mit ihrer souveränen Ausstrahlung. Als die beide Polizisten hereingekommen waren, war sie in Habachtstellung gegangen, als ob sie gespürt hatte, dass etwas bevorstand. Sie hatte gleich in Richtung des runden Tisches im hinteren Teil der Gaststube geäugt, wo der Lumpensammler Daveson mit seinen Papieren und einem kleinen Glas Branntwein saß. Stöter sah, wie Hundt sich jetzt ruhigen Schrittes dorthin begab.

Jakob Hundt zog einen Stuhl zum Tisch des Lumpensammlers heran und setzte sich hin. Der Mann schaute hoch und ah ihn ausdruckslos an. Er schien nicht überrascht zu sein, dass der Polizist ihm gegenübersaß.

»Guten Abend, Herr Advokat«, sagte Hundt. »Ich denke, dass es an der Zeit ist, dass wir uns unterhalten.«

»Ich habe Sie schon erwartet, Herr Kriminalinspektor«, sagte der Mann und legte seine Schreibfeder aus der Hand.

Miss Sara kam an den Tisch und fragte ihn nach seiner Bestellung, wobei sie Sprewitz einen raschen, besorgten Blick zuwarf.

»Bringen Sie mir ein gepflegtes Bier, Miss Sara. Wir wollen ein freundliches Gespräch führen«, entgegnete Hundt und lächelte.

Miss Sara schaute ihn etwas verwundert an, nickte dann und ging zurück zum Tresen.

»Kann man mit einem Polizisten ein freundliches Gespräch führen?«, fragte Sprewitz und nahm einen Schluck von seinem Branntwein.

»Es kommt darauf an«, antwortete Hundt. »Ich vermute, dass wir gemeinsame Interessen haben, die eine gute Basis für ein Gespräch abgeben könnten. Was meinen Sie?«

Miss Sara brachte das Bier und stellte es auf den Tisch. Hundt nickte und schaute Sprewitz herausfordernd an.

»Ich weiß nicht, ob ich mich darauf einlassen möchte«, sagte Sprewitz und erwiderte Hundts Blick ohne zu zwinkern.

»Nun«, sagte Hundt, nahm einen Schluck Bier und lehnte sich etwas auf seinem Stuhl zurück. »Es gibt zwei Gründe, weswegen Sie das tun sollten. Zuallererst einmal sind Sie auf der Flucht. Ich könnte Sie festnehmen, und wir setzen unser Gespräch dann im Stadthaus fort, allerdings ohne Bier und Branntwein. Das möchte ich eigentlich nicht. Es gibt aber noch einen anderen, weit triftigeren Grund.« Hundt hielt kurz inne, sein Gesicht wurde hart. Er lehnte sich wieder nach vorne und schaute Sprewitz in die Augen. »Ich verabscheue Mörder. Für Mörder darf es in dieser Welt keinen Platz geben. Wer jemanden ermordet, hat sein Recht auf Zugehörigkeit zu unserer zivilisierten Gesellschaft verwirkt. Er erklärt sich durch seine Tat zum Feind der Menschheit. Der Fall Goldschmidt nagt seit einem halben Jahr an mir. Ich glaube, ich weiß, wer der Mörder ist. Ich habe jedoch weder Beweise noch ein überzeugendes Motiv und denke, dass Sie etwas wissen, was mich weiterbringen kann.«

Sprewitz senkte seine Augen und schaute auf das Branntweinglas, rührte es jedoch nicht an. Nach einer Pause sagte er sehr leise: »Mir geht es nicht um den Mord an Goldschmidt, Herr Inspektor.«

»Ich weiß«, erwiderte Hundt, »es geht Ihnen um Recha Mendelssohn.«

Sprewitz sah auf, die Überraschung in seinem Gesicht war nicht zu übersehen. Der Advokat nickte langsam: »Hochachtung, Herr Kriminalinspektor. Sie haben ordentlich ermittelt. Haben Sie mich deshalb so lange observieren lassen?« Er schaute zu Sergeant Stöter hinüber, der immer noch am Tresen lehnte, und nahm nun doch einen Schluck von seinem Branntwein.

»Sie haben Spuren hinterlassen«, sagte Hundt trocken. »Die Frage ist jetzt, wie es weitergehen soll. Sagen Sie mir, was ich wissen möchte?« Als Sprewitz nicht antwortete, fuhr Hundt fort: »Sie wollen herausfinden, was dieser Recha Mendelssohn passiert ist. Ich habe die Ermittlungsakte gelesen. Sie wurde ermordet, der Täter nie gefunden. Sie fühlen sich irgendwie schuldig an ihrem Tod, nicht wahr?« Hundt merkte, wie sich die ohnehin angespannten Gesichtszüge des Advokaten noch verhärteten. Jetzt hab ich ihn, dachte Hundt; doch Sprewitz bleib stumm. »Ist Ihnen je der Gedanke gekommen, dass Recha Mendelssohn und Goldschmidt eventuell von demselben Täter ermordet wurden?« Es entstand wieder eine Pause, bis Hundt hinzufügte: »Bitte, erzählen Sie mir von Recha Mendelssohn. Erzählen Sie mir von der Revolution.«

Sprewitz straffte seinen Rücken und nahm eine Pfeife aus seiner Tasche, die er umständlich anzündete. Der Ausdruck auf seinem Gesicht entspannte sich langsam, als er die ersten Züge nahm. Hundt wartete geduldig, denn er wusste, dass der Advokat jetzt eine Geschichte erzählen würde, die hoffentlich der Wahrheit entsprach – oder ihr zumindest nahekam. Als er zu sprechen begann, klang seine Stimme leise, aber fest.

»Wir haben uns im Frühjahr 1848 in Schwarzenbek getroffen, bei der Wahl eines Abgeordneten zur Paulskirche in Frankfurt. Wir haben uns gleich ineinander verliebt und im Laufe des nächsten Jahres häufig gesehen. Ab und zu fuhr ich nach Hamburg, häufiger aber kam Fräulein Mendelssohn zu mir nach Lauenburg. Es war die schönste Zeit meines Lebens.« Sprewitz starrte auf einen Punkt irgendwo über der Eingangstür. Es musste ihm schwerfallen, so intime Dinge zu erzählen, dachte Hundt. »Die Revolution beflügelte uns. Wir waren jung und sahen eine neue Zukunft für uns und für ein freies Deutschland.« Sprewitz hielt inne und richtete seinen Blick wieder auf Hundt. »Sie haben die Revolution nicht erlebt, Herr Kriminalinspektor. Sie kennen nur das Heute, das Jetzt, mit seiner Begeisterung für die Vereinigung

Deutschlands durch das preußische Bajonett, den wirtschaftlichen Aufschwung und den schwindelerregenden Wandel. Glauben Sie mir – hinter der Fassade ist diese Zeit aber leer. Der neuen Zeit fehlt der Geist, denn es fehlt ihr die Freiheit.« Hundt nickte, sagte aber nichts. Sprewitz schaute wieder zur Tür und setzte seine Geschichte fort. »Schon im Frühjahr 1849 begann alles zu stagnieren. Fräulein Mendelssohn wurde aus Hamburg ausgewiesen. Sie war den Behörden ein viel zu unbequemer Geist. Sie kam zu mir nach Lauenburg, und wir erlebten gemeinsam das Scheitern der Revolution. Unser Zusammenleben war stürmisch. Sie ging nach Hamburg zurück, ich verzweifelte.« Wieder sah er Hundt an: »Ich habe sie nie wieder gesehen.«

»Verstehe«, sagte der Kriminalinspektor. Eine tragische Geschichte, das musste er zugeben – doch Sprewitz verschwieg ihm noch immer wichtige Details. Er musste dranbleiben. »Sie haben gestern Abend eine Prostituierte ausgefragt. Es ging um einen Mann, der sie kurz zuvor aufgesucht hatte. In diesem Zusammenhang fiel auch der Name ›Recha Mendelssohn‹ … Wie hängt das zusammen?« Hundt sah, wie Sprewitz in sich zusammenzufallen schien. Seine Augen blickten ins Leere, er schien ihm nicht mehr zuzuhören. Hundt holte die Zeichnung von Rohdantz aus seiner Tasche und legte sie auf den Tisch. Sprewitz sah flüchtig auf das Blatt, sagte aber nichts. Sein Ausdruck war aber wieder aufmerksam geworden. Hundt fuhr mit der Vernehmung fort. »Dieser Mann ist Herr Staatsanwalt Rohdantz. Die Zeichnung kennen Sie, da bin ich mir sicher, und Sie kannten sie auch schon vor der Zeitungsveröffentlichung. Warum sollte eine Zeichnung von Rohdantz in diesem Artikel erscheinen?«

»Wir wollten Herrn Rohdantz aus der Reserve locken.«

Hundt nickte langsam; offenbar war Sprewitz ihm einen Schritt voraus, was Rohdantz betraf. »Und was hat Fräulein Svensson mit dieser Geschichte zu tun?«

»Zwei Morde, ein Täter, keine Beweise«, sagte Sprewitz wie zu sich selbst. »Vielleicht gar drei Morde, denn wir sollten den Möllner Bettler Mücke nicht vergessen.« Hundt wartete, und Sprewitz fuhr fort: »Herr Kriminalinspektor, ich möchte den Mörder fassen, genau wie Sie, wenn auch aus einem anderen Grund. Ich denke, wir wissen beide, um wen es sich handelt … Und was das Motiv betrifft«, er zog die Schultern hoch, «Hass.« Sprewitz seufzte resigniert. »Ein Hass, der sich so tief eingegraben hat, dass er den Menschen vollkommen verformt hat. Er bringt ihn dazu, das Böse zu tun, weil es das Böse ist.«

»Aufgrund solcher Überlegungen kann ich aber keinen Menschen verhaften. Ich brauche handfeste Beweise«, erwiderte Hundt und fuhr nach einer kleinen Pause fort. »Ich glaube, es steckt noch etwas anderes dahinter.« Er senkte seine Stimme und beugte sich leicht über den Tisch. »Dieser Hass entlädt sich in einer sexuellen Perversion. Wir haben es mit einem besonderen Triebtäter zu tun. Was treibt ihn aber zum Mord?«

Sprewitz nickte bedächtig. »Sie fragten nach Fräulein Svensson. Sie verwahrt einen Gegenstand, der einen deutlichen Hinweis gibt. Es handelt sich um ein metallenes Kreuz … Ihnen ist das Zeichen bekannt, denke ich.«

»Woher hat sie es?«, zischte Hundt und beugte sich wieder über den Tisch.

Sprewitz erwiderte: »Von mir, und ich habe es von Mücke erhalten.« Danach erzählte er von der Begegnung mit dem Bettler, der Verhaftung in Mölln, bei der das Kreuz in das Heft von Heine gelangt war, und von den Überlegungen, Rohdantz mit dem Artikel aus der Reserve zu locken.

Hundt hörte schweigsam zu und sagte dann: »Sie treiben ein gefährliches Spiel, Herr Advokat … auch mit Fräulein Svensson. Ich verlange, dass Sie mir das Kreuz unverzüglich aushändigen und sich aus dem Fall zurückziehen. Wir haben es hier mit einem Mörder zu tun.«

Sprewitz schüttelte langsam den Kopf und sagte: »Herr Kriminalinspektor, selbst wenn ich Ihnen das Kreuz gebe, wären Sie keinen Schritt weiter. Wie wollen Sie beweisen, dass es Rohdantz gehört? Wir müssen vielmehr so vorgehen, dass er von allein versucht, es wieder an sich zu bringen und sich dabei verrät. Und dass er es zurückhaben will, steht außer Frage. Denken Sie an Mücke und an meine durchwühlte Wohnung in Mölln. Das Kreuz ist sein Schwachpunkt.«

Hundt lehnte sich in seinem Stuhl zurück und nahm einen Schluck Bier. Er musterte den Advokaten eingehend. In seinen Augen lag ein unheimlicher Schimmer, den Hundt nicht ergründen konnte. War der Mann vertrauenswürdig?

»Was schlagen Sie also vor?«, fragte er schließlich und sah Sprewitz fragend an.

Jakob Hundt und Julius Stöter liefen gemeinsam zurück zum Stadthaus. Der Kriminalinspektor hatte, als sie die Gastwirtschaft verlassen hatten, nur gesagt, dass sie die weiteren Schritte in Ruhe an ihrem Arbeitsplatz besprechen würden. Stöter hatte natürlich verfolgt, wie lange und intensiv Hundt und Sprewitz miteinander gesprochen hatten und war gespannt auf das Ergebnis. Sein Chef verzog keine Miene, sondern lief schweigend und nachdenklich neben ihm her.

Im seinem Büro im Stadthaus angekommen, erzählte Hundt von seinem Gespräch mit dem Advokaten. Stöter hörte schweigend zu und nickte zwischendurch. »Eine abenteuerliche Geschichte«, sagte der Sergeant, als Hundt fertig war. »Wie geht es weiter? Was unternehmen wir?«

Hundt erläuterte den Plan, den er gemeinsam mit Sprewitz gefasst hatte, und Stöter schüttelte den Kopf: »Auch dieser Plan ist höchst abenteuerlich. Diese Ruine auf der alten Wallanlage scheint mir ein fragwürdiger Treffpunkt zu sein. Wo liegt sie genau? Zwischen Millerntor und Holstenplatz? Wir sollten den Ort vorher genau untersuchen.« Stöter strich sich gedankenvoll über den Schnauzbart. »Und außerdem«, sagte er dann, »ist dieser Sprewitz überhaupt vertrauenswürdig?«

Hundt zuckte die Schultern: »Ich bin mir nicht ganz sicher, Julius. Vielleicht führt der Advokat doch etwas anderes im Schilde. Eins ist mir aber klar: Er will den Mörder fassen, koste es, was es wolle. Wir werden auf ihn schon aufpassen.« Er legte seine schwarze Kladde in die Schublade, stand auf, nahm Mantel, Stock und Hut und sagte: »Manchmal muss man verschlungene Wege gehen, um ans Ziel zu gelangen.«

Stöter nickte, zog einmal an seiner Zigarre und stand ebenfalls auf. Es war ein langer Arbeitstag gewesen.

Nachdem Hundt und sein Sergeant längst die Gastwirtschaft verlassen hatten, saß Lumpensammler Daveson noch an seinem Tisch. Er schrieb jedoch nicht an seinem Werk, sondern starrte einfach vor sich hin und trank ab und zu einen Schluck Branntwein. Die Gaststube hatte sich langsam geleert. Es war Sperrstunde und er saß nun alleine da. Miss Sara schloss die Tür ab, zapfte zwei Biere und setzte sich zu ihm.

»Fängt jetzt das letzte Kapitel an, Daveson?«, fragte sie. »Ich sage immer noch Daveson, weißt du«, fügte sie hinzu und sah sehr ernst dabei aus.

»Von meinem Werk oder von meinem Leben?«, fragte er und bemühte sich um ein Lächeln. Er mochte Miss Sara.

»Dein Werk kenne ich gar nicht, dein Leben kaum. Ich ahne aber, worauf es hinausläuft. Dieser Mann, den du suchst, hat etwas mit Recha Mendelssohn zu tun, nicht wahr? Und was das ist, kann ich mir denken. Wenn zwei Kriminalbeamte sich damit befassen, heißt das, dass es gefährlich werden kann, sehr gefährlich.« Als Daveson nur nickte und schwieg, fuhr sie fort: »Ich mache mir Sorgen. Du bist ein sympathischer Kerl. Muss das wirklich sein, diese alte Geschichte aufzudecken? Was versprichst du dir davon?«

»Die Geschichte ist nicht alt«, sagte er, »sie ist gegenwärtig. Sie lebt in mir weiter und muss einen Abschluss finden. Ich habe sie viel zu lange verdrängt. Und damit habe ich auch mich selbst verleugnet. Nur über diese Geschichte kann ich wieder zu mir selbst finden.« Er nahm einen Schluck Bier. »Ganz gleich, wie sie ausgeht.«.

»Rätsel, immer wieder Rätsel. Aus dir werde ich nicht schlau«, seufzte Miss Sara und sie tranken schweigend ihr Bier.

37
Der Dolch gehört Ihnen.

Hamburg/Rittergut Gresse, Samstag, d. 10. April 1880

Freiherr Klaus von Schossin schloss die Tür hinter sich und trat auf die Empore im oberen Stock des Herrenhauses des Rittergutes Gresse. Er ging die paar Schritte zur Balustrade und schaute nach unten auf das Empfangsfoyer. Auf dem dunklen Dielenfußboden zeichneten sich helle Rechtecke ab, wo das Sonnenlicht durch die Fenster fiel. Der Morgen hatte sonnig begonnen, eine willkommene Abwechslung nach den vorangegangenen trüben Tagen. Das Foyer war spärlich möbliert. Zwei schwere Schränke standen zwischen hohen Fenstern, die von dicken Vorhängen gesäumt waren. Große Wandteppiche mit Jagdszenen zierten die Wände neben der Eingangstür. Mitten im Raum stand ein einsamer, aus dunklem Holz gefertigter Esstisch – ohne Stühle. Von seiner Warte aus konnte von Schossin die solide Holztür sehen, die zum kleinen Salon führte, seinem Lieblingsaufenthaltsort in dem großen Haus. Neben dieser Tür stand ein einzelner Stuhl mit Lederpolstern und einer hohen Rückenlehne.

Von Schossin war gerade aus dem Zimmer seines Vaters gekommen, der seit Wochen seine Schlafkammer nicht mehr verlassen hatte. Lange zu leben hatte er nicht mehr, meinten die Ärzte. Von Schossin empfand keine besondere Traurigkeit ob dieser Prognose. Sein Vater war seit Jahren senil, er war ihm eine Last. Ohne seinen Vater würde ihm das große Haus dennoch leerer vorkommen. Er würde alleine sein, bis auf die Hausdiener natürlich. Vielleicht sollte er sich doch eine Ehefrau zulegen und einen Nachfolger zeugen? Das Adelsgeschlecht von Schossin konnte schon auf eine über zweihundertjährige Geschichte zurückblicken. Sollte es mit ihm enden? Er war selbst überrascht, dass die Frage ihn kaum berührte. Er hatte nie gelernt zu teilen. Er hatte keine Geschwister. Seine Mutter war früh verstorben, und sein Vater hatte seine Zeit eher mit den Dienstmädchen verbracht, als sich um das Gut, geschweige denn um seinen Sohn zu kümmern. Er, Freiherr Klaus von Schossin, war seinen eigenen Weg gegangen, hatte das Gut wieder auf sichere Füße gestellt, war ein erfolgreicher Politiker geworden und glaubte fest an eine rosige Zukunft für sich und für ein neues, judenfreies Deutschland, in dem er eine wichtige Rolle spielen wollte. Und jetzt? Alles, wofür er so hart gekämpft hatte, schien im Zusammenbruch begriffen. Die Antisemitismusliga, sein Reichstagsmandat, das Wohnungsbauprojekt in Hamburg, selbst die Sicherheit seines Gutes – alles hatte sich anders entwickelt, als er es sich vorgestellt hatte. Er stand am Rande des Ruins. Zu allem Überfluss spukte auch der vermaledeite Dolch noch immer in seinen Gedanken herum. Er verstand nicht, was ihm da widerfahren war, und das verunsicherte ihn nicht nur, nein, es entfernte ihn auch.

Er trat von der Balustrade zurück, ging die Empore entlang und die Treppe hinab ins Foyer. Heute Nachmittag erwartete er Staatsanwalt Theodor Rohdantz auf Gut Gresse. Das letzte Wort war noch nicht gesprochen.

Staatsanwalt Theodor Rohdantz stand in der Wartehalle des Berliner Bahnhofs und schaute auf seine Taschenuhr. Es war kurz vor 10 Uhr, in einigen Minuten würde der Zug in Richtung Berlin abfahren. Er faltete die gerade gekaufte Zeitung zusammen, umfasste seine Reisetasche fester und ging durch die Wartehalle zu den Bahngleisen. Er hatte sich ein Billet für die erste Klasse gekauft und ließ sich von einem Schaffner zu seinem Platz führen. Nachdem er dem Schaffner Hut, Mantel und Stock überreicht und Platz genommen hatte, bestellte er ein Glas Portwein. Das geräumige Abteil war mit dunklem Holz und tiefrotem Samt ausgestattet. Vor dem Fenster befand sich ein kleiner, ausklappbarer Tisch. Rohdantz lehnte sich in dem bequemen Sitz zurück, legte die Zeitung auf seinen Schoß und schaute aus dem Fenster auf das Treiben an den Bahngleisen. Bald kehrte der Schaffner mit dem Portwein zurück, für den Rohdantz gleich bezahlte, einschließlich eines bescheidenden Trinkgeldes.

Gedankenverloren hob er das Glas zum Mund und nahm einen kleinen Schluck. Danach zündete er sich eine seiner kleinen Zigarren an. Er war seit Mittwoch in der Stadt gewesen; er hatte eine Woche Auszeit von seinem Dienst am Kreisgericht in Ratzeburg vereinbart. Er wollte die Zeit nutzen, um, wie er es nannte, »einiges zum Abschluss zu bringen.« Jetzt war er auf dem Weg zum Rittergut Gresse. Freiherr von Schossin hatte um eine Unterredung gebeten. Rohdantz lächelte süffisant, als er an das bevorstehende Treffen dachte. Er würde dem Freiherrn so einiges erzählen, wovon er ganz und gar nicht begeistert sein würde. Er war gespannt, wie dieser aufgeblasene Schwätzer die Wahrheit vertragen würde.

Der Zug setzte sich mit einem Ruck in Bewegung. Rohdantz faltete die Zeitung auseinander und überflog die erste Seite. Nichts Aufregendes. Es ging um die Unterhauswahl in England, bei der der »Judenpremier« Disraeli um seine Wiederwahl kämpfte – vergeblich, so hoffte Rohdantz – sowie um eine Sitzung des Bundesrates über die Besteuerung von Postsendungen, um Handelsverträge mit Österreich und um den Anstieg der Eisenproduktion im Reich, verbunden mit dem explodierenden Exportgeschäft des für die Industrie unentbehrlichen Metalls. Einen Artikel auf der zweiten Seite las der Staatsanwalt mit mehr Interesse. Er behandelte die steigende Zahl von Auswanderungen Deutscher aus dem Osten des Reiches nach Amerika. Der Hamburger Hafen hatte sich in den letzten Jahren zur Drehscheibe dieser großen Auswanderungswelle entwickelt. 1880 erwarteten die Behörden laut der Zeitung einen Ansturm von über 100 000 Auswanderungswilligen. Deutsche wanderten aus; Juden aus Osteuropa wanderten ein, dachte Rohdantz, schüttelte den Kopf und faltete die Zeitung wieder zusammen. Er öffnete seine Reisetasche, verstaute die Zeitung und nahm einige Papiere aus der Tasche.

Der Zug fuhr gerade in den Bahnhof Bergedorf ein und hielt rumpelnd an. Nach einem weiteren Schluck Portwein breitete Rohdantz ein Blatt Papier – es war ein Telegramm – auf dem kleinen Tisch vor dem Fenster aus. Er las die Nachricht zum wiederholten Mal:

Telegrafie des Deutschen Reiches: Staatsanwalt Rohdantz, Mölln. Ich habe, was Sie suchen. Schuppen. Jüd. Begr. 12. April. 5 Uhr. Mücke

Er zog einige Male an seiner Zigarre und murmelte: »Wir werden sehen, wir werden sehen.«

Er faltete das Telegramm wieder zusammen und legte ein weiteres Blatt vor sich auf den Tisch. Es war die dritte Seite der Beilage zum *Correspondenten* von Dienstag. Die Überschrift sprang ihm erneut entgegen: »Unterwegs im Gängeviertel.« Und diese Zeichnung! Rohdantz schüttelte den Kopf und nahm noch einen Schluck Portwein. Bei der Jagdausbildung hatte er gelernt, wie man Fallen stellt. So leicht ließ er sich nicht einfangen. Ein Schwert hatte immerhin zwei scharfe Kanten.

Inzwischen rauschte der Zug durch den Sachsenwald. In weniger als einer Stunde würde er in Boizenburg eintreffen. Er hatte Zeit, um seinen Plan weiter auszuarbeiten. Der Weg zu Advokat Sprewitz und dem Judaskreuz führte über das Mädchen Hedda Svensson, davon war er inzwischen überzeugt. Der Artikel hatte seine Vermutung bestätigt. Es galt, das Mädchen zu fassen. Das Judaskreuz. Er hatte lange überlegt, was aus ihm geworden war, bis ihm plötzlich eine Szene in der Wohnung des Advokaten wieder in den Sinn gekommen war. Damals war etwas passiert, was er übersehen hatte. *Deutschland. Ein Wintermärchen.* Er lächelte, zog an seiner Zigarre und leerte das Portweinglas.

Der Boizenburger Bahnhof erinnerte an die Bahnhöfe in Schwarzenbek und Friedrichsruh und überhaupt an fast alle anderen Bahnhöfe entlang der Trasse zwischen Berlin und Hamburg. Solide, klassizistische

Bauten als Tempel des Fortschritts und der Mobilität. Rohdantz stand unter einem hölzernen Überstand und sprach mit einem Bahnhofsbediensteten. Der Staatsanwalt ließ einen Fuhrmann bestellen, der ihn zum Rittergut Gresse bringen sollte. Die etwa sieben Kilometer lange Fahrt dürfte weniger als eine Stunde dauern.

Während der Fahrt saß Rohdantz neben dem Kutscher vorne auf dem Bock eines einfachen Einspänners. Eine grobe Decke lag über seinen Beinen. Trotz der Sonne war die Luft kalt. Er sprach nicht mit dem Kutscher, sondern rauchte stumm eine Zigarre und schaute auf die vorüberziehende, öde Umgebung. Nachdem sie die Stadt verlassen hatten, verwandelte sich die Straße in einen matschigen Sandweg. Hinter den Häusern der Stadt lagen einzelne Anwesen und kleine Waldstücke und Felder, die von Einfriedungen umgeben waren. Flach und eintönig, eben eine typische norddeutsche Landschaft. Menschen sah er so gut wie nicht. Erst als sie die kleine Siedlung Schwartow erreichten, änderte sich das Bild der Umgebung. Das Dach einer Wassermühle, die an der nahen Boize lag, tauchte auf, und bald erschien ein imposanter weißer Putzbau – ein Jagdschloss des Gutsherrn von Schossin, wie Rohdantz wusste. Er hatte sich einmal dort im Rahmen einer Jagdgesellschaft aufgehalten. Auf dem weiteren Weg begegneten sie nun Landarbeitern, die zu Fuß unterwegs waren sowie einem mit Heu beladenen, von zwei Pferden gezogenen Fuhrwerk, das ihnen schaukelnd und ruckelnd entgegenkam. Der Fahrer des Fuhrwerks begrüßte den Kutscher mit einem trägen »Tach«, das dieser mit einem ebenso trägen »Tach« erwiderte.

Hinter Schwartow machte der Weg eine leichte Rechtsbiegung, bevor er geradeaus zum Gutsdorf Gresse führte. Jetzt war bereits der Turm der kleinen Kirche sichtbar, das hinter hohen Bäumen versteckte Herrenhaus jedoch noch nicht. Rohdantz inhalierte tief den Rauch seiner Zigarre und blies ihn genüsslich in die feucht-kalte Frühlingsluft. Der Staatsanwalt schaute ihm nach, bis sich auch die letzten Rauchfäden in der Luft aufgelöst hatten.

Vor dem Herrenhaus setzte der Kutscher Rohdantz ab. Dieser nahm seine Reisetasche und blieb einen Augenblick vor dem Anwesen stehen. Er betrachtete die Fassade. Es war ein zweigeschossiger, neugotischer, grau gestrichener Putzbau, den vor etwa fünfzig Jahren der Großvater des Freiherrn von Schossin hatte errichten lassen, wie Rohdantz bei einem früheren Besuch erfahren hatte. Die Fassade bestach durch abgestufte Giebel, spitzbogige Arkaden und ornamentierte Friese. Am Südostende war ein achteckiger, hoher Aussichtsturm an das Gebäude angebaut worden. Das Ganze wirkte düster und wie ein Überbleibsel des Mittelalters, ein Eindruck, der offenbar gewollt war.

Zum Eingang, einer hohen, zweiflügligen, spitzen Holztür mit einem kleinen vergitterten Fenster, gelangte man über eine Doppeltreppe. Rohdantz nahm die Stufen mit ungewohntem Elan und ließ den eisernen Löwenkopf energisch gegen die Tür schlagen.

Geöffnet wurde ihm von dem alten, buckligen Hausdiener. Der Mann sagte mit seiner brüchigen Stimme: »Guten Tag, Herr Staatsanwalt. Der Herr Baron erwartet Sie im kleinen Salon.« Rohdantz überreichte dem Diener wortlos seinen Mantel und folgte ihm durch das Empfangsfoyer zu einer Holztür, die Rohdantz schon von früheren Besuchen kannte. Der Diener klopfte, machte die Tür auf und kündigte den Besuch an.

Die Tür ging hinter ihm zu, und Rohdantz erblickte von Schossin, der sich etwas behäbig von einem Sessel erhob. Der große Mann kam auf ihn zu, gab ihm die Hand und sagte tonlos: »Guten Tag, Herr Staatsanwalt. Danke, dass Sie meiner Einladung gefolgt sind. Es gibt einiges zu klären.«

»Guten Tag, Herr Baron von Schossin«, erwiderte Rohdantz ebenso tonlos. »Nun, ich denke, es war eher eine Aufforderung als eine Einladung.« Er registrierte mit Genugtuung, dass er von Schossin mit dieser Bemerkung verunsichert hatte. Überhaupt sah dieser nicht besonders kampflustig aus; sein Schnurrbart hing schlaff über seinen faltigen Mundwinkeln, sein Händedruck war kraftlos.

Die beiden Männer nahmen an einem kleinen Kaffeetisch Platz. Von Schossin schenkte aus einer Karaffe einen Portwein ein. Dann räusperte er sich, richtete sich in seinem Sessel auf und prostete Rohdantz zu: »Auf ein produktives Gespräch!«

Rohdantz nickte und lächelte sein dünnes, kaltes Lächeln.

»Herr Staatsanwalt«, begann von Schossin die Unterredung etwas zögerlich, »die letzte Aktion in Hamburg mit den Plakaten auf dem jüdischen Begräbnisplatz hat mich überrascht. Ich wusste davon nichts.« Er machte eine kleine Pause. Rohdantz verzog keine Miene und von Schossin fuhr fort: »Ich halte die Aktion auch nicht für geglückt. Die Hamburger Behörden haben hart durchgegriffen. Die Kundgebung mit Herrn Doktor Henrici wurde leider untersagt. Wir haben eine Gelegenheit verspielt, unsere Botschaft in Hamburg zu verkünden.«

Rohdantz nahm eine dünne Zigarre aus der Tasche, zündete sie an und schaute den Gutsherrn durch eine Rauchwolke hindurch an. »Lieber Herr Reichstagsabgeordneter, es reicht nicht aus, nur Flugblätter gegen Lessing zu verteilen. So viel öffentliche Aufmerksamkeit genießt das geplante Lessing-Denkmal gar nicht. Und Kundgebungen sprechen nur bereits Überzeugte an, selbst wenn sie wie mit einem Redner wie Herrn Doktor Henrici durchaus ihre Berechtigung haben. Wir müssen aggressiver handeln, wie damals beim Synagogenbrand in Grevesmühlen. Wir müssen die Juden in ihrer Selbstzufriedenheit treffen, sie als Fremdkörper im Deutschen Reich entlarven. Es gilt, Steine, viele, viele Steine ins Wasser zu werfen, um Wellen zu erzeugen.« Seine Stimme wurde hart, als er fortfuhr: »Die Wellen werden größer werden, mächtiger, bis die Juden darin ersaufen.«

»Sie hätten mit mir vorher darüber sprechen müssen. Wir sind eine Gemeinschaft«, erwiderte von Schossin.

»Sie hatten gerade mit der Wohnungsbaumaßnahme in der Neustadt viel zu tun, Herr Reichstagsabgeordneter, wie man aus gut informierter Quelle weiß«, sagte Rohdantz und lächelte. »Wir dachten, wir lassen Sie mit der Angelegenheit in Ruhe. Sie haben genügend Sorgen. Ich habe die Aktion mit Herrn Hauptpastor Zimmermann organisiert. Aus meiner Sicht ist sie ausgezeichnet gelaufen.« Als von Schossin nicht reagierte, fügte er provokant hinzu: »Morgen kommt Herr Doktor Henrici nach Hamburg, obwohl die Kundgebung abgesagt werden musste. Wir treffen uns in der Michaeliskirche. Mal sehen, was sich noch machen lässt. Kommen Sie dazu, Herr Baron?«

»Ich habe hier zu tun«, sagte von Schossin knapp. »Unsere Gesellschaft besteht ohnehin nur noch auf dem Papier. Jeder geht eigene Wege. Ich werde mich auf mein Anwesen konzentrieren.« Er nahm das Judaskreuz aus der Rocktasche und legte es auf den Tisch. Rohdantz nickte stumm.

Freiherr Klaus Albrecht von Schossin stand auf und ging zum Fenster. Sein Blick schweifte über den Garten und die große Scheune bis hin zu den Feldern und Wiesen, die sich in der Ferne erstreckten. Weiter, als seine Augen sehen konnten. Die Sonne hatte sich hinter einer Wolke versteckt, am Horizont sammelten sich weitere Wolken, dunkle Wolken. Rohdantz blieb in seinem Stuhl sitzen, rauchte und genoss seinen Portwein.

»Wissen Sie«, sagte der Gutsherr, der noch immer mit verklärtem Blick aus dem Fenster schaute, »in den letzten Tagen habe ich verstanden, wie sehr ich mit diesem Hof verbunden bin. Er ist meine Heimat.« Er drehte sich um und schaute Rohdantz ernst an. Dieser blickte ausdruckslos zurück. »Herr Staatsanwalt«, sagte von Schossin, »es gibt noch einen Punkt. Die Kriminalpolizei war bei mir wegen des Dolches, den man Goldschmidt in den Rücken gerammt hat. Es handelt sich um meinen Dolch, der aus meiner Waffenkammer entwendet worden ist.« Von Schossin ging einen Schritt auf Rohdantz zu, der ungerührt sitzen blieb. »Wie ist der Dolch nach Mölln gekommen?« Von Schossin stand jetzt ganz nah vor ihm und sah auf ihn hinab.

»Aber das wissen Sie doch, Herr Baron. Sie haben es veranlasst«, sagte Rohdantz und zog gelassen an seiner Zigarre.

»Wovon sprechen Sie da?«

»Wir haben im vorigen September zu zweit in diesem Raum gesessen, und Sie haben mir über Ihre Wohnungsbaupläne in der Hamburger Neustadt erzählt. Sie haben gesagt, dass der Jude Hermann Goldschmidt Ihnen im Wege ist. Sie waren sehr aufgebracht. Es gab natürlich eine Lösung für das Problem. Sie wussten, dass sich Goldschmidt in Mölln aufhielt. Warum mit mir sonst darüber reden?«

Von Schossin runzelte die Stirn, die Spitzen seines Schnurrbarts zitterten. »Ja, ich weiß, wir haben darüber gesprochen. Aber von Mord war nie die Rede!«

»Gesagt haben Sie vielleicht nichts, aber daran gedacht haben Sie schon.« Rohdantz stand ebenfalls auf und baute sich vor dem Gutsherrn auf. Dieser zuckte leicht zusammen, als ihre Blicke sich trafen. »Jude bleibt Jude! Warum sollte ein Jude Ihnen im Wege stehen? Waren das nicht Ihre Gedanken? Ich habe nur ausgeführt, was Sie ohnehin im Sinn hatten.«

»Sie … Sie haben Goldschmidt ermordet?« Von Schossins Augen weiteten sich und er wich instinktiv einen Schritt zurück.

»Warum nicht«, sagte Rohdantz mit einer wegwerfenden Handbewegung. »Ich habe nur getan, wofür Sie nicht den nötigen Mumm hatten.«

»Ich verstehen das nicht«, stammelte von Schossin immer wieder , während er rückwärts taumelnd nach seinem Stuhl tastete.

»Soll ich Ihnen sagen, was passiert ist, Herr Baron. Die Geschichte dürfte Sie erfreuen.« Von Schossin sah, wie die sonst kalten Augen des Staatsanwalts zu leuchten begannen. Seine Hände schlossen sich zu Fäusten, dann spreizte er die Finger, als wolle er sich auf ein virtuoses Klavierkonzert vorbereiten und verschränkte die Hände hinter dem Rücken.

»Ich habe den Dolch an dem Tag mitgenommen, als wir die Geheimgesellschaft gegründet haben, die Scheide habe ich hiergelassen. Nennen wir es«, er schmunzelte, »eine Rückversicherung. Einige Wochen später bot sich eine Gelegenheit. Wir hatten eine Sitzung wegen des Möllner Denkmals. Goldschmidt machte mir gegenüber wieder Andeutungen. Er war schwul, wissen Sie. Ein warmes, jüdisches Schwein.« Rohdantz verzog das Gesicht, als bereite ihm die Vorstellung Ekel. »Er dachte, ich wäre für seine Annäherungen empfänglich. Ich, ein deutscher Mann!« Rohdantz tippte sich entrüstet mit dem Zeigefinger an die Brust. »Ich habe ihn in diesem Glauben gelassen. Nach der Sitzung kam er auf mich zu. Er wollte sich mit mir verabreden. Ein Rendezvous, sozusagen. Kennen Sie so etwas, Herr Baron?« Rohdantz lachte leise. Von Schossin saß regungslos in seinem Stuhl, den Blick zu Boden gerichtet. Die Unterhaltung war ihm gänzlich entglitten.

Rohdantz nahm das Wort wieder auf: »Ich sagte, er sollte später unauffällig zu mir in die Wohnung kommen. Und er kam, der geile Bock. Ich konnte die Lüsternheit in seinen Augen sehen, als ich die Wohnungstür öffnete. Ich hatte schon meinen Schlafrock an. Und ich dachte bei mir: Na, du elendes Judenschwein, warte nur.« Rohdantz' Stimme bebte und seine Hände zitterten, es wirkte fast, als durchlebe er die Situation noch einmal, und sein Hass und seine Verachtung schienen so frisch und unverbraucht wie an jenem Tage.

Rohdantz sprach wie in Trance weiter: »Ich wartete, bis er sich umdrehte, um seinen Mantel aufzuhängen, und dann überraschte ich ihn von hinten. Ich erwürgte ihn, es war ganz einfach. Er war klein und schwach, ein jämmerlicher Jude, des Lebens nicht wert. Ich konnte fühlen, wie das Leben aus ihm wich.« Von Schossin konnte sehen, wie der alte Furor wieder von Rohdantz Besitz ergriff und bekam es mit der Angst zu tun. Plötzlich stöhnte Rohdantz leise auf. Er wandte sich von ihm ab, als er fortfuhr: »Der Rest war einfach. Ich trug ihn zum Denkmalsockel. Es war schon spät, die Straßen waren leer. Ich rammte den Dolch in seinen Rücken, ging wieder nach Hause und legte mich ins Bett.«

Von Schossin sah den Staatsanwalt entsetzt an. Rohdantz starrte mit irrem Blick zurück, seine Hände schienen noch immer einen unsichtbaren Feind zu würgen. Dann beruhigte er sich langsam, ging zu seinem Sessel zurück, ließ sich gemächlich hineinsinken und leerte sein Portweinglas, als wäre nichts gewesen. »Was soll ich tun?«, stammelte Schossin und blickte wieder aus dem Fenster, als fände er dort draußen eine Antwort.

»Sie tun gar nichts, Herr Baron« brummte Rohdantz. »Es gibt nichts zu tun. Wir sind im Schweigen miteinander verbunden.«

»Ich wollte nicht, dass Sie den Mann ermorden!« Rohdantz hörte das Flehen in von Schossins Stimme. »Reden tun Sie gerne, Herr Baron, Handeln ist aber nicht Ihre Stärke.« Er lachte höhnisch: »Vergessen Sie nicht, mein Lieber: Der Dolch gehört Ihnen.«

Alexander Daveson lag auf seinem Bett in der kleinen Kammer im Hinterhaus des Nordheim'schen Anwesens, den Kopf voll mit schweren Gedanken. Fast sechzig Jahre war er nun alt, und nun schien sich alles auf zwei Tage zuzuspitzen. Wie eine einsame Welle, die irgendwo im unendlichen Ozean entstanden war und die sich nun nach einer langen, mühsamen Reise auf die unerbittlich harten Felsen zubewegte, an denen sie zerschellen würde. Ob er sich richtig entschieden hatte, konnte er nicht sagen. Nur, dass er keine andere Möglichkeit gehabt hatte. Eines war ihm klar: Er musste Rohdantz alleine treffen, ihn mit allem konfrontieren. Das war er Recha schuldig. Oder doch mehr sich selbst? Er hatte Doktor Rée gesagt, dass er in Hamburg Wiedergutmachung, vielleicht sogar Absolution suchte. Er ahnte jedoch, dass es sie für ihn vielleicht gar nicht geben konnte. Das Schicksal kannte keine Sünde, nur Reue. Das hatte er in den letzten dreißig Jahren auf quälende Art zu spüren bekommen. Und in den vergangenen Monaten war er um eine weitere Erkenntnis reicher geworden: Die Freiheit kannte keine Reue, nur Verantwortung.

Und Hedda? Es galt, sie aus der Gefahrenzone heraus zu halten, sie zu schützen, so gut es ging. Hatte er sie zu weit in die Sache hineingezogen? Oder war sie es vielmehr selbst gewesen?

Er stand auf und trat an das kleine Fenster zum Innenhof. Als er hinunterschaute, erblickte er zwei der jüngeren Kinder der Familie Nordheim beim Spielen. Sie versuchten, mit einem langen Stock dünne Reifen in einen Kreis zu treiben. Dem Mädchen, es war vielleicht zehn Jahre alt, gelang das Kunststück offenbar mit Leichtigkeit; ihr jüngerer Bruder hatte jedoch Probleme, das Rad in Bewegung zu halten. Es fiel immer wieder um. Das Mädchen legte ihr Rad beiseite und zeigte ihrem Bruder einige Handgriffe. Er probierte es wieder – mit zunehmendem Erfolg. Er konnte das helle Lachen der Kinder hören, als sie ihre Runden drehten. Bald erschien ihr ältester Bruder, Mosche, der kurz mit ihnen sprach. Die drei Kinder gingen gemeinsam in Richtung des Hintereinganges, als Mosche sich umdrehte und zum Fenster hinaufschaute. Ihre Augen trafen sich. Mosche lächelte nicht, hob jedoch seine Hand zur Begrüßung. Oder zum Abschied? Daveson nickte und winkte zurück. Es tat ihm leid, dass er in der letzten Zeit kaum mit Mosche gesprochen hatte. Es war ihm klar geworden, dass ihrer beider Vertrautheit Mosches Mutter ein Dorn im Auge war. Mosches Vater hatte ihn einmal angesprochen und darum gebeten, seinen Sohn in Ruhe zu lassen. Er machte sich Sorgen um seinen Ältesten und dessen hochfliegende Fantasie, die durch den Umgang mit ihm, einem Lumpensammler, noch abenteuerlicher geworden war. Marcus Nordheim hatte seine Sorgen höflich, fast bittend vorgetragen, und Daveson hatte verständnisvoll genickt und versichert, Abstand zu halten. Im Stillen hatte er aber gedacht, dass nicht er das Problem war, sondern Mosche selbst seinen eigenen Wege gehen würde, ob es seinen Eltern nun passte oder nicht.

Daveson nahm ein Konvolut von Papieren von dem Tisch, der neben dem Bett stand. Er schaute auf das erste Blatt: *Nathans Tod – Ein Schauspiel*, setzte sich, aus Ermangelung einer anderen Sitzgelegenheit, auf das Bett, nahm ein leeres Blatt Papier und begann zu schreiben. Die folgenden Zeilen waren an Hedda gerichtet. Als er fertig war, legte er das Blatt zuoberst auf die anderen und versiegelte das Paket mit einem Umschlagblatt, auf das er mit ordentlicher Handschrift »Hedda Svensson« schrieb. Das Paket verstaute er in seiner abgewetzten Ledertasche, die er unter das Bett schob. Danach nahm er noch ein Blatt Papier, schrieb einige Zeilen, faltete das Blatt, versiegelte es mit Kerzenwachs und adressierte es an Kriminalinspektor Jakob Hundt. Er sollte es am späten Montagnachmittag erhalten.

Daveson stand wieder auf und ging zum Fenster zurück. Die Abenddämmerung hatte sich inzwischen über die Gängeviertel gelegt. Er schaute zum Himmel hoch und sah ein paar Sterne über den Dächern der Neustadt funkeln; in der Wohnung Nordheims sah er das fahle Licht der Gaslaternen. Die Familie saß wohl gemeinsam beim Abendessen, in trauter Runde.

Daveson wusste, dass es heute seine letzte Nacht sein würde in dieser Kammer, die ihm unerwartet zu einem Zuhause geworden war, wie die Neustadt selbst auch. Heimat war sie aber nicht geworden, sondern nur das unerfüllbare Versprechen davon. Morgen mussten letzte

Vorbereitungen für sein Treffen – war das das richtige Wort? – mit Rohdantz am Montag eingeleitet werden. Dass Kriminalinspektor Hundt ihm nicht ganz traute, ahnte er, und er verstand es sogar. Daher die Vorsichtsmaßnahme, morgen unterzutauchen. Hedda und der Kriminalinspektor hatte er für Dienstag bestellt. Und Hedda hatte das Kreuz. Es würde alles gutgehen, sagte er sich im Stillen. Am Ende wurde doch immer alles gut.

38
Eine Gefangennahme

Hamburg, Sonntag, d. 11. April 1880

Sergeant Julius Stöter lehnte lässig an einem Pfeiler in der Empfangshalle des Berliner Bahnhofes und bewunderte die Lok, die gerade eingefahren war. Ein kraftprotzendes Gefährt der Firma Borsig. Es wog, wie Stöter wusste, über dreißig Tonnen und konnte problemlos über 200 Tonnen Gewicht ziehen. Eine Fahrt zwischen Berlin und Hamburg dauerte mit dieser Maschine knapp fünf Stunden. Noch vor wenigen Jahren wäre eine solche Fahrzeit unvorstellbar gewesen.

Stöter paffte an seiner Zigarre und beobachtete die Menschen, die aus den Waggons hinter der Lok ausstiegen. Es herrschte, wie es für Bahnhöfe üblich war, eine hektische Stimmung. Angekommen war der Nachmittagszug aus Berlin, mit dem der Lehrer Doktor Ernst Henrici laut Telegramm der Berliner Polizei nach Hamburg gefahren war. Der Zug war gut besetzt, doch Stöter erkannte den kleinen, schmächtigen Mann sofort, der zwischen den anderen Passagieren über den Bahnsteig eilte.

Henrici ging zügig aus der Halle. Stöter faltete die Zeitung zusammen, die er sich eben im Kiosk für die Wartezeit gekauft hatte und setzte sich in Bewegung, um ihm zu folgen. Den Mann in der Menge zu beschatten, erwies sich als kein Problem. Er lief über die Niedernstraße bis zur Börse, bog jedoch von dort in den Großen Burstah und ging weiter über die Michaelisbrücke. Ohne eine Pause einzulegen, setzte der Mann seinen Weg bis zu der großen Michaeliskirche fort. Erst auf dem Platz vor dem Hauptportal hielt er an und schaute sich um. Zahlreiche Passanten bewegten sich auf dem großen Platz. Stöter lehnte sich an einen Baum, zündete sich eine Zigarre an und schlug die Zeitung auf. Waren sie jetzt am Ziel? Hatte Henrici ein Treffen in der Kirche? Eigentlich passte das. Als er so dort stand, sein Gesicht halb von der Zeitung verdeckt, bemerkte er aus dem Augenwinkel einen weiteren Mann, der von der Schlachterstraße auf den Platz kam. Stöter hielt die Zeitung etwas höher, so dass sein Gesicht ganz verdeckt war, als er den Mann erkannte. Es war Staatsanwalt Theodor Rohdantz. Er konnte sehen, wie Henrici und Rohdantz sich angeregt unterhielten und dann gemeinsam durch das Hauptportal in die Kirche gingen. Stöter faltete die Zeitung zusammen und machte sich auf den Weg zum Stadthaus.

Wenn er etwas länger geblieben wäre, hätte er möglicherweise einen Jungen mit einer Ballonmütze gesehen, der nur wenige Augenblicke später ebenfalls durch das Hauptportal geschlüpft war. Wahrscheinlich hätte sich der Sergeant in diesem Moment nichts dabei gedacht. Sicherlich wäre die Beobachtung jedoch für die nachfolgenden Ereignisse von Bedeutung gewesen.

Mosche Nordheim trat durch das Hauptportal der Michaeliskirche und las den Spruch, der über der Innentür zum Kirchenraum auf einer Messingtafel stand: *Denn Gott der HERR ist Sonne und Schild – Psalm 84,12.* Er sah ihn als ein gutes Zeichen an, denn immerhin war es ein Spruch aus dem Tanach. Er ging durch die Innentür und betrat das Kirchenschiff. Mosche fand, dass es in dem großen Raum merkwürdig roch: miefig, modrig und irgendwie nicht nach Leben. Das Sonnenlicht schaffte es kaum, die Kirche durch die großen Fenster zu erhellen, als würde es durch die staubige, schwere Luft verschluckt, sobald es hineinfiel. Mosche schaute sich um. Die geschwungene Balustrade, die das Kirchenschiff umrahmte, die prächtige Orgel, die eindrucksvolle Kanzel und die reichen Verzierungen an den Säulen und Wänden beeindruckten ihn. Als er nach oben an die Decke schaute, wurde ihm fast schwindelig, so gewaltig war das Gewölbe mit seinen kunstvollen Figuren. An beiden Seiten des Kirchenschiffs boten Emporen zahlreiche weitere Sitzplätze, und Mosche fragte sich, ob die Frauen beim Gottesdienst dort oben saßen, wie auf der Empore des jüdischen Tempels, wo strenge Geschlechtertrennung herrschte.

Er stand vor dem Mittelgang, der direkt auf den Altar zuführte, den eine mächtige Plastik krönte. Sie zeigte Jesus an das Kreuz genagelt – von Juden verraten – so wollte es die Geschichte, die Mosche wohl bekannt war. Eine gewaltige Kirche, viel größer als der Tempel an der Poolstraße, in dem die jüdische Reformgemeinde ihre Gottesdienste feierte. Die Kirche war ein gesegneter Ort, dachte Mosche. Der Tempel aber auch. Was machte sie zu heiligen Stätten? Es waren Gebäude, gebaut von Menschen, aus Stein, Holz, Glas und Metall. Wie und warum hatte Gott gerade diese Orte auserwählt? Und: War es der gleiche Gott, der sowohl die Kirche als auch den Tempel gesegnet hatte? Mosche erinnerte sich an sein Gespräch mit dem Lumpensammler über *Nathan der Weise* und schüttelte den Kopf.

Mosche war zunächst gar nicht aufgefallen, dass sich noch andere Menschen in der Kirche aufhielten. Sie gingen andächtig durch die Seitengänge oder verharrten kniend und sitzend im stillen Gebet. Ab und zu vernahm man ein leises Raunen. Mosche wollte sich nicht weiter ablenken lassen und trat in eine Seitennische, um seine nächsten Schritte zu überlegen.

Während er im Halbschatten unter der Empore stand, bemerkte er plötzlich eine Gestalt, die aus dem gegenüberliegenden Seitengang kam – es war der Kirchendiener Bonafides. Mosche konnte sein Herz pochen hören, als er beobachtete, wie der kleine Mann behände in Richtung des Chors hinkte. Mosche blieb keine Zeit, lange zu überlegen, gleich würde Bonafides verschwunden sein; eilig schlich er ihm also hinterher. Bonafides ging durch eine Hintertür, Mosche folgte ihm nach kurzem Zögern. Er durfte ihn nicht verlieren. Über den Hinterhof der Kirche gelangte man zum Pastorat der Michaelisgemeinde, und genau darauf steuerte Bonafides zu. Natürlich! Mosche hätte sich denken können, dass das Geheimnis hier zu suchen war, und nicht in der Kirche selbst.

Im Pastorat war es mucksmäuschenstill. Hier bestand keine Gefahr, entdeckt zu werden, dachte er und entspannte sich ein wenig. Sollte jemand ihn ansprechen, würde er einfach behaupten, er hätte sich verlaufen. Am Ende des dunklen Ganges konnte Mosche eine größere Tür ausmachen, auf die er nun langsam zuging. Bonafides war verschwunden – wohin konnte er gegangen sein? Da es nicht viele andere Möglichkeiten gab, öffnete er kurzerhand die Tür.

Mosche stand in einer Arbeitsstube, viel größer als die seines Lehrers Doktor Rée. Durch das bodentiefe Fenster drang Licht ein, das auf einen vollgestellten Schreibtisch fiel. Die Wände waren gesäumt von Schränken, die zum Bersten voll waren mit Büchern und Papieren, an den Wänden hingen Gemälde von streng dreinblickenden Kirchenmännern. Von Bonafides war aber keine Spur. Gerade als er einen weiteren Schritt in den Raum machen wollte, hörte er draußen sich nähernde Stimmen. Mosche sah sich panisch um. Da entdeckte er neben der Tür eine große, hölzerne Truhe. Hastig öffnete er sie – sein Herz machte einen Satz – sie war nicht verschlossen! Ohne zu zögern, stieg er hinein und ließ den schweren Deckel über seinem Kopf ins Schloss fallen.

Aus seinem Versteck vernahm Mosche das leise Knarren der Eingangstür sowie Stimmen, die er als die von drei Männern identifizieren konnte. Eine war tief und herrisch, die zweite hoch und penetrant und die dritte Stimme kalt, eindringlich und klar. Stühle wurden gerückt. Mosche merkte, dass er auf etwas saß – er fühlte Stoff zwischen seinen Fingern und nestelte aufgeregt daran herum. Er versuchte, ruhig ein- und auszuatmen und keinen Laut von sich zu geben. Stumm lauschte er dem Gespräch der Männer.

»Meine Herren«, sagte die hohe Stimme klar und deutlich, »Hamburg ist noch nicht reif für meine Botschaft. Hier haben sich die Juden eingenistet und bestimmen die Politik. Hamburg ist eine verjudete Stadt!«

Es folgte eine kurze Pause, bis die tiefe Stimme fragte: »Was haben Sie vor?«

»Die Flamme geht im Osten des Reiches auf! Unsere neue Partei, die Soziale Reichspartei, wird sie weiter entfachen. Es wird einen Flächenbrand geben, der das Reich überziehen wird. In Dresden findet demnächst ein internationaler, antijüdischer Kongress statt. Dort liegt meine Aufgabe. Agitation, meine Herren, nicht Geheimniskrämerei ist das Gebot der Stunde.« Wieder wurden Stühle gerückt, die Männer sprachen aufgeregt und durcheinander, Mosche konnte nichts verstehen. Erst als die hohe Stimme Oberhand gewann, konnte er der Unterredung wieder folgen: »Nein, meine Herren, ich verabschiede mich. Richten Sie meine Grüße an Herrn Reichstagsabgeordneten von Schossin aus und geben Sie ihm dies wieder zurück.« Es folgten rasche Schritte und das leise Knarren der Tür, die gleich danach wieder ins Schloss fiel. Dann herrschte einen Moment lang Stille.

Die Luft in der Truhe wurde zunehmend stickig, und Mosche registrierte mit Schrecken, dass seine Nase zu kribbeln begann. Jetzt unterhielten sich die beiden anderen Männer wieder. Einer von ihnen war sicherlich Hauptpastor Zimmermann, vermutete Mosche. Wer war der andere Mann?

Er vernahm die tiefe Stimme: »Haben Sie den Artikel im *Correspondenten* von Dienstag schon gesehen, Herr Staatsanwalt?«

Wieder wurde ein Stuhl gerückt. Dann Schritte, eine Schublade wurde aufgezogen, er hörte das Rascheln von Papier. »Ja, Herr Hauptpastor, ich habe ihn schon gesehen.«

Wieder Stille. Nach einer Weile fragte die tiefe Stimme: »Was soll er uns sagen?«

»Er bedeutet, dass sich die Geschichte zuspitzt. Fräulein Svensson wird es bereuen, dass sie sich mit dem Advokaten Sprewitz eingelassen hat.«

Wieder die tiefe Stimme: »Ich verstehe immer noch nicht. Dieser Lumpensammler Daveson ist in Wirklichkeit der Advokat Sprewitz aus Mölln. Irgendwie besteht da eine Verbindung zu dieser liederlichen jüdischen Schriftstellerin aus der Revolutionszeit, Recha Mendelssohn. Gut. Aber Fräulein Svensson? Und Sie? Wie hängt das alles zusammen, dass so ein Artikel dabei herauskommt? Mit derartigen Anspielungen!«

Mosche hörte erstaunt zu. Der Lumpensammler hatte ein Geheimnis, das hatte er immer vermutet. Fräulein Svensson? Wohl das hübsche Fräulein, mit dem Daveson sich so häufig traf. Aber wer war

Recha Mendelssohn? Und diese Rede von einem Flächenbrand gegen die Juden! Mosche fühlte sich elend, er fror und hatte Angst. Die kalte Stimme des Staatsanwalts riss ihn aus seinen Überlegungen: »Vergessen wir diese Geschichte, Herr Hauptpastor. Sie ist sehr vertrackt. Wir haben dringendere Angelegenheiten zu besprechen.«

Mitten in diese Ankündigung hinein musste Mosche niesen. Er presste erschrocken beide Hände vor seinen Mund – doch es war zu spät.

»Was war das?«, fragte die tiefe Stimme. Mosche hörte Schritte, die sich näherten. Der Deckel wurde geöffnet, und Mosche schaute in das finstere Gesicht des Hauptpastors. Ehe er sichs versah, wurde er unsanft aus der Truhe gezerrt, wobei er sich heftig das Knie anstieß. Tränen schossen ihm in die Augen. Mosche versuchte, sich zu befreien, doch Zimmermann hielt ihn mit eisernem Griff fest. Nun kam auch der andere Mann hinzu und starrte ihn mit seinen kalten Augen durchdringend an. Unter seinem schmalen Schnurrbart erschien ein wölfisches Grinsen. »Was haben wir denn hier?«, feixte er und legte den Kopf schief, als wäre Mosche ein Tier, das er in einem Zoo durch einen Zaun betrachtete. »Einen kleinen, jüdischen Spion?«

Mosches Mund war trocken vor Angst. Widerstandslos ließ er sich auf einen Stuhl bugsieren.

»Was machst du hier?«, fragte der Hauptpastor vorwurfsvoll und baute sich vor ihm auf.

»Ich … ich hatte mich verlaufen, Herr Hauptpastor«, stammelte Mosche, »und dann … dann habe ich Angst bekommen und mich versteckt. Es tut mir leid.« Als er versuchte, dem Blick von Pastor Zimmermann auszuweichen, sah er aus dem Augenwinkel etwas aufblitzen. Etwas lag auf dem Tisch, an dem die Männer zuvor gesessen haben mussten. Mosche schluckte. Es war das fremdartige Kreuz.

Der Staatsanwalt war seinem Blick gefolgt und fragte scharf: »Wie heißt du?«

»Mosche Nordheim.«

»Nordheim«, widerholte der Mann mit seiner kalten Stimme und nickte, als ob ihm die Antwort besonders gefallen hätte. »Von wegen verlaufen. Ein elender Schnüffler bist du! Du kennst den Lumpensammler Daveson, nicht wahr?«

Mosche merkte, wie er immer tiefer in einen schrecklichen Abgrund hinabrutschte. Er antwortete tapfer: »Er wohnt bei uns im Hinterhaus, aber ich kenne ihn nicht weiter.«

»Du bist ein schlechter Lügner, mein Junge«, sagte der Staatsanwalt.

»Was machen wir mit ihm?«, fragte Hauptpastor Zimmermann.

»Er weiß zu viel«, sagte Rohdantz, der seinen Blick weiterhin auf Mosche gerichtet hielt. »Wir sollten ihn erstmal einsperren.« Der Hauptpastor sah den Staatsanwalt erstaunt an, doch dieser schien sich bereits entschieden zu haben: »Eine reine Vorsichtsmaßnahme, bis wir überlegt haben, wie mit einem jüdischen Spion zu verfahren ist.«

Der Hauptpastor nickte langsam, ging zur Verbindungstür der Stube, machte sie auf und rief etwas Unverständliches. Bald darauf erschien Bonafides, der sogleich von seinem Herrn instruiert wurde. »Bonafides«, sagte der Hauptpastor, »sperre diesen Einbrecher in der Kellerkammer ein. Wir werden uns nach unserer Besprechung mit ihm befassen.«

Mosches Hände wurden mit einem kratzigen Strick zusammengebunden; Bonafides führte ihn aus der Stube, unter Aufsicht des Staatsanwalts. Sie stiegen eine steile Holztreppe hinab. Unten angelangt, schob der Staatsanwalt ihn unsanft in eine dunkle Kammer; die Tür wurde geräuschvoll verriegelt und Mosche blieb allein zurück. Ängstlich schaute er sich um. Durch schmale Schlitze in der Decke drang ein seichter Luftzug herein. Die Kammer war klein und unmöbliert, in einer Ecke lagen ein Haufen Pflastersteine und daneben ein Holzstapel. Mosche trat einmal kräftig gegen die Tür, ohne Ergebnis. Dann ließ er sich, mit dem Rücken an die Wand gelehnt, zu Boden sinken. Er würde einen Ausweg finden, sagte er sich. Er musste nur Ruhe bewahren, dann würde schon alles in Ordnung kommen.

Als Rohdantz in die Schreibkammer zurückkehrte, saß Hauptpastor Zimmermann an seinem Schreibtisch und starrte ins Leere. »Wir haben ein Problem«, seufzte er und deutete auf das Kreuz, das noch immer auf dem Tisch lag. »Wir können den Jungen nicht hierbehalten, ihn aber freizulassen, würde uns sicherlich in Schwierigkeiten bringen.« Nach einer kurzen Pause fragte er: »Sagt Ihnen der Name Nordheim irgend etwas?«

Rohdantz nahm eine Zigarre aus seiner Tasche und zündete sie an, bevor er antwortete. »Er hat unser Kreuz erkannt. Der Sprewitz ist im Hause von Nordheim untergetaucht. Wie viel der Junge weiß, weiß ich nicht. Aber dass er sich hier versteckt hatte, war kein Zufall.«

»Was machen wir mit ihm?«

»Wir lassen ihn eine Nacht im Keller schmoren, um ihm einen ordentlichen Schrecken einzujagen. Morgen sehen wir dann weiter. Ich denke, morgen wird einiges passieren.«

»Wie meinen Sie das?« Zimmermann wirkte irritiert. »Was soll passieren?«

»Wir werden sehen«, sagte Rohdantz und blies eine dicke Rauchwolke in die Luft.

Seit vier Tagen hielt sich Bonafides bereits im Bibliothekszimmer des Hauptpastors versteckt. Bis heute Nachmittag war er sonst immer nur abends in der Dunkelheit unterwegs gewesen. Er fühlte sich unwohl. Warum musste er sich verstecken? Er wollte sein altes Leben zurück, seine Arbeit als einfacher Kirchendiener, am allermeisten aber die Sicherheit in seinem Vertrauen zu Gott.

Er war gerade zurückgekommen aus der Kellerkammer, in der sie den jüdischen Jungen gefangen hielten. Ein Einbrecher, wie Hauptpastor Zimmermann gesagt hatte. Er hatte den Mann mit dem schmalen Schnurrbart und den harten Augen begleitet. Sie hatten dem Jungen etwas Wasser und Haferbrei gebracht und ihm die Handfesseln abgenommen. Der Mann mit den harten Augen hatte dem Jungen gesagt, dass er sich ruhig verhalten sollte, dann ihm würde nichts passieren. Als Strafe für den Einbruch sollte er eine Nacht in Gewahrsam bleiben. Eine Nacht.

Bonafides hatte Angst. Er dachte an das Kreuz mit dem spitzen Fuß. Es ließ sich nicht abschütteln. Seit dem Gespräch mit dem

Kriminalinspektor hatte er das Zeichen als unheimlich, ja, bedrohlich, empfunden. Und nun der Mann mit den harten Augen. Vor ihm hatte er am meisten Angst. Doch was konnte er, ein einfacher Kirchendiener, schon ausrichten?

Advokat Friedrich Sprewitz schüttete etwas Wasser in einen Blechnapf, nahm ein abgenutztes Rasiermesser zur Hand und schaute in einen kaputten Spiegel, den er, ebenso wie das Rasiermesser, vom Lumpenhändler Phillipp für wenig Geld erworben hatte. Er betrachtete sein Spiegelbild einen Augenblick lang – die Schatten unter seinen ernsten, müden Augen, die lange, dünne Nase, die vollen, inzwischen fast gänzlich grauen Haare, die buschigen Augenbrauen und den zotteligen grauen Ziegenbart. Er sollte als Erstes dran glauben. Sprewitz setzte das Messer an und zog die stumpfe Klinge langsam über seine Wange. Er entsorgte die Barthaare in einem Korb neben dem Bett. Als er fertig war, massierte er seine brennenden Wangen und das Kinn, während er sein neues, altes Gesicht betrachtete. Eigentlich fühlte es sich besser an ohne Bart.

Er hatte die Ledertasche mit dem Paket für Hedda unter das Bett gelegt und seine beste Kleidung angezogen, wobei die Bezeichnung wohl relativ war. Alles andere wollte er in der Wohnung zurücklassen. Ob er je zurückkehren würde? Die Frage konnte er nicht beantworten. Eine Übernachtungsmöglichkeit im benachbarten Altona hatte er schon aufgetrieben. Er klappte das Rasiermesser zusammen, steckte es in die Rocktasche und verließ seine Kammer. Unten im Innenhof schaute er sich kurz um. In der Wohnung von Nordheim brannte Licht, ansonsten gab es kein Lebenszeichen. Statt den vorderen Ausgang zur Poolstraße zu benutzen, überquerte Daveson den Hof, erreichte in der hintersten Ecke eine schmale Holztür, stieß sie auf und trat in einen schmalen Gang.

Der jüdische Junge bereitete ihnen unerwartete Probleme. Theodor Rohdantz ging in seinem Zimmer im Hotel Waterloo unruhig auf und ab. Wie viel wusste der Junge wirklich? Morgen würde er der Sache nachgehen, eine Lösung finden. Rohdantz blieb vor dem Fenster zur Dammtorstraße stehen und schaute auf das Stadttheater, das sich schräg gegenüber auf der anderen Straßenseite befand. Der Eingang war hell erleuchtet in Erwartung der baldigen Abendvorstellung. »Sie wird bald beginnen«, raunte er und drehte sich vom Fenster weg. Er setzte sich an den kleinen Tisch, der neben dem Fenster stand. Er zündete die Gaslaterne an und holte das Telegramm aus seiner Tasche, das er vor drei Tagen erhalten hatte und das angeblich von Mücke stammte. Er las es nochmals in aller Ruhe, holte ein leeres Blatt aus der Tasche und setzte seine Schreibfeder langsam auf das Papier.

39
Recha Mendelssohn
Eine Rückblende

Schwarzenbek/Hamburg, Sonntag, d. 8. September 1850

Advokat Friedrich Sprewitz wartete mit einem Reisebündel in der Hand und einem Billett dritter Klasse in der Tasche am Bahnhof Schwarzenbek auf den Nachmittagszug nach Hamburg. Er achtete kaum auf die anderen Passagiere, die rauchend und schwatzend auf dem Bahnsteig herumstanden. Es war ein sonniger Tag, der Himmel war blau, durchsetzt mit einigen kleinen, flauschigen Wolken, die langsam, scheinbar ziellos, dahinschwebten. Sprewitz war am Vormittag von Lauenburg zu Fuß aufgebrochen und hatte eine Mitfahrmöglichkeit bei einem Bauern aus Lütau gefunden, der Geschäfte in der Gemeinde an der Schwarzen Beke zu besorgen hatte. So hatte er noch die Zeit gefunden, durch das Dorf zu schlendern und ein leichtes Mittagessen im Deutschen Haus zu sich zu nehmen. Es war in seinen Augen ein Abschied, ein Abschied von seinem alten Leben, von einer Hoffnung, die er ziehen lassen musste. Neun Monate waren seit der entscheidenden Sitzung der Lauenburgischen Landesversammlung vergangen, die Anfänge der Revolution lagen sogar schon über zwei Jahre zurück. Sie war endgültig gescheitert, es war aus und vorbei, in ganz Europa. Die Landesversammlung hatte seit der Sitzung in Januar nicht mehr getagt; der Berliner Friedensvertrag vom Juli 1850 hatte das Ergebnis besiegelt, das die Revolutionäre vorausgesehen und befürchtet hatten – die Herzogtümer Schleswig und

Holstein fielen an Dänemark zurück, dessen König ebenfalls die Wiederinbesitznahme des Herzogtums Lauenburg vorbereitete. Die Restauration der alten Ordnung war im vollen Gange.

Nach dem kargen Mittagessen verweilte Sprewitz auf dem Kirchhof. Er suchte das Grabmal des ehemaligen Amtmannes Friedrich-Wilhelm Compe auf – hier hatte er damals vor zwei Jahren Recha Mendelssohn getroffen und dieses merkwürdige, aber erregende Gespräch mit ihr geführt – hier hatte er sich in sie verliebt, wenn er genau darüber nachdachte. Er blickte auf den Saal des Deutschen Hauses. Dort hatte er sie das erste Mal gesehen. Waren seither wirklich nur zwei Jahre vergangen? Aber was in diesen zwei Jahren passiert war, hätte für zehn gereicht! Aufbruch, Euphorie, immer wieder Hoffnung, und dann doch nur ein Abgrund aus Machtlosigkeit, Mutlosigkeit und Verzweiflung. Doch nicht allein die Revolution, auch er war gescheitert. Das hatte er in den letzten Monaten immer deutlicher und schmerzlicher zu spüren bekommen. Seine Kanzlei – selbst der Begriff schien ihn zu verhöhnen – war so gut wie erledigt. Klienten kamen schon lange nicht mehr. Auf den Straßen der kleinen Schifferstadt wurde er gemieden; sein Zusammenleben mit Recha – mit einer Jüdin! – hatte ihn in den Augen der anständigen Bürger Lauenburgs zum Aussätzigen gemacht. Von der Revolution wollten sie ohnehin nichts mehr hören. Nur das Geld von seinen Eltern aus Mölln hatte ihn knapp über Wasser gehalten. Er hatte versucht, etwas zu schreiben, vielleicht ein Theaterstück, aber es wollte ihm nicht gelingen. Er war langsam in eine Lethargie abgedriftet, vor der ihn auch das Zusammenleben mit Recha nicht hatte retten können. Er hatte resigniert.

Recha war inzwischen seit zwei Monaten wieder in Hamburg und arbeitete an einem neuen Werk. Sie hatten zweimal miteinander korrespondiert. Nun hatte er den Entschluss gefasst, Lauenburg zu verlassen und einen Neuanfang in Hamburg zu versuchen. Dies hatte er Recha kurz mitgeteilt, die in ihrer kryptischen Art mit nur zwei Worten geantwortet hatte: »homo ludens.« Er hatte die Zeile mit einem gezwungenen Lächeln gelesen. Er wusste, dass Recha Recht hatte – das Spiel musste weiter gehen.

Der Zug aus Berlin hielt ruckelnd und dampfend am Bahnsteig. Er bestand aus einer langen Lokomotive mit einem großen Schornstein und einem auffallenden Dampfdom sowie acht Waggons. Er sah wie ein dampfendes Ungeheuer aus, ein Ungeheuer, das eine neue Epoche symbolisierte. Dem Advokaten kam der Anblick einer Eisenbahn immer noch exotisch vor, eine Verheißung des Zeitalters der Mobilität – und der Freiheit, vielleicht. Nur wenige Passagiere stiegen aus, umso mehr stiegen dafür ein. Sprewitz registrierte den lebhaften Handel bei den beiden Güterwaggons am Ende des Zuges. Er suchte sich einen Platz auf einer harten Holzbank im Waggon der dritten Klasse, legte sich sein Reisebündel auf den Schoss und warf einen Blick auf seine Mitreisenden. Der Waggon war gut besetzt, Sprewitz identifizierte die Männer anhand ihrer Kleidung als Mitglieder gut bürgerlicher Schichten. Es war bekannt, dass die Strecke ab Büchen in Richtung Hamburg immer häufiger genutzt wurde. Die Bahnlinie hatte sich wie ein eiserner Draht von der Großstadt aus in das Umland gekrallt. Sprewitz war seit über einem Jahr nicht mehr in Hamburg gewesen. Er wusste, dass auch dort die Revolution gescheitert war. Seine Mitreisenden rauchten, unterhielten sich oder lasen Zeitung. Auch eine neue Entwicklung. Die neue Beweglichkeit und die Verbreitung von Informationen hatten sich als zwei Seiten derselben Medaille erwiesen. Er selbst hatte vor und während der Revolution Artikel in der *Eisenbahnerzeitung* veröffentlicht. Wie weit weg ihm das nun erschien – und wie vergeblich. Der Advokat vertiefte sich wieder in seine Gedanken und merkte es kaum, als der Zug sich ruckartig in Bewegung setzte. Er schaute abwesend aus dem Fenster, holte bald seine Pfeife aus der Tasche und verbrachte die fast zweistündige Fahrt in Schweigen gehüllt.

In Hamburg angekommen folgte er dem Menschenstrom aus dem Bahnhofsgebäude ins Freie. Er blinzelte in der grellen Sonne. Es war kurz nach 6 Uhr abends, die Sonne stand tief am Horizont und tauchte die Stadt in goldenes Licht. Er zog seine Schiffermütze tiefer ins Gesicht und setzte seinen Weg über die Niedernstraße in Richtung Speersort fort. Die Stadt hatte sich im letzten Jahr doch sehr verändert. Spuren des Großen Brandes von 1842 waren zwar noch überall erkennbar, inzwischen standen jedoch etliche neue Gebäude entlang der deutlich verbreiterten Straßen. Die Neubauten wiesen eine Vielfalt architektonischer Stile auf. Auffallend empfand Sprewitz die vielen Rundbögen in den Fassaden sowie die aufwändig gestalteten Eingangstüren. Sie schienen die Aufbruchsstimmung widerzuspiegeln, die die Stadt nach dem Brand erfasst hatte. Ein neues Zeitalter war angebrochen. Am Speersort angekommen betrachtete er einen Augenblick lang das Gebäude des Johanneums und der Stadtbibliothek, das, wie er wusste, von dem großen Brand fast wie durch ein Wunder verschont geblieben war. Bücher, Druckschriften, Kultur, ja: Aufklärung – es gab noch viel zu tun, auch für ihn. Er straffte seinen Rücken und ging weiter.

Über den Jungfernstieg erreichte er bald den Gänsemarkt und von dort aus kam er zur Großen Theaterstraße. Er stieg die Treppen zu einer Wohnung im zweiten Stock eines Neubaus hinauf und klopfte verhalten an die Tür. Joseph Mendelssohn öffnete ihm. »Guten Abend, Fritz«, sagte er fröhlich und trat beiseite, um seinen Besucher hineinzulassen. »Recha ist unterwegs, aber komm doch rein. Wir trinken etwas.« Er holte eine Flasche und zwei Gläser.

Die junge Wirtin stand hinter dem Tresen der Gastwirtschaft am Kugelsort und blickte der Frau hinterher, die gerade durch die Tür hinausging. Sie hatten sich lange unterhalten, die Frau hatte ihr viele Fragen gestellt. Zuerst hatte sie es als befremdlich empfunden, so viele persönliche Dinge über ihr Leben zu erzählen, doch auf eine Art war es auch anregend gewesen. Sie fand es noch immer verwunderlich, dass jemand sich dafür interessierte, doch die Frau war eine ganz besondere Person gewesen … anders als die anderen, sagte ihr Gefühl. Sie hatte bemerkt, wie einige der Gäste sie während ihres Gespräches beobachtet hatten, und das hatte ihr Unbehagen bereitet. Bestimmt würden sie ihrem Vater davon berichten. Sei es drum, dachte sie. Nun war es geschehen. Und wenn sie es sich ganz genau überlegte, war sie sogar stolz auf ihren Ungehorsam. Genau im Moment dieser Erkenntnis trat ihr Vater durch die Eingangstür; er schien sofort zu merken, dass etwas nicht stimmte und sah sich angespannt in der Wirtschaft um. Eindringlich beäugte er die Männer, die schweigend an ihrem Stammtisch saßen und in ihre Gläser starrten. Er baute sich vor dem Tresen auf und fragte mit seiner inquisitorischen Stimme: »Was ist hier los?«

Hildegard wusste, dass es das beste war, die Wahrheit zu sagen, bevor die anderen sie verraten konnten, also erzählte sie ihm von der sonderbaren Begegnung. Das Gesicht ihres Vaters verfinsterte sich zusehends.

Als sie geendet hatte, sagte er schroff: »Hildegard, ich verbiete dir jeglichen Kontakt mit dieser Weibsperson. Sie ist Gift, genau wie die Revolution.« Er deutete mit dem Finger zur Tür. Seine Geste duldete keinen Widerspruch. »Geh auf dein Zimmer und bete zu deiner seligen Mutter. Sie war eine anständige Frau.«

Es war ein mondloser, aber klarer Abend, die Straßen waren fast leer, hier und dort leuchtete in einem Zimmerfenster noch ein Licht; Die Frau war ganz in schwarz gekleidet; ihre unbändigen, schwarzen Haare trug sie offen und ohne Kopfbedeckung. Sie ging langsam durch den Ebräergang, bis sie an einer Haustür, vor der eine Dirne stand, anhielt und diese ansprach. Die Dirne reagierte ungehalten. Die Frau in Schwarz sprach dennoch weiter mit ihr. Nach ein paar Minuten verschwanden die beiden Frauen gemeinsam ins Haus.

Etwa eine Stunde später kam die Frau in Schwarz alleine wieder hinaus und bog in Richtung Alter Steinweg ab. Sämtliche Fenster in den Häusern waren inzwischen schwarze, undurchdringliche Vierecke, allein eine einsame Gaslaterne am Anfang der Gasse kämpften gegen die nächtliche Dunkelheit. Die Frau ging zügig. Gerade als sie den Lichtkegel der Laterne erreichte, trat eine Gestalt aus dem Schatten auf sie zu.

Die Frau erschrak, dann erkannte sie den Mann. »Sie? Was machen Sie denn hier?«, fragte sie und konnte die Überraschung nicht ganz verbergen, obwohl sie sich bemühte, ihre Stimme fest und tief klingen zu lassen.

»Das Gleiche wie du, nehme ich an«, erwiderte der Mann und lachte dreckig. »Was kostet es bei dir? Jüdische Dirnen sind billiger, nicht wahr?«

Sie presste ihre Lippen zusammen, ihre Augen waren nur noch schmale Schlitze, durch die sie ihn anfunkelte, dann holte sie aus. Der Man riss blitzschnell seinen Arm nach oben und blockte den Schlag ab. Mit der einen Hand umklammerte er ihr Handgelenk, mit der anderen griff er an ihre Kehle. Er war viel kräftiger, als die Frau erwartet hatte. Seine Muskeln zitterten und er schnaufte bei jedem Atemzug. Sie wusste, dass sie keine Chance hatte. Er drückte mit erbarmungsloser Kraft zu, bis sein Gesicht rot anlief und kleine Speichelbläschen auf seinen spröden Lippen glänzten. Ein letztes Mal bäumte sie sich auf und die Anstrengung presste den letzten Rest Luft aus ihren Lungen. Sie sank vornüber in seine Arme und ihr schwarzes Haar fiel ihm ins Gesicht wie ein Schleier. Der Mann stöhnte laut auf. Einen Moment lang verharrte er in dieser gewaltvollen Umarmung, ein Außenstehender hätte glauben können, die beiden lägen sich in den Armen wie Verliebte. Dann schaute er sich um. Die Straße war noch leer. Immer noch heftig atmend, hob er ihren leblosen Körper auf seine Schulter und lief so schnell es konnte die wenigen Schritte zur Ellerntorsbrücke. Mit erstaunlicher Leichtigkeit warf er die Leiche in das Bleichenfleet, wo sie das dunkle, eiskalte Wasser sofort verschlang. »Verdammte jüdische Hure«, murmelte er leise. Bevor er die Brücke verließ, lauschte er noch für einige Minuten stumm den Wellen, die aufgeregt gegen die Kaimauer schlugen.

Er war schon seit über zwei Stunden unterwegs, nachdem er die Mendelssohn'sche Wohnung verlassen hatte, um nach Recha zu suchen. Joseph hatte lediglich gesagt, dass seine Schwester Recherchen für ein neues Werk einhole. Eigentlich war die Suche von Anfang an sinnlos gewesen. Wie sollte er in der großen Stadt eine einzelne Person finden, über deren Aufenthaltsort er kaum einen Anhaltspunkt hatte? Es war ihm jedoch egal gewesen. Er wollte sich einfach bewegen, etwas unternehmen, sich vor allem mit Recha treffen, um über seine neuen Pläne zu sprechen. Die Unruhe hatte ihn getrieben. Nun legte sie sich, und an ihre Stelle traten Müdigkeit und Verzweiflung. Wahrscheinlich wäre es besser, zur Wohnung an der Großen Theaterstraße zurückzugehen und einfach zu warten. Er lief dennoch weiter.

Die Neustadt mit ihren Gängen und Höfen hatte er stets als eine Welt für sich betrachtet, ein fast undurchdringliches Labyrinth, das in seiner Verwahrlosung und gleichzeitigen Autarkie dunkle Geheimnisse zu beherbergen schien. Es brannte kaum Licht in den Fenstern der heruntergekommenen Gebäude, denn man konnte sich keine Ölverschwendung leisten. An einigen Kreuzungen leuchteten Straßenlampen, deren Licht eher das Geheimnisvolle, Obskure betonte, als dass es zur Erhellung – im wahrsten Sinne des Wortes – beitrug. Die dicht aneinander gebauten Fachwerkhäuser reihten sich so eng an die Wege, dass die Gänge wie Schluchten wirkten. Es schien Sprewitz eine besondere Ironie der Geschichte gewesen zu sein, dass während der Brandkatastrophe von 1842 die armseligen Viertel der Neustadt verschont geblieben waren, während die eher wohlhabenden Straßenzüge der Altstadt in Flammen aufgegangen waren.

Inzwischen war Sprewitz fast alleine auf den Straßen unterwegs. Die Polizeistunde stand kurz bevor; die meisten Menschen hatten ihr Zuhause längst erreicht und nutzten die Nachtruhe zur Erholung von der Mühsal des vergangenen Tages. Die Winkel und Verstecke der Neustadt würden bald den Obdachlosen, den Verbrechern, den Suchenden, den Verzweifelten – und den Nachtwächtern gehören.

Sprewitz hatte während seines Umhertreibens den Kugelsort erreicht. Er stand vor einer Gastwirtschaft und beschloss, ein letztes Bier zu trinken und hoffte insgeheim, vielleicht doch noch eine Spur von Recha zu finden. Er trat ein. Die Gaststube war fast leer. Eine Handvoll Gäste redete und lachte in einer durchdringenden Lautstärke. Ein älterer, grimmig dreinschauender Wirt stand hinter dem Tresen und war damit beschäftigt, Gläser zu spülen und zu polieren. Sprewitz trat auf ihn zu und bestellte ein Bier. Der Mann schaute ihn missmutig an und sagte, dass gleich Sperrstunde wäre. Sprewitz erwiderte, dass er das wüsste und das Bier schnell austrinken würde. Der Wirt nahm ein Glas aus dem Regal hinter sich, hielt es unter den Zapfhahn, der in dem großen, speckigen Holzfass steckte und ließ die braune Flüssigkeit hineinfließen. Dann stellte er das Bier wortlos auf die Theke.

Sprewitz nahm einen großen Schluck und fragte beiläufig: »Ist heute zufällig eine junge Frau mit dunklen langen Haaren hier gewesen? Sie trug wahrscheinlich keine Kopfbedeckung …«

Der Mann sah ihn nun noch finsterer an. Sprewitz merkte, dass die verbliebenen Gäste verstummten. »Frauen sehen wir hier nicht gerne«, sagte der Wirt unwirsch. »Wenn du eine Dirne suchst, geh zum Ebräergang. Dies ist eine anständige Gastwirtschaft.« Sprewitz trank sein Bier in einem Zug aus und legte zwei Münzstücke auf den Tresen. Als er zur Tür hinausging, merkte er, dass die Gäste angefangen hatten, miteinander zu tuscheln.

Seine Beine trugen ihn zum Großneumarkt, wo er sich erschöpft auf einer Bank niederließ. Er wusste, dass er am Ende war. Es blieb ihm nur eins – zurückzugehen und zu warten. Gerade als er aufstehen wollte, trat eine Gestalt auf ihn zu; es war ein Nachtwächter, der ihn misstrauisch musterte und schließlich verlangte, seinen Ausweis zu sehen. Sprewitz stand auf, überreichte wortlos seine Papiere und wartete.

»Lauenburg!«, rief der Ordnungshüter. »Was machen Sie hier um diese Zeit, Herr Advokat? Haben Sie noch nie etwas von Sperrstunde gehört?«

»Entschuldigen Sie bitte, Herr Nachtwächter. Ich habe mich verirrt.« Eine bessere Ausrede fiel ihm nicht ein.

»Wo haben Sie Ihre Unterkunft, Herr Advokat?«

»Bei einem Bekannten in der Großen Theaterstraße, Herrn Joseph Mendelssohn«, antwortete Sprewitz wahrheitsgemäß.

Der Nachtwächter musterte ihn noch einmal ausgiebig von oben bis unten, notierte dann etwas in einem Heft und sagte: »Gehen Sie dort entlang.« Er zeigte die Straße hinunter und fuhr fort: »Nehmen Sie die nächste Abbiegung und folgen dem Weg immer weiter geradeaus.

Bald erreichen Sie den Gänsemarkt, von dort aus kommen Sie zum Stadttheater und zur Großen Theaterstraße.«

Sprewitz bedankte sich und machte sich auf den Weg, den er ohnehin genommen hätte.

40
Danse Macabre

Hamburg, Montag, d. 12. April 1880

Eine schwarz-weiß gestreifte Katze balancierte geschickt auf dem Balkongeländer der Nachbarwohnung entlang. Sie bewegte sich geschmeidig, anscheinend ohne sich dessen bewusst zu sein, dass das dunkle Gewässer des Herrengrabenfleets etliche Meter in der Tiefe unter ihr floss. Elegant und mutig, dachte Sergeant Julius Stöter, der auf dem kleinen Balkon seiner Wohnung im zweiten Stock eines Fachwerkhauses am Herrengraben stand und einen Zinnbecher mit Kaffee in der einen und ein Wurstbrot in der anderen Hand hielt. Die Katze erreichte das Ende des Geländers und schaute ihn mit ihren undurchdringlichen grünen Augen unverwandt an. Sie stand höchsten zwei Meter entfernt, und als Stöter die Tasse zum Mund führte, miaute sie leise, als wolle sie auch einen Schluck. »Na, mein Lieber, das hast du gut gemacht«, sagte er und warf ein Stück Wurst hinüber. Sie landete auf dem Boden des Balkons. Die Katze sprang sofort hinunter und verschlang den Happen. Stöter lachte und nahm einen Schluck Kaffee. Es wurde langsam hell; der Morgen breitete sich über der erwachenden Stadt aus. Es war aber noch unklar, ob die Sonne es durch die Wolkendecke und den Morgendunst schaffen würde. Der Sergeant musste sich gleich auf den Weg zum Stadthaus machen. Er empfand jedoch keine Eile.

Stöter genoss die ersten Morgenstunden. An seine Küche im hinteren Teil der Wohnung grenzte ein Balkon, von dem aus er auf den

Herrengrabenfleet hinunterschauen konnte. Er blickte auf die vielen Schuten, die in Zweier- oder gar Dreierreihen für die Nacht fest vertäut worden waren. Sie schaukelten in den saften Wellen des Fleets und warteten auf ihre Besitzer, damit die Tagesarbeit beginnen konnte. Die Hamburger Fleete waren bedeutende Verkehrsadern, welche die Stadt mit dem Hafen verbanden. Stöter war nie in Venedig gewesen, würde wohl auch nie dorthin kommen, hatte jedoch in der Zeitung über die Kanäle dort gelesen. Er hatte nicht das Gefühl, unbedingt nach Venedig reisen zu müssen – in Hamburg war es mindestens genauso schön, fand er. Während er hinunterschaute, tauchten die ersten Schutenfahrer auf. Auf dem Gewässer regte sich das Leben.

Schräg gegenüber von seiner Wohnung lag auf der anderen Seite des Fleets das Rathaus in der Admiralitätsstraße. Die Stadtverwaltung befand sich seit dem Großen Brand in einem ehemaligen Waisenhaus; ein neues Rathaus war jedoch bereits in Planung, wenn man der offiziellen Verlautbarung Glauben schenken wollte. Er konnte in einem Fenster im ersten Stockwerk bereits die Flamme einer Laterne flackern sehen. Stöter ging in seine Küche zurück, schloss die Balkontür, stellte den Kaffeebecher ab und nahm seinen Mantel von der Stuhllehne. Er sah sich noch einmal um. Alles schien in Ordnung zu sein. Auf dem Weg zur Wohnungstür nahm er seine Melone von einem Haken und steckte drei Zigarren in die Innentasche seines Gehrocks. Mit Dampf ging es besser, das war sein Motto – wie bei der Eisenbahn. Er stieg die Treppe zur Haustür hinab.

Im Gängeviertel pulsierte schon das alltägliche Leben. Hier fühlte sich Stöter zuhause, das war seine Heimat. Die kleinen Geschäfte und Frühstückscafés machten gerade auf; Schiffsleute und Hafenarbeiter folgten dem Menschenstrom hinunter zum Hafen; Frauen in langen, dunklen Kleidern und hellen Schürzen trugen Einkaufskörbe; lachende und schwatzende Kinder liefen mit Büchern auf dem Rücken zur Schule; Schott'sche Karren unternahmen mit ihren Waren die ersten von vielen Runden durch die Straßen und Gassen; Wasserträger – und -trägerinnen – liefen von Haus zu Haus, mit dem obligatorischen Tragjoch über den Schultern, von dem auf jeder Seite ein Eimer baumelte. Die schwere

Last drückte ihnen ins Genick und bescherte ihnen einen krummen Rücken. Der Herrengraben war so breit, dass Fuhrwerke passieren konnten. Stöter blickte gerade auf einen Einspänner der Bill-Brauerei und freute sich über den Nachschub. Hunde liefen auch auf den Gehwegen und hatten ihre Nasen geschäftig an den Boden gedrückt. Als er die Ecke Sägerplatz erreichte, bemerkte Stöter einen schwarzen Hund, der mit gespitzten Ohren, aber sichtlich entspannt auf der gegenüberliegenden Straßenseite entlangtrottete. Das Tier faszinierte ihn auf eigenartige Weise. Es strahlte Gelassenheit und zugleich Stärke aus, ja, fast könnte man es als Überlegenheit bezeichnen. Der Sergeant meinte, den Hund schon gesehen zu haben, konnte sich jedoch nicht genau erinnern.

Hinter dem Sägerplatz überquerte Stöter auf der Pulverturmsbrücke den Herrengrabenfleet und erreichte die Admiralitätsstraße. Hier, an den Grenzen der Gängeviertel, veränderte sich das Stadtbild; die lang gestreckte Landzunge zwischen den Alster- und Herrengrabenfleeten hieß in Hamburg die Fleetinsel. Entlang der Admiralitätsstraße waren imposante Kaufmannsanwesen entstanden, mit einem Bürgerhaus an der Straßen- und einem Speichergebäude auf der Fleetseite. Auf den Trottoiren sah man zwar auch zahlreiche Passanten, die sich jedoch deutlich anders präsentierten als die Bewohner der Gängeviertel. Kleider machten Leute, und hier war das Bürgertum zuhause. Zu dieser frühen Stunde waren es Kaufmänner und Geschäftsleute, die adrett gekleidet waren, sowie Kontor- und Hausbedienstete, die Besorgungen zu machen hatten. Köchsche – so hießen die Köchinnen in den vornehmen Haushalten – liefen stolz und zielstrebig mit Körben tragenden Hausmädchen im Schlepptau, um für die Mahlzeiten der Herrschaften einzukaufen. Die höheren Töchter bekam er leider noch nicht zu sehen. Es war wohl noch zu früh für das zarte Geschlecht.

Es war kurz vor 7:30 Uhr, als Stöter das Stadthaus erreichte. Er sprach erst mit einem Konstabler in der Zentrale und machte sich einige Notizen. Danach ging er zu Kriminalinspektor Hundt, der gerade an seinem Schreibtisch saß und in einer seiner schwarzen Kladden blätterte.

»Morgen, Jakob«, sagte Stöter, als er den Kopf zur Tür hereinsteckte.

»Morgen, Julius. Setzt dich. Wir haben einiges zu besprechen.«

Stöter nahm Platz auf dem Stuhl vor dem Schreibtisch und holte eine Zigarre aus der Rocktasche. Er bemerkte, dass Hundt heute einen ungewöhnlich angespannten Eindruck machte. Der Fall hatte ihm zu schaffen gemacht, das war klar, und nun stand er kurz vor der Auflösung. Vielleicht. Hoffentlich. Stöter hatte ein ungutes Gefühl im Bauch, eine Intuition, mit der er noch nichts so recht anzufangen wusste.

»Es gab von Anfang an Hinweise«, begann Hundt seine Ausführungen ohne Einleitung. »Rohdantz und das Opfer haben die Denkmalsitzung gemeinsam verlassen. Offenbar haben sie sich dann verabredet, wir wissen inzwischen von den sexuellen Neigungen Goldschmidts«, der Kriminalinspektor zog eine Augenbraue hoch, »... und auch von Rohdantz. Denk nur an das schwarze Kleid, Julius, und an Rosas Geschichte. Gerade das Kleid scheint mir von besonderer Bedeutung zu sein. Worauf weist es hin? Goldschmidt war schwul und konnte seine Neigung nicht frei ausleben, er musste nach verborgenen Wegen suchen. Dabei ging er stets ein Risiko ein. Bei Rohdantz war er an den Falschen geraten.« Hundt öffnete die Kladde. »In Mölln habe ich vermerkt, dass sich auf dem Rückteil des Gehrocks von Goldschmidt ein großer, nicht identifizierter Fleck befand. Ich glaube, ich weiß inzwischen, was er bedeutet. Rohdantz hat Goldschmidt in seine Wohnung gelockt, und als er ihn von hinten gewürgt hat ...«, Hundt zog jetzt beide Augenbrauen hoch, »da hat er, nun ... einen Samenerguss erlebt.« Hundt schien Stöters Reaktion auf seine gewagte These nicht abwarten zu wollen und vertiefte sich rasch wieder in seine Kladde. »Ganz genau wie auch Rosa es berichtet hat«, fügte er hinzu und nahm einen Schluck Kaffee, was ihm selbst wie eine Übersprungshandlung erschien.

Stöter nickte langsam, obwohl Hundt ihn nicht ansah und fragte: »Aber was hat es mit dem Dolch auf sich?«

»Ich denke, es gibt zwei Gründe« bemerkte Hundt und wandte sich wieder seinem Gesprächspartner zu. »Goldschmidt war Jude, in den Rohdantz' Augen also kein vollwertiger Mensch. Rohdantz wollte ihn sogar noch im Tod erniedrigen, ihn dafür bestrafen, dass er ihm eine homosexuelle Neigung unterstellt hatte. Hass ist ein starkes, sehr starkes Motiv.« Hundt hielt inne und schaute für einen Moment abwesend aus dem Fenster. »Weißt du, Julius, vielleicht hasst dieser Mensch sich selbst am meisten.«

Stöter dachte darüber nach, wusste jedoch nicht, worauf Hundt hinaus wollte. »Und der zweite Grund?«

Hundt richtete seinen Blick wieder auf die schwarze Kladde: »Der Dolch bot ihm die Möglichkeit, den Fall zu vernebeln und eine andere Person, nämlich den Besitzer des Dolches, hineinzuziehen. Ich nehme an, dass Rohdantz über von Schossins Beteiligung an dem Wohnungsbauprojekt in der Neustadt Bescheid wusste. Ein perfider Schachzug, sich diese Verbindung zu Nutzen zu machen. Ein kaltblütiger Mord. Doch er hat einen Fehler gemacht«, Hundt tippte mit dem Zeigefinger auf seine Kladde: »Das Kreuz.«

»Ja, so könnte es gewesen sein«, sagte Stöter, paffte an seiner Zigarre und nickte. »Und diese Jüdin, Recha Mendelssohn?«

»Darüber kann ich nur spekulieren, Julius. Irgendetwas ist in der Revolutionszeit zwischen Sprewitz, Rohdantz und dieser ungewöhnlichen jüdischen Schriftstellerin passiert. Liebe und Hass liegen manchmal dicht beieinander. Es waren aufgeregte Zeiten. Vielleicht finden wir den Grund für Rohdantz' mörderischen Hass dort. Oder hatte er schon vorher in ihm geschlummert? Ich weiß es nicht. Ins Innere eines Menschen kann man sowieso nicht hineinschauen. Am Ende sind es doch nur unsere Taten, die zählen.« Hundt seufzte. »Mir ist klar, dass Rohdantz auch Recha Mendelssohn ermordet hat. An Rosa wiederholt er seine Tat. Sie ist ihm zum Zwang geworden, er muss sie wieder und wieder durchleben.«

»Eine entsetzliche Geschichte, Jakob«, war das Einzige, was Stöter hervorbrachte. Er war tatsächlich sprachlos ob solcher Abgründe. Die beiden Kriminalpolizisten schauten sich eine Weile schweigend an, bis Stöter verhalten fragte: »Und wie sieht es mit Beweisen aus?«

»Wir haben keine«, gestand Hundt sichtlich zerknirscht, »nur eine sehr plausible Geschichte. Daher ja auch die Idee mit dem Kreuz, um Rohdantz anzulocken und in die Enge zu treiben, ihn zu einer Aussage zu bewegen.«

»Also Dienstagabend auf der Wallanlage. Wie soll es ablaufen, Jakob?«

»Keine zweihundert Meter nördlich der Navigationsschule am Zeughausmarkt gibt es eine alte Ruine, sie war einst Teil der Wallanlage. Dort treffen sich Sprewitz und Rohdantz um sieben Uhr abends. Der Advokat bringt das Kreuz mit. Wir warten in unserem Versteck und die Falle schnappt zu.«

Stöter schüttelte den Kopf. »Hört sich zu einfach an, Jakob. Wird der Rohdantz überhaupt kommen? Er müsste die Falle doch schon wittern.«

»Mal sehen. Wenn nicht, versuchen wir einen anderen Weg. Immerhin wissen wir, dass der Staatsanwalt bereits in Hamburg ist.«

»Und Sprewitz? Können wir ihm trauen?«

»Ich weiß es nicht. Deswegen haben wir alle Beteiligten observieren lassen. Wie sieht es damit aus? Hast du den aktuellen Stand?«

Stöter legte seine Zigarre auf den Rand des Aschenbechers und holte ein Stück Papier aus seiner Tasche. »Rohdantz ist im Hotel Waterloo seit Donnerstag abgestiegen. Dort übernachtet er recht häufig, haben wir herausbekommen. Was er am Donnerstagabend im Ebräergang gemacht hat, wissen wir. Am Samstag ist er nach Boizenburg gefahren und am Abend zurückgekommen. Ich nehme an, er hat Herrn von Schossin besucht. Der hat seit Tagen nicht mehr sein Gutshaus verlassen, berichtet unser Informant vor Ort. Am Sonntag war Rohdantz nachmittags in der Michaeliskirche und hatte sich wohl mit Hauptpastor Zimmermann und dem Lehrer Doktor Henrici getroffen. Der ist übrigens wieder nach Berlin abgereist. Den gestrigen Abend verbrachte Rohdantz in seinem Hotelzimmer. Bei den anderen ist nichts Auffälliges passiert. Hedda Svensson und der Sprewitz sind ihren üblichen Beschäftigungen nachgegangen. Sie haben sich seit einer Woche nicht mehr getroffen. Unser Beobachtungsposten vor Nordheims Haus hat gemeldet, dass Sprewitz weder gestern Abend noch heute Morgen erschienen ist. Er ist wohl noch in seiner Kammer. Fräulein Svensson ist heute auch noch nicht gesichtet worden.«

»Gut«, sagte Hundt. »Wir sollten ein paar weitere Fälle besprechen.«

Hundt holte zwei Kladden aus seiner Schublade. Stöter nahm seine Zigarre, zog einmal, um sie wieder zum Glimmen zu bringen, und lehnte sich zurück. Er fühlte sich erschöpft, obwohl er bisher wenig getan hatte. Eigenartig.

Bevor Hundt seine Goldschmidt-Kladde aufschlagen konnte, erklang ein hektisches Klopfen an der Bürotür. Der Kriminalinspektor runzelte die Stirn: »Herein!«

Stöter sah auf und erblickte einen Konstabler, der in der Tür stand. An seiner Seite hatte er einen Mann mittleren Alters der einen sehr aufgeregten Eindruck machte. Stöter vermutete, dass er Jude war.

Der Konstabler salutierte etwas unbeholfen und sagte: »Konstabler Hans Drewes, entschuldigen Sie die Störung, Herr Kriminalinspektor«, stellte sich der Mann vor, nahm seinen Pickelhelm ab und atmete einmal tief ein und aus. Sein Begleiter sah sich verunsichert um. Stöter kam der Mann bekannt vor, doch er wusste nicht, woher. Der Konstabler fuhr fort: »Wir sollen Ihnen einen Fall melden.«

»Setzen Sie sich doch, meine Herren«, sagte Hundt ruhig und machte eine einladendende Handbewegung in Richtung der Besucherstühle. Nachdem beide Platz genommen hatten begann Drewes mit seinem Bericht: »Das ist Marcus Nordheim«, sagte er und deutete auf den Juden, der unruhig auf seinem Stuhl hin- und her rutschte. Stöter wusste jetzt wieder, wo er den Mann gesehen hatte. Ihm schwante nichts Gutes.

»Herr Nordheim ... Sprewitz ... ich verstehe.« Inspektor Hundt nickte langsam und blickte nun Marcus Nordheim auffordernd an. »Sagen Sie mir bitte, worum es geht, Herr Nordhcim.«

Der Mann war noch immer sehr aufgeregt und versuchte vergeblich, sich zu fassen.

»Unser Sohn ist ... er ist«, stotterte er, »er ist nicht nach Hause gekommen. Wir wissen nicht, wo er ist. Meine Frau ist außer sich vor Sorge.«

»Seit wann ist er weg?«, fragte Hundt ruhig.

»Wir haben ihn zuletzt gestern Nachmittag nach der Schule gesehen. Er ist noch nie über Nacht weg gewesen.« Der Mann verstummte und wischte sich verlegen über die Augen. Er schien selbst ebenfalls außer sich vor Sorge.

Hundt blickte fragend den Konstabler an. Dieser räusperte sich und sagte: »Der Sohn heißt Mosche Nordheim und ist fünfzehn Jahre alt. Er geht in die Stiftungsschule. Herr Nordheim sagte, dass er sich in der letzten Zeit irgendwie merkwürdig benommen habe, so, als ob er etwas aushecken würde. Er hat wohl eine sehr lebhafte Fantasie.«

Hundt schaute wieder zu Herrn Nordheim, der in sich zusammengesunken auf seinem Stuhl saß und auf seine Füße starrte. »Bei Ihnen, Herr Nordheim, wohnt der Lumpensammler Alexander Daveson, nicht wahr?«

Nordheim blickte auf und nickte langsam. Seine Augen weiteten sich, als ob ihm eine neue, beunruhigende Vermutung durch den Kopf ging.

Hundt schien es nicht zu registrieren – Stöter wusste, dass er in Gedanken seine schwarze Kladde durchblätterte – dann stand er abrupt auf und sagte energisch: »Ich komme sofort mit Ihnen, Herr Nordheim. Ich möchte Herrn Daveson sehen. Ich befürchte, Ihr Sohn hat etwas mit dem Fall zu tun, den wir gerade untersuchen.« Hundt zog seinen Mantel über, nahm die Schiffermütze vom Haken und sagte zu seinem Sergeanten: »Julius, schaue nach dem Staatsanwalt und Fräulein Svensson. Ich muss wissen, wo sie sich aufhalten.« Zu dem Konstabler sagte er schließlich: »Gehen Sie unten in die Zentrale und geben Sie eine Vermisstmeldung auf. Sie soll an sämtliche Wachen gemeldet werden.« Beim Hinausgehen blickte er noch einmal über seine Schulter und nickte dem Konstabler zu: »Es war richtig, Herr Konstabler Drewes, dass Sie gleich gekommen sind.«

Als sie gemeinsam den Weg über die Ellerntorsbrücke und den Alten Steinweg in Richtung Großneumarkt nahmen, erfragte Hundt von Marcus Nordheim nach und nach weitere Informationen über dessen Sohn. Das Gehen hatte offenbar eine beruhigende Wirkung auf den Mann. Vielleicht spürte er, dass die Polizei seine Sorgen ernst nahm, dass etwas unternommen werden würde. Nordheim erzählte von dem ersten Treffen mit Alexander Daveson und von seinem Eindruck, dass der ungewöhnliche Lumpensammler mit seinen abenteuerlichen Geschichten einen anregenden Einfluss auf Mosche hatte. Es wurde für ihn und seine Frau unverkennbar, dass ihr Sohn den Lumpensammler gerne hatte und von ihm auch einiges lernte. Nach einer Weile schlichen sich jedoch Bedenken ein. Insbesondere nach einer schulischen Aufgabe über Lessings *Nathan der Weise* hatte Mosche angefangen, renitent zu werden, ja, ketzerische Ansichten zu vertreten. Die Eltern hatten Angst bekommen, was Hundt gut nachvollziehen konnte. Kinder richtig zu erziehen, war in der heutigen Welt keine leichte Aufgabe. Daraufhin hatte Nordheim den Lumpensammler aufgefordert, Mosche in Ruhe zu lassen. Eigentlich, sagte er, möge er Daveson gerne. Er wäre ein ruhiger Mann, gewissenhaft und hilfsbereit, ein Mieter, mit dem man sehr zufrieden sein konnte. Um den Vater nicht weiter aufzuregen, verriet Hundt die wahre Identität des Lumpensammlers lieber nicht.

Beim Nordheim'schen Anwesen an der Poolstraße angekommen, gingen sie durch den Hof zur Kammer des Lumpensammlers im Hinterhaus. Wie es sich in so einem Gebäude gehörte, dachte Hundt, knarrte die Holztreppe, als er und Nordheim nach oben zur Kammer im ersten Stock hinaufstiegen. Der miefige Geruch der Gängeviertel hing in den Holzbalken. Hundt klopfte und vernahm keine Bewegung in der Kammer. Er schaute kurz zu Nordheim, nickte und drückte auf die Klinke. Die Tür ging auf und eröffnete Hundt den Blick auf eine sehr kleine, saubere Stube mit einem Bett, einem Tisch, auf dem eine Zinnschüssel nebst einigen Toilettengegenständen stand, eine Truhe unter dem einzigen Fenster sowie einem kleinen Hocker neben dem Bett, auf dem Bücher gestapelt waren.

Hundt runzelte die Stirn und schaute sich die Stube genauer an. Das Bett war ordentlich gemacht; in der Truhe befanden sich ein paar Kleidungsstücke die Zinnschüssel war leer und sauber. Die Titel der Bücher kannte er nicht. Unter dem Stapel schaute ein bedrucktes Blatt Papier hervor und Hundt warf einen Blick darauf – dieser Fund war für ihn keine Überraschung. Neben dem Hocker entdeckte er einen kleinen Korb, in dem büschelweise graue Haare lagen. Der Kriminalinspektor inspizierte sie kurz – es waren Barthaare.

»Wann haben Sie Herrn Daveson zuletzt gesehen?«, fragte Hundt.

Der Mann, der an der Türschwelle stehen geblieben war, sah ihn etwas verwirrt an und antwortete: »Ich glaube, es war gestern Vormittag. Er ging aus dem Haus zu dem Frühstückscafé gegenüber.« Nach einer Pause fuhr er fort: »Warum ist das so wichtig? Was hat Herr Daveson mit dem Verschwinden meines Sohnes zu tun?«

Anstatt die Frage zu beantworten, zeigte Hundt Nordheim das Papier, das er soeben unter dem Bücherstapel gefunden hatte, deutete auf ein Zeichen auf dem Blatt und fragte: »Kennen Sie dieses Zeichen?«

Nordheim schüttelte den Kopf. »Nein, oder ja … ich bin mir nicht sicher. Ist das nicht das Flugblatt gegen das Lessing-Denkmal?«

Hundt sah Nordheim nachdenklich an. »Ich befürchte, Ihr Sohn ist da in etwas hineingeraten, das ihm über den Kopf gewachsen ist. Ich habe ihn neulich vor der Michaeliskirche gesehen. Er suchte offenbar etwas oder jemanden. Ein Zeuge hat zudem ausgesagt, dass ein Junge dem Kirchendiener Bonafides bis zum jüdischen Begräbnisplatz gefolgt sei, und zwar an dem Tag, als jemand die hetzerischen Plakate aufgestellt hat. Ich bin mir inzwischen sicher, das war Mosche.«

»Aber warum sollte er das tun?« ereiferte sich Nordheim. »Ich verstehe das alles nicht.« Seine Stimme wurde brüchig. Die Angst um seinen Sohn hatte ihn wieder im Griff.

»Beruhigen Sie sich, Herr Nordheim«, sagte Hundt und klopfte dem Mann auf die Schulter. Zu solchen Intimitäten ließ er sich nur selten hinreißen, doch Nordheim tat ihm wirklich leid. »Wir werden Ihren Sohn finden. Ich glaube nicht, dass er selbst in großer Gefahr ist. Vielleicht hat er etwas erfahren und versteckt sich noch. Ich habe auch einen Sohn in seinem Alter. Ich kenne das.«

Hundt und Nordheim stiegen die Treppe hinab zum Hof. Der Kriminalinspektor bat darum, auch mit Mosches Mutter zu sprechen, Nordheim nickte und schwieg. Als sie sich über den Hof auf den Weg zur Wohnung machen wollten, huschte eine besonders fette

Ratte an ihnen vorbei und verschwand in der hintersten Ecke, in der sich auch die Holztür befand, durch die Daveson verschwunden war. Hundt blieb wie angewurzelt stehen und deutete auf die Tür: »Wo führt diese Tür hin?«

Nordheim stieß mit seiner Schuhspitze gegen die klapprige Pforte, die quietschend aufsprang. »Über die Kräte zu Bei den Hütten.«

Hundt sah den dunklen Gang hinunter und sagte leise zu sich selbst: »Dieser Fall offenbart zu viele geheimnisvolle Wege.«

Obwohl es vom Großneumarkt bis zu der Wohnung in der Wexstraße eher ein Katzensprung war, kam Hedda Svensson der Weg heute Morgen lang vor. Sie kehrte mit ihrem vollen Einkaufskorb vom Markt zurück und hielt an der belebten Kreuzung der Brüderstraße mit dem Amidammachergang und der Steinwegpassage an. Musiker einer Pankokenkapelle kamen ihr gerade mit ihren Instrumenten entgegen. Einige von ihnen erkannte sie und winkte; ein Lächeln brachte sie jedoch nicht über die Lippen. Sie verspürte auch nicht wie sonst die Lust, hinter ihnen herzulaufen und auf dem großen Platz zur Musik zu tanzen. Morgen sollte das Treffen mit Staatsanwalt Rohdantz stattfinden. Die Verabredung lag ihr wie ein Stein im Magen. Sie hatte den Advokaten seit dem Sonntag auf dem jüdischen Friedhof nicht mehr gesehen. Sie hatten Stillschweigen vereinbart. Einmal war sie zu dem vorgesehenen Treffpunkt an der alten Wallanlage gelaufen. Sie wollte ihn sich einprägen. Ein verfallenes Reststück der alten Stadtmauer. Es wirkte schon tagsüber düster dort, abends würde es noch unheimlicher sein.

Sie erreichte die kurz hinter der Abzweigung zum Schulgang liegende Wohnung ihrer Tante und stieg die Treppe zum ersten Stock hinauf. Zu ihrer großen Überraschung sah sie, dass etwas an der Wohnungstür hing – ein versiegeltes Blatt, das ihren Namen trug. Erst in ihrer Schlafkammer brach sie das Siegel auf. Hedda las mit gerunzelter Stirn die wenigen Worte:

Hedda. Wir müssen uns heute um 4:30 beim Schuppen auf dem jüd. Begräbnisplatz treffen. Bring das Kreuz mit. Advokat Sprewitz.

Hedda begutachtete den Brief und den Umschlag, fand jedoch keine weiteren Hinweise. Seltsam. Sie hatte nur einmal eine kurze Nachricht von dem Advokaten erhalten. Sie konnte sich an die Handschrift nur schwammig erinnern. War dieses Schreiben wirklich von ihm? Eigentlich war er doch der einzige Mensch, der davon wusste, dass sie das Kreuz hatte. Oder? Warum aber bat er sie um ein neues Treffen? Obwohl sie sich vorläufig nicht hatten sehen wollen, beschloss sie, seiner Einladung zu folgen. Sie musste Gewissheit haben.

Nachdem sie die Lebensmittel ordentlich verstaut und eine Nachricht für ihre Tante hinterlegt hatte – sie musste sich leider wieder eine Ausrede ausdenken – verließ Hedda die Wohnung.

Über den Rademachergang erreichte sie die Kohlhöfen. Im Hintergrund konnte sie den runden Turm der Synagoge mit dem Davidstern darauf sehen. Sie lief zügig die Straße hinter dem jüdischen Gotteshaus entlang, bis sie auf einmal abrupt stehen blieb. Vor dem Nordheim'schen Anwesen erblickte sie eine Gestalt, die sie kannte: Kriminalinspektor Jakob Hundt, der, von einem unbekannten Mann begleitet, gerade durch die Eingangstür gekommen war. Was hatte das zu bedeuten? Sollte sie den Kriminalinspektor ansprechen? Nein. Erst ein Gespräch mit dem Advokaten. Aber wo steckte er? Wenn Hundt tatsächlich hier ermittelte, war er sicher untergetaucht. Daher wollte er sich auch nicht hier mit ihr treffen, sondern auf dem Friedhof.

Die mächtigen Glocken des Michels schlugen gerade elf. Hedda fröstelte bei dem Gedanken, dass sie bis zu ihrer Verabredung draußen würde warten müssen; da kam ihr die brillante Idee, sich die Zeit einfach in der Bibliothek zu vertreiben.

Strammen Schrittes marschierte sie los, beim Gehen konnte sie gut nachdenken. Stand sie unter Beobachtung? Sie hatte schon seit Tagen wieder so ein komisches Gefühl, verfolgt zu werden. Sie hatte es abgetan und auf ihre Angespanntheit zurückgeführt. Doch Hedda ahnte, dass sie sich damit nur beruhigen wollte. Die Wahrheit sah anders aus.

Sie dachte an eine Bäckerei am Alten Steinweg, die einen Hinterausgang zum Paradieshof hatte. Sie kannte den Laden gut und war sich sicher, dass der Bäcker ihr gestatten würde, den Hinterausgang zu benutzen.

Bald stand sie im Verkaufsraum der Bäckerei; die kleine, mollige, nicht mehr ganz junge Frau hinter der Theke hatte Hedda beim Eintreten freundlich zugenickt. Eine einzelne Kundin war dabei, ein Brot zu bezahlen und in ihren Korb zu stecken. Hedda wartete.

Als sich die Kundin umdrehte, um den Laden zu verlassen, sagte die Verkäuferin: »Morgen, Hedda. Was kann ich für dich tun?«

Hedda wartete einen Augenblick, bis sie alleine waren, und antwortete: »Guten Tag, Frau Frieda. Ich möchte Sie um ein Gefallen bitten. Darf ich euren Hinterausgang zum Paradieshof benutzen?«

Frieda zog ein belustigtes Gesicht und sagte: »Ist dir ein Verehrer zu sehr auf die Pelle gerückt? Dir, einer berühmten Schriftstellerin?«

Hedda errötete leicht und bemühte sich, ein Lächeln aufzusetzen: »Ja, so in etwa. Ich möchte einfach in Ruhe weitergehen können.«

»Na, dann nur zu, Liebes.« Frieda machte die Schwingtür zur Backstube auf und bedeutete Hedda, sich auf den Weg zu machen. »Deine Sorgen möchte ich haben«, sagte sie mit gespielter Wehmütigkeit, »dass die Männer mir in Scharen hinterherlaufen!« Sie hielt die Tür auf und rief in die Backstube hinein: »Passt auf Jungs, eine Dame kommt durch. Benehmt euch!« Frieda schubste Hedda mit einem kleinen Klaps in die Backstube hinein und gackerte ausgelassen.

Hedda blickte in die neugierigen Gesichter von vier Männern. Zwei davon kannte sie: Wilhelm, den Chef und Ehemann von Frieda, und Karl-Heinz, deren ältesten Sohn. Hedda räusperte sich verlegen: »Tut mir leid, dass ich euch störe. Ich bin sofort wieder weg.«

»Stören tust du überhaupt nicht, Hedda«, neckte Wilhelm Flindt. »Dein Anblick ist eine angenehme Abwechslung. Wir haben es doch sonst den ganzen Tag nur mit schwabbeligem Teig zu tun!« Die Männer feixten. »Na los, geh durch. Ich versuche inzwischen, die Jungs im Zaum zu halten.«

Hedda verschwand durch den Hinterausgang, das laue Lachen der Männer drang noch durch die geschlossene Tür.

Eine Viertelstunde später saß sie an ihrem Tisch in der Stadtbibliothek, ein Buch lag vor ihr. Gedankenverloren streichelte sie über den Leineneinband. Wie hatte der Advokat die Bücher einmal genannt? Tote Gesellschafter. Tot waren sie nicht, fand Hedda. Ganz im Gegenteil.

Frieda Flindt kam mit einem Korb aus der Backstube, in dem die frisch gebackenen Brotlaibe ordentlich gestapelt nebeneinander lagen und ihren hinreißenden Duft verströmten. Frieda, die zusammen mit ihrem Ehemann das Geschäft seit fast dreißig Jahren führte, wusste, dass der wunderbare Geruch die beste Werbung für eine Bäckerei war. Fast wäre sie mit einem Mann zusammengestoßen, der plötzlich vor ihr stand. »Kann ich Ihnen helfen?«, fragte sie etwas schroff, als der Mann grußlos an ihr vorbei in den Verkaufsraum trat und sich neugierig umsah. »Kriminalpolizei«, brummte er und zeigte eine Dienstmarke. Sie wies ihn als Offiziant der Kriminalpolizei aus. Frieda nickte und stellte den Korb auf dem Tresen ab. So einen Störung konnte sie ja nun gar nicht gebrauchen. »Wie kann ich Ihnen denn helfen, Herr Offiziant?« seufzte sie. »Wo ist die junge Frau abgeblieben, die vorhin hier hereingekommen ist. Sie ist nicht wieder herausgekommen«, fragte er barsch.

Frieda erschrak, ließ sich jedoch nichts anmerken. Von wegen Verehrer, dachte sie und schnaubte innerlich. »Sie ist durch die Hintertür hinausgegangen, Herr Offiziant. Warum?«

»Wo führt die Tür hin?«

»Zum Paradieshof.«

Der Polizist machte einen verärgerten Eindruck, sagte aber nichts weiter. Er drehte sich um und verließ die Bäckerei.

Frieda begann in aller Ruhe, die frischen Brote in der Auslage zu arrangieren. Was hatte Hedda wohl ausgeheckt, dass die Kriminalpolizei nach ihr suchte? Sie schüttelte den Kopf. War es wirklich eine gute Idee gewesen, Hedda den Hinterausgang benutzen zu lassen? Nun, wie die meisten Bewohner der Gängeviertel war Frieda Flindt keine besondere Freundin der Polizei, zu Hedda aber hatte sie Vertrauen. Sie legte das letzte Brot in die Auslage und verschwand wieder in der Backstube.

Kurz vor zwei Uhr stand Julius Stöter wieder vor dem Büro des Kriminalinspektors. Es waren anstrengende drei Stunden gewesen, seitdem der Sergeant das Stadthaus verlassen hatte. Drei frustrierende Stunden.

Hundt berichtete über sein Gespräch mit Polizeirat von Clausewitz, der sich natürlich erschüttert gezeigt hatte über die Ergebnisse der Untersuchungen. Ein Staatsanwalt, ein Reichstagsabgeordneter und ein Hauptpastor – Mitglieder einer antisemitischen Geheimgesellschaft, der Mord in Mölln und der nie aufgeklärte Mord an einer jüdischen Schriftstellerin – Herr von Clausewitz hatte ihm versichert, dass der Senat etwas gegen Herrn Hauptpastor Zimmermann unternehmen würde. Der Prälat sei nicht mehr tragbar in seinem Amt, so hatte er sich ausgedrückt.

»Jakob«, sagte Stöter, nachdem sein Chef mit seiner Zusammenfassung fertig war, »wir haben die Spur zu Fräulein Svensson verloren. Sie ist unserem Offizianten durch eine List in einer Bäckerei am Alten Steinweg entwischt. Sie war offensichtlich auf dem Weg zu Sprewitz gewesen, hat es sich dann aber offenbar anders überlegt und lief zur Bäckerei Flindt. Von dort ist sie durch eine Hintertür verschwunden. Weiß der Himmel, wo sie jetzt ist.«

»Ja, ich weiß«, erwiderte Hundt frustriert. »Wir haben nicht genügend Kräfte um eine lückenlose Überwachung aller Beteiligten zu gewährleisten. Genauso wie bei Sprewitz – oder, wenn du so willst, auch bei Bonafides. Die Gängeviertel sind ein Labyrinth. Es gibt einfach zu viele geheime Wege.« Nach einer Pause fuhr er fort: »Wie ist es mit dem Staatsanwalt?«

»Soweit wir wissen, ist er noch in seinem Hotelzimmer. Er hat dort auch sein Mittagessen zu sich genommen.«

»Hm«, brummte Hundt. »Mal sehen, ob wir zumindest ihn im Auge behalten können. Ich befürchte, dass etwas im Gange ist. Sprewitz hat ein falsches Spiel mit uns gespielt, wie du befürchtet hast, Julius.«

»Was machen wir?«

»Die einzige Spur, die noch heiß ist, führt zur Michaeliskirche. Wir folgen ihr.«

Die beiden Polizeibeamten standen auf, holten ihre Mäntel und Mützen und verließen den Raum.

An der Wand über seinem provisorischen Bett in der Bibliothek des Hauptpastors hing ein schlichtes, hölzernes Kruzifix. Bonafides kniete davor, die Hände vor der Brust gefaltet und betete. Er suchte Rat. Seitdem er zurückgekehrt war, hatte er nicht wieder zurückgefunden zu der alten Ruhe, die er so schmerzlich vermisste. Er musste sich verstecken; sein Gönner und Retter, Hauptpastor Zimmermann, wirkte abwesend und verschlossen; und nun war dieser Mann mit den harten Augen aufgetaucht. Die Geschehnisse hatten ihn in einen Strudel aus Angst geworfen – wie damals, als er in den Fluten der Nordsee getrieben war, sicher, hier seinen Tod zu finden. Und er fühlte sich mutterseelenallein. Jetzt fiel ihm auch der Junge wieder ein. Als Spion hatten sie ihn bezeichnet. Wie konnte ein Kind ein Spion sein? Hauptpastor Zimmermann hatte gesagt, dass sie heute Abend, wenn der Mann mit den harten Augen zurückkommen würde, über den jungen Juden entscheiden würden. Seine Eltern mussten doch außer sich sein vor Angst um ihren Sohn. Was würde mit ihm geschehen? Bonafides sah hoch zum Kreuz. Es blieb stumm.

Bonafides nahm den Kellerschlüssel vom Tisch, verließ den Raum und stieg die Treppe zum Keller hinab. Vor der Tür zur Kellerkammer blieb er stehen, atmete einmal tief durch und schloss die Tür auf. Der Junge saß gegen die Wand gelehnt auf dem Boden und schaute erwartungsvoll zu ihm auf.

»Wie heißt du, Junge«, fragte Bonafides.

»Mosche Nordheim«, erwiderte dieser, und seine Augen verrieten Müdigkeit, obwohl er zugleich aufgeregt wirkte.

»Was ist passiert, Mosche? Was hast du im Pastorat gemacht? Wieso hast du dich in der Truhe versteckt?« Bonafides wusste, dass er diese Fragen nicht stellen durfte, doch nun hatte er die Grenze überschritten und irgendwie fiel auch die Angst von ihm ab.

Mosche stand mühsam auf und ging vorsichtig einen Schritt auf Bonafides zu: »Ich … ich wollte mit Ihnen sprechen, Herr Bonafides«, stammelte er »Ich habe Sie gesehen, als Sie Flugblätter verteilten und die Plakate auf dem Begräbnisplatz angebracht haben. Ich ...« Mosche rang mit jedem Wort, doch Bonafides ließ ihn geduldig gewähren. ... ich wollte ... verstehen ... ich bin Jude«, sagte er schließlich.

Bonafides zuckte zusammen. Das konnte nicht wahr sein! Wieso hatte er den Jungen nicht bemerkt? Was sollte er ihm sagen? Bonafides wusste es nicht. Er sah ihn stumm an. Der Junge sah nicht ängstlich aus, eher bedrückt, fast verzweifelt. Ein Jude. Das Kreuz-Zeichen hatte mit Juden zu tun. Es war kein Zeichen des Herrn, es bedeutete nichts Gutes. Bonafides dachte an die Predigten des Hauptpastors. Warum hasste er die Juden so sehr? Kinderchen liebt euch ... so lautete die letzte, schlichte Botschaft des Evangelisten Johannes an seine Jünger. Bonafides hatte die fromme, vom Kirchenvater Hieronymus überlieferte Geschichte häufig gehört und war überzeugt: Das war die Botschaft des richtigen Kreuzes, des Kreuzes Jesu.

»Komm mit, Mosche«, sagte Bonafides, trat aus der Kammer und stieg die Holztreppe hinauf. Oben angekommen, machte er die Eingangstür auf und schaute auf den Hofplatz hinter der Michaeliskirche. Mosche stand hinter ihm.

Von weitem erblickte Bonafides eine Gestalt, die er kannte; es war dieser Kriminalinspektor. Ob er sich immer noch so für das Kreuz-Zeichen interessierte? Für Bonafides spielte das keine Rolle. Heute war es an der Zeit, die Wahrheit zu sagen.

Jakob Hundt und Julius Stöter waren aus der Kirche gekommen und wollten sich gerade zum Pastorat begeben, als sie Bonafides auf sich zukommen sahen, begleitet von einem Jungen. Hundt hob seinen Arm und deutete Stöter an, stehen zu bleiben. Sie warteten, bis Bonafides und der Junge vor ihnen standen.

»Herr Bonafides«, sagte Hundt ruhig. »Ich denke, wir sollten uns unterhalten.« Bonafides nickte und sagte, er sei bereit.

Hundt schaute zu Mosche: »Deine Eltern werden sich freuen, Mosche. Du hast aber einiges zu erklären, nicht nur ihnen gegenüber.«

Der Junge schaute zu Boden und murmelte etwas Unverständliches.

Hundt sagte: »Julius, geh bitte zu Nordheims und sag ihnen, dass ihr Sohn wohlbehalten im Stadthaus ist. Und dann sollen sie dich gleich dorthin begleiten.«

Theodor Rohdantz drückte den Stummel seiner Zigarre in den Aschenbecher, nahm einen letzten Schluck Kaffee – er war schon kalt – und öffnete seine schwarze Tasche. Er nahm daraus einen abgetragenen Mantel, einen groben Rock, eine Hose und eine Schiffermütze. Er zog sich um und verstaute seine Kleider wieder in der Tasche. Seine Taschenuhr zeigte kurz vor 4 Uhr. Mit der schwarzen Tasche in der Hand verließ er das Hotelzimmer, ging nach unten und gab seinen Schlüssel ab. Statt durch den Haupteingang in die Dammtorstraße zu gehen verließ er das Hotel auf der Rückseite, das an der Welker Straße lag. Von dort aus machte er sich auf den Weg zum jüdischen Begräbnisplatz.

Theodor Rohdantz schaute hoch zu dem matten, grauen Himmel, als er den Friedhof betrat. Die Wolken hatten gesiegt. Es sah nicht so aus, als ob sich die Sonne heute noch einmal zeigen würde. Nass-kalte Luft schlug ihm entgegen, als hätte er mit der Schwelle zum Friedhof eine unsichtbare Barriere übertreten. Es hatte angefangen zu nieseln. Rohdantz zog seinen Mantel enger um sich und lief zu einem kleinen Holzgebäude, dessen Rückseite an der Straße Durchschnitt lag. Die Anlage war menschenleer. Bis auf ein paar Amseln, die in den Bäumen saßen und zwitscherten, war es totenstill. Er öffnete die Tür zu dem kleinen, fensterlosen Schuppen und spähte hinein. Es roch modrig und nach Fäulnis, in einer Ecke lagerten Gerätschaften, Holz und Steine. Durch die Spalte zwischen den Brettern drang etwas Licht ein. Nach einigen Sekunden gewöhnten sich seine Augen an das Dunkel und er begann, seine Tasche auszuräumen. Er holte zwei dünne Seile und ein Jagdmesser heraus. Die Seile steckte er in seine Rocktasche, das Messer behielt er in der Hand. Dann setzte er sich auf einen der Holzstapel und zündete sich eine seiner dünnen Zigarren an. Die kleine Flamme des Zündholzes erhellte sein Gesicht und spiegelte sich in seinen Augen. Für den Bruchteil einer Sekunde war ein bedrohliches Flackern darin zu erkennen.

Bald hörte er leise Schritte, gefolgt von der Stimme einer jungen Frau: »Herr Daveson, sind Sie da?«

Rohdantz lächelte, erhob sich geräuschlos und ging auf die Tür zu.

Kriminalinspektor Hundt hörte sich die Geschichte mit unbewegter Miene an, die Bonafides mit vielen Unterbrechungen erzählte. Von Hauptpastor Zimmermann, dem Kreuz-Zeichen, den Flugblättern, den Plakaten auf dem jüdischen Friedhof, seiner Flucht und Rückkehr, dem jüdischen Jungen und seiner Angst vor dem Mann mit den harten Augen. Seine Ausführungen enthielten für Hundt kaum Überraschungen; er notierte jedoch jedes Detail sorgfältig in seiner schwarzen Kladde. Zumindest was das Kreuz-Zeichen betraf, herrschte nun Klarheit. Der Senat konnte sich jetzt mit dem Hauptpastor befassen. Er war für Hundt nicht mehr von Interesse. Entscheidend war jetzt nur noch Staatsanwalt Theodor Rohdantz. Er überlies Bonafides einem Konstabler mit der Anweisung, dem Kirchendiener eine Schlafstätte für die Nacht in einem Heim zu besorgen.

Mosche hatte er vorerst in einem anderen Zimmer unterbringen und ihm etwas zu Essen bringen lassen. Nachdem Bonafides weg war, statte er ihm einen Besuch ab. Der Junge wirkte nun gefasster, ja, fast aufgekratzt, als ob er seiner Situation etwas Abenteuerliches abgewinnen könne. Hundt sah ihn schweigend an und schüttelte den Kopf.

»Mosche«, sagte er ernst, »deine Eltern werden sicherlich gleich hier sein. Ich möchte, dass du mir vorher alles erzählst. Du bist ein wichtiger Zeuge für uns.« Hundt war sich nicht sicher, ob Mosche den Ernst der Lage verstand – wie sollte er auch? Hundt sah den Jungen eindringlich an: »Es mag für dich ein Abenteuer gewesen sein, für uns ist es aber todernst. Verstehst du jetzt, Mosche?«

Mosche verstand. Er begann mit seiner Geschichte, und der Kriminalinspektor notierte wieder alles gewissenhaft in seiner Kladde.

»Also, Mosche«, sagte Hundt geduldig, »was hast du getan an diesem Sonntag, nachdem der Gottesdienst beendet war und Bonafides nicht erschien?«

Mosche schluckte und errötete leicht. »Ich … bin dem hübschen Fräulein gefolgt, das mit einer älteren Frau aus der Kirche kam«, sagte er zögerlich und wandte den Blick ab, als wäre das an der ganzen Geschichte das Verbotene gewesen. »Ich hatte sie schon einmal mit Herrn Daveson zusammen gesehen. Ich dachte …«

Hundt schmunzelte. »Ja, ich kann mir vorstellen, was du dachtest. Und wo ging es hin?«

»Sie liefen zusammen in die Wexstraße. Danach ging das Fräulein allein weiter zum jüdischen Begräbnisplatz. Das hat mich überrascht. Ich bin ihr weiter gefolgt und sah, dass sie sich dort vor dem alten Schuppen mit Herrn Daveson getroffen hat. Da bin ich umgekehrt.«

Hundt nickte nachdenklich und sah aus dem Fenster, als läge dort draußen die Antwort, das letzte Puzzleteil. Plötzlich ging die Tür auf. Hundt blickte verärgert auf und sah in das Gesicht seines Sergeanten. Stöter wirkte aufgebracht. »Was ist passiert, Julius?«, fragte er.

»Rohdantz ist weg. Er ist nicht mehr im Hotel und wir wissen nicht, wo er sich aufhält.«

»Ich habe es geahnt!« Hundt sprang auf und begann, im Zimmer auf und ab zu laufen. »Nun sind alle untergetaucht! Sprewitz, Fräulein Svensson und Rohdantz.« Sein Blick wanderte zu Mosche. »Was sagtest du gerade, hast du gehört, als du dich in der Truhe versteckt hast?« Der Junge sah ihn fragend an, und Hundt blätterte eine Seite in seiner Kladde zurück. Er las mit aufgeregter Stimme: »›Fräulein Svensson wird es bereuen, dass sie sich mit Sprewitz eingelassen hatte‹. Das hat Rohdantz gesagt. Was wird hier gespielt? Wer hat für wen eine Falle gestellt?« Er blickte wieder zu Stöter. »Julius, wir müssen etwas unternehmen. Sofort.« Die beiden eilten in sein Büro, wo Hundt einen Schlüssel aus der Schreibtischschublade nahm, mit dem er einen kleinen Wandtresor öffnete. Stöter wusste, was sich darin befand und sah ihn mit einer Mischung aus Besorgnis und Überraschung an. »Für alle Fälle«, sagte Hundt, und steckte den Revolver in seinen Hosenbund.

Hedda lehnte mit dem Rücken an der Wand. Sie war geknebelt, ihre Hände waren auf dem Rücken zusammengebunden und ihre Füße ebenfalls gefesselt. Das raue Holz schabte an ihren Armen, sobald sie sie bewegte. Ihre Augen weiteten sich vor Angst, als sie Rohdantz erblickte, der bedrohlich dicht über sie gebeugt dastand. »Dummes, einfältiges Weibsbild«, sagte er mit einem breiten Grinsen, seine Augen funkelten hektisch. »Mit dir werde ich mich befassen, nachdem ich mich mit dem Advokaten Sprewitz unterhalten habe …«, sein Grinsen wurde jetzt noch breiter, »oder sollte ich Lumpensammler Daveson sagen? Wenn ich so darüber nachdenke, passt der Name eigentlich tatsächlich viel besser zu ihm.« Rohdantz beugte sich jetzt ganz tief zu Hedda herunter, so dass sich ihre Nasen fast berührten. Hedda konnte seinen rauchgeschwängerten Atem riechen, als er sich über die Lippen leckte. »Das Kreuz … das Judaskreuz. Wie gefällt dir der Name?«, fuhr er fort und zog es aus seiner Tasche. »Es hat keine Bedeutung mehr. Ist nur ein Stück Trödel.« Er ließ es auf den lehmigen Boden fallen.

Hedda versuchte sich zu konzentrieren. Etwas drückte in ihr Handgelenk, und es war nicht das Seil, mit dem sie gefesselt war. Hinter ihr in der Wand steckte etwas … der Schaft eines Nagels? Ja, es musste ein Nagel sein, lieber Herrgott, lass es einen Nagel sein, dachte Hedda und atmete tief durch.

Der diensthabende Konstabler in der Zentrale des Stadthauses am Neuen Wall schaute den Mann, der gerade in den Empfangsraum eingetreten war, misstrauisch an. Er wirkte, als habe er etwas zu verbergen, verriet ihm sein geschultes Auge. »Guten Tag, Herr Konstabler«, sagte er knapp und holte einen Zettel aus seiner Jackentasche, die er dem Konstabler mit einer gewichtigen Miene überreichte: »Bitte, Herr Konstabler, leiten Sie diese Nachricht direkt an Herrn Kriminalinspektor Hundt weiter.«

»Verraten Sie mir zu allererst bitte Ihren Namen, mein Herr?« erwiderte der Beamte provokant, »Worum geht es denn?«

»Das tut nichts zur Sache. Ich habe es eilig. Vertrauen Sie mir«, er lehnte sich verschwörerisch über das Schreibpult, »es ist von höchster Wichtigkeit.« Der Mann drehte sich um und verließ den Raum so schnell, wie er gekommen war.

Der Konstabler runzelte die Stirn und schaute sich die Nachricht an. Es war ein doppelt gefaltetes Blatt, das durch ein kleines, schlampig angebrachtes Wachssiegel zusammengehalten wurde. Adressat: Kriminalinspektor Hundt. Nach diesem Auftritt hatte er eigentlich keine große Lust, der Aufforderung nachzukommen; in letzter Instanz gewann sein Pflichtbewusstsein Oberhand und er rief einen Boten. Der Konstabler holte ein Journal aus dem Schreibtisch und notierte sorgfältig den Vorgang.

Wenige Minuten später kehrte der Bote zurück. Er hielt den Zettel in der Hand. Der Kriminalinspektor sei unterwegs; keiner wisse, wo er sei.

In weiter Ferne konnte Advokat Sprewitz das gedämpfte Läuten der Kirchenglocken vernehmen. Fünf Schläge zählte er. Der Nieselregen umhüllte ihn wie ein kalter Mantel; Sprewitz registrierte ihn nicht. Er ging zügig zu dem kleinen Schuppen, der unweit des Einganges etwas versteckt hinter einer kleinen Baumreihe lag. Als er sich dem Gebäude näherte, sah er, dass die Tür halb offenstand. Rohdantz war offensichtlich schon da. Es hatte funktioniert. Er hielt kurz inne. Jetzt war der Moment also gekommen, auf den er seit fast dreißig Jahren gewartet hatte. Er verspürte keine Angst, nicht einmal Aufregung, nur ein leichtes Kribbeln in seinen Fingern. Hedda war in Sicherheit. Sie hatte das Kreuz. Sie war sein Pfand. Er holte das Rasiermesser aus der Rockinnentasche und steckte es in die Hosentasche. Eine Vorsichtsmaßnahme. Sprewitz zuckte zusammen, als etwas kaltes, nasses seine Hand berührte. Diogenes! Fast hätte er laut seinen Namen gerufen, so erleichtert war er, den Hund zu sehen. »Na, mein bester Freund«, sagte er, »du hast vielleicht ein gutes Gespür.« Er tätschelte den Kopf des Hundes, dann beugte er sich zu ihm hinunter. »Danke«, flüsterte er in sein Ohr.

Mit Diogenes an seiner Seite trat er in den schmalen Schuppen ein – und erstarrte. Im trüben Licht sah er Hedda am Boden liegen, über ihr stand Rohdantz, groß und massig, in seiner rechten Hand blitzte ein langes Messer auf. Sprewitz sah Hedda an, ihr Gesicht war angstverzerrt. Diogenes erfasste die Lage sofort und sprang auf Rohdantz zu, doch der reagierte blitzschnell und wich ihm seitlich aus. Dabei stach er mit dem Messer nach dem Hund, und ein schrilles Jaulen verriet Sprewitz, dass er ihn erwischt hatte. Diogenes sackte neben Hedda am Boden zusammen. Sprewitz zog fast gleichzeitig sein Rasiermesser aus der Tasche und ging auf Rohdantz los, doch er war wieder zu langsam; Der Staatsanwalt hatte sich bereits wieder Hedda zugewandt und hielt ihr das Messer an die Kehle: »Sie sind dieser Sache nicht gewachsen, Herr Kollege«, rief er in die Stille in dem winzigen Raum hinein, »oder besser, Herr Lumpensammler.« Er lachte laut auf. »Legen Sie ihr albernes Spielzeugmesser weg, dann unterhalten wir uns. Das ist es doch, was Sie wollen, oder?«

Sprewitz sah Hedda an, deren Augen angsterfüllt zurückstarrten. Er warf das Rasiermesser auf den Boden, wo es mit einem leisen metallischen Klicken direkt neben dem Judaskreuz landete. Sprewitz war nur für einen Sekundenbruchteil abgelenkt, doch Rohdantz reagierte sofort; erstaunlich behände ließ er von Hedda ab, machte einen großen Schritt auf Sprewitz zu und versetzte ihm mit dem rechten Unterarm einen so harten Schlag, dass Sprewitz nach hinten taumelte und mit dem Kopf gegen die Holzwand schlug. Er lag halb bewusstlos auf dem lehmigen Boden, als Rohdantz über ihn herfiel, die Seile aus der Tasche zog und ihn fesselte. Sprewitz versuchte, die Augen zu öffnen, doch sein Kopf schmerzte, und er spürte warmes Blut über seine Schläfe rinnen. Er hörte Rohdantz über ihm heftig atmen, dann seine gurgelnde, vor Erregung bebende Stimme: »Ich hasse dich, Friedrich Sprewitz. Ich habe dich immer gehasst. Du hältst dich für etwas Besseres. Du mit deinen Büchern! Und dabei bist du nicht mal in der Lage, mir eine einfache Falle zu stellen. Du und dein schlaues Fräulein.« Hedda! Sprewitz versuchte, sich etwas aufzurichten, es gelang ihm nicht, doch aus dem Augenwinkel konnte er sehen, wie Hedda sich in der Ecke des Raumes bewegte; ihre Blicke trafen sich für eine Sekunde – er sah Entschlossenheit in ihren Augen.

»Willst du wissen, was mit deiner Recha Mendelssohn passiert ist? Willst du es wirklich wissen?«, fuhr Rohdantz fort. Er sprach immer schneller, sein Atem ging stoßweise, als strengte ihn das Sprechen an. »Ich habe sie im Dirnenviertel aufgelesen. Und dort habe ich sie getötet.« Er ließ sich die Worte auf der Zunge zergehen. »Ich habe sie erwürgt. Deine verdammte jüdische Hure. Sie hat es nicht besser verdient. Und dann«, er nahm Sprewitz' Gesicht in beide Hände und zwang ihn, ihn anzusehen, »dann habe ich sie im Bleichenfleet entsorgt.«

Sprewitz öffnete die Augen und sah Rohdantz an. »Warum?« wisperte er matt.

Rohdantz schnaubte. »Warum? Weil sie mich nicht ernstgenommen hat! Weil sie dachte, sie sei etwas Besseres, und dabei war sie nichts als eine dreckige Jüdin!«

»Gott, oh Gott«, hauchte Sprewitz, Ekel und Entsetzen machten sich in ihm breit.

»Auch der Atheist beruft sich auf Gott! Er wird dir nicht helfen, aber das weißt du schon. Helfen tut er niemandem!«, Rohdantz lachte auf, ein irres Lachen, das dann abrupt erstarb und in ein irres, entrücktes Wispern überging: »Wir haben genug geredet. Die Unterhaltung ist vorbei. Ich bringe dich jetzt um.«

Sprewitz warf einen weiteren Blick in Heddas Richtung; sie richtete sich langsam auf und zeigte ihm ihre Hände – sie waren frei. Sprewitz spürte, wie Rohdantz die Hände um seinen Hals legte und zudrückte; seine Daumen bohrten sich wie Schrauben in seinen Kehlkopf, sein Gesicht war eine entsetzliche Fratze.

Hedda wusste, dass sie blitzschnell reagieren musste. Panisch blickte sie sich um und suchte nach einer Waffe, doch nichts war in Reichweite. Dann fiel ihr Blick auf das Kreuz, das etwa einen Meter von ihr entfernt auf dem Boden lag. Sie nahm all ihren Mut zusammen, riss sich den Knebel vom Mund, hechtete mit einem Sprung zu dem Kreuz, ergriff es und stürzte sich, ohne auch nur eine Sekunde zu überlegen, auf Rohdantz, der noch immer über Sprewitz kniete. Ehe er wusste wie ihm geschah, rammte sie das Kreuz mit aller Kraft in seinen Hals. Rohdantz stieß einen markerschütternden Schrei aus und griff sich instinktiv an seinen Hals, doch es war schon zu spät; der Schrei verwandelte sich in ein gequältes Gurgeln, Rohdantz kippte zur Seite und blieb regungslos liegen. Neben seinem Kopf breitete sich eine Blutlache aus wie ein samtener Teppich. Hedda war entkräftet und erschöpft neben Sprewitz auf die Knie gegangen und starrte in sein bleiches Gesicht. Der Advokat bewegte sich nicht. Sein Atem ging flach und unregelmäßig.

»Herr Advokat! Herr Advokat«, sagte sie leise aber bestimmt.

Als sie gerade dachte, ihre Hilfe sei zu spät gekommen, blinzelte er und griff zaghaft nach ihrer Hand.

»Herr Advokat! Wir machen weiter«, hauchte sie.

Er schüttelte einmal leicht den Kopf. »Du, Hedda«, flüsterte er kaum hörbar und schloss seine Augen. Hedda rollte bewusstlos zur Seite und blieb zwischen Rohdantz und Sprewitz liegen.

Regen hämmerte auf seine Schiffermütze, als Kriminalinspektor Hundt den Eingang des jüdischen Begräbnisplatzes erreichte. Sergeant Stöter stand neben ihm und schüttelte das Regenwasser von seinem Mantel. Es war still auf dem Friedhof.

»Der Schuppen muss an diesem Weg liegen«, sagte Hundt und zeigte auf einen matschigen Pfad, der zu ihrer Rechten lag. Bereits nach einigen Metern konnten sie das Gebäude sehen, dessen Tür halb offenstand. Hundt holte seinen Revolver aus der Tasche. Sie gingen zügig auf den Schuppen zu und blieben direkt vor der Tür stehen. Es herrschte absolute Stille, auch von drinnen war kein Geräusch zu vernehmen. Mit seinem rechten Fuß stieß Hundt die Tür auf und sprang mit einem Satz ins Innere. Er sah Rohdantz, Sprewitz, Hedda und den Hund auf dem Boden liegen. Keiner von ihnen regte sich.

Stöter trat neben ihn und sah sich ebenso entsetzt um. »Mein Gott«, flüsterte er, »was … was ist hier passiert?«

Hundt ging zu Hedda Svensson. Ihre Kleidung war mit Blut verschmiert. Sie atmete noch. Neben ihr lag der Staatsanwalt. Seine geöffneten Augen starrten ausdruckslos ins Leere. Neben ihm lag ein Jagdmesser, an dem Blut klebte. Der Mann war offensichtlich tot, etwas steckte in seinem Hals, direkt über der Schlagader. Ein Dolch? Hundt starrte den Gegenstand an. »Julius, sieh dir an womit man Rohdantz getötet hat« sagte er fassungslos. Dieser hockte gerade neben Sprewitz' leblosem Körper und hatte zwei Finger an seinen Hals gelegt. Er schüttelte stumm den Kopf und stand auf. »Er ist tot.«

Auf einmal vernahmen die beiden Männer ein leises Stöhnen. »Fräulein Svensson«, rief Hundt aus und kniete sich neben die junge Frau. Er nahm ein kleines Fläschchen aus seiner Rocktasche und hielt es der Frau unter der Nase. Sie riss die Augen auf, hustete heftig und warf unkontrolliert den Kopf in den Nacken. »Fräulein Svensson, können Sie mich hören?«

Hundt hatte einen Arm unter ihren Kopf gelegt und sprach laut und betont deutlich. Langsam kam sie zu sich. Ihre Augen wurden klarer. »Ja, Herr Kriminalinspektor, ich höre Sie.«

»Wir sehen uns wieder, Fräulein Svensson. Wie ich Ihnen vorausgesagt habe.« Hundt lächelte verhalten. Ihr Gesicht war weiß; sie zitterte, und ihre Lippen hatten einen blauen Schimmer angenommen. Hundt zog seinen Mantel aus, legte ihn auf den Boden und winkte Stöter zu sich. Nachdem sie die Fußfessel abgemacht hatten, legten sie gemeinsam Hedda darauf und wickelten sie so gut es ging darin ein.

»Julius«, sagte Hundt, »geh zurück und hole Verstärkung. Wir müssen die Leichen bergen und zur Leichenhalle bringen. Einen Totenbeschauer brauchen wir, und Fräulein Svensson braucht einen Medicus. Ich bleibe solange hier.« Er blickte nochmals auf die beiden Leichen und schüttelte den Kopf. »Was für ein grausames Ende für diese ohnehin schon tragische Geschichte.«

Nachdem Stöter gegangen war, untersuchte Hundt die Tasche, die neben der Tür lag. Sie enthielt einige Kleidungsstücke, wohl von Rohdantz, außerdem ein schwarzes Kleid und einige Papiere. Er schloss die Tasche und sah zu der Leiche des Staatsanwalts herüber. Rohdantz trug schäbige, abgetragene Kleidung.

Hundt kniete sich wieder neben Fräulein Svensson, die ihn die ganze Zeit über mit halb geschlossenen Augen beobachtet hatte. Sie versuchte sich aufzurichten. »Fräulein Svensson, bleiben Sie ruhig liegen«, sagte er beschwichtigend. »Wir holen einen Medicus.«

Sie schüttelte den Kopf. »Ich bin nicht verletzt.«

Hundt nickte und fuhr fort: »Wir bringen Sie gleich nach Hause. Morgen müssen Sie mir aber Rede und Antwort stehen. Ich will die ganze Geschichte hören. Doch es gibt etwas, das sie mir schon heute verraten müssen.« Er sah sie eindringlich an. »Hat Rohdantz Sprewitz getötet?« Die Frau nickte, ihre Augen wurden wässrig. Hundt nickte wieder. »Und Sie, haben Sie Rohdantz getötet?« Sie nickte wieder. Tränen quollen aus ihren Augen, fanden einen Weg über die hohen Wangen, vermischten sich mit den Blutspritzern und rannen über ihr Kinn an ihrem Hals hinab.

»Diogenes«, sagte sie auf einmal kaum hörbar. »Der Hund …« Der Satz blieb unvollendet im Raum stehen. Der Kriminalinspektor stand auf und ging zu dem Hund hinüber, der regungslos am Boden lag. »Ja«, sagte er leise, »er ist auch ein Teil dieser Geschichte.« Vorsichtig berührte er das Tier am Hals; der Hund atmete noch. Er hatte eine schwere Verletzung am Kopf, die immer noch blutete. Hundt holte ein Tuch aus seiner Tasche, um ihn zu verarzten.

»Er hat versucht …«, setzte Hedda erneut an, doch Hundt unterbrach sie: »Ja«, sagte er, »ich weiß, was er versucht hat. Er lebt. Machen Sie sich keine Sorgen. Wir kümmern uns um ihn.«

Sie schloss die Augen und fiel in einen tiefen Schlaf. Hundt trat aus dem Schuppen ins Freie und atmete tief durch. Der Nieselregen hatte fast aufgehört. Er fröstelte. »Ich habe versagt«, sagte er leise in die dunkle, kalte Stille hinein.

41
Eine Widmung

Hamburg, Dienstag, d. 13. April 1880

Hedda Svensson saß in einem Sessel, in eine Decke gehüllt, mit einer Tasse Tee in der Hand und hatte ihre Beine hochgelegt. Sie blickte zu ihrer Tante, die am gegenüberliegenden Fenster saß und eine Strickarbeit angefangen hatte. Sie sagte nichts, sondern schien mit ihrer Arbeit vollauf beschäftigt zu sein. Ihre Hände bewegten sich mit einer erstaunlichen Schnelligkeit. Hedda hatte ihr die Geschichte bereits am Morgen erzählt, ja gebeichtet, diesmal hatte sie nichts ausgelassen. Tante Louise hatte schweigend zugehört. Ihre Erleichterung darüber, dass Hedda nichts passiert war, schien ihre Verärgerung vorerst noch zu übertreffen. Hedda wusste, dass ihre Tante sie liebte. Hedda nahm einen Schluck Tee und schloss die Augen. Sie fühlte sich unendlich müde.

Kriminalinspektor Hundt war gerade gegangen. Auch ihm hatte sie die ganze Geschichte erzählt, angefangen bei dem Mord an Hermann Goldschmidt bis hin zu den Geschehnissen im Schuppen. Der Kriminalinspektor hatte viele Fragen gestellt und Notizen in seiner schwarzen Kladde gemacht.

Hundt berichtete, dass es weitere Beweise für Rohdantz' Täterschaft im Falle Goldschmidt gab. Die Stofffetzen, die der Kriminalinspektor in Mölln am Denkmalsockel sichergestellt hatte, passten zu dem alten Mantel, den Rohdantz gestern getragen hatte.

Hedda schloss ihre Hände um die heiße Teetasse und ließ sich das Bild durch den Kopf gehen: Ein gutbürgerlicher, angesehener Staatsanwalt hatte vier Menschen umgebracht: Recha Mendelssohn, Hermann Goldschmidt, Mücke und den Advokaten. Und das alles aus Hass. Und sie hatte diesen Menschen getötet. Sie wusste, dass sie in einen Abgrund blickte, auch in den Abgrund ihrer eigenen Seele. Sie spürte tief in sich dem Gefühl der Angst nach, das sie gestern in dem Schuppen überwältigt und ihr eine ungeahnte Kraft gegeben hatte. Aber war es wirklich Angst gewesen? Oder vielmehr Hass? Hedda erschauderte. ›Das Böse tun, weil es das Böse ist.‹ Tränen liefen ihr über das Gesicht, doch sie merkte nicht, dass sie weinte.

Es klopfte an der Wohnungstür. Ihre Tante stand auf und verließ die Wohnstube. Hedda hörte eine Stimme, die sie nicht zuordnen konnte. Tante Louise kehrte zurück und sagte, dass ein gewisser Mosche Nordheim mit ihr sprechen wolle, und dass es wichtig sei. Hedda fühlte sich schlagartig wach und bat ihre Tante, den Jungen hineinzulassen.

Mosche hielt eine abgewetzte Tasche in der Hand. Hedda erkannte sie sofort; sie hatte dem Advokaten gehört.

»Fräulein Svensson«, begann er etwas zaghaft, »ich habe etwas in der Stube des Lumpensammlers gefunden, das Sie haben sollen.« Er machte die Tasche auf und holte ein dickes Konvolut heraus.

»Mosche«, sagte Hedda sanft, »bitte nenn ihn nicht Lumpensammler. Herr Sprewitz war Advokat. Er ist immer Advokat gewesen. Er vertrat die gute Sache.« Sie nahm die Papiere entgegen, brach das Siegel und öffnete es behutsam. *Nathans Tod*, las sie, und wieder füllten sich ihre Augen mit Tränen. Es enthielt auch eine Widmung: Für Recha Mendelssohn. Sie blätterte es hastig durch. Der Entwurf war unvollständig.

Sie sah Mosche an, dessen Augen ebenfalls vor Tränen schimmerten. Er schaute verlegen weg, doch als er zu sprechen begann, konnte er ein Schluchzen nicht unterdrücken »Ich mochte ihn … Er war so … so anders. Er konnte erzählen … «

Hedda nickte und sagte: »Ja, Mosche, ich weiß. Danke, dass du es mir gebracht hast. Wir sehen uns wieder.«

Mosche wischte sich die Tränen von den Wangen und sein Gesicht hellte sich ein wenig auf. »Diogenes ist bei uns. Ich pflege ihn. Er hat ein Auge verloren, wird aber wieder gesund.«

Hedda lächelte. Es war das erste Lächeln seit den Ereignissen des gestrigen Tages.

Nachdem Tante Louise den Jungen hinausbegleitet hatte, las Hedda das Schreiben des Advokaten:

Liebe Hedda, solltest du dieses Konvolut erhalten, bin ich wahrscheinlich tot. Du bist aber am Leben. Ich wollte Rohdantz einmal alleine konfrontieren. Es ist offenbar ganz anders gekommen, als ich es mir gedacht habe. Ich hatte kurz vor dem Treffen einen Bericht an Herrn Kriminalinspektor Hundt im Stadthaus abgegeben und meinen Plan erläutert. Was daraus geworden ist, wirst du inzwischen wissen.

In diesem Konvolut findest du den Entwurf des Theaterstückes. Wie du sehen wirst, unvollständig. Für dich als Erinnerung oder als Aufgabe, ich weiß es nicht.

Ich habe Recha Mendelssohn geliebt, ich liebe sie immer noch. Ich war für diese Liebe aber nicht stark genug.

Danke, dass du in mein Leben eingetreten bist. Du hast mir gezeigt, dass wir den Felsen weiter nach oben schieben müssen, selbst wenn er immer wieder herunterrollen wird.

Lebe wohl, Hedda, und: gib nicht auf.

Advokat Sprewitz

Hedda las das Schreiben noch einmal. Doch diesmal blieben ihre Augen trocken. Vielleicht hatte sie ganz einfach keine Tränen mehr, dachte sie, oder sie vermochten den Schmerz, den sie in ihrem Herzen fühlte, ohnehin nicht zu lindern. Es fühlte sich an, als sei sie nur noch eine leere Hülle, und gleichsam auch umschlossen von einer einzigen, großen Leere, die alles aufzusaugen drohte, was an Sinn und Lebensmut übriggeblieben war. Wortlos reichte sie das Schreiben und den Entwurf ihrer Tante. Louise las den Brief gründlich, den Entwurf überflog sie, um Hedda, als sie geendet hatte, lange nachdenklich anzuschauen. »Ich sehe schon«, sagte sie schließlich. »Du bist mit Recha Mendelssohn noch nicht fertig.«

Der Papierstapel neben ihrem Sessel wurde immer größer. Hedda legte noch ein Blatt darauf. Sie hatte sich inzwischen an die Handschrift des Advokaten gewöhnt, so dass das Lesen jetzt zügiger ging. Sie schaute sich die nächste Seite an. Am oberen Rand stand »Dritter Aufzug«. Sie ahnte, dass in diesem Abschnitt die beiden Hauptfiguren, der Christenjunge und das jüdische Mädchen, ihre Liebe zueinander bekennen würden. Hedda schaute nachdenklich vom Text auf und dachte an den Advokaten, der ihr einmal gesagt hatte, »Jede gute Geschichte ist auch eine Liebesgeschichte.« Sie spürte, dass er damit Recht hatte.

Der Text war, wie auch auf den vorhergehenden Seiten, mit Korrekturen, zahlreichen Randbemerkungen und Durchstreichungen versehen. Einen Text zu verfassen, war, wie sie selbst gelernt hatte, eine harte, anstrengende Arbeit. Man musste mit jedem Wort, um jeden Satz ringen. Es war jetzt früh am Abend. Sie las schon seit drei Stunden, doch die Lektüre tat ihr gut. Fast war es, als gäbe sie ihr ein Stück Leben zurück.

Hedda sah auf, als es zum zweiten Mal an diesem Tag an der Tür klopfte. Doch diesmal wusste sie, wer es war; sie hatte ihn erwartet.

Max Goldschmidt blieb an der Türschwelle zum Wohnraum stehen, nahm seinen Zylinder ab und schaute Hedda schweigend an. Er machte einen verstörten Eindruck, weit entfernt von dem sorglosen, überlegenen Eindruck, den er gewöhnlich nach außen vermittelte. Er sagte nur: »Darf ich reinkommen, Hedda?«

»Du bist schon da, Max. Ich habe dich erwartet.«

Zögerlich nahm er auf einem Stuhl Platz, der neben ihrem Sessel am Fenster stand. Den Hut legte er auf seinen Schoß und umklammerte ihn, als bräuchte er etwas, um sich daran festzuhalten. »Ich komme gerade von einer Unterredung mit Herrn Kriminalinspektor Hundt. Er hat mir alles erzählt.« Max senkte seinen Blick und klammerte sich weiter an seinen Hut. »Ich kann es alles noch gar nicht begreifen. Der Mörder meines Vaters, ein Staatsanwalt! Meine Mutter scheint das alles geahnt zu haben. Sie hat überhaupt nicht überrascht gewirkt. Sie hat sich ihre Bibel gegriffen und angefangen darin zu lesen. Sie will kein Wort mehr darüber hören, das ist alles, was sie gesagt hat.« Er hielt plötzlich inne und betrachtete seinen Zylinder, als ob er nicht wüsste, wie er auf seinen Schoß gekommen war. Dann sah er Hedda an und fuhr fort: »Warum hast du mir nichts erzählt?« Er klang jedoch eher verzweifelt als vorwurfsvoll.

Hedda sah ihn ruhig an: »Ich bin wegen meines Vaters in diese Sache hineingeraten. Dadurch lernte ich Advokat Sprewitz kennen und las das Pamphlet von Recha Mendelssohn, nach dem du einmal in Mölln gefragt hast. Erinnerst du dich? Das hat mein Leben verändert. Ich wollte unbedingt mehr über sie erfahren, doch wen sollte ich fragen? Wie lernt man eine Tote kennen? Natürlich, über Erzählungen von anderen, die sie kannten, und durch ihre Schriften. Ich fragte mich: Wie sah sie aus? Was trieb sie an? So ging es Schritt für Schritt. Dein Vater spielte dabei nie eine Rolle. Das war die Aufgabe des Kriminalinspektors.«

»Du hattest aber das vermaledeite Kreuz! Du hättest es jederzeit dem Kriminalinspektor übergeben können. Eigentlich müssen.«

»Als wir ahnten, dass die beiden Mordfälle zusammenhingen, war es schon zu spät. So haben wir zumindest gedacht. Der Advokat wollte Rohdantz zur Rede stellen. Ich half ihm. Vielleicht habe ich einen Fehler gemacht. Hätte ich dir alles erzählt, hätten wir möglicherweise die Spur zu Recha Mendelssohn verloren, es wäre nur um den Mord an deinem Vater gegangen. Von Recha Mendelssohn wusste der Kriminalinspektor bis zum Schluss überhaupt nichts. Es ist aber nicht so gekommen, wie ich gedacht habe. Der Advokat ist tot. Ich … ich …« Ihre Stimme versagte, Tränen traten wieder in ihre Augen. Sie nahm ein Taschentuch aus ihrer Schürze und wischte sie ab; ihre Wangen waren nass, die Augen gerötet und verquollen. Max stand unentschlossen auf, doch Hedda deutete ihm mit einer Handbewegung, sich wieder zu setzen. »Es tut mir leid um deinen Vater. Und um dich«, sagte sie leise.

Sie schauten sich schweigend an, bis Hedda aufstand und ihm den Rücken zukehrte: »Max, ich kann heute nicht mehr. Ich … ich …« Sie brach ab, Tränen flossen über ihre Wangen.

»Ich verstehe, Hedda« sagte Max liebevoll und erhob sich ebenfalls. »Gestern muss ein entsetzlicher Tag für dich gewesen sein. Ja, ich kann mir das alles gar nicht vorstellen. In dem Schuppen … deine Angst … und dass du diesen Mann …« Max beendete den Satz nicht und räusperte sich leise. »Werde wieder gesund, Hedda. Ich melde mich in ein paar Tagen.« Er berührte zaghaft ihre rechte Schulter, und sie drehte langsam sich zu ihm. Er lächelte plötzlich. Fast sah er wieder aus wie der Max, den sie kannte. »Vielleicht können wir tanzen gehen?«, fragte er.

Hinter den Tränen in ihren Augen blitzte das spöttische, amüsierte Lächeln auf, das Max nur zu gut kannte. »Vielleicht«, sagte sie.

42
Sapere Aude

Hamburg, Montag, d. 6. September 1880

Eine lärmende und sichtlich fröhlich gestimmte Zuschauermenge, die ihre feinste Festtagskleidung zur Schau trug, versammelte sich auf dem Gänsemarkt. In Erwartung des großen Andrangs waren Eintrittskarten ausgegeben worden. Gymnasiasten des Johanneums und des Realgymnasiums kontrollierten die Karten und verkauften ein Gedenkblatt, das eifrigen Absatz fand. Die extra für die Einweihung aufgebauten Tribünen quollen über vor Zuschauern; Kränze, Girlanden und Fahnen wehten aus den Fenstern der angrenzenden Gebäude. Es war ein warmer, sonniger Tag, eine leichte Brise wehte durch die Straßen und Gassen der Hansestadt. Auf dem Platz zog ein großes, von einer Plane verhülltes Objekt alle Augen auf sich, neben dem sich vier stämmige Männer mit Äxten in den Händen postiert hatten. Vor dem noch verhüllten Denkmal war eine Bühne errichtet worden, auf der ein Pult stand und ein kleines Orchester aufgebaut war. Einige Musiker stimmten schon ihre Instrumente. Eine Kakophonie einzelner Töne durchdrang die Zuschauermenge wie eine schräge Begrüßung. Vor der Bühne waren Stühle aufgereiht, auf denen zahlreiche Herren mit dunklen Gehröcken und vornehmen Zylindern, einige in Damenbegleitung, Platz genommen hatten. Es war eine illustre Versammlung aus der Führungsschicht der Stadt, die Stimmung war feierlich.

Hedda Svensson und Max Goldschmidt kamen vom Jungfernstieg her auf den Platz. Max schaute seine Begleiterin von der Seite an, die sich bei ihm eingehakt hatte. Sie schaute in Richtung des Festplatzes, ihre Augen funkelten in dem Schatten, den die breite Krempe ihres roten Hutes auf ihr Gesicht warf.

Hedda kam Max heute anders vor. Sie hatte ihre Haare kürzer schneiden lassen und offener frisiert. Er wunderte sich darüber, hatte jedoch noch nicht nach dem Grund gefragt, wenngleich es ihn verunsicherte.

Sie hatten sich seit dem Tag im April häufig gesehen. Hedda war sehr beschäftigt mit Schreiben, fast war es wie eine Manie, so kam es ihm vor. Offenbar versuchte sie auf diese Art, den Schock zu verarbeiten. Ihre Artikel im *Correspondenten* fanden zunehmend Anerkennung. Sie waren witzig, frech und doch tiefgründig ernst. Sie hatte ihm das Fragment des Theaterstückes, das der Advokat hinterlassen hatte, gezeigt. Sie wollte es vollenden. Sie sprach auch über weitere Projekte. Manchmal empfand er fast Angst vor ihrer Besessenheit, im Grunde jedoch Bewunderung.

Währenddessen war seine Mutter eifrig dabei, eine Ehefrau für ihn zu suchen. Seine Beziehung zu Hedda hatte sie offensichtlich in Panik versetzt. Sie fand es einfach unmöglich, dass er sich mit diesem Dienstmädchen, das Hedda immer für sie bleiben würde, ernsthaft eingelassen hatte. Für seine Mutter und die Gesellschaftskreise, in denen sie verkehrte, war Hedda gleich aus mehreren Gründen nicht tragbar. Sie war in einen Mordfall verwickelt und hatte dabei einen Staatsanwalt getötet; sie schrieb unanständige Artikel; sie kam aus der Arbeiterschaft, vertrat aufrührerische Ansichten und hatte keinerlei Manieren, kurzum: ein Skandal!

Doch Max hatte eine Entscheidung getroffen. Nach der Einweihung des Denkmals wollte er sie bekanntgeben. Er spürte die Aufregung im Bauch.

Man hatte für die Kartenkontrolle ein Tor aufgebaut, das mit Laub- und Nadelholzgestecken geschmückt war und an dessen Seiten jeweils ein Mast stand, einer für die Reichs- und einer für die Hamburger Fahne. Max zeigte dem Jungen an der Kasse die Eintrittskarten und kaufte ein Gedenkblatt. Das Paar suchte sich einen Platz in der Menge. In einer mittleren Reihe der Tribüne vor der Buschstraße entdeckten sie eine Lücke und stiegen die Treppen hinauf.

Hedda hatte wohl gemerkt, dass Max etwas auf dem Herzen hatte. Und sie hatte auch eine Neuigkeit zu erzählen. Wie du mir, so ich dir, dachte sie und schmunzelte.

Sie nahmen Platz auf der Tribüne, nickten ihren Nachbarn zu und schauten sich das Schauspiel an. Hedda inspizierte neugierig die Festgemeinde und entdeckte bald Emma Isler, die mit ihrem Ehemann, dem Bibliotheksdirektor, in einer Stuhlreihe mit anderen Honoratioren vor der Bühne saß. Emma Isler hatte sie auch gesehen, nickte und zeigte ein verschmitztes Lächeln. Hedda winkte ihr zu.

Um Punkt elf Uhr leitete das Orchester die Feierlichkeiten mit einem Marsch von Beethoven ein. Schüler der beiden Gymnasien erschienen am Haupteingang. Es hatte fast etwas Martialisches, wie sie so im Takt der Musik und in ihren Schuluniformen auf den Platz einmarschierten. Hedda fragte sich, ob Lessing wohl Freude an so einem übertriebenen Schauspiel gehabt hätte. Die Schüler nahmen Platz auf der für sie reservierten Tribüne vor der Gerhofstraße.

Alle Blicke richteten sich auf die Bühne, als ein älterer Herr in Bürgermeisterornat und mit einer repräsentativen Halskrause, die Treppe zum Pult hinaufstieg. Bürgermeister und Vorsitzender des Komitees zur Errichtung des Lessing-Denkmals, Gustav Heinrich Kirchenpauer, eröffnete die Redebeiträge mit einer Begrüßung an die zahlreichen, anwesenden Vertreter aus Politik, Wirtschaft und Gesellschaft, mit einer besonderen Erwähnung des aus Berlin angereisten Bildhauers Fritz Schaper, der das Denkmal entworfen hatte. Nach einigen Ausführungen über die Geschichte des Denkmals leitete Kirchenpauer die Enthüllung mit den Worten ein: »Lessing sitzend! Aber, verehrte Anwesende, dieses Sitzen ist kein Ruhen. Es ist Bewegung überall, Bewegung in den kräftigen Zügen des Antlitzes, Bewegung in der ganzen Haltung. Es ist, als werde im nächsten Augenblick die Gestalt sich erheben; als wolle der Geist, der einst in diesem Körper war, sich neu beleben. Er schaut siegessicher auf uns herab. Er hat redlich gesucht und geforscht nach dem Wahren und dem Schönen; er will verkünden, was er fand; er will die Wahrheit uns enthüllen … Und die Hülle fällt!«

Das Orchester setzte wieder ein und die Klänge der vaterländischen Hymne erfüllten den Gänsemarkt. Die vier Maurer hoben ihre Äxte und durchschlugen die Seile, welche die Plane gehalten hatte. Das Lessing-Denkmal erblickte das Licht der Welt.

Es folgten Musik von Mozart und Haydn sowie Reden von Bausenator Johannes Versmann, der das Denkmal offiziell in die Obhut der Stadt übernahm, und Hermann Spörri, Prediger der evangelisch-reformierten Gemeinde und Vorsitzender des Vereins für Kunst und Wissenschaft, der die Laudatio auf Lessing hielt. Hedda kannte das Gerücht, dass sämtliche Pastoren der lutherisch-evangelischen Kirchen sich geweigert hatten, eine Rede zu halten.

Die offizielle Feier dauerte etwas über eine Stunde. Hedda und Max gingen mit vielen anderen Schaulustigen zu dem neuen Denkmal, um es aus der Nähe zu betrachten. Es dominierte mit seiner Höhe von fast fünf Metern den Platz. »Es gefällt mir«, sagte Hedda, »obwohl ich nicht glaube, dass unser sitzender Lessing sogleich aufstehen wird, um die Wahrheit zu verkünden, wie der Bürgermeister behauptet hatte. So sicher war Lessing sich des Sieges nicht. Mir hat die Rede von Pastor Spörri besser gefallen. Den Hochmut zu bekämpfen und denjenigen zu entlarven, der meint, im Besitz der Wahrheit zu sein, das kommt dem guten Lessing näher.«

»Na«, neckte Max, »du kannst nicht einfach mal irgendetwas durchgehen lassen, nicht wahr. Alles immer auf die Waagschale werfen, was?«

Hedda lachte.

Vom Fenster ihres Kontors am Gänsemarkt schauten sich die Gebrüder Gierling die Feierlichkeiten auf dem Platz unten schweigend an. Als das Denkmal zum Vorschein kam, empfanden sie keine Begeisterung. Für sie war es ein viereinhalb Tonnen schwerer Klotz aus Bronze und Granit, nichts weiter.

Als die Musiker sich anschickten, die Bühne zu verlassen, wollten auch die drei Brüder die Feierlichkeiten verlassen. Architekt Friedrich-Wilhelm sagte: »Schade, dass der dicke Gutsherr nicht hier ist. So etwas hätte ihn auf die Palme gebracht. Warum nur?« Alle lachten. »Wisst ihr«, fuhr er fort, »der Herr Baron von Schossin ist in ernste Schwierigkeiten geraten. Er kann seiner Schulden nicht mehr bedienen. Er verhandelt mit der Hypothekenbank über einen neuen Kredit. Herr Doktor Carl hat mir neulich auf der Börse darüber erzählt. Im Vertrauen, versteht sich«. Die Brüder warfen sich einen vielsagenden Blick zu.

»Mecklenburger sollten halt lieber in Mecklenburg bleiben. In Hamburg haben sie nichts zu suchen«, bemerkte Ingenieur Ludwig Gierling.

Rechtsanwalt Doktor Alfons Gierling machte eine wegwerfende Handbewegung in Richtung des Denkmals und sagte: »Kommt, Brüder, es gibt Geschäfte zu tätigen.« Dabei holte er seine emaillierte Schnupftabakdose aus der Rocktasche.

Miss Sara brachte zwei Gläser Bier zu dem kleinen, runden Tisch in der hintersten Ecke ihrer Gaststube, dem Tisch, an dem der Lumpensammler Daveson (so nannte sie ihn noch immer) häufig gesessen und an seinem Werk gearbeitet hatte. Dort saß jetzt Hedda Svensson mit einem jungen Mann, dessen Namen sie inzwischen auch kannte. Ein interessantes Paar, dachte sie. Aber problematisch.

Einige Wochen nach den Ereignissen auf dem jüdischen Friedhof hatte Miss Sara Hedda geradeheraus angesprochen. Die Wirtin hatte bereits viel über den Fall erfahren. Das hatte ihr jedoch nicht gereicht. Sie wollte alles wissen, und Hedda hatte ihr alles erzählt. Am Ende hatte Miss Sara gesagt: »Svensson, Mädchen, sieh zu, dass du weitermachst.« Sie hatte Tränen in den Augen gehabt, als sie das sagte, und sie wusste, dass sie den Lumpensammler vermissen würde.

Hedda hatte darauf bestanden, dass sie nach der Einweihung nicht im noblen Alsterpavillon einkehrten, wie Max vorgeschlagen hatte, sondern zu Miss Sara. Max hatte Heddas Wunsch verstanden, ohne dass sie etwas hätte erklären müssen, und eingewilligt.

Die beiden ließen ihre Biergläser aneinander klingen und nahmen einen Schluck des braunen, herben Getränkes.

Hedda merkte, dass Max nervös wirkte, und sie konnte nicht umhin, sich darüber zu amüsieren.

»Hedda«, sagte er nach einer Pause, »ich möchte dich etwas fragen.« Er schaute sie erwartungsvoll an, sprach aber nicht weiter.

Hedda zog die Augenbrauen hoch und ihr Gesicht verzog sich zu einem Grinsen. »Denn frag mich doch, Max.«

»Ich möchte, dass wir beide meine Mutter besuchen. Ich möchte ihr mitteilen, dass wir beabsichtigen, uns zu verloben.«

Hedda schaute ihn verblüfft an. »Wie stellst du dir das vor, Max? Deine Mutter kennt mich nicht, und soweit ich weiß, hat sie auch keine besondere Lust, mich kennenzulernen. Es wird nur Ärger geben. Keine gute Basis für ein Zusammenleben.«

»Sie wird ein Einsehen haben. Ich werde dafür sorgen«, erwiderte er beharrlich. Hedda schüttelte leicht den Kopf und sah ihn unverwandt an. »Hedda«, stammelte er, »ich liebe dich. Ich glaube, ich habe mich bei unserem ersten Treffen in Mölln in dich verliebt, als du mich fragtest: ›Mögen Sie nur das Gewöhnliche, mein Herr?‹ Ich habe es nur nicht gleich erkannt … Erinnerst du dich?« Hedda nickte fast unmerklich. Max fügte hinzu: »Ich möchte mit dir zusammen sein, Hedda.«

Jetzt lächelte sie, aber es war nicht ihr Hedda-Lächeln, sondern hatte etwas Wehmütiges. »Max«, sagte sie leise und griff nach seiner Hand, die neben seinem Bierglas lag, »du machst mich verlegen … Ich glaube, ich könnte dich auch lieben lernen, ja das glaube ich. Aber unter den Umständen, mit deiner Mutter und allem, was dazu gehört in deinen Kreisen, das wäre zu viel für mich. Ich habe sie kennengelernt in meiner Zeit als Dienstmädchen. Hast du das vergessen? Das geht nicht gut. Das ist nicht meine Welt.«

Bevor er etwas erwidern konnte, sagte sie: »Ich hatte auch vor, dir etwas zu sagen. Lass mich das bitte erst tun, bevor du antwortest.« Sie nahm einen Schluck Bier, ließ dabei ihre Hand auf seiner liegen und fuhr fort: »Es hat mit diesem Tisch zu tun, und was er mir bedeutet. Du weißt, dass ich Schriftstellerin werden möchte. Ich habe mit dem

Redaktionschef des *Hamburger Correspondenten* ein Gespräch gehabt. Wie du weißt, wird die Artikelreihe mit meiner Tante gut angenommen. Ich habe vorgeschlagen, einen Fortsetzungsroman für die Zeitung zu schreiben. So etwas ist sehr beliebt heute. Die Idee wurde für gut befunden. Es geht um eine Liebesgeschichte zur Zeit der Revolution 1848. Erste Kapitel habe ich schon geschrieben. Vielleicht lässt sich die Geschichte an weitere Zeitungen in Deutschland verkaufen. Es gibt immer mehr Zeitungen im Lande.«

»Ja«, unterbrach Max. »Das finde ich großartig, Hedda. Ich gratuliere dir.« Er blickte kurz auf ihre Hände, sah dann auf und fragte. »Aber was bedeutet das … für uns?«

»Max«, antwortete sie, »ich bin inzwischen einundzwanzig Jahre alt. Ich möchte selbständig sein, mein eigenes Geld verdienen. Tante Louise hat noch gewisse Rechte als Vormund bis ich fünfundzwanzig bin. Sie hat sich aber damit einverstanden erklärt, dass ich mir eine eigene Wohnung suche.«

Max schwieg. Er wusste nicht, was er sagen sollte.

»Max«, sagte sie in einem sehr ernsten Ton. »Du kannst nicht für mich entscheiden. Das muss ich selbst tun. Du kannst nur für dich entscheiden. Was willst du wirklich im Leben? Das Geschäftskontor deines Vaters leiten? Theater machen? In der Welt deiner Mutter leben? Selbständig sein?«

»Ich möchte mir dir zusammen sein«, wiederholte er wie benommen.

»Lass uns sehen, wie es weitergeht. Wer weiß. Vielleicht ziehen wir irgendwann zusammen in eine Wohnung. Über Verlobung und Heiraten können wir immer noch sprechen. Sind solche Dinge wirklich so wichtig für dich?«

Max schaute sie unverwandt an, seine Mundwinkel zuckten leicht, doch ein Lächeln brachte er nicht zustande.

»Sapere aude, lieber Max. Sapere aude«, sagte Hedda. Sie lächelte.

Epilog

Hamburg, Freitag, d. 10. September 1880

Mosche Nordheim nahm seine Ballonmütze ab und wischte sich mit der Hand über die Stirn. Er war gerade von der Marktstraße auf den Großneumarkt gekommen. Es war ein warmer Tag, die Luft war stickig. Er setzte seine Mütze wieder auf und beugte sich zu dem schwarzen Hund hinab, der hechelnd neben ihm stand, und kraulte ihn am Ohr. »Na, Diogenes, bald wird es regnen. Man fühlt es in der Luft.« Der Hund blickte den Jungen mit seinem einzigen gesunden, tiefschwarzen Auge geduldig an, als erwarte er etwas Tiefgreifenderes als eine Unterhaltung über das Wetter. Mosche lächelte. Sie schlenderten einige Schritte weiter zu einer Bank, die unter einem üppigen Kastanienbaum stand. Mosche nahm auf der Bank Platz; Diogenes setzte sich zu seinen Füßen und schaute sich wachsam um. Mosche legte zärtlich eine Hand auf den Kopf des Hundes und streichelte ihn. Der Hund war seit dem Tag im April kaum von seiner Seite gewichen. Mosche dachte an den Advokaten. »Es kommt anders, als man sich denkt« – hatte er einmal gesagt. Das Leben war ein Abenteuer mit einem ungewissen Ausgang; dass dies die Wahrheit war, hatte er selbst erfahren müssen.

Das Schuljahr hatte wieder begonnen. Das letzte Jahr, wie Mosche sich selbst immer wieder versicherte. Im nächsten Jahr sollte ein anderes, ein neues Leben für ihn beginnen. Der Advokat hatte ihm so viel von der weiten Welt erzählt. Und nun hatte er sich in den letzten Monaten hin und wieder mit Bonafides getroffen, der in seiner verschrobenen Art noch lebendiger von der Welt da draußen berichten konnte. Mosche fragte sich, wie sie wirklich aussah? »Wenn ich wegziehe, du kommst mit, Diogenes, nicht wahr?«, fragte er. Es schien Mosche, als ob sein Begleiter zustimmend genickt hätte.

Seine Gedanken schweiften zu dem hübschen Fräulein Svensson, das die beiden einige Male zusammen besucht hatten. Wenn sie den Hund sah, huschte ein Schatten über ihr Gesicht, aber sie schien sich gleichzeitig zu freuen. Vielleicht war es das, was die Erwachsenen Melancholie nannten. Mosche fühlte sich in ihrer Anwesenheit stets ein wenig befangen. Sie imponierte ihm sehr.

Mosche sah eine Gestalt sich von der Schlachterstraße nähern. Es war ein Mann. Er hinkte. Mosche winkte ihm zu; sie waren verabredet. Der Mann humpelte und steuerte auf Mosche zu, der sogleich aufstand und dem Mann die Hand gab. Diogenes stand auf und begrüßte Bonafides mit seiner kalten, feuchten Schnauze.

»Guten Tag, Mosche«, sagte er.

»Guten Tag, Herr Bonafides«, erwiderte Mosche und nach einer Pause setzte er hinzu: »Wollen wir?«

Bonafides nickte.

Die kleine Gruppe lief schweigend über den Markt zu den Kohlhöfen und von dort aus zum jüdischen Tempel. Als es erbaut wurde, hatte der Senat darauf bestanden, dass das Gebäude nicht direkt von der Straße aus zugänglich sein dürfte. Mosche und Bonafides traten in den tunnelartigen Zugang zu dem Vorplatz des Tempels, Diogenes legte sich davor, er würde hier auf sie warten. Im Inneren herrschte Stille; der Gottesdienst war längst vorbei.

Bonafides blieb stehen und sah sich staunend um. Die Fassade war von zwei hohen, spitzen Türmen eingerahmt. In einem großen, von Mauersteinen abgetrennten Rundbogen befanden sich ein Glasfenster mit dem Davidstern, darunter das Eingangsportal, über dem auf einem Querstein ein Spruch eingemeißelt war. Bonafides kniff die Augen zusammen, als könne er die Buchstaben dadurch entziffern.

Mosche übersetzte: »Gesegnet sei, der da kommt im Namen des HERRN!«

Bonafides nickte und sagte leise: »Ich war noch nie in einem jüdischen Gotteshaus.«

Danksagung

Beim Schreiben dieses Romans haben viele Köpfe mitgewirkt. Allen voran der deutsche Schriftsteller Gotthold Ephraim Lessing, dessen Schriften ich als Student lieben lernte. Des Weiteren gibt es Freunde, die das Werk im Entstehen aktiv begleitet und wertvolle Hinweise gegeben haben. Dazu gehören meine Kollegen Prof. Doktor Franklin Kopitzsch, Christian Lopau, Doktor Mareike Heide und Doktor Carsten Walczok, die während des Schreibens kritische Anmerkungen machten sowie die »Nicht-Historiker« Perdita Schadow, Christian Geisler, Marion Clausnitzer und Heidemarie Ehlke, die einforderten, dass ich einen Roman und kein Buch für Fachleute schreibe. Ob mir das gelungen ist, muss der Leser entscheiden.

Heidemarie Ehlke hat als Grafikerin die Karten erstellt. Die Vorlage für die Neustadt-Karte wurde mir dankenswerterweise von Christian Terstegge aus Hamburg zur Verfügung gestellt. Die Vorlage für die Karte der Region zwischen Hamburg und Schwerin stammt vom Kreisarchiv Ratzeburg (Sig. 1078).

Danken möchte ich dem Lessing-Museum in Kamenz für die Überlassung des Scherenschnitts von Lessing, dessen Original in der Lessing-Biografie von Erich Schmidt, *Lessing – Geschichte seines Lebens und seiner Schriften* (Bd. 2), befindet.

Im Anhang habe ich bereits Einrichtungen erwähnt, in denen ich Quellen gesichtet und ausgewertet habe. An dieser Stelle ein Dank an die freundlichen und stets hilfsbereiten Mitarbeiterinnen und

Mitarbeiter, die durch ihre Arbeit dazu beitragen, dass unser kollektives Gedächtnis gewahrt wird.

Dem Osburg Verlag, insbesondere Doktor Wolf-Rüdiger Osburg, bin ich zu Dank verpflichtet; er hat mich, einen Roman-Neuling, offen und ermutigend aufgenommen. Ich freue mich, wenn sein Vertrauen in das Buch bestätigt wird.

Erstmals habe ich in diesem Umfang und in dieser Intensität mit einem Lektorat zusammengearbeitet. Danke liebe Anna Hilgenstöhler, dass du meinen Text so gründlich und unerbittlich bearbeitet hast.

Es gibt ein Lebewesen, das das Werk von Anfang an begleitet hat – unser Rauhaardackel Gustaff, mein bester Mitarbeiter. Er lag immer neben dem Schreibtisch und war mein Gesprächspartner bei ausgedehnten Spaziergängen, die zwischen den Schreibphasen zum Auftanken notwendig waren. Das Gehen ist ein Sinnbild des Denkens. Leider ist Gustaff vor der Fertigstellung des Buches verstorben. Ich vermisse ihn sehr.

Zum Schluss verrate ich sogar, von wem in der Widmung die Rede ist … von den beiden wichtigsten Menschen in meinem Leben: meiner Ehefrau Claudia und unserer Tochter Sara. Beide haben das Manuskript gelesen. Wer sie kennt, wird wissen, dass sie dies mit kritischer Aufmerksamkeit taten. Kann ein Autor sich mehr wünschen?

Anhang

Ein historischer Roman lebt davon, dass eine vergangene Epoche für heutige Leserinnen und Leser authentisch, nachvollziehbar, und doch mit aktuellen Bezügen porträtiert wird. Ich habe versucht, die Landschaft, die Stadtbilder der betreffenden Ortschaften, die Gebäude und Verkehrswege sowie die historischen Persönlichkeiten anhand der verfügbaren Quellen nachzuzeichnen. Zahlreiche Details wie beispielsweise die Mode, zeitgenössische Neuerungen der damaligen Zeit wie Streichhölzer, Elektrizität und Kaffee tragen dazu bei, eine vergangene Zeit zum Leben zu erwecken.

Die Hauptfigur Friedrich Sprewitz bedarf einer Erläuterung. Es hat den Sohn eines Möllner Stadtschreibers, Advokaten und Veteranen der Revolution 1848 tatsächlich gegeben, der sich während der Revolution vergeblich für die radikal-demokratische Sache eingesetzt hatte. Nach dem Scheitern der Revolution fristete er ein Leben als Sonderling und Winkeladvokat in Mölln und starb 1883 im Armenhaus. Überliefert ist auch, dass er Theaterstücke geschrieben hat, die allerdings nie aufgeführt wurden. Diese wenigen Fakten bildeten für mich die eigentliche Inspiration für den Roman. Ich habe seinen Lebensweg mit viel Fantasie ausgeschmückt, dabei stets im Hinterkopf behalten, dass er einmal »für die gute Sache« gekämpft und gelitten hatte.

Man kann das *Judaskreuz* als eine Auseinandersetzung mit dem geistigen Erbe des Aufklärers Gotthold Ephraim Lessing lesen, über den ich promoviert habe: *Politik und Religion – Studien zum*

Fragmentenstreit (Reimarus, Goeze, Lessing). (Schwarzenbek 1988). Und die geistige Haltung, für die Sprewitz (und Recha Mendelssohn) in meinem Roman stehen, ist noch aktuell.

An dieser Stelle eine Anmerkung zu der Hauptfrauenfigur, Recha Mendelssohn. So unwahrscheinlich, wie man vielleicht aus heutiger Sicht denken könnte, war eine derartige Frauengestalt 1848 eigentlich gar nicht. Ich habe mich vom Leben der Louise Aston inspirieren lassen. Louise Franziska Aston (1814-1871) war eine deutsche Schriftstellerin und Vorkämpferin für die demokratische Revolution und Frauenbewegung. Im Revolutionsjahr 1848 schloss sie sich als freiwillige Pflegerin einem Freikorps an und nahm am Schleswig-Holsteinischen Feldzug teil. Sie soll sogar mit der Waffe gekämpft haben.

Dazu: Barbara Sichtermann: *Ich rauche Zigarren und glaube nicht an Gott. Hommage an Louise Aston*. (Berlin 2014).

Zur Einführung in die Geschichte der Frauenbewegung im 19. Jahrhundert kann ich empfehlen: Ute Gerhard: *Frauenbewegung und Feminismus. Eine Geschichte seit 1789*. (München, 2. Aufl. 2012).

Eine Anmerkung zu der Figur von Louise Tesdorpf. Sie ist eine kleine Hommage an die Bildchronistin Alt-Hamburgs Ebba Tesdorpf (1851-1920).

An drei Stellen bin ich von den historischen Fakten bewusst abgewichen:

Kapitel 5 – Historischer Gegner von Gabriel Riesser bei der Wahl zur Nationalversammlung in der Paulskirche war nicht der Gutsbesitzer Ernst Philipp Berckemeyer, sondern der Ratzeburger Justizrat Höchstädt. Ich habe ihn aus erzählerischen Gründen durch Berckemeyer ersetzt. Berckemeyer spielt eine, wenn auch bescheidene Rolle in den weiteren Handlungen und repräsentiert für mich die alten

Führungsschicht des Landes. Mit Höchstädt hätte ich eine neue Figur einführen müssen.

Die eigentliche Wahlversammlung fand am 12. Mai 1848 in Ratzeburg statt; davor hatte es allerdings eine große öffentliche Wahlveranstaltung in Schwarzenbek gegeben. Ich habe beide Veranstaltungen zusammengelegt.

Kapitel 33 – Der Abenteuerroman *Treasure Island* von Robert Louis Stevenson erschien in England in Buchform erst 1883, die erste deutsche Übersetzung (*Schatzinsel*) erfolgte 1897. Da die Episode mit Jim Hawkins in der Apfeltonne so gut zu der Figur von Mosche passt, habe ich mir erlaubt, die historischen Daten zu ignorieren.

Kapitel 42 – Ich habe die Einweihung des Lessing-Denkmals um ein Jahr vorverlegt. Sie fand am 8. September 1881 – zum 100. Todesjahr von Lessing – statt. Wegen der Beziehung zwischen Hedda und Max habe ich die Einweihung auf den 6. September 1880 gesetzt – den Geburtstag von Moses Mendelssohn. Die Einweihung wird übrigens im *Hamburger Correspondenten* vom 8. September 1881 (Abendausgabe) ausführlich beschrieben.

Bücher spielen in meinem Roman eine entscheidende Rolle. Alle genannten Bücher haben wirklich existiert, nicht jedoch die zitierten Werke von Recha Mendelssohn. Die Bücher waren den handelnden Personen wie beschrieben zumindest theoretisch zugänglich, zum Teil als Übersetzungen. Die einzige Ausnahme stellt der Roman *Schatzinsel* dar (s. oben).

Die rasante Entwicklung des Antisemitismus in den ersten Jahren nach der Reichsgründung 1870/71 bildet einen wichtigen Hintergrund des Romans. Dazu: Peter G. Pulzer: *Die Entstehung des politischen Antisemitismus in Deutschland und Österreich 1867–1914*. (Göttingen 2004).

Die Gängeviertel in Hamburg bilden den realen geografischen Hintergrund der Handlungen. Zum Leben in den alten Elendsvierteln

Hamburgs gibt es reichlich Literatur. Gewinnbringend sind der Bildband von Eckhard Freiwald: *Hamburgs Gängeviertel* (Erfurt 2011), die Darstellung von Gerd Darms und Dieter Rednak: *Die Gängeviertel im Schatten des Michels. Die Hamburger Neustadt* (Hamburg, 2013) sowie das Buch von Gerd Darms: *Das Hamburger Gängeviertel: Unterwelt im Herzen der Großstadt.* (Hamburg 2010). Stimmungsvoll ist auch die zeitgenössische Novelle von Jakob Loewenberg: *In Gängen und Höfen. Eine Hamburger Erzählung.* (Hamburg, 2. Aufl. 1907).

Ich habe mich dazu entschieden, die Gängeviertel überwiegend im Plural zu schreiben, denn es gab recht unterschiedliche Bereiche, wie zum Beispiel das Judenviertel, das Viertel der Hafenarbeiter und Cremon.

Aufschlussreiche Quellen zur Geschichte einzelner Hamburger Einrichtungen, Gebäude, Ereignisse und Persönlichkeiten habe ich in der Hamburgensien-Abteilung der Staats- und Universitätsbibliothek Hamburg, in der Bibliothek des Instituts für die Geschichte der Deutschen Juden sowie in der Bibliothek der Arbeitsstelle für Hamburgische Geschichte auswerten können. Es ist erstaunlich, wie gründlich und vielfältig die Hamburger Geschichte aufgearbeitet worden ist. Für die Geschichte des Herzogtums Lauenburg während der 1848er Revolution bildete die Bibliothek des Kreisarchivs in Ratzeburg die wichtigste Anlaufstelle. Für die Möllner Kapitel habe ich vom Stadtarchiv Mölln wertvolle Quelle und Hinweise erhalten.

An dieser Stelle ein Verweis auf die Internet-Enzyklopädie Wikipedia, die ich bei vielen Fragen konsultiert habe. Ihre Bedeutung als Informationsquelle hat mit den Jahren deutlich zugenommen, wie sie auch an Zuverlässigkeit gewonnen hat.

Prolog – Peripatos und Diogenes: Peripatos ist der Name der philosophischen Schule des Aristoteles. Sie erhielt ihren Namen vom Unterrichtsort (Peripatos), also »Wandelhalle«. Im Denken ist stets Bewegung. Diogenes von Sinope war ein griechischer antiker Philosoph, bekannt für seine hündische Lebensweise. Er soll zum Beispiel in einer Tonne übernachtet haben.

»Seitdem ich die Menschen kenne, liebe ich die Hunde.« Ein Zitat, das Friedrich dem Großen zugeschrieben wird.

Kapitel 2 – Niederschriften der Sitzungen des Deutschen Reichstages sind digital zugänglich: http://www.reichstagsprotokolle.de/index.html

Kapitel 3 – Das Judaskreuz ist eine reine Erfindung. Man stelle sich das traditionelle christliche Kreuzzeichen vor – nur mit den beiden Armen am Ende leicht nach oben gebogen und einem zugespitzten Fuß.

Die Zeitschrift *Die Gartenlaube – Illustriertes Familienblatt*, 1863 gegründet, war das erste erfolgreiche deutsche Massenblatt. Sie hatte 1880 eine Auflagenhöhe um 500 000.

Kapitel 4 – Einzelne Passagen aus dem fiktiven Pamphlet von Recha Mendelssohn sind der ersten Nummer der von Louise Otto Peters herausgegebenen Zeitschrift *Frauen-Zeitung* (21. April 1849) sowie der bemerkenswerten Schrift von August Bebel *Die Frau und der Sozialismus* (1879 zuerst erschienen) entnommen.

»Sapere Aude« – Der Wahlspruch der Aufklärung, geprägt von Immanuel Kant: *Beantwortung der Frage: Was ist Aufklärung?* (1784)

»Freiem Lieben, freiem Leben …« Aus der letzten Strophe des Gedichts »Lebensmotto«, das Louise Aston 1850 in ihren *Freischärler-Reminiszenzen* veröffentlichte:

Schöne Welt, du blühend Eden,
Deiner Freuden reicher Schatz,
Gibt für alle Schicksals Fehden
Vollen, köstlichen Ersatz!
Freiem Lieben, freiem Leben,
Hab ich ewig mich ergeben!

Kapitel 5 – Etliche Redebeiträge in diesem Kapitel stammen aus der Niederschrift der Sitzung der Lauenburgischen Landesversammlung vom 26. Januar 1850. Standort: Kreisarchiv Ratzeburg.

Literatur: William Boehart. *Nicht Untertanen, sondern Staatsbürger.* Fragen zum Ablauf der Revolution 1848 im Herzogtum Lauenburg, in: Wolfgang Beutin/Wilfried Hoppe/Franklin Kopitzsch (Hg.), *Die deutsche Revolution von 1848/49 und Norddeutschland.* (Frankfurt am Main 1999) S. 219–236.

In den Niederschriften der Sitzungen der Landesversammlung finden wir einmal den Begriff »Kommunismus« notiert – als Schreckgespenst verwendet.

»Introite, nam et heic Dii sunt« – Tretet ein, denn auch hier sind (die) Götter. Leitspruch (Motto) von Lessings *Nathan der Weise*, ein Satz des römischen Gelehrten Aulus Gellius (zweites Jahrhundert nach Christus).

Kapitel 6 – Trompe d'oeil (»Täusche das Auge«) ist ein Begriff aus der Malerei und bedeutet, auf einer Fläche mittels perspektivischer Darstellung Dreidimensionalität vorzutäuschen.

Zur Geschichte der Kriminalistik, die im letzten Viertel des 19. Jahrhunderts eine radikale Umwälzung erlebte: Peter Becker: *Dem Täter auf der Spur. Eine Geschichte der Kriminalistik.* (Darmstadt 2005).

Die Beschreibung des Orgelstückes wurde in Teilen einer Skizze von Hermann Hesse entliehen: »Alte Musik«. In: *Musik.* (Frankfurt am Main 1986) S. 23–26.

»Denn die Kunst ist eine Tochter der Freiheit, und von der Notwendigkeit der Geister, nicht von der Notdurft der Materie will sie ihre Vorschrift empfangen.« Friedrich Schiller: *Über die ästhetische Erziehung des Menschen.* (1793).

Kapitel 7 – Flugblatt der SPD »Trau! Schau! Wem« (1878): www.deutsche-digitale-bibliothek.de/item/VZVETF56PC5PDYJ26GCISG3TDPMO55UA, (16. Juli 2018)

»Der Mensch ist nur dort ganz Mensch, wo er spielt.« – Friedrich Schiller: *Über die ästhetische Erziehung des Menschen.* (1793).

Kapitel 8 – Zur Baugeschichte Hamburgs im 19. Jahrhundert: Peter Wiek: *Das Hamburger Etagenhaus 1870–1914. Geschichte-Struktur-*

Gestaltung. (Hamburg 2002). Clemens Wischermann: *Wohnen in Hamburg vor dem Ersten Weltkrieg.* (Münster 1983).

Kapitel 9 – »Das war ein Vorspiel nur, dort wo man Bücher / verbrennt, verbrennt man auch am Ende Menschen.« Heinrich Heine: *Almansor.* (1823)

Kapitel 10 – Friedrich Seestern-Pauly war Schwarzenbeker Amtmann von 1827 bis 1865. Er erklärte den Aufschwung des Dorfes Schwarzenbek im 19. Jahrhundert mit der »Macht der Verhältnisse«.

Die Rede von Riesser ist seiner Abhandlung: »Ein Wort über die Zukunft Deutschlands« (1848) entnommen. In: Uwe Barschel (Hg.): *Gabriel Riesser als Abgeordneter des Herzogtums Lauenburg in der Frankfurter Paulskirche 1848/49.* (Neumünster 1987).

Kapitel 12 – Der Synagogenbrand in Neustettin am 18. Februar 1881, der nach einer Hetzrede von Ernst Henrici ausgelöst wurde, bildet die Vorlage meiner Darstellung des Brandes in Grevesmühlen. Hierzu: Gerd Hoffmann. »Der Prozess um den Brand der Synagoge in Neustettin«. In: *Antisemitismus in Deutschland ausgangs des 19. Jahrhundert.* (Schifferstadt 1998).

Die Grevensmühler Bierhalle-Rede von Ernst Henrici wurde seiner »Reichshallen-Rede« vom 17. Dezember 1880 entnommen. Digital vorhanden: www.gehove.de/antisem/texte/henrici_reichshalle.pdf, (16. Juli 2018)

Kapitel 14 – Hugo Pohle: *B. Pollini. Eine Beleuchtungsprobe und eine kulturhistorische Skizze.* (Hamburg 1896).

»Ich wünsche sehr die Menge zu behagen ...« Wolfgang von Goethe: *Faust I.* (1808) Vorspiel auf dem Theater.

Kapitel 15 – Ein besonderes Besteck für den Verzehr von Fisch (Fischbesteck aus Edelmetall) kam erst nach 1870 im Deutschen Reich auf. Es diente der Abgrenzung der »feinen Leute« von den unteren Schichten.

Kapitel 18 – Zur Geschichte des Lessing-Denkmals, dessen Gestaltung einen Streit auslöste, gibt es einen Aufsatz von Franklin Kopitzsch: »Ein Streit um Hermann Samuel Reimarus – ein Jahrhundert nach den ›Fragmenten eines Ungenannten‹.« In: *Studien zur Sozialgeschichte des Mittelalters und der Frühen Neuzeit.* S. 225–257. (Hamburg 1977).

Der Satz: »Von Lessing ist keine Notiz zu nehmen« befindet sich in den Senatsprotokollen von 1781. Es ging dabei um den Vorschlag, eine öffentliche Trauerfeier im Theater zu veranstalten. Mit diesem Satz lehnte der Senat den Vorschlag ab. Die Stadtväter wollten einen Streit um das geistige Erbe Lessings aus dem Wege gehen.

Vgl.: *›Von Lessing ist keine Notiz zu nehmen‹. Zum 250. Geburtstag des Aufklärers vom Gänsemarkt.* Hamburg-Porträt, Heft 13/79 (1979).

Kapitel 19 – »Die Hasen im Kohlfeld« gab es tatsächlich, allerdings erst 1905, als sich eine Gruppe von Maklern, Architekten und Grundstückspekulanten zusammen fanden, um eine goldene Nase bei einer Wohnungsbaumaßnahme in der Neustadt zu verdienen – mit Hilfe von »intimen Kenntnissen geheimer Senatssitzungen.« Der entsprechende Skandal folgte. Dazu: Geerd Dahms. »›Die Hasen im Kohlfeld‹ – Von Honoratioren und ›ehrlosen Gesellen‹« In: *Das Hamburger Gängeviertel: Unterwelt im Herzen der Großstadt.* (Hamburg 2010) S. 208-239.

Kapitel 22 – *Nathans Tod.* Unter diesem Titel fand 1991 die Uraufführung einer Szenencollage von Georg Tabori statt, die dem Humanismus Lessings aktuelle Bilder des Schreckens entgegensetzt. Nach diesem Theaterstück schrieb Jan Müller-Wieland eine Oper, die 2001 in Görlitz uraufgeführt wurde.

Kapitel 25 – Manfred Asendorf. *Der Hamburger Pädagoge und Politiker Anton Reé.* Hg. von der Landeszentrale für Politische Bildung, Hamburg. Nachdrucke 2/85.

Kapitel 26 – Hermann Uhde. *Das Stadttheater in Hamburg 1827–1877. Ein Beitrag zur deutschen Culturgeschichte.* (Stuttgart 1879).

Kapitel 28 – Heinrich Heine »Da lässt sich gut sitzen« In: Eckart Kleßmann (Hg.) *Hamburg. Ein Städte-Lesebuch.* (Frankfurt am Main 1991) S. 50 f.

Gotthold Ephraim Lessing: *ICH*

Die Ehre hat mich nie gesucht;
die hätte mich auch nie gefunden.
Wählt man, in zugezählten Stunden,
ein prächtig Feierkleid zur Flucht?

Auch Schätze hab' ich nie begehrt.
Was hilft es, sie auf kurzen Wegen
für Diebe mehr als sich zu hegen,
wo man das wenigste verzehrt?

Wie lange währt's, so bin ich hin
und einer Nachwelt unter Füßen!
Was braucht sie, wen sie tritt, zu wissen?
Weiß ich nur, wer ich bin!

Kapitel 30 – Über Emma Isler gibt es eine Darstellung in Band 5, S. 200, der *Hamburgischen Biografie – Personenlexikon*, herausgegeben von Franklin Kopitzsch und Dirk Brietzke. Diese im Jahr 2000 eingeleitete, bisher auf sechs Bände angewachsene Reihe ist eine Fundgrube für die hamburgische Geschichte.

»Das Gute tun, weil es das Gute ist«. Gotthold Ephraim Lessing. *Die Erziehung des Menschengeschlechts.* (1780). § 85 »Nein; sie wird kommen, sie wird gewiß kommen, die Zeit der Vollendung, da der Mensch, je überzeugter sein Verstand einer immer bessern Zukunft sich fühlet, von dieser Zukunft gleichwohl Bewegungsgründe zu seinen Handlungen zu erborgen, nicht nöthig haben wird; da er das Gute thun wird, weil es das Gute ist, nicht weil willkührliche Belohnungen darauf gesetzt sind, die seinen flatterhaften Blick ehedem blos heften und stärken sollten, die innern bessern Belohnungen desselben zu erkennen.«

Kapitel 33 – Gotthold Ephraim Lessing. »Das Wort Zufall ist Gotteslästerung; nichts unter der Sonne ist Zufall; am wenigsten das, wovon die Absicht so klar in die Augen leuchtet.« *Emilia Galotti.* (1772)

Kapitel 34 – »Verweile doch, du bist so schön.« Wolfgang von Goethe. *Faust I.* (1808) V. 1700.

Kapitel 39 – Homo ludens – lateinisch, der spielende Mensch

Kapitel 38 – Der internationale antijüdische Kongress fand in Dresden 1882 statt, nicht 1880, wie in meinem Roman. Ich habe das Datum aus erzählerischen Gründen vorverlegt.

Kapitel 40 – Gotthold Ephraim Lessing. *Das Testament Johannis.* (1777).

St. Pauli
Begräbn. St. Nicolai
St. Maria Magdal.
Bei den
Schule
Botanischer Garten
Baumschule
Strasse
Esplanade
Justiz Gebäude
Dammthorwall
Grosse Drehbahn
Stadt Theater
Valentinskamp
Gänsemarkt
ABC Strasse
Holsten Platz
Holsten Wall
Tempel
Neustrasse
Synagoge
Convent
Marienstrasse
Rademachergang
Kohlhöfen
Markt Strasse
Peterstrasse
Grosse Bleichen
Neuer Wall
Alter Steinweg
Neuer Steinweg
Neumarkt
Zeughaus markt
Engl. Kirche
Mühlen Str
Schlachter Str
Michaelis Str
St. Michaelis K
Krayenkamp
Baptist. Cap.
Venusberg
Nicolai Str
Schaar markt
Eichholz
Gr. Bäckergang
Alter Wall
Adolphsplatz
Mönkedamm
Grosser Burstah
Görttwiete
Hopfenmarkt
Neuburg
St. Nicolai
Steinhöft
Baumwall
Binnen Hafen
Kehrwieder
Sandthor
Niederhafen
Vorsetzen
Blockhaus Hafen
Dock
1
2
3
4
5
6
8
9
11